GOLDMANN

Buch

Britannien im ersten Jahrhundert nach Christi Geburt: Am väterlichen Hof, in Camerlodunum, wächst der junge Fürstensohn Caradoc heran, der sich in die schöne Prinzessin Aricia aus dem benachbarten Brigantes verliebt. Er heiratet aber entgegen seinen wahren Gefühlen die sanfte Eurgain. Aricia schwört ihm ewige Feindschaft. Doch Caradoc wird von anderen Problemen gequält: Die römischen Legionen stehen vor den Toren Britanniens und werden es besiegen, wenn sich die keltischen Stämme nicht zusammenschließen, um den Eindringlingen zu trotzen. Caradoc gelingt es, angesichts der drohenden Gefahr, die Stämme noch einmal zu einen, doch das Glück hat ihn verlassen. Das Land wird von furchtbaren Kämpfen heimgesucht, seine Familie nahezu ausgelöscht. Der mutige Kelte selbst gerät durch gemeinen Verrat in die Hände seiner Feinde und wird mit Frau und Kindern nach Rom verschleppt. In seiner Heimat aber geht der Kampf weiter. Unbeugsam versuchen die Kelten das Rad der Geschichte noch einmal zurückzudrehen...

Autor

Pauline Gedge wurde 1945 in Neuseeland geboren und verbrachte einen Teil ihrer Kindheit in England. Sie gehört zu den international erfolgreichsten Autorinnen großer historischer Romane. Mit ihrem Epos »Die Herrin vom Nil. Roman einer Pharaonin«, gelang ihr der Sprung auf die internationalen Seller-Listen.

Pauline Gedge

Der Adler und der Rabe

Roman

Aus dem Englischen
von Marion B. Kroh

Goldmann Verlag

Titel der englischen Originalausgabe:
The Eagle and the Raven
Originalverlag: Macmillan of Canada, Toronto

Umwelthinweis:
Alle bedruckten Materialien dieses Taschenbuches
sind chlorfrei und umweltschonend.
Das Papier enthält Recycling-Anteile.

Der Goldmann Verlag
ist ein Unternehmen der Verlagsgruppe Bertelsmann

Genehmigte Taschenbuchausgabe

Umschlaggestaltung: Design Team München
Umschlagillustration: Tilman Michalski
Druck: Elsnerdruck, Berlin
Verlagsnummer: 9790
AK · Herstellung: Heidrun Nawrot/sc
Made in Germany
ISBN 3-442-09790-8

5 7 9 10 8 6 4

Dieses Buch ist Sylvie gewidmet,
die einen kleinen Garten in einen Park verwandelte
und die Blumen ganz wunderbar
zu beschneiden wußte.

Erster Teil

Herbst, 32 n. Chr.

1

Mühsam kämpfte sich Caradoc durch das Unterholz. Er hatte es eilig, den dichten Wald mit seinen unheimlichen Schatten hinter sich zu lassen, und atmete auf, als er endlich wieder offenes Gelände vor sich sah. Mit einem Seufzer der Erleichterung steckte er sein Schwert zurück in die Scheide und zog den losen Umhang fester um die Schultern. Vor ihm lag der Fluß, dessen Wasser gemächlich dahinplätscherte, und Caradoc setzte sich an das sanft abfallende Ufer, um kurz zu verschnaufen und seine Fassung wiederzuerlangen. Noch vor wenigen Minuten hatte er sich verloren geglaubt, war völlig ohne Orientierung umhergeirrt und eine ihm wohlbekannte Panik hatte sich seiner Sinne bemächtigt. Samhain – ein Schauer durchlief ihn bei dem Gedanken an die bevorstehende Nacht. Selbst die tapfersten und furchtlosesten Krieger seines Vaters gaben zu, daß sie sich an diesem Tag fürchteten. Seit dem frühen Morgen schon hatte sich der Himmel in schwere, graue Wolken gehüllt, und nun kam ein eiskalter, schneidender Wind auf, der Regen ankündigte. Dennoch verharrte Caradoc unschlüssig und blieb sitzen, obwohl die hereinbrechende Dämmerung ihm Unbehagen bereitete und er sich der Unheimlichkeit des Waldes unangenehm bewußt war, der Geheimnisse barg, zu denen er keinen Zugang fand. Ihn fröstelte, doch nicht vor Kälte, sondern weil er an die vielen Samhainfeste dachte, die er bereits erlebt hatte und noch erleben würde. Mürrisch hüllte er sich fester in seinen Umhang.

Furcht beherrschte die Erinnerungen an seine Kindheit. Dieselben Ängste, die sich seiner vorhin im Wald bemächtigten, hatte er als Kind seinem Vater gegenüber empfunden, dem mächtigen Cunobelin, wenn dieser wie ein drohender, unheimlicher Schatten vor dem Feuer saß und unbeweglich hineinstarrte; manchmal hatte er sich auch vor seinem Bruder Togodumnus gefürchtet, und vor Gladys, seiner Schwester, die zusammengekauert zu Füßen ihres Vaters saßen, während seine Mutter auf dem Bett lag und ihn mit vor Kälte steifen Armen fest an sich gedrückt hielt. Die Herbstwinde fegten durch die schützenden Häute, die vor den Türen hingen, und rüttelten am Strohdach. Viele Male verbrachten sie auf diese Weise die lange Nacht des Samhainfestes, im quälend langsamen Wechsel von Schlafen und Wachen, während Cunobelin immer wieder Holz auf das Feuer legte. Erst wenn das erste, schwache Licht des heraufdämmernden Morgens in die Hütte fiel, wagten die Kinder, wieder zu sprechen. Nach einer einfachen Mahlzeit, bestehend aus Haferbrei, Brot und Honig, begaben sie sich zusammen mit den anderen Familien des Stammes in das große Versammlungshaus. Dort wurden die Häuptlinge und freien Männer ängstlich gezählt, um festzustellen, ob jemand fehlte. Schließlich begann dann am späten Vormittag das große Viehschlachten und tagelang hing der üble Geruch von frischem Blut über der Stadt. Samhain. Wie er es haßte! Die Schreckensnacht stand ihnen heute noch bevor, dann ein weiteres Schlachtfest, und das Jahr war so gut wie vorüber.

Plötzlich nahm Caradoc aus den Augenwinkeln heraus eine Bewegung am Waldesrand wahr. Er drehte sich um und sah in einiger Entfernung zwei Gestalten, die eben aus dem Wald heraustraten und dem Pfad folgten, der zum Flußufer führte. Es waren sein Bruder Togodumnus und Aricia. Der Wind schlug Aricias tiefblauen Umhang gegen den karmesinroten von Togodumnus, und ihr langes, pechschwarzes Haar fiel über den Rücken herab. Es hatte den Anschein, als ob sie stritten, denn sie blieben stehen und sprachen mit erhobenen Stimmen, aber die Entfernung war noch zu groß, als daß Caradoc etwas hätte verstehen können. Dann brachen sie unvermittelt in lautes Gelächter aus. Aricia gestikulierte heftig mit den Händen, die Caradoc im Zwielicht der Abenddämmerung wie wild flatternde Schmetterlinge erschienen. Der Gedanke belustigte ihn, und er erhob sich. Nun bemerkte auch Togodumnus seinen Bruder, winkte und eilte auf ihn zu, während Aricia vergeblich versuchte, ihren Umhang zu ordnen, an dem der Wind ungestüm zerrte. Langsamen Schrittes ging Caradoc ihnen entgegen.

»Wir haben dich aus den Augen verloren!« rief Togodumnus atemlos. »Hast du ihn erlegt?«

»Nein. Er flüchtete ins Dickicht, und als die Hunde sich endlich einen Weg gebahnt hatten, war er längst über alle Berge. Habt ihr mein Pferd gesehen?«

»Aricia hat es irgendwo angebunden, als wir uns auf die Suche nach dir machten. Sie war wütend auf dich, weil die Tore bald geschlossen werden. Außerdem steht uns eine stürmische Nacht bevor. Wenn es nach ihr gegangen wäre, hätten wir dich deinem Schicksal überlassen.« Er grinste. »Sie hatte keine Lust darauf, eine Samhainnacht im Wald zu verbringen.«

»Nun aber langsam«, rief Aricia hitzig. »Du hast doch andauernd ängstlich über deine Schulter geschielt, und ich mußte Caradocs Pferd führen. Ich fürchte mich vor nichts und niemandem.« Sie blinzelte Caradoc verschwörerisch zu.

Die Dämmerung fiel nun schnell über sie herein. Im Norden türmten sich bedrohliche Wolkenberge übereinander, und die drei Jäger beeilten sich, zu ihren Pferden zu kommen. Togodumnus saß auf und fiel in einen leichten Galopp, gefolgt von Aricia und Caradoc. Nach dem ersten Tor waren immer noch fast acht Kilometer zurückzulegen, vorbei an vereinzelt stehenden Hütten, Gehöften und Wiesen. In einer guten Stunde würden sie zu Hause an ihren warmen Feuern sitzen und heißen Wein trinken.

Mit einemmal preschte Caradoc an Aricia vorbei und bedeutete Togodumnus anzuhalten. »Die Hunde!« rief er und ruderte mit den Armen. »Wir haben die Hunde vergessen!«

»Du Schwachkopf!« fluchte Togodumnus. »Wo sind sie hingerannt, nachdem sie den Keiler verloren hatten?«

»Sie haben irgendeine andere Spur aufgenommen und sind ihr gefolgt. Ich hab' sie zurückgepfiffen, und sie kamen mir nach. Im übrigen hast du kein Recht, mich einen Schwachkopf zu nennen. Wenn du so schlau bist, warum seid ihr ihnen dann nicht auf der Spur geblieben, als sie den Keiler verfolgt haben?«

»Ihr seid beide Kindsköpfe«, fiel Aricia ihnen ungeduldig ins Wort. Ihre Stimme verriet einen Anflug von Panik. »Ihr habt wohl vergessen, daß Cunobelin es ausdrücklich verboten hat, die Hunde mitzunehmen, weil sie für Rom bestimmt sind und übermorgen verschifft werden sollen? Aber was kümmert euch das! Für euch sind Anordnungen scheinbar nur dazu da, um übertreten zu werden.« Sie straffte die Zügel. »Reitet ihr also zurück in den Wald und sucht die Hunde, falls ihr so viel Mut habt. Ich friere und bin hundemüde und reite heim.« Sie lenkte ihr Pferd an ihnen vorbei und preschte los. Die Dämmerung verschluckte sie einfach, und die beiden jungen Männer sahen sich ratlos an. Welche unaussprechlichen Dinge mochten sie wohl jenseits des Waldes erwarten? Das Zwielicht verstärkte ihre Phantasien noch um ein Vielfaches.

»Was tun wir also?« fragte Togodumnus unentschlossen. »Diese durchtriebene Füchsin! Schließlich war es ihre Idee, heute auf Jagd zu gehen, und das weiß sie ganz genau. Eines Tages werde ich ihr auflauern. Dann binde ich sie über Nacht an einen Baum und überlasse sie der Dunklen Göttin.«

»Sei doch still«, zischte Caradoc. »Sie wird dich hören und kommen. Beeilen wir uns lieber. Morgen erzählen wir Vater, was wir angestellt haben.« Mit diesen Worten lenkte er sein Pferd heimwärts, und schließlich folgte Togodumnus seinem Bruder, wenn auch widerwillig. Der Wind heulte und tobte, und sie kamen nur mühsam voran, doch endlich erreichten sie das Tor. Die Torwache kam ihnen mit gezogenem Schwert und einer Fackel entgegen.

»Länger hätte ich nicht mehr auf Euch gewartet, Ihr Herren«, murrte der Mann und schlug die schweren Holztore hinter ihnen zu. »Nicht heute nacht!« Als ob man mit einem Schwert etwas gegen die Samhaindämonen ausrichten könnte, dachte Caradoc, und laut fragte er: »Ist Aricia schon durchgekommen?« Der Mann nickte. »Und Hunde? Sind auch Hunde durchgekommen?«

»Ja. Vor etwa einer Stunde ist eine Meute Jagdhunde hier vorbeigekommen. Sie sahen ziemlich abgekämpft aus.«

Togodumnus klopfte seinem Bruder erleichtert auf die Schulter. »Da siehst du's! Die Hunde sind schlauer als wir. Habt Dank, freier Bürger. Ihr könnt nun zu Eurem warmen Feuer zurückkehren.« Der Mann steckte sein Schwert in die Scheide und verschwand in der Dunkelheit.

»Und jetzt auf nach Hause«, seufzte Caradoc, als sie erneut aufstiegen. »Nicht einmal ein Kaninchen können wir vorweisen.

Wirklich, ein verlorener Tag. Vater wird das zerfetzte Ohr von Brutus sicher nicht entgehen.«

»Und er wird jedem von uns eine junge Kuh als Ersatz abverlangen. Ich kenne ihn. Wir haben ziemliches Pech gehabt!«

»Samhain bringt immer Unglück. Dabei stand meine Ehrenprämie gerade besonders günstig.«

»Glücklicherweise spielt nicht nur der Viehbestand eine Rolle. Welche Sicherheiten hat Sholto dir übrigens für die beiden Bullen angeboten?«

»Er hat sich selbst und seine Sippe an mich verpfändet. Es ist gut, jemanden wie ihn in Diensten zu haben. Ich habe ihm einen Bullen und für seine Frau einen silbernen Trinkbecher aus Rom versprochen, wenn er mir seinen Eid ablegt und nicht dir.«

»Caradoc! Der Treueschwur eines freien Bürgers ist niemals einen ganzen Bullen wert. Und übrigens habe ich ihm einen Bullen und eine junge Kuh angeboten.«

»Und warum hat er mir dann seinen Schwur abgelegt?«

»Weil du ein friedliebender Mensch bist, Brüderchen. Bei dir muß ein freier Diener nichts weiter tun als deine wertvollen Kühe zählen. Verflucht, es fängt an zu regnen. Hoffentlich schneit es nicht!«

»Es ist noch zu früh für Schnee«, antwortete Caradoc kurz angebunden, während er den Umhang fester um seine Schultern zog, dann ritten sie schweigend weiter. Sie folgten dem sich windenden Pfad nun in völliger Dunkelheit und waren innerhalb kürzester Zeit bis auf die Haut durchnäßt; die beißende Kälte ließ ihre Gesichter erstarren. Außer ihnen war keine Menschenseele unterwegs. Die Bauern hockten zusammengedrängt in ihren winzigen Hütten vor einem wärmenden Feuer, Häuptlinge und Freie in ihren komfortablen Holzhäusern. Hin und wieder drang das Muhen der Kühe an ihre Ohren, die von den Sommerweiden zurückgekehrt und nun in Ställen zusammengepfercht waren. Es schien, als hätten sich selbst die Tiere des Waldes bereits für den Winterschlaf zurückgezogen, als wären die beiden einsamen Reiter die einzigen noch wachen Wesen auf diesem Planeten. Verbissen, aber mit hellwachen Sinnen, kämpften sie sich weiter durch den Sturm über den feuchten, mit Laub bedeckten Waldboden, der den Hufschlag ihrer Pferde dämpfte. Togodumnus stimmte leise irgendeine Melodie an, doch Caradoc gebot ihm gereizt, damit aufzuhören, nur um sich sogleich seiner Furchtsamkeit zu schämen. Hatte er nicht mit siebzehn den ersten Feind getötet, und war er nicht erfolgreich auf Viehraub gegangen? Er hatte Wild gejagt, Eber und sogar Wölfe. Aber die Gefahren der Jagd waren sichtbar und greifbar, anders als die nebulösen, unsteten Geister der Samhainnacht, die nur darauf warteten, ihr Opfer in die Wälder zu verschleppen. Ihnen konnte man mit einem gut geführten Schwertstreich nichts anhaben. Sie lauerten irgendwo, versteckt hinter den dürren Zweigen über ihren Köpfen, voller Feindseligkeit und Lust darauf, ihnen etwas anzutun. Je mehr er an sie dachte, desto deutlicher spürte er ihre Gegenwart. Er klammerte seine Finger nervös um die Zügel und sprach auf sein Pferd ein, als wolle er sich damit selbst beruhigen. Togodumnus hatte wieder angefangen, sein Liedchen zu summen, doch diesmal beherrschte Caradoc sich. Nur noch eine Wegbiegung, und sie waren zu Hause.

Hinter dem zweiten Tor stiegen sie ab. Ein Stalljunge erschien und führte die Pferde wortlos davon.

Togodumnus entledigte sich seines Umhangs und begann ihn auszuwringen. »Gehst du schlafen?« fragte er seinen Bruder.

Caradoc verneinte. »Ich glaube nicht. Ich werde mich an den heißen Wein halten, trockene Kleider anziehen und Caelte bitten, ein paar Lieder zu singen, um die Geister von meiner Tür fernzuhalten.« Seine Stimme hallte in der Nacht. »Morgen können wir endlich wieder aufatmen. Aber vorher solltest du noch nach den Hunden im Zwinger sehen. Schließlich war es deine Idee, sie mitzunehmen.«

»War es nicht! Aricia und ich gerieten in einen Streit. Sie behauptete, ich würde es nicht wagen, Cunobelins Verbot zu übertreten. Einen Feigling hat sie mich genannt! Pah! Und außerdem hast du sie verloren, nicht ich.«

»Tog, wann wirst du aufhören, dich von ihr anstiften zu lassen? Du weißt doch, daß sie dich immer in Schwierigkeiten bringt.«

Die Augen seines Bruders blitzen auf. »Warte nur, in was für

Schwierigkeiten sie dich verwickeln wird, wenn Cunobelin erst einmal von euch beiden erfährt.«

»So, was weißt du denn davon?« grinste Caradoc.

»Nichts. Nur Gerüchte. Also dann, ich wünsche eine gute Nacht und viel Glück bei der Jagd.«

»Tog, komm zurück!« Aber er war bereits hinter dem Hügel verschwunden und Caradocs Ruf verhallte zwischen den Hütten. Resigniert wandte er sich gegen den westlich angelegten Erdwall. Seine Schritte schienen ihm unverhältnismäßig laut, und er war erleichtert, als er bald darauf die Ställe seines Vaters passierte. Ein Schwall warmer, süßlich duftender Luft schlug ihm entgegen, doch sein Weg führte ihn weiter, vorbei an der Schmiede und der Werkstatt des Pferdegeschirrmachers zu den Hundezwingern.

Nervös begann er, die Hunde zu zählen, und schließlich ließ er sich am Gitter des Käfigs nieder, um sie leise heranzurufen. Sie kamen und preßten ihre kalten Schnauzen gegen seine Hand, während er sie erneut zählte. Tatsächlich, einer fehlte. Brutus war es nicht, der sah ihn mit vorwurfsvollem Blick an und zeigte sein zerfetztes Ohr. Nein, es war ausgerechnet Cäsar, der wertvollste aus diesem Wurf. Natürlich, welcher hätte es auch sonst sein können. Caradoc fluchte leise vor sich hin. Cäsar war eigens für Tiberius ausgebildet worden und trug seinen Namen nicht zufällig. Cunobelin hatte ihn so genannt, aber nicht etwa, um Tiberius zu schmeicheln, o nein, sondern im zynischen Angedenken an Julius Cäsar, der den Süden Britanniens zweimal heimgesucht hatte und jedesmal umkehren mußte. Dabei war es geblieben. Cunobelin hatte seinen Söhnen erzählt, daß Julius Cäsar ein miserabler Jäger gewesen sei.

Unentschlossen blieb Caradoc stehen. Sein tropfnasses Haar hing ihm in die Stirn, und der feuchte Umhang klebte an seinen Schultern. Er grübelte. Ohne Zweifel hatte Cäsar die Meute nach Hause geführt. Wo also könnte er stecken? Wo würde er sich an Cäsars Stelle aufhalten? Und urplötzlich keimte in ihm die Überzeugung, daß er den Hund irgendwo im Warmen finden würde. Caradoc drehte sich auf dem Absatz um und begann mit der Suche. Umsonst schaute er in die Schmiede, in die Werkstatt des

Pferdegeschirrmachers, in die stinkende Gerberei, in die Ställe. Nun gut, er würde eben weitersuchen. Entschlossen wandte er sich in Richtung des schmutzigen Bürgerviertels und verließ den vierten Häuserkreis. Er klopfte an Wände, schob Türhäute beiseite und blickte in die erschreckten Gesichter seiner Stammesgenossen, die ihn für einen Samhaindämonen in Menschengestalt hielten. Schließlich gab er die Suche entmutigt auf und schlug den steilansteigenden Pfad zu seiner eigenen Hütte ein. Der Sturm peitschte ihm ins Gesicht und brachte ihn fast zu Fall. Zu allem Übel brach auch noch ein eisiger Regenschauer los, dem Caradoc sich unbeholfen entgegenstemmte.

Was tue ich hier, dröhnte es in seinem Schädel. In einer Nacht wie dieser, in der die Zeit stillsteht und die Pforten dieser Welt sich der anderen, unbekannten, öffnen? Sicher hat ein umherirrender Geist aus den Zwischenwelten Cäsar an sich genommen, nur, damit ich ihn suche. Und wenn ich ihn gefunden habe, wird er mich packen und verschleppen.

Sturm und Regen peitschten ihm ins Gesicht. Er konnte kaum seine Umgebung erkennen. Irgendwie wußte er, daß er am Versammlungshaus vorbeikam, instinktiv schlug er einen Bogen um den Schrein des Camulos. Dann endlich fühlten seine klammen Finger die schweren Türhäute seiner Hütte. Er zerrte sie beiseite, stolperte schweratmend hinein und blieb einen Augenblick lang stehen. Die plötzliche Stille irritierte ihn und unter seinen Füßen bildete sich sofort eine Wasserlache. Das Lärmen des Sturms erstarb hier zu einem leisen Windhauch, der sanft über das Strohdach strich.

Caradoc entspannte sich und öffnete die Augen. Auf der anderen Seite des Zimmers stand auf einem kleinen Tischchen eine Öllampe. Wandbehänge in gedämpften Farben schmückten die weißen Wände, und in einer Ecke stand, hinter zurückgezogenen Vorhängen, ein niedriges Bett, über das eine blaurote Decke gebreitet war. Aber dies war gar nicht seine Hütte. Auf einem anderen Tischchen neben dem Bett lagen ein Spiegel, ein goldenes Stirngeschmeide, mehrere Bronzearmbänder und ein in leuchtenden Farben emaillierter Gürtel, der sich, einer Schlange gleich, auf den Boden herabschlängelte. Mit freudigem Gewinsel erhob sich

Cäsar von seinem warmen Platz vor der Feuerstelle und trottete Caradoc entgegen, um ihn zu begrüßen.

Aricia wirbelte herum. »Caradoc! Hast du mich erschreckt! Was willst du hier?«

Er zögerte, hin- und hergerissen vor Verlegenheit und Erleichterung darüber, daß er Cäsar nun doch noch gefunden hatte. Hier war keine Spur von einem Dämon, nur ein Mädchen und ein Hund waren hier. Aricia stand barfüßig auf den Fellen, die den gestampften Lehmboden bedeckten und trug eine schneeweiße Tunika. Ihr schwarzes Haar hing lose bis über den Rücken und umspielte ihre weißen Arme. Im Schein des Feuers nahm es einen besonderen Glanz an, als sie, mit einem Kamm in der Hand, verwundert auf ihn zuging. Er murmelte eine Entschuldigung und schickte sich an, zu gehen. Ein unerklärlicher Ärger bemächtigte sich seiner, doch Aricia richtete erneut das Wort an ihn, und er hielt inne.

»Du bist ja durchgeweicht bis auf die Haut! Hast du etwa bis jetzt nach den Hunden gesucht? Gib mir deinen Umhang. Du wirst dir eine Erkältung holen.«

»Heute nicht, Aricia«, erklärte er mit Bestimmtheit. »Ich bin naß und hundemüde. Außerdem bin ich mit dir böse, weil du Cäsar hierbehältst, und auf Tog bin ich ebenfalls wütend, weil er sich wieder einmal gedrückt hat und mich allein suchen ließ. Ich will auf dem schnellsten Weg an mein eigenes, warmes Feuer.«

Sie lachte belustigt. »Zum Fürchten siehst du aus mit deinem grimmigen Blick und den nassen Haaren. Übrigens habe ich Cäsar nicht gefunden und mitgenommen. Erst vor einer halben Stunde kam er zu mir. Ich wollte eben jemanden beauftragen, ihn zum Zwinger zu schaffen, als du hereingeschneit bist. Und was Tog angeht – du kennst ihn doch und weißt selbst, daß man ihn beim Kragen packen muß, wenn man etwas von ihm will. Warum bist du so furchtbar ärgerlich?« Geschickt nahm sie seinen Umhang an sich und breitete ihn in der Nähe des Feuers zum Trocknen aus. »Hier, trink einen Schluck Wein aus dem Land der Sonne«, fuhr sie überredend fort, holte einen Krug aus der Asche und füllte einen Becher mit dem warmen Getränk.

»Danach kannst du dich wieder in die Nacht stürzen. Und sei mir nicht böse, Caradoc. Es ist Samhain, und ich bin einsam.«

Caradoc meinte, Cäsars forschenden Blick zu spüren. Geh, sagte er sich, geh, ehe deine Ehre wieder am Boden liegt. Der warme Duft des gewürzten Weines drang verheißungsvoll in seine Nase. Er nahm den Becher entgegen und wärmte seine Hände an dem heißen Gefäß. Sofort begann neues Leben in ihnen zu pulsieren, und er ging zum Feuer, um auch seine Beine aufzuwärmen.

»Ich dachte, du fürchtest dich nicht«, bemerkte er trocken.

Sie warf ihm einen schnellen Blick zu und ließ sich auf die Bettkante nieder. »Ich habe gesagt, daß ich mich einsam fühle, nicht daß ich mich fürchte. Aber du hast Angst«, spottete sie.

»Ich habe auch allen Grund«, gab er scharf zurück und nahm einen extra großen Schluck. Er spürte, wie der heiße Wein langsam durch seine Kehle in den Magen rann und ein angenehmes Prickeln hinterließ. »Ich bin ein Häuptling. Die Geister wollen gerade uns.«

»Auch ich bin von königlichem Blut«, erwiderte Aricia spitz und richtete sich stolz auf. »Solltest du das vergessen haben? Bin ich schon so lange im Camulodunum, daß man mich bereits zur weitläufigen Sippe Cunobelins zählt? Ich habe meine Abstammung keineswegs vergessen«, schloß sie leise und blickte nachdenklich auf ihre im Schoß gefalteten Hände.

Caradoc leerte seinen Becher und füllte sich nach. »Es tut mir leid, Aricia. Ich muß gestehen, daß ich es manchmal vergesse. Du bist tatsächlich schon so lange hier, und wir sind miteinander großgeworden – du, ich, Tog, Eurgain, Gladys, Adminius. Seit vielen Jahren nennt Vater uns bereits seine Königliche Kriegstruppe.«

Sie schloß die Augen, wie von einer schmerzlichen Erinnerung gepeinigt. Verstohlen schaute Caradoc über den Becherrand zu ihr hinüber. Wie schön sie ist, schoß es ihm zum tausendsten Male durch den Sinn. Wehmütig bewunderte er ihren hellen Teint, dem auch die Sommersonne nichts anhaben konnte, ihr zierliches Kinn, die langen schwarzen Wimpern, die hohen Backenknochen. Irgendwann hatte er aufgehört, sie einfach als einen Jagdgefährten zu betrachten, und ein geheimnisvolles Wesen in ihr erblickt. Sie öffnete die Augen, und wie immer sah er darin verheißungsvolle Versprechen, die seine Phantasie anregten. Stumm musterten sie sich. Caradoc stand ganz im Bann ihrer undurchdringlichen, schwarzen Augen, während Aricia ihn nicht einmal wahrnahm, weil ihre Gedanken auf die Vergangenheit gerichtet waren.

Unvermittelt kicherte sie. »Caradoc, du dampfst wie ein Pferd.«

»Was?«

»Deine Hosen trocknen, und die feuchten Dämpfe hängen wie Nebel an dir. Du siehst aus wie ein Flußgeist, der an einem Wintermorgen dem Wasser entsteigt. Bitte, zieh entweder deine Kleider aus oder geh nach Hause. Du verwandelst meine Hütte in ein Dampfbad.«

»Ich werde Cäsar in den Zwinger zurückbringen«, murmelte er widerstrebend und mit schwerer Zunge. Der starke Wein begann, seine Wirkung zu zeigen, und Caradoc fühlte eine bleierne Schwere in seinen Gliedern.

Aricia widersprach ihm schnell. »Bring dich nicht unnötigerweise in Gefahr. Wir haben heute schon großes Glück gehabt. Laß ihn bei mir oder nimm ihn mit in deine Hütte.« Sie glitt zu ihm hinüber. Ihr römisches Parfum stieg ihm angenehm in die Nase. »Es tut mir leid, daß ich heute nichts als Unannehmlichkeiten verursacht habe. Tog bestand nur deswegen darauf, heute auf die Jagd zu gehen, weil ich ihn herausgefordert habe. Cunobelin ist ziemlich verstimmt, und ich werde euch natürlich helfen, ihn zu bezahlen. Ich nehme nicht an, daß die römischen Kaufleute einen Hund mit zerfetztem Ohr kaufen wollen.«

»Sicherlich nicht.« Seine Beine zitterten vor Müdigkeit, und er sah Aricia wie durch einen Nebel. Sie bemerkte sein Zögern und lächelte ihn an. Nicht heute nacht. Unsicher erinnerte er sich an seinen Vorsatz, aber es war bereits zu spät. Seine Hände glitten zärtlich durch ihr gelocktes Haar, sehnsüchtig verbarg er sein Gesicht darin und atmete ihren Duft, während Aricia unbeweglich stand und ihn gewähren ließ.

»Bleib bei mir, Caradoc«, flüsterte sie. »Du willst doch bleiben, nicht wahr? Heute nacht bin ich ein Samhaindämon und habe dich verzaubert. Spürst du die Kraft meines Zauberspruches?«

Sie sprach es halb im Scherz, und er verspürte tatsächlich ein wohlbekanntes Verlangen in sich aufsteigen. Er wußte, daß er sie eigentlich mit einem schützenden Zauberwort auf den Lippen sofort verlassen sollte, aber wie immer war er unfähig, sich ihr zu entziehen. Wie oft hatten Tog und er Witze über diese schwarze Hexe aus dem Norden gerissen, für die sie beide so zärtliche Gefühle hegten; hatten sie wegen ihrer Blässe gehänselt, wie sie auch Eurgain wegen ihrer Einsilbigkeit hänselten oder Adminius mit seiner Sammlung von Eberzähnen. Aber diese Hänseleien waren nie in Gemeinheiten ausgeartet und ohne Hintergedanken, wie es nur unter langjährigen Freunden möglich ist. Daß sie ihn seit kurzem verunsicherte, führte er auf den bevorstehenden Winter zurück, der die Männer mit ewig knurrenden Mägen zur Untätigkeit verdammte. Und wenn sie ihn auch manchmal mit ihrer überheblichen Art bis zur Weißglut reizte, nun gut, das war eben so bei einer Vierzehnjährigen, die darum kämpfte, eine erwachsene Frau zu werden.

Aricia spielte scheinbar nachdenklich mit ihren Locken, und Caradoc verspürte ein wollüstiges Prickeln in der Lendengegend. »Du hast gar keine andere Wahl, mein verwöhnter Caradoc«, fuhr sie leise fort. »Mein Bett ist bequemer als der feuchte Waldboden.«

Der Wind hatte sich gelegt, nur der Regen trommelte ununterbrochen auf das Dach. Das Feuer im Innern der Hütte glühte nur noch schwach, als Aricia geschickt den goldenen Torque von Caradocs Hals entfernte und vorsichtig auf den Boden legte. Auch als sie begann, seinen Gürtel zu lockern, und das Schwert zu Boden fiel, rührte Caradoc sich nicht. In ihm tobte ein aussichtsloser Kampf, während seine Augen jeder ihrer Bewegungen folgten. Als sie sein Gesicht zu liebkosen begann, gab er seinen schwachen Widerstand auf und preßte sie verlangend an sich.

Aricia entzog sich seiner Umarmung. »Du machst mich ja ganz naß«, protestierte sie bestimmt. »Zieh deine Tunika aus, und auch die Hosen. Nein, ich werde es für dich tun. Du stehst hier, als hätte ich dich wirklich verzaubert.«

»Das tust du jedesmal. Aricia ...«

Sie legte den Finger auf seine Lippen. »Bitte sage jetzt nichts,

Caradoc.« Ihre Stimme bebte. Sie zog ihm die Tunika über den Kopf, und er meinte, ihre Augen spöttisch aufblitzen zu sehen.

Seltsam, ging es ihm durch den Kopf. Ich habe noch nie die goldenen Flecken in ihren Augen bemerkt. Ungestüm riß er sie an sich und während er ihre warmen Hände auf seinem nackten Oberkörper spürte, küßte er sie voll unbeholfener Leidenschaft. Seine Erregung steigerte sich ins Unerträgliche. Er trug sie zum Bett, zog ungeduldig die Vorhänge zu und drehte die Öllampe aus. Seine Augen glitten über ihren Körper, der ihn in ein Paradies einlud.

»Tog weiß Bescheid«, flüsterte er.

Sie lächelte. »Na und, macht es dir etwas aus?«

»Nein.«

»Dann sprich nicht mehr.«

In rauschhaftem Eifer zerrte er an ihrer Tunika, bis sie riß und er ihre Brüste unter seinen gierigen Händen, seinen suchenden Lippen spürte. Aricia atmete heftig, und der Regen prasselte monoton und verträumt über ihren Köpfen.

Er konnte sich nicht mehr länger beherrschen, und es war schnell vorbei, aber heute nacht beklagte sie sich nicht darüber. Es war immer so. Sein Hunger nach ihr schien unersättlich, nie konnte er sich kontrollieren. Caradoc stützte sich auf einen Arm und starrte zur Decke. Schon begannen Zweifel und beschämende Gedanken wieder an ihm zu nagen. Ich habe es doch wieder getan, hämmerte es in seinem Kopf. Eine Sklavin auf dem Feld niederzuzwingen oder die willige Tochter eines freien Bürgers zu nehmen, das war eine Sache. Aber Aricia war ihm so teuer wie jeder Freund; Aricia, die jede Tollkühnheit mitmachte, die er und Tog ausheckten; Aricia, die Tochter eines Ri aus einem königlichen Geschlecht, das viel älter war als sein eigenes. Warum öffnete sich die Erde nicht, um ihn zu verschlingen? Er hätte sogar die Samhaindämonen willkommengeheißen, so sehr wünschte er sich mit einemmal, zu sterben.

Sie drehte sich auf die Seite und stützte sich auf einen Ellbogen, ungeduldig ihr volles Haar zurückwerfend. Caradoc spürte neuerlich das Verlangen danach, sie zu besitzen. Er konnte es kaum glauben.

»Caradoc?«

»Ja?«

»Heirate mich.«

Eine Sekunde lang glaubte er, sich verhört zu haben, doch als er begriff, schnellte er in die Höhe.

Sie umschlang ihre Knie. »Ja, du hast richtig gehört. Ich will, daß du mich heiratest. Ich bitte dich, beschwöre dich, Caradoc. Heirate mich!«

»Warum verlangst du so etwas von mir?« fragte er ungehalten, seine Gefühle für sie vergessend.

Aricia legte eine Hand auf seinen Arm. Sie war heiß. »Wir sind doch alte Freunde«, flüsterte sie. »Wäre es nicht verständlich, wenn wir uns vermählten?« Der Druck ihrer Hand auf seinen Arm verstärkte sich. »Ist meine Forderung wirklich so übertrieben? Du kannst dir immerhin auch noch andere Frauen nehmen.«

Caradoc gewann seine alte Sicherheit zurück und lachte schallend. »Oh, du spielst auf Eurgain an. Nein, meine liebe Aricia. Wir haben immer unseren Spaß miteinander, aber das reicht nicht, um zu heiraten. Ich gehe jetzt besser.« Er schwang seine Beine aus dem Bett, doch Aricia hielt ihn mit einer Kraft zurück, die ihn verblüffte.

»Und warum nicht? Habe ich nicht einen Anspruch darauf, deine Frau zu werden?«

»Einen Anspruch? Meinst du deswegen?« Er beugte sich über sie, um sie zu küssen, doch sie entwand sich ihm und riß die Bettvorhänge auf. Obwohl die Öllampe den Raum nur schwach erleuchtete, sah er, daß ihre Lippen bebten und ihre Augen sich mit Tränen füllten.

»Dann werden wir auch keine Spielchen mehr miteinander spielen, Caradoc. Hast du vergessen, wie oft du mir deine Liebe ins Ohr geflüstert hast?«

»Unsere ›Spielchen‹, wie du es nennst, haben nichts mit Liebe zu tun, Aricia, und das weißt du ebensogut wie ich.« Er verließ das Bett und kleidete sich eilig an. »Ich habe dir nie etwas versprochen«, bemerkte er, als er sich den noch immer feuchten Umhang überwarf.

Aricia lehnte sich schwach gegen die Wand, als sei ihre Kraft zusammen mit ihrer Hoffnung geschwunden. »Ich bin verzweifelt, Caradoc. Weißt du eigentlich, wie alt ich bin?«

Er legte sich das Schwertgehenk um. »Natürlich. Du bist vierzehn.«

»Richtig. In diesem Alter verlobt man sich.«

Er hielt in der Bewegung inne und betrachtete sie nachdenklich, den wahren Sachverhalt ahnend.

»Schon bald werden Abgesandte meines Vaters hier auftauchen, um mich zurückzubringen.« Sie begann zu weinen und wischte die Tränen sogleich fort, ärgerlich über ihre Schwäche. »Zuhause! Ha, ich kann mich kaum an die öden Heidemoorlandschaften und die armseligen Hütten in meiner Heimat erinnern. O Caradoc, ich will nicht fort von hier. Ich will bei euch bleiben, bei dir und Tog, bei Eurgain und bei Cunobelin, der wie ein Vater für mich geworden ist. Ich habe Angst vor diesem fremden Land, vor seinen wilden, ungehobelten Bewohnern!« Ihre Stimme stockte, schluchzend warf sie sich auf den Boden. »Und ich hasse Samhain und die endlosen Winterregen, die Einsamkeit, die mich dort erwartet. Geht diese Nacht wirklich vorüber, ohne daß die Dämonen sich meiner bemächtigen und ohne daß ein Mann bereit ist, mich zur Frau zu nehmen?«

Caradoc kniete sich zu ihr und nahm sie unbeholfen in seine Arme. Zum allerersten Male regte sich so etwas wie Mitgefühl für Aricia in ihm. »Daran habe ich nicht gedacht, ich wußte gar nichts davon. Hast du schon einmal mit Cunobelin darüber gesprochen?«

Sie verneinte heftig, den Kopf an seine Schulter gebettet. »Er kann nichts für mich tun. Mein Vater will mich bei sich in Brigantes haben, denn ich habe keine Geschwister und nach seinem Tod werden die Häuptlinge mir ihren Eid ablegen. Wenn du dir auch nur das Geringste aus mir machst, dann laß nicht zu, daß dies geschieht.« Sie blickte mit geschwollenen Augenlidern zu ihm auf, die Farbe war völlig aus ihrem Gesicht gewichen. »Ich bringe dem Stamm der Catuvellauni die größte Mitgift, die jemals eingebracht wurde – ganz Brigantes! Das ganze Land, und wir beide werden zusammen regieren.«

»Und was wird aus meinem eigenen Tuath, meinem Stamm? Was mache ich mit meiner Sippe, mit den Freien, die mir ihren Treueschwur geleistet haben? Ich will ebensowenig nach Brigantes wie du. Kannst du dich nicht weigern, zurückzugehen?« Er löste sich von ihr und erhob sich. »Du mußt auch verstehen, daß ich mich nicht in die internen Angelegenheiten eines fremden Volkes einmischen kann. Ich...«

»Du, was? Es macht dir doch auch nichts aus, mich zu gebrauchen. Wenn du aber meinst, daß ich dein Mitleid will, dann irrst du dich. Ich verzichte darauf!« Sie wischte sich die Tränen aus den Augen und sah ihn an. »Ich könnte dir Schwierigkeiten machen, Caradoc, denn du hast mich entehrt und dich ebenso. Aber ich werde es nicht tun. Ich bin sicher, daß die Abgesandten meines Vaters bald eintreffen. Ich habe es in meinen Träumen gesehen, und es wird dir sehr leid tun, wenn ich fort bin. Du weißt es noch nicht, aber ich werde eine Lücke in deinem Leben hinterlassen, die niemand anders füllen kann. Das schwöre ich bei Brigit, der Großen Mutter meines Volkes.«

Er betrachtete ihr trotziges Gesicht, ihre wild gestikulierenden Hände. »Wir haben uns gegenseitig benutzt, vergiß das nicht«, erwiderte er. »Wie konnte dies passieren, Aricia? Wie kommt es, daß wir aufgehört haben, wir selbst zu sein?«

»Weil wir erwachsen geworden sind und du zu dumm warst, das zu bemerken!« rief sie ungehalten. »Du hättest wissen müssen, daß ich dich liebe, hättest es spüren müssen! Statt dessen stehst du hier und gaffst wie ein Bauer. Geh!« Trotzig warf sie sich aufs Bett. Caradoc starrte ungläubig auf die reglose Gestalt und fragte sich verwundert, ob Aricias Auftritt echt war oder ob sie wieder einmal eine der vielen Rollen spielte, die sie so bravourös beherrschte. Doch er hatte sich schon viel zu lange aufgehalten. Entschlossen schob er die Türhäute beiseite und schlüpfte in die Nacht hinaus.

Mit wenigen Schritten erreichte er seine eigene Hütte. Das Feuer brannte hell und verbreitete eine angenehme Wärme. Offenbar war sein Diener Fearachar hier gewesen und hatte sich darum gekümmert. Caradoc zog seufzend seine feuchten Kleider aus, hüllte sich in eine Decke und streckte sich vor dem Feuer aus.

Seine Gedanken überschlugen sich förmlich. Am liebsten hätte er die Zeit um ein paar Stunden zurückgedreht.

Heute nacht hatte er unwissentlich Aricias wunden Punkt berührt, der unter ihrer launischen und harten Schale schlummerte. Er hatte einen Wesenszug an ihr bemerkt, der ihm mißfiel. Tränen, verzweifeltes Flehen! Dieses Verhaltens hatte er sie niemals für fähig gehalten. Ob sie sich über sich selbst wunderte?

Ausgerechnet Heirat! Allmählich wurde es ihm an den Füßen zu heiß, und er zog sie an sich. Auf dem Tisch stand ein Krug Wein, und gedankenverloren schenkte er sich ein. Nicht einmal im Traum hatte er an so etwas gedacht, nicht mit Aricia. Sie war kaum die richtige Frau dafür, die Söhne eines catuvellaunischen Häuptlings zu erziehen. Seine spontane Ablehnung entsprang einer Überzeugung, die tief in ihm wurzelte und von der er nichts wußte. Er war sich nur der magischen Anziehung bewußt, die sie auf ihn ausübte. Und sie kannten sich allzu gut, wenigstens hatte er das geglaubt. Er erinnerte sich an den Tag, als sie in Camulodunum ankam, an ihre großen, erschreckten Kinderaugen, ihren übertriebenen, kindischen Stolz. Schon damals hatte er sie ins Herz geschlossen, obgleich er selbst noch ein Kind gewesen war, und in den zehn Jahren, die seither vergangen waren, hatten sie gemeinsam gejagt, gefeiert und miteinander gekämpft; hatten die Bauern geärgert, den freien Bürgern Streiche gespielt, einander die Stange gehalten – und nun plötzlich, von einem Tag zum anderen, war alles vorbei.

Es hatte immer außer Zweifel gestanden, daß er Eurgain heiraten würde. Sie war die Tochter von Cunobelins oberstem Stammeshäuptling, und ihre Zuneigung füreinander war älter als die gemeinsam gegründete Kriegstruppe Cunobelins. Auch sie war von großer Gestalt, doch zarter und zerbrechlicher als Aricia und viel ausgeglichener als diese. Sie hatte die honigblonden Haare und die kornblumenblauen Augen seines Volkes, und auch wenn sie im landläufigen Sinn nicht schön zu nennen war, so verkörperte sie doch die besten Qualitäten und Fähigkeiten der Catuvellauni. Ihr ruhiges Wesen und die Aura der Zuversicht, die sie umgab, zog viele Menschen an. Sie schien seine Gedanken schon zu kennen, noch ehe er sie ausgesprochen hatte.

Eurgain.

Aricia drängte sich in seine Gedanken, nackt, schwarzäugig, verführerisch und ohne Scham, mit langen, wehenden Haaren, die ihren Körper weich umspielten, und er glaubte, vor Sehnsucht nach ihr zu vergehen. Wie vortrefflich hatte sie es verstanden, ihre Liebe für ihn zu verheimlichen – wenn es wirklich Liebe war. Ob sie Eurgain haßte? Doch sie hatte nichts dergleichen angedeutet. Hatte sie ihm unter dem Druck der bevorstehenden langen Reise zurück in ihre Heimat vielleicht eine letzte, verzweifelte Szene vorgespielt? Wie war es nur möglich, daß er Tag um Tag mit ihr verbracht hatte, ohne sie wirklich kennenzulernen? Er preßte seine Hände auf die brennenden Augen, wünschte nichts sehnlicher, als daß es möglich wäre, die wenigen Schritte zu ihrer Hütte zu gehen, um ihr zu sagen, daß ... Aber was? Daß er sich vor Begierde nach ihr verzehrte? Daß sein Verlangen nach ihr unersättlich war, aber Liebe war es eben nicht? Wie tief bin ich doch gesunken, und meine Ehrenprämie mit mir! Was würden Cunobelin und die Freunde denken, wenn sie mich so sehen könnten!

Unruhig erhob er sich und legte sich auf das Bett. Scham erfüllte ihn, und immer wieder überlegte er, was passiert wäre, wenn er sich heute nacht wie ein Ehrenmann benommen hätte, wenn er sie rechtzeitig verlassen hätte, ehe sie ihn umgarnen konnte. Aber er wußte, es hätte kaum einen Unterschied gemacht, dazu war es Wochen, ja Monate zu spät. Müdigkeit übermannte ihn. Es hatte aufgehört zu regnen. Caradoc versank in einen unruhigen Schlaf, in dem Aricia um ihn herumstrich wie eine Bache um einen brünstigen, gefangenen Keiler.

Am darauffolgenden Tag erwachte er spät von den Geräuschen, die sein Diener verursachte, als er die Asche zusammenkehrte, um ein neues Feuer zu entfachen, und dabei ein leises Liedchen pfiff. Ein dünner Lichtstrahl stahl sich durch die Türhäute und durch einen Schlitz drang kalte Morgenluft in den Raum. Sie vertrieb Caradocs trübe Gedanken an die letzte Nacht, und er setzte sich auf. Fearachar unterbrach seine Arbeit.

»Einen guten Morgen wünsche ich, Herr. Ich freue mich, Euch

wohlauf zu sehen. Es hat den Geistern also gefallen, Euch nicht zu behelligen.«

»Auch dir einen guten Morgen, Fearachar«, erwiderte Caradoc automatisch. »Ich bin hungrig.« Er fühlte sich gut, stand auf, streifte seine Hose und eine frische Tunika über, legte das Schwertgehenk um – und erinnerte sich plötzlich wieder an die vergangene Nacht. Sein Torque – er lag nicht auf dem gewohnten Platz. Mit einem Frösteln fiel ihm ein, daß er ihn bei Aricia liegengelassen hatte. Fearachar bemerkte Caradocs Bestürzung. Er richtete sich auf, klopfte den Staub von seinen Händen und holte aus den tiefen Falten seines kurzen Umhangs etwas hervor.

»Die Herrin Aricia bat mich, Euch dies hier zu geben und auszurichten, daß sie es mehr als Joch der Sklaverei empfindet, obwohl es doch das Zeichen der freien Männer ist.« Caradoc packte das goldene Halsband unwirsch und legte es sich wieder um. »Sie sagte auch, daß sie Cäsar in den Zwinger gebracht hat. Es war nicht recht von Euch, die Hunde mitzunehmen, Herr. Euer Vater wird darüber erzürnt sein.«

»Möglich. Aber was geht dich das an?« entgegnete Caradoc grob. Joch der Sklaverei! Wie konnte sie es wagen?

»Herr, ich bin ein freier Mann und darf meine Meinung frei äußern. Ich habe zwar meine Ehrenprämie verloren, nicht aber mein Ehrgefühl«, gab der Diener beleidigt zurück.

»Fearachar, wenn du wirklich eine Meinung hast, kannst du sie natürlich äußern. Zuerst solltest du jedoch lernen, deinen Kopf zu gebrauchen.« Damit hängte er sich einen rot-gelb-gestreiften Umhang über die Schultern, befestigte ihn mit einer schweren Silberbrosche, streifte mehrere Bronzereifen über die Arme und schlüpfte schließlich in ein Paar Ledersandalen. Flüchtig fuhr er sich mit dem Kamm durch die Haare, dann schritt er würdevoll in den Morgen hinaus.

Draußen blieb er stehen und atmete tief die frische, klare Luft. Der Sturm war in der Nacht nach Norden abgezogen, und vor ihm erstreckte sich das Tal unter einem strahlend blauen Himmel. Spiralförmige Rauchwölkchen stiegen von den Hütten und den Gehöften der Bauern auf, und in der Herbstsonne balgten sich fröhlich die Kinder. Weit draußen meinte Caradoc den Fluß zu erkennen und ganz am Horizont, als dunklen Streifen nur, den Wald, über dessen Baumkronen der Nebel hing. Im Norden ballten sich dunkle Wolkenhaufen, doch hier würde das Wetter bis zum Abend halten.

Er folgte dem sich schlängelnden Pfad zum Versammlungshaus und rief dabei nach Cinnamus und Caelte. Dann begann er zu laufen, und obwohl er nicht auf die beiden wartete, kamen sie zur gleichen Zeit mit ihm an, gingen hinein und entboten den anwesenden Häuptlingen, die auf Cunobelin warteten, ihren Gruß. Der Geruch von heißer Brühe und Schweinefett schlug ihnen entgegen und ihre Augen mußten sich erst an das Dämmerlicht gewöhnen, dennoch strebten sie zielsicher der Mitte der Halle zu, wo an schweren Eisenketten ein großer Kessel hing, den ein kräftig geschürtes Feuer warmhielt. Sie schöpften sich die heiße Brühe in hölzerne Schüsseln, nahmen von einem Sklaven Brot und kaltes Schweinefleisch entgegen, das appetitlich auf großen Servierplatten angerichtet war, und ließen sich in einer Ecke nieder. Schweigend und hungrig begannen sie zu essen.

Das Versammlungshaus war fünf Jahre vor Caradocs Geburt errichtet worden, als sein Vater über den Stamm der Trinovanten herfiel und deren Stammesgebiet einnahm. Sodann hatte er die Hauptstadt und seine Münzstätte hierher, nach Camulodunum, verlegt. Schon Tasciovanus, Caradocs Großvater, hatte das Gebiet für sich beansprucht, es jedoch nicht lange halten können, weil Cäsar Augustus aufgebracht nach Gallien geeilt kam. Damals hatte sich Tasciovanus taktvoll nach Verulamium zurückgezogen. Cunobelin wartete auf einen günstigen Zeitpunkt, um erneut gegen die Trinovanten ins Feld zu ziehen, und als Rom durch den Verlust von drei Legionen in Germanien geschwächt und ihr Kampfgeist demoralisiert war, schlug er zu. Diesmal hatte Rom lediglich mit den kaiserlichen Schultern gezuckt, und Cunobelin trat seine Herrschaft über die größte Ansammlung von Stämmen im ganzen Land an. Er ließ sich von nun an Ri, König, nennen, und trotz seines hohen Alters waren sein Machthunger und Ehrgeiz noch immer ungebrochen. Caradoc erinnerte sich, daß sein Onkel und Cunobelin in den Kampf gezogen waren, als er gerade zehn Jahre alt war, und seither herrschte Eppaticus, eben jener Onkel, über die nördlichen Atrebaten. Verica, dem rechtmäßigen Herrscher, blieb lediglich ein schmaler Streifen an der Küste. Bei jeder sich bietenden Gelegenheit legte er in Rom Protest ein, doch Rom hatte Wichtigeres zu tun, als wegen der Klagen eines unbedeutenden Häuptlings Soldaten nach Britannien in den sicheren Tod zu entsenden. Außerdem betrieb Cunobelin erfolgreich Handel mit Rom. Er versorgte die Stadt am Tiber mit Jagdhunden, Häuten, Sklaven, Vieh, Getreide und ab und zu mit Gold und Silber aus dem Landesinnern, denn Cunobelin stand auch mit den dort ansässigen Stämmen in regem Tauschhandel. Rom revanchierte sich mit Wein, Eßgeschirr und Trinkbechern aus Silber, mit bronzebeschlagenen Möbelstücken, Keramiken, Elfenbein und kostbarem Schmuck für die Häuptlinge, ihre Pferde und ihre Frauen. Auf dem Fluß herrschte zu jeder Zeit ein reger Schiffsverkehr, überall auf catuvellaunischem Gebiet konnte man römische Kaufleute antreffen und Neuigkeiten wurden ebenso selbstverständlich ausgetauscht wie Waren. Über allem wachte Cunobelin wie eine alte, listige Spinne, die ihr Netz nie aus den Augen läßt. Er versuchte jedenfalls, auf beiden Beinen zu stehen und einerseits Rom erfolgreich in Sicherheit zu wiegen, andererseits seinen unersättlichen Expansionswillen zu befriedigen.

Es war eine Gratwanderung, und er war sich dessen bewußt. Rom maß dem Handelsstützpunkt große Bedeutung bei und würde auf einen Krieg sofort mit einer Intervention reagieren. Sich jedoch gänzlich von Tiberius' Wohlwollen abhängig zu machen war genauso unbesonnen, wie auf den Treibsand einer Flußmündung ein Haus zu bauen. Im übrigen mußte er dafür Sorge tragen, daß seine kriegslustigen Häuptlinge nicht unruhig wurden, denn seine Machtstellung hing unter anderem auch von ihrem Wohlwollen ab. Sie waren relativ zufrieden, wenn sie ab und zu einmal auf einen Raubzug gehen konnten, gegen die der Cäsar zwar rein formell protestierte, doch Rom unternahm nie konkrete Schritte, um sie künftig zu unterbinden – was Cunobelin durchaus als Anerkennung seiner Staatskunst wertete. Im Augenblick gab er sich mit dem jetzigen Territorium zufrieden und schielte nur heimlich nach Nordosten, zum reichen Land der

Iceni, und nach Westen, zu den Hügeln der Dobunni. Lediglich die Durotrigen im Südwesten hatten nichts zu befürchten. Sie waren selbst ein kriegerisches Volk, halsstarrig und absolut unlenksam. Um sie zu unterwerfen, wäre ein so großangelegter Feldzug nötig, daß seine Handelsbeziehungen mit Rom unweigerlich Schaden nehmen würden. Diese Stämme blieben unter sich und waren in ihren Traditionen tief verwurzelt. Außerdem hatte der Ri keine Eile, sie liefen ihm nicht davon.

Was Dubnovellaunus anging, den Häuptling der unterworfenen Trinovanten, so leckte er in Rom seine Wunden, während sein Volk in catuvellaunischen Diensten den Boden bestellte. Noch ganz im Siegestaumel seiner Eroberungszüge hatte Cunobelin also den Bau des Versammlungshauses angeordnet, und schon bald war ein massiver Holzbau errichtet worden, geräumig und luftig, mit einem Dach, das sich hoch über den Köpfen der Edlen wölbte. Stämmige Holzsäulen, von einheimischen Kunsthandwerkern spiralförmig mit phantasiereichen Ornamenten, Schlangen, Blättern und Ranken verziert, dienten als Stützpfeiler und Zierde zugleich. Halbverdeckt spähten geschnitzte, maskenhafte Gesichter mit geheimnisvollen, träumerischen Augen in den Raum. Cunobelin selbst und auch seine Familie hegten keine großen Sympathien für die Kunst der Einheimischen. Sie zogen die ehrlichen, offenen Gesichter und klaren Formen der römischen Töpfer- und Silberschmiedekunst vor, denn manchmal, besonders aber an langen Winterabenden, schien Leben in die geheimnisvollen Figuren der einheimischen Künstler zu kommen. Dann war es, als bewegten sie sich unauffällig, und ihr leises Gemurmel erfüllte den Raum mit Geschichten aus der alten Zeit, als die Catuvellauni noch nichts zu sagen hatten.

Durch den Abzug im Dach konnte der beißende Rauch der Feuerstelle entweichen. Allerlei Kriegs- und Jagdgerät zierte die Wände – Schilde, Eisenschwerter, Lanzen und Speere, und als besondere Trophäe baumelte der Schrumpfkopf eines getöteten Feindes an seinen Haaren vom zentralen Stützpfeiler. Er stammte noch aus Tasciovanus' Zeit, und man hatte seinen Namen vergessen. Trotzdem wurde er mit in jede Schlacht getragen und schmückte unterwegs Cunobelins Zelt. Caradoc und auch die anderen hatten schon vor Jahren aufgehört, den Schrumpfkopf bewußt wahrzunehmen.

»Heute gehen wir nicht auf die Jagd«, schlug Caradoc seinen Freunden vor. »Ich nehme an, ihr wollt beide beim Viehschlachten zusehen.«

Cinnamus wischte sich den Mund am Ärmel sauber und stellte die Schüssel beiseite. »Ich werde auf alle Fälle gehen. Meine Viehzüchter erzählen mir, daß Tiere fehlen, und ich habe so das bestimmte Gefühl, daß Togodumnus sich heute ins Fäustchen lacht. Wenn er es gewagt hat, sich an meinen Zuchttieren zu vergreifen, werde ich ihn zur Rechenschaft ziehen.«

Caelte lehnte sich zurück. »Wir bekommen Gesellschaft«, flüsterte er leise. »Da ist Cunobelin.«

Sie waren fast die einzigen Anwesenden, denn der Morgen war bereits weit fortgeschritten, und am Fluß hatte das große Herbstschlachten begonnen. Caradoc drehte sich um und sah seinen Vater würdevollen Schrittes eintreten. Die Häuptlinge, die auf ihn gewartet hatten, umringten ihn und einen Mann von gedrungener Gestalt, der an Cunobelins Seite schritt und ein kleines Mädchen an der Hand führte. Die Gruppe begab sich geradewegs zum Kessel, und Cunobelin bediente seine Gäste höchstpersönlich. Während die Häuptlinge sich Brühe schöpften und um die letzten Fleischstücke zankten, schweifte Cunobelins Blick durch den Saal, dann näherte er sich dem Tisch der drei jungen Männer. Sie erhoben sich respektvoll, und Caradoc forschte in seines Vaters Gesicht nach Hinweisen auf seine Laune. Ob er wohl schon Bescheid wußte?

»Ah, Caradoc«, rief er mit dröhnender Stimme. »Dies ist Lord Subidasto, Häuptling der Iceni, mit seiner Tochter Boudicca.« Caradoc verneigte sich kurz in Richtung des Besuchers und lächelte das kleine Mädchen an.

»Und dies sind Cinnamus, mein Waffenträger und Wagenlenker, und Caelte, mein Barde. Seid uns willkommen.«

Nachdem man sich mit dem traditionellen Griff ums Handgelenk begrüßt hatte, nahmen alle Platz. Caelte kümmerte sich sogleich um das kleine Mädchen, Cinnamus entschuldigte sich jedoch und verließ sie, um zum Fluß hinunterzugehen. Caradoc spürte Cunobelins nachdenklichen Blick auf sich ruhen und wandte sich an Subidasto.

»Friede und ein langes Leben. Ihr habt eine anstrengende Reise hinter Euch. Wir hoffen, daß Euer Aufenthalt Euch Ruhe und Frieden bringt.« Caradoc sprach die formellen Begrüßungsworte, doch Subidasto lachte nur. Wie unhöflich er ist, dachte Caradoc. Ich entbiete ihm den formellen Gruß, wie es Vater sicher ebenfalls getan hat. Was gibt es da zu lachen?

»Das hängt ganz von Eurem Vater und unseren Gesprächen ab. Wir haben vieles zu bereden.«

Caradoc musterte den Besucher. Er hatte ihn wohl falsch eingeschätzt. Subidasto war stämmig, ja, aber nicht fett, sondern muskulös, und sein Mund verriet Entschlossenheit und Unnachgiebigkeit. Diese Züge spiegelten sich auch in dem stechenden Blick seiner klaren, hellblauen Augen. Es waren die Augen eines Mannes, der sich viel im Freien aufhält und gewohnt ist, von Horizont zu Horizont zu blicken. Ob es Schwierigkeiten gab? Hatte Subidasto deswegen die Immunität beansprucht, die an Samhain jedem gewährt wurde? Was führte Vater diesmal wieder im Schilde? Caradoc blickte verstohlen zu Cunobelin hinüber, doch dessen Gesichtszüge zeigten nur Belustigung über das Wortgeplänkel.

»Friede!« gebot er nun. »Wir werden vortrefflich speisen und trinken, werden singen und feiern und natürlich die Samhainriten befolgen. Dann können wir sprechen.« Schwerfällig stand er auf. »Wenn Ihr mit dem Frühstück allerdings schon fertig seid, werde ich Euch gern die Stadt zeigen.«

Subidasto verzog den Mund und erhob sich unwillig.

Plötzlich bemerkte Caradoc, daß Boudicca ihn flehentlich ansah. Ihr Blick berührte ihn unangenehm. »Vater, willst du mich bitte entschuldigen? Ich muß mich um mein Vieh kümmern.«

Cunobelin entließ ihn, bemerkte jedoch mit verhaltener Stimme: »Wir werden noch über meine Hunde zu reden haben. Brutus hat ein zerfetztes Ohr und kann vorläufig nicht verkauft werden. Ich frage mich, wie das passieren konnte, wo doch die Wachen am Zwinger strikten Befehl hatten, die Hunde nicht aus den Augen zu lassen! Ich erwarte eine Erklärung.«

»Du hast es also schon herausgefunden, Vater«, grinste Caradoc. »Hast du mit Tog gesprochen?«

»Mit ihm und mit Aricia. Ihr drei schuldet mir zwei junge Kühe, Zuchttiere.« Cunobelin grinste ebenfalls.

»Aber Vater«, protestierte Caradoc. »Nimm ein geschlachtetes Tier. Ich kann mir den Verlust einer lebenden Kuh nicht leisten.«

»Wenn du darauf bestehst, kämpfe ich auch mit dir darum«, erwiderte Cunobelin ungerührt.

»Lieber nicht«, rief Caradoc lachend, »ich habe schon genug Kratzer von dir abbekommen. Aber ein Zuchttier ist wirklich ein hoher Preis.«

»Dann geh mit Cinnamus und Fearachar auf einen Beutezug. Was meinst du, wie ich reich wurde?«

Caradoc gab sich geschlagen und wandte sich zum Gehen, als sich eine Kinderhand in die seine stahl und ihn zurückhielt. Boudiccas braune Augen hingen noch immer an ihm.

»Darf ich mit dir kommen?« flüsterte sie.

Das hatte ihm gerade noch gefehlt, doch Cunobelin ließ ihm keine Zeit, die Bitte abzuschlagen. »Nimm die Kleine mit zum Viehschlachten und kümmere dich um sie. Seid Ihr einverstanden?«

Subidasto zögerte. Einerseits war er von dem Wunsch beseelt, so unhöflich wie nur eben möglich zu sein und sich keinesfalls einwickeln zu lassen, andererseits wollte er es aber auch vermeiden, die mächtigen Catuvellauni unnötig gegen sich aufzubringen. Schließlich gab er seine Zustimmung, und Caradoc verließ mit Boudicca im Schlepptau das Versammlungshaus. Sie traten in einen strahlenden Sonnenschein hinaus und folgten dem Pfad zum zweiten Tor, neben dem Fearachar mit sauertöpfischer Miene am Boden saß und Caradocs Pferd am Zügel hielt.

»Seit einer Ewigkeit warte ich nun schon auf Euch, Herr«, bemerkte er vorwurfsvoll. »Ich friere und bin hungrig.«

»Dann solltest du schleunigst etwas essen und dich aufwärmen. Ich fürchte nur, wir haben dir nicht allzuviel übriggelassen«, erwiderte Caradoc schlagfertig. »Boudicca, kannst du reiten?«

Stolz sah sie ihn an. »Natürlich! Aber... nicht diese großen Pferde, nur Ponys. Bei uns gibt es keine so großen Pferde«, erklärte sie errötend.

Caradoc hob sie auf das Pferd und sprang selbst auf. Geschickt packte er die Zügel. »Hast du Lust auf einen schnellen Ritt?« fragte er. Sie nickte begeistert und klammerte sich an der Mähne fest, während Caradoc das Pferd antrieb und sie lospreschten.

Der Ritt zum Fluß hinunter dauerte über eine Stunde, aber schon an der letzten Wegbiegung, noch ehe sie den Fluß und das Marschland vor sich sahen, konnten sie ihr Ziel riechen. Der widerwärtige Geruch von frischem Blut hing schwer wie eine süßliche Wolke über dem Ort, der angefüllt war mit dem hysterischen Gequieke und Todesgeschrei von Tausenden von Schlachttieren. Es wimmelte nur so von stoßenden und drängelnden Menschen und Tieren, und der Lärm war unbeschreiblich. In einiger Entfernung erkannte er Tog im Gedränge am Ufer. Mit Schrecken bemerkte er Aricia an seiner Seite, und die Erinnerung an die vergangene Nacht lebte wieder auf. Die beiden saßen eng beieinander auf einem Umhang. Sie schienen sich angeregt zu unterhalten. Caradoc zügelte sein Pferd und stieg ab, während Boudicca sich einfach herabgleiten ließ und sich neben ihn stellte. Adminius kam die Böschung herauf und nahm geradewegs Kurs auf Caradoc.

»Wo warst du nur die ganze Zeit? Meine Leute suchen dich schon überall!« Völlig außer Atem stand er vor seinem Bruder, sein hübsches Gesicht glühte. »Es gibt Ärger da unten. Die Freien liegen sich in den Haaren. Sholto behauptet, du hättest ihm einen Bullen und eine junge Kuh angeboten, und Alan nennt ihn einen Lügner. Er sagt, du hättest ihm nur einen Bullen angeboten, und zwar vom Schlachtvieh, damit seine Familie genug Fleisch hätte. Und Cinnamus flucht und droht, weil ihm zwölf Tiere fehlen.«

Aricia, die zugehört hatte, schmunzelte. Tog nahm eine scheinbar ernste Miene an, aber Caradoc geriet außer sich. »Und warum kommst du zu mir gerannt? Du bist der Älteste. Geh und bring die Sache in Ordnung.«

»Weil mir ebenfalls Tiere fehlen«, schrie Adminius unbeherrscht. »Tog, damit du Bescheid weißt, ich bin es leid, Nacht für Nacht in deine Weidegründe schleichen zu müssen, um mein eigenes Vieh unter deinen Tieren zu finden und es mir wieder zurückzustehlen. Hast du dein Ehrgefühl verkauft? Ich möchte wissen, wie du zur höchsten Ehrenprämie von uns allen gekommen bist. Ich werde mich bei Vater beschweren!«

»Komm her und setz dich, Adminius«, seufzte Togodumnus träge. »Es gibt doch immer Ärger, wenn die Viehzüchter ihre Tiere zum Fluß treiben. Jeder will beim Schlachten der erste sein. Es ist wirklich kein Wunder, daß die Kaufleute sich absondern und über uns lachen. Und wenn Cinnamus sich auch einmal um sein Vieh kümmern würde, anstatt dauernd mit Caradoc die Klinge zu kreuzen, dann wüßte er, daß die Tiere schon im Sommer an einer Krankheit starben. Was dich angeht, Adminius, so werde ich dich wohl wegen Viehdiebstahls anzeigen müssen. Du hast es eben zugegeben.«

Adminius lief rot an und stürzte sich wütend auf seinen Bruder. Er hieb wild auf ihn ein, und im nächsten Moment schon wälzten sich die beiden tretend und um sich schlagend am Boden.

Aricia seufzte. »Es wäre vielleicht wirklich besser, wenn du selbst nach dem Rechten siehst, Caradoc.«

Ihre Blicke begegneten sich. Caradoc verspürte eine prickelnde Wärme in der Lendengegend, aber Aricias Augen verrieten ihm keinerlei Gefühle. Ihre Stimme klang ruhig, als hätte es die letzte Nacht nie gegeben. Nun denn, vielleicht war alles nur ein böser Traum gewesen. Möglicherweise waren weder Aricia noch Cäsar von Dämonen besessen gewesen, sondern er selbst, Caradoc, hatte Samhain in einem Anfall von Wahn und Trug verbracht. Sie drehte ihren Kopf zur Seite und stieß einen langen Seufzer aus. Mit hängenden Schultern saß sie da, ein Bild der Hoffnungslosigkeit. Nein, sie war zu ruhig, zu gefaßt, er hatte nicht geträumt.

»Du kannst die Kleine bei mir lassen. Wer ist sie?«

»Boudicca, die Tochter von Subidasto, dem Häuptling der Iceni.« Caradoc zog den Umhang fester um die Schultern. Von den beiden Kämpfenden kamen wütende Schreie. Caradoc mußte an sich halten, um nicht beiden einen ordentlichen Tritt zu versetzen.

»Komm, setz dich zu mir«, sagte Aricia zu dem Mädchen. »Wie gefallen dir die Catuvellauni?«

»Ihr habt schöne Pferde und viel Vieh«, erwiderte die Kleine wie aus der Pistole geschossen, »aber mein Vater sagt, daß ihr alle an einer schrecklichen Krankheit leidet.«

Caradoc drehte sich belustigt um. »Tatsächlich?« fragte er. »Und was für eine Krankheit haben wir?«

»Sie heißt die Römische Krankheit.« Boudicca schaute sie mit ihren klaren Augen ernst an. »Was ist das für eine Krankheit? Kann ich mich anstecken? Ich will nicht krank werden.«

Aricia und Caradoc sahen sich verdutzt an, dann brach Aricia in schallendes Gelächter aus. »Das glaube ich nicht, kleine Boudicca!« Sie rang nach Luft. »Du und dein Vater, ihr werdet bestimmt nicht daran erkranken. Sie sucht nur die Catuvellauni heim.«

»Dann bleibe ich lieber nicht bei euch sitzen. Ich will noch einmal Caradocs Pferd reiten.«

Das Kind hat eine schnelle Auffassungsgabe, dachte Caradoc. Sie weiß, daß Aricia über ihren Vater gelacht hat. Er nickte Aricia zu und machte sich auf den Weg hinunter zum Fluß. Sollte man über Subidastos Frechheit nun lachen oder weinen? Die Römische Krankheit! Wie wenig kannte er doch Cunobelin, sonst würde er die Catuvellauni nicht für Werkzeuge Roms halten. Zuallererst einmal sind wir Freie, unsere eigenen Herren. Das ist unser ganzer Stolz.

Er stürzte sich in das bunte Gedränge von kleinwüchsigen, dunkelhaarigen Bauern und Einheimischen, Freien und ehemaligen Häuptlingen, und man machte ihm ehrerbietig Platz. Seine Mutter entstammte einem einheimischen Herrschergeschlecht. Hier und da begegnete er einem seiner eigenen Häuptlinge, die sich ihm anschlossen.

Der Gestank wurde immer unerträglicher. Das Gras war mit Blut getränkt und überall bildeten sich kleine Rinnsale. Die geschlachteten Tiere wurden zu großen Haufen aufgetürmt, um später gehäutet und zerteilt zu werden. Myriaden von kleinen Fliegen schwirrten in der Luft, obwohl es doch schon erste Nachtfröste gegeben hatte. Alan stand bei Cinnamus, die Arme blutig bis zu den Ellbogen. Sholto debattierte noch immer mit ihnen und unterstrich seine Behauptungen durch Fäusteschütteln und zorniges Stampfen. Die Umstehenden verfolgten das Spektakel aufmerksam, bald würde es Prügel hageln, das war sicher. Caradoc unterbrach die Streitenden.

»Guten Morgen, Alan, und auch Euch, Sholto. Soll ich Euch am Kragen nehmen und zur Abkühlung in den Fluß werfen? Warum überwerft Ihr Euch mit einem meiner freien Männer?«

Sholto sah ihn zornig an. »Auch ich bin einer Eurer freien Männer, Herr, oder habt Ihr unsere Abmachung vergessen? Ich habe Euch meinen Treueschwur geleistet, für einen Zuchtbullen und eine junge Kuh. Alan nennt mich einen Lügner!«

Caradoc sah ihn einen Augenblick lang nachdenklich an, und Sholto hielt diesem Blick nicht stand. Schon tat es Caradoc leid, daß er ihn zu einem seiner Anführer ernannt hatte, denn eigentlich mochte er Sholto nicht besonders. Aber Togs hohe Ehrenprämie war Caradoc ein Dorn im Auge, und Sholtos Sippe zählte viele Häupter. Außerdem besaß er eine beachtliche Anzahl von Tieren. Er war zwar ein weinerlicher, verlogener Geizhals, aber er konnte kämpfen und seinen Mann stehen – und das galt auch für die Angehörigen seiner Sippe.

»Ich werde Euch nicht der Lüge bezichtigen, Sholto, sondern sagen, daß Ihr nicht richtig zugehört habt. Alan hat recht. Ich habe Euch einen Bullen zur Aufstockung Eurer Wintervorräte versprochen und einen silbernen Trinkbecher für Eure Frau. Wenn Ihr allerdings lieber eine junge Kuh hättet, ist es mir auch recht. Vielleicht möchtet Ihr aber auch lieber Togodumnus' Angebot berücksichtigen. Es steht Euch frei, zu wählen, nur entscheidet Euch. Mein Vieh ist schon bereit.«

Ein Lächeln huschte über Alans Gesicht. Zufrieden verschränkte er die Arme. Sholto biß sich auf die Lippen und versuchte, einen klaren Gedanken zu fassen. Togodumnus war noch jung, aber er hatte viele freie Männer in seinem Gefolge. Vielleicht zu viele, denn sie lagen dauernd im Streit untereinander. Caradoc schaffte es, seine Männer mit einem einzigen Wort oder einem Scherz zur Räson zu bringen. Vor allem aber hielt er sich an Abmachungen, war ehrlich, konnte mit den Leuten umgehen und ließ sich nicht manipulieren. All das bedeutete eine gewisse Sicherheit. Mürrisch gab er seinen Entschluß bekannt.

»Ich werde eine junge Kuh nehmen, Herr.«

»Eine kluge Entscheidung, Sholto. Alan, ich denke, Ihr könnt mit der Arbeit fortfahren. Cinnamus, was macht dich so wütend?«

»Diesmal hat dein Bruder den Bogen überspannt!« Cinnamus näherte sich Caradoc und sprach gepreßt, mit einem gefährlichen Unterton in der Stimme. »Zwölf Stück Vieh, meine fettesten Schlachttiere, habe ich bei ihm gefunden. Ich kenne sie. Mein Vorsteher kennt sie. Ich werde noch heute nacht Klage gegen ihn erheben, Caradoc, und ich werde mich entschädigen lassen, darauf kann er sich verlassen.«

»Kannst du beweisen, daß es deine Tiere sind?«

»Jeder meiner Leute kann es beschwören.«

»Das werden auch Togs Leute tun. Du mußt eine bessere Handhabe gegen ihn haben.«

»Die habe ich! Mein ganzes Vieh wurde im Frühjahr markiert. Sie tragen eine Kerbe am Ohr.« Cinnamus verzog grimmig sein Gesicht. »Togodumnus wird sich nicht mehr herausreden können.«

Die Menge begann sich zu verlaufen, enttäuscht, weil es keinen Kampf gegeben hatte. Schlächter und Gerber nahmen ihre Arbeit wieder auf, und Caradoc blickte suchend um sich, doch Aricia, Tog und Adminius waren verschwunden, Boudicca und sein Pferd ebenfalls.

»Cin, ich schlage vor, du erzählst alles, was du mir eben berichtet hast, Tog persönlich. Fordere dein Vieh zurück und eine Entschädigung von zwölf Tieren aus seiner Herde. Es wird ihn viel mehr treffen als Vaters gerechtes Urteil. Der Gedanke, daß ihr euch wegen ein paar Kühen die Köpfe einschlagt, gefällt mir überhaupt nicht.«

»Ein paar Kühe!« schnaubte Cinnamus aufgebracht und spuckte verächtlich auf den Boden. »Für dich sind es nur ein paar Kühe, nicht der Mühe wert, aber du hast ja auch eine große Herde. Mir ist jede einzelne so viel wert wie dir zwei. Und ich sage dir noch etwas – es würde mich und die Gemüter von einigen anderen richtiggehend besänftigen, wenn ich ihn endlich vors Schwert bekäme. Sogar seine eigenen Anführer nehmen ihm die ewigen Betrügereien langsam übel.«

Das stimmte. Tog war mit seinen sechzehn Jahren ein vollendeter Charmeur. Dank dieser Gabe hatte er schon so manches Mal seinen Kopf aus einer brenzligen Situation retten können, und ihr verdankte er auch die unterwürfige Anhänglichkeit seiner Getreuen. Cunobelin allerdings war nicht länger willens, sein Treiben zu tolerieren, und selbst in der eigenen Sippe sank Togs Ansehen rapide. Caradoc wurde bewußt, daß es Cinnamus ein leichtes wäre, Tog im Kampf zu töten. Von Kindesbeinen an war dieser jetzt so erzürnt und entschlossen dreinschauende junge Mann zu einem kaltblütigen Kämpfer mit untrüglichen Instinkten und blitzschnellen Reflexen ausgebildet worden, der ohne jede Gnade töten würde. Caradoc hatte ihn nicht zuletzt wegen dieser herausragenden Qualitäten zu seinem Waffenträger und Wagenlenker gemacht. Außerdem war Cin stets zum Lachen aufgelegt und hatte eine großzügige Art. Ihn und Caradoc verband eine tiefe Freundschaft.

»Du mußt tun, was dir richtig erscheint, Cin«, entgegnete er schließlich. »Aber bedenke auch die Konsequenzen, die für deine Familie entstehen, wenn aus eurem Streit eine Blutfehde wird.«

»Das wagt er nicht. Nicht Tog. Aber ich werde mich zufriedengeben, wenn du mit ihm sprichst. Richte ihm aus, daß ich mein Vieh zurückhaben will und außerdem eine Entschädigung verlange, und sag ihm auch ...« Er hielt inne und heftete seine grünen Augen mit einem Anflug von Sarkasmus lächelnd auf Caradoc. »Sag ihm auch, daß ich meinen Aufsehern den Befehl erteile, ihn zu töten, wenn er jemals wieder seinen Fuß auf meine Weidegründe setzt.« Er neigte seinen Kopf zum Gruß und entfernte sich selbstbewußt. Caradoc machte sich auf den Rückweg.

Er hatte etwa die Hälfte des Weges zurückgelegt, als er Togodumnus und Boudicca ausmachte, die auf seinem Pferd wie ein kleiner Spatz in einem großen Baum saß. Sie winkte ihm fröhlich zu und kletterte dann umständlich herunter.

»Ich hab' ihn geritten! Ganz allein! Wir sind sogar getrabt.« Sie streichelte stolz die warme Flanke des Pferdes. Langes rotes Haar umspielte ihr glühendes Gesichtchen, denn die sorgfältig geflochtenen Zöpfe hatten sich gelöst. Caradoc betrachtete die derben kleinen Finger, die noch immer zärtlich über die Flanke streichelten. Sein Pferd stand unbeweglich und ließ es sich mit bebenden Nüstern gefallen.

»Gut«, lobte Caradoc geistesabwesend. Gemächlich gingen sie weiter. »Hör zu, Tog, ich habe vorhin mit Cinnamus gesprochen. Die Sache mit dem Vieh ist keineswegs ausgestanden.«

Tog stieß einen übertriebenen Seufzer aus. »Ich höre immer Vieh. Was für Vieh? Ich habe keins gestohlen. Es wird sich halt verlaufen haben.«

Caradoc baute sich vor ihm auf und packte seinen Bruder bei den Schultern. »Sei kein solcher Dummkopf, Tog. Du unterschätzt Cinnamus. Er gebraucht seinen Verstand und kennt deine Gewohnheiten.« Togodumnus zuckte mit den Schultern.

»Du hast sicher nicht einmal bemerkt, daß er sein Vieh gekennzeichnet hat«, fuhr Caradoc fort. Boudicca lauschte dem Gespräch aufmerksam, und Tog hörte auf, verlegen zu grinsen. Anerkennend pfiff er durch die Zähne.

»Dann gibt es wohl Ärger. Ich nehme an, er will die Rinder zurückhaben.«

»Er will Blut sehen, dein Blut. Aber er wird sich zufriedengeben, wenn er sein Vieh zurückbekommt und zwölf Tiere als Entschädigung. Und er will dir das Versprechen abnehmen, die Finger von seinem Besitz zu lassen, sonst wird er dich töten.«

Schweigend setzten sie ihren Weg fort. Als sie sich dem Stadttor näherten, blieb Togodumnus stehen. »Ich bin einverstanden«, sagte er einfach. »Ich mag Cinnamus.«

»Warum bestiehlst du ihn dann – und die anderen?«

»Dich bestehle ich nicht!«

»Ein Häuptling stiehlt niemals etwas von einem Angehörigen seines Geschlechts«, wies Caradoc ihn zurecht. »Nicht einmal, wenn er hungert.«

Tog lachte. »Dann ist er ein Dummkopf.«

2

Am Abend gab sich ganz Camulodunum ein Stelldichein im großen Versammlungshaus. Über dem prasselnden und knackenden Feuer, das mit riesigen Holzklötzen geschürt wurde, hingen fette Schweine zum Garen an dicken Spießen. Jedesmal wenn Fett hineintropfte, loderte das Feuer kurz auf, und es zischte. Samhain war vorüber. Das Vieh war geschlachtet und konnte bald gesalzen werden. In den Wintermonaten, die vor ihnen lagen, würde keiner darben müssen. Die Kühe standen sicher in den Ställen, das Getreide war eingebracht und lagerte in großen Behältern und im Lagerhaus. Jetzt konnte das schlechte Wetter ruhig kommen.

Met, Bier und römischer Wein flossen reichlich und heizten die Gespräche an. Caradoc, Cinnamus und Caelte kämpften sich durch die Menge zu ihren angestammten Plätzen neben Cunobelin, der bereits auf seinen Fellen am Boden saß. Er trug einen gelben Umhang und im Widerschein des Feuers funkelte sein goldener Torque wie ein Stern. An seiner Seite saß Subidasto mit der kleinen Boudicca, die eifrig auf ihren Vater einredete. Zu Cunobelins Linken kniete Adminius, der nur Augen für die gebratenen Schweine hatte und dem das Wasser bereits im Munde zusammenlief. Caradoc und seine Begleiter nahmen ihre Plätze neben ihm ein. Togodumnus, der den nächsten Platz innehatte, war noch nicht eingetroffen, und Aricia saß neben Subidasto auf der Seite der Gäste, weil sie trotz ihrer vielen Jahre in Camulodunum noch immer wie ein Gast behandelt wurde und als solcher bei allen festlichen Anlässen einen Ehrenplatz zugewiesen bekam.

Caradoc ließ seinen Blick suchend über die Köpfe schweifen. Er fand Eurgain mit ihrem Vater und Gladys, seiner Schwester, am anderen Ende der Halle. Als spürte sie seinen Blick, drehte Eurgain sich um und lächelte zu ihm herüber. Sie trug eine neue rot-grüne Tunika mit feinen Mustern, ein silbernes Fußkettchen und ein goldenes Stirnband. Ihr Vater zählte zu Cunobelins reichsten Häuptlingen, und sie besaß Schmuck aus allen Teilen der Welt.

Gladys hatte ihn ebenfalls bemerkt. Sie trug ihr fast bodenlanges Haar zu einem dicken Zopf geflochten und eine schlichte, schwarze Tunika. Ein seltsames Wesen ist meine Schwester, dachte Caradoc bei sich. Sie war neunzehn und aus freien Stücken unvermählt. Die meiste Zeit verbrachte sie in den Wäldern, die sie, Pflanzen und Kleingetier sammelnd, furchtlos durchstreifte, und am Meer, wo sie allerlei Treibgut aufklaubte. Manchmal begleitete sie die römischen Kaufleute auf ihrem Weg dorthin. Trotz ihrer oftmals ruppigen und scheinbar ablehnenden Art war sie seit dem Tod ihrer Mutter Cunobelins auserwählte Vertrauensperson und Beraterin geworden. Vielleicht suchte und schätzte Vater ihre kluge Besonnenheit. Früher hatte sie zur Königlichen Kriegstruppe gehört. Doch als bei einem Beutezug gegen die Coritani, den er und Tog angeführt hatten, drei Menschen getötet wurden, darunter ein Kind, hatte sie sich von ihnen abgesondert. Gladys war außer sich gewesen und hatte sich von dem Augenblick an geweigert, außerhalb Camulodunums etwas mit ihnen zu unternehmen. Caradoc bedauerte es, denn Gladys schien ihm etwas Besonderes zu sein – er ahnte es, obwohl er nie zu ihrem Kern durchdrang.

Endlich gab der Sklave am Bratspieß Cunobelin ein Zeichen, worauf dieser sich schwerfällig erhob. Aller Augen richteten sich hungrig auf das Fleisch und für einen Augenblick herrschte Schweigen. Cunobelin hieb mit Schwung ein Stück aus der Lende, legte es auf einen silbernen Teller und reichte ihn Subidasto.

»Das Beste für unsere Gäste«, rief er mit dröhnender Stimme und Subidasto nahm den Teller dankend in Empfang. Sofort wurde ein niedriger Tisch vor ihn gestellt und Cunobelin machte sich daran, die restlichen Schweine zu zerteilen. Das Fleisch wurde den Männern und Frauen je nach ihrer Stellung innerhalb des Tuath zugeteilt, aber wie immer stritten sich auch heute die Unzufriedenen im Hintergrund darum, wer ihrer Meinung nach zuviel oder zuwenig erhalten hatte. Diese Rangeleien fielen niemandem mehr auf, außer Subidasto. Fearachar brachte Fleisch und Brot für Caradoc; Cinnamus und Caelte wurden von ihren Dienern versorgt. Nach und nach erstarben die Gespräche, jeder war damit beschäftigt, seinen knurrenden Magen zu füllen.

Plötzlich nahm Caradoc undeutlich einen weißen Schatten an

Subidastos Seite wahr. Er hörte zu essen auf und beugte sich nach vorn, um besser sehen zu können. Togodumnus schlüpfte neben ihn und flüsterte: »Kannst du ihn auch sehen? Sieht er nicht furchterregend aus?« Caradoc fröstelte. Er hatte keinen Appetit mehr, schob den Teller von sich und nahm einen kräftigen Schluck Wein. Auch nicht eine Sekunde lang ließ er die hagere, weißgekleidete Gestalt mit dem grauen Bart aus den Augen, die reglos dasaß, weder aß noch trank und die Gesellschaft mit scharfen Augen musterte.

Ein Druide! Was will der Alte hier? fragte sich Caradoc beunruhigt. Wollte er Schicksal spielen? Die Druidenpriester haßten die Römer mit einem glühenden Fanatismus. In Cunobelins Einflußbereich hatte man folgerichtig auch schon lange keinen Druiden mehr gesehen. Dieser mußte zusammen mit Subidasto angekommen sein. Wie seltsam. Ein Druide genoß überall Immunität, und in Begleitung eines Druiden war auch jeder Reisende unantastbar. Die Unruhe seines Vaters begann auf ihn überzuspringen. Cunobelin hatte seine Augen überall, seine Aufmerksamkeit galt sowohl dem Alten als auch den römischen Kaufleuten, die sich irgendwie immer Zugang zu den Festen der Catuvellauni verschafften, um anschließend über die Dinge, die sie sahen und hörten und ohnehin nur halb verstanden, heftig zu diskutieren. Der alte Druide saß gleich einem König neben Subidasto. Die Hände ruhten in seinem Schoß, er lächelte unmerklich und ignorierte die Aufregung, die seine Anwesenheit verursachte, völlig. Natürlich hätte man ihn zuerst bedienen müssen, schoß es Caradoc durch den Kopf. Er muß uns ja für ungebildete Wilde halten! Caradoc begann, in den Resten auf seinem Teller herumzustochern. Die Anwesenheit des Druiden erfüllte den Raum mit der Magie der alten Zeit. Selbst die Catuvellauni respektierten die Person eines Druiden, wenngleich sie die Dienste der weisen Männer nicht mehr in Anspruch nahmen.

Cunobelin wischte sich den Mund an seinem Umhang und klatschte in die Hände. Sofort trat Ruhe ein. Nur das Prasseln des Feuers war noch zu hören. Draußen kam Wind auf, und es begann zu regnen. Ein Sklave schloß die Tür, während Cathbad, Cunobelins Barde, sich mit der Harfe in der Hand erhob.

»Was möchtet Ihr heute abend hören, Herr?« fragte er. Mit einem Seitenblick auf Subidasto wünschte Cunobelin sich das Lied vom Untergang des Dubnovellaunus und der Eroberung Camulodunums durch die Catuvellauni.

Cathbad lächelte. Das Lied war schon unzählige Male gesungen worden, aber Cunobelin wurde nie müde, das Lob seiner Tapferkeit und das seines Vorfahren Cassivellaunus zu hören, der Julius Cäsar gleich zweimal aus Britannien vertrieben hatte. Das Lied war so bekannt, daß viele mitsingen konnten und schon bald erfüllte rauher, kehliger Gesang die ganze Halle. Mit untergehakten Armen wiegten sich Männer und Frauen im Rhythmus hin und her und ließen sich von den glanzvollen Taten und dem heldenhaften Tod der tapferen Männer verzaubern.

Der Druide saß noch immer still da, hielt den Kopf leicht gesenkt und starrte auf seine Knie. Caradoc dachte an die drei weißen Stiere, die sie am Nachmittag für Dagda und Camulos geopfert hatten, und fragte sich, ob der Druide davon wußte. Eigentlich konnte ihm die Zeremonie gar nicht entgangen sein. Früher hatten sie den Göttern Menschenopfer dargebracht, doch die Römer fanden Menschenopfer barbarisch, deshalb gab es sie schon seit zehn Jahren nicht mehr.

Das Lied verklang. Die Weinkrüge wurden herumgereicht und Caradoc fand, daß ein Mensch nichts weiter brauchte, um zufrieden zu sein, als ein Lied, Wein, einen würdigen Gegner und natürlich eine Frau. Er schielte zu Aricia hinüber, doch auch sie beobachtete den Druiden unauffällig mit halbgeschlossenen Augen.

Togodumnus stand auf und rief: »Und jetzt wollen wir von unserem ersten Beutezug hören, Caradocs und meinem. Zwanzig Stück Vieh haben wir damals geraubt! Das war ein Tag!« Caradoc zerrte ihn am Ärmel zu sich herunter.

»Nein!« rief er. »Ich will ›Das Schiff‹ hören.«

»Nein!« protestierten andere. »Singt etwas Fröhliches!« Aber Cathbad hatte das Lied bereits angestimmt. Aricia drehte sich unvermittelt zu ihm um, und Caradoc fühlte sich traurig, ob ihretwegen oder wegen der wehmütigen Stimmung des Liedes, vermochte er nicht zu sagen. Im Schein des Feuers konnte er nicht erkennen, was in ihr vorging, und als er seinen Blick schließlich von ihr löste, spürte er, daß Eurgain ihn verwirrt und fragend anschaute. Cathbad beendete seinen kunstvollen Vortrag, aber außer Caradoc wollte niemand applaudieren, und der Barde verbeugte sich in seine Richtung. Aricia stand auf und verließ schnellen Schrittes die Versammlung.

»Nun«, sagte Cathbad und seine Finger strichen liebevoll über die Saiten seines Instruments, »wollt ihr ein neues Lied hören, eines, das ich soeben geschrieben habe?« Cunobelin nickte. »Es heißt: ›Togodumnus, der Vielhändige, und zwölf verlorene Kühe.‹«

Die ganze Gesellschaft brach in schallendes Gelächter aus, während Togodumnus wütend auf die Beine sprang. »Ich verbiete Euch, ein solches Lied zu singen. Ihr habt Cinnamus ausgehorcht!« Cunobelin bedeutete ihm, sich wieder hinzusetzen, und rief Cathbad zu sich. Die beiden flüsterten eine Weile miteinander, dann richtete sich Cathbad wieder auf.

»Leider kann ich das Lied nicht vortragen«, erklärte er bekümmert. »Mein königlicher Herr gerät immer in große Sorge, wenn ich Togodumnus mit Kühen in Verbindung bringe.« Er stimmte ein derbes Trinklied an, in das alle einfielen und in dem Togodumnus' Flüche untergingen. Als sie zu Ende gesungen hatten, zog er sich zurück, und Cunobelin erhob sich.

»Ich eröffne die Versammlung. Häuptlinge und Freie nach vorn. Alle anderen hinaus.« Bis auf wenige Sklaven und die Händler blieben alle sitzen. Auch wenn nur die Häuptlinge das Wort ergreifen konnten, so durften doch alle Freien der Versammlung beiwohnen und zuhören, wie die Angelegenheiten des Tuath gehandhabt wurden. Caradoc bemerkte, daß der Druide sich ebenfalls erhob und neben Subidasto niederkauerte. Die beiden flüsterten miteinander, und Subidasto nickte. Die kleine Boudicca war im Schoß ihres Vaters eingeschlafen.

»Unser Gast mag nun sein Anliegen vortragen«, rief Cunobelin und nahm neben Caradoc Platz. »Es wird Ärger und böse Worte geben«, murmelte er. »Dieser Subidasto hat etwas gegen uns.«

»Spricht nicht zuerst der Druide?«

Cunobelin schüttelte den Kopf.

Subidasto hatte sich erhoben und stand breitbeinig da, eine Hand am Griff seines Schwertes. Seine Augen wanderten von einem zum anderen, dann räusperte er sich und begann. »Ist irgend jemand mit meinem Immunitätsanspruch nicht einverstanden?« Stille. »Hält irgend jemand den Druiden nicht für unantastbar?« Wieder blieb es still. »Gut.« Er nickte zufrieden. »Ich sehe, daß ihr euch einen Rest von Stammeswürde erhalten habt.« Eilig sprach er weiter, denn die Häuptlinge reagierten sofort mit bedrohlichem Murren. »Ich bin gekommen, um gegen die unzähligen Überfälle der Catuvellauni auf das Gebiet der Iceni zu protestieren. Ihr habt euch nicht etwa mit dem Raub von Schafen und Rindern begnügt, nein, ihr habt sogar Angehörige meines Volkes getötet!« Er erhob seine Faust. »Warum? Weil es eurem Ri nicht einfällt, die Grenzen seines Tuath einzuhalten. Er ignoriert sie einfach – wie auch die Grenzen der anderen, über die er rücksichtslos hinwegreitet. Wo ist Dubnovellaunus? Wo ist Verica? Trotz seines fortgeschrittenen Alters nagt die Habsucht an Cunobelin, und seine Söhne sind ebenso raubgierig und grausam wie er. Er hat nichts Besseres zu tun, als dauernd über seine eigenen Grenzen hinauszuschielen und neue Eroberungen ins Auge zu fassen. Ich weiß«, rief er und schüttelte seine Faust in Cunobelins Richtung, »daß nur sein wahrer Herr in Rom uns bisher vor einem Krieg mit Cunobelin bewahrt hat.« Dieser verzog keine Miene. Er würde als nächster sprechen. »Ich verlange, in Ruhe gelassen zu werden«, rief Subidasto. »Ich verlange eine Vereinbarung. Ich verlange ein Unterpfand, das die Vereinbarung besiegelt, und ich verlange eine vollständige Wiedergutmachung all dessen, was ihr meinem Volk geraubt habt, ihr gallischen Wölfe!« Er stand noch einen Augenblick, überlegte offensichtlich, dann gab er das Wort mit einem gezwungenen Lächeln an Cunobelin ab und setzte sich.

Cunobelin ging einige Male zwischen der Versammlung und dem Feuer hin und her, die Arme verschränkt, den Kopf gesenkt, als müsse er nachdenken. Du wirst dir etwas einfallen lassen müssen, alter Fuchs, dachte Caradoc. Du mußt Subidasto auf seinen Platz verweisen. Endlich hob Cunobelin den Kopf, schaute auf die Menge und erhob theatralisch seine Arme.

»Wer bin ich?« fragte er und seine Häuptlinge antworteten.

»Cunobelin, unser König!«

»Bin ich ein Römer?«

»Nein!«

»Bin ich ein gallischer Wolf?«

»Nein!«

»Doch!« flüsterte Togodumnus in Caradocs Ohr. Der Druide warf ihm einen schnellen Blick zu, als hätte er die leise Bemerkung vernommen. Cunobelin sprach laut und betont, seine Worte waren jedoch ausschließlich für Subidasto bestimmt.

»Ihr kommt von weit her, Häuptling der Iceni, bringt wilde Gerüchte und verbreitet Lügen in unserer Mitte. Selbstverständlich gehen wir auf Beutezüge. Nennt mir einen Stamm, der es nicht tut. Verbringen Eure Häuptlinge ihre Zeit etwa mit der Erziehung der Kinder? Wir berauben die Coritani, und sie berauben uns. Wir berauben die Dobunni, und sie berauben uns. Wir verlieren dabei Tiere und Männer, aber das ist eben so. Manchmal hat man Glück, manchmal hat man keines. Krieger sind wir, keine Bauern, die ihr Land bestellen. Wir kämpfen. Könnt Ihr hier in unserer Mitte schwören, daß Ihr und Eure Häuptlinge noch nie catuvellaunisches Vieh geraubt oder unsere Männer getötet habt? Wo blieb Euer Protest, als ich Camulodunum einnahm, die Trinovanten unterwarf und Dubnovellaunus in die Verbannung schickte? Aber auch ich habe Gerüchte über die Iceni gehört, Subidasto. Im Westen Eures Landes nämlich bedrängt und bekriegt ihr selbst die Coritani! Ist es nicht so?« Subidasto machte einen undeutlichen Einwurf. »Aber wenn Ihr unbedingt einen Vertrag wollt – ich habe nichts dagegen.« Subidastos Kopf schnellte in die Höhe, er sah Cunobelin ungläubig, ja erschrocken an, und Caradoc lächelte zufrieden. Er wußte nun, was sein Vater als nächstes vorschlagen würde, und sah auch Subidastos hilflos wütende Reaktion voraus. »Ich werde Euch nicht mehr berauben, und Ihr werdet nicht mehr in mein Land einfallen. Um diese Abmachung zu besiegeln, wird jeder dem anderen ein Unterpfand überlassen. Ich gebe Euch einen meiner Söhne. Wen habt Ihr anzubieten?« Ein erwartungsvolles Lächeln huschte über sein Gesicht. Subidasto schluckte geräuschvoll und strich über Boudiccas roten Haarschopf.

»Ich habe nur meine Tochter«, erwiderte er leise, »und natürlich wißt Ihr das sehr gut, Cunobelin!«

Cunobelin gluckste und nickte mitfühlend. »Aber dieser feierlich geschlossene Vertrag muß mit einem wertvollen Unterpfand besiegelt werden, mein Freund. Die kleine Boudicca wäre hier in guter Obhut. Sie würde feine Umgangsformen und eine vornehme Lebensart kennenlernen und eine gute Erziehung genießen und ebenso gebildet werden wie wir.«

Der Seitenhieb saß, und prompt lief Subidasto zornesrot an. »Ich bin so reich wie Ihr, Cunobelin, und was die Bildung angeht, so ziehe ich jederzeit unsere eigene diesem... billigen römischen Abklatsch vor!« Cunobelin schwieg überlegen, breit lächelnd stand er da. Er hätte daran erinnern können, daß es seine Vorfahren waren, die vor nunmehr sechs Generationen Feuer und Schwert von Gallien nach Albion brachten. Er hätte auch beredt davon sprechen können, daß er niemandes Handlanger, schon gar nicht der Sklave Roms, sondern immer und in jeder Hinsicht sein eigener Herr war – doch er schwieg. Feierlich verbeugte er sich vor der Versammlung. »Haben wir eine Einigung erzielt?« rief er und einstimmig ertönte ein kehliges »Ja!«.

»Dann ist die Versammlung hiermit beendet. Ich hoffe, daß Euch unsere billigen römischen Hütten genehm sind?« fragte er Subidasto.

Vorsicht, Vater, dachte Caradoc. Zwing den armen Mann nicht dazu, das Schwert zu ziehen, denn du müßtest ihn töten. Togodumnus reckte allerdings neugierig den Hals, doch er wurde enttäuscht. Der Häuptling der Iceni erhob sich ohne ein weiteres Wort, nahm das schlafende Kind vorsichtig auf seine Arme und schritt würdevoll in die Nacht hinaus. Niemand rührte sich. Caradoc bemerkte, daß auch der Druide gegangen war. Gähnend stand er auf und streckte sich.

»Tog, beim Verladen der Hunde morgen früh übernimmst du die Aufsicht. Das ist dann dein Anteil an der dummen Geschichte.«

»Aber ich habe viel zuviel zu tun!« rief Tog abwehrend. »Aricia, Adminius und ich...«

»Keine Ausflüchte«, unterbrach Caradoc seinen Bruder bestimmt und ließ ihn einfach stehen. Draußen sog er die schwere, feuchte Nachtluft tief in seine Lungen. Mit geschlossenen Augen streckte er das Gesicht dem Regen entgegen und genoß das Gefühl, das die Wassertropfen auf seiner Haut verursachten. Cinnamus und Caelte hatten nach ihm das Versammlungshaus verlassen und wünschten ihm nun eine gute Nacht. »Soll ich etwas für Euch singen, Herr?« fragte Caelte, aber Caradoc entließ ihn dankend. Er war müde, aber zufrieden mit dem Verlauf des Tages. Vielleicht sollte er noch zu Aricia gehen und herausfinden, was sie über den geheimnisvollen Druiden dachte. Aricia! Er öffnete erschreckt die Augen, straffte die Schultern und verscheuchte jeglichen Gedanken an sie, während er seine Schritte nach Hause lenkte. Bei Dagda, nicht heute nacht!

Vor der Tür seiner Hütte stand Fearachar, der seinen kurzen Umhang fest um sich gezogen hatte, um sich vor dem Regen zu schützen.

»Herr, ich warte schon auf Euch...« begann er in vorwurfsvollem Ton, aber Caradoc fiel ihm sogleich ins Wort.

»Ich weiß!« Heute abend empfand er Fearachars weinerliches Gehabe als besonders unangenehm. »Du wartest schon seit Stunden! Geh nach Hause, mir steht der Sinn jetzt wahrlich nicht nach deinem Lamentieren.«

»Herr, ich habe auf Euch gewartet, um Euch mitzuteilen, daß Ihr einen Besucher habt«, erklärte sein Diener beleidigt, aber mit Genugtuung in der Stimme. »Da Ihr meiner heute abend jedoch überdrüssig seid, werde ich für mich behalten, wer es ist.« Er schniefte einmal kurz und nieste gleich darauf zweimal. »Ich habe mich erkältet.« Er deutete eine Verbeugung an und verschwand im Regen.

Caradocs Herz begann wild zu schlagen. Aricia! Voller Vorfreude schob er die Türhäute beiseite und trat ein, aber es war nicht Aricia.

In dem bronzebeschlagenen römischen Stuhl saß, mit dem Rücken zur Tür, der Druide. Das Feuer warf sein Profil als überdimensionalen Schatten, der zu leben schien, an die Wand. Caradoc blieb unsicher und verwirrt stehen, aber der Druide richtete das Wort an ihn, ohne sich dabei umzudrehen.

»Kommt herein, Caradoc, Sohn des Cunobelin.« Er sprach mit fester, fast jugendlich klingender Stimme.

Caradoc näherte sich dem Feuer und schaute dem Druiden geradewegs in die Augen. Er war gar nicht so alt, dieser weise Mann, vielleicht Ende Zwanzig, und der Bart, der ihm vorhin grau erschienen war, war in Wirklichkeit goldblond. Was soll ich nur sagen? fragte Caradoc sich verzweifelt. Was soll ich tun? Ist er gekommen, um mich zu verzaubern?

Sein Besucher lachte verhalten. »Warum fürchtet Ihr Euch, Krieger der Catuvellauni? Setzt Euch.«

Langsam erholte sich Caradoc von seinem Schrecken. Er setzte sich auf den Fußschemel auf der anderen Seite des Feuers und starrte in die orangeroten Flammen, denn seine Schüchternheit war noch immer größer als seine Neugier. Der Druide richtete sich langsam auf und schob die Hände in die Falten seiner weiten Ärmel.

»Ich muß Euch um Verzeihung bitten, Caradoc, weil ich einfach bei Euch eingedrungen bin und Euch in Verlegenheit gebracht habe«, ergriff er schließlich das Wort, nachdem er den jungen Mann einer eingehenden Prüfung unterzogen hatte. Das, was er sah, schien ihm zu gefallen, denn er nickte wohlwollend. Caradocs Gesicht wies die typischen Merkmale seines Volkes auf, derbe Wangenknochen, eine breite, aber wohlgeformte Nase. Das eckige Kinn mit dem Grübchen, das auch Cunobelin und seine Brüder hatten, verriet großen Stolz und eine ebenso große Starrköpfigkeit. Doch im Gegensatz zu Togodumnus hatte Caradoc einen direkten, klugen Blick und wissende Augen. Die dunklen Haare fielen weich in eine hohe Stirn und die Hände . . . Hände sagten dem Druiden alles über einen Menschen. Caradoc hatte breite Handflächen, aber lange, schlanke Finger mit breiten Fingerspitzen. Es waren die Hände eines Menschen, der sowohl weise und überlegt als auch impulsiv handeln konnte. Der Druide sah in ihm eine Frucht heranwachsen, die noch Zeit brauchte, um zu reifen, aber er würde sie nicht aus den Augen lassen. Er beugte sich vor und streckte Caradoc die Hand entgegen. »Ich heiße Bran«, stellte er sich vor.

Unbegreiflicherweise ertappte Caradoc sich dabei, daß er den Arm des Fremden in Freundschaft ergriff. Es war ein sehniger Arm, und die Geste bedeutete mehr als pure Höflichkeit. Caradoc spürte eine aufrichtige Wärme, und seine Furcht schien aus ihm heraus und in sein Gegenüber zu fließen, wo sie in den Tiefen des weißen Gewandes einfach aufgelöst wurde.

Bran lehnte sich lächelnd zurück.

»Was also wünscht Ihr von mir?« fragte Caradoc.

»Ich wollte Euch kennenlernen«, erwiderte Bran und zuckte leicht mit der Schulter. »Hätte ich mich heute abend im Versammlungshaus an Eure Seite gesetzt, wärt Ihr wahrscheinlich davongerannt. Oder irre ich mich?«

Zorn wallte in Caradoc auf. »Ein Catuvellauni rennt vor nichts und niemandem hasenfüßig davon«, brauste er auf, »wenngleich ich zugebe, daß Eure Anwesenheit mich in Unruhe versetzt hat.«

»Und warum?«

»Weil die Druiden unser Stammesgebiet schon seit langem meiden. Die Kaufleute ...« Er unterbrach sich.

»Die Kaufleute sind gute und loyale Söhne Roms und haben uns mehr oder weniger vertrieben. Ja, ich weiß.« Dennoch konnte Caradoc weder Groll noch Bitterkeit in Brans Stimme erkennen. »Und schon bald vergaßen die Söhne Cunobelins, daß Druiden keine bösen Zauberer und Magier sind.« Der Gedanke amüsierte ihn, und er blinzelte mit den Augen. Irgendwie fühlte Caradoc sich wie ein dummer Bauer, während Bran weitersprach. »Wir sind nützliche Leute, Caradoc. Was hätte Euer Vater zum Beispiel unternommen, wenn Subidasto sich nicht in meinen Schutz gestellt hätte?«

»Er hätte Boudicca behalten und ihren Vater wahrscheinlich getötet. Und wäre dann gegen die Iceni gezogen.«

»Und hätte es wieder einmal Selbstverteidigung genannt – wie vor Jahren, als Tiberius wissen wollte, warum er Dubnovellaunus bekriegte. O ja, seine Gastfreundschaft ist untadelig. Er hätte mit Subidasto gefeiert, sich nach dem Zustand des Tuath erkundigt, und auf dem Rückweg wäre Subidasto ein Unfall zugestoßen. Die kleine Boudicca hätte hier ein neues Zuhause gefunden und wäre glücklich und unbeschwert aufgewachsen.« Caradoc blieb ihm eine Entgegnung schuldig. Jeder andere Häuptling hätte ebenso gehandelt. Warum legte dieser Bran es so darauf an, ihn zu beschämen?

»Vielleicht wißt Ihr gar nicht, wie verhaßt und gefürchtet Euer Vater außerhalb seines Territoriums ist. Ich komme viel herum und höre, was andere Häuptlinge reden.«

Caradoc schaute Bran gereizt an. »Cunobelin kümmert sich nicht darum, und ich tue das auch nicht. Warum sollten wir? Es gibt keinen mächtigeren Ri als ihn.«

»Ihr vergeßt Tiberius«, erinnerte Bran ihn sanft.

»Ich verstehe nicht«, murmelte Caradoc schroff. Bran zog seine Hände aus den Ärmeln und legte die Handflächen aneinander. Caradoc erschienen sie wie die Klauen eines Falken, grausam und zu allem fähig.

»Es wäre besser, Ihr würdet anfangen, Euch darum zu kümmern«, ermahnte Bran ihn geduldig. »Die Catuvellauni sind von Feinden umgeben, aber das wollen sie in ihrem Stolz nicht sehen. Sie sind unfähig geworden, an etwas anderes als an ihre ehrgeizigen Eroberungspläne und neuen Reichtum zu denken. Meint Ihr wirklich, daß Julius Cäsar vor Cassivellaunus zurückweichen mußte? Ich sage Euch, daß das Wetter ihn zur Umkehr zwang, das Wetter und der Seegang. Rom vergißt nicht, Caradoc. Ihr und Euer Vater, ihr seid Narren, wenn ihr das nicht endlich einsehen wollt.«

Caradoc begann am ganzen Körper zu zittern. Es waren nicht Brans Worte, die ihn trafen und bereits vergessene Wunden aus einer anderen Zeit wieder aufrissen, sondern der eindringliche Tonfall, in dem er sprach. »Habt Ihr etwa das Gesicht, Herr?« fragte er, mühsam um seine Beherrschung kämpfend.

Bran lachte und warf seinen Kopf zurück. »O nein, Caradoc, ich nicht. Ich bin von anderer Art. Ich lese in den Sternen, aber nicht, um die Zukunft vorherzusagen, sondern um die Geheimnisse des Universums zu ergründen. Der Wind trägt mir zu, was die Menschen reden, und ich erkenne darin die Veränderungen, die uns bevorstehen. Die Geschichte der Menschen ähnelt den Gezeiten. Ihr braucht mich nicht zu fürchten, Caradoc. Aber hört gut zu, was ich zu sagen habe. Die Tage Eurer fröhlichen Überlegenheit sind gezählt, ob Ihr es wahrhaben wollt oder nicht.«

Caradoc sprang auf. »Und ich erkenne endlich Eure wahre Absicht!« rief er unsicher. »Die Kaufleute haben recht, wenn sie sagen, daß ihr nichts Besseres zu tun habt, als im ganzen Land umherzuwandern und den Haß gegen Rom zu schüren, weil ihr unter den Römern zu leiden habt. Und überall stoßt ihr auf offene Ohren, weil ihr das Gespenst der Sklaverei heraufbeschwört.« Mit wenigen Schritten war er bei der Tür und schob die Häute zurück. »Geht. Morgen werden sich die Männer fragen, was der alte Zauberer bei Cunobelins Sohn zu tun hatte, und das gefällt mir nicht. Außerdem bin ich nicht willens, mir Euer trügerisches Geschwätz noch länger anzuhören!«

Bran erhob sich und ging schweigend zur Tür. Er lächelte und machte keineswegs den Eindruck, als wäre er beleidigt worden. Bevor er jedoch ging, legte er seine Hand leicht auf Caradocs Schulter. »Vergeßt mich und meine Worte nicht. Im Augenblick der größten Not werden meine Brüder und ich auf Euch warten. Wir werden uns wiedersehen, ob Ihr es wollt oder nicht.«

Dann verschwand er in der Nacht, und Caradoc ließ die Häute zitternd vor die Tür gleiten. Er fror. Aufgewühlt ließ er sich vor dem Feuer nieder, bis ihm heiß wurde, dann sprang er auf und rief ungeduldig nach Fearachar. Es dauerte eine ganze Weile, bis dieser schlaftrunken und noch ganz benommen erschien. Caradoc schickte ihn zu Caelte. Er wollte Lieder hören, lachen und die trübe Stimmung verscheuchen, die Bran hinterlassen hatte. War er nun ein Seher oder nicht? Vergeblich versuchte Caradoc, die Bedeutung des Gesprächs zu ignorieren. Die unheilschwangeren Worte erdrückten ihn fast. Er fühlte sich schutzlos, war verängstigt und spürte die kalte Nähe des Todes. Caelte spielte und sang, ersann allerlei Scherze, und am Ende schalt er Caradoc tüchtig, aber der drehte sich nur wortlos zur Wand.

Am darauffolgenden Morgen begab er sich mit Cinnamus zum Pferdegeschirrmacher, um seinen Kampfwagen abzuholen. Als sie in die Nähe der Hundezwinger kamen, hörten sie schon von weitem Togs laute Rufe und die Flüche der Zwingerwachen. Die ersten Kaufleute warteten bereits ungeduldig darauf, daß die Ordnung endlich wiederhergestellt wurde, damit sie sich mit den Hunden auf den Weg zur Küste machen konnten, von wo aus sie auf die Schiffe nach Gesioracum und Rom verladen werden mußten. Caradoc ging gleichgültig weiter. Soll Tog doch allein damit fertig werden, dachte er. Vielleicht wird es ihm eine Lehre sein.

Der Meister saß vor seiner Werkstatt, umgeben von Ahlen, Messern, Lederstreifen und Schüsseln, in denen tiefrote, kunstvoll in Bronze gefaßte Korallensteine lagen, die schon bald das Pferdegeschirr eines stolzen Häuptlings zieren würden. Er blieb sitzen, als Caradoc sich näherte. »Einen guten Morgen, Herr«, grüßte er. »Ich nehme an, Ihr wollt Euren Wagen abholen. Geht hinein und schaut ihn Euch an. Es kostet Euch einen Silberling.«

»Gib ihm das Geld«, wies Caradoc Cinnamus an und zog den Kopf ein, als er die Werkstatt betrat. Sein Wagen lag auf der Seite, und das beschädigte Flechtwerk war durch ein neues ersetzt worden. Er packte es mit festem Griff und stellte den Wagen auf. Dann begutachtete er die Arbeit genauestens, zog und zerrte daran – war zufrieden–, und sie traten wieder ins Freie. »Ihr habt gut gearbeitet«, lobte er. »Für wen sind die eingefaßten Korallen?«

»Für Lady Gladys. Sie hat ein paar neue Sachen bestellt, ein neues Geschirr, neue Stiefel und ein silbernes Schwertgehenk.«

»Sie sehen sehr schön aus.« Er ging in die Hocke und ließ seine Finger über die kalten Korallen gleiten. »Ich werde später mit dem Wagen ausfahren, Cinnamus. Spann die Pferde ein, wir treffen uns dann vor dem Tor.«

Er verabschiedete sich und machte sich auf den Rückweg. In den Zwingern herrschte Ruhe, Togodumnus und die Hunde waren fort. Eine in grün gekleidete Gestalt kam ihm entgegen, und erst im letzten Augenblick erkannte er Gladys' Gesicht unter der großen Kapuze. Erfreut blieb er stehen, um sich ein wenig mit ihr zu unterhalten. »Wo gehst du hin?«

Sie machte eine vage Handbewegung in Richtung Fluß. »Ich begleite die Kaufleute zum Meer. Ich habe Sehnsucht nach den Klippen, dem Sand und den Wellen.«

»Ich hab' dein neues Geschirr gesehen und die Korallen. Sie sind sehr hübsch. Wo hast du sie her?«

»Oh, die wurden mir geschenkt. Ich habe auch Perlen geschenkt bekommen.« Als hätte sie bereits zuviel gesagt, wechselte sie schnell das Thema, und Caradoc vermutete, daß irgendein Freier wieder einmal sein Glück bei Gladys versucht hatte. »Ich höre, du hattest letzte Nacht Besuch, Bruder«, bemerkte sie nun.

Lachte sie etwa über ihn? »Weiß mittlerweile schon die ganze Stadt, daß der Druide bei mir war?« Caradoc schnaubte verächtlich. »Ich konnte es nicht verhindern. Er saß in meiner Hütte, als ich nach Hause kam.«

»Und was sagte er?«

»Warum sollte er mir etwas zu sagen haben? Er redete eine Menge unverständliches Zeug, und ich wurde ungehalten. Da schickte ich ihn fort.«

Sie wandte sich zum Gehen. »Nimm dich in acht, mein Bruder. Die Druiden verspritzen Gift.« Noch ehe er antworten konnte, war sie weitergegangen. Caradoc sah seiner Schwester achselzukkend nach, dann rannte er den Hügel hinauf. In seiner Hütte angekommen, legte er das Eisenschwert um, schimpfte mit dem armen Fearachar und machte sich mißgelaunt auf den Weg zu den Ställen. Es war ein kalter und feuchter Tag. Der tiefergelegene Teil Camulodunums lag im Nebel, und über der Stadt wölbte sich ein grau bewölkter Himmel. Caradoc zog seinen warmen, wollenen Umhang fester um die Schultern und begann zu rennen. Cinnamus wartete sicher schon auf ihn.

Sein Schildträger hatte zwei struppige Ponys vor den Wagen gespannt. Man konnte sie nicht unbedingt als schnell bezeichnen, aber sie waren ausdauernd. Die Stämme Britanniens hatten früher nur diese Rasse gezüchtet, und erst mit Caradocs Vorfahren waren die großen gallischen Reitpferde auch nach Albion gekommen. Noch heute lernten die Kinder auf diesen fügsamen, lammfrommen Tieren reiten. Als Caradoc sich seinem Gespann näherte, spitzten die Tiere die Ohren.

Cinnamus fragte, ob er mitkommen solle, doch Caradoc lehnte dankend ab. Er sprang auf den Wagen, packte die Zügel und stand breitbeinig zwischen den mit Eisen beschlagenen Rädern. Schon fühlte er sich besser, die Anspannung begann zu weichen. Cinnamus hatte sich bereits heimwärts gewandt, und Caradoc trieb die Ponys zu einer schnelleren Gangart an. Mit wehendem Umhang und flatternden Haaren sauste er dahin.

Am Steilhang angekommen, stieg er ab und führte die Tiere vorsichtig hinunter, überquerte den Erdwall, stieg wieder auf. Erneut trieb er die Pferde an, eilte dem Fluß entgegen und schwenkte bald nach Osten. Er kam durch ein Stück Wald und wurde vom Nebel verschluckt. Hinter der nächsten Biegung lag eine gerade Wegstrecke, die er gut kannte. Dort war der Boden moosbedeckt und eben, und riesige Eichen säumten die Gerade. Caradocs Nerven waren wieder zum Zerreißen gespannt, als er sich auf die vor ihm liegende Aufgabe konzentrierte. Er schlang die Zügel um den vorderen Haltegriff und suchte einen festen Stand, die Ponys immer weiter antreibend. Nun hatte er einen Fuß auf die Jochstange gesetzt, die Strecke lag vor ihm. Während er unaufhörlich auf die Tiere einredete, stellte er sich mit beiden Beinen auf die Jochstange, und die Ponys donnerten unbeirrt dahin. Ein Schritt – und er stand auf den breiten Rücken der Tiere, rannte zurück und wieder nach vorn, das perfekte Zusammenspiel von Instinkt und Körperbeherrschung genießend. Schon näherte sich das Ende der Geraden. Er sprang in den Wagen zurück und nahm die Zügel wieder auf. Der Weg verengte sich und machte eine Biegung, Zweige klatschen ihm ins Gesicht. Er duckte sich, zwang die Tiere, eine langsamere Gangart zu gehen. Er wollte die Übung wiederholen, als er gedämpften Hufschlag vernahm. Caradoc blieb abwartend stehen, während die vor Anstrengung keuchenden Ponys mit den Hufen auf den Boden stampften.

Eine Reiterin in einem leuchtend blauen Umhang näherte sich, und Caradoc sah, daß es Aricia war. Sie trug eine kurze Tunika und Männerreithosen, ihr Haar war zu drei schweren Zöpfen geflochten. Als sie Caradoc erkannte, schob sie ihr Messer zurück in den Gürtel.

»Caradoc! Du hast also deinen Kampfwagen wieder!« Ihre Haut schimmerte wie Elfenbein, doch unter ihren Augen lagen dunkle Schatten. »Ich war mit Tog am Pier. Dein Vater verhandelt mit den Römern über den Preis für die Hunde. Er will Geld, sie wollen nur mit Wein tauschen. Ich glaube, die Anwesenheit des Druiden hat sie mißgestimmt, denn heute morgen begegneten sie Cunobelin mit Mißtrauen.«

Caradoc merkte, daß sie nur aus Verlegenheit so schnell und viel sprach. Sie wich seinem Blick aus. Ihre Unsicherheit übertrug sich auf ihr Pferd, das unruhig tänzelte und die Ohren anlegte.

»Was treibst du hier?« fragte er überrascht.

Sie deutete auf den Beutel über ihrer Schulter. »Ich sammle Haselnüsse und Brombeeren.«

»Das ist die Arbeit der Diener.«

»Ich weiß. Aber von nun an genieße ich jeden Augenblick in euren Wäldern ganz besonders, du catuvellaunischer Wolf!«

Sie lächelten sich an. Caradoc sprang aus dem Wagen und schlang die Zügel seines Gespanns und ihres Pferdes um einen Ast. »Hast du etwas dagegen, wenn ich dir helfe?«

»Nein, wenn es dir Spaß macht. Hier wird niemand sehen, daß der mächtige Caradoc sich erniedrigt und Nüsse sammelt. Ich freue mich über Gesellschaft.« Sie zitterte unmerklich. »Ich habe den Nebel unterschätzt, er ist dichter, als ich dachte. Zum Glück ist es hier windgeschützt.«

Sie verließen den Weg und schlugen sich quer durch den Wald. Der bemooste, von rostrotem Laub bedeckte Boden schluckte die Geräusche ihrer Schritte, und von den kniehohen Farnen regnete es feine Tautropfen auf ihre Beinkleider, die binnen kurzem völlig durchnäßt waren. Gleich in der Nähe stießen sie auf mehrere Haselnußsträucher. Für eine Weile herrschte einvernehmliches Schweigen, und eifrig sammelten sie die Früchte in Aricias Beutel. Sie waren dankbar für die tiefe Stille des Waldes und die Gegenwart des anderen. Unter ihren Schuhen zerbrachen die Schalen der heruntergefallenen Haselnüsse mit lautem Knacken, das vom Wald aufgenommen und als hundertfaches Echo zurückgegeben wurde.

»Wo ist die kleine Boudicca heute morgen?« fragte Caradoc schließlich.

»Sie verließ Camulodunum mit ihrem Vater mitten in der Nacht.« Aricia reckte sich, um auch die höchsten Zweige abzuernten. »Ich finde es reichlich unhöflich, so mir nichts, dir nichts abzureisen, ohne den Abschiedsbecher mit uns zu teilen.«

»Ist . . . ist der Druide ebenfalls fort?«

Sie ließ die Arme sinken und warf ihm einen spöttischen Blick zu. »Natürlich. Wie besorgt du bist! Dein mitternächtlicher Besucher ist bereits Stadtgespräch.«

»Nun fang nicht auch noch damit an, Aricia. Ich habe keine Ahnung, warum er ausgerechnet zu mir kam, um seine Phantasiegeschichten loszuwerden, und ich will es gar nicht wissen. Sollen wir noch nach Brombeeren suchen?«

Er warf sich den prallen Beutel über die Schulter, und sie schlenderten gemächlich weiter. Caradoc war in diesen Wäldern aufgewachsen – sie gehörten zum Besitz seiner Sippe –, und er kannte jeden Baum, jeden Strauch und wußte, wo sich die Maulwürfe, Kaninchen, Dachse und Füchse aufhielten. Sie passierten die riesige Klettereiche und kamen auf die kleine Lichtung, auf der ringförmig eine Pilzkolonie wuchs, die Tog und er zu neutralem Boden erklärt hatten, wenn sie sich gegenseitig jagten. Sie arbeiteten sich weiter durch das Unterholz und kamen schließlich zu einer Stelle, an der die Brombeerhecken wild wucherten.

»Im Beutel ist gar kein Platz mehr für die Beeren«, stellte Aricia fest. »Wir können sie auch ebensogut gleich essen. Es gibt sowieso nicht mehr viele, die meisten sind schon verfault.«

Trotz der Vorsicht, die sie beim Pflücken der kleinen Beeren walten ließen, blieben sie andauernd irgendwo in dem dornigen Gestrüpp hängen. Die Beeren schmeckten süß und ihr Saft färbte Hände, Lippen und Zunge blau. In den Sträuchern und über ihren Köpfen hingen unzählige feine Spinnweben, die die dürren Zweige und Äste wie kleine Girlanden schmückten, an denen wie kostbare Perlen glitzernde Tautropfen klebten. Der Nebel schuf eine gedämpfte, unwirkliche Stimmung und verwischte die Grenzen zwischen dieser und der anderen Welt.

Plötzlich hob Caradoc den Kopf. »Hör doch!« flüsterte er. Aricia hielt in der Bewegung inne und lauschte angespannt, dann hörte auch sie ein leises Plätschern. »Es muß ganz in unserer Nähe sein«, flüsterte Caradoc. »Komm mit.« Das Geräusch wurde immer deutlicher und lockte sie zu einer üppigen Wiese, auf der hohe Kiefern wuchsen. Der Boden war mit ihren langen Nadeln übersät – und hier sprudelte die kleine Quelle, die Caradoc gehört hatte.

Aricia machte sich an ihrem Gürtel zu schaffen. »Wir haben eine neue Göttin«, flüsterte sie ehrfurchtsvoll. »Beeil dich, Caradoc, hast du Geld dabei?«

»Nur meinen Ring.« Widerstrebend streifte er ihn vom Daumen und begleitete sie zur Quelle, wo sie Aricias bronzene Münze und seinen goldenen Ring in das eiskalte Wasser tauchten, überwältigt und gleichsam hypnotisiert.

Aricia seufzte. »Welch ein schöner, erhabener Ort! Aber ich denke, wir sollten umkehren, bevor jemand die Pferde stiehlt.«

Er reichte ihr seine Hand, und sie erhob sich. Sie fühlte sich warm an und lebendig, ihre Haut duftete nach Parfum. Es gab nur sie beide in dieser seltsamen Stille, in diesem Reich des Nebels, beruhigte er die innere Stimme, die ihn davor warnte, sich erneut mit Schande zu bedecken. Er zog sie an sich, preßte seine Lippen fordernd auf ihren kalten, abweisenden Mund, der nach Beerensaft schmeckte. Einen köstlichen Augenblick lang schien es, als wolle sie ihn gewähren lassen, doch sie machte sich aus seiner Umarmung frei. Seine leeren Arme sanken herab, er fühlte sich wie ein dummer Junge.

»Du verdammter Hundesohn!« Sie funkelte ihn böse an. »Wirst du mich heiraten?«

»Nein.«

»Du liebst mich also nicht?«

»Aricia.«

»Es macht keinen Unterschied«, flüsterte sie nahe bei ihm. »Was du für mich empfindest, ist etwas anderes, stärkeres. Du wirst mich nie vergessen, Caradoc. Glaube nicht, du könntest mich einfach aus deinem Leben verschwinden lassen, ich bin sehr stark mit dir verbunden.« Sie berührte seine Lenden mit der Hand, und er fuhr zusammen, als hätte er sich verbrüht. »Hier, wo dein Kopf nichts zu sagen hat. Wenn du mich nicht heiratest, wirst du keinen Frieden finden, niemals.«

»Du irrst dich«, brauste er beleidigt auf. »Ich habe schon jetzt genug von dir, Aricia. Du hast sonst nichts zu geben. Ich bedaure es, daß ich mich mit dir überhaupt eingelassen habe. Du bist schon längst kein angenehmer Zeitvertreib mehr.«

Noch ehe er wußte, wie ihm geschah, sauste ihre Hand in sein Gesicht, einmal, noch einmal. Dann ließ sie von ihm ab, drehte sich um und rannte blindlings durch das Unterholz. Caradoc holte sie mit wenigen Sätzen ein, er spürte nicht einmal, daß ihm die dornigen Zweige das Gesicht zerkratzten.

»Aricia, hör mir zu. Sage deinem Vater, daß du nicht zurückkehrst! Sage ihm . . .«

Sie rannte weiter und rief über die Schulter zurück: »Doch, vielleicht sollte ich zurückgehen. Vielleicht bin ich wirklich schon zu lange hier, und Subidasto hat recht. Was ist aus deiner Ehre geworden, Wolfling? Mit welcher tödlichen Krankheit haben sich die mächtigen Catuvellauni infiziert?«

Sie erreichte ihr Pferd und sprang mit einem einzigen Satz auf, riß die Zügel los und preschte in wildem Galopp davon. Die Erde spritzte unter den Hufen des Pferdes. Caradoc folgte ihr langsam und mutlos, seine Stimmung war auf den Nullpunkt gesunken. Der Beutel mit den Haselnüssen war fort, sie hatten ihn an der Quelle vergessen, und fort war auch die selbstherrliche Vorstellung, die ihn dort geblendet hatte. Langsam und deprimiert ritt er zurück.

In den Pferdeställen herrschte helle Aufregung. Noch ehe er dem Stallsklaven die Zügel übergeben hatte, hörte er bereits zorniges Geschrei. Nichts Gutes ahnend, bahnte sich Caradoc einen Weg durch die Freien, die bereits einen Kreis um die zwei Streithähne gebildet hatten. Die Streitenden waren Cinnamus und Togodumnus, ersterer mit einem grimmigen, siegessicheren Lächeln und gezogenem Schwert, der Bruder noch mit den Vorbereitungen für den Zweikampf beschäftigt.

»Was ist geschehen? Was ist denn jetzt schon wieder los?« verlangte Caradoc von Cinnamus zu wissen. Togodumnus war bereit und zog sein Schwert aus der Scheide.

»Dein Bruder hat mich beschuldigt, in der Nacht sein Vieh befreit und in die Wälder getrieben zu haben, Caradoc.« Cinnamus' Augen blitzten gehässig, als er sich zu Caradoc umdrehte. »Wie es scheint, konnte er fünfzig Tiere wieder einfangen, an die dreißig laufen noch frei in den Wäldern herum. Wie er allerdings dazu kommt, mich zu bezichtigen, weiß ich nicht.« Sein Blick warnte Caradoc davor, sich einzumischen. Cinnamus hatte an die Abmachung gedacht, sich diesmal aber für den Weg der Vergeltung entschieden. Er brauchte sich nichts vorzuwerfen. »Ich warte, junger Herr«, spöttelte er und hieb mit dem Schwert in die Luft. »Ich bin gespannt, wie die Lektion aussehen soll, die Ihr mir versprochen habt.«

Togodumnus machte einen Schritt auf ihn zu, und Caradoc zog sich zurück. Er konnte nichts tun, Worte würden jetzt nichts mehr ausrichten. Aber töte ihn nicht, mein Freund, flehte er innerlich, denn dann müßte ich dich töten, um eine Blutfehde zu verhindern. Cinnamus wußte es, aber es hatte sich schon zuviel Zorn in ihm aufgestaut. Diesmal war er entschlossen, Togodumnus zu töten. Caradoc schickte einen Diener zu Cunobelin und setzte sich mit untergeschlagenen Beinen auf die Erde. Die Menge wartete gespannt. Jetzt begannen die beiden, sich vorsichtig zu umkreisen und zu beobachten. Als erster wagte Togodumnus einen Angriff und schnellte mit einem kraftvollen Hieb, der gegen Cinnamus Beine gerichtet war, nach vorn. Doch dieser sprang behende hoch, und Togodumnus' Schwert sauste durch die Luft. Cinnamus ließ Togodumnus keine Zeit, Atem zu holen. Sein gut geführter Schlag hätte unweigerlich Togs Nacken getroffen, wenn dieser nicht auf der feuchten Erde ausgerutscht wäre. So verfehlte auch dieser Hieb sein Ziel, lediglich Togs Umhang fiel zu Boden. Cinnamus wartete, bis Togodumnus sich wieder erhoben hatte, spottete weder, noch reizte er ihn. Er konzentrierte sich nur und ahnte instinktiv, wie Togs nächster Angriff ausfallen würde. Dieser stand breitbeinig und hielt sein Schwert mit beiden Händen. Er legte seine ganze Kraft in diesen Streich, den Cinnamus mühelos parierte, und die beiden Klingen klirrten und knirschten, als sie aufeinandertrafen. Togs Schwert flog in hohem Bogen davon, er selbst landete auf dem Rücken. Cinnamus setzte zum Todesstoß an.

Caradoc war mit einem Satz auf den Beinen. Er zog sein Schwert und wurde im selben Augenblick von Cunobelin zur

Seite gestoßen. »Genug, Cinnamus«, befahl Cunobelin mit ruhiger Stimme. »Laßt ihn aufstehen.« Cinnamus bewegte sich nicht. Ausdruckslos betrachtete er Tog, der keuchend unter ihm lag, ihn jedoch feindselig anstarrte. »Cinnamus«, warnte Cunobelin, »wenn Ihr ihn tötet, werdet Ihr auch sterben, das wißt Ihr. Wenn Ihr diese Fehde unbedingt austragen müßt, dann wartet, bis Togodumnus zu einem ebenbürtigen Gegner herangewachsen ist. Ich will weder einen Sohn noch einen meiner besten jungen Krieger wegen einer Kinderei verlieren.«

Cinnamus ließ von Tog ab. Voller Verachtung schleuderte er Togs Schwert mit dem Fuß in die Reichweite seines Gegners, dann drehte er sich um und schritt stolz davon.

Tog grinste schwach. »Das war Rettung in letzter Minute!« Er sprang auf. »Ich danke dir, Vater. Und nun rufe Cinnamus zurück, er soll mir mein Vieh wieder einfangen.«

Mit zwei Schritten stand Cunobelin neben seinem Sohn, und ehe Tog wußte, wie ihm geschah, streckte er ihn mit einem einzigen Hieb auf den Kopf zu Boden. »Werde erwachsen, mein Sohn«, rief er drohend, »und beeil dich damit, denn sonst ist deine Ehrenprämie bald nicht mehr wert als deine Schwertkunst!« Mit unbeweglichem Gesicht verließ er die Kampfstätte, aber Caradoc wußte, wieviel Überwindung diese öffentliche Zurechtweisung den Vater gekostet hatte, der es sonst nicht duldete, daß irgend jemand Kritik an Togodumnus übte. Von der Menge kam beifälliges Gemurmel, und Togs Häuptlinge halfen ihrem Herrn auf die Beine, schnallten ihm das Schwert wieder um und sprachen beruhigend auf ihn ein. Doch Tog wollte nichts davon hören. Steifbeinig, mit zerrissener Tunika verließ er den Ort seiner Niederlage.

Jemand zupfte Caradoc vorsichtig am Ärmel. Er fuhr herum und blickte in Eurgains besorgtes Gesicht.

»Eine schlimme Sache«, bemerkte sie, »beinahe hätte Cin Tog getötet.«

»Eurgain, ich muß mit dir reden. Können wir ein Stück spazierengehen?«

Sie zögerte. Irgendwie war er verändert, sprach mit ungewohntem Nachdruck und einer Ernsthaftigkeit, die sie nicht an ihm kannte. »Komm zu meiner Hütte. Wenn du willst, können wir eine kalte Taube zu uns nehmen.«

Sie gingen schweigend den Hügel hinauf, am Versammlungshaus vorbei in Richtung des Erdwalls, wo Eurgain in einem kleinen Haus mit Fenster wohnte. Wegen des Fensters war es dort im Winter immer sehr kalt, denn die Häute und Felle, mit denen sie es abdichtete, konnten der Kälte nicht Herr werden, aber es schien ihr nichts auszumachen. Sie liebte es, stundenlang davorzusitzen und nach Westen zu schauen, wo gleich hinter dem Wald die Berge sanft anstiegen. Hierin ähnelte sie Gladys ein wenig, die das Meer liebte und ebenfalls gern allein war. Es kam oft vor, daß Gladys tagelang verschwand, nur mit ihrem Schwert, etwas Proviant und ihrem wärmsten Umhang im Gepäck, in irgendeiner Höhle schlief und dem Meer Mysterien ablauschte, über die sie zu niemandem sprach. Eurgains ganze Sehnsucht gehörte den Bergen und den weiten, kargen Landschaften ihrer Heimat, über die der Wind hinwegfegte, gegen den sich nur die Brachvögel und Regenpfeifer zu behaupten wußten. Sie erklomm die nahegelegenen Hügel und lag mit geschlossenen Augen im Gras, dann spürte sie den Strom pulsierenden Lebens und die magische Kraft der Steine, die die Zeitalter überdauert hatten. In diesen Augenblicken eröffnete sich ihr ein Wissen um Dinge, über die sie, wie Gladys, niemals sprach. Selbst Regen konnte sie nicht davon abhalten, ihre einsamen Exkursionen zu unternehmen, denn er schirmte sie auf geheimnisvolle Weise von ihrer Umwelt ab.

Sie erreichten Eurgains Hütte und traten in das Halbdunkel des Zimmers, das von dem brennenden Feuer kaum erhellt wurde. Caradoc zündete eine Lampe an, während Eurgain eine Entschuldigung murmelte und das Fenster verhängte.

Caradoc blickte sich um. Hier schien sich nie etwas zu ändern. Eurgains kleines Reich war ein Ort friedvoller Ruhe, der zum Verharren einlud und einen Schimmer der Ewigkeit in sich zu bergen schien. Sie besaß reich mit Ornamenten bestickte syrische Wandbehänge aus Palmyra, und auf einem Tischchen neben dem Bett lagen, fein säuberlich angeordnet, ihre Schmuckstücke. Die einzige Sitzgelegenheit war ein römisches Liegesofa. Viele zierliche Lampen, alle kunstvoll gegossen und auf Hochglanz poliert, waren im Zimmer verteilt, einige standen neben dem Bett, andere hingen an dünnen Kettengliedern von der Strohdecke, wieder andere thronten auf einem großen Tisch, auf dem sie ihre Kristalle und ihre wertvollen Sternenkarten und Schriftstücke aufbewahrte. Eurgain war der lateinischen Sprache mächtig. Sie konnte es lesen, wenn auch nicht fließend, so doch besser als zum Beispiel Caradoc. Sie behielt für sich, daß sie eine ganze Stunde mit dem Druiden über ihren Sternenkarten verbracht hatte und daß sie sich gefreut hätte, wenn er länger geblieben wäre. Sich mit ihm zu treffen, war nicht ganz ungefährlich gewesen, doch immerhin erlaubte der Reichtum ihres Vaters ihr eine gewisse Gleichgültigkeit gegenüber dem Gerede der Leute. Und wie sich herausstellte, war ihre Sorge unbegründet, denn außer Tallia, ihrer Dienerin, hatte Bran niemand kommen oder gehen sehen.

»Du kannst sie alle anzünden«, bemerkte sie jetzt und setzte sich auf die Bettkante.

Der Nachmittag war bereits weit fortgeschritten, und die Dämmerung setzte ein. Mit jeder Lampe erhellte sich der Raum ein bißchen mehr, bis er schließlich in ein warmes Licht getaucht war. Caradoc begann sich zu entspannen.

»Also«, sagte sie, »setz dich aufs Sofa und sage mir, was du zu sagen hast.«

Er nahm Platz. Was will ich wirklich? dachte er, und plötzlich, in der befreienden Stille des Zimmers, fiel die Verwirrung von ihm ab, und er erkannte alles klar und deutlich: Ich will einen Schlußstrich unter Aricia ziehen. Ich will mich von dem Gefühl, mich beschmutzt zu haben, befreien, Eurgain. Ich will eine neue Stellung im Tuath einnehmen. Ich will meine Wurzeln vertiefen, will einen Halt gegen meine Rastlosigkeit, aber, vor allen Dingen, will ich Aricia los sein!

Er räusperte sich. »Eurgain, wir sind uns schon seit langem versprochen, und die Zeit ist gekommen, daß ich mich verheirate. Bist du einverstanden?«

Sie saß einfach nur da und blickte ihn unverwandt an. Das Licht der Lampen spielte unruhig auf ihren Haaren und warf seltsame

Schatten auf ihr Gewand. Langsam, ganz langsam, überzog eine tiefe Traurigkeit ihr Gesicht. Caradoc spürte, was sie fühlte.

»Caradoc«, begann sie gefaßt, »ich weiß, daß irgend etwas nicht so ist, wie es sein sollte. Aber warum kommst du ausgerechnet zu solch einem Zeitpunkt zu mir und wirfst mir einen Antrag hin, als säße dir ein Dämon im Nacken? Ja, wir sind einander versprochen und brauchen nicht überstürzt zu handeln. Der Antrag war unnötig.«

»Ich möchte möglichst bald eine Verlobung. Wir sind beide im richtigen Alter, und ich bin meines ziellosen Lebens überdrüssig.«

»Ziellos? Wie kannst du so etwas sagen, du, ein Krieger mit einer beneidenswerten Ehrenprämie, mit einem Gefolge von hundert Häuptlingen?« Er gebrauchte Ausreden, nichts als Ausreden, und jede einzelne traf sie wie ein Messerstich. »Es ist wegen Aricia, nicht wahr? Das Gerücht hat sich herumgesprochen.«

Er zuckte zusammen und sprang auf, lief hin und her. »Ich hätte es besser wissen müssen«, rief er, »hätte wissen müssen, daß ich dir nichts vormachen kann. Ja, du hast recht. Es ist wegen Aricia.«

»Und liebst du sie? Willst du sie zur Frau?«

»Nein!«

Wie ein Donnerschlag ließ seine Antwort den Raum erzittern. Die Heftigkeit seiner Erwiderung sagte Eurgain alles, was er nicht aussprach. »Sie ist unglücklich, weil ihr Vater sie bald zurückholen wird und sie uns verlassen muß. Sie versucht, mich zu erpressen, und will einen Anspruch auf mich geltend machen.«

»Sag nichts mehr!« Ihre Stimme wurde zornig. »Auch ich habe einen Anspruch, aber es würde mir nicht im Traum einfallen, auf einen Vertrag aus Kindertagen zu pochen!«

Er blieb stehen und fuhr sich unsicher durch die Haare. »Aber das weiß ich doch. Eurgain, kannst du mir überhaupt verzeihen?« Es fiel ihm sichtlich schwer, weiterzusprechen. »Ich habe mich wie ein wankelmütiger Bauer benommen. Willst du mich trotzdem?« Er hatte das Gefühl, als hinge sein ganzes weiteres Leben von ihrer Antwort ab, Untergang oder Begnadigung, Sklaverei oder Freiheit. Kalter Schweiß brach ihm aus, während er auf ein Wort von ihr wartete. Eurgain seufzte gequält.

»Ja, ich will dich trotzdem, Caradoc.« Sie sprach die Worte ohne

Freude aus, ihre Stimme klang beherrscht und müde. »Ich habe lange darauf gewartet. Du glaubst, du kennst mich, aber du bist im Irrtum.« Sie setzte sich zu ihm, und er ergriff ihre kalten Hände. »Ich bin eine Schwert-Frau und die Tochter einer Schwert-Frau. Beleidige mich nie, indem du mich unterschätzt.«

Stumm umarmte er sie. Er wollte ihr sagen, daß er sie liebte, weil ihre Leben schon immer miteinander verknüpft waren, aber er schwieg. Jetzt, in diesem Augenblick, hätte sie ihm keine einzige Liebesbeteuerung abgenommen. So hielt er sie nur stumm in seinen Armen.

»Möchtest du etwas essen?« fragte sie unvermittelt, als wäre sie nicht eben in grausamer Weise aus einem schönen Traum in eine häßliche Realität gerissen worden, als hätten sich nicht eben all ihre unausgesprochenen Hoffnungen zerschlagen, als wäre nicht gerade etwas Schönes in ihr zerbrochen. Nie zuvor hatte sie sich mit solch eiserner Härte beherrscht. Eine Schwert-Frau hält alles aus. Eine Schwert-Frau zeigt keine Schwäche.

»Nein, ich will gleich mit Vater sprechen.« Er wußte, er würde keinen Bissen hinunterbekommen, und verabschiedete sich mit einem Kuß auf die Wange. Eurgain blieb reglos sitzen.

Als Caradoc und Fearachar am Versammlungshaus ankamen, besprach sich Cunobelin gerade mit seinen Häuptlingen. Das Feuer war erkaltet. Caradoc wartete, bis die Häuptlinge einer nach dem anderen fort waren, dann ging er zu seinem Vater hinüber, der ihn lächelnd empfing.

»Nun, Caradoc, heute ist nicht mein Glückstag. Erst weigern sich diese schleimigen Kaufleute, die Hunde mit Geld zu bezahlen, weil sie sich wegen des verdammten Druiden Sorgen machen, dann bringt einer meiner ehrenwertesten Gefolgsleute beinahe meinen Sohn um. Was für schlechte Nachrichten bringst du mir?«

»*Mein* Gefolgsmann, Vater. Cinnamus gehört zu meinem Gefolge«, bemerkte Caradoc vorsorglich, als sie sich mit untergeschlagenen Beinen auf den Boden niederließen. »Bring uns Wein, Fearachar«, rief er seinem Diener zu, der sich im Hintergrund aufhielt, »dann kannst du dich zurückziehen.« Der Diener füllte einen Krug und schenkte Vater und Sohn ein. »Eine neue Lieferung«, bemerkte er, »wahrscheinlich ein schlechter Jahrgang. Die Römer betrügen uns, wo sie nur können.« Mit diesem abschließenden Kommentar verabschiedete er sich.

»Auf unsere Götter«, sagte Cunobelin mit erhobenem Becher. Sie tranken noch auf ihren Tuath und kippten den Weinsatz auf den Boden, ein Opfer für Dagda und Camulos und für Dana, die göttliche Stammesmutter, die allmählich alterte, wie auch Cunobelin es tat. Er fuhr sich mit der Zunge über die Lippen, lehnte sich zufrieden zurück und verschränkte die Arme.

»Nun, mein Sohn, was führt dich zu mir?«

»Ich will mich verheiraten, Vater. Ich möchte schon bald meine Verlobung mit Eurgain verkünden.«

Cunobelin betrachtete ihn aufmerksam. »Das klingt durchaus nicht unvernünftig. Was sagt Eurgain dazu? Willigt sie ein?«

»Sie hat zugestimmt.«

»Hm. Und was ist mit Aricia?«

Caradoc wich dem Blick seines Vaters aus und starrte auf den Boden. Wie scharfsinnig er war. »Ich verstehe nicht ganz, wie du das meinst«, stammelte er.

»Oh, das verstehst du sogar sehr gut! Du bist nicht der erste, der sich an zwei Feuern wärmt. Liebst du Eurgain?«

»Ja, ich liebe sie.«

»Caradoc, wenn du Aricia heiraten willst, ich habe nichts dagegen. Mit Eurgains Vater läßt sich schon etwas aushandeln. Vielleicht kommst du mit ein paar Rindern und ein bißchen Tand davon. Ich bin sicher, sie würde es verstehen.«

»Ich weiß, daß sie Verständnis dafür hätte, aber ich will Aricia nicht heiraten!«

Erstaunt und neugierig sah Cunobelin ihn an. »Und warum nicht? Ich würde es tun, wenn ich jünger wäre.«

»Weil ich meine Tage nicht gern in Brigantes verleben möchte.«

»Das ist natürlich nicht der eigentliche Grund, aber er ist gut genug.« Er beugte sich vor und sprach in vertraulichem Ton weiter. »Ich habe oft überlegt, ob ich nicht doch gegen Aricias Vater ziehen soll. Brigantes ist groß! Weißt du überhaupt, wie groß? Die Catuvellauni und die Trinovanten hätten zweimal darin

Platz. Aricia ist die Erbin eines riesigen, verwahrlosten und armen Reiches, in dem einige der tapfersten und besten Krieger leben. Aber realistisch betrachtet, würde ich mir mehr Ärger einhandeln, als die Sache wert wäre. Zwischen ihnen und uns wohnen die Coritani, und die müßten wir zuerst unterwerfen. Augustus würde wohl kaum tatenlos zusehen, und auch Tiberius nicht. Nein«, schloß er und lehnte sich wieder zurück, »Aricia war ein würdiges Unterpfand. Brigantes hat sich nie in etwas eingemischt – wie ich es erwartet hatte –, und auch ich habe mich zurückgehalten. Urteile nicht zu hart über sie, mein Sohn. Die Rückkehr wird ihr sehr schwerfallen, nach dem angenehmen Leben, das sie hier führte. Dort wartet eine Horde wilder Kämpen auf einen Anführer.«

Aricias Aufenthalt bei den Catuvellauni war nichts Ungewöhnliches. Wie schon andere vor ihr, sollte sie sich eine Lebensart aneignen, die der Tochter eines mächtigen Herrschers würdig und angemessen war. Viele Häuptlinge sandten eines ihrer Kinder, ob Sohn oder Tochter, nach Camulodunum, das nicht nur zu einem Machtzentrum, sondern auch zu einem kulturellen Zentrum geworden war. Aricia war allerdings auch ein Unterpfand aus den Tagen, in denen Cunobelin und ihr Vater über einen Friedensvertrag verhandelten. Cunobelin hatte einen seiner Söhne nach Brigantes geschickt, aber der war dort gestorben. Aricia behandelte er wie eine Tochter.

»Heirate sie beide, Caradoc, und bleibe mit Aricia hier. Ihr Vater wird einen Krieg beginnen, Tiberius wird mich als den Unschuldigen unterstützen, und schon haben wir unseren Fuß in Brigantes!«

Caradoc lachte trocken. »Und was ist mit den Coritani?«

Cunobelin riß den Mund weit auf und gähnte, kratzte sich den Kopf, lächelte. »Ich habe in letzter Zeit viel darüber nachgedacht, Caradoc. Weißt du, was sie besitzen? Salz! Jede Menge feinstes Salz. Ich denke, daß ein paar gut geplante Überfälle im Süden ihres Gebietes nicht von Schaden wären. Und je nachdem, wie Tiberius reagiert, können wir einen kleinen Krieg veranstalten oder auch nicht. Vielleicht käme es ihm gerade gelegen. Salz ist eine kostbare Handelsware.«

Caradoc unterbrach ihn. »Vater«, fragte er vorsichtig, denn er bewegte sich auf unsicherem Grund, »sag mir, wie stark sind deine Bande mit Rom?« Eigentlich hätte er die Frage anders formulieren müssen. Ist Tiberius der wahre Ri der Catuvellauni? hätte sie richtiger gelautet.

Cunobelin starrte durch ihn hindurch und sprach lange Zeit kein Wort. Im Hintergrund begannen die Sklaven mit den Vorbereitungen für das Abendessen. Um das Feuer herum wurden die Neuigkeiten des Tages ausgetauscht. Der Regen, ein Dauergast in dieser Jahreszeit, trommelte auf das Dach.

Endlich regte Cunobelin sich wieder und sprach leise, mit nachdenklicher Stimme. »Mein ganzes Leben gleicht einer Gratwanderung. Auf der einen Seite meine Träume, Caradoc, Träume von Schlachten und Eroberungen, von einem Riesenreich, in dem die Catuvellauni herrschen und das sich vom äußersten Norden bis ganz in den Westen erstreckt. Man bezahlt mit meinem Geld, die Freien und Bauern arbeiten für mich und meinen Tuath. Ich denke immerzu daran. Auf der anderen Seite merke ich, daß meine Tage gezählt sind – wie auch die der Großen Göttermutter. Ich weiß, daß die Häuptlinge schon über meinen rituellen Tod sprechen. Aber noch ist es nicht soweit, beim unerschöpflichen Kessel des Bel, beim Feuer des Tara! Noch nicht.« Während er sprach, glühten seine Augen, und er entblößte eine Reihe gelblicher Zähne. Dann sank er unmerklich in sich zusammen. »Und nicht zu vergessen, Rom, das hungrig sein Maul nach uns aufreißt. Es greift nach mir wie eine Krake, aber ich bin frei und bewege mich zwischen beiden, wie es mir beliebt, denn ich bin Cunobelin, Ri der Catuvellauni, und weder Rom noch meine vergänglichen Träume werden mich in ihr trügerisches Netz verstricken.« Er lachte polternd und stand mühsam auf. Caradoc erhob sich ebenfalls, und Cunobelin hieb ihm kräftig auf die Schulter. »Ich werde der Versammlung deine Verlobung bekanntgeben. Es wird keine Einwände geben – zumindest nicht von seiten der Häuptlinge. Arme Aricia.«

»Wenn sie dir so leid tut, dann heirate sie doch selbst«, knurrte Caradoc beleidigt. Noch ehe sein Vater etwas erwidern konnte, war er draußen.

3

Die Abgesandten von Aricias Vater trafen im Frühling ein. Zarte Schneeglöckchen und das gelbe Schellkraut bedeckten die Wiesen wie ein bunter Teppich, die Wälder nahmen sich wie eine Farbenorgie in Grün aus, und die Vögel sangen, als wären sie betrunken. Nach einem ungewöhnlich milden Winter mit Regen und Wind und vielen trüben Tagen, viel Nebel und wenig Frösten war der Frühling diesmal früh angebrochen. Die Versammlung hatte Caradocs Verlobung mit Eurgain einstimmig befürwortet, und der Bekanntmachung war ein lautes, fröhliches Fest gefolgt. Nur Aricia hatte sich zurückgezogen und hielt sich seither stolz fernab. Caradoc, der insgeheim gehofft hatte, daß durch seine offizielle Verbindung mit Eurgain das alte, schmerzliche Verlangen nach Aricia abgeschwächt würde, stellte fest, daß es eher noch schlimmer mit ihm wurde. Aber sie wich ihm hartnäckig aus, und er sah nie mehr von ihr, als ihre Kapuze irgendwo im Nebel oder ihren Schatten, der vor ihm um eine Ecke flüchtete. Daß sie sich ihm derart geschickt entzog, versetzte ihn in eine krankhafte Spannung, und in diesem Zustand verbrachte er eine lange Zeit. Allzu oft und allzu intensiv drehten sich seine Tagträumereien um sie, obwohl er doch wußte, daß sie nicht die richtige Frau für ihn war. So sehr er sich auch bemühte, sich von ihr zu befreien, so machtlos war er doch gegen seine Leidenschaft, die sich seiner immer wieder bemächtigte. Eurgain spürte seinen Konflikt und kämpfte in dieser Zeit ihren eigenen Kampf gegen den Schmerz, den sein Zwiespalt ihr bereitete. Sie liebte ihn – hatte sie ihn nicht schon immer geliebt? – und war bereit, ihren Stolz zu vergessen und ihn zu heiraten. Aricia würde gehen, und Eurgain wartete mit Inbrunst auf diesen Tag.

An einem angenehm warmen Tag war es soweit. Sechs bärtige, übernächtigt und grimmig aussehende Männer in schmutzigen und zerknitterten Gewändern, angetan mit Spangen und Armbändern von fremdartiger, wilder Form und mit bronzenen Torques, hielten vor dem äußeren Tor. Ihr Anführer stieg von seinem Pferd, um der Wache seinen Gruß zu entbieten, die mit gezogenem Schwert auf sie zukam.

»Einen guten Morgen wünsche ich Euch«, rief er mit seiner Baritonstimme, der die Übermüdung anzuhören war. »Steckt Euer Schwert wieder ein. Wir kommen in friedlicher Absicht. Schickt Eurem Herrn Nachricht, daß Venutius, Häuptling von Brigantes, angekommen ist, und dann bringt uns Bier und etwas zu essen, denn wir sind hungrig.«

Die Wache bedachte die kleine Truppe mit einem kurzen, mißbilligenden Blick und führte sie darauf in das kleine, düstere Wachhäuschen. Die Männer folgten langsam. Sie waren von ihrem langen und beschwerlichen Ritt steif, und es fiel ihnen sichtlich schwer, sich mit gekreuzten Beinen auf den festgestampften Lehmboden niederzulassen, während die Wache Fleisch und Brot und würzigen, braunen Met vor sie stellte. Widerwillig ließ er sie für einen Augenblick allein, um einen Diener mit der Nachricht nach Camulodunum zu entsenden und die Pferde zu versorgen, dann setzte er sich zu ihnen, und ein langes Warten begann.

Fast zwei Stunden waren vergangen, als sie endlich den Hufschlag mehrerer Pferde vernahmen. Venutius und seine Mannen waren augenblicklich hellwach, sprangen auf die Beine und liefen hinaus. Von der Sonne geblendet blinzelten sie Caradoc und Cinnamus entgegen, die von den Pferden stiegen, während ihre Häuptlinge sich abwartend verhielten und verstohlen mit den Händen in die Falten ihrer Gewänder fuhren, wo sie ihre Schwerter versteckt hielten. Caradoc und Cinnamus kamen heran und entboten ihren Willkommensgruß.

»Camulodunum heißt Euch willkommen, Häuptlinge von Brigantes«, begann Caradoc und musterte sie offen und unvoreingenommen. »Friede und ein langes Leben.« Venutius überragte Caradoc um einen guten Kopf, und sein Händedruck glich dem eines Schraubstocks. Caradoc fühlte sich dadurch in seinem Stolz gekränkt und erwiderte ihn nur halbherzig, worauf Venutius dünn lächelte und unter seinem roten Bart eine Reihe weißer Zähne zeigte.

»Wir danken für Euren Empfang«, entgegnete er, und sie ließen sich los. »Ich bin Venutius, Vertrauter und rechte Hand meines Herrn, dies sind meine Verwandten.«

Caradoc begrüßte sie alle mit der gleichen Höflichkeit, wohl wissend, daß in einer heiklen Situation wie dieser Höflichkeit schnell in brutale Gewalt umschlagen konnte. Cinnamus betrachtete unterdessen interessiert die abstoßenden Schnitzereien auf den Schilden und Spangen der Besucher.

»Und ich bin Caradoc, Sohn des Cunobelin.« Die Pferde der brigantischen Abordnung wurden herangeführt. »Mein Vater erwartet Euch, und soeben wird ein junges Schaf Euch zu Ehren geschlachtet.« Damit waren die Förmlichkeiten ausgetauscht, und der Reiterzug setzte sich in Richtung Camulodunum in Bewegung.

Caradoc und Cinnamus unterhielten sich während des Ritts und hofften, auf diese Weise die gespannte Stimmung, die die Brigantes verbreiteten, abzubauen, aber ihre Anstrengungen blieben fruchtlos. Die Gäste schwiegen hartnäckig und waren offenbar viel zu sehr damit beschäftigt, sich möglichst nichts entgehen zu lassen. Caradoc war sich sicher, daß ihr Herr nach der Rückkehr dieser Abordnung einen genauen Lagebericht über die Viehbestände, Art und Anzahl der bestellten Felder, Größe und Lage der Wälder sowie die Anzahl der römischen Kaufleute, denen man begegnet war, erhalten würde. Caradoc kümmerte es nicht. Gleich würden sie auch die massiven Schutzwälle sehen, die die Stadt umgaben, das wehrhafte Tor, den tiefen Graben. Der Ritt verlief ausgesprochen ungemütlich, trotzdem trafen sich Caradocs und Cinnamus' Blicke hin und wieder, und sie lächelten einander an. Dann wanderten Caradocs Gedanken zu Aricia, und sein Lächeln erstarb. Nun würde sie also wirklich fortgehen.

Schließlich erreichten sie das zweite Tor und übergaben ihre Pferde den Stallknechten. Caradoc bedeutete Venutius, ihm zu folgen, und die kleine Schar marschierte an den Ställen und den Hundezwingern vorbei, vorbei an den Werkstätten und den unordentlichen, schmutzigen Behausungen der Freien am Fuße des Hügels. Dann führte der Pfad sie zu den sauberen und adretten Holzhäusern der Edelmänner und Häuptlinge. Der Schrein des Camulos stand offen, und Venutius warf im Vorübergehen einen neugierigen Blick hinein. Die Gottheit mit den drei Gesichtern saß häßlich und drohend im Halbdunkel. Venutius mußte an sich halten, um nicht einfach vor Verachtung auszuspucken. Ha, dachte er, selbst ihre Götter hocken in dunklen Grotten, wie die Götter der Römer. Er wollte nur eines: So schnell wie möglich seinen Auftrag ausführen und von hier verschwinden.

Vor dem großen Versammlungshaus standen Cunobelin und seine Häuptlinge mit verschränkten Armen und feierlichen Mienen zum Empfang bereit. Venutius ging auf Cunobelin zu, um auch mit ihm den formellen Gruß auszutauschen. Der streckte ihm lächelnd den Arm hin, obwohl ihm Caradocs angespannte Gesichtszüge auffielen. Die brigantischen Hirten hatten sich also wichtig gemacht! Nun, sie sollten gleich ihre Lektion erhalten. Cunobelin schnippte mit den Fingern, und seine Häuptlinge traten zurück.

»Seid uns willkommen, Sohn von Brigantes.«

»Eure Gastfreundschaft ist grenzenlos, Ri Cunobelin«, antwortete Venutius mit sonorer, selbstbewußter Stimme, so daß Cunobelins dagegen hoch und dünn wie die eines Kindes klang. »Wir sind müde, denn hinter uns liegt ein anstrengender Ritt. Unser Herrscher liegt im Sterben und schickt nach seiner Tochter.« Durch die Menge ging ein mitfühlendes Gemurmel.

»Tretet also ein, damit wir Eure Nachricht hören können«, sagte Cunobelin. »Dann könnt Ihr Euch erfrischen und ausruhen. Am Abend werden wir feiern, und Ihr könnt Euer Anliegen der Versammlung vortragen.«

»Ri, so gern wir in angenehmer Gesellschaft verweilen würden, so sehr ist uns doch Eile geboten.« Venutius wählte seine Worte sorgfältig, sprach jedoch mit Bestimmtheit. »Ich bitte Euch, ruft nach der Dame und laßt ihr Gepäck richten. Ihr Vater wird stündlich schwächer, und wir können es nicht wagen, uns länger als nötig aufzuhalten.«

Cunobelin stand wie angewurzelt, die Häuptlinge begannen, feindselig zu murmeln. Das Angebot der Gastfreundschaft abzulehnen kam einer schweren Beleidigung gleich, doch was konnte man anderes von den primitiven Nordmännern erwarten? »Ihr werdet sicher das Schaf nicht verschmähen, das Euch zu Ehren geschlachtet wurde. Vielleicht wollt Ihr wenigstens Eure Gewänder wechseln? Es wird übrigens nicht ganz einfach sein, Aricias

Habe auf einen Karren zu verladen, denn sie hat viele Jahre hier gelebt und besitzt eine Menge wertvoller Gegenstände.« Der Tadel in seinen Worten, die einen überdeutlichen Hinweis auf die Überlegenheit der Catuvellauni enthielten, war nicht zu überhören, doch Venutius nahm das gelassen hin und antwortete mit unveränderter Ruhe.

»Cunobelin, wir müssen uns tatsächlich erfrischen und etwas zu uns nehmen«, lenkte er scheinbar ein. »Doch laßt es bei einem kurzen Mahl bewenden und verzichtet auf die Versammlung, denn wir haben keine Wahl, vor dem Morgengrauen müssen wir wieder unterwegs sein.«

Eiserner Wille lag in seinen Worten. Cunobelins Häuptlinge machten nun keinen Hehl mehr aus ihrer Feindseligkeit und scharten sich kampfeslustig um ihren Herrscher. Der begann unerwarteterweise zu lächeln. Er durchschaute das Spiel. Es ging nicht im mindesten um Aricias Vater; ihm, Venutius, und seinen Männern war es vollkommen egal, ob ihr Vater vor ihrer Rückkehr starb oder nicht. Sie sprachen nicht mit Worten, sondern mit ihrer Willenskraft, und das Spiel war uralt, so alt wie die Stämme selbst. Cunobelin liebte dieses Spiel, er war ein Meister darin. Ohne ein einziges grobes Wort zu sagen, vermochte er einen Gegner in seine Schranken zu verweisen. Diese Nordmänner allerdings ließen sich nicht so einfach packen, noch nicht, aber Cunobelin fehlte die rechte Lust, den nächsten Zug zu eröffnen. Statt dessen zuckte er mit den Schultern, verneigte sich zustimmend und ging ihnen voran ins Innere des Versammlungshauses. Venutius folgte ihm, begleitet von den catuvellaunischen Häuptlingen. Caradoc verfolgte das Ritual belustigt. Je älter Cunobelin wurde, um so mehr Spaß hatte er an diesen Spielchen. Caradoc wandte sich an Cinnamus.

»Geht zu Aricia und teilt ihr mit, daß die Gesandten ihres Vaters eingetroffen sind.« Seine Stimme klang unsicher, und Cin warf ihm einen wissenden Blick zu.

Aricia war nicht zu Hause. Erst außerhalb des Tores, unter den Bäumen, entdeckte er sie. Sie hatte einen dicken Strauß Glockenblumen im Arm und bewegte sich hin und her, pflückte noch diese, dann jene, und Cinnamus sah ihr eine Weile dabei zu, ehe er sich bemerkbar machte. Er empfand keinerlei Mitleid mit ihr. Sie war immer eine Fremde geblieben, eine ungewöhnlich schöne Fremde, mit einem Hauch catuvellaunischen Gebarens, aber im Grunde ihres Herzens gehörte sie nicht zu seinem Tuath. Hinter den strahlenden Augen verbarg sich ein berechnender, ränkeschmiedender Geist, dem es an wirklicher, menschlicher Wärme fehlte. Er mochte sie nicht. Es war gut, daß sie fortging.

Sie erschrak, als er ihren Namen rief. »Aricia, Cunobelin läßt Euch sagen, daß Eure Leute angekommen sind. Er bittet Euch, sofort zu packen. Ihr müßt noch heute aufbrechen.«

»Meine Leute, Eisenhand?«

Sie schwankte und lehnte sich kraftlos gegen einen Baum, die Blumen fielen auf die Erde. Sie schien es nicht zu bemerken. Nicht schwach werden, dachte sie. Verzweiflung und hilflose Wut drohten sie zu ersticken, und sie warf die restlichen Blumen weit von sich. Dann straffte sie die Schultern. Ihre Augen blickten gequält, ihre Stimme klang schrill, als sie auf Cinnamus zuging und mit blutleeren Lippen »Gehen wir!« murmelte.

Vom Versammlungshaus stieg der Rauch spiralförmig auf. Die Vorbereitungen für den Abend waren in vollem Gange, das Schaf drehte sich bereits am Spieß über dem Feuer. In der Halle tummelte sich Jung und Alt, um einen Blick auf die Nordmänner zu werfen. Überall wurden erregte Gespräche geführt. Die Becher kreisten und wurden geleert, gefüllt und wieder geleert. Aricia ging geradewegs auf Cunobelin zu.

»So sind sie also doch gekommen«, sagte Cunobelin mit sanfter Stimme. Aricias Gesicht glich einer Maske. »Ich habe sie zu den Gästehütten führen lassen, damit sie sich erfrischen und umkleiden können. Wir haben Neuigkeiten ausgetauscht, so gut das in der kurzen Zeit seit ihrer Ankunft möglich war. Bist du bereit, sie zu hören?«

Ihre Lippen bebten gefährlich, ihr Blick glitt zu Caradoc hinüber. Togodumnus drückte ihr einen Becher mit Wein in die kalten Hände, und sie trank mit kleinen Schlucken. Dann nickte sie. Cunobelin legte seinen Arm um ihre Schulter und drückte sie sanft auf die Felle. Dann nahmen auch er und seine Söhne Platz. Die kleinen Grüppchen drängten sich erwartungsvoll heran, gespannt auf die Neuigkeiten, die es ohne Zweifel gab, doch Aricia hatte diesmal kein Verständnis für ihre aufdringliche Neugierde. Cunobelin ergriff erneut das Wort, aber er sprach so leise, daß nur sie und die Häuptlinge, die direkt bei ihnen standen, es verstehen konnten.

»Dein Vater liegt im Sterben, Aricia, deswegen die Eile. In Brigantes wartet die Versammlung auf dich – und ein großes Reich. Du mußt sofort packen lassen.«

»Ihr seid mein Vater, Cunobelin, und mein Tuath ist hier. Ich werde nicht gehen.« Sie sprach mit großer Beherrschung.

»Meine Töchter sprechen eine andere Sprache«, wies Cunobelin sie streng zurecht. »Du bist deinem Volk gegenüber verpflichtet. Du hast keine Brüder und Brigantes erwartet dich als neue Herrscherin. Oder willst du sagen, daß ich meiner Verantwortung schlecht nachgekommen bin, daß ich deinem Vater eine verwöhnte, verweichlichte Göre zurückgebe?« Ihre Augen brannten. So viele Tränen, die sie zurückhalten mußte, um sich keine Blöße zu geben! Sie stürzte den Wein hinunter. Cunobelin sprach in diesem harten Ton mit ihr, weil er es ihr leichter machen wollte, das wußte sie, dennoch fühlte sie sich von ihm im Stich gelassen. Sie strich ihr Haar zurück und sah ihm in die Augen.

»Ich kenne meine Pflicht, Cunobelin, aber sie drückt mich nieder. Ist es so unverzeihlich, daß ich sie am liebsten weit von mir wegschieben möchte? Ich wurde als ein Unterpfand hierhergebracht, und Ihr habt mich wie eine Tochter erzogen. Darf ich denn keinen Schmerz über die Trennung von Euch empfinden? Fühlt Ihr gar nichts dabei?«

Er umarmte sie impulsiv. »Ich weiß, was ich verliere, Aricia«, entgegnete er, »und ich weiß um den Gewinn, den Brigantes macht, und um den Gewinn für unseren Tuath, wenn du in Brigantes herrschst. Werden wir nicht Handel miteinander treiben und gemeinsam Samhain feiern, jetzt, da meine Tochter dort regiert?«

Sie lachte freudlos. »Vielleicht muß ich ja auch zu einer wilden Bergkönigin werden, die niemanden liebt und jedem mit Mißtrauen begegnet. Das scheint mir eher dem zu entsprechen, was man von mir erwartet.« Sie erhob sich. »Ich werde packen und dann diese . . . meine Leute begrüßen.« Sie sagte es voller Verachtung und ging mit eiligen, unsicheren Schritten hinaus.

Am Abend trafen sich alle Häuptlinge und Freien im Versammlungshaus, um mit den Besuchern zu essen und zu trinken. Die Mitglieder von Cunobelins Familie saßen beieinander, flankiert von ihren Barden und Schildträgern. Aricia befand sich ebenfalls unter ihnen, in ihre beste Tunika gekleidet und mit goldenen Armbändern, Stirngeschmeide und Fußkettchen geschmückt. Sie spürte die mißtrauischen Blicke ihrer Landsleute auf sich, die ihr ebenso fremd waren wie sie ihnen. Sie meinte zu wissen, daß sie sie ablehnten, aber konnte es ihr nicht egal sein? Schließlich mußten sie ihr gehorchen.

Cunobelin schickte die Sklaven nach draußen und eröffnete die Versammlung. Dann stand Venutius auf und erläuterte seine Mission mit knappen Worten.

Aricia beobachtete ihn aufmerksam. Sie fand ihn ausgesprochen attraktiv, ja sogar unwiderstehlich. Er strahlte eine fast beunruhigende Kraft aus, als er, groß und stolz, mit sachlichen, bestimmten Worten vor der Versammlung sprach. Seine Männer hingen an seinen Lippen, als wäre er ein wortgewandter Barde, der von kommenden Siegen sang. Und doch war er jung, sie schätzte, er war kaum älter als Caradoc. Genußvoll und zugleich voller Fatalismus nippte sie an ihrem Wein, dem letzten auf unabsehbare Zeit, es sei denn, es gelänge ihr, ihre biertrinkenden Wilden in catuvellaunische Freie umzuerziehen. Venutius hatte seine Rede beendet. Er setzte sich, und sie begegnete seinem raubtierhaften Blick, erwiderte ihn und schaute zu Caradoc hinüber, der unruhig mit seinen geflochtenen Zöpfen spielte, während Tog ihm etwas ins Ohr flüsterte. Einer der Häuptlinge ergriff das Wort, um seine Zustimmung auszudrücken, und Aricia ahnte, daß Cins zufriedenes Gesicht nicht nur auf den Wein zurückzuführen war. Sie sind froh, daß ich gehe, schoß es ihr bitter durch den Kopf. Alle sind froh darüber. Nun, ich bin auch froh, daß ich sie verlassen kann. Sie lächelte Venutius an, und er erwiderte zögernd und wachsam den stummen Gruß, dann schaute er weg. Vielleicht war sie ja doch nicht ganz so römisch, wie sie aussah, ihre neue Königin.

Dann, im Nebel, noch vor der Morgendämmerung, teilten

Cunobelin, Caradoc, Togodumnus und die anderen den Abschiedsbecher mit Aricia und ihren Häuptlingen. Zwei Karren, auf denen ihr kostbares Hab und Gut sicher unter grobem Sackleinen verstaut lag, standen bereit, die Ponys waren angespannt. Venutius stand besitzergreifend bei Aricia, in deren Augen sich Trauer und Übermüdung widerspiegelten.

Cunobelins Schildträger reichte ihr den Becher mit einer Verneigung, sie nahm ihn und trank, dann gab sie ihn zurück, und er reichte ihn den anderen. Als alle getrunken hatten, trat Cunobelin vor, umarmte sie und drückte sie an sich. Ein letztes Mal ruhte sie in seinen starken Armen, sah in sein von Falten zerfurchtes Gesicht. »Geh in Frieden, gib auf dich acht«, murmelte er. Caradoc trat vor und drückte ihr einen Kuß auf die kalte Wange. »Verzeih mir«, flüsterte er ihr ins Ohr, aber sie zuckte nicht einmal mit der Wimper. Dann wurde sie von Adminius umarmt, und noch immer stand sie wie versteinert. Togodumnus küßte sie auf den Mund und raunte ihr etwas ins Ohr, worauf ein flüchtiges Lächeln über ihre Lippen huschte. Als Eurgain sie in die Arme nahm, verlor Aricia beinahe die Fassung. Sie hielten sich eng umschlungen, und Aricia bat mit heiserer Stimme: »Paß auf ihn auf. Er braucht dich mehr als mich.« Als letzte trat Gladys vor, küßte sie und drückte ihr etwas Glattes, Warmes in die Hände. »Ein Talismann«, erklärte sie, und Aricia betrachtete den Gegenstand neugierig und voller Rührung. Es war ein kleines Stück Treibholz, das vier ineinanderverschlungene Schlangen darstellte. Das Holz war geölt und poliert worden. Gladys' Abschiedsgeschenk berührte sie seltsam, und wieder spürte sie die Tränen aufsteigen. Schnell saß sie auf, ordnete ihren Umhang und nickte schließlich Venutius zu.

Niemand winkte, als sie davonritten, es gab auch keine Abschiedsrufe. Dann waren die Reiter im Nebel verschwunden.

Togodumnus grinste Caradoc an. »Ich wüßte gern, was aus ihr wird. Was glaubst du, ob wir Krieg gegen sie führen werden?«

Ein Loch, das niemand füllen kann... dachte Caradoc schmerzerfüllt, und Aricias Gesicht erstand vor seinen Augen.

Er blinzelte und lächelte zurückhaltend. »Wer weiß«, sagte er leichthin und spürte, daß ein Teil seines Selbst mit ihr ging. Eines Tages würden sie sich wiedersehen. Es war sein Schicksal.

Caradoc und Eurgain heirateten eine Woche nach Aricias Abreise an einem strahlenden Vormittag. Die Luft war erfüllt von dem kräftigen Duft blühender Ginsterbüsche, den ein lauer Wind zu den Feiernden herübertrug. Eurgains dunkelblondes Haar fiel offen über die blaue, mit Quasten verzierte Festtagstunika, ein Silberkettchen schmückte ihre Stirn. Caradoc, ganz in Scharlachrot gekleidet, stand voll Stolz und mit erhobenem Haupt an ihrer Seite. Der Wein funkelte im Becher, Häuptlinge und Freie standen beieinander und warteten auf die Worte, die den Bund der beiden besiegeln und die sie mit lautem Jubel und Liedern begrüßen und besingen würden.

Caradoc hatte seine Hochzeitsgeschenke mit allergrößter Sorgfalt ausgewählt. Da waren ein ägyptisches Halsband aus blauen Glasperlen, Seide, die in allen Regenbogenfarben schillerte, von der Insel Kos, zwei Jagdhunde und zwei Trinkbecher aus purem Silber, die er extra aus Rom hatte kommen lassen.

Eurgains Mitgift bestand aus zweihundert Rindern. Noch nie hatte eine Heirat einem Mitglied seines Tuath solch eine Mitgift eingebracht. Als er Eurgains Hand ergriff und sie auf die Lippen küßte und die Menge daraufhin in laute Hochrufe ausbrach, spürte er Togs lauernde Blicke auf sich ruhen. Nun besaß er also die höchste Ehrenprämie und konnte es sich leisten, seine Häuptlinge großzügig und mit Umsicht zu beschenken – keiner sollte sich benachteiligt fühlen. Für Cinnamus wählte er einen neuen Umhang und fünfzig junge Kühe aus, die dieser heftig protestierend ablehnte, weil ein dermaßen großzügiges Geschenk ihm nur den Ruf eines Günstlings einbringen würde. Caradoc beruhigte ihn jedoch und bat ihn, es als eine Art Vorschußprämie für künftige Treuedienste zu betrachten. Cinnamus akzeptierte das Geschenk schließlich, fest entschlossen, sich seiner würdig zu erweisen.

Cunobelin hatte dem Paar das größte Haus in Camulodunum geschenkt. Es hatte zwei Zimmer mit getrennten Feuerstellen, was doppelte Hausarbeit bedeutete, wie Fearachar leicht empört bemerkte. Eurgain machte sich daran, ihre Lampen und Wandbehänge aufzuhängen, und überredete Fearachar, ihr ein Fenster in die Wand zu schlagen. Der Blick war nicht halb so schön wie der von ihrer eigenen Hütte, aber sie ahnte, daß sie wenig Zeit für Sternbeobachtungen haben würde. Mit um so größerer Liebe richtete sie ihr neues Heim ein, das schon bald dieselbe tiefe Ruhe und friedvolle Atmosphäre ausstrahlte, die Eurgain überallhin begleiteten, und ihre unstillbare Sehnsucht nach den Bergen wurde von ihrer Liebe zu Caradoc gedämpft. Das Beltanefest rückte näher. Eurgain spürte die fruchtbare Kraft des Lebens, wohin sie auch blickte. Schüchtern lächelnd näherte sie sich Caradoc und strich ihm mit der Hand sachte über die Haare. Er gehörte ihr. Aricia war fort. Er würde lernen, sie zu lieben, und wenn nicht, so würde er sie dennoch brauchen und auch damit würde sie sich begnügen.

4

Venutius ritt westwärts. Er schlug eine schnelle Gangart ein, der Aricia sich mühelos anpaßte. Der Abschiedsschmerz schnürte ihr die Kehle zu und ihre Finger umklammerten verzweifelt die magischen Schlangen, während sie in schnellem Ritt dahineilten. Nur der gedämpfte Hufschlag ihrer Pferde war zu hören, und Aricia dachte an die Königliche Kriegstruppe, die auf der Jagd nach wilden Ebern unzählige Male hier entlanggeritten war. Vorbei, endgültig vorüber war diese Zeit, und sie verdrängte die Erinnerungen, so gut sie es vermochte. Eine Stunde später passierten sie bereits das zweite Tor. Sie warf einen letzten Blick zurück auf den träge dahingleitenden Fluß, den Wald, die müde blinzelnde Wache, die hohen Befestigungen.

»Wir müssen die Grenze so schnell wie möglich erreichen«, bemerkte Venutius. »Dort erwartet uns ein Druide, um uns durch das Gebiet der Coritani Geleit zu geben. Wir dürfen uns nicht zu sehr verspäten, denn er kann nicht lange auf uns warten.« Nur einmal hielten sie an, um eine kurze Mahlzeit einzunehmen. Die Stelle bot einen atemberaubend schönen Blick in das Land, das sich wie ein Teppich vor ihnen ausbreitete. Zwischen dunklen Wäldern wogte das zarte Grün der jungen Gersten-, Hafer- und Weizenfelder, umrahmt von den silbernen Bändern der Flüsse, die sich bis zum Horizont hinschlängelten, der in der Mittagssonne bläulich flimmerte. Sie saßen im Gras, und die Männer lachten und unterhielten sich ungezwungen. Cunobelin geriet in Vergessenheit. Aricia aß langsam und mit Bedacht, während sie schweigend den weiten Himmel betrachtete. Sie versuchte, nicht an die Zukunft zu denken und sich einzureden, daß dieser Ritt ein kurzer Frühlingsausflug sei, um der Waldgöttin ein Opfer zu bringen. Bald würden sich ihre Wege trennen, und sie würde wieder nach Hause reiten. Nur so gelang es ihr, Kummer und Heimweh, die sie immer wieder von neuem überwältigten, überhaupt unter Kontrolle zu halten. Venutius reichte ihr Käse, Fleisch und Bier, das in einer Ziegenhaut transportiert wurde, und betrachtete sie aus den Augenwinkeln heraus, aber er wartete vergeblich auf ihr Lächeln, dieses Lächeln, das sie ihm in Cunobelins Versammlungshaus geschenkt hatte und das er nicht vergessen konnte. Schließlich gab er den Befehl zum Aufbruch, und sie setzten ihren Ritt in zügigem Tempo fort.

In der Abenddämmerung des dritten Tages überschritten sie die Grenze. Die Coritani hatten tiefe Gräben ausgehoben und hohe Erdwälle angelegt, um sich gegen die Überfälle der Catuvellauni zu schützen, doch Aricia war zu erschöpft, um sich für diese Verteidigungsmaßnahmen zu interessieren. In einiger Entfernung blinkte ein schwaches Licht, und während die kleine Gruppe anhielt und wartete, ritt Venutius darauf zu. Es war kalt, und Aricia umklammerte die Zügel mit steifen Fingern. Nur unter Aufbietung aller ihrer Kräfte hielt sie sich überhaupt noch im Sattel.

Schon nach kurzer Zeit kehrte Venutius zurück. »Der Druide wartet«, gab er bekannt. »Einige Häuptlinge der Coritani sind bei ihm. Die Lady kann hier übernachten, man wird ihr warmes Wasser zum Waschen geben.« Idiot, dachte Aricia spöttisch. Du denkst also wirklich, daß ich eine verwöhnte, verweichlichte Tiefländerin bin. Und während Pferd und Reiterin gleichermaßen erschöpft die letzten Meter in schleppendem Trott zurücklegten, ärgerte sie sich maßlos über diese beleidigende Unterstellung. An der Hütte angekommen, ließ sie sich herabgleiten, gab dem heraneilenden Diener die Zügel und wankte durch die niedrige Tür ins Innere. Der Druide saß am Feuer. Er wärmte seine Hände, und für einen Augenblick glaubte sie, Bran zu erkennen. Doch als er sich zu ihr umdrehte und sie liebenswürdig grüßte, sah sie, daß er viel älter sein mußte. Dieser Druide hatte einen dunklen Teint, einen kräftigen Bart und verschmitzte Augen. In seinem Haar funkelten bronzene Spangen.

Die Häuptlinge erhoben sich und hießen sie willkommen. Aricia antwortete automatisch, während ihre Häuptlinge sich gleich dunklen Schatten im Hintergrund hielten. Sie spürte die Geringschätzung, die man ihr, einem Sproß catuvellaunischer Lebensart, entgegenbrachte, und war dankbar, als sie sich kurz darauf verabschiedeten. Mit gekreuzten Beinen ließ sie sich auf die Felle am Feuer nieder und nahm den Umhang von der Schulter.

»Laßt meine Karren bewachen«, rief sie Venutius zu, »die Coritani sind wie diebische Elstern.«

»Darin stehen sie Eurem Ziehstamm tatsächlich in nichts nach«, ließ sich der Druide vernehmen. »Aber ich muß Euch warnen, Königin von Brigantes, ich selbst gehöre dem Volk der Coritani an, und wenn Ihr sie beleidigt, beleidigt Ihr auch mich, und ich werde einfach verschwinden. Das könnte Euch Euren hübschen Hals kosten.« Er scherzte mit ihr, doch Aricia war kaum zu Späßen aufgelegt und starrte nur ins Feuer. Sollen sie kommen und mich töten, dachte sie müde, es interessiert mich nicht.

Er stand auf und reckte sich, dann ließ er seine Fingergelenke knacken, bis Aricia nervös auffuhr. »Wie ich sehe«, bemerkte er ironisch, »verfehlen meine Späße heute ganz und gar ihre Wirkung. Ich werde mich also zurückziehen. Binnen kurzem wird ein Diener warmes Wasser bringen. Es kostet Euch allerdings etwas, und Ihr solltet, bitte sehr, in Cunobelins Währung bezahlen. Denn wenn die Coritani ihn auch hassen, so ist sein Geld ihnen doch willkommen. Ich wünsche Euch eine gute Nacht.« Lautlos schlüpfte er hinaus. Aricia wartete kurz, dann schlich sie auf Zehenspitzen zu den Türhäuten und lugte vorsichtig in die Dunkelheit hinaus.

»Habt Ihr einen Wunsch?« Die Stimme ertönte nahe an ihrem Ohr, und Aricia fühlte sich wie ein ertapptes Kind. Eilig zog sie den Kopf ein und murmelte verlegen »Nein, nein«. Sie setzte sich wieder ans Feuer, erneut gegen die bleierne Müdigkeit ankämpfend, aber beruhigt, was ihre Sicherheit betraf. Als der Diener erschien, wurde sie munterer und bestellte Fleisch und warmen Wein. »Das kostet zwei Bronzemünzen«, schnarrte er prompt.

»Ich bezahle, wenn Ihr es gebracht habt!« brauste Aricia auf, worauf der Diener mit einem einfältigen Grinsen verschwand. Sogleich entledigte sie sich der kurzen Männertunika und der Beinkleider und begann sich gründlich zu waschen. Angenehm erfrischt, schlüpfte sie in ein sauberes Gewand, löste ihre Haare und kämmte sie langsam und bedächtig, bis der Diener erneut erschien. Auf einem Tablett servierte er heißes Fleisch, Brot, ein paar runzelige Äpfel und einen Krug mit gekühltem Met, dann legte er neues Holz ins Feuer.

»Ich habe heißen Wein bestellt«, beschwerte Aricia sich mit schneidender Stimme. »Und erzählt mir nicht, daß die Coritani keinen Wein trinken, denn ich weiß, daß sie es tun, und nicht gerade wenig. Bringt mir den Wein!«

Er richtete sich auf und musterte sie mit einem unverschämten Blick. »Man hat mir gesagt, daß Euer Volk nur Met und Gerstenbier trinkt. Verzeiht, wenn ich Euch für eine echte Brigantes hielt.« Noch ehe sie ihrer Empörung Luft machen konnte, war er bereits wieder verschwunden, aber diesmal dauerte es nicht lange, bis er, mit einem Becher voll Wein in der Hand, zurückkam. Er tauchte den rotglühenden Schürhaken hinein, der Wein zischte und verbreitete sein angenehmes Aroma. Aricia entriß ihm den Becher förmlich.

»Geht jetzt!« Mit einem hochmütigen Blick warf sie ihm zwei Bronzemünzen hin. »Eure Gastfreundschaft läßt viel zu wünschen übrig.«

Früh am nächsten Morgen waren sie wieder unterwegs, diesmal in nordöstlicher Richtung, um zur Küste zu gelangen. Der Druide ritt neben Venutius, und Aricia verfolgte belustigt die Gespräche der beiden. Der Himmel war bewölkt, und in der Ferne, wo das Land der Iceni begann, zuckten Blitze am Himmel. Am Ende des Tages meinte Aricia, einen neuen, ungewohnten Duft, wie nach Seetang, riechen zu können. Die Luft schien rauher, der Wind stärker und frischer, die Nähe des Meeres war unverkennbar. Sie schlugen ihr Lager nicht weit von einem Steinkreis auf, der aussah, als hätte er bereits Jahrhunderte überdauert. Aricia zog ihre hölzernen Schlangen hervor und betrachtete sie lange. Auch als sie sich endlich niederlegte, behielt sie sie in der Hand und ließ sich von der Kraft des Trostes, den sie ihr spendeten, durchdringen. Langsam begann sie sich an die ungewohnte Wesensart ihrer Häuptlinge zu gewöhnen und sich weniger einsam zu fühlen. Sie fiel in einen tiefen Schlaf und erwachte gekräftigt und mit neuer Hoffnung.

Der Baumbestand wurde immer spärlicher und bald erreichten sie das Meer. Vor ihnen lag ein weites, ödes Land, dessen einzige Abwechslung die grünen Hügel waren, die sich, einer hinter dem anderen, endlos zu erstrecken schienen; ein Land, in dem der Wind sich niemals legte, wo Falken und Adler mit ausgebreiteten Schwingen scheinbar schwerelos durch die Lüfte segelten und sich von stürmischen Winden tragen ließen; ein Land, in dem man sich klein und verloren fühlte. Aricia wagte sich bis an den Rand einer Klippe vor, doch ihr Umhang wurde sofort von der steifen Brise erfaßt und verfing sich in ihren Beinen, so daß sie um ihr Gleichgewicht kämpfen mußte. Tief unter ihr wogte das Meer, und kreischende Möwen stürzten sich in den Gischt. Schwarzer Seetang, der in großen Mengen an Land gespült wurde, lag verstreut auf dem nassen Sand, und Aricia empfand seinen scharfen Geruch wie lebensspendenden Odem, den sie tief einatmete, als wollte sie sich selbst neues Leben einhauchen. Dann saß sie wieder auf. Sie ritten eine Weile an der Küste entlang, bis der Weg wieder ins Landesinnere abzweigte und dem Hauptfluß Brigantes folgte.

Nach weiteren fünf Tagen erreichten sie die Flußmündung. Seltsame, langbeinige Vögel pickten mit langen Schnäbeln im schlammigen Wasser nach Maden und Larven und bewegten sich dabei mit zierlichen Schrittchen. Aricias Begleiter waren wie verwandelt. Unbeschwert und ausgelassen sprachen und scherzten sie miteinander.

Der Druide lenkte sein Pferd an Aricias Seite. »Morgen werdet Ihr zu Hause sein.«

Sie lächelte ihn an. Die Reise, die Landschaften, von denen sie bisher nichts geahnt hatte, die vielen neuen Eindrücke hatten sie zugänglicher gemacht, und nun erfüllte sie eine erwartungsvolle Unruhe. »Es ist lange her, seit ich dieses Land verlassen habe. Ich war noch nicht einmal sechs Jahre alt, als mein Vater mich zu Cunobelin brachte.«

»Könnt Ihr Euch an gar nichts erinnern?«

Sie versuchte, sich die Vergangenheit ins Gedächtnis zurückzurufen. »Ich bin nicht sicher«, erwiderte sie. »Manchmal meine ich, mich an den Geruch von Schafen und an ein Steinhaus erinnern zu können, das so groß wie das Versammlungshaus war. Aber vielleicht bilde ich mir das auch nur ein.«

»Vielleicht.« Er musterte sie prüfend, aber da waren nur rosige Wangen, die in der Abendsonne glühten, und Augen so klar wie Sterne. »Sagt mir, hat der Seher Euch vor Eurer Abreise die Zeichen gedeutet?«

Sie warf ihm einen erschreckten Blick zu. »Nein. Warum? Schon seit Jahren wird in Camulodunum kein Seher mehr befragt.«

Er seufzte. »Das ist schade. Es hätte mich interessiert, was er Euch prophezeit hätte, aber natürlich ermutigen die Römer niemanden dazu, alte Praktiken weiter auszuüben.« Er sagte es sachlich, ohne Vorwurf in der Stimme, und Aricia fand keine passende Erwiderung. Hier schienen die Geschäftigkeit und die rüde Sprache der Römer nicht zu existieren.

»Ihr werdet uns wohl bald verlassen«, sagte sie schließlich, und er nickte.

»An der Grenze trennen sich unsere Wege. Ich reise nach Westen durch das Gebiet der Cornovii und dann weiter zu den Ordovicen.«

»Oh. Wer ist denn das?«

Er warf ihr einen amüsierten Blick zu, und seine Augen begannen zu funkeln. »Ein wildes Volk in den Bergen, wo die Winter lang und beschwerlich sind. Ihr würdet sie nicht sonderlich mögen.«

Sie gelangten an einen schmalen Fluß und Venutius befahl, hier das Lager aufzuschlagen. Der Himmel war in ein strahlendes Rosa getaucht, das in immer neuen Nuancen leuchtete und nur langsam verblaßte. Aricia setzte sich an das Ufer des Flüßchens und versenkte sich in dieses Farbenschauspiel, während in ihr dieselbe Vorfreude aufkeimte, die auch ihre Häuptlinge beflügelte. Frohgestimmt erzählten sie von ihrer Heimat, dem weiten, hochgelegenen Land, in das sie morgen gelangen würden. Dann mischte sich der verlockende Duft des Abendessens in ihre Gedanken, und der Hunger trieb Aricia zu ihren Häuptlingen ans Lagerfeuer. Einer der Männer hatte einen Hasen erlegt, und sie genossen das frisch zubereitete Fleisch, aßen Bohnen dazu und tranken das eiskalte Wasser des Flußes. Dann hüllten sie sich in ihre warmen Umhänge und erfüllten die hereinbrechende Nacht mit ihren Geschichten und Liedern von gewonnenen Schlachten, bis einer nach dem anderen schläfrig wurde. Bald erstarb auch die Flamme des Feuers, und umgeben von den vielen Geräuschen der Nacht fiel Aricia zufrieden in einen erholsamen Schlaf.

Um die Mittagszeit des nächsten Tages erreichten sie bei leichtem Nieselregen die Grenze. Die Männer warfen ihre Schwerter begeistert in die Luft, fingen sie an den Griffen geschickt wieder auf und brachen in laute Freudenrufe aus. »Brigantes, Brigantes!« riefen sie ein ums andere Mal. Aricia konnte kein sichtbares Zeichen dafür entdecken, daß sie sich nunmehr auf brigantischem Boden befanden und zog sich die Kapuze über den Kopf. Suchend sah sie sich nach dem Druiden um, doch der war fort, wie er es angekündigt hatte. Er war irgendwo einfach zwischen den Bäumen verschwunden.

Aricia fühlte eine seltsame Beklemmung, eine ungewisse Furcht in sich aufsteigen, als würde sie mit dem Überschreiten der Grenze unwiderruflich zu einem anderen Wesen, das nicht einmal sie selbst kannte. Ihre Untertanen würden zwar nach wie vor Aricia, ihre Königin, in ihr sehen, aber in Wirklichkeit war sie es nicht mehr, sondern ein dunkles, böses Etwas hatte sich ihrer bemächtigt, das fortan in Aricias Körper lebte. Sie erschauerte bei der Vorstellung und folgte eilig den anderen, die bereits weitergeritten waren.

Der Regen wurde immer heftiger. Am späten Nachmittag schließlich konnten sie nicht einmal mehr den Weg erkennen und beschlossen, in einem der am Wegrand gelegenen Höfe haltzumachen. Sie pflockten die Pferde an und drängten völlig durchnäßt ins Innere der Hütte. Dort stank es erbärmlich, der eisige Wind pfiff unbarmherzig durch die vernachlässigten, undichten Lehmwände, und Venutius fachte das abgebrannte Feuer zu neuem Leben an. Im Halbdunkel der Hütte erkannte Aricia zwei am Boden kauernde Gestalten, einen alten Mann und eine jüngere Frau, die ihre nackten Füße in grobes Sackleinen gehüllt hatten, um sich notdürftig vor der Kälte zu schützen. Ihre Gesichter wurden von langen, schwarzen Haaren fast völlig verdeckt. Sie richtete ein paar freundliche Worte an die beiden, die die Eindringlinge mit Todesangst in den Augen anstarrten, ohne sich zu bewegen oder zu sprechen. Schließlich ließ sie es bei ihrem Versuch bewenden und half bei der Zubereitung einer heißen Suppe. Durch die mit Moos unvollkommen geflickten Löcher im Dach tropfte kalt der Regen ins Innere der Hütte und bildete überall kleine Pfützen. Die Suppe wurde verteilt, und plötzlich kam Leben in die beiden verängstigten Kreaturen. Sie rissen die Schüsseln, die man ihnen hinhielt, an sich und schlangen das karge Mahl wie halbverhungerte Wölfe hinunter.

»Sind alle Eure Bauern so arm wie diese beiden?« fragte Aricia Venutius im Flüsterton.

»Nein«, erwiderte er, beleidigt über die Art und Weise, wie sie von ›seinen‹ Bauern sprach, »nur hier im Grenzgebiet, wo die Coritani ihre Überfälle wagen. Sie besitzen oftmals weder Schafe noch Ziegen, aber weigern sich standhaft, von hier fort ins Landesinnere zu ziehen.«

Nach einer kurzen Nacht brachen sie schon früh am nächsten Morgen auf. Sie ließen einen Sack getrockneter Bohnen, ein großes Schinkenstück und zwei Messer bei ihren Wirten zurück, die ihnen weder dankten noch eine gute Reise wünschten, sondern nur stumm beobachteten, wie sie im Morgengrauen davonritten.

Eine Weile folgten sie noch dem Verlauf des Flusses, dann

bogen sie ab und ritten über eine ausgedehnte Grasebene weiter ihrem Ziel entgegen. Ab und zu kamen sie an kleinen Wäldern vorbei, die dem Auge in der eintönigen Landschaft eine willkommene Abwechslung boten, und noch immer peitschte der Regen in ihre Gesichter. Aricia war sicher, noch nie in ihrem Leben eine derart trostlose Gegend gesehen zu haben, und hielt nur noch mit Mühe mit den Häuptlingen Schritt, weil sie dauernd niesen mußte und erbärmlich fror.

Drei quälend lange Tage dauerte die Reise noch, ehe Venutius am Abend des dritten Tages die Pferde anhielt und ihr bedeutete, daß vor ihnen das Herz Brigantes' lag. Aricia stockte vor Entsetzen der Atem. Weder Tore noch Verteidigungswälle, noch saubere, von Bäumen gesäumte Wege, nur ein paar armselige, windschiefe Lehmhütten konnte sie erkennen, zwischen denen halbverhungerte Köter auf der Suche nach alten Abfällen herumstrichen. Der Schock lähmte sie förmlich, aber Venutius kümmerte sich nicht darum, er ritt bereits voraus. Sie sträubte sich mit jeder Faser ihres Wesens gegen das, was sie erwartete, und konnte doch nichts ändern. Venutius legte die Hände trichterförmig um den Mund und stieß einen Ruf aus. Es dauerte nicht lange, da wurden die Türhäute einen Spaltbreit zur Seite geschoben, und der Platz, auf dem sie angekommen waren, füllte sich mit großen, hageren Männern, deren buschige Bärte bis auf ihre Gewänder herabwallten. Aller Augen waren auf sie gerichtet, und Aricia spürte instinktiv, daß sie keine Schwäche zeigen durfte. Hinter den Männern erschienen die Frauen, groß und hager wie ihre Männer, mit dunklen Haaren und blassem Teint, in bunte Gewänder mit großen Mustern gekleidet und mit Ledersandalen an den Füßen. Ohne Furcht und ohne Respekt musterten sie Aricia, mit Augen, in denen die unberechenbare Wildheit ihrer Berge lauerte. Sie blieben gaffend vor Aricia stehen, und die unheilvolle Ruhe des Augenblicks wurde nur von dem leisen Prasseln des Regens unterbrochen.

Aricia warf den Umhang zurück, damit alle das Schwert an ihrem Gürtel sehen konnten. »Was ist in euch gefahren, daß ihr wie angewurzelt steht und mich anstarrt, als wäre ich die Dunkle Göttin in Person? Erkennt ihr eine brigantische Kriegerin nicht, wenn sie vor euch steht?« rief sie stolz, obwohl das Fieber sie schüttelte und sich in ihrem Kopf alles drehte. Ein erstes Lächeln erschien auf den Gesichtern der Leute, und neugierige Hände zerrten an ihrem Umhang, berührten ihre Zöpfe. Einer nach dem anderen trat vor und entbot ihr den Willkommensgruß, bis Venutius sich an sie alle wandte.

»Richtet das Essen und macht Feuer, dann geht wieder an eure Arbeit. Die Dame muß nun zu ihrem Vater. Danach wird sie sich ausruhen.« Die Menge verlief sich widerspruchslos, und Venutius geleitete Aricia ohne weitere Umstände an den Hütten vorbei, gefolgt von den Häuptlingen, die ihnen mit den Pferden unaufgefordert nachkamen. Aricia brach der kalte Schweiß aus und sie bemerkte zu ihrer Erleichterung, daß man vor einem großen Steinhaus mitten im Ort haltmachte. Es war von einem Palisadenzaun umgeben, und vor dem Eingang standen im strömenden Regen sechs Häuptlinge Wache. Sie grüßten Aricia respektvoll, und Venutius deutete mit einem muskulösen Arm auf die Tür. »Euer Vater erwartet Euch. Er ist sehr schwach. Möglicherweise wird er Euch nicht mehr erkennen, aber der Gedanke daran, Euch wiederzusehen, hat ihn bis jetzt am Leben erhalten. Nun kann er in Frieden sterben. Ich werde Euch trockene Kleider und warmes Essen bringen lassen.« Sie erwiderte seine fürsorglichen Worte mit einem matten Lächeln, und Venutius bemerkte den Schweiß auf ihrer Stirn, die fiebrigen Augen, die zittrigen Hände. Plötzlich machte er sich ihretwegen Sorgen, aber er verbarg seine Gefühle, drehte sich abrupt um und schritt durch den Regen davon.

Drinnen empfing sie eine angenehme Wärme. In der Mitte des Raumes prasselte und knackte das Feuer, auf dem gestampften Lehmboden lagen dicke Schaffelle, und bei ihrem Eintritt erhob sich eine Frau, die am Bett ihres Vaters gegessen hatte. Aricia nahm sie nur undeutlich durch den Nebel ihres Fiebers wahr. Sie hörte sich die formellen Begrüßungsworte sprechen, aber ihre Stimme schien von einer anderen Person ganz weit weg zu kommen. Die Antwort der Frau erreichte ihr müdes Gehirn kaum und klang völlig unverständlich, als spräche sie eine fremde Sprache. Irgendwie streifte sie sich den durchnäßten Umhang von der Schulter, die Frau nahm ihn ihr ab und ging leise hinaus.

Benommen, mit rasendem Herzen und einem Gefühl, als sei dies alles nur ein Traum, nicht etwa Wirklichkeit, setzte sie sich auf den niedrigen Hocker und beugte sich über das Bett. Aber es war nicht Cunobelin, der da in seinen letzten Schlaf versank. Statt dessen sah sie in das eingefallene Gesicht eines zwergenhaften Greises mit dünnen Lippen und lichtem Haar. »Vater?« Noch während sie das Wort aussprach, wurde ihr bewußt, wie verlogen, ja unsinnig ihre Anrede war. Er öffnete seine Augen und drehte mühsam den Kopf. Braune, verschleierte Augen kehrten von irgendwoher zurück und suchten sie. Sie beugte sich über ihn. »Vater, ich bin es, Aricia. Ich bin zurückgekommen.« Er sah sie an, versuchte seine Hände zu heben, aber sie fielen kraftlos auf die Decke zurück. Aricia nahm sie in ihre eigenen und streichelte die zerbrechlichen Finger, in die bereits die Kälte des Todes kroch. Sie schämte sich ihrer Heuchelei, aber ihr Vater lächelte unmerklich.

»Aricia«, flüsterte er, »bist du endlich zu Hause. Hast dich nicht verändert, mein Kleines.«

Ein Schauer lief durch seinen Körper. Er schloß die Augen, um seine schwindenden Kräfte noch einmal zu sammeln. »Die Häuptlinge sind wie kleine Kinder«, fuhr er schleppend fort. »Aufbrausend, aber treu bis in den Tod. Behandle sie wie Kinder. Laß die Carvetii in Ruhe. Wir haben einen Vertrag mit ihnen und mit den Parisii. Zieh gegen die Coritani. Hör auf die Druiden. Befolge die Opferriten.«

»Schsch, Vater«, flüsterte sie. »Sorge dich nicht. Bin ich nicht deine Tochter? Ich werde die Versammlung zu führen wissen.« Ihr Kopf drohte zu zerspringen, und vor ihren Augen tanzten schwarze Punkte.

Die Spannung in seinen Händen ließ nach, und sie lehnte sich erleichtert zurück. Noch einmal begann er zu sprechen. »Venutius. Große Ehrenprämie. Viel Macht. Unserem Haus ergeben. Gib ihm . . . gib ihm . . .« Die Stimme versagte ihm den Dienst, und er fiel erneut in Schlaf. Aricia stand auf, wankte zum Feuer und ließ sich erschöpft auf den Fellen nieder. Gib ihm was? hämmerten ihre fiebrigen Gedanken. Mich selbst?

Die Frau fand sie zusammengekauert und stöhnend vor dem Feuer und benachrichtigte Venutius. Er hob sie wie ein Bündel

Stroh auf seine Arme, trug sie vorsichtig in die Gästehütte, bettete sie auf das Lager, schürte das Feuer. Auch als sie sich unruhig hin und her warf, blieb er an ihrer Seite, aber seine Gedanken jagten sich beim Anblick dieses hilflosen, stolzen und verwöhnten Kindes von edler Abstammung. Ich könnte sie töten. Ich könnte sie mit dem Kissen ersticken, und niemand käme auf den Gedanken, daß sie nicht dem Fieber erlegen ist. Aber statt dessen strich er mitleidig das Haar aus ihrem heißen Gesicht und gab der wartenden Frau strenge Anweisungen. »Entkleidet sie und frottiert sie trocken. Wickelt sie in die Felle und laßt das Feuer nicht abbrennen. Wenn sie wach wird, laßt nach mir rufen.« Dann ging er schnellen Schritts hinaus.

Vier volle Tage lag sie im Fieber. In dieser Zeit hörte der Regen auf und machte den kräftigen Strahlen der Sonne Platz. Am dritten Tag ihrer Krankheit starb Aricias Vater. Er wurde von den Häuptlingen auf einer Bahre zu seiner letzten Ruhestätte getragen, nachdem man ihm sein prächtigstes Gewand sowie Schwert und Wurfspeer angelegt hatte. Sein Tod wurde nicht bedauert. Im Fall einer Genesung hätte man ihn dem rituellen Tod überantwortet, denn die Große Mutter verlangte schon seit geraumer Zeit nach einem jungen, starken und fähigen Herrscher. Aricias Vater wußte, daß seine Zeit abgelaufen war und er auf natürliche oder übernatürliche Weise abtreten würde. Die Sehnsucht nach seiner Tochter hatte ihm einen Aufschub erwirkt, und nun, da sie zurückgekehrt war, hielt ihn nichts mehr zurück. Friedvoll glitt er aus diesem Dasein hinüber in ein anderes. Bis zu Aricias Genesung ruhte er in einem stillen, kühlen Hügelgrab, umgeben von seinem Gold- und Bronzeschmuck, seinem Kampfwagen, den Trinkbechern und Vorräten aus Fleisch und Bier.

Am fünften Tag trat eine Besserung ihres Zustandes ein, und sie verlangte nach Wasser und frischem Fisch, stillte ihren Hunger und schlief sofort wieder ein. Am darauffolgenden Tag schon bestand sie darauf, in eine dicke Decke gewickelt vor der Hütte in der Sonne zu sitzen, der sie dankbar ihr Gesicht entgegenstreckte, und am siebenten Tag übersiedelte sie in das Steinhaus.

An diesem Abend fand außerhalb des Dorfes eine Versammlung statt, und wenngleich Aricia sich noch etwas schwach auf den

Beinen fühlte, legte sie doch besonderen Wert darauf, daran teilzunehmen. Im Zwielicht der Dämmerung flackerte ein großes Feuer. Venutius begrüßte sie erfreut, und die Häuptlinge erhoben sich respektvoll. Ihren Namen rufend, schlugen sie ihre Schwerter gegen die Schilde. Aricia setzte sich auf ihren Umhang und atmete tief und glücklich die milde Abendluft ein, die schwer vom würzigen Duft der Erde und der wilden Blumen war. Vor ihr knisterte das Holz in den Flammen und sprühte glühendrote Funken in den dunklen Himmel, an dem die ersten Sterne blinkten. Aus allen Teilen von Brigantes waren die Häuptlinge mit ihren Sippen eingetroffen, um an der Versammlung teilzunehmen. Die freien Bürger warteten mittlerweile ungeduldig auf das Fleisch und ließen in angeregter Unterhaltung und unter lautem Gelächter die Trinkbecher kreisen. Venutius nahm an Aricias Seite Platz. Stärker als je zuvor empfand sie seine Kraft, und bisweilen warf sie ihm verstohlene Blicke zu, die er jedesmal mit einem selbstbewußten Lächeln erwiderte. Venutius spürte ihr Verlangen sehr wohl, doch in ihren Augen las er, wie Caradoc vor ihm, eine Warnung. Instinktiv erkannte er ihre kühle, berechnende Art, ihre Unsicherheit, vor allem aber ihr Verlangen nach ihm, nach Macht, nach einem erfüllten Leben um jeden Preis. Sie war noch ein Kind und er, Venutius, ein Krieger, ein kampferprobter Recke. Oder sollte er sich täuschen? Nachdenklich trank er aus seinem Becher. Nach einer Weile stand Venutius auf und gebot den Anwesenden Ruhe.

»Es ist Zeit«, rief er ihnen zu. »Alle Sklaven verlassen die Versammlung.« Niemand erhob sich, denn es gab so gut wie keine Sklaven in Brigantes. Die Diener waren Freie, ihrer Ehrenprämie beraubt, nicht aber ihrer Freiheit. Venutius legte sein Schwert vor sich auf die Erde, die Häuptlinge folgten seinem Beispiel. »Der Druide soll zuerst sprechen«, erklärte er und setzte sich wieder hin. Aricia spähte gespannt in die Menge. Ein Mann hatte sich erhoben und kam nun nach vorn. Sein weißes Gewand schimmerte im rötlichen Schein des Feuers, als er vor ihr stehenblieb und sich, ohne sie anzusehen, verneigte und wieder der Menge zuwandte. Die Blicke aller ruhten erwartungsvoll auf ihm, doch er schaute zunächst zu den Sternen, ließ dann seine Augen über die andächtige Menge schweifen und begann schließlich, mit auf dem Rücken verschränkten Händen, vor ihnen auf und ab zu marschieren.

»Ihr Freien und Frauen«, begann er mit freundlicher Stimme, »ihr habt euch heute hier versammelt, um einen Nachfolger für euren verstorbenen Herrscher zu wählen und seine Tochter willkommen zu heißen, die nach vielen Jahren der Abwesenheit endlich heimgekehrt ist. Meine Worte werden manche von euch erzürnen, anderen werde ich aus der Seele sprechen, doch ich bitte jeden von euch, sie wohl zu erwägen. Ihr kennt mich gut. Ich bin viel unterwegs und lasse euch an meinen Erfahrungen teilhaben. Manchmal bringe ich euch eine Wahrheit, die ihr vielleicht nicht gern hört, aber ihr tut gut daran, sie zu akzeptieren. Heute rate ich euch, Aricia, die Tochter eures Herrschers, nicht zu seinem Nachfolger zu ernennen.« Seltsamerweise blieb die Menge mucksmäuschenstill. Ihre ganze Konzentration galt einzig und allein dem Druiden. Nur Venutius rutschte unruhig hin und her, aber er schaute Aricia nicht an. Endlich blieb der Druide ruhig stehen. »Ich habe schwerwiegende Gründe«, fuhr er fort. »Täglich kommen Flüchtlinge aus Gallien hier in Albion an. Sie fliehen vor dem unaufhaltsamen Vormarsch der römischen Aggressoren. Ihre Berichte sind voll von schrecklichen Tatsachen, die unsere Stämme, die ihnen Schutz gewähren, kaum glauben mögen. Welche Stämme sind das, fragt ihr? Nun, sie suchen Beistand bei den Stämmen des Westens, bei euch, bei den Cornovii, doch zu den mächtigen Catuvellauni gehen sie nicht. Warum?« Hier machte er eine kunstvolle Pause, um ihnen Zeit zu geben, das bisher Gesagte zu überdenken. Wie geschickt er die Meinung einfacher Leute manipuliert, dachte Aricia. Der Druide sprach von neuem, diesmal mit sonorer Stimme. »Weil der viele Wein Roms die Catuvellauni fett und träge gemacht hat. Weil ein Freier, der es vorzieht, auf die Annehmlichkeiten Roms zu verzichten, dort nicht einmal unter Brüdern sicher ist! Und die Tochter eures Herrschers hat von frühester Jugend an unter ihnen gelebt, hat römische Sitten und römisches Gedankengut in sich aufgenommen und weich auf römischen Kissen geruht, während die Kinder ihrer Schwestern von römischen Speeren durchbohrt werden und ihre Väter als Sklaven in römischen Minen arbeiten müssen. Schaut sie euch genau an. Was seht ihr? Ich sehe ein fremdartiges, verbildetes Wesen, halb Catuvellauni, halb römisch, aber ich sehe keine freie Tochter Brigantes'!« Scheinbar unvermittelt brach er ab, drehte sich um und verschwand in der Menge. Seine finsteren, unausgesprochenen Schlußfolgerungen verfehlten ihre Wirkung nicht, und schon mischte sich in die kindliche Neugierde, die sie der Heimgekehrten entgegenbrachten, ein Anflug von Feindseligkeit.

Venutius saß unbeteiligt auf seinem Platz. Langsam begriff Aricia, daß sie selbst sich der Menge stellen und verteidigen mußte, doch wie sollte sie das bewerkstelligen? Noch niemals hatte sie vor einer Versammlung gesprochen, dieser Situation fühlte sie sich absolut nicht gewachsen. Mit leerem Kopf und weichen Knien erhob sie sich endlich, kalter Schweiß trat auf ihre Stirn. Was bedeuteten ihr diese dummen Bauern denn schon? Sollten sie sie doch fortschicken, sie würde sie gern ihrem Schicksal und ihren Schafen überlassen. Doch während ihr diese Gedanken durch den Kopf gingen, erwachte ihr Ehrgeiz. Aricia sprach.

»Volk von Brigantes! Ich habe mit Erstaunen gehört, daß ich als halb catuvellaunisch, halb römisch beschrieben werde. Sollten die Druiden unter einem schlechten Gedächtnis leiden? Haben sie vergessen, daß überall die Kinder der Adligen ihre Heimat verlassen und bei einem anderen Stamm aufwachsen, damit sie später ihrem Volk von um so größerem Nutzen sein können? Schon seit langem ist dies der Brauch, und so hat mich mein Vater zu Cunobelin in die Lehre gegeben.« Sie sprach nicht davon, daß man sie außerdem als Unterpfand zu den Catuvellauni geschickt hatte, doch Venutius warf ihr einen kalten, wissenden Blick zu. Unbeirrt, getragen von einer seltsamen Erregung, die sich ihrer langsam bemächtigte, fuhr sie fort. »Aber die Söhne und Töchter kehren zurück. Mein Vater verbrachte seine Jugend bei den Coritani. Sind die Coritani etwa eure Freunde geworden, oder haßt ihr sie nicht vielmehr ebensosehr wie ihr die Catuvellauni haßt? Ich habe nur das getan, was schon mein Vater tat, und vor ihm sein Vater. Schaut mich also an!« Sie schüttelte ihr rabenschwarzes Haar und stand herausfordernd vor ihnen. »Habe ich nicht schwarzes Haar wie ihr? Habe ich nicht dieselbe helle Haut wie ihr? Ich bin eine Briganterin, und ihr wißt es. Natürlich kennt und teilt ihr die Sorge des Druiden, denn ich bin eine Frau. Wird sie nicht die hübschen Felder und die Wälder der Catuvellauni vermissen? Wird sie sich nicht nach ihren Freunden dort verzehren und alles daransetzen, um sie nach Brigantes zu bringen und euch am Ende verraten, euch, mein wahres Fleisch und Blut, nur, weil ich eine schwache Frau bin? Ich weiß, daß ihr euch all das fragt. Doch ihr seid schon einmal von einer Frau regiert worden, und sie war eine großartige Kriegerin. Ich bin die letzte meines Geschlechts, einer Linie, die weit über die Grenzen Albions hinaus in die Vergangenheit zurückreicht. Ich bin die Tochter meines Vaters und damit auch eure Tochter. Ich habe das unbestrittene Recht auf eure Treue. Der Druide hat in schamloser Weise mit euren Ängsten gespielt, und ich versuche nicht, eure Zuneigung durch schöne Worte zu gewinnen. Bedenkt auch den Anspruch, den Venutius hat, der euch wohlbekannt ist. Und dann vergeßt nicht, daß nur ich von königlichem Blut abstamme. Wenn ihr mich ablehnt, entehrt ihr euch selbst.« Aricia sank mit klopfendem Herzen auf ihren Platz zurück, und Venutius erhob sich sofort, um als nächster zu sprechen.

Er faßte sich kurz, denn seine Entscheidung war gefallen. Noch auf dem Weg nach Camulodunum hatte er bittere Gefühle gegen Aricia gehegt, weil die Vorstellung, daß er, Venutius, dem die größte Ehrenprämie und die Anerkennung des ganzen Tuath gehörte, sich einem Mädchen unterordnen sollte, das mit südlichem Akzent sprach und für das Land, das er liebte, sicher nur Verachtung übrig hatte – weil diese Vorstellung ihm größtes Ungemach bereitet hatte. Die Rückreise hatte ihn in noch schwerere Konflikte gestürzt, denn tatsächlich sprach sie mit einem schwerfälligen Akzent. In der Tat trug sie feine Tuniken, und aus ihren Augen sprach Ablehnung. Doch den Strapazen der Reise hatte sie hartnäckig getrotzt, ein Beweis für ihre Stärke. Cunobelin hatte ihm versichert, daß sie jagen und kämpfen und sich unter ihresgleichen durchsetzen könne. Natürlich hatte er es nicht geglaubt, doch nun, als er sich daran erinnerte, wie sie tagelang zäh an seiner Seite geritten war, hegte er keinen Zweifel mehr an der Wahrheit von Cunobelins Worten. Er brauchte Zeit, um sie besser kennenzulernen. Und hatte er nicht ihrem Vater bei seiner Ehre versprochen, ihr beizustehen und zu dienen? Seine Ehre bedeutete ihm wie auch seine Freiheit alles. Er wußte, daß die Häuptlinge seinem Beispiel folgen würden.

»Ich habe meinem Herrn den Treueschwur geleistet«, begann er. »Jetzt ist seine Tochter hier, und sie hat einen Anspruch auf die Herrschaft, das wißt ihr. Es interessiert mich nicht, wo sie ihre Kindheit verbracht hat. Sie ist zurückgekommen, und die Große Mutter hat sich wieder verjüngt.« Er verneigte sich vor Aricia und warf sein Schwert vor ihre Füße. Dann nahm er seinen Platz an ihrer Seite wieder ein. Aricia lächelte schwach. Eine Pause entstand, bis zögernd ein Häuptling nach dem anderen sein Schwert vor ihre Füße legte. Aricias Gedanken beschäftigten sich jedoch mit Venutius. Was willst du von mir, dachte sie. Warum hast du mich nicht getötet? Sie glaubte den Grund zu ahnen, und ein Gefühl der Wärme durchflutete sie.

Als der letzte sein Schwert niedergelegt hatte, erhob sie sich. »Ich akzeptiere eure Schwüre«, rief sie. »Nehmt eure Schwerter wieder an euch. Morgen werden wir meinem Vater die letzte Ehre erweisen. Dann soll unser gemeinsames Leben beginnen.«

Venutius begleitete sie zu ihrem Haus. Sie war erschöpft, brauchte dringend ein paar Stunden heilsamen Schlafs und einen weiteren Tag der Ruhe. An ihrer Tür angekommen, zog Venutius einen Beutel aus den Falten seines Gewandes, fischte mit den Fingern nach einer Münze und hielt sie ihr dicht vor das Gesicht. Sie standen im Schatten der Hausmauer, so daß sie von ihm nichts als seine glühenden Augen erkennen konnte.

»Seht Ihr dies?« fragte er mit leiser Stimme. »Dies ist eine brigantische Münze. Sie ist grob geschmiedet, vielleicht nicht einmal schön und auch nicht aus Silber, aber sie ist unbeschmutzt, denn noch nie hat die Hand eines Römers sie berührt.« Automatisch biß er auf die Münze, dann steckte er sie wieder ein. »Ist es wahr«, fragte er weiter, »daß Cunobelin in seinen Werkstätten und Schmieden römische Handwerker und Silberschmiede beschäftigt?«

»Ihr habt recht gehört.«

Er schnaubte verächtlich. »Unterschätzt Euer Volk nicht«,

warnte er. »Nicht nur die Catuvellauni treiben Tauschhandel. Auch wir sind daran interessiert. Aber uns geht es nicht um den Tand, den Cäsar Cunobelin schickt, sondern um kräftige Schwerter und Bronzehelme, um Töpfe und Tongeschirr, angefertigt von denen, die noch um die Weisheit unserer Vorfahren wissen. Wir bezahlen sie mit Schafen – und diesem da.« Wieder fuhr er mit der Hand in die Falten seiner Tunika. Diesmal drückte er ihr etwas Kaltes, Hartes in die Hand. Neugierig trat Aricia aus dem Schatten in das fahle Mondlicht, um den Gegenstand besser erkennen zu können. Sie hielt einen klobigen Daumenring aus Bronze in den Fingern, in den ein schwarzer, birnenförmiger Stein von ungewöhnlichem Gewicht eingelassen war. Aricia bewegte ihn unschlüssig hin und her, der Stein schien unheilvoll zu funkeln. Nichts Feines war an ihm, das dem Betrachter bewundernde Rufe entlockt hätte, dennoch konnte sie ihren Blick nicht von ihm lösen. Als besäße er magische Kräfte, zog er sie mehr und mehr in sein innerstes Wesen, weckte in ihr den brennenden Wunsch, ihn zu besitzen, ihren Blick immer in ihn versenken zu können. Sie gab ihn widerstrebend zurück.

»Was ist das für ein Stein?«

»Ein Jett, geheimnisvoll schwarz wie die Nacht. Er ist häßlich im Vergleich mit einem Amethyst oder den roten Korallen, die die Catuvellauni so schätzen, aber er ist der Stein dieses Landes. Er birgt das Geheimnis und die Kraft Eurer Heimat in sich, er ist ein Stein der Wahrheit. Er zeugt von der Weite und der Einsamkeit, die dieses Land prägen, denn es ist ein hartes, forderndes Land, doch wenn Ihr Euch ihm öffnet, werdet Ihr es bald bewundern und lieben.« Venutius kam ein Stück näher. Sie spürte sein Verlangen wie eine sanfte Woge, die ihren Körper leicht erzittern ließ, und stand reglos, als er über ihr Haar strich, von ihren eigenen widersprüchlichen Gefühlen hin- und hergerissen. Sie empfand gleichzeitig Dankbarkeit und absolute Verachtung für ihn und sein ungeschlachtes, primitives Volk. Ihr impulsiver Kuß erstarb zu einer flüchtigen Berührung seiner Wange. Grapsche nur weiter nach mir, du Dummkopf, beruhigte sie sich. Bald wirst du mir aus der Hand fressen, du und dein Volk, und in euren Buchten werden römische Schiffe ankern. Ich werde wieder Wein trinken, ich werde Erdwälle errichten lassen und Rinderherden ansiedeln. Sanft löste sie sich von ihm, ohne jedoch ihren Blick von ihm abzuwenden. Seine Augen glichen denen der wilden Tiere, die sich bei ihren Jagdzügen mit Caradoc und Togodumnus oft genug auf sich gerichtet hatten. Es waren Augen, die sich einer Gefahr bewußt waren, die von Aricia ausging, ohne sie jedoch genau zu kennen.

Venutius lächelte verunsichert, als sie sich anschickte, hineinzugehen. »Ihr braucht mir keine Lobreden zu halten, mein Freund. Ich kann nicht leugnen, daß ich als eine Fremde hierherkam. Aber ich bin jung, Venutius, und der Sinn steht mir keineswegs danach, vor Veränderungen davonzulaufen, mit denen ich konfrontiert werde.« Sie war schon halb durch die Türhäute geschlüpft, als sie sich noch einmal umdrehte. »Sagt mir, kommen die Druiden oft nach Brigantes?«

»Ja, natürlich. Ein oder zwei sind immer zu Besuch. Sie wohnen in den Gästehütten.«

»Ich danke Euch, Venutius. Gute Nacht.«

»Auch Euch eine gute Nacht.«

Sie schlüpfte hinein. Ihre Dienerin war bereits schlafen gegangen, hatte das Feuer aber noch einmal versorgt, und die lodernden Flammen warfen unruhig tanzende Schatten an die Wände. Aricia setzte sich aufs Bett. Für einen Augenblick überließ sie sich ganz der friedlichen Stille, mit der die Nacht sie einhüllte, und blickte sinnend auf den hölzernen Talisman. Als erstes müssen die Druiden fort, überlegte sie, aber ich muß vorsichtig vorgehen. Ich muß es fertigbringen, daß die Leute gegen sie aufgebracht werden, und das wird nicht leicht sein. Alles will wohl bedacht werden. Das Feuer spuckte und knisterte, ein Holzscheit rutschte nach, und plötzlich wurde Aricia von einer Welle der Traurigkeit erfaßt. Seit ihrem Aufbruch vor zwei Wochen hatte sie nicht mehr unbeschwert gelacht, es gab niemanden, mit dem sie ihr bisheriges Leben hätten teilen können. Es würde keine Erinnerungen geben. Sie war ganz allein unter Fremden, die ihr immer Fremde bleiben würden. Die Vorstellung brachte sie an den Rand der Verzweiflung. Sie rollte sich auf die Seite und ließ ihren Tränen endlich freien

Lauf. Das bedrohliche, namenlose Etwas, das sie seit der Grenze spürte, kam immer näher.

Am nächsten Tag versammelten sich Häuptlinge und Freie am Hügelgrab ihres Vaters. Aricia trug ihr Schwert über einem weiten, blaugelben Gewand und ein goldenes Stirnkettchen auf dem offenen Haar. Venutius, wie immer an ihrer Seite, war samt Schild und Helm erschienen, denn sie waren gekommen, um einem Krieger die letzte Ehre zu erweisen, nicht einem senilen, alten Greis. Barde und Schildträger ihres Vaters flankierten den Eingang zu seinem Grab. Unverständlicherweise hatte sich auch der Druide eingefunden, obwohl die Opferriten bereits in den Tagen ihrer Krankheit befolgt worden waren und seine Anwesenheit völlig überflüssig schien. Er kam wohl aus Respekt, schlußfolgerte sie, und um seine unangefochtene Stellung, seine Immunität zu demonstrieren. Einen Gruß lächelnd, stellte er sich neben sie.

Als die Versammelten langsam zur Ruhe kamen, begab sich der Barde in den Schatten des Hügelgrabes, stimmte seine Harfe und begann zu singen. Er rief die alten Feste wieder ins Leben, und beschwor die Zeit, als Aricias Eltern, selbst noch jung, in den frühen Morgenstunden in die Berge zogen. Er berichtete von der Begegnung ihres Vaters mit der Göttin und von der Zeit seiner Herrschaft, einer gerechten und erfolgreichen Periode in der Geschichte von Brigantes. Als er geendet hatte, erhoben die Häuptlinge ihre Stimmen und sangen, zögernd erst, während sie mit ihren kräftigen, von Wind und Wetter gebräunten Händen auf ihren Schilden den Takt schlugen. Die Strahlen der Sonne fingen sich in ihren bronzenen Broschen, Spangen und Armreifen, den goldenen Torques und den Gesichtern der unheimlichen Wesen, die sie zierten. Die Stimmen gewannen an Kraft, bis schließlich alle einfielen und das Lied in den blauen Himmel aufstieg. Der Druide schwieg. Aricia bemerkte kaum, daß Tränen über ihre Wangen rollten, so sehr bewegte sie der Gesang, dessen Worte sie nicht kannte. So schwieg auch sie, blind vor Tränen und voller Bewunderung für diese großen, bärtigen Gestalten, die wahrhaft majestätisch auf ihre Schwerter gelehnt dastanden und sangen. In einem plötzlichen Moment der Selbsterkenntnis wurde ihr bewußt, daß sie dieses Volkes unwürdig war. Die Wucht, mit der die Wahrheit sie traf, war mehr, als sie in ihrem durch die Ereignisse der letzten Wochen angespannten Zustand verkraften konnte. Verzweifelnd aufschluchzend lehnte sie sich an Venutius und verbarg ihr Gesicht an seiner Schulter. Singend drückte er sie an sich, während sie von immer neuen Weinkrämpfen geschüttelt wurde. Schließlich beendeten die Häuptlinge ihren Gesang. Einer nach dem anderen trat vor und hielt eine knappe Ansprache, und als auch der letzte geendet hatte, wartete die Menge auf ihre Rede. Panik ergriff sie. Was kann ich ihnen schon sagen außer Lügen, furchtbaren Lügen? Ihr Kopf dröhnte. Ich habe ihn nicht geliebt, ich habe ihn nie vermißt. Sie trat vor die Versammlung und begann zu sprechen. Anstatt zusammenzubrechen, verspürte sie, wie beim letzten Mal, eine neue, ungewohnte und unerhörte Kraft, ein Vorgefühl der Macht. Ohne ihr Zutun kamen die Worte von selbst über ihre Lippen, die Zuhörer lauschten erstaunt und andächtig. Lügen! Alles in ihr schrie dieses eine Wort, während sie ruhig weitersprach, ihre Stimme immer kräftiger wurde, die Tränen versiegten. Aricia erkannte noch etwas anderes. Sie sah, daß sie die Menge ebenso wie die Druiden fesseln konnte. Das Gefühl der Macht durchdrang sie und übertrug sich auf ihre Zuhörer. Sie wußte noch nicht, daß Aricia, die beschützte Ziehtochter Cunobelins, an diesem Tag gestorben war und daß eine andere die Rede beendete, langsam auf ihren Platz zurückging und mit einem vielversprechenden Lächeln und einer neuerworbenen Selbstsicherheit Venutius' Hand drückte.

Winter, 40 n. Chr.

5

Fearachar ließ die vor Aufregung winselnden Jagdhunde von der Leine. Mit lautem Gekläff verschwanden sie wie der Blitz im Unterholz.

»Sie haben eine Fährte!« schrie Cinnamus. »Laß sie nicht aus den Augen!«

Es war ein klarer, ruhiger Wintermorgen. In der Nacht hatte es geschneit, aber die Sonne brachte die dünne Schneedecke bald zum Schmelzen. Nur hier im Wald, wo die wärmenden Strahlen nicht hinreichten, gab es noch vereinzelte Schneefelder. Togodumnus sprang über einen Busch und verschwand ebensoschnell wie die Hunde, während Caradoc, sein Sohn Llyn und Cinnamus etwas langsamer die Verfolgung aufnahmen. Caelte befestigte seinen Umhang, hob seinen Speer auf und rannte ebenfalls krachend durch das Gehölz. Vorsicht war jetzt nicht mehr geboten, die Hunde würden ihre Beute sicherlich bald stellen. Er stolperte weiter, sich an Togs scharlachrotem Umhang orientierend, den er hier und da kurz aufleuchten sah. Caradoc, Llyn und Cinnamus waren knapp hinter ihm. Plötzlich ertönte Togs Freudenschrei.

»Da ist er! Und was für ein Exemplar! Wo sind die Netze?«

Caradoc zeigte auf eine Stelle hinter dem Keiler, der verwirrt dastand. »Bei Vocorio und Mocuxsoma. Sie sind irgendwo hier links festgemacht. Wo sind die Hunde, verdammt noch mal?« Fearachar stieß einen lauten Pfiff aus, und endlich kamen sie mit heraushängenden Zungen angetrabt. Beim Anblick der Meute machte das gewaltige Tier einen Ausfall zurück in das dichte Unterholz. Die Hunde setzten ihm nach. »Bleib wo du bist, Tog!« rief Caradoc. »Cin, Fearachar, nach rechts. Caelte kommt mit mir. Vorwärts. Wenn die Netze richtig angebracht sind, sitzt er in der Falle.«

»Ich will ihn zur Strecke bringen, bitte, bitte!« flehte Llyn, doch Caradoc schüttelte kurz den Kopf.

»Es ist noch zu früh, Llyn. Du bist noch nicht alt genug. Deine Mutter würde es mir nie verzeihen, wenn dir etwas zustieße.«

Der Hoffnungsschimmer in Llyns Augen erlosch. Schicksalsergeben zuckte er mit den Schultern, und Caradoc warf seinem Sohn einen zärtlichen Blick zu. »Trag meinen Wurfspeer«, bot er ihm an, »und wenn ich ihn erlegt habe, kriegst du einen Stoßzahn.« In seine letzten Worte mischte sich wildes, zorniges Tiergebrüll, denn der Keiler war in die Netze gegangen. Vocorio und Mocuxsoma hatten Mühe, sie zu halten, weil er sich mit seinen Stoßzähnen und einem Bein darin verfangen hatte und den Kopf wütend hin und herwarf. Die Hunde umkreisten den Gefangenen, der sie nicht aus seinen kleinen, blutroten Augen ließ und sich schon fast wieder befreit hatte.

»Vorsicht!« schrie Caradoc. »Vocorio, wirf das Netz!« Vocorio machte einen gewaltigen Satz nach vorn, gerade als der Keiler seinen Kopf freibekam und sich auf den Hund stürzen wollte, der ihm am nächsten stand. Das Netz fiel über ihn, er verfing sich darin, stolperte und rollte auf den Rücken. Von neuem hob ein fürchterliches Gebrüll an, doch diesmal gemischt mit Todesfurcht. Llyn warf seinem Vater den Speer zu, stürzte nach vorn und zog sein Messer. Caradoc riß ihn blitzschnell zurück.

»Llyn, ich habe nein gesagt.«

»Der Keiler gehört mir.« Togodumnus kam herangestürzt, aber Caelte versperrte ihm den Weg.

»O nein, mein Herr. Er gehört mir!« Das Streitobjekt war in der Zwischenzeit verstummt und stellte sich tot.

»Ihr wart schon vor drei Tagen an der Reihe«, protestierte Tog hitzig.

»Und Ihr gestern«, beharrte Caelte, aber Tog war nicht bereit, nachzugeben.

»Es war nur ein Hirsch«, konterte er beleidigt.

»Trotzdem. Dieser Keiler gehört mir. Wollt Ihr mit mir darum kämpfen?« Caelte blickte Togodumnus herausfordernd an, doch der warf als Antwort wie ein trotziger Junge den Speer von sich.

»Also eigentlich ist es mein Keiler«, ließ sich Llyn vernehmen, »aber Vater erlaubt mir nicht, ihn zu erlegen.«

Togodumnus sah ihn an. »Natürlich nicht!« Er machte ein paar

Schritte. »Paß gut auf, Llyn, und du wirst sofort einsehen, daß dein Vater genau weiß, warum er es dir verbietet.« Langsam ging er auf den Keiler zu, und Caelte verfolgte jede seiner Bewegungen mit äußerstem Mißtrauen. Hatte er etwa vor, ihm den Keiler mit einer List vor der Nase wegzuschnappen? Aber Togodumnus griff nicht zum Messer. Vor dem Netz blieb er stehen. Er erhob einen Arm, als hielte er ein Messer in der Hand und beugte sich nach vorn. Urplötzlich kam Leben in den Keiler. Er schoß auf Tog zu, der behende zur Seite sprang, und bohrte seine Stoßzähne da in den Waldboden, wo dieser eben noch gestanden hatte.

»Siehst du wohl?« grinste Tog. »Wenn du dich ihm genähert hättest, um ihm die Kehle aufzuschlitzen, hätte der schlaue Fuchs dich erwischt, und du würdest jetzt mit einem zerfetzten Bein hierliegen.«

Llyn lächelte zurück. Er liebte seinen Onkel über alles und fühlte sich zu dessen unbesorgter und fröhlicher Art hingezogen. Natürlich liebte er auch seinen Vater, aber im Alter von sechs Jahren wogen Respekt und Ehrfurcht noch zu viel, als daß er sich mit ihm völlig wohl und ungezwungen hätte fühlen können. Was seinen Großvater anging... er steckte das Messer naserümpfend zurück in den Gürtel, Cunobelin war wie eine fette, übelriechende Spinne und hockte den ganzen Tag im großen Versammlungshaus. Er vermied es, ihm allzuoft zu begegnen.

»Also los, Caelte, worauf wartet Ihr noch?« fragte Togodumnus nun, und Caelte zog sein Messer. Vorsichtig begann er, den Keiler zu umkreisen, auf einen Augenblick lauernd, in dem dieser einmal unaufmerksam wäre. Da, jetzt sprang er nach vorn, packte einen Stoßzahn und durchschnitt die Kehle mit einem einzigen, sauberen Schnitt.

»Gut gemacht!« lobte Caradoc. Vocorio und Mocuxsoma kamen mit einem kräftigen Ast heran und warteten darauf, daß die Todeszuckungen aufhörten, damit sie ihn mit seinen Läufen daran festbinden konnten. »Die Hunde sind zu verspielt, Fearachar. Sie müssen strenger hergenommen werden, wenn wir sie in einem Monat verkaufen wollen.«

»Ich werde mit dem Hundewärter sprechen.« Fearachar

streckte sich. »Wir haben gute Beute gemacht. Jetzt wäre etwas zu essen recht, heiße Brühe und Wein.«

Vocorio und Mocuxsoma schulterten den Ast mit dem Keiler und gingen zu den Pferden zurück, wo ein Karren für die Jagdbeute bereitstand. Alle anderen folgten, Fearachar ausgenommen, der die Hunde wieder einfangen mußte. Sein Pfeifen und Rufen verhallte irgendwo im Wald.

»Wann werde ich endlich einmal an der Reihe sein?« nörgelte Llyn.

Caelte lachte. »Du mußt mindestens noch ein Jahr warten, und vielleicht erlaubt es dir dein Vater dann immer noch nicht.«

»Dann werde ich eben auf eigene Faust jagen.«

Caradoc schmunzelte, aber Llyn bemerkte eine Warnung in den Augen seines Vaters, der jetzt stolz einen Arm um die kräftigen Schultern des kleinen Burschen legte. Llyn hatte die braunen Haare seines Vaters, mit einem Anflug von rot, wenn die Sonne daraufschien, das für Cunobelins Sippe typische eckige Kinn mit dem Grübchen, Caradocs festen Gang und Beharrlichkeit und das fröhliche Lachen von Togodumnus. Er verbrachte die meiste Zeit damit, in Begleitung von drei oder vier Freunden Streifzüge in Camulodunum und in die direkte Umgebung der Stadt zu unternehmen oder bei den Pferdeställen herumzulungern, war es doch sein sehnlichster Wunsch, die großen Pferde reiten zu dürfen. Auf den Ponys ritt er nur noch manchmal, wenn er mit seinen Schwestern unterwegs war.

Klein Eurgain war fünf, blond und im Wesen ihrer Mutter sehr ähnlich; die vierjährige Gladys war eher ein dunkler Typ wie ihre Tante und immer still und beherrscht. Sei erinnerte Caradoc manchmal in erschreckender Weise an Aricia, wenn sie auf ihre kindlich hochmütige Art das Leben der Catuvellauni betrachtete oder zutraulich auf seinem Schoß saß. Schon mehr als einmal hatte sie so einen Schwall schmerzlich-süßer Erinnerungen in ihm ausgelöst. Obwohl Aricias Fortgehen schon sieben Jahre zurücklag, spürte er doch in solchen Augenblicken wieder das quälende Verlangen nach ihr... Eigentlich war Caradoc mit Eurgain glücklich; er wußte, daß er die richtige Entscheidung getroffen hatte, und sie bedeutete ihm mehr als seine Ehrenprämie. Dieses Jahr war ihr siebtes Ehejahr. Er hatte sie im Spaß gefragt, ob sie nun genug vom Leben einer verheirateten Frau hätte, ihre Herden und Kinder einpacken und wieder zu ihrem Vater zurückkehren wollte. Nach herrschendem Recht stand ihr eine solche Entscheidung zu. Belustigt hatte sie ihm zur Antwort gegeben, daß sie tatsächlich großes Interesse an Cinnamus hätte, es aber vorzöge, seine, Caradocs, einzige Frau zu sein als die Nummer Zwei bei Cinnamus.

»Cinnamus mag Frauen mit hitzigem Temperament, die ab zu streiten«, hatte er darauf erwidert und sich eines Anflugs von Eifersucht nicht erwehren können. »Mit dir könnte er wahrscheinlich gar nichts anfangen.«

Sie war nahe zu ihm gerückt und hatte ihn mit vor Vergnügen funkelnden blauen Augen weiter geneckt. »Erst vor ein paar Tagen hat er mir erklärt, daß Männer die Abwechslung brauchen. Vielleicht werden ihm Vidas bissige Zunge und spitze Krallen zu anstrengend.« Und bevor er zornig werden konnte, hatte sie ihn geküßt.

Vor ihnen lichtete sich der Wald. Caradoc erinnerte sich an Llyns trotzige Bemerkung von vorhin und ermahnte ihn streng. »Jage niemals allein, Llyn. Wenn du verletzt im Wald liegst und nicht weiterkommst, kann dir niemand helfen. Der Unterschied zwischen Mut und Leichtsinn erscheint dir vielleicht nicht sehr einleuchtend, aber niemand respektiert einen Menschen, der aus purem Leichtsinn handelt.«

Sein Sohn schwieg zu dieser Belehrung. Sie fanden ihre Pferde, luden den Keiler sowie sämtliches Jagdgerät auf den Karren und machten sich auf den Heimweg. In Camulodunum angekommen, ließen sie den Karren im kühlen Schatten des Tores stehen. Später würden die Freien das Tier enthäuten, die Stoßzähne für Caelte aufheben, die Netze zum Reparieren bringen und die Speere reinigen. Als sie sich dem großen Platz vor dem Versammlungshaus näherten, gesellten sie sich neugierig zu einer Gruppe von Schaulustigen, die sich dort eingefunden hatte, um einem Übungskampf beizuwohnen. Llyn zupfte Caradoc aufgeregt am Ärmel. »Sieh nur«, flüsterte er, »es sind Mutter und Tante Gladys.« Man hatte ihm befohlen, sich hier stets ruhig zu verhalten, denn auf dem Übungsplatz konnte jeder überraschende Laut zu einem Unglück führen.

Seine Mutter und seine Tante umkreisten sich gegenseitig mit erhobenen Schwertern. Sie trugen Beinkleider, darüber kurze Tuniken und hatten die langen Zöpfe an den Hüften festgemacht. Beide Frauen kämpften ohne Schild, obwohl Caradoc es ihnen gelegentlich anriet, damit sie sich an das zusätzliche Gewicht gewöhnen könnten. Auch Cinnamus ermahnte sie dazu, aber sie hatten durchaus ihre eigene Meinung zu diesem Thema. Gladys' Waffenmeister rief ihnen etwas zu, und sie gingen in die Angriffsstellung. Gladys holte schwungvoll aus, Eurgain reagierte im selben Augenblick, indem sie den Aufwärtsschwung unterschritt und einen horizontalen Hieb führte, der Gladys mühelos hätte entzwei trennen können, hätte diese die Reaktion nicht vorausgesehen und wäre nicht noch während des Rückschwungs geschickt herumgewirbelt. Die ersten Anzeichen von Ermüdung machten sich bemerkbar. Gladys war zwar die Stärkere im Kampf, aber Eurgain machte das mit Leichtigkeit durch ihr schnelles Reaktionsvermögen wett. Eurgain erkannte ihren Vorteil und setzte nun sofort mit einer Reihe von schnellen, kurzen Hieben nach, aber Gladys parierte diese unerwartet und gekonnt mit einem gezielten Stoß. Stöße kamen im Schwertkampf äußerst selten zur Anwendung, da das Schwert als eine reine Hiebwaffe gedacht war, und die Schwertspitzen entsprechend abgestumpft wurden. Nichtsdestotrotz trug Eurgain am Hals eine leichte Wunde davon, als Gladys' Schwertspitze sie traf. Eurgain achtete nicht darauf, daß die Verletzung sofort zu bluten anfing, und duckte sich, um einem weiteren Hieb auszuweichen, aber der Waffenmeister brach den Kampf ab. Die beiden ließen ihre Waffen sinken, stolperten aufeinander zu und fielen sich völlig außer Atem in die Arme. Caradoc erhob sich und ging zu den Frauen hinüber, Cinnamus schloß sich ihm an.

»Eurgain sollte mit mir üben«, regte er an. »Sie führt ihre Hiebe gut, aber mit zuviel Schwung. Dadurch verliert sie leicht ihr Gleichgewicht.«

»Ich glaube nicht, daß sie so versessen darauf ist, ihre Technik im Kampf mit dir zu perfektionieren und dabei ihren Kopf zu risikieren«, antwortete Caradoc. Die Frauen hatten sich unterdessen auf die Erde gesetzt. Llyn rannte zu seiner Mutter und schlang die Arme um ihren Hals. Sie stieß einen leisen Schmerzensruf aus.

»Du warst sehr gut, Mutter«, lobte er ernsthaft, »aber du hältst deine Beine zu eng beieinander und hast deswegen keinen festen Stand. Eines Tages wird Tante Gladys dich versehentlich töten, weil du ausrutschst.«

Gladys wischte sich lächelnd den Schweiß von der Stirn. »Ich wäre nie so unachtsam«, versicherte sie ihm. »Deine Mutter und ich kreuzen schon seit vielen Jahren die Klinge, und wir wissen, was wir voneinander zu erwarten haben. Habe ich dich schlimm erwischt, Eurgain?«

Caradoc schaute sich den Schnitt an, aber die Wunde war nicht tief, und Eurgain schüttelte den Kopf. »Nur ein Kratzer. Cinnamus, wie ist Euer Urteil?«

»Llyn hat recht. Ihr müßt die Beine mehr spreizen und dürft nicht so weit ausholen.«

Gladys seufzte. »Ich bin hungrig und durstig. Und durchgeschwitzt.« Mit diesen Worten stand sie auf und ging davon. Eurgain erhob sich ebenfalls, eine Hand auf der blutenden Wunde.

»Llyn«, befahl sie, »lauf voraus und sage Tallia, daß sie heißes Wasser vorbereiten soll. Wie war die Jagd, Caradoc?«

»Wir haben Beute gemacht, aber die Hunde sind zu ungestüm. Caelte hat den Keiler getötet.«

»Eigentlich war ja ich an der Reihe ...«, warf Llyn ein, »aber Vater ...«

Caradoc versetzte ihm einen Klaps. »Tu, was deine Mutter dir aufgetragen hat«, sagte er, und Llyn trabte davon. »Er war kaum zurückzuhalten. Ich denke, daß er noch nicht kräftig genug wäre, um einen sauberen Todesstoß zu führen.«

»Er will nicht länger mit einem Holzschwert kämpfen, sondern mit einem richtigen Schwert«, bemerkte Cinnamus. »Llyn ist ein zäher Bursche.«

»Er wird weiterhin mit dem Holzschwert üben«, rief Eurgain erregt. »Gebt ihm nicht nach, Cinnamus!«

»Ich habe nicht die Absicht, ihn sich selbst töten zu lassen«, beruhigte er sie.

Caradoc küßte Eurgain auf die Wange. »Wir werden etwas essen, Liebes«, erklärte er. »Geh du in der Zwischenzeit nach Hause und ruh dich aus.«

Im Versammlungshaus trafen sie Cunobelin an, der allein in einer Ecke saß, einen Becher in den aufgedunsenen Händen. Caradoc fühlte eine seltsame Unruhe in sich aufsteigen. Wo waren die Häuptlinge seines Vaters? Wenigstens zwei seiner Männer hatten sich immer in seiner Nähe aufzuhalten, denn ein Herrscher ging, saß, jagte und kämpfte nie allein. Doch Cunobelin war alt und unbeweglich geworden, hatte die Schärfe seines Verstandes eingebüßt. Er saß mit ausdruckslosem Gesicht auf seinen Fellen und starrte leer vor sich hin. Auch als Caradoc sich ihm näherte, veränderte sich sein Ausdruck nicht, obwohl er den Kopf leicht anhob. Tog und seine Häuptlinge betraten den Raum und ließen sich laut palavernd am anderen Ende der Halle nieder. Den Wortfetzen, die zu ihm herüberdrangen, entnahm Caradoc, daß es um die heutige Jagd ging. Nun fehlte nur noch Adminius, der wieder einmal im Gebiet der Coritani sein Unwesen trieb. Während der letzten fünf Jahre hatte Cunobelin den Druck auf diesen benachbarten Stamm nicht nur aufrechterhalten, sondern noch verstärkt. Und sie konnten sich nicht mehr wehren. Die Coritani hatten keinen Ri. Sie wurden von einer Versammlung regiert, die sich nicht entscheiden konnte, ob sie Krieg gegen die Catuvellauni führen oder weiterhin Beschwerden nach Rom senden sollte. Unterdessen trieb Cunobelin sie schier zur Verzweiflung, indem er seine Söhne immer wieder in ihr Gebiet schickte und diese trotz der Befestigungen jedesmal weiter ins Landesinnere vordrangen.

Seit kurzem erhofften die Coritani sich Großes aus Rom. Dort war, nach fünfundvierzigjähriger Regentschaft, Tiberius gestorben, der ein großer, gerechter und weitblickender Kaiser gewesen war. Mit Hilfe der Truppen und des Gesetzes hatte er die Pax Romana geschaffen und Gallien zu seiner westlichsten Grenze erklärt. Albion erachtete er als einen wertvollen Handelsstützpunkt, hielt eine Eroberung jedoch für zu kostspielig. Nun war er tot. Sein Nachfolger, ein pubertäres Bübchen von siebzehn Jahren namens Caius Cäsar, den man Caligula nannte, schritt stolz wie ein Pfau in Rom einher und brannte darauf, mit seiner Macht zu spielen. Im Augenblick verstärkte er seine undisziplinierten Legionen in Germanien, um den Rhein zu überqueren. Cunobelin und seine Söhne machten sich vorläufig wenig daraus. Tiberius hatte sie immerhin in Ruhe gelassen. Schon zweimal hatte Rom versucht, in Albion Fuß zu fassen, und jedesmal hatten sie den Römern die Tür vor der Nase zugeschlagen. Die Coritani hofften allerdings auf einen neuen Wind aus Rom, der die räuberischen Catuvellauni in ihre Schranken verweisen würde. Bislang war es bei der Hoffnung geblieben.

Caradoc ließ sich bei seinem Vater nieder, der ihm auch jetzt keinerlei Beachtung zu schenken schien, sondern schwer atmend auf seine blauen, arthritischen Finger starrte, an denen er wegen der krankhaft angeschwollenen Knöchel keine Ringe mehr tragen konnte. Schließlich brach er das Schweigen. »Vater«, begann er mitfühlend, »wie geht es dir heute? Und wo sind deine Häuptlinge?«

Langsam drehte Cunobelin den Kopf. Die winzigen Schweinsäuglein, die früher immer voller Hinterlist oder Zorn gefunkelt hatten, lagen tief und dumpf in ihren Höhlen, sein ehemals rundes Gesicht war eingefallen, die Haut fahl. Kein kräftiger Zopf zierte sein Haupt, statt dessen hing sein ergrautes Haar vernachlässigt in fettigen Strähnen vom Kopf, und die Kette seines goldenen Torque drückte sich in die Haut des aufgeschwemmten Halses. Sein Gesicht verzog sich zu einem Lächeln, oder besser: zu einer Grimasse. Als er den Mund zu einer Entgegnung öffnete, schlug Caradoc unangenehmer Weinatem, vermischt mit dem Geruch eines kranken Magens, entgegen. »Wann geht es mir schon einmal gut, Caradoc?« brachte Cunobelin unter großen Anstrengungen heiser und völlig betrunken hervor. »Und solltest du meinen Häuptlingen begegnen, frag sie selbst, was sie tun. Sie intrigieren gegen mich, deswegen können sie mir nicht in die Augen schauen.« Mit beiden Händen hob er den Becher an den Mund. Er trank, ohne abzusetzen, und der Wein lief ihm aus den Mundwinkeln in den Kragen. Cunobelin lehnte sich röchelnd an die Wand.

Für einen Augenblick herrschte Stille. Caradoc kannte die Häuptlinge des Tuath. Wenn sie unzufrieden waren, ließen sie es die Versammlung wissen. Viel wahrscheinlicher war es, daß der Zustand ihres Herrschers sie beunruhigte und verunsicherte. Cunobelin hatte das Versammlungshaus seit einem Jahr nicht mehr verlassen. Er aß und schlief dort auf ein paar alten Decken und hörte stundenlang die Lieder über seine Heldentaten, die Cathbad ihm sang. Seine Kräfte verfielen zusehends, doch Cunobelin lebte weiter, zäh bekämpfte er seinen letzten Feind, den herannahenden Tod. Seine Häuptlinge wollten ihn nicht töten, soviel war sicher. Ihnen wäre es viel lieber, er würde aus freien Stücken sterben und seinem Leben selbst ein würdiges Ende bereiten, aber dazu machte er keine Anstalten. Mit ihm verfielen auch die Kräfte der Großen Göttin, und schon hatte es einen viel zu nassen Sommer gegeben, in dem ein Großteil der Ernte auf den Feldern verfault war. Und im Frühling hatten sie bei einem unerwarteten Frosteinbruch viele junge Kälber verloren. Irgend etwas mußte geschehen, doch noch überwogen Liebe und Respekt für den Herrscher, der das Volk zu einem der mächtigsten Stämme gemacht hatte. Solcher Natur waren die Überlegungen, die Caradoc anstellte, während er mit halbem Ohr auf die Gespräche um ihn herum achtete. Schließlich wendete er sich wieder seinem Vater zu, nahm ihm kurzentschlossen den Becher aus den kalten Händen und schleuderte ihn fort.

»Du hast genug getrunken«, erklärte er bestimmt. »Wenn du sterben willst, dann tu es wenigstens so wie deine Väter, und gehe mit ungetrübtem Blick und bei vollem Bewußtsein in die andere Welt, mit einem Lächeln auf den Lippen. Wovor hast du Angst?« Caradoc war sich der Wirkung seiner Worte sicher und prompt erwachte Cunobelin aus seinem Dämmerzustand. Er stützte sich mit beiden Händen und hielt sich so aufrecht, während er mit krächzender Stimme beleidigt zurückgab: »Ich fürchte mich nicht.« Die Worte kamen ihm schwer und undeutlich von den Lippen. »Ich hocke hier und denke an alles, was ich noch nicht getan habe, und die Wut nagt an mir. Mein Körper will mir nicht mehr gehorchen, aber mein Geist ist um so aufrührerischer. Deshalb sitze ich hier und trinke und warte. Vielleicht müssen sie mich doch noch ins Jenseits befördern.« Er versuchte, spöttisch zu lachen, geriet jedoch außer Atem und begann heftig zu zittern. Caradoc schaute angewidert an ihm vorbei. Er hatte Cunobelin schon oft vollkommen betrunken gesehen, laut und kampfeslustig, noch niemals aber so wie eben, verbittert und von Schmerzen geplagt.

»Vielleicht wäre es wirklich besser, wenn sie es täten.« Kummer und Enttäuschung würgten ihn. »Und wenn sie es nicht wagen, werde ich es vielleicht tun, mit dem Messer der Göttin, Vater, zum Besten des Tuath. Dich kümmert nichts mehr, aber die Göttin wird ungeduldig, und dein Tuath zerbricht. Mache diesem armseligen Leben selbst ein Ende und stirb als ein stolzer Herrscher! Was ist nur mit dir geschehen? Warum lungerst du in der Dunkelheit herum und zerstörst alles, was du geschaffen hast?« Zornig warf er seinen Becher fort und stand umständlich auf. Er wollte nur noch fort, hinaus, wollte reine Luft atmen und das Lachen von gesunden Männern hören.

Gegen Abend kehrten Adminius und seine Häuptlinge mit dreißig jungen Rindern von ihrem Beutezug zurück. Das Versammlungshaus war zum Bersten voll, und die Feierlichkeiten waren schon in vollem Gange. Er ging geradewegs zu Cunobelin, der wie gehabt trinkend in seiner Ecke kauerte, und gab ihm einen genauen Bericht ihrer Aktion. Caradoc beobachtete die Szene, nur um festzustellen, daß es seinem Bruder nicht anders erging als ihm. Adminius erhob sich schließlich achselzuckend und setzte sich zu seinen eigenen Häuptlingen.

»Der Beutezug scheint ein voller Erfolg gewesen zu sein«, flüsterte Cinnamus, »aber ich bin der Meinung, Cunobelin sollte die Coritani nicht zu hart bekämpfen. Immerhin kann er uns nicht mehr in einen Kampf führen, wenn sie beschließen, zurückzuschlagen.«

Caradoc starrte ins Feuer. Wir haben keinen Herrscher mehr, dachte er bitter, denn der Mann, der einmal mein Vater war und jetzt aufgeschwemmt und betrunken in der Ecke kauert, ist nicht mehr länger Ri. Die Versammlung ist entscheidungsunfähig. Sollten er und Tog die Verantwortung übernehmen? Adminius war bereits zu sehr den moralischen Vorstellungen der Römer verhaftet, er würde vor einem Vatermord zurückschrecken. Caradocs Gedanken drehten sich immerfort im Kreise, selbst als seine kleinen Töchter zu ihm kamen und auf seinen Knien herumturnten. Er küßte sie geistesabwesend und drückte sie an sich, krampfhaft nach einer Lösung suchend. In der Nähe der Tür machte er Tallia aus und schickte sie mit den Kindern nach Hause. Am liebsten wäre er ihnen gefolgt, denn er fühlte sich selbst hundemüde, und sein Kopf schmerzte. Gerade als er den Entschluß gefaßt hatte zu gehen, trat urplötzlich eine gefährliche Stille ein. Instinktiv griff er zum Schwert und drehte sich um. Der Schatten in der Ecke bewegte sich, erhob sich und kam schwankend näher, bis er vor Caradoc stehenblieb. Schon stand auch Cinnamus bei seinem Herrn, und Caradoc spürte, wie Togodumnus sich ihm leise von hinten näherte. Cunobelins Erscheinung hatte nichts mehr mit seinem Vater zu tun. Er glich vielmehr einem mächtigen, gefangenen Eber, der auf Rache sann. Jetzt nahm er alle seine Kräfte zusammen, um sprechen zu können, und die ganze Versammlung hielt den Atem an. Jeder wußte, daß ein wildes Tier sich in der Falle verstellte, nur um dann voller Haß und Wut anzugreifen.

Cunobelin röchelte mehr, als daß er sprach. »Töte dich selbst, stirb mit Würde, dies sagt mir mein eigener Sohn mit der leichtfertigen Stimme der Jugend. Bisher hast du beim Kampf nur gewonnen, hast noch nicht im Angesicht eines Feindes gestanden, der dich besiegen wird und dem du nicht entfliehen kannst. Er läßt sich nicht mit einem Unterpfand besänftigen, unaufhaltsam kriecht er näher, und am Ende wartet der Herrscher der Dunkelheit.« Sein Kopf wackelte und fiel ihm auf die Brust, doch er erholte sich wieder und fuhr mit fast übermenschlicher Anstrengung fort, während die Versammlung sprachlos Zeuge der völligen Auflösung dieses einst so mächtigen Mannes wurde. »Einer von euch«, rief er in die Menge, und seine Augen suchten seine Söhne, »einer von euch wird meinen Platz einnehmen und den Torque des Ri tragen. Doch gebt acht! Denn der Tod wird auch zu euch kommen, auch wenn ihr ihn euer Leben lang verachtet habt, wie ich es tat. Und nun kommt, ihr blut- und machtgierigen

Bestien, und vollbringt euer Werk!« Er machte sich an seinem Gürtel zu schaffen und versuchte, sein Schwert zu ziehen, aber niemand regte sich.

Caradoc stand wie erstarrt. Eurgains Hand schob sich vorsichtig in die seine und blaß und zutiefst erschüttert flüsterte sie. »Tu etwas, Caradoc. Laß nicht zu, daß die Erinnerung an ihn durch seine Schwäche beschmutzt wird.« Aber Caradoc war wie gelähmt. Cunobelin begann plötzlich, lautlos zu weinen, die Hände sanken kraftlos herab. Mit einemmal machte er einen Satz nach vorne und taumelte hinaus ins Freie. Gladys reagierte als erste und setzte ihm nach, immer wieder seinen Namen rufend, gefolgt von Cathbad. Dann kam Bewegung in die Menge, und stumm drängten alle in die Nacht hinaus. Caradoc und Cinnamus kämpften sich einen Weg durch das Gedränge und rannten Gladys hinterher, Caelte und Vocorio blieben ihnen auf den Fersen. Aus der Richtung des äußersten Häuserringes vernahmen sie Cunobelins Stimme und auch Gladys' bittende, ängstliche Rufe. Behende setzten sie über den gefrorenen Boden und innerhalb weniger Minuten erreichten sie Gladys, die an der Wand der Stallungen lehnte.

»Er ist fort«, brachte sie mühsam heraus. »Hat Brutus mitgenommen.« Caradoc drehte sich um, um sein Pferd zu holen, aber Togodumnus hielt ihn zurück. »Laß ihn, Caradoc«, begann er eindringlich. »Von nun an haben wir drei das Sagen, du und ich und Adminius. Laß den Alten rennen!« Ein maßloser Zorn ergriff Caradoc und mit einem wilden Ruck befreite er sich aus dem Griff seines Bruders.

»So nicht!« rief er. »Steig auf, Tog!« In der Zwischenzeit wurden bereits ihre Pferde herangeführt, und Caradoc sprang mit einem Satz auf. »Nun beweg dich schon, Tog, los!« zischte er feindselig, und Tog bestieg mißmutig sein Pferd. Plötzlich wurde er der Menge gewahr, deren Augen auf ihnen beiden ruhten. Eurgain verharrte ohne Umhang und frierend bei Gladys, doch sie schien die Kälte nicht zu bemerken. Adminius stand mit verschränkten Armen in ihrer Nähe, machte aber keinerlei Anstalten, mitzukommen. Caradoc wußte vielmehr, daß er gleich darauf zu seiner eigenen, behaglich eingerichteten Hütte spazieren würde, um dort noch ein wenig Wein zu trinken und ruhig auf das Ergebnis der Verfolgungsjagd zu warten.

Sie suchten zwei Stunden nach einer Spur von Cunobelin, riefen nach ihm und Brutus und untersuchten den Boden nach Hufspuren, doch die Erde war gefroren. Immer weiter drangen sie in den dichten Wald ein, in dem bereits die Ruhe des hereinbrechenden Winters herrschte. Verwirrt zügelten sie schließlich ihre Pferde und sahen sich ratlos an.

»Vielleicht ist er gar nicht hier vorbeigekommen«, bot Tog als Erklärung an. »Genausogut kann es sein, daß er nach Osten in Richtung Fluß geritten ist.«

Doch Caradoc war sich seiner Sache sicher. Cunobelin mußte wie ein sterbendes Tier zum Wald geflüchtet sein, um dort irgendwo eine dunkle Höhle zu finden, in der er Ruhe finden konnte. Sie konnten jetzt nicht nach Camulodunum zurückreiten, um darauf zu warten, daß irgendwann am Morgen Cunobelins Pferd dort auftauchte, denn dann würden sie ihren Vater nicht mehr finden. In diesem Augenblick richtete Togodumnus sich lauschend auf, und auch Caradoc vernahm ein leises Wimmern.

»Hier entlang!« wisperte Tog. Sie stiegen ab und führten ihre Pferde am Halfter weiter. Das befremdliche Wimmern wurde deutlicher, und wie aus dem Nichts stand plötzlich Brutus mit eingezogenem Schwanz vor ihnen. Sie banden die Tiere fest und zogen, einem Impuls folgend, beide ihre Schwerter. Seite an Seite tasteten sie sich suchend weiter, während Brutus bei den Pferden blieb und auch auf Togs wiederholtes Rufen nicht kam.

Und dann sahen sie ihn. Caradoc bemerkte zunächst nur einen blassen Schimmer auf der Erde, auf den sie zugingen. Sie fanden ihn am Fuß eines Baumes liegend, den Kopf unter dem Arm vergraben, die Beine ausgestreckt. Der Wind raschelte leise in den Blättern über ihren Köpfen, als sie sich vorsichtig über ihren Vater beugten, dessen Antlitz bereits von den Schatten des Todes überzogen war. Sie starrten in ein Paar unbeweglicher Augen, die frei waren von den Intrigen, die sie zu Lebzeiten immer verschleiert und überschattet hatten. »Er hat sich das Genick gebrochen«, stellte Togodumnus fest. Der Mond drang durch die Zweige, und nun sahen sie, daß überall abgebrochene Zweige am Boden lagen.

»Was für ein Ritt!« entfuhr es Caradoc entgeistert. »Sein Pferd muß gestolpert sein oder ihn abgeworfen haben. Ich glaube, er war sofort tot. Laß ihn uns nach Hause bringen. Wir legen ihn über mein Pferd und ich reite hinter dir.« Caradoc beugte sich wieder und nahm seinen Vater vorsichtig bei den Schultern, Tog an den Beinen. So schleppten sie ihre Last durch das Gestrüpp, und irgendwie gelang es ihnen, Cunobelins sterbliche Überreste auf Caradocs Pferd zu hieven. Schweren Herzens sprang Caradoc hinter Tog auf, und Brutus trottete mit hängenden Ohren neben ihnen.

Sie ritten direkt bis vor die Türen des Versammlungshauses, und Gladys, die anscheinend dort gewartet hatte, trat ihnen bleich entgegen. Mit einem Blick erfaßte sie die Situation, und ihr Gesicht spiegelte blankes Entsetzen wider. Caradoc ging zu ihr und sprach beruhigend auf sie ein.

»Nein, Gladys, wir haben ihn nicht hinterrücks getötet, obwohl wir es notfalls hätten tun müssen. Er ist vom Pferd gestürzt und hat sich dabei das Genick gebrochen. Es gibt zwar ruhmvollere Tode, aber auch schlechtere.« Bei seinen Worten entspannte sie sich ein wenig. Seufzend ging sie zu dem toten Cunobelin hinüber und legte zärtlich eine Hand auf die blutigen Haare. Hinter ihr entstand eine Bewegung in der Tür, und die Mitglieder des Tuath drängten sich um Caradoc und Togodumnus. In ihren Augen las er nicht Sorge, sondern Erleichterung. Cunobelin hatte sich als Herrscher längst überlebt, und obwohl sie seiner stets mit Respekt, ja Ehrfurcht gedenken und den Liedern über seine Heldentaten immer wieder gern lauschen würden, waren sie doch froh, daß nun endlich eine neue Ära unter einem neuen Herrscher für sie beginnen sollte. Togodumnus ging als erster ins Versammlungshaus zurück, um sich zu wärmen. Gladys, Eurgain und Caradoc geleiteten Cunobelin jedoch noch bis zur Gästehütte, wo sich drei seiner Häuptlinge des Leichnams annahmen, um ihn zu waschen, ihm goldbestickte Gewänder und Beinkleider anzuziehen, die Haare zu kämmen, den Helm aufzusetzen und das Schwert in seine Hand zu legen. Gladys wünschte ihnen eine gute Nacht, und auch Caradoc und Eurgain machten sich auf den Weg zu ihrem Haus. Llyn hockte in der Tür und erwartete sie.

»Vater, was ist passiert? Wurde Cunobelin gefunden?«

Einem plötzlichen Bedürfnis folgend, zog Caradoc seinen Sohn an sich und spürte tröstend den starken Herzschlag des Jungen, das Leben, das in ihm pulsierte. »Er ist tot, Llyn. Er galoppierte in den Wald, und die Göttin hat ihn geholt.«

»Oh.« Llyn befreite sich aus der Umarmung und lief ins Haus. »Sicher wäre er lieber in einer Schlacht gefallen, aber dazu war er zu alt. Er hat zu lange gewartet.« Er gähnte und reckte sich ausgiebig. »Ich gehe jetzt zu Bett.« Seine Eltern folgten ihm. Drinnen war es warm, die Mädchen schliefen tief, und auch Llyn wünschte bereits schläfrig eine gute Nacht. Leise, um niemanden zu wecken, legte Caradoc Holz nach, dann folgte er Eurgain in das zweite Zimmer, in dem sich ihr gemeinsames Bett befand. Er sank erschöpft auf einen Stuhl, schloß die Augen und ließ es sich gefallen, daß Eurgain ihm den Umhang abnahm, den Torque von seinem Hals entfernte und ihm die Schuhe auszog. Mit einem schnellen Griff zog er sie sanft an sich, und für eine Weile saßen sie schweigend Arm in Arm. In der Ferne schrie eine Eule zweimal. Eurgain stellte sich vor, daß es der Ruf eines Wolfes und sein Echo aus einer anderen Welt war, der Welt, in der Cunobelin jetzt frei und wieder jung umherwanderte.

»Was wird die Versammlung nun beschließen, Caradoc?« fragte sie endlich, getrieben von einer inneren Unruhe. »Wird man Adminius wählen?« Sie spürte, daß ihre Frage Caradoc beunruhigte.

»Ich weiß nicht. Adminius ist sich seiner Sache sehr sicher. Er stolziert ja auch schon lange wie der neue Ri der Catuvellauni herum. Doch wenn ich ein Häuptling wäre, würde ich es mir gut überlegen, ob ich mein Schwert zu seinen Füßen legen will oder nicht. Er ist zuallererst ein Denker, kein Kämpfer, Eurgain. Und er verbringt einen Großteil seiner Zeit mit den römischen Kaufleuten.«

Eurgain setzte sich heftig auf. »Wovor hast du Angst? Daß Adminius nicht nur Hunde, Häute und Sklaven nach Rom schickt?«

»Das wäre möglich. Die Häuptlinge sind Krieger. Sie wollen kämpfen, nicht Rom dienen. Sie werden Tog wählen.«

»Das glaube ich nicht!« Sie stand abrupt auf, und eine Welle der Zuneigung erfüllte sie, gemischt mit dem Gefühl, ihn beschützen zu müssen. Wie gut sie ihn kannte, besser als er sich selbst. War es wirklich möglich, daß die Gerüchte, die schon seit einiger Zeit im Umlauf waren, einfach an ihm vorbeigegangen waren? Langsam entkleidete sie sich, ließ die Fuß- und Stirnkettchen auf den Boden gleiten und zog die blaue Tunika über den Kopf, dann löste sie bedächtig ihr Haar. Caradoc liebte es, ihr zuzusehen. Eurgain ließ sich immer Zeit, sie hatte es nie eilig, und es lohnte sich, auf ihre Worte zu warten. Sie setzte sich auf den Hocker und hielt ihm den Kamm hin. Caradoc ging zu ihr hinüber und begann, ihr volles Haar mit langen, sanften Strichen zu kämmen. Eurgain schloß genießerisch die Augen. Sie lächelte. »Wo bist du in deinen Gedanken eigentlich immer?« Sie öffnete die Augen wieder, griff nach dem Bronzespiegel und hielt ihn so, daß sie sein Gesicht sehen konnte. »Der Tuath ist in Parteien gespalten. Einige sprechen für Tog, wenige für Adminius, die meisten sagen, daß sie für dich stimmen werden.« Er hielt in der Bewegung inne und starrte ihr Spiegelbild an. Dann nahm er das Kämmen wieder auf. Im Widerschein des Feuers schimmerte ihr Haar golden, und Caradoc ließ es nachdenklich durch seine Finger gleiten.

»Wenn sie mich wählen, wird Tog mich bekämpfen«, erklärte er, »und ich weigere mich, ihn zu töten. Adminius wird gar nicht erst kämpfen. Er wird sofort irgendwelche Intrigen spinnen und Ärger heraufbeschwören. Was ist mit Gladys? Sie hat ebenfalls einen Anspruch darauf, gewählt zu werden.«

»Sie werden Gladys nicht wählen, solange drei Söhne da sind, um den Torque des Ri zu tragen, und das weißt du auch«, entkräftete sie seine Überlegung. »Du solltest dich auf eine stürmische Versammlung gefaßt machen, Caradoc.«

Er zog sich aus und schlüpfte zu ihr unter die Decken. Aneinandergeschmiegt lagen sie mit offenen Augen beieinander, jeder in seine Gedanken versunken, das Gesagte überdenkend. »Es gäbe vielleicht einen Kompromiß«, flüsterte Eurgain nach einiger Zeit.

»Ich weiß«, gab er knapp zurück. Bald darauf versank sie in einen tiefen Schlaf, während Caradoc noch lange wachlag und in der Dunkelheit nach Antworten suchte.

Der folgende Tag verging nur im Schneckentempo. Caradoc kümmerte sich wieder einmal um seine Herden und besprach mit Alan, was mit den Rindern geschehen sollte. Togodumnus und Adminius hockten in Adminius' Hütte zusammen, lachten über alte Jagdgeschichten, tranken Bier und ließen sich nicht aus den Augen. Nur Gladys saß vor Cunobelins Hütte, in der drei seiner ehrwürdigen Häuptlinge über den Leichnam wachten. Ihre Gedanken jagten sich. Sie versuchte die Zukunft zu ergründen, die nun vor ihnen lag, alle möglichen Entwicklungen vorauszusehen, Lösungen für vorprogrammierte Schwierigkeiten zu finden. Sie sehnte sich nach einem Seher, der ihnen die Zeichen deuten könnte, und nach einem Druiden, der der Versammlung hätte vorstehen können. Aber die Druiden betraten das Gebiet der Catuvellauni nur noch, um Fremde durch das Land zu führen – und auch das nur, wenn sie darum gebeten wurden. Draußen vor dem Tor wuchs indes Cunobelins Scheiterhaufen, der in der Nähe der Hügelgräber errichtet wurde, in denen seine Ahnen ruhten. Endlich neigte sich der Tag seinem Ende entgegen.

Beim Abendessen waren nur die Kinder fröhlich, alle anderen aßen schnell und gingen dann sofort wieder. Adminius erschien überhaupt nicht, und auch Gladys blieb dem Versammlungshaus fern. Togodumnus setzte sich zu Caradoc, der Cinnamus bedeutete, er solle seinen Platz einnehmen und sich bereithalten. Togodumnus wirkte ausgesprochen zufrieden, ja heiter und blickte mit strahlenden Augen in die Runde. Die Halle hatte sich ziemlich geleert, das Feuer erstarb, und die Schatten wurden immer länger.

»Es ist so, wie ich es vorausgesagt habe, Caradoc, nur du und ich. Adminius hat keine Chance«, erklärte Togodumnus. »Das weiß ich von Cunobelins Häuptlingen.« Er beugte sich näher zu Caradoc, und Cinnamus war auf dem Sprung, doch in Togs Augen flackerte nicht die Angriffslust, sondern die beunruhigende Flamme des Ehrgeizes. »Was ich nun von dir wissen will, ist, ob du gegen mich kämpfen wirst, wenn ich gewählt werde.«

Caradoc suchte in Togs Augen vergeblich nach der unbeschwerten Fröhlichkeit früherer Tage, er fand nur rücksichtslose Selbstsucht. Vielleicht war es ja nichts weiter als eine vorübergehende Anwandlung, vielleicht hatte sich aber auch der ohnehin wankelmütige Charakter seines Bruders durch die Möglichkeit, schnell an die Macht zu kommen, bereits verändert?

»Wenn du rechtmäßig gewählt wirst, werde ich dich nicht bekämpfen«, erwiderte er. »Warum sollte ich? Außerdem ist es verboten, wenn die Stimmen erst einmal abgegeben sind.«

»Ja, aber es ist dennoch vorgekommen«, warf Tog ein.

»Und was wirst du tun, wenn ich gewählt werde?« konterte Caradoc nun. »Wirst du die Wahl ruhig annehmen, oder werde ich dich töten müssen?« Natürlich drohte er, denn er würde Tog niemals töten. Und er konnte immer noch den Kompromiß vorschlagen, über den er den ganzen Tag lang nachgedacht hatte. Wenn Tog auch nur einen Funken Ehrgefühl besaß, konnte die Sache ein gutes Ende nehmen.

Togodumnus lachte schneidend und hielt Caradoc seine geballte Faust ans Kinn. »Wie kommst du darauf, daß man dich wählen könnte?« fragte er provozierend. »Aber wenn es so wäre, würde ich kämpfen. Ich will die Catuvellauni, und zwar für mich allein.«

Cinnamus hatte das Gespräch mit wachsendem Unmut verfolgt. Nun aber konnte er seinen Ärger nicht länger zurückhalten. »Niemand besitzt uns, Togodumnus, Sohn des Cunobelin!« zischte er. »Wir erlauben unseren Herrschern, uns anzuführen, das ist alles. Wenn Ihr kämpft und meinen Herrn tötet, werdet Ihr weiter kämpfen müssen, gegen mich, gegen Vocorio, gegen Mocuxsoma, gegen alle Häuptlinge, die sich nicht versklaven lassen werden, weder von Euch, noch von irgend jemandem anders.«

Tog warf Cinnamus einen ausgesprochen finsteren Blick zu, dann erklärte er mit drohender Stimme: »Ich werde der nächste Ri, Caradoc, und wage es nicht, mich daran zu hindern!« Behende sprang er auf und schritt stolz davon.

»Du hast dich vergessen«, wies Caradoc Cinnamus scharf zurecht. »Du solltest wissen, daß du dich nicht in die Angelegenheiten zweier Adliger einzumischen hast.«

Cinnamus schaute ihm ruhig in die Augen. Ein Lächeln umspielte seine Lippen. »Caradoc, dein Bruder sät Zwietracht. Seine Jugendstreiche genügen ihm nicht mehr. Nimm dich vor ihm in acht.«

Caradoc schwieg dazu, wohl wissend, daß Cinnamus ein scharfer Beobachter war. In diesem Fall sprach aus ihm allerdings auch eine persönliche Abneigung, und er übertrieb sicherlich. Tog hatte sich schon immer von seinen Launen beherrschen lassen. Aber hatte er sich über Nacht nicht tatsächlich verändert?

»Togodumnus begann schon lange vor Cunobelins Tod damit, den Häuptlingen Versprechungen zu machen, wenn sie für ihn stimmen würden. Es wundert mich, daß du nichts davon weißt. Er traf überwiegend auf taube Ohren.«

Caradoc wußte nicht, ob er lachen oder Tog nachsetzen sollte, um ihm den Kopf abzuschlagen. »Wie kindisch er ist!« rief er aus. »Er würde seine Ehrenprämie für ein paar unverbindliche Zusagen aufs Spiel setzen.« Sie saßen noch eine ganze Weile nachdenklich in dem jetzt leeren Versammlungshaus, in dem die letzten Schatten von Cunobelins Gegenwart langsam zu verblassen begannen. Caradoc fragte sich, ob Cunobelin den unvermeidlichen Bruch vorhergesehen hatte, der nach seinem Tod den Tuath spalten würde. Wahrscheinlich. Aber er hätte darüber gelacht und den Mut gehabt, mit dem Schicksal zu spielen. Völlig in seine Gedanken versunken, stand Caradoc auf. Cinnamus erhob sich ebenfalls, und gemeinsam gingen sie in die Nacht hinaus. Morgen würde Cunobelin verbrannt werden, und dann . . . dann kam ein neuer Morgen, und mit ihm würde ein neuer Abschnitt im Leben der Catuvellauni beginnen. Die Zukunft würde wie ein Sturm über sie hereinbrechen. Caradoc wünschte Cinnamus eine gute Nacht, aber anstatt sich nach Hause zu wenden, bestieg er den Erdwall und blickte in das Tal hinab, daß sich in der Dunkelheit unter ihm ausbreitete. Er saß lange und dachte darüber nach, daß das Wohlergehen des Tuath an einem seidenen Faden hing, nämlich an Togs Willen, seinem Plan zuzustimmen. Während der nächtliche Wind unablässig über den Erdwall strich, ergab sich Caradoc in das Schicksal, das sich ihm nun bald offenbaren würde. So sehr er sich auch bemühte, die Entscheidung der Versammlung vorherzusehen, und wohin er auch blickte, er sah nur sich allein. Von Togodumnus war nirgendwo eine Spur.

6

Früh am Morgen des darauffolgenden Tages versammelte sich der Tuath an Cunobelins Scheiterhaufen. Alle erschienen in ihren besten Gewändern, die Männer trugen außerdem ihre Bronzehelme sowie ihre mit Korallensteinen besetzten, blaßrosa und blau emaillierten Schilde in der einen Hand, in der anderen die mit eisernen Spitzen versehenen Speere. Sie bieten ein fröhlich buntes und zugleich kriegerisches Bild, dachte Caradoc, der mit seinen Häuptlingen in der Nähe von Togodumnus und Adminius stand, die ebenfalls von ihren Häuptlingen umgeben waren.

Caradoc trug einen mit blauen und scharlachroten Fäden durchwirkten Umhang, der von einem in Gold gefaßten Amethyst zusammengehalten wurde. An seinen Armen funkelten goldene Reifen und aus purem Gold war auch der Torque an Caradocs Hals, das Zeichen seiner königlichen Abstammung. An seiner Seite baumelte das eiserne Schwert, das Cunobelin ihm geschenkt hatte, als er von seinem ersten Beutezug zurückgekommen und in die Gemeinschaft der Krieger aufgenommen worden war. Das Schwert selbst war schlicht und schmucklos, um so aufwendiger war jedoch die bronzene Scheide, in der er es mit sich führte. Auf ihrer Oberfläche kräuselten sich die Wellen des Meeres und eine Perle krönte den Kamm jeder einzelnen Welle. Er stand stolz auf seinen Schild gestützt und wartete gefaßt auf den Beginn der Zeremonie. Hinter ihm standen seine Freien mit ihren Familien.

Eurgain und die Mädchen warteten an seiner Seite. Sie trug ein rostrotes Gewand mit silbrigen Blumenstickereien, darüber einen rostfarbenen Umhang mit grün gesäumten Schlitzen. Ein dünnes Silberkettchen schmückte ihre Stirn.

Der Morgen war grau, aber windstill, als hielten der Große Dagda und die Göttin den Atem an, um dem Mann, der eben auf einer Bahre von seinen Häuptlingen herangetragen wurde, eine letzte irdische Ehre zu erweisen. Caradoc empfand keinen Kummer beim Anblick des sich langsam vorwärtsbewegenden Leichenzuges, vielmehr erfüllte ihn Stolz darüber, daß dieser Mann sein Vater gewesen war, ein Mann, der eine nicht auszufüllende Lücke hinterließ. Togs leuchtende Augen zeugten allerdings von dem festen Glauben an seine eigene Überlegenheit und daran, daß er derjenige war, der Cunobelin noch übertreffen würde. Hinter der Bahre gingen Cathbad und Cunobelins Schildträger, der ein letztes Mal das Schild seines Herrn hoch über dem Kopf trug. Hinter ihnen schritt Gladys in einem schwarzen Umhang und einer weißen Tunika mit einem Schultertuch aus Perlen. Der Tod Cunobelins erfüllte sie als einzige mit tiefer Trauer. Neben dem Scheiterhaufen blieben sie stehen, die Häuptlinge verlagerten das Gewicht und hoben Cunobelin mit einem gemeinsamen Ruf hoch über ihre Köpfe. Jetzt traten Adminius, Caradoc und Togodumnus nach vorn. Die Häuptlinge schlugen mit ihren Schwertern einen mächtigen Wirbel auf den Schilden, die Brüder ergriffen die brennenden Fackeln und unter dem Gebrüll der Häuptlinge, die immer wieder »Ri! Ri!« riefen und »Eine sichere Reise, eine friedvolle Reise!«, hielten sie die Fackeln in den Scheiterhaufen. Im selben Augenblick noch loderten die Flammen auf, und Cunobelins Schildträger legte vorsichtig den Schild auf den Bauch seines toten Herrn. Cathbad stimmte einen Ton auf der Harfe an, der sich mit dem Knistern des Feuers vermischte.

»Ich werde euch ein Lied davon singen, wie Cunobelin zu seiner Ehrenprämie kam«, kündigte er an. Die Menge wurde still und ließ sich von dem Barden in die Vergangenheit entführen, bis sie begann, sich selbst an viele kleine Begebenheiten zu erinnern, die längst in Vergessenheit geraten waren, an die fröhlichen, unbeschwerten Zeiten ebenso wie an die sorgenvollen Jahre. Cathbads eindringlicher Gesang beschwörte noch einmal Cunobelins Macht herauf, und es war, als weilte er wieder unter ihnen. Gladys kauerte auf der Erde und verbarg ihren Kopf in ihrem Umhang. Caradoc konnte den Blick nicht von den gierig züngelnden Flammen abwenden, die sich stetig aufwärts fraßen, wo Cunobelin unter dem Schutz seines Schildes ruhig wartete. Cathbad stimmte ein neues Lied an, das von der Zeit der Auseinandersetzungen mit Brigantes und von dem klugen Schachzug handelte, mit den Coritani einen Pakt zu schließen. Der Pakt hatte den Catuvellauni ermöglicht, durch ihr Gebiet bis an die

Grenzen Brigantes' vorzustoßen, und bewirkt, daß ein kleines, schwarzhaariges Mädchen in Camulodunum eingetroffen war.

Caradoc spürte Eurgains Blick und behielt seine unbewegliche Miene bei, während in seinem Inneren ein Sturm tobte. Eine Flut von Erinnerungen, die er doch nicht in sein Bewußtsein dringen lassen wollte, schnürte ihm die Kehle zu. Sieben Jahre! Ein süßes, immer wieder verdrängtes Verlangen wühlte in ihm, und er schloß die Augen. Hexe, dachte er gequält. Sie sagen, daß du Venutius geheiratet hast, diesen Sohn der Berge, dessen Hände immer bereit sind, zum Schwert zu greifen. Zuerst beneidete ich ihn, doch ich habe Eurgain, meine geliebte Eurgain. Du aber, was hast du? Ein Haus, in dem die Streitsucht herrscht, und einen Tuath, den du mit deinem krankhaften Ehrgeiz langsam zugrunde richtest. Caradoc öffnete enschlossen und beschämt zugleich die Augen. Nein, er mußte diese Gedanken abschütteln. Eurgain schenkte ihm ein unsicheres Lächeln, das er erleichtert erwiderte.

Cathbad beendete sein letztes Lied. Nun trat Adminius vor die Versammlung, um die traditionellen Begräbnislieder anzustimmen, in die alle mit kräftigen Stimmen und rhythmischem Stampfen und Schilderrasseln einfielen. Ihre Lieder erhoben sich wie ein tausendstimmiger Chor in den Himmel, während im Osten langsam die Sonne aufging und erste zarte Sonnenstrahlen goldenen Schwertern gleich durch die Wolken stachen. Von Cunobelins Scheiterhaufen stieg dunkler Rauch senkrecht nach oben. Dann war die Zeit für die Elogen gekommen. Einer nach dem anderen traten seine Söhne vor das Feuer, und noch einmal lebte die Erinnerung an Cunobelin für kurze Zeit auf, noch einmal hörten seine Häuptlinge von Beutezügen und Feiern und unterstrichen seine Heldentaten mit begeisterten Gesten. Nur Gladys hielt keine Ansprache. Bewegungslos kauerte sie auf der Erde, gerade weit genug vom Feuer entfernt, daß die Funken ihr nichts anhaben konnten. Ihr stiller Kummer legte jedoch ein beredteres Zeugnis von dem Menschen Cunobelin ab, als es Worte hätten tun können. Schließlich wurden Schwerter, Schilde und Spieße auf einen einzigen Haufen geworfen, alle faßten sich an den Armen und sangen das letzte Abschiedslied für ihren Herrscher Cunobelin. Dann zerstreute sich die Menge still.

Caradoc und Eurgain brachten die erschöpften und vor Ehrfurcht sprachlosen Kinder nach Hause. Togodumnus und Adminius begaben sich mit ihren Häuptlingen ins Versammlungshaus, wo sie, sich gegenseitig mißtrauisch beäugend, am Feuer saßen. Gladys rührte sich noch immer nicht von der Stelle. Ausdrucklos starrte sie in das Feuer, das noch lange nicht erloschen war. Der übergroße Kummer über den Tod Cunobelins hatte sich selbst verzehrt. Sie ertrug die Erinnerungen nun, ohne dabei von Bitterkeit und Wehmut gepeinigt zu werden. Während eine neue Ruhe in sie einkehrte, wischte sie die Tränen um ihren Vater fort und lächelte ein wenig.

Den ganzen Tag über fanden die Flammen Nahrung. Als Caradoc bei Einbruch der Dämmerung vor das Haus trat, konnte er noch immer schwach rote Funken tanzen sehen. Auch er war, ähnlich wie Gladys, endlich ruhig geworden. Seine Gespräche mit Eurgain über die bevorstehende Versammlung hatten in ihm einen Entschluß reifen lassen: Wenn die Häuptlinge ihn wählten, würde er Togodumnus seine Kompromißlösung vorschlagen. Nur so konnte er Blutvergießen vermeiden, und dies war sein erstes Ziel. Alles in ihm sträubte sich dagegen, seine Herrschaft unter den düsteren Vorzeichen der Gewalt und des Hasses zu beginnen. Doch auch wenn Togodumnus gewählt werden sollte, wollte er der Versammlung seinen Vorschlag unterbreiten, denn er und Eurgain hegten die begründete Befürchtung, daß der Tuath unter der Herrschaft von Togodumnus sehr rasch in streitende und rivalisierende Grüppchen zerfallen würde. Was Adminius anging, so war er ebenso ratlos wie alle anderen. Niemand kannte ihn wirklich oder auch nur gut genug, um zu wissen, wie er reagieren würde. Er kam und ging, wie es ihm beliebte, mit bewußt untertriebenem Selbstvertrauen, und gab niemals Erklärungen darüber ab, daß er die Jagd der kriegerischen Auseinandersetzung vorzog oder daß ihm die Gesellschaft der römischen Kaufleute mehr zusagte als die der Mitglieder seiner Sippe. Für ihn stand es völlig außer Frage, daß ihm der Titel des Ri zufallen würde.

Im Morgengrauen war das Feuer völlig erloschen. Cunobelins Häuptlinge sammelten die heiße Asche und füllten sie in eine bauchige Urne, um sie zu einem späteren Zeitpunkt zusammen mit Brot und Fleisch, mit Waffen und Hunden, Cunobelins gesamtem Schmuck und Gewändern zu bestatten. Im Augenblick allerdings hatten sie es eilig, zum Versammlungshaus zu kommen, wo in kürze der Rat der Häuptlinge tagen würde, und bestellten einstweilen eine Wache für die Urne. In den Hütten Camulodunums begann der neue Tag mit Lärm und Gelächter.

Kurz nach Sonnenaufgang trafen Adminius und Togodumnus als erste ein. Ihre Häuptlinge drängten sich und stießen sich gegenseitig, um sich die besten Plätze zu sichern. Caradoc und Gladys nahmen kurz darauf ihre Plätze ein, gefolgt von Eurgain, die Llyn an der Hand führte, und Caradocs Häuptlingen. Hinter ihnen drängten die Freien in die Halle und binnen kurzem gab es keine Sitzplätze mehr, weil alle bereits Knie an Knie saßen. Zu guter Letzt drückten sich noch die Kaufleute so unauffällig wie möglich in die hinterste Ecke. Caradoc hatte Vocorio und Mocuxsoma an die Tür beordert, um sicherzustellen, daß sie keine Waffen mit hereinschmuggelten, dennoch fühlte er sich bei ihrem Anblick unwohl, ohne den genauen Grund dafür nennen zu können. Die meisten von ihnen waren Abenteurer, Roms zweite Garnitur, die hier in Albion ihr Glück machen wollten, aber sie waren auch nicht mit dem wilden Bergvolk Aricias zu vergleichen. Hin und wieder betranken sie sich und lärmten oder gerieten mit den Freien in Streitigkeiten, aber im großen und ganzen waren sie von aufrichtiger, wenn auch rauher Natur, die nichts Böses im Schilde führte. Mit Ausnahme der Spione natürlich. Aber daran wollte Caradoc im Augenblick nicht denken, denn seine Überlegungen schienen ihn immer zu Adminius zu führen.

»Ich wünschte, wir hätten einen Druiden hier«, unterbrach Gladys ihn mit besorgter Stimme in seinen Betrachtungen.

»Dann bräuchte ich keine Angst davor zu haben, daß der Tuath heute sein Gesicht verliert.«

Caradoc warf ihr ein aufmunterndes Lächeln zu. »Was hast du für Pläne geschmiedet, Gladys? Willst du die Abstimmung beeinflussen?« Aber er konnte ihr kein Lächeln entlocken. Sie setzte sich kerzengerade hin, und er bemerkte, daß ihr Schwert nicht in der Scheide steckte. »Wo ist dein Schwert, Schwester?« fragte er in scharfem Ton. Anstelle einer Antwort hob sie ihre

Tunika ein wenig, ohne ihn anzuschauen. Es lag unter ihren Knien.

»Heute wird das Geschlecht der Catuvellauni sich entzweien«, erklärte sie. »Es muß wohl so sein, aber ich werde nicht sprechen. Ich sehne mich zurück zu den Tagen, in denen wir nicht Rivalen waren, Caradoc, sondern uns liebten und achteten. Doch das Wohl des Tuath steht über der Liebe seines herrschenden Geschlechts. Ich fürchte nur, daß die neue Ära mit Blutvergießen beginnen könnte und unter schlechten Vorzeichen.«

»Hast du vor, Blut zu vergießen?« bohrte Caradoc weiter. »Gladys, warum sitzt du auf deinem Schwert?«

Wütend antwortete sie ihm. »Weil ich es mit Sicherheit nicht zu Füßen von Adminius legen werde, falls er gewählt wird, und auch nicht vor Togodumnus! Ich werde es nicht einmal vor deine Füße legen, Bruder, denn ich lasse mich nicht zu einem Treueschwur verpflichten, der mir fortan die Hände bindet!« Sie hätte noch mehr gesagt, doch in diesem Augenblick trat Adminius vor die Versammlung.

Togodumnus saß angespannt auf seinem Platz. Caradoc fühlte Eurgains Hand auf seinem Arm. Die Häuptlinge saßen, die Hände im Schoß und mit listigen Augen, die auf Adminius ruhten, gelassen auf ihren Plätzen. Er begann zu sprechen, doch die Menge unterbrach ihn mit ungehaltenen Zwischenrufen. »Das Schwert! Das Schwert!« Adminius zuckte ungnädig mit den Schultern, legte es vor sich auf die Erde und begann von neuem. Das Gemurmel verebbte, doch zwischendurch warf er mißtrauische Blicke auf seine Brüder, und sein Blick wanderte immer wieder zu seinem Schwert am Boden. Togodumnus grinste ihn unverschämt an.

»Catuvellauni!« rief er. »Freie Bürger! Ich ergreife als erster das Wort, weil es mir als dem Ältesten so zusteht. Ich habe als Erstgeborener den größten Anspruch auf den Titel Cunobelins, wie ihr alle recht gut wißt. Der Titel des Ri steht mir rechtmäßig zu. Ich werde euch keine Eroberungen bringen, das hat Cunobelin bereits getan. Ich werde euch auch weder Hungersnöte noch den Tod bringen. Das wird Togodumnus erledigen, wenn ihr euch dazu hinreißen laßt, ihn zu wählen. Statt dessen kann ich euch einen neuen Wohlstand versprechen, mehr Bronze und Silber für eure Frauen und Pferde, hübsches Geschirr, größere und wärmere Hütten, bessere Ernten, größere Herden. Warum sollte ich euch mit Kriegen locken? Warum sollten wir noch mehr expandieren? Wir sind bereits das mächtigste Volk im Tiefland. Wie sind wir so mächtig geworden? Ich will es euch sagen.« Er spürte eine gewisse Feindseligkeit, fuhr aber dennoch fort. »Ich werde ehrlich mit euch sein, denn ich will mir eure Stimmen nicht mit Lügen erschleichen. Wir konnten so ungehindert wachsen, weil es Cäsar so gefiel.« Er hatte mit ungestümem Protest gerechnet, statt dessen wurden seine Zuhörer immer stiller und dieser Umstand verunsicherte ihn ungemein. Er verlor den Faden und starrte auf das Schwert am Boden. Nur das Knistern des Feuers war zu hören. Adminius hätte sich gern der Sympathie der Kaufleute vergewissert, aber zwischen ihm und ihnen lag ein Meer von ausdruckslosen Gesichtern. Er war bisher so sehr von seiner Überlegenheit überzeugt gewesen, daß der Gedanke, die Häuptlinge könnten ihm nicht vertrauen, ja, ihn nicht einmal bewundern, ihm jetzt zum ersten Mal kam. Das erste Mal in seinem Leben sah er sich mit einer Realität konfrontiert, die er nicht selbst geschaffen hatte, und seine Überzeugung bezüglich seines Nachfolgeanspruches kam ins Wanken. »Weil es Cäsar so gefiel«, wiederholte er gedehnt. »Unsere Bande mit Rom haben sich gefestigt. Über hundert Jahre lang waren wir nur dem Namen nach Verbündete. Aber, meine Freunde, wenn Rom uns sein Wohlwollen entzöge, würden wir in Armut zurückfallen, und unsere Stärke würde sehr schnell zerbrechen.« Stimmt das wirklich? fragte er sich, das erste Mal zweifelnd. Warum sollte es nicht stimmen? Täglich bestätigten seine Freunde ihm, daß es sich so verhielt. Er straffte seine Schultern. »Ihr müßt mir eure Stimme geben, damit wir weiteren Aufschwung nehmen können. Ich werde unsere Allianz mit Rom offiziell machen. Ich werde entsprechende Verträge aushandeln und so unseren Wohlstand und die Sicherheit unseres Tuath für lange Zeit besiegeln.« Seine Zuhörer hatten nur eisiges Schweigen für ihn übrig. Adminius wollte weitersprechen, konnte aber keinen klaren Gedanken fassen. Unschlüssig stand er noch einen Augenblick auf seinem Platz, dann hob er plötzlich sein Schwert auf und setzte sich.

Noch immer saß die Versammlung wie versteinert. Caradoc hatte genau diese Art von Rede erwartet, doch Adminius tatsächlich so sprechen zu hören war schlimmer, als es sich in Gedanken nur vorzustellen. Die Hoffnung, daß er seine Meinung vielleicht ändern würde, war dahin. Adminius hatte sich zu Rom bekannt; die Kaufleute machten zufriedene Gesichter.

Togodumnus war mit einem Satz auf den Füßen, schleuderte sein Schwert zu Boden, warf seinen Umhang zurück und baute sich grimmig dreinblickend, mit siegessicheren Augen breitbeinig vor der Versammlung auf. Adminius war ein Idiot, das hatte er soeben bewiesen. Jetzt zählte er bereits nicht mehr. Er warf Caradoc einen kurzen Blick zu, dann begann er seine Rede. »Ich werde nicht, wie es üblich ist, meine Taten und Erfolge aufzählen, ich werde auch niemandem Honig um den Bart schmieren. Alles, was ich zu sagen habe, ist dieses: Mein Bruder ist ein Verräter, und wer für ihn stimmt, ist es ebenfalls. Was wird der Cäsar in die Verträge setzen lassen, die Adminius zu unserem Besten schließen will? Er will sich an uns bereichern, auf unsere Kosten. Ihr wißt, daß Adminius uns für ein paar lächerliche Spielzeuge, an denen sein Herz hängt, an Rom verkaufen würde. Und dann? Rom würde uns einen Statthalter schicken, die Ratsversammlung außer Kraft setzen, römische Soldaten würden unsere Frauen vergewaltigen und unsere Ernten für ihren Unterhalt beschlagnahmen. Genau das hat Adminius vor. Vor unseren Augen hat er seine Seele verkauft. Er gehört nicht mehr zu uns. Die Bande zu Rom werden uns zum Verhängnis werden. Wir müssen sie lösen, und zwar bald und gründlich! Wenn wir es nicht tun, wird sich die Schlinge immer fester zuziehen. Vertreiben wir die Kaufleute! Verbrennen wir die Schiffe! Dann laßt uns endlich gegen die Iceni ziehen, und gegen die Dobunni, wie Conubelin es vorhatte, ehe er zu alt und seine Angst vor Rom größer wurde als sein Eroberungswille. Ich fürchte Rom nicht! Fürchtet ihr euch?« Geschickt wußte er sie bei ihrem Stolz zu packen, und Caradoc beobachtete alamiert, daß eine gewisse Unruhe sich unter den Häuptlingen breitmachte, doch er hielt sich zurück. Tog hatte das Recht, zu sprechen. Vielleicht würde er hinterher zugänglicher für seinen Vorschlag. Entweder das, oder einer von uns beiden muß sterben, dachte Caradoc bestürzt. Togodumnus schritt derweil mit energischen Schritten vor ihnen auf und ab.

»Wählt mich, ihr Häuptlinge und Krieger. Wir wollen da weitermachen, wo unsere Väter aufgehört haben. Wir werden Kriege führen und dem Ruf der Catuvellauni alle Ehre machen. Ich bringe euch Subidastos Kopf, aufgespießt auf meinen Speer. Wir werden Verica ertränken. Was sagt ihr dazu?« Er warf seine Arme in die Höhe, und plötzlich kam Leben in die Häuptlinge.

Jahrelang hatte Cunobelin sie immer wieder besänftigt und mit kleinen Beutezügen abgespeist. Jetzt bot Togodumnus ihnen Fleisch an, und sie stürzten sich begierig darauf, wie eine Meute halbverhungerter Hunde. Sie grölten seinen Namen, immer wieder Ri, Ri rufend. In ihren Augen lauerte der Wahnsinn, als sie aufsprangen. Caradoc sah eben noch die letzten Kaufleute zur Tür stürmen. Er sprang auf, und Cinnamus und Caelte mit ihm, doch das Getümmel war so groß, daß er nicht einmal sein Schwert ziehen konnte. Er sah Vocorio mit den Mädchen zu Tür eilen. Wo war nur Llyn? Im nächsten Augenblick wurde er an die Wand gedrückt. Instinktiv griff er zum Messer, bereit sich durch die Menge hinüber zu Gladys zu kämpfen, die auf einen Tisch gesprungen war und drohend ihr Schwert schwang, »Ihr habt Caradoc noch nicht gehört! Caradoc soll sprechen!« rief sie ein ums andere Mal. Cinnamus und Caelte bearbeiteten die Männer, die sie bedrängten, mit den Fäusten und endlich teilte sich die Menge.

Caradoc sah, wie Togodumnus in geduckter Haltung, das Messer halb versteckt und das Getümmel ausnutzend, sich an Adminius heranpirschte, der völlig entgeistert in einer Ecke stand. Im nächsten Augenblick schon würde das Messer sich tief in seinen Rücken graben, denn Togodumnus war offenbar zu keinem vernünftigen Gedanken mehr fähig. Caradoc machte einen gewaltigen Satz nach vorn und hörte Gladys eine Warnung rufen, als er sich auf seinen Bruder stürzte. Polternd gingen beide zu Boden, Adminius wirbelte herum, der Lärm erstarb. Unter Caradocs eisernem Griff ergab sich Togodumnus und ließ das Messer fallen.

Caradoc erhob sich, ohne ihn loszulassen, und zerrte den benommen dreinblickenden Tog auf die Beine. Adminius packte ihn am Kragen und schleuderte ihn gegen die Wand, griff aber nicht zum Schwert.

»Du elender Feigling!« rief er. »Willst du so den Tuath regieren? Jedem ein Messer in den Rücken stoßen, der dir nicht paßt? Wie gefällt euch euer Ri nun, ihr Häuptlinge und freien Bürger? Ich hoffe, ihr seid gewarnt.« Ohne ein weiteres Wort drehte Adminius sich um, und die Menge ließ ihn erschreckt passieren, so groß waren der Zorn und die Bitterkeit, die sich in seinem Gesicht spiegelten. Er wollte keinen Kampf. Selbst wenn er als Sieger daraus hervorginge, wem sollte es nützen? Die Versammlung hatte gegen ihn entschieden. Gladys sprang vom Tisch und faßte ihn am Arm, aber er schüttelte ihre Hand ab und verschwand durch die Tür. Sie zögerte, dann rannte sie ihm nach.

Caradoc reichte Tog das Messer. »So, jetzt bin ich an der Reihe, und du wirst ruhig zuhören. Ihr alle solltet euch schämen!« rief er der Versammlung zu. »Soll die Versammlung ein schändliches Ende nehmen? Setzt euch! Setzt euch!« Langsam kehrten alle an ihre Plätze zurück, doch Togodumnus legte ihm schwer die Hand auf die Schulter.

»Ich werde der nächste Ri, merk dir das. Sie werden dir zwar zuhören, weil sie sich für ihr Verhalten schämen, aber du hast gesehen, wie sie auf mich reagiert haben. Sie lassen sich keine Fesseln mehr anlegen, Caradoc.« Der Griff der schlanken Hand lockerte sich, zitternd vor Erregung, doch Caradoc streifte sie scheinbar leichthin ab. Zu seiner Rechten, wo Mocuxsoma sich mit griffbereitem Schwert aufgebaut hatte, warteten Eurgain und Llyn, der seinen Onkel nachdenklich betrachtete.

»Setz dich, Tog!« erwiderte Caradoc bestimmt, obwohl seine Knie zitterten und sein Herz raste. »Du bist nicht Cunobelin und wirst es niemals sein.« Damit drehte er ihm den Rücken zu und sofort stellten sich Cinnamus und Caelte schützend hinter ihn. »Catuvellauni«, begann er mit ruhiger Stimme. »Ihr seid eben Zeuge eines schrecklichen Vorfalls geworden. Bruder hat sich gegen Bruder gewendet, Gier und Ehrgeiz sind zutage getreten, wo einst Übereinstimmung und Freundschaft herrschten. Ihr habt

Adminius zurückgewiesen, und das war ein weiser Entschluß. Aber ihr habt auch noch nicht einstimmig Togodumnus gewählt. Seid ihr wilde, ungezügelte und unbedachte Kinder? Wollt ihr Togodumnus in Kriege und Willkür folgen?«

»Er soll unser Ri werden«, murmelte jemand, und von neuem begann ein aufrührerisches Flüstern in der Menge und schwoll an. »Togodumnus soll unser Ri sein. Wir wollen einen ehrbaren Tuath, ehrenvolle Kriege.« Andere, wütende Stimmen mischten sich dazwischen. »Caradoc soll Ri werden.« Caradoc sprach weiter, bevor es zu einem neuerlichen Ausbruch von Gewalt kommen konnte. »Ihr seid euch selbst nicht einig«, rief er ihnen verbittert zu. »Einige wollen Togodumnus, weil sie es leid sind, Feste zu feiern, anstatt zu kämpfen. Andere stimmen für mich, weil sie meine Besonnenheit schätzen. Wir könnten die ganze Nacht hiersitzen, ohne zu einer Entscheidung zu kommen.« Sein Blick schweifte kurz zu Eurgain, die ihm unmerklich zunickte. »Euch, den Häuptlingen, und dir, Togodumnus, schlage ich einen Kompromiß vor. Der Tuath wird sich teilen.« Er hielt inne. Aus Cunobelins dunkler Ecke meinte er ein leises, vergnügtes Lachen zu hören. »Ich werde in Camulodunum bleiben, mit all denen, die bei mir bleiben wollen, und du Tog, kehrst nach Verulamium zurück, von wo die Catuvellauni auszogen, und regierst im Westen. Wir werden gemeinsam Münzen prägen und Verträge schließen, in denen festgelegt wird, daß wir einander nicht bekriegen und miteinander Handel treiben. Beide werden wir den Titel Ri tragen.« Er schwieg. Würde Tog einwilligen, oder würde er sich jetzt auf ihn stürzen? Er spürte, wie Togodumnus hinter seinem Rücken aus dem Schatten heraustrat, drehte sich aber nicht um, sondern beobachtete die Gesichter der Männer, die vor ihm saßen, um so genauer.

Und plötzlich brach Tog in schallendes Gelächter aus. Dann baute er sich vor seinem Bruder auf, sah ihn fröhlich grinsend an und umarmte ihn schließlich. »Ein Kompromiß!« Er brüllte vor Lachen. »Natürlich! Was sonst kann man von Caradoc, dem wahren Sohn des verschlagenen Cunobelin, erwarten?« Er ließ sich auf die Erde nieder, und Caradoc folgte seinem Beispiel widerwillig. Schon erhoben sich die ersten Häuptlinge, zogen ihre

Schwerter und näherten sich den beiden. »Ich bin einverstanden!« rief er laut. »Alle, die ihr mir nach Verulamium folgen wollt, tretet nun vor und legt eure Schwerter vor mich. Wie viele werden wohl bei dir bleiben?« fragte er Caradoc leise, doch der lächelte nur. Die große Last war vorerst von seinen Schultern genommen, auch wenn die eigentlichen Schwierigkeiten nun erst begannen. Im Augenblick herrschte Frieden, und die Schwerter fielen vor seine Füße, doch er nahm seine Umgebung nur durch einen Nebel aus tiefer Traurigkeit und Schwermut wahr. Eurgain legte ihr Schwert in seinen Schoß, Llyn schlang seine Arme um seinen Hals, Cinnamus und Caelte ließen sich neben ihm nieder, aber er war sich nur der Gegenwart seines Bruders an seiner Seite bewußt.

»Das hast du geschickt eingefädelt«, erklärte Togodumnus lächelnd und gähnte. »Ich hätte dich natürlich niemals getötet, das weißt du sicher. Aber selbst wenn wir nicht gekämpft hätten, wären doch die Häuptlinge uneins gewesen, egal, wen sie gewählt hätten. So ist es besser. Ich hätte selbst darauf kommen können.«

»Du warst zu sehr damit beschäftigt, Adminius auszuschalten.«

Tog seufzte. Das unheimliche Leuchten kehrte in seine Augen zurück. »Wir werden ihn töten müssen, Caradoc. Andernfalls wird er fortwährend Streit zwischen uns stiften und die Kaufleute gegen uns aufwiegeln.

»Ich weiß«, gab Caradoc widerwillig zu. »Aber es muß auf die rechte Weise geschehen und mit der Zustimmung der Häuptlinge. Alles andere ist Wahnsinn.«

Sie schwiegen und dachten bedrückt an ihren irregeleiteten Bruder. »Was wirst du als erstes unternehmen?« fragte Caradoc nach einer Weile. »Deine Häuptlinge sind unternehmungslustig.«

Tog antwortete, ohne zu zögern. »Ich ziehe gegen die Coritani und werde sie ein für allemal unterwerfen, dann werden wir über die Dobunni herfallen. Das wird ein Kinderspiel, denn Boduocus verschläft seine Tage. Und dann«, er rieb sich die Hände, »dann auf nach Brigantes! Und weißt du, was ich tun werde, wenn ich Aricia besiegt habe? Ich werde sie heiraten.« Caradoc schaute ihn entgeistert an und meinte, in Togs Augen Spuren seiner eigenen, unterdrückten Leidenschaft zu sehen. »Ja, Bruder, staune nur«, fuhr Tog mit gesenkter Stimme fort. »Auch ich sehne mich nach ihr, und ich habe keine Eurgain, die mich tröstet.« Er richtete sich wieder auf und lachte. Der Augenblick intimen Vertrauens war vorüber. »Und was hast du vor? Wirst du deine Pläne mit Verica weiter verfolgen?«

»Verica muß aus dem Weg geschafft werden«, antwortete Caradoc, »wir brauchen seine Minen. Da er uns das Eisen aus lauter Trotz nicht verkauft, werden wir es uns selbst holen müssen.«

»Und dann?«

Achselzuckend schaute Caradoc ihn an. »Vielleicht bekämpfe ich die Iceni oder Cantiaci. Ich kann jetzt noch nichts Genaues sagen.«

Tog rappelte sich mit steifen Gliedern auf. »Wer kann das schon?« meinte er leichthin. »Wie wirst du dich Rom gegenüber verhalten?«

Caradoc erhob sich mit ihm. »Ich habe noch keine Ahnung, Tog«, gab er offen zu und umarmte seinen Bruder. »Laß uns erst mit Adminius abrechnen.« Damit traten sie, gefolgt von ihren Häuptlingen, in die gleißende Sonne hinaus.

Adminius war unterdessen erregt zu den Ställen geeilt und dabei, wütend sein Pferd zu satteln, als Gladys ihn einholte. Sie drückte sich hinter seinem Pferd an die Wand, von wo aus sie ihn still beobachtete, aber Adminius gab vor, sie nicht zu bemerken.

»Wo willst du hin, Adminius?« fragte sie mit sanfter Stimme.

Anstelle einer Antwort beugte er sich unter den Hals seines Pferdes hindurch und stieß sie unsanft aus dem Weg. »Ich gehe zum Cäsar«, erwiderte er endlich grob.

»Tu das nicht Adminius! Wie kannst du so etwas ernsthaft in Erwägung ziehen? Willst du dich erniedrigen, wie Dubnovellaunus, in Rom herumhängen und dem Senat schöntun? Wofür, Bruder? Bleib hier!«

Seine Augen verengten sich zu Schlitzen. »Caradoc und Togodumnus werden mich umbringen. Schon sehr bald wird ihnen einfallen, daß ich frei herumlaufe und dann werden sie mich suchen. Auch du weißt, daß sie mich töten müssen, Gladys. Aber ich werde mich rächen. Der Cäsar wird mir zuhören, auch wenn er verrückt ist. Ich werde die richtigen Worte zu wählen wissen. Ich werde Gerechtigkeit verlangen, und Caius wird sie mir ohne Zweifel geben, denn ich habe vor, ihm zu erzählen...« Er schwang sich auf das Pferd und ergriff die Zügel. Gladys trat einen Schritt zurück. »Ich werde ihm berichten, daß die Versammlung mich gewählt hat, meine Brüder aber selbst regieren wollen, und ich fliehen mußte. Ich werde ihm sagen, daß seine Handelsbeziehungen mit Albion in Gefahr sind, wenn er mir nicht hilft.«

»Das wagst du nicht!« fuhr sie ihn entsetzt an. »Denk an deine Ehrenprämie, an deine Freiheit. Adminius, wenn du fliehst, wird die Versammlung dich zum Sklaven degradieren, und du verlierst alles, was du besitzt. Warum willst du alles aufs Spiel setzten?«

Er schaute auf sie herab und lächelte grimmig, während er nervös mit den Zügeln spielte. »Wo ist denn der gute Wille des Tuath mir gegenüber?« schnaubte er zurück. »Von heute an bin ich ein Römer!« Er riß sich den Torque vom Hals und warf ihn ihr vor die Füße. »Die Catuvellauni sind nichts weiter als ein Haufen streitsüchtiger, unwissender Dummköpfe!« schrie er, nun völlig außer sich. »Ich werde zurückkommen, aber nur, um zuzusehen, wie Cäsars Legionen euch zermalmen!« Er preßte seine Fersen in die weichen Flanken des Pferdes, das sich wiehernd aufbäumte und dann mit einem einzigen Satz ins Freie schnellte. Adminius war fort wie ein böser Spuk. Gladys zitterte am ganzen Körper, hob den Torque auf und schwankte ins Freie, wo eben Caradoc und Togodumnus angerannt kamen.

»Wo ist er?« rief Tog atemlos, aber Gladys ignorierte ihn. Noch immer ungläubig schaute sie Caradoc an. »Er ist auf dem Weg zum Cäsar, den man Caligula nennt, und entschlossen, sich zu rächen.«

Tog lachte höhnisch, Caradoc jedoch nahm sie in die Arme, und sie hielt ihm stumm den Torque entgegen. Verwundert nahm er ihn an sich. »Ist er sich bewußt, was er getan hat?« fragte er endlich leise. Gladys nickte und wiederholte seine haßerfüllten Worte.

»Dieser eingebildete Idiot!« brauste Togodumnus erneut auf. »Caligula ist nicht mehr an uns interessiert als Tiberius es war. Auch er wird keinen Krieg anzetteln, nur weil noch ein weiterer beleidigter Häuptling ihm die Ohren volljammert.« Theatralisch breitete er die Arme aus und reckte sein Gesicht den angenehm wärmenden Strahlen der Sonne entgegen. »Laß uns lieber daran denken, daß wir vor einem neuen Anfang stehen! Ein Reich, so groß wie das römische Imperium wird uns gehören, Caradoc, dir und mir!«

Caradoc und Cinnamus warfen sich belustigte Blicke zu, aber Gladys wandte sich ab. »Wohin gehst du?« rief Caradoc ihr nach. Sie blieb einen Augenblick stehen, dann drehte sie sich um, wischte sich eine Träne aus dem Auge und antwortete verächtlich: »Ans Meer.«

7

Eine Welle der Begeisterung erfaßte Camulodunum, als Caradoc und Togodumnus ihre Kriegszüge vorbereiteten. Dreißig Jahre lang hatten sie Frieden gehalten, wenn man von den kleinen Beutezügen einmal absah. Jetzt erfüllte eine kriegerische Geschäftigkeit die ganze Stadt. Der Schmiedeofen glühte Tag und Nacht. Im Versammlungshaus trafen sich zu jeder Tagesstunde die Neugierigen, um Neuigkeiten auszutauschen. Am Fluß erprobten die Häuptlinge in ihren Streitwagen alte und neue Kampftechniken, während die Diener Schwerter und Schilde blank polierten. Die Unruhe und Kampflust der Männer übertrug sich schließlich auch auf ihre Frauen, die jetzt öfter als sonst miteinander stritten; und zu den beliebtesten Streitthemen gehörte ohne Zweifel die Diskussion darüber, wer als Anwärter für den Titel des besten Kriegers in Frage käme.

Caradoc und Togodumnus hatten beschlossen, die Krieger des Stammes aufzuteilen. Die eine Hälfte sollte sich unter Togs Führung die Coritani vornehmen, während Caradoc zur gleichen Zeit über die Atrebaten herfallen würde. Die Spione der Gegenseite eilten daraufhin zu Verica und den Coritani zurück, die nun ihrerseits in fieberhafter Eile Vorkehrungen für die bevorstehenden Auseinandersetzungen trafen. Im stillen verfluchten sie Roms Desinteresse an ihrem Schicksal und die Macht der räuberischen Catuvellauni. Llyn wurde von Tag zu Tag aufgeregter und bestürmte Caradoc unablässig mit der Bitte, am Kampf teilnehmen zu dürfen. Die Mädchen rannten mit Holzstöcken herum und jagten sich kreischend. Caradoc hatte beschlossen, diesmal ohne die Frauen zu kämpfen, beziehungsweise sie nur im äußersten Notfall einzusetzen. Aber sie würden, wie es der Brauch war, den Männern mit Kindern und Karren folgen und das Spektakel von einem sicheren Standort aus verfolgen. Caradoc und Togodumnus zweifelten keine Sekunde am Erfolg ihres Unternehmens. Stundenlang hockten die Brüder fröhlich zechend in Togs Hütte beieinander, und Togs Enthusiasmus färbte immer mehr auf Caradoc ab. Zu Beginn des Frühlings wollten sie losschlagen, wenn die Stämme mit der Saat und den Jungtieren alle Hände voll zu tun hatten. Sie hatten es den Bauern des Tuath freigestellt, sich den Kriegern anzuschließen oder ihre Felder zu bestellen. Wer kämpfen wollte, wurde mit Waffen versorgt, die anderen blieben zurück, um sich um die Saat und das Vieh zu kümmern.

Schleppend verging die Zeit. Das Samhainfest kam und ging ohne allzuviel Aufregung vorüber, denn in Camulodunum herrschte fiebrige Geschäftigkeit. Tog und seine Häuptlinge packten, um nach Verulamium zu ziehen und die Befestigungen der alten Siedlung auszubessern, für den unwahrscheinlichen, ja lachhaften Fall, daß die Dobunni oder die Coritani sie zurückschlagen und verfolgen würden.

Dann war der Tag des Abschieds gekommen. Die beiden Brüder hielten sich bei den Ställen auf, wo die Streitwagen angespannt wurden, als Cinnamus durch das Tor geprescht kam, Reiter und Pferd in Schweiß gebadet. Er sprang taumelnd vom Pferd und lehnte sich schweratmend dagegen, bevor es von dem heraneilenden Stalldiener weggeführt wurde.

»Die Händler!« rief er Caradoc keuchend zu, der Fearachar bedeutete, Wasser für Cinnamus zu holen. Fearachar eilte davon und kehrte gleich darauf mit einer Schale voll kalten Wassers zurück. Dankbar tauchte Cinnamus sein erhitztes Gesicht hinein. Er hatte den ganzen Weg vom Fluß bis hierher in vollem Galopp zurückgelegt. In langen Zügen leerte er die Schale, dann lächelte er über die verwirrten Gesichter, die ihn verständnislos beobachteten. »Herr, die Händler fliehen!« brachte er endlich heraus. »Fünf Boote sind mit der Flut bereits ausgelaufen, und weitere zehn warten auf die nächste. Sie hocken mit Sack und Pack am Strand und hüllen sich in Schweigen. Nur der Weinhändler war etwas zugänglicher.«

»Langsam, Cin«, unterbrach Caradoc ihn. »Was erzählst du da? Erhol dich erst einmal.«

Doch Cinnamus fühlte sich bereits wieder besser. Er ließ sich auf die Erde nieder, und Caradoc tat es ihm gleich. »Caius Cäsar ist im Anmarsch«, fuhr er in ruhigerem Tonfall fort. »Er ist nur noch einen Tagesmarsch von Gesioracum entfernt und in Begleitung von drei Legionen. Eine vierte stößt vielleicht noch zu ihnen. Der Weinhändler behauptet, daß er nach Albion übersetzen wird.«

Mit einem Fluch sprang Togodumnus auf. »Und wir wissen auch, wer sich bei ihm befindet! Dieser dreimal verfluchte Verräter Adminius. Wären wir ihm nur gefolgt und hätten ihn umgebracht!«

Caradoc schaute Cinnamus fragend an. Der nickte bestätigend. »Es stimmt. Caligula ist verrückt genug, zu glauben, Adminius würde ihm ganz Albion zu Füßen legen. Er kommt, um sich zu holen, was ihm seiner Meinung nach gehört. Die Händler fürchten sich. Sie fliehen nach Gallien, um dort abzuwarten, bis die Legionen Albion unterworfen haben und sie zurückkehren können.«

»Aber was ist mit Cäsars Feldherren?« fragte Caradoc. »Wenigstens die müßten auf Anhieb erkennen, daß Adminius ein Abtrünniger ist und nicht der rechtmäßige Ri. Ein Ri, der sein Volk freiwillig in die Sklaverei verkauft, ist doch offensichtlich nicht zurechnungsfähig.«

»Natürlich wissen sie das«, entgegnete Cinnamus. »Aber wie sollen sie es Caius beibringen, ohne ihre Köpfe als Verräter zu verlieren? Sie sind zu bemitleiden, Caradoc. Wir können nur hoffen, daß es einem von ihnen gelingt, Cäsar davon zu überzeugen, daß Adminius nichts weiter als ein gewöhnlicher Verräter ist.«

Togodumnus spuckte verächtlich auf die Erde. »Sollen sie doch kommen! Wie lautete das geflügelte Wort in Rom, als Julius Cäsar mit eingezogenem Schwanz heimkehrte, weil Cassivellaunus seine Barbarenzähne in das Fleisch des göttlichen Augustus gerammt hatte? ›Ich kam, sah und mußte umkehren.‹ Rom hat schon vor hundert Jahren seinen Meister in den Catuvellauni gefunden!«

»Nicht Cassivellaunus hat ihn besiegt, sondern das Wetter und die Gezeiten«, fiel Caradoc ihm ins Wort. Er erschrak. Wer hatte ihm das gesagt? Togodumnus lachte schallend.

»Dummes Zeug. Ist Julius Cäsar wirklich nichts Besseres zu seiner Verteidigung eingefallen? Na ja, irgend etwas mußte er wohl vorbringen.« Die Häuptlinge stimmten in sein Gelächter ein, ihre momentane Angst löste sich auf wie der Frühnebel über den Feldern. Sie erhoben sich gleichzeitig und gingen davon, Tog sprang in seinen Streitwagen. »Ihr habt Euch völlig umsonst abgehetzt, Eisenhand!« rief er, und zu Caradoc gewendet: »Ich warte am Fluß auf dich!« Dann stob er davon.

Caradoc schaute Cinnamus fragend an. »Wie groß ist die Gefahr wirklich? Kommt der Verrückte, oder kommt er nicht?«

Cinnamus zuckte auf seine unnachahmlich kühle Art mit den Schultern. »Ich weiß es ebensowenig wie du, aber ich denke, daß die Händler nicht auf einen vagen Verdacht hin in eine solche Panik verfallen würden. Irgend etwas wissen sie, und wenn ich an deiner Stelle wäre, würde ich Togodumnus hierbehalten, um für eine Schlacht gerüstet zu sein.«

»Das alles ist Adminius' Werk«, murmelte Caradoc verbittert. »Dieser stinkende, falsche, kriecherische Liebhaber Roms! Er hat die Schwäche des Imperators geschickt für sich zu nutzen gewußt. Wenn Caius kommt und wir mit ihm fertig sind, werde ich ihn höchstpersönlich den Flammen überantworten.«

Cinnamus lachte trocken. »Gladys hätte ihn töten müssen, als sie die Gelegenheit dazu hatte. Sie wird sich ewig Vorwürfe machen, daß sie es nicht getan hat.« Damit drehte er sich um und ging langsamen Schritts hügelan.

Caradoc stieg in seinen Streitwagen und folgte Tog. Es kostete ihn ein Menge Kraft und Überredungskünste, den fluchenden Bruder zum Bleiben zu bewegen, doch schließlich wurde Tog von der Versammlung einfach überstimmt, die auf Caradocs Urteil vertraute. Tog war darüber so empört, daß er sich sinnlos betrank, aber einen Tag später gesellte er sich zu Caradoc, als sei nichts geschehen. Sie warteten. Täglich kehrten die Späher vom Fluß nach Camulodunum zurück, nur um zu berichten, daß noch immer keine Segel am Horizont aufgetaucht waren. Selbst das Wetter verhielt sich ruhig. Es gab nichts zu tun, und so saßen die Häuptlinge mißmutig in ihren rauchigen Hütten, wo sie aus purer Langeweile die ohnehin schon blitzblanken Schwerter polierten.

Zwei Wochen schleppten sich so dahin. Caradoc und seine Männer opferten Camulos drei Bullen und gingen in die Wälder, um die Göttin und Dagda gnädig zu stimmen. In Caradoc regten sich erste Zweifel, und er schalt sich einen überängstlichen Idioten, als eines Tages in aller Frühe ein Späher bei ihm auftauchte. Caradoc legte neues Holz auf das Feuer, ehe er sich auf die Erde hockte. »Sprecht«, gebot er dem Mann.

»Ich bringe gute Nachricht, Herr. In der Nacht sind Schiffe vor Anker gegangen, aber sie brachten keine Soldaten. Die Kaufleute kommen zurück.«

Caradoc fühlte sich plötzlich so leicht und frei wie ein Vogel. »Und weiter?« fragte er.

»Sie erzählen, daß Cäsars Feldherren ihn nicht dazu bewegen konnten, seinen Plan aufzugeben, aber die Truppen hätten sich geweigert, überzusetzen. Sie sagten, Albion sei ein magisches Land, voller Monster und böser Zauberer. Man konnte sie auch nicht im Namen des großen Jupiter bewegen, in See zu stechen. Sie sagen, Cäsar habe vor Wut geschäumt und hätte direkt am Strand zwölf Legionäre kreuzigen lassen. Nicht einmal das konnte die Truppen umstimmen. So hat er vorläufig beschlossen, umzukehren. Es sei jedoch nicht ausgeschlossen, daß er es schon bald wieder probiert.«

Caradoc begann lauthals zu lachen. Er lachte so sehr, daß er das Gleichgewicht verlor und rücklings auf die am Boden liegenden Felle rollte. Llyn wurde wach und kam schläfrig aus dem anderen Zimmer, um nachzusehen, was es gab, und Eurgain freute sich für Caradoc. Er war in der letzten Zeit immer stiller und ernster geworden, voller Sarkasmus, wenn er sprach, und unnachgiebiger in seinen Entscheidungen, ein Umstand, der sie zutiefst beunruhigt hatte. Jetzt stand er, noch immer lachend, auf. »Monster und Zauberer! Wahrhaftig! Eurgain, hast du das gehört? Laß ihn nur kommen, den armen, hirnlosen Teufel.« Er umarmte den Boten. »Lauft zu Togodumnus und gebt ihm Euren Bericht«, befahl er. »Eurgain, mach dich fertig. Heute gehen wir auf die Jagd und morgen jagen wir die Coritani.«

8

Und so geschah es. Sie gingen auf die Jagd, lachten wie die Kinder und betranken sich. Rom hatte erneut eine Schlappe erlitten, und nun konnte nichts die Catuvellauni mehr aufhalten. Togodumnus und seine Häuptlinge verließen Camulodunum mit ihren Familien, um nach Verulamium überzusiedeln. Caradoc überdachte ein letztes Mal seine Strategie gegen Verica, und dann endlich, als die ersten zarten Knospen vom Anbruch des Frühlings kündeten, donnerten sie mit ihren wilden Horden über das Land. Übermütig und voll Kraft überrannten sie rücksichtslos die Grenzen. Die Coritani zitterten und rannten um ihr Leben. Verica schlug sich eine Weile tapfer, dann floh er auf einem Schiff nach Gallien. Den ganzen Sommer über lieferten die Coritani, die sich in ihre nördlich gelegenen Stellungen geflüchtet hatten, Togodumnus harte Kämpfe, während Caradoc die heiße Jahreszeit damit verbrachte, nach den Überresten von Vericas Untertanen zu suchen, die sich in ihren ausgedehnten Wäldern versteckten.

Es wurde Herbst. Das Laub der Bäume stand in flammenden Farben, und Caradoc und Togodumnus kehrten müde, aber zufrieden und braungebrannt mit reicher Beute nach Camulodunum zurück. Im Versammlungshaus fielen sich die Brüder um den Hals.

»Welch ein Sommer!« schwärmte Tog, als sie um das Feuer saßen. »Ich wünschte, du hättest uns sehen können. Die Coritani sind gute, ausdauernde Kämpfer. Wir griffen an und schlugen sie zurück, wir hackten ihre Häuptlinge in Stücke und jagten sie in die Berge, aber sie überfielen uns wieder und leisteten hartnäckig Widerstand. Fast hätte ich dabei meinen Kopf verloren. Einer ihrer Häuptlinge mit einem gehörnten Helm sprang mich aus seinem Streitwagen heraus an, als ich in einer Senke stand und kämpfte. Er zwang mich nieder, aber ich konnte mich befreien. Er schrie die ganze Zeit wie ein wilder Eber, und als er zu einem tödlichen Hieb ausholte, gelang es mir, ihn mit einem Hieb fast in zwei Hälften zu teilen.« Er warf die Arme zurück und fuchtelte wild mit den Händen. »Was für ein Sommer!«

Die Häuptlinge saßen beieinander und erzählten sich ähnlich begeisterte Geschichten, während die Frauen sich zufrieden in den Hütten einrichteten. Die Kinder rannten in der Halle umher, jagten die Hunde und balgten sich übermütig. Die Barden saßen nachdenklich in einer ruhigen Ecke und stimmten die Harfen, während neue Lieder in ihren Köpfen spukten. Fearachar setzte Wein und dampfendes Schweinefleisch vor Caradoc und Togodumnus, und langsam wurde es etwas ruhiger in der Halle.

»Sage mir, Tog«, fragte Caradoc, genüßlich seinen heißen Wein schlürfend, »bis wann wird es dir gelingen, die Coritani zu unterwerfen? Ich würde gern nächstes Jahr schon die ersten Familien dort ansiedeln. Oder besteht die Gefahr eines Bündnisses mit Brigantes? Dann könnte es sein, daß sie im Frühling in tausendfacher Stärke über uns herfallen.«

Tog kaute nachdenklich auf seinem Fleisch. »Keine Ahnung. Im Prinzip sind beide Stämme miteinander verfeindet, aber es wäre natürlich möglich, daß Aricia sich mit dem Rat der Coritani einigt und es so kommt, wie du sagst.« Er nahm einen langen Schluck aus seinem Becher und wischte sich den Mund an seinem Ärmel ab. »Wie steht's mit den Atrebaten?« fragte er nun seinerseits. »Warst du erfolgreich?«

»Verica floh nach Rom, wie du weißt. Sein Volk flüchtete in die Wälder und ging einer weiteren offenen Schlacht aus dem Weg. Um die Wahrheit zu sagen, ich habe den ganzen Sommer lang Schatten verfolgt. Ich denke aber, daß ich trotzdem im Frühling schon ein paar Familien dort ansiedeln und ihre Männer zu Häuptlingen ernennen werde. Sie werden nur auf geringen Widerstand treffen und sich durchsetzen können. Außerdem wird sie die Aussicht auf eine ordentliche Ehrenprämie zusätzlich anspornen. Und dann«, ein Lächeln huschte über sein Gesicht, »dann gegen die Dobunni. Sie sind untereinander vollkommen zerstritten. Es wird ein leichtes sein, zivilisierte Catuvellauni aus ihnen zu machen.«

Die beiden Brüder sahen sich selbstgefällig an. »Ein Imperium«, murmelte Caradoc verträumt, »wir haben einen guten Anfang gemacht, Togodumnus.«

Tog leerte seinen Becher mit einem Zug. »Cunobelin würde sich ins Fäustchen lachen, wenn er uns so sähe«, grinste er vergnügt. »Man wird unsere Namen von einem Ende der Erde bis zum anderen kennen und fürchten. Was ist übrigens mit den Durotrigen und den Stämmen im Westen? Heben wir sie uns bis ganz zum Schluß auf?

»Wir werden sie in Ruhe lassen. Nicht einmal Cunobelin hat es gewagt, sich mit ihnen anzulegen. Sie kämpfen, als hätten sie den Teufel im Leib. Und die Durotrigen ... Ich denke, wir kümmern uns zuerst um die Cornovii, dann sehen wir weiter. Wir müssen sehr viel stärker werden, wenn wir es mit ihnen aufnehmen wollen.«

An diesem Abend floß der Wein so reichlich, wie schon lange nicht mehr. Später, als die Kinder schliefen, gesellte Eurgain sich zu ihnen, und Caradoc küßte sie gutgelaunt auf die Wange. »Bist du glücklich, Eurgain?« fragte er. Sie lehnte sich zufrieden nikkend an seine Schulter. »Dann wollen wir die neuen Lieder hören«, schlug er vor und rief nach Caelte, der sofort aufstand. Eine erwartungsvolle Stille fiel über die Versammlung. Caelte war von einem Speer schwer an der Schulter verletzt worden und spürte die Folgen der Verletzung immer noch, aber das hinderte ihn nicht daran, seine geliebte Harfe zu spielen. Wie in früheren Zeiten entlockte er dem Instrument eine süße Musik, angenehm wie eine Brise, die über die Baumwipfel streicht. Er zupfte die Saiten an, lächelte salbungsvoll in die Runde und räusperte sich.

»Ich werde euch heute abend ein Lied von Caradoc, dem Großartigen, und der Schmach Vericas singen.«

»Mein Barde hat ein Lied für mich geschrieben, dessen Vortrag eine Stunde dauert!« prahlte Tog selbstgefällig, an Eurgain gewandt, doch sie lächelte nur höflich, ohne ihn anzusehen, während Caeltes klare Stimme sich wie eine Lerche in die Lüfte erhob.

Ein Lied folgte dem anderen. Die Barden ließen den ganzen Sommer an ihnen vorüberziehen, und schon bald wurden auch Cunobelins Lieder verlangt. Ihr Hunger nach den alten Geschichten schien unersättlich, und eine Welle der Nostalgie überrollte die Versammlung. Einige weinten. Wieder und wieder wurde Holz nachgelegt, und die Flammen tanzten zu den Melodien, heiter oder melancholisch, geheimnisvoll züngelnd oder lebhaft. Der Wein ging zur Neige, und die Barden gerieten allmählich ins Schwitzen. Schließlich rief Togodumnus: »Das Schiff, Caelte! Singt uns ›Das Schiff‹!«, und die anderen stimmten in seine Rufe ein.

Caelte schüttelte erschöpft den Kopf, aber als die Rufe nicht aufhörten, gab er mit einem milden Lächeln nach. Sofort trat eine andächtige Stille ein. »Das Schiff«, begann er mit rauher Stimme, die sich nach den ersten gequälten Tönen jedoch wieder festigte und einen Klang von fast übermenschlicher Schönheit annahm. Tog schloß die Augen, und erst, als Caelte geendet hatte und sich verbeugte, öffnete er sie wieder. »Ah, Caradoc, das Leben ist etwas Wunderbares! An Cerdics Stelle hätte ich das Schiff mit meinen Häuptlingen verlassen, die Siedlung überfallen und ihren nichtswürdigen Vater in tausend Stücke gehackt. Dann hätte ich ihren Körper geraubt und mich mit ihr ins Meer gestürzt.«

»Aber Cerdic wußte nicht, daß sie tot war«, erwiderte Caradoc belustigt. Er hatte seinem Bruder nur mit halbem Ohr zugehört, denn vor seinem geistigen Auge war Aricia erstanden, die sich verführerisch vor ihm bewegte. Eurgain gähnte und erhob sich, die ersten Häuptlinge drängten bereits zur Tür.

»Ich könnte tagelang schlafen«, murmelte Eurgain, »aber es war ein schönes Fest. Ich bin froh, daß wir wieder zu Hause sind.« Sie und Caradoc verabschiedeten sich alsbald und verließen das Versammlungshaus zusammen mit Cinnamus, Fearachar und einem völlig erschöpften, aber glücklichen Caelte. Togodumnus machte keinerlei Anstalten, sie zu begleiten. Mit träumerischem Blick lag er auf den Fellen, und während das Feuer langsam erlosch, dachte er an Aricia und die bevorstehenden Eroberungen.

9

Gegen Ende des Winters, als die Vorbereitungen für die neue Kampfsaison begannen, brachten die Händler die Nachricht von der Ermordung des immer wahnsinniger gewordenen Caius Cäsar durch prätorianische Truppen nach Camulodunum. In Rom herrschten seither üble Zustände, hieß es, Willkür und Chaos seien an der Tagesordnung. Caradoc lauschte dem Bericht ungläubig, während Togodumnus übermütig herumtanzte und vor Begeisterung seinen Umhang in die Luft warf.

»Was sagt denn sein Favorit, der neue Konsul dazu?« krähte er schadenfroh. »Ah, ich wäre zu gern dabei gewesen!«

»Gibt es schon einen Nachfolger?« fragte Caradoc den Boten, den Togs Verhalten sichtlich irritierte. Er blinzelte und nickte.

»Ja, Herr. Die Prätorianer wußten, daß man wegen ihrer eigenmächtigen Vorgehensweise mit ihnen abrechnen würde, wenn sie nicht sofort selbst einen neuen Kaiser ernennen konnten. Der Nachfolger ist ein Tiberius Claudius Drusus Germanicus, Enkel des Augustus, dem man nachsagt, er sei von sanftem Gemüt und sehr belesen. Die Prätorianer haben somit in Rom die Macht an sich gerissen.«

Ein seltsam prickelndes Gefühl durchströmte Caradoc. »Wie alt ist dieser Tiberius?« forschte er weiter. »Ist er verheiratet? Was wißt Ihr sonst noch?« Er hatte das Bedürfnis, so viel wie möglich über diesen neuen Kaiser in Erfahrung zu bringen, aber der Händler hatte keine weiteren Informationen. Caradoc schickte ihn schließlich zurück, und Togodumnus kam übermütig herangetänzelt.

»Jetzt ist die beste Gelegenheit, um Adminius und Verica aus Rom zurückzubeordern«, erklärte er eifrig.

»Wozu?« gab Caradoc zurück, dem es sichtlich schwerfiel, die neue Situation zu verdauen.

Tog rüttelte ihn sanft an den Schultern. »Dann wäre den Atrebaten auch die letzte Hoffnung auf Hilfe aus Rom genommen, und wir könnten Adminius loswerden! Solange die beiden in Rom für böses Blut sorgen, sind wir nicht sicher. Und außerdem schadet es gar nicht, wenn Rom begreift, daß wir eine unabhängige Macht sind. Wir werden diesen zimperlichen Claudius ein wenig auf die Probe stellen, Caradoc. Laß mich die Forderung an Rom absenden.«

»Wenn dir so viel daran liegt, dann tu es«, gab Caradoc noch immer geistesabwesend zurück. Die Aufgabe würde Tog in den kommenden Monaten ablenken, und Rom schien derzeit nicht in der Lage zu sein, Vergeltung zu üben. Außerdem sollten den Römern die beiden entmachteten Barbarenhäuptlinge wirklich egal sein. Caius hatte zwar eine Reihe formeller Proteste überbringen lassen, als die Händler nach Gallien geflohen waren, in denen er die neue Militarisierung Albions anprangerte. Doch Caius war tot. »Wähl deine Worte mit Bedacht, Tog. Reize Rom nicht unnötigerweise, wenn du Adminius und Verica tatsächlich nach Camulodunum holen willst«, ermahnte er den Bruder, doch der machte nur verächtlich »Pah!« und rannte eilig davon.

Natürlich schickte Togodumnus eine impertinente Forderung nach Rom. Doch der Winter verging, ebenso der Frühling, und weder Adminius noch Verica kehrten zurück. Rom reagierte einfach nicht. Schließlich war es an der Zeit, die Eroberungszüge vom letzten Jahr wiederaufzunehmen, und diesmal vereinigten Togodumnus und Caradoc ihre Truppen. Spione hatten ihnen die Nachricht überbracht, daß die Coritani mit Aricia und Prasutugas, dem Häuptling der Iceni, Verträge geschlossen hatten, was niemand verwunderte. Caradoc hätte jedoch zu gern gewußt, warum nicht Boudicca, sondern ihr Gemahl seit Subidastos Tod über die Iceni herrschte. Er erinnerte sich nur vage an das kleine intelligente Mädchen mit den braunen Rehaugen und den kurzen Fingern. Wie sie jetzt wohl aussehen mochte? Er versuchte, sie sich als junge Frau von jetzt sechzehn oder siebzehn Jahren vorzustellen, und schmunzelte bei der Erinnerung daran, daß sie sich vor den Catuvellauni gefürchtet hatte, weil sie an der Römischen Krankheit litten. Was sie jetzt wohl von ihnen denken mochte?

Sie ritten nach Norden. Der Sommer verging, und viel Blut wurde vergossen. Die Sonne versengte die Weiden, die Bäche wurden zu schlammigen Rinnsalen. Caradoc kämpfte, aber ohne rechte Überzeugung. Ständig rechnete er damit, Aricia in ihrem Streitwagen zu begegnen, denn sie bewegten sich nun an der Grenze zu Brigantes. In den heißen, trockenen Nächten verfolgte sie ihn bis in seine Träume. Doch Schlacht folgte auf Schlacht, und wenn sie sich unter den braungebrannten, schreienden Häuptlingen der Coritani befand, er hätte es nicht gewußt. Die Kämpfe zogen sich endlos dahin, ohne daß sich eine Entscheidung absehen ließ. Die erschöpften Krieger der Coritani wurden von den schweigenden Häuptlingen der Iceni abgelöst, und ihnen folgten die hochgewachsenen Briganter, die auch ihre Frauen kämpfen ließen und mit Flüchen gegen die Catuvellauni nicht sparten. Caradoc lehnte die Teilnahme der Frauen an den Kämpfen nach wie vor ab, doch Gladys ging, wie immer, eigene Wege. Sie erinnerte ihn daran, daß sie keinen Schwur geleistet hatte, und kämpfte, wann und wo sie wollte, an der Seite der Krieger. Caradoc ließ sie gewähren.

Der Herbst nahte mit Riesenschritten, und die Catuvellauni kehrten unverrichteterdinge heim. Ihre Verluste waren zu hoch, gemessen an den Landgewinnen. Caradoc und Togodumnus starrten mißmutig von der Anhöhe aus auf den Regen, der unablässig fiel und jegliche Aktivitäten unterbrach. Die ständigen Reibereien ihrer unzufriedenen Häuptlinge waren auf Dauer ermüdend und führten zu noch mehr Streit untereinander. Togodumnus wurde immer unleidlicher, je weiter der Winter voranschritt, und endlich riß Caradoc der Geduldsfaden.

»Warum kehrst du nicht nach Verulamium zurück, wie wir es vereinbart haben, wenn du so unzufrieden bist? Ich habe deine Launen satt! Ich will dich hier nicht mehr sehen!«

Tog legte den Kopf schräg und überlegte. »Gut«, erklärte er. »Ich gehe. Das Wetter ist zwar schlecht, aber ich ziehe einen Beutezug bei schlechtem Wetter dieser stinkenden Stadt vor. Und«, er neigte sich bedeutungsvoll zu Caradoc, »vielleicht komme ich nicht zurück. Denke daran, Bruder. Den ganzen Sommer lang hast du uns alle herumkommandiert, als wärst du allein Ri, und das gefällt uns nicht. Außerdem hast du uns bisher schlecht geführt, und die Häuptlinge sind der Meinung, daß ich jetzt an der Reihe bin, den Tuath zu befehligen.«

Caradoc verschlug es vor Zorn die Sprache. Noch ehe er etwas erwidern konnte, war Tog mit seinem Barden und seinem Schildträger im Regen verschwunden.

An jenem Abend konnte Caradoc sich kaum beruhigen. Er nahm den Kamm, den Eurgain im reichte und fuhr nervös mit kurzen, heftigen Strichen durch ihr Haar. Schließlich nahm sie ihm den Kamm wieder ab und legte ihn beiseite.

»Warum schaust du gar so finster drein, mein Gemahl?« fragte sie scherzend und sah ihn zugleich beruhigend an. »Er wird zurückkommen.«

»Das glaube ich eben nicht. Zumindest wird er nicht für die nächste Kampfsaison zurückkommen. Er will die Coritani allein besiegen, dieser Hitzkopf. All unsere gemeinsamen Pläne wird er zunichte machen.«

»Na und? Laß ihn rennen, Caradoc. Wenn er sich mit seinem sturen Kopf erst einmal den Respekt seiner Häuptlinge verscherzt hat, wird er schneller zurückkommen, als dir lieb ist.« Ihr Kommentar brachte ihn zum Lachen. Er nahm den Kamm wieder auf und kämmte ihr seidiges Haar nun sanfter.

»Es tut mir leid, Eurgain«, entschuldigte er sich. »Es muß am Wetter liegen, und natürlich daran, daß ich Togs Ehrgeiz fürchte. Wenn er sich in Verulamium erst einmal eingerichtet hat und auch noch erfolgreich gegen die Coritani zieht, wo ich bisher nichts erreicht habe, wird es ihm ein leichtes sein, die Versammlung für einen Überfall auf Camulodunum zu begeistern.«

Eurgain starrte auf ihre Hände. Sie hatte das Bedürfnis, seine Sorgen mit einer unbeschwerten Bemerkung einfach zu zerstreuen, doch irgend etwas in ihr pflichtete ihm bei. Er hatte recht, Tog war unberechenbar, er konnte zu einer Gefahr werden. Sie zog seinen Kopf zu sich herunter und küßte ihn, als könne sie so die trüben Gedanken verscheuchen, doch ihre Küsse verrieten nur ihre Angst.

Zwei Wochen später meldete Fearachar seinem Herrn einen seltsamen Besucher. Die Regentage waren vorüber, und ab und zu tauchte die Sonne Camulodunum vorübergehend in ein zartes Licht.

»Verzeiht die Störung, Herr. Aber draußen wartet ein seltsamer Vogel und möchte mit Euch sprechen.«

»So?« Caradoc zeigte wenig Verständnis für diese Art von Einleitung. »Was soll das heißen, ein seltsamer Vogel?«

Fearachar zeigte sich über den Mangel an Humor enttäuscht. »Von der Sorte, die behauptet, ein Händler zu sein, und es ganz offensichtlich nicht ist.«

Eurgain unterbrach ihre Arbeit, und Caradoc spürte, wie die Abgeschlagenheit von ihm abfiel. »Was hast du sonst noch bemerkt?« fragte er.

»Er trägt zwar das Gewand eines Händlers, sieht aber trotzdem wie ein Patrizier aus. Er hat nicht einmal daran gedacht, seine gepflegten Hände zu verstecken, und seine Augen verraten ihn ebenfalls. Auf alle Fälle ist er kein gewöhnlicher Spion.« Fearachar sonnte sich ein wenig in dem Interesse, das ihm ob seiner scharfsinnigen Beobachtungen entgegenschlug, dann fuhr er fort. »Er gibt an, mit Euch über den stark zurückgegangenen Handel sprechen zu wollen, aber natürlich ist das nur ein Vorwand. Selbst ich könnte besser lügen.«

Caradocs Nerven waren zum Zerreißen gespannt. Er und Fearachar sahen sich verstehend an. »Wo sind Cinnamus und Caelte?« fragte er.

»Ich habe gleich nach ihnen geschickt. Sie warten draußen. Geben ein nettes Trio ab, die drei. Der Fremde zittert wie Espenlaub, und die beiden anderen durchbohren ihn mit ihren Blicken. Ihr werdet ihn doch nicht allein empfangen, Herr! Er könnte eine vergiftete Nadel bei sich führen oder eine andere teuflische Erfindung der Römer.« Fearachars besorgte Miene wurde noch um eine Spur sorgenvoller.

»Natürlich nicht!« erwiderte Caradoc ungehalten. »Zuerst holt Cinnamus und Caelte, dann den Händler.«

Fearachar verneigte sich und schlüpfte hinaus.

»Eurgain«, flüsterte Caradoc, »du arbeitest still weiter, aber achte auf jedes Wort, das gesprochen wird.« Im nächsten Augenblick kamen Cinnamus und Caelte herein. Auf Caradocs Befehl hin nahmen sie rechts und links von ihm Platz. »Merkt euch seine Worte, ich habe ein ungutes Gefühl«, prägte er allen noch einmal ein. In Wirklichkeit war es bereits mehr als nur ein Gefühl. Caradoc spürte eine massive Bedrohung auf sich zukommen, und die Angst schnürte ihm die Kehle zu. Fearachar trat mit einem großgewachsenen, schlanken Mann an seiner Seite ein. Er hatte ruhige, kluge Augen, ein langes, schmales Gesicht, eine gerade Nase und einen gefühlvollen Mund, dem man jedoch ansah, daß er auch unerbittlich harte Züge annehmen konnte. Fearachar hatte recht, gewöhnliche Händler sahen anders aus. Über einem schmutziggrauen Gewand trug er einen braunen Umhang, darunter einen einfachen Ledergürtel, an dem ein schmuckloses Messer baumelte, und weite, lehmbespritzte Beinkleider. Und dann diese Hände! Sie sagten Caradoc am deutlichsten, mit wem er es zu tun hatte. Er begrüßte den Fremden mit ausgestrecktem Arm.

»Seid uns willkommen. Friede und ein langes Leben. Tretet näher und stärkt Euch mit Wein und Haferkuchen, ehe Ihr uns den Grund Eures Kommens mitteilt.« Der Fremde sah ihn erstaunt an, dann lachte er, tief und angenehm.

»Anscheinend habe ich die Beobachtungsgabe der catuvellaunischen Häuptlinge unterschätzt«, bemerkte er trocken. »Wann wurde je ein Händler mit dem formellen Stammesgruß empfangen? Ja, Caradoc, Eure Häuptlinge haben recht. Ein Händler bin ich jedenfalls nicht. Aber da ich nicht mit einem Schwert im Rücken enden wollte, gab ich mich als einer aus.« Er strich sich nachdenklich übers Kinn, ohne die Augen von Caradoc zu lassen. »Eure Einladung nehme ich gerne an, der Weg vom Fluß hierher wird einem lang, wenn man ihn zu Fuß zurücklegt.«

Cinnamus schob ihm einen Stuhl hin, aber der Besucher setzte sich erst, als Caradoc Platz genommen hatte. Nachdenklich betrachtete er den silbernen Trinkbecher, den Fearachar ihm reichte, dann nahm er einen tiefen Schluck daraus. Ja, er ist aus Rom, dachte Caradoc leicht verärgert. Was dachtest du denn? Hast du eine Horde wild schreiender Affen erwartet? Der Besucher aß alles, was man ihm anbot, bis auf den letzten Krümel auf, dann lächelte er Caradoc an. »Ich muß unter vier Augen mit Euch sprechen.«

Caradoc schüttelte den Kopf. »Wie Ihr wißt, empfängt kein Häuptling seine Gäste allein. Alle Geschäfte sind Sache des Tuath. Sie werden der Versammlung vorgetragen und dort gemeinsam besprochen.«

Der Fremde nahm es achselzuckend zur Kenntnis. »In diesem Fall«, so bemerkte er, »bitte ich Euch, wenigstens Eure Frau fortzuschicken. Frauen haben flinke Zungen, nicht wahr?« Er versuchte, seine Forderung etwas abzumildern, erntete jedoch nur kalte Blicke.

»Meine Frau ist ein vollwertiges Mitglied der Versammlung mit einer eigenen Ehrenprämie. Erklärt Euch also«, schnitt Caradoc seinen Einwand ab.

»Wie Ihr wollt. Ich überbringe Euch eine Warnung und habe Euch ein Angebot zu unterbreiten.«

Eurgain schob jeden störenden eigenen Gedanken beiseite, um sich in einen Zustand gesteigerter Konzentration zu versetzen, wie es der Meisterdruide ihrem Vater vor vielen Jahren beigebracht hatte.

Nach einer kurzen, wirkungsvollen Pause fuhr der Fremde fort. »Rom ist über Euch genauestens informiert, Caradoc. Man hat dort Euren Aufstieg innerhalb des Tuath und auch Eure Expansionspolitik verfolgt und festgestellt, daß der Handel, der unter Cunobelin blühte, sehr darunter gelitten hat. Nun kann Euch sicher niemand verbieten, so zu leben, wie Ihr es wünscht, und Rom hätte sich nicht weiter darüber beunruhigt, solange Ihr Camulodunum fest in der Hand habt. Nun aber, da Euer Bruder in Verulamium sitzt und Euren Untergang plant, hält Rom die Zeit für gekommen, Euch Unterstützung anzubieten.«

Seine Worte trafen Caradoc wie ein Blitz aus heiterem Himmel. Cinnamus und Caelte sahen sich entsetzt an, einzig Eurgain verharrte ruhig, fast unbeteiligt und registrierte auch weiterhin jedes Wort. Caradoc erwachte aus seiner Erstarrung und sprang mit einem Satz auf die Füße. »Nennt mir Eure Quelle!« rief er, völlig außer sich.

Der Mann winkte ruhig, aber bestimmt ab. »Macht Euch doch nichts vor«, erwiderte er, »wir sind alle nicht von gestern. Ihr wißt selbst, daß nicht jeder Händler ein Händler ist. Bisweilen sind auch Spione darunter. Warum sollte ich es abstreiten. Meine Spione kehrten gestern aus Verulamium zurück, mit der Nachricht, daß Euer Bruder im Frühling weder gegen die Coritani noch gegen die Dobunni, sondern gegen Euch zu ziehen gedenkt.«

Irgendwie gelang es Caradoc, seinen Schmerz zu verbergen und ein unbewegliches Gesicht zur Schau zu tragen. Ihm war, als wankte der Boden unter seinen Füßen und langsam ließ er sich auf den Stuhl zurücksinken. Er wußte, daß der Fremde die Wahrheit sprach. Von der Tür her zog es kalt an seine Füße, und die Kälte ließ ihn am ganzen Körper erzittern. »Wie lautet Euer Angebot?« war alles, was er erwidern konnte. Der Besucher faltete die Hände.

»Laßt Euch helfen, Caradoc. Ihr seid ein aufrechter, ehrbarer Mann, ein tapferer Krieger, ein würdiger Herrscher. Euer Bruder ist launisch und unzuverlässig. Wir wollen ihn beide nicht als alleinigen Ri in Camulodunum. Wenn es so weit käme, müßte Rom seinen Handel mit Albion aufgeben. Ich bin dazu ermächtigt, Euch Gold zur Verfügung zu stellen, mit dem Ihr die Hilfe anderer Stämme erkaufen könnt. Des weiteren stehen Euch die römischen Legionen in Gallien zur Verfügung, falls Ihr ihre Hilfe beanspruchen wollt. Sie würden an Eurer Seite kämpfen, bis Togodumnus besiegt und der Handel sichergestellt ist.«

Caradoc fühlte sich dem Wahnsinn nahe. Oh, Camulos, was soll ich nur tun? Was sage ich nur? Er überwand seine Sprachlosigkeit. »Wie soll die Abmachung aussehen?«

Der Fremde kratzte sich erneut am Kinn. »Natürlich gäbe es einen Vertrag. Das ist sogar unter Freunden üblich, um Streit zu vermeiden. Wir gewähren Euch Gold und Soldaten, Ihr garantiert für die Sicherheit des Handels.« Damit erhob er sich und streckte Caradoc die Hand entgegen, der sie widerwillig ergriff. »Denkt darüber nach«, verabschiedete sich der Besucher. »Ich warte auf meinem Boot an der Flußmündung auf Eure Nachricht. Aber laßt Euch nicht allzuviel Zeit. Euer Bruder wird aufbrechen, noch ehe die Bäume Knospen treiben.« Dann war er fort. Keiner regte sich, bis Eurgain aus dem Schatten trat und sich zu Caradoc setzte. Ihre Hände waren eiskalt, ihr Gesicht ausdruckslos.

»Und jetzt, Eurgain«, sagte Caradoc leise, »wiederhole die Unterhaltung Wort für Wort.« Sie schloß die Augen. Mit leiser Singstimme repetierte sie Rede und Gegenrede, ohne auch nur einmal innezuhalten. Caradoc lauschte, den Kopf auf die Arme gestützt, und als sie geendet hatte, bat er sie, noch einmal von vorn anzufangen. Dann streichelte er ihr zärtlich über die Wange.

»Und jetzt deute mir seine Worte, Eurgain.« Cinnamus hockte auf den Fellen am Feuer, Caelte stand mit ernstem Gesicht gegen die Wand gelehnt, die Hände am Gürtel.

»Er ist ein Patrizier. Er spricht einerseits die Wahrheit, andererseits lügt er auch.« Cinnamus nickte bei ihren Worten, Eurgain fuhr fort. »Er berichtet die Wahrheit, wenn er sagt, daß Tog dich auslöschen will, um alleiniger Ri der Catuvellauni zu werden, er lügt, wenn er behauptet, einfach nur Hilfe anzubieten.«

»Was siehst du sonst noch?«

Sie blickte zögernd in die Runde. »Ich sehe, daß er uns nur die Spitze eines Eisbergs gezeigt hat.«

Cinnamus lachte. »Liebe Eurgain, nun klingt Ihr wie der Meisterdruide persönlich. Doch Ihr habt recht, er ist ein Abgesandter Roms. Aber was ist sein wirklicher Auftrag?«

Caradoc bat sich Ruhe aus und versuchte, seine Gedanken zu ordnen. Er hatte Angst – vor Tog, vor Rom, vor der Entscheidung, die er treffen mußte. Nahm er das Angebot an, war Tog ein toter Mann und er der alleinige Ri. Er bräuchte nichts mehr zu befürchten. Aber warum sollte Rom seine besten Soldaten für irgendeinen Häuptling am anderen Ende der Welt opfern? Niemals nur wegen der Handelsbeziehungen. Warum also? Warum?

»Ja, was will er wirklich?« fragte auch Caelte, als hätte er Caradocs Gedanken gelesen. »Vielleicht versucht Rom auf diese hinterhältige Art und Weise die Häuptlinge Albions in Lager zu spalten, um dann leichteres Spiel zu haben.«

Damit traf er ziemlich genau den Nerv der Befürchtungen, die Caradoc hegte. »Cinnamus, sattelt unsere Pferde. Eurgain, lauf zu Gladys. Erzähle ihr, was geschehen ist. Ich will wissen, was sie darüber denkt. Caelte, Ihr werdet mich und Cinnamus nach Verulamium begleiten. Ich habe mit Tog zu reden.«

»Nein, Caradoc«, protestierte Eurgain. »Wenn du ohne einen Druiden zu ihm reitest, bietest du Tog die Gelegenheit, auf die er wartet, um dich zu beseitigen. Laß einen Druiden kommen, wenn du unbedingt mit ihm reden mußt.«

»Dazu ist die Zeit zu knapp. Ich glaube übrigens nicht, daß ich in Gefahr bin, wenn er meinen Bericht erst gehört hat.« Er drückte ihr einen Kuß auf die Wange, aber sie ließ sich nicht beruhigen.

»Du vergißt eines«, rief sie ihm nach, als er bereits an der Tür stand.

»Was?«

»Er hat kein Wort über Adminius verloren.«

Und da war es, das unausgesprochene, fehlende Glied in seiner Gedankenkette. Eurgain war sich der Bedeutung des Gesagten wohl bewußt, sie hatte alles bereits durchdacht und hinter dem Mantel einer unerschütterlichen Zuversicht verborgen gehalten, doch nun mußte es ausgesprochen werden.

»Das kann nicht sein«, flüsterte er, und Eurgain lachte zynisch.

»Aber ja doch. Wie oft schon hat Rom sich bei dem Versuch, Albion zu erobern, eine Blöße gegeben? Zu oft für seinen maßlosen, verletzten Stolz.«

Caradoc wollte nichts mehr hören. Wie ein gehetztes Tier rannte er aus der Hütte. Er befahl Fearachar, gut auf Llyn aufzupassen, dann rannte er zu den Ställen, wo Cinnamus und Caelte bereits mit den Pferden auf ihn warteten.

Zwei Tage und zwei Nächte ritten sie durch den riesigen Eichenwald, der sich in Richtung Verulamium und weiter bis in atrebatisches Gebiet hinein erstreckte. Jede Nacht, ehe sie sich in ihre Decken wickelten, opferten sie der Göttin des Waldes. Am dritten Tag erklommen sie die Verteidigungswälle Verulamiums. Das Tor stand offen, doch die Wache empfing sie mit gezogenem Schwert und verwehrte ihnen den Einlaß, bis Caradoc mit seiner Geduld am Ende war. »Sieh her, Mann!« herrschte er ihn an, »damit du weißt, wen du vor dir hast. Ich bin Caradoc, dein Herr!«

»Togodumnus ist mein Herr«, gab dieser respektlos zurück, doch er trat beiseite und ließ sie passieren. Sie stiegen ab und führten ihre Pferde am Halfter hügelan, einem steil ansteigenden, gewundenen Pfad folgend. Überall lagen haufenweise große Steine, die in die Löcher in der Mauer eingefügt werden mußten. Die Ausbesserungsarbeiten waren ein gutes Stück vorangeschritten, aber über dem Ort lag eine unheimliche Stille. Caradoc zog instinktiv sein Schwert. Aus den Hütten stiegen feine Rauchwölkchen auf, und hier und da fiel ein Lichtstrahl durch die Türhäute nach draußen. Als sie um die letzte Wegbiegung kamen, standen sie plötzlich vor Togodumnus, der mit verschränkten Armen im

Nieselregen stand, seine Häuptlinge hinter ihm, und zwei anderen Häuptlingen zusah, die im letzten Tageslicht wütend miteinander kämpften. Er drehte sich um, als er ihre Schritte hörte, aber sein Gesicht blieb unfreundlich. Sofort scharten sich seine Häuptlinge mit gezogenen Schwertern um ihn. Caradoc und Cinnamus sahen sich an, unsicher, was dieses Verhalten zu bedeuten hatte. Die Pferde wurden fortgeführt, Togodumnus kam seinem Bruder mit ausgestrecktem Arm und den formellen Begrüßungsworten entgegen.

»Wie kannst du es wagen, mich wie einen Gast oder einen fremden Besucher zu empfangen?« fuhr Caradoc ihn an. »Was soll diese Feindseligkeit? Ich hatte nicht übel Lust, deiner Wache für ihre Grobheit den Kopf abzuhacken!«

»Warum kommst du mit gezogenem Schwert zu mir?« gab Togodumnus knurrend zurück. »Was willst du überhaupt?« Sein unruhiger Blick flog zwischen Caradoc und seinen Häuptlingen hin und her, und Caradocs Anspannung wuchs ins Unerträgliche. Er konnte die blitzschnellen, feindseligen Gedanken seines Bruders fast körperlich spüren.

»Ich habe mit dir allein zu reden, Tog. Halte dich zurück, bis du mich zu Ende gehört hast.«

Tog gluckste vergnügt in sich hinein und umarmte ihn. »Gut, ich werde dich anhören, aber natürlich nicht allein. Neuigkeiten gehen alle an.«

»Diese Nachricht ist nicht für den Tuath bestimmt. Ich muß mit dir unter vier Augen reden. Unsere Häuptlinge werden draußen warten und unsere Schwerter sollen beieinander liegen.«

Togs Mienenspiel wurde wieder trotzig. »Legt eure Schwerter hierher«, befahl er. »Meine Männer behalten ihre Schwerter selbstverständlich. Ihr befindet euch in meinem Hoheitsgebiet. Ich muß euch durchsuchen lassen.«

»Ist er übergeschnappt?« flüsterte Cinnamus. »Man könnte meinen, wir seien Iceni oder Leute von Brigantes.«

»Tretet zwei Schritte zurück, Eisenhand«, rief Togodumnus ungehalten. »Keine Tuscheleien!« Mit einer gebieterischen Kopfbewegung wies er einen seiner Häuptlinge an, Caradoc zu durchsuchen.

»Zurück, Cin«, befahl Caradoc, und Cinnamus ging knurrend zwei Schritte zurück. Der Mann fuhr mit schnellen, sicheren Griffen und unbeteiligtem Gesicht unter Caradocs Gürtel, Gewand, in seine Haare. Kopfschüttelnd trat er zurück. In Caradoc staute sich eine unglaubliche Wut an, doch noch hielt er sich zurück, wenngleich er sein Kommen bereits verwünschte. Tog bedeutete ihm herablassend, ihm zu folgen, und verschwand in der Hütte. Caradoc fühlte sich ihm endgültig ausgeliefert. Ein Wort nur, und Cinnamus und Caelte waren tot, er selbst ein Gefangener.

Im Innern der Hütte war es behaglich warm, aber unglaublich schmutzig und unordentlich. Togs Kleider und Waffen lagen überall auf Bett und Boden verstreut. Auf dem Tisch stand ein Krug und daneben, in einer Fettlache, lag ein angebissenes Stück Fleisch. Togodumnus füllte zwei Becher, aber Caradoc mußte sich seinen selbst holen. Wortlos tranken sie, dann lümmelte sich Tog auf sein römisches Sofa und winkte seinem Bruder ungeduldig zu. »Nun setz dich schon und hör auf, mich mißtrauisch zu beäugen. Erkläre dich und dann laß mich wieder in Ruhe.«

Caradoc blieb zwischen Tür und Feuer stehen. In Togs Augen fand er nur Verdrießlichkeit und einen Anflug von unberechenbarem Wahnsinn. Es war besser, gleich zur Sache zu kommen, denn Togs Gedanken kreisten offensichtlich mehr um die Möglichkeit, sich seiner hier zu entledigen, als ihn anzuhören.

»Ich hatte einen seltsamen Besucher. Ein Spion Roms als Händler verkleidet. Er teilte mir mit, daß du vorhast, im Frühling gegen Camulodunum zu ziehen. Er bot mir Gold und die Hilfe der römischen Legionen an, um dich zu beseitigen.« Tog riß seine braunen Augen auf und blinzelte erstaunt. Caradoc fuhr fort. »Rom hält dich für einen unzuverlässigen, unfähigen Herrscher.«

Eine lange Pause entstand, dann lächelte Togodumnus schlau. Schließlich brach er in unbändiges Gelächter aus, stand auf, schüttelte sich vor Lachen und umarmte Caradoc. Dann schenkte er sich Wein nach und setzte sich wieder, während ihm vor Lachen die Tränen kamen. Caradoc ließ ihn gewähren. Er kannte Togs Temperamentsausbrüche nur allzu gut, hinter denen vor allem eine gehörige Portion Unsicherheit steckte.

»Und warum kommst du nun zu mir?« gluckste Togodumnus. »Sei schlau und nimm sein Angebot an. Dann bist du mich los. Es stimmt übrigens, daß ich vorhatte, dich zu beseitigen. Da drüben, gleich neben der Tür, ist der Platz, wo dein Kopf hängen sollte.«

»Du weißt genau, warum ich hier bin. Weil es Rom nämlich völlig egal ist, wer hier den Titel Ri trägt. Es gibt einen anderen Grund, aber ich will ihn von dir hören, um sicher zu sein, daß ich nicht langsam verrückt werde.«

»Wie kommst du darauf?« fragte Tog, ehrlich erstaunt. »Du hast vollkommen recht. Und soll ich dir verraten, warum? Vor zwei Wochen hatte auch ich einen Besucher, mein Bruder. Ein großer, dürrer Mensch, mit schlanken, gepflegten Händen, der sich dauernd am Kinn kratzte. Er erzählte mir, du seist neidisch auf meine Popularität und würdest mich im Frühling überfallen. Er bot mir Gold und die Hilfe der Legionen an und einen Vertrag. Ich habe sofort unterzeichnet.«

»Tog!« Wieder spürte Caradoc den Würgegriff eines nahenden Unheils. Er hatte sich also nicht getäuscht, Eurgain hatte recht gehabt. Rom wagte wieder einen Vorstoß und probierte eine neue Taktik aus. »Warum hast du unterschrieben?«

Tog grinste unbekümmert. »Papier ist geduldig. Ich brauche das Gold, um die Häuptlinge zu bezahlen.«

»Und dann kam er zu mir.« Wie verschlagen, wie einfach, wie nahezu tödlich perfekt war ihr Plan diesmal.

Togs Gesicht wurde ernst. »Sie wollten also einen Keil zwischen uns treiben. Aber warum machen sie sich so viel Mühe? Sie hätten in Ruhe abwarten können, bis wir uns selbst die Schädel einschlagen.«

»Ja, aber sie müssen immer damit rechnen, daß wir uns wieder versöhnen, selbst wenn wir uns bekriegen«, gab Caradoc zu bedenken. »Rom kann nicht immer nur zusehen und abwarten. Rom ist unter Zugzwang.«

Sie sahen sich mit plötzlichem brüderlichen Einvernehmen an. »Was ist mit Adminius?«

Caradoc sah seinen Bruder aufmerksam an. Tog war nicht der Dummkopf, für den er sich so gern ausgab. »Ich deute die Situation folgendermaßen: Die Legionen werden unter dem Vorwand, Albion für Adminius zurückzuerobern, in unser Land einfallen, aber mit ihm zusammen wird der Cäsar hier Fuß fassen und Albion seinem Imperium einverleiben.«

»Sie werden auch diesmal eine Schlappe erleiden«, rief Tog höhnisch, »wie schon Julius Cäsar und der verrückte Caius. Laß diesen prätorianischen Bücherwurm Claudius nur kommen. Er wird wie ein Hase um sein Leben laufen.«

Caradoc schüttelte den Kopf. »Diesmal, Tog, werden sie nicht aufgeben. Noch einmal können sie es sich nicht leisten, davonzulaufen.«

»Dann wird es also zu einer Schlacht kommen. Wie schade. Ich hätte meine Hütte zu gern mit deinem Kopf geziert.«

Sie grinsten sich an und erhoben ihre Becher. »Komm nach Camulodunum zurück, Tog«, schlug Caradoc vor. »Bring deine Häuptlinge mit. Wir müssen Boten aussenden und die Stämme benachrichtigen. Wir müssen Späher entlang der Küste postieren.«

Tog hielt den Kopf schräg, überlegte. »Hattest du tatsächlich vor, mich zu überfallen?« fragte er mit den neugierigen Augen eines Kindes. Lächelnd verneinte Caradoc.

»Nein, Tog. Der Römer hat dich belogen. Komm nach Hause.«

»Dann werde ich kommen. Morgen breche ich auf. Wie lange wird es wohl dauern, bis sie hier sind?«

Caradoc starrte auf den Becherrand. Eine Woche? Ein paar Monate? »Ich habe keine Ahnung. Ich weiß nur, daß sie kommen werden.«

Die drei machten sich eilig auf den Rückweg. Caradoc und Cinnamus gerieten in einen hitzigen Streit, weil Cinnamus nicht daran glaubte, daß Tog nach Camulodunum zurückkommen würde. Schließlich hatte er mit Rom einen Vertrag unterzeichnet und keinerlei Interesse daran, Caradoc zu Hilfe zu eilen. Caradoc kannte Cins persönliche Abneigung gegen Togodumnus und widerlegte seine Argumente geduldig. Doch dann traf Cin den Nerv seiner eigenen Ängste. »Wenn er wirklich kommt, Caradoc, sei schlau und töte ihn im Schlaf. Erst dann kannst auch du wieder ruhig schlafen und Rom entgegentreten, ohne Angst haben zu müssen, daß er dich rücklings ermordet.«

Cinnamus sprach Caradocs geheimste Gedanken sachlich aus und erregte gerade deshalb den Zorn seines Herrn noch mehr. »Meine Ehre ist mir mehr wert als mein Leben!« wies er Cin aufgebracht zurecht. »Die Häuptlinge würden einem Herrscher, der seine Ehre verscherzt hat, nicht länger folgen.«

»Du solltest wenigstens einmal darüber nachdenken. Wenn du willst, erledige ich die Angelegenheit.«

Caradoc erstickte fast an seinem Zorn. Wie er sich für seine Schwäche haßte – oder war es in Wirklichkeit Stärke?–, die ihn unfähig machte, sich seines Bruders zu entledigen. »Tog hat die eigentliche Gefahr ebenso erkannt wie wir!« verteidigte er sich verbissen. »Außerdem ist er mindestens so mißtrauisch mir gegenüber, wie ich es ihm gegenüber bin, und wenn ich überhaupt eines will, dann ist es sein Vertrauen, denn sonst sind wir alle verloren. Wo ist dein kühler Verstand, Cinnamus?«

»Auf der Suche nach deinem, Caradoc!« gab Cinnamus schlagfertig zurück, und von dem Augenblick an begleiteten nur noch Caeltes leiser Gesang sowie der eintönige Regen die drei Reiter.

Wieder in Camulodunum schickte Caradoc sofort nach Vocorio und Mocuxsoma. Eurgain begrüßte die Männer, Gladys wartete im Versammlungshaus.

»Nehmt fünf Krieger aus den Reihen der Freien«, befahl Caradoc, »geht zur Flußmündung und sucht den Händler, der hier war. Fearachar soll euch begleiten. Er erkennt ihn wieder.«

»Und wenn wir ihn gefunden haben?« fragte Vocorio polternd.

Caradoc fühlte Eurgains Hand auf seinem Arm. Das Herz schlug ihm bis zum Hals, das Schwert funkelte auf seinen Knien. Er faßte sich, und ein Lächeln umspielte seine Lippen, in dem die Umstehenden unschwer die entschlossenen, verschlagenen Augen Cunobelins erkannten.

»Tötet ihn«, befahl er.

10

Drei Tage später erreichten Togodumnus und seine Häuptlinge samt Frauen, Kindern und Gepäckkarren Camulodunum. Ihre Ankunft wurde eine ganze Nacht lang gefeiert, und kurz darauf schickte Caradoc Späher an die Küste. Der Winter zog sich dahin. »Woher willst du wissen, daß du nicht den falschen Teil der Küste bewachen läßt?« hatte Tog gefragt, aber Caradoc war felsenfest davon überzeugt, daß sie dort landen würden, wo schon Julius Cäsar an Land gegangen war, nämlich an dem Teil der Küste, der zum Gebiet der Cantiaci gehörte. Er schickte Boten zu ihnen und den anderen Stammesführern, um eine gemeinsame Versammlung einzuberufen. Die Zeit verging. Ein Vollmond ging vorüber, Frost und Regen wechselten einander ab. Togodumnus schlief unter den wachsamen Augen seiner Häuptlinge, die Nacht für Nacht seine Hütte bewachten. Er machte keinen Hehl aus seinem Mißtrauen, aber Caradoc ließ ihn in Ruhe. Sein Gedanken waren ausschließlich mit Rom und der bevorstehenden Auseinandersetzung beschäftigt. Er ordnete Übungskämpfe für alle Frauen an, und diesmal übten auch Gladys und Eurgain mit den schweren Schilden. Llyn war neun Jahre alt geworden. Auf Anordnung Caradocs übte er nun mit einem richtigen Schwert, und seine Begeisterung darüber kannte keine Grenzen.

Als der Frühling in der Luft lag, kehrten die Gesandten einer nach dem anderen zurück. Die Cantiaci sagten ihre Teilnahme an einer Versammlung zu, ebenso die Durotrigen, die Dumnonii und die Belgae, Cunobelins alte Verbündete. Die Häuptlinge der westlichen Stämme, der Siluren und Ordovicen, ließen ausrichten, daß man erst einmal abwarten wolle. Sie wollten mit den Römern nichts zu tun haben, aber ebensowenig wollten sie sich mit den verweichlichten Catuvellauni einlassen. Der Rest, die Iceni, Coritani, Dobunni und Atrebaten, erteilte Caradocs Hilfegesuch eine schadenfrohe Absage, als hätte Rom nichts mit ihnen zu tun. Caradoc war der Verzweiflung nahe, denn nur er allein schien zu wissen, in welcher Gefahr sie sich alle befanden. Togodumnus ließen die Absagen kalt. »Wenn wir mit den Römern fertig sind, werden sie es wieder mit uns zu tun bekommen«, erklärte er großspurig wie immer. »Dann wird es ihnen leid tun, daß sie uns im Stich gelassen haben. Was sagt Aricia?«

»Daß sie sich nicht mit jemandem verbündet, der keine Grenzen kennt oder respektiert. Sie hofft, daß die Römer uns in Grund und Boden stampfen.« In Caradocs Stimme schwang Bitterkeit mit, als er ihre Worte wiederholte.

»Wir kommen auch ohne sie zurecht«, erklärte Tog. »Diese dumme Gans! Wenn ich sie erwische . . . doch genug davon!«

Entschlossen wechselten sie das Thema. »Wir müssen die Händler einsperren, bis alles vorüber ist«, überlegte Caradoc laut, »sonst tragen sie Cäsar unsere Pläne zu.«

»Wenn wir sie einsperren, müssen wir sie Tag und Nacht bewachen und verpflegen«, gab Tog zu bedenken, »und wir werden alle Vorräte selbst gut gebrauchen können, wenn wir gegen Cäsars Legionen ins Feld ziehen. Nein, wir müssen sie umbringen.«

Caradoc konnte sich der Logik in Togs Argumentation nicht verschließen, wenngleich ihm der Gedanke zuwider war. Viele der Händler kannte er persönlich, und obwohl er nicht unbedingt viel von ihnen hielt, konnte er Togs unbekümmerte Art und Weise, über Tod und Leben zu entscheiden, doch keineswegs nachvollziehen. Aber es mußte geschehen, und so überließ er die Ausführung Togodumnus und dessen Häuptlingen.

Nach und nach trafen Abordnungen der Stämme, die ihre Teilnahme an einer gemeinsamen Versammlung zugesagt hatten, in Camulodunum ein und wurden in leerstehenden Hütten und Zelten untergebracht. Die Frauen aus den anderen Teilen Albions belebten mit ihren leuchtend bunten Gewändern und ihren lauten Stimmen die Straßen, und Camulodunum glich einem Ameisenhaufen, in dem stolze, streitsüchtige Häuptlinge mit gehörnten Bronzehelmen nur auf eine Gelegenheit warteten, sich selbst und anderen zu beweisen, wie überlegen sie waren. Sie stürzten sich auf den Wein und vertilgten in Null Komma nichts einen großen Teil der Vorräte, so daß Caradoc den Tag der Versammlung sehnlichst herbeiwünschte. Überhaupt beschlichen ihn Zweifel daran, ob es möglich sein würde, diesen zänkischen Haufen für ein gemeinsames Ziel zu erwärmen. Wie sollte aus ihnen eine schlagkräftige Truppe werden? Seine Sorge erwies sich als unbegründet. Die Dumnonii und die Durotrigen hatten Druiden mitgebracht, und diese führten die Versammlung mit ruhigem Geschick. Es wurde gescherzt, später wendete man sich ernsteren Dingen zu, und obwohl die meisten Häuptlinge sich betranken, brach kein Streit aus. Es wurde gesungen, und einige Häuptlinge ließen sich gar zu einem spontanen Tanz hinreißen. Dennoch fühlte Caradoc sich unwohl. Die Stämme hegten keine Sympathien füreinander. Sie würden sich alle, ohne zu zögern, gegenseitig die Kehlen durchschneiden, aber eines war ihnen doch gemeinsam, die Angst vor Rom, davor, ihre Freiheit zu verlieren und Sklaven Roms zu werden. Sklaverei war die allergrößte Schmach, denn ein Sklave gehörte nicht mehr sich selbst, er war kein Mensch mehr. Die Römer würden aus ihnen allen Sklaven machen, erklärten Caradoc und die Druiden eindringlich, es sei denn, sie erwiesen sich als stärker. Am Ende warfen alle ihre Schwerter auf einen Haufen und gelobten Einigkeit.

Dann kehrten die Häuptlinge nach Hause zurück, und für Caradoc begann die Zeit der Prüfung, des Wartens. Langsam besserte sich das Wetter. Es wurde warm, die Bäume trieben die ersten Knospen. Die Bauern legten ihre Waffen beiseite und holten die Pflüge hervor. Caradoc wartete. Seine Späher kamen und gingen, die Tage vergingen ereignislos. Sein gesunder Schlaf floh ihn, manchmal wachte er mitten in der Nacht schweißgebadet auf. Dann, an einem schwülen Nachmittag, kam einer seiner Männer zurück. Caradoc, Togodumnus und die Häuptlinge hockten gelangweilt auf der Anhöhe vor dem in der Hitze stinkenden Verteidigungsgraben. Beim Anblick des Spähers sprang Tog wie elektrisiert auf. »Schnell, berichtet«, befahl er ihm, die formelle Begrüßung außer acht lassend, »ist es so weit?«

Der Bote sank erschöpft auf die Erde. »Ja, es ist soweit. Kundschafter aus Gallien sind angekommen. Die Römer lagern vor Gesioracum. Am Strand liegen Flöße und Boote, um sie überzusetzen, und sie haben ein riesiges Vorratslager errichtet. Sie planen keinen Feldzug, Herr, es ist eine Invasion.«

»Wie viele Legionen?« fragte Caradoc knapp.

»Vier.«

Togodumnus fluchte. »Mächtiger Camulos! So viele?«

Caradoc wurde es schwindlig. Vor seinen Augen stieg ein Bild auf, das ihm das Blut in den Adern gerinnen ließ. Tausende, Abertausende von ihnen schwärmten wie metallene Insekten ins Landesinnere, vierzigtausend! Das Schreckensbild verblaßte. Große Göttin, steh uns bei! »Wer ist ihr Befehlshaber?« fragte er mit belegter Stimme.

»Aulus Plautius Silvanus, der ehemalige Gesandte des Augustus in Pannonia. Er befehligt seine eigene Legion, die Neunte Hispana, sowie seine thrakischen Hilfstruppen. Die anderen drei Legionen sind die Zweite Augusta, die Vierzehnte Gemina und die Zwanzigste Valeria. Alle haben ihre Hilfstruppen mitgebracht.«

Caradoc schloß die Augen. Vierzigtausend Krieger. Togodumnus starrte nachdenklich auf die Erde. Der Bote sah Caradoc matt an.

»Das ist noch nicht alles, Herr. Geta soll zu den Legionen stoßen.«

Die Häuptlinge stießen erregte Rufe aus. Caradoc und Togodumnus waren endgültig sprachlos.

»Hosidius Geta!« rief Cinnamus entsetzt. »Der Eroberer Mauretaniens! Sie schicken ihre Elefanten, um die Mäuse zu zertreten!«

Caradoc warf ihm einen fast liebevollen Blick zu. Er stand auf. »Es heißt, daß Elefanten nichts mehr fürchten als Mäuse. Und diese Elefanten sind im Nachteil, denn sie sollen in einem Land kämpfen, dessen Gegebenheiten sie nicht kennen. Wir sind auch nicht gerade wenige. Tausende von kampferprobten Häuptlingen und Freien werden sie in schnellen Streitwagen und mit scharfen Schwertern empfangen. Und noch eines dürft ihr nicht vergessen, ihnen sitzen zwei Niederlagen im Nacken, wir treten ihnen siegessicher gegenüber.«

»Wir müssen sofort die Verbündeten benachrichtigen und mit der Zählung der Schwerter beginnen«, mischte Tog sich ernst ein, dann hellte sein Gesicht sich wieder auf. »Und dann auf zur Küste!«

So geschah es. Die Boten schwärmten unverzüglich aus, die Späher eilten auf ihre Posten an der Küste zurück, in Camulodunum wurden in fieberhafter Eile Vorbereitungen für das Verlassen der Stadt getroffen. Auch sonst warf die bevorstehende Konfrontation ihre Schatten voraus.

Eines Morgens traf Caradoc Eurgain beim Packen an. Auf dem Tischchen im Schlafzimmer stand eine kleine Kiste, in der ihre Sternkarten und Kristalle fein säuberlich verstaut waren; Gewänder und Umhänge lagen in buntem Durcheinander auf dem Bett verstreut, vor dem Feuer auf den Fellen blitzten und funkelten ihre Ringe, Reifen und Kettchen, ihr Schwert lehnte samt Schleifstein an der Wand, und Tallia rannte emsig hin und her.

»Eurgain!« rief er herrisch, »was hat das zu bedeuten?«

»Ich packe«, rief sie geistesabwesend. »Nein, Tallia, den goldenen Gürtel mit den Amethysten nehme ich nicht mit, es wäre zu ärgerlich, wenn ich ihn verlöre. Die drei Ledergürtel werde ich allerdings gut gebrauchen können.«

Caradoc stieg über das Durcheinander am Boden vorsichtig hinweg. »Du kannst alles wieder auspacken, Tallia«, bestimmte er. »Eurgain, du bleibst hier!«

»Sei nicht albern, Caradoc. Tallia, fünf Gewänder dürften ausreichen. Und vergiß die kurze Tunika sowie die Beinkleider nicht.«

»Eurgain!« wiederholte er, diesmal etwas lauter. »Du wirst nirgendwohin gehen!«

Endlich drehte sie sich um, mühsam ihre Haltung bewahrend. »Was soll das heißen, Caradoc? Selbstverständlich werde ich, wie alle anderen Frauen und auch die Kinder, gehen. Das ist doch nichts Neues.«

Er packte sie an den Armen. »Es ist mir egal, was die anderen Frauen tun, du bleibst jedenfalls hier, in Sicherheit. Und die Mädchen ebenfalls.«

Eurgain warf ihm einen vernichtenden Blick zu. »Ich habe nicht vor, mich hier wie eine trächtige Hirschkuh zu verstecken, während die anderen Frauen an der Seite ihrer Männer kämpfen und sterben! Ich bin eine Schwert-Frau, solltest du das vergessen haben, mein Gemahl?«

»Eurgain!« Caradoc versuchte, ruhig und verständnisvoll zu klingen. »Diesmal geht es nicht um einen Überfall oder um eine

Fehde zwischen zwei verfeindeten Häuptlingen. Wir werden es mit ausgebildeten Männern zu tun haben, deren Geschäft der Umgang mit Waffen ist. Jeder einzelne von ihnen ist eine gnadenlose Kampfmaschine, ein Meister, Eurgain. Sie kennen das, was wir Ehre nennen, nicht und kämpfen völlig anders als wir. Entweder gelingt es uns, sie vernichtend zu schlagen, oder wir sind alle des Todes. Deswegen ist diese Auseinandersetzung doppelt gefährlich!«

»So!« ereiferte sie sich mit hochrotem Kopf, »aber Llyn läßt du gehen!«

»Llyn wird nicht am Kampf teilnehmen. Er wird sich versteckt halten und die Schlacht aus sicherer Entfernung verfolgen. Er soll zusehen und etwas lernen.«

»Gladys geht aber!«

»Sie hat weder Mann noch Kinder!«

»Was heißt denn das nun wieder? Bedeute ich dir nicht mehr als eine verweichlichte, faule Dienerin, die zu nichts anderem als zum Kindergebären zu gebrauchen ist? Du beschmutzt meine Ehre, Caradoc, Sohn des Cunobelin! Ich werde mit dir um das Recht, in diese Schlacht zu ziehen, kämpfen, wenn du darauf bestehst. Ich bin eine Kriegerin, keine Amme, merke dir das!«

Außer sich vor Zorn schüttelte er sie. »Muß ich dich wirklich an den Schwur erinnern, den du mir geleistet hast, Weib?« rief er. »Du bleibst hier!«

Sie befreite sich aus seinem Griff, und ehe er sich's versah, versetzte sie ihm eine so gewaltige Ohrfeige, daß ihm augenblicklich die Tränen in die Augen schossen. Er wankte einen Schritt zurück.

»Eurgain«, sagte er mühsam, »wenn wir nicht aus dieser Schlacht zurückkehren, wirst du völlig auf dich allein gestellt sein, und es wird dir auch nicht an Gelegenheiten mangeln, deine Tapferkeit unter Beweis zu stellen. Ich will die Häuptlinge davon überzeugen, daß wir euch hier brauchen.«

»Verstehe«, murmelte sie verbittert und verschränkte trotzig ihre Arme. »Die Männer kämpfen, wir verteidigen.«

»Richtig. Zumindest wird es diesmal so sein.« Ohne ein weiteres Wort ließ er sie stehen und ging hinaus.

Die Stämme begannen sich zu sammeln. Häuptlinge, Adlige, Freie, Bauern, Schmiede und Künstler bevölkerten Camulodunum und die umliegenden Wälder. Nachts erhellten unzählige kleine Lagerfeuer das ganze Tal. Caradoc bewaffnete auch die Bauern, obwohl sie, als unfreier Stand, nicht zu kämpfen brauchten. Aber im Notfall sollten sie sich wenigstens verteidigen können. Eine ganze Woche lang tagte die Versammlung, dann war es endlich so weit. Die Streitwagen wurden angespannt, die Ochsen vor die Proviantkarren geschirrt und die Abschiedsbecher wurden herumgereicht. Caradoc umarmte Eurgain ein letztes Mal und ermahnte sie. »Vergiß meine Anweisungen nicht. Wenn die Legionen uns aufreiben, mußt du das Tor entfernen und die Öffnung zumauern. Außerdem mußt du die Brücke über den großen Graben zerstören. Wenn sie die Verteidigungswälle erstürmen, bildest du mit den Frauen einen Ring um das Versammlungshaus, so habt ihr den Rücken frei. Bringt die Kinder nicht alle in einer Hütte unter, denn die Römer werden sie in Brand stecken. Sie sollen sich in den Wäldern verstecken und in Richtung Westen fliehen. Opfert Dagda während unserer Abwesenheit.«

Mit einem dünnen Lächeln auf den Lippen hörte sie ihm zu. Beide waren übernächtigt, denn Caradoc war schweißgebadet von einem seiner Alpträume erwacht und hatte nicht wieder einschlafen können. Aneinandergeschmiegt hatten sie wachgelegen, bis Fearachar kam, um sie zu wecken.

Jetzt hatte sie dunkle Schatten unter den Augen. »Geh in Frieden«, flüsterte sie. Plötzlich fielen sie sich in die Arme, als könnte dieser Abschied ein Abschied für immer sein. Für einen Augenblick schien die Zeit stillzustehen, dann wurden sie von Togs ungeduldigen Rufen in die Wirklichkeit zurückgeholt.

»Wo bleibst du, Caradoc!« rief er. »Die Häuptlinge haben es eilig.« Caradoc löste sich sanft aus der Umarmung und strich zärtlich über Eurgains seidiges Haar, das er so liebte. Dann beugte er sich zu seinen Töchtern, die ihn mit feierlichen Gesichtern anschauten, und küßte jede von ihnen. Schließlich rückte er sein Schwert zurecht, warf einen letzten Blick auf Camulodunum, das nun kalt und fast verlassen dalag, und schritt zum Tor hinaus.

Fünf Tage lang bewegte sich der Zug in Richtung Küste,

während der Frühling mit Macht Einzug hielt. Die Luft war erfüllt von dem aromatischen Duft unzähliger weißer Apfelblüten. Unter dem lauten Gekreisch von Schwalben und Tauben und dem Gepolter der Karren und Pferdehufe überquerten sie endlich den Thamus. Nacht für Nacht schickte Caradoc Männer in die Wälder, um den Proviant mit dem frischen Fleisch von Rehen und Hasen aufzustocken, denn die Wintervorräte gingen bedenklich schnell zur Neige. Obwohl sie die Karren bis zum Bersten mit Fleisch, Fisch und Getreide beladen hatten, rollten einige Wagen schon erheblich leichter dahin, und die Männer schimpften über ihre knurrenden Mägen.

Der Zug bewegte sich langsam südwärts, einem alten Pfad folgend, der sich über sanft ansteigende und abfallende Hügel hinunter zum Medway schlängelte. Sie wateten durch den Fluß, während die Freien die Ochsengespanne mit lauten, ungeduldigen Rufen und Peitschenhieben antrieben. Dann war es endlich geschafft. Caradoc, Togodumnus und die Häuptlinge der Catuvellauni standen auf den weißen Klippen der Südküste Albions, reckten ihre Gesichter dem warmen Küstenwind entgegen und schauten auf das Meer und den weißen Gischt der Wellenbrecher hinaus, hinüber zur Küste Galliens, die in der gleißenden Sonne nur undeutlich am Horizont flimmerte – nichts weiter als eine dünne, graue Linie im Dunst des Frühlings.

Die Kundschafter hatten keine Neuigkeiten. Die Boote lagen nach wie vor am Strand des Festlandes, das Vorratslager wuchs, die Legionäre wurden unter den kühlen Augen von Plautius immer härter gedrillt. Also richteten sich die keltischen Stämme auf eine erneute Wartezeit ein. Mürrisch stellten sie ihre kleinen Zelte auf, gruben Feuerstellen. Gladys gürtete sich ihr Schwert um, kletterte zum Meer hinunter und wanderte zwei Tage allein über den Strand, sang ihre melancholischen Lieder und sammelte Muscheln und Treibholz in einem kleinen Lederbeutel, den sie immer am Gürtel trug. Dann saß sie stundenlang im Sand und starrte auf das Meer hinaus.

Zwei weitere Tage vergingen. Wie immer stachelte die Untätigkeit die Häuptlinge zu Streiterein an, und Caradoc hatte so manchen Zwiespalt zu schlichten, während Togodumnus über die

Bemühungen seines Bruders nur zynisch lächelte. Er vertrieb sich die Zeit, indem er mit seinem Streitwagen immer haarscharf an den Klippen entlang dahinstob.

Eines Nachts erreichte ein kleines Boot die Küste. Einer der Kundschafter kämpfte sich, gefolgt von Gladys, mühsam die Klippen hinauf. Caradoc und die anderen Häuptlinge warteten ungeduldig, bis er gegessen hatte, doch er ließ sich Zeit. Die Spannung der Umstehenden steigerte sich ins Unerträgliche. Dann wischte er sich endlich den Mund an seinem Ärmel ab und lehnte sich entspannt zurück. Gladys schenkte sich Wein ein und nahm neben Caradoc Platz. Der Kundschafter grinste breit.

»Sie werden nicht kommen, Herr«, begann er seinen Bericht. »Die Soldaten haben sich erneut geweigert, überzusetzen. Drei der Legionen kennen Plautius kaum und trauen ihm nicht, wenn er ihnen versichert, daß wir ganz normale Sterbliche sind. Es haben weitere Exekutionen stattgefunden, aber dennoch breitet sich die Meuterei aus. Plautius hat nach Rom geschickt, er erwartet entweder Hilfe oder neue Anweisungen.«

Togodumnus sprang frohlockend auf. »Was habe ich dir gesagt, Caradoc? Du bist ein Schwachkopf. Endlich können wir nach Hause gehen. Es gibt viel zu tun!«

Caradoc saß wie vom Donner gerührt, er glaubte, vor Glück zu zerspringen. Doch im nächsten Augenblick schon ebbte dieses unbändige Gefühl wieder ab. Sein altes Mißtrauen regte sich. Er warf Gladys einen Blick zu, die ruhig und gefaßt an ihrem Wein nippte und keinerlei Regung zeigte. Selbst Cinnamus und Caelte wunderten sich über Gladys' Verhalten, während die Häuptlinge bereits aufgeregt diskutierten und Fearachar ein verächtliches »Nur ein toter Römer lügt nicht!« in die Runde warf.

Caradoc wendete sich wieder dem Kundschafter zu. »Wann hat Plautius nach Rom geschickt?«

»Vor sieben Tagen. In zwei Wochen rechnen sie mit neuen Befehlen aus Rom.«

»Befehle!« rief Togodumnus höhnisch. »Daß ich nicht lache. Ein Befehlshaber, der seine Truppen so wenig zu lenken weiß, hat den Respekt aller verloren. Und ich dachte, dieser Plautius sei ein Mann von Autorität.« Er drehte sich um und schlenderte davon.

»Wo gehst du hin?« herrschte Caradoc ihn an.

»Ich lasse meine Wagen packen«, rief er über die Schulter zurück. »Deine Dummheit ist grenzenlos, Caradoc.« Einige andere Häuptlinge erhoben sich ebenfalls und einer von ihnen, ein großer, bärtiger Durotrigen-Häuptling mit hüftlangen, schwarzen Haaren kam zu Caradoc. »Euer Bruder hat recht«, bemerkte er, »was uns angeht, so sind die Römer erledigt.« Er verbeugte sich leicht und ging davon.

»Die Sache stinkt«, überlegte Caradoc laut, »es ist zu einfach. Ich weiß, ich spüre, daß sie kommmen.«

Gladys sprach zum ersten Mal seit ihrer Rückkehr. »Sie werden auch kommen, Caradoc«, sagte sie leise. »Plautius ist ein kluger Mann. Er hat diese Sache sehr schlau eingefädelt. Natürlich weiß er, daß wir hier sitzen und auf ihn warten. Also versucht er, uns zu zerstreuen. Um das zu bewerkstelligen, gibt es kein besseres Mittel, als das Gerücht von einer Meuterei und einem Hilferuf nach Rom. Das müßten unsere Häuptlinge eigentlich erkennen.«

Caradoc stand entschlossen auf. »Ich werde die Versammlung einberufen«, kündigte er an. »Geht und sprecht mit den Häuptlingen, ehe sie aufbrechen«, befahl er seinen Männern.

»Laß mich mit Tog reden«, bot Gladys an, »ich glaube, er wird eher auf mich als auf dich hören.«

Die Häuptlinge besuchten die Versammlung nur unter Protest. Eine ganze Stunde lang redete Caradoc mit Engelszungen auf sie ein, während Togodumnus unbeteiligt auf seinem Platz saß und davon träumte, Caradocs Kopf endlich am Türpfosten seiner Hütte in Verulamium baumeln zu sehen. Die Häuptlinge der anderen Stämme trugen ihre Verachtung für diesen catuvellaunischen Träumer offen zur Schau, der sie übereilt und vorlaut mit einer Lüge von ihren Feldern weggelockt hatte. Doch Caradocs Verzweiflung ließ ihn Worte finden, die in ihren Herzen widerhallten und am Ende stimmten sie zu, die nächsten zwei Wochen abzuwarten.

Diese Tage wurden zu einem wahren Alptraum. Das Wetter blieb stabil, und Gladys nahm ihre einsamen Streifzüge wieder auf. Caradoc und Cinnamus richteten ihr Nachtlager unter einem Karren ein, den die Häuptlinge nachts schützend umringten, denn die Feindseligkeiten gegen Caradoc nahmen mit jedem Tag, der verstrich, zu. Wenn Plautius nach Ablauf der Frist nicht handelte, würden die Stämme sich sofort zerstreuen. Er fragte sich sogar, ob Plautius nicht vielleicht ebenfalls wartete, beflügelt von der Gewißheit, daß sie sich über kurz oder lang zurückziehen würden. Die Kundschafter berichteten jedenfalls, daß die Römer sich absolut ruhig verhielten.

Dann dämmerte der Morgen des vierzehnten Tages. Bei Sonnenaufgang verließen die ersten Karren bereits das Lager, und Caradoc sah hilflos zu, wie sie hinter den Hügeln verschwanden. Tog erschien als letzter. »Ich gehe nach Verulamium«, war alles, was er sagte, dann war auch er fort. Und trotzdem schäme ich mich nicht, dachte Caradoc beinah störrisch, denn ich weiß, daß sie kommen, verdammt, ich weiß es doch. Aber er sah ein, daß es wenig Sinn hatte, die Legionen mit einer Handvoll Männer zu empfangen. In einiger Entfernung sah er Gladys auftauchen und erhob sich. Er fühlte sich müde. »Caelte, sucht Llyn und laßt die Karren packen. Cinnamus, trommle unsere Kundschafter zusammen und sag ihnen ...« Er hielt inne. Was? »Sag ihnen, sie sollen auf ihren Posten bleiben, bis ich sie zurückbeordere oder die Römer landen.«

Gladys war herangekommen. »Über dem Festland hat sich ein Sturm zusammengebraut«, berichtete sie, und leise, so daß außer Caradoc niemand sie hören konnte, fuhr sie fort: »Hast du schon daran gedacht, die Zeichen deuten zu lassen, Caradoc?« Ihre sonnengebräunte Haut roch nach Tang, und in ihren dunklen Augen spiegelte sich das Meer. »Einige der Häuptlinge haben es getan. Sie sagten, die Zeichen stünden schlecht, aber keiner konnte herausfinden, warum. Haben wir noch einen Seher in Camulodunum?«

»Er ist tot, Gladys«, antwortete Caradoc erschöpft. »Ja, ich habe daran gedacht, aber es ist zu spät. Wir müßten uns an den Großdruiden auf Mona wenden und um einen neuen Seher bitten, und du weißt, daß sie sich gern in geheimnisvollen, schwerverständlichen Bildern ausdrücken.«

»Ich kann sie auch deuten, Caradoc«, eröffnete sie dem erstaunten Bruder. »Laß es mich versuchen.«

»Gladys, ich brauche keine Omen, die mir nur sagen können, was ich bereits weiß. Wir gehen zurück.«

Die Catuvellauni brachen als letzte auf. Dort, an den Klippen, wo nur noch verkohlte Löcher und niedergetrampeltes Gras von ihrer Anwesenheit zeugten, waren ihre Hoffnungen auf einen schnellen, leichten Sieg zerbrochen. Caradoc kümmerte es nicht mehr, ob Plautius und seine Legionen kamen oder nicht. Er hatte sich völlig verausgabt, seine Sinne waren abgestumpft. Nicht einmal die mögliche Gefahr eines Krieges mit Togodumnus vermochte ihn aus seiner Lethargie zu reißen.

So hatten sie sich Camulodunum bis auf zwei Tagesreisen genähert, als sie von ihren Kundschaftern eingeholt wurden, die ihnen die unglaubliche Nachricht von der Ankunft der Römer überbrachten.

»Sie haben übergesetzt. Am Strand wimmelt es nur so von Soldaten. Sie errichten bereits Verteidigungswälle für ihre Lager. Die berittenen Soldaten sind noch auf See, aber es kann nicht mehr lange dauern, bis auch sie gelandet sind.«

Mit einem Schlag war Caradoc hellwach. »Mocuxsoma!« brüllte er. »Nehmt einen Kundschafter und reitet wie der Teufel nach Verulamium. Tog muß umkehren. Gladys, du reitest nach Camulodunum. Berichte Eurgain, was sich zugetragen hat. Sage ihr, daß wir versuchen werden, die Römer aufzuhalten. Sie muß mit einer Belagerung rechnen. Du kannst bleiben, wenn du willst, oder auch zu uns stoßen. Fearachar, von jetzt an läßt du Llyn nicht mehr aus den Augen!« Im Geiste überschlug er in Bruchteilen von Sekunden die Entfernung zwischen ihm und den anderen Stämmen. Auch wenn die Boten ohne Unterbrechung ritten, wäre er bei der ersten Begegnung mit dem Feind dennoch auf sich allein gestellt. Der Feind! Caradoc fühlte sich mit einem Mal um Jahre zurückversetzt. Er sah sich selbst als Heranwachsenden, unbeschwert und wißbegierig bei den Händlern sitzen; sah sich auf Eurgains römischem Sofa liegen und römischen Wein trinken. Aber das gehörte unwiderbringlich der Vergangenheit an. Rom war zum Feind geworden.

»Vocorio, wählt sechs Häuptlinge und sendet sie nach Süden, Norden und Osten. Vielleicht gelingt es den Stämmen wenigstens, Plautius aufzuhalten, wenn er erst einmal unsere Reihen durchbrochen hat.«

»Wir könnten versuchen, uns mit den Cantiaci zu treffen«, schlug Cinnamus vor. »Plautius ist an ihrer Küste gelandet. Möglicherweise gelingt es uns gemeinsam, die Römer hinzuhalten, bis die anderen Stämme wieder zu uns stoßen.«

Caradoc nickte mit verbissenem Gesicht, seine Gedanken überstürzten sich. »Benachrichtige sie, Cin. Iß nicht und schlaf nicht. Nimm ein zweites Pferd mit. Sie sollen den Medway überqueren und uns diesseits des Flusses erwarten. Es hat keinen Sinn, noch weiter nach Süden zu marschieren. Sie würden uns nur überraschen. Dann komm schnell zurück.«

Gladys und die Häuptlinge stoben in alle Himmelsrichtungen auseinander. Caradoc wandte sich an seine Krieger. »Der römische Kriegsadler ist über uns gekommen«, rief er. »Zurück zum Medway!«

Aulus Plautius Silvanus und seine Tribunen standen am Strand und sahen zu, wie die berittenen Truppen an Land gingen. Das Fußvolk hatte sich unter der Leitung der Zenturionen bereits am Strand verteilt, und langsam löste sich das Gewimmel in organisierte Einheiten auf. Der römische Kriegsadler und die Standarten der Legionen flatterten stolz im Wind.

»Wo ist nun der gefürchtete Feind?« spöttelte Rufus Pudens. »Da haben wir eine Horde schreiender Wilder erwartet, und was finden wir vor? Nichts! Nicht einmal ein Ungeheuer!«

Plautius lächelte geistesabwesend, denn seine Gedanken kreisten um Vespasianus, der wahrscheinlich alle Mühe hatte, seine seekranken Männer bei Laune zu halten. Ein guter Mann, obwohl er nicht mehr Verstand hat als Claudius' Lieblingstauben, dachte er. Aber er war Soldat mit Fleisch und Blut. Was wäre die berüchtigte Zweite Augusta ohne seine alles fordernde, unnachgiebige Disziplin? »Sie sind umgekehrt«, antwortete er. »Aber sie haben auf uns gewartet, dort drüben, bei den Klippen. Ich bin gespannt, was die Zwanzigste in Erfahrung bringen konnte.«

Lautes Wiehern unterbrach ihn, als die ersten Pferde an Land geführt wurden. Bisher funktionierte alles nach Plan. Ein Stück weiter landeinwärts wurden Gräben ausgehoben, um das Lager abzusichern. Bis zum Einbruch der Nacht mußten noch Befestigungswälle aufgeschüttet, Wachtürme errichtet und Zelte aufgestellt werden, doch Plautius war mit dem Gang der Dinge zufrieden.

»Pudens, such den ersten Zenturio. Ich will ihn sprechen. Ich will wissen, wie viele Soldaten der Sturm außer Gefecht gesetzt hat. Und sorge dafür, daß landeinwärts Wachen aufgestellt werden. An die Arbeit, meine Herren. Ich habe ein Bad dringend nötig.« Mit einem pflichtbewußten Lächeln gingen sie davon und Plautius seufzte. Sein Blick wanderte über das spiegelglatte Meer, das in der Sonne funkelte, und ein tiefer Frieden senkte sich über ihn, den er sich selbst nicht erklären konnte. Bis zum Abend erwartete er Nachricht von Vespasianus und der Zwanzigsten, und morgen schon würden sie ins Landesinnere aufbrechen. Er freute sich darüber, daß er und nicht Paulinus hier auf britannischem Boden stand. Wahrscheinlich kämpfte der sich immer noch durch die Berge Mauretaniens. Dann wanderten seine Gedanken wieder zu Vespasianus zurück, und er fragte sich, wie dessen Kundschafter wohl mit Cogidumnus, dem neuen Häuptling der Atrebaten, zurechtkam. Immerhin hatte er sich bereit erklärt, an der Seite Roms gegen die beiden tollkühnen catuvellaunischen Brüder zu kämpfen. Adminius fiel ihm ein, der undurchsichtige, eigensinnige Bruder der beiden, der noch auf einem der Boote hockte. Ein zufriedenes Lächeln huschte über Plautius' Gesicht. Er konnte ihnen hier von großem Nutzen sein, obwohl er persönlich eine Abneigung gegen ihn hegte. Der erste Zenturio hüstelte kurz, und Plautius widmete seine Gedanken wieder dem Tagesgeschehen. Es gab noch einiges zu erledigen, ehe er sich in seinem Zelt für eine Weile den *Commentarii* Julius Cäsars widmen konnte.

11

Caradoc und seine Truppen eilten zurück zum Medway. Die meisten der Frauen, die sie samt Kindern und Karren zur Küste begleitet hatten, waren nach Camulodunum zurückgekehrt, um Eurgain bei den Vorbereitungen für die bevorstehende Belagerung zu helfen, nur Gladys stieß am Thamus wieder zu ihnen. Um die Mittagszeit des nächsten Tages erreichten sie den Medway und errichteten unverzüglich ihr Lager. Späher berichteten laufend über jede Bewegung des Feindes. Mitten in der Nacht traf Togodumnus mit seinen völlig erschöpften Truppen ein, die sich sofort und ohne große Umstände schlafen legten. Tog begrüßte seinen Bruder mit einem Lächeln und verlangte nach einer Portion Fleisch. Llyn warf sich überglücklich in die Arme seines Onkels, aber Caradoc befahl ihm mit einer Stimme, die keinen Widerspruch duldete, auf seinen Platz an Fearachars Seite zurückzukehren. Er fürchtete, Tog könne seinem Sohn irgendwelche Flausen in den Kopf setzen, denn er kannte Llyns Wunsch, an Togodumnus' Seite in die Schlacht zu reiten, nur allzugut. Der Morgen dämmerte bereits, als ein Kundschafter im Lager ankam und berichtete, daß die Römer gleichzeitig an drei verschiedenen Stellen an der Küste gelandet waren, sich nun zu einer riesigen Streitmacht vereinigt und in Bewegung gesetzt hatten.

Mit einem Satz war Caradoc auf den Beinen und gab seine Befehle, worauf die Krieger im Morgennebel verschwanden und sich entlang des Flußes verteilten. Die Cantiaci hatten Cinnamus mitgeteilt, daß sie so schnell wie möglich zu ihnen stoßen würden, aber einen Umweg über südlicher gelegene Furten machen müßten, um die vorstoßenden römischen Truppen zu umgehen. Sie hofften, es bis zum Mittag zu schaffen. Caradoc nahm es achselzuckend zur Kenntnis. Er würde eben versuchen, den Fluß solange zu halten.

Seine Gedanken schweiften zurück nach Camulodunum, zu Eurgain, zu ihrem gemütlichen Heim, zu dem fröhlichen Lachen ihrer Kinder und zu Cunobelin, dem es trotz seiner zahlreichen Überfälle immer gelungen war, die Römer zu besänftigen. Das alte Gefühl der Angst beschlich Caradoc. Wenn der Schlachtruf erklang und er seinen Streitwagen bestieg, würde es noch viel schlimmer werden. Schon jetzt konnte Caradoc seine innere Unruhe nicht mehr länger bezwingen. Er sprang auf und lief erneut die Reihen seiner Krieger ab, hörte hier Flüche, da Stoßgebete zu Camulos. Gestern hatten sie den Opferritus vollzogen. Einige der Häuptlinge hatten ein Menschenopfer gefordert, aber da kein Druide unter ihnen weilte, hatte Caradoc der Forderung nicht nachgegeben. Die eigentliche Triebfeder seines Tuns blieb ihm allerdings vorläufig noch verborgen – sie lag in der Abneigung gegen Menschenopfer, die er unter dem Einfluß der Römer und ihrer Moral entwickelt hatte.

Er stieß auf Tog und dessen Häuptlinge, aber es gab nichts mehr zu sagen. Die beiden Brüder umarmten sich herzlich, dann schlenderte Caradoc auf seinen Posten zurück. Er band sich die Haare zusammen, setzte gefaßt den Helm auf, hob den Speer hoch und lockerte das Schwert in der Scheide. Als letztes streifte er noch die silbernen und bronzenen Reifen von den Armen und verstaute sie in seinem kleinen Lederbeutel, den er am Gürtel trug. Seine Finger fuhren voller Stolz zu dem goldenen Torque an seinem Hals. Ein catuvellaunischer Wolf, das war er, und die Römer würden seine Fänge zu spüren bekommen! Er hob den Schild an, und als er seine Finger durch die Riemen steckte, lichtete sich plötzlich der Nebel, eine milde Morgensonne brach durch die Wolken und gab den Blick frei auf Tausende, nein Abertausende römischer Soldaten. Es gab kein Zurück mehr, kein Halten. Die Schreie der Catuvellauni zerrissen die Luft. Sie stießen ein furchtbares Geheul aus, trommelten mit den Schwertern auf ihre Schilde und stürmten vorwärts. Die Römer rührten sich nicht. Nur die langen Federbüsche auf den Helmen der Offiziere tanzten leicht im Morgenwind.

»Beim Jupiter!« meinte Pudens zu Plautius. »Welch ein Anblick! Und was für ein Getöse! Sind sie betrunken?«

»Einige mögen es sein« erwiderte Plautius, »aber der Lärm, den sie veranstalten, gehört zum Angriffsritual, Rufus. Sie vertreiben die Dämonen des Todes, und natürlich soll es uns abschrecken.« Er blickte über den Fluß auf die bunte Horde keltischer Krieger. Bis ans andere Ufer konnten es nicht mehr als ein paar hundert Meter sein.

Vespasianus grunzte verächtlich.« »Barbaren! Und wieso sind es nur so wenige? Julius Cäsar hatte recht. Sie sind wirklich ganz versessen auf eine kriegerische Auseinandersetzung.«

Plautius ermahnte den grobschlächtigen Mann mit dem roten Gesicht an seiner Seite. »Denkt an das, was ich letzte Nacht über ihre Strategie gesagt habe. Der erste Ansturm ist der gefährlichste, sie legen alle Kraft hinein. Und ihre Frauen kämpfen gnadenlos wie die Männer.«

Vespasianus räusperte sich belustigt. »Unseren Männern dürfte es ziemlich egal sein, wer sich hinter einem feindlichen Schwert verbirgt. Und was den Ansturm angeht, so wird es diesmal keinen geben, fürchte ich. Sie sind eigentlich zu bedauern.«

Plautius warf einen letzten Blick auf das friedliche Flußtal, dann gab er seine Befehle. »Thrakier ins Wasser! Laßt zum Angriff blasen!« Der schrille Ton des Angriffssignals zerriß den unwirklichen Frieden.

Caradoc sprang in seinen Streitwagen. Cinnamus riß die Zügel an sich und preschte los, gefolgt von den schreienden Kriegern. Als sie das Ufer erreichten, kamen sie abrupt zum Stillstand. Die Soldaten, die mit starken Stößen den Fluß durchschwammen, trugen Harnische und hinter ihnen drängten Hunderte von Legionären an den seichteren Stellen ins Wasser. »Der Fluß hat eine starke Strömung und ist tiefer, als sie denken!« rief Caelte. »Sie werden abtreiben!« Aber Caradoc erkannte, daß nicht die römischen Legionäre, sondern die für ihre Wendigkeit im Wasser berühmten Hilfstruppen den Fluß als erste überquerten. Sein Mut sank.

»Zum Fluß!« rief er. »Sieg oder Tod! Camulos und die Catuvellauni!« Er setzte das bronzene Kriegshorn an die Lippen. Die Wolfsklauen mit dem weitaufgerissenen Rachen funkelten in der Sonne, als er hineinblies. Dann stürzten seine Truppen mit wütendem Gebrüll zum Wasser. Caradoc warf das Kriegshorn auf den Boden des Streitwagens und rollte los.

Die dem Wasser entsteigenden Hilfstruppen wurden einfach

niedergemäht. Doch immer mehr drängten nach und ein verbissener Kampf entspann sich. Caradoc sprang aus dem Wagen und schwang sein Schwert, aber die Angreifer legten ein seltsames Verhalten an den Tag. Sie wehrten die Hiebe nur ab, duckten sich darunter weg, rannten hierhin, dorthin. Plötzlich sah er, warum. Im Ducken durchtrennten sie blitzschnell die Sehnen der Ponys und ein Wagen nach dem anderen stürzte um, als die Tiere hilflos einknickten. Ihr schrilles, angstvolles Gebrüll war markerschütternd, doch Caradoc hatte keine Zeit mehr, auch nur einen einzigen zornigen Gedanken über diesen feigen Angriff zu verlieren, denn nun setzten immer mehr Soldaten auf Flößen über und erreichten ungehindert das Ufer. Ein unglaublicher Haß bemächtigte sich seiner. Er wollte nur noch eines, wollte das Blut der Römer fließen sehen! Im Kampfgetümmel sah er kurz Caelte und Gladys auftauchen, die breitbeinig ihre Stellung behauptete, dann hatte er selbst alle Hände voll zu tun.

Plautius beobachtete die Schlacht vom Pferd aus. Der Widerstand war hartnäckiger als erwartet, man richtete sich also besser auf einen langen Tag ein. Die Soldaten begannen, Reihen zu bilden und nach stundenlangem, erbittertem Kampf gelang es ihnen, mit dieser Taktik die Catuvellauni mit ihrer simplen, aber erstaunlich wirkungsvollen Strategie zurückzudrängen. Immer, wenn eine Reihe von Legionären eine Weile gekämpft hatte, wich sie zurück und machte der nächsten Platz, während die hinteren Reihen sich ausruhten. Sie kämpfen wirklich wie Maschinen, dachte Caradoc bitter, in Schweiß gebadet. Er blickte in ausdruckslose Gesichter und wehrte präzis geführte Schläge ab, während seine Häuptlinge sich mit unglaublicher Kühnheit immer wieder gegen den gepanzerten Gegner warfen. Plötzlich schwenkte ein Flügel in die andere Richtung, und in dem so entstandenen Korridor erkannte er die imposante Gestalt des Hosidius Geta, umringt von seinen Schutzkohorten. Es war eine nie wiederkehrende, perfekte Gelegenheit.

»Königliche Kampftruppe, zu mir!« brüllte er und sofort lösten sich die anderen aus dem Getümmel und eilten zu ihm. Andere Häuptlinge hatten die einzigartige Situation ebenfalls erkannt und gaben Caradoc und seiner Truppe Rückendeckung. Togodumnus stürmte blutrünstig heran. »Fangt ihn lebend!« rief Caradoc. Doch die Kohorten erkannten die Absicht der Kelten und bildeten eine schützende Mauer um ihren Anführer.

Von seinem Aussichtspunkt aus gewahrte Plautius plötzlich eine Bewegung unter den Kelten, die ihn verwirrte, bis er zu seiner Überraschung inmitten eines Knäuels römischer Legionäre Geta erblickte, dessen berittene Kohorte sich unkoordiniert hin und her bewegte. »Mächtiger Jupiter!« entfuhr es ihm, als er die Gefahr erkannte, in der sein Freund schwebte. »Rufus! Laß sofort eine Linkswendung blasen und beeil dich!« Die Trompeten ertönten, die Reaktion erfolgte prompt, die Chance war vertan.

»Eine phantastische Möglichkeit, aber leider kein Glück!« rief Tog bedauernd. Er und Caradoc warfen sich enttäuschte Blicke zu, dann stürzten sie sich wieder ins Kampfgewühl.

Plautius fiel ein Stein vom Herzen, als er seinen Freund mit wippendem Federnbusch und wehendem Mantel am Ufer entdeckte. Geta galoppierte geradewegs auf ihn zu und brachte sein Pferd zum Stehen. »Das war knapp! Was für ein Riesenfisch ist ihnen da durch die Lappen gegangen. Beinah hätten sie's geschafft, uns per Tauschhandel von ihrer Insel zu vertreiben!«

Plautius lachte schallend. »Hosidius, mir scheint, du wirst senil!«

Dann endlich trafen die Cantiaci ein. Sie stürzten sich kampfeslustig in die Schlacht, und die Catuvellauni atmeten erleichtert auf. Sie faßten neuen Mut. Die Schlacht tobte, bis die Sonne hinter den Klippen versank und es allmählich zu dunkel wurde, um zu erkennen, ob man Freund oder Feind vor sich hatte. Die Truppen zogen sich in ihre Lager zurück. Noch hatten längst nicht alle Legionen den Fluß überquert. Die Zweite Augusta lagerte weiter unten und wartete auf Befehle. Mitten in der Nacht ließ Plautius Vespasianus rufen.

»Nimm die ganze Legion«, befahl er. »Wende dich nach Süden, versuch, eine Furt zu finden. Wir werden sie einkreisen und diesem ungleichen Kampf ein schnelles Ende bereiten. Sind sie nicht brillante Kämpfer?«

»Bei Mithras! Wahrhaftig, ich muß es zugeben«, rief Vespasianus mit aufrichtiger Bewunderung in der Stimme aus. »Sie kämpfen, als hätten sie Dämonen im Leib. Ich bedaure sie mittlerweile nicht einmal mehr.« Er grüßte, dann eilte er davon. Müde wandte Plautius sich an Pudens.

»Rufus, bring mir den Barbaren«, befahl er. »Es ist an der Zeit für ihn, zu beweisen, was er wirklich wert ist.«

Pudens kehrte wenige Augenblicke später mit Adminius zurück. Die bequemen Jahre unter der Protektion der Cäsaren waren durchaus nicht spurlos an ihm vorübergegangen. Er hatte Fett angesetzt, und seine ebenmäßigen Gesichtszüge hatten ihre Klarheit, ihre Offenheit verloren. Seine Augen blickten trübe, seine Austrahlung war die eines verbitterten, alternden Mannes.

Plautius wich dem fragenden Blick aus. Er hatte das Gefühl, Adminius müsse die tiefe Abneigung, die er gegen ihn hegte, deutlich in seinen Augen lesen. »Ich wünsche, daß Ihr den Fluß überquert«, befahl er kühl und sachlich. »Schleicht in das Lager der Euren. Ihr wißt, was Ihr zu sagen habt. Sie sind müde und, wie ich hoffe, auch entmutigt. Eure Worte sollten auf fruchtbaren Boden fallen.«

»Es ist sinnlos«, protestierte Adminius schwach. »Sie hassen mich. Und jetzt, da ich ihnen die Römer auf den Hals gehetzt habe, hassen sie mich noch viel mehr.«

»Aber Adminius! Ihr habt den Kaiser glauben gemacht, Euer Volk könne es gar nicht erwarten, mit Rom in enge, freundschaftliche Beziehungen zu treten und Euch als den rechtmäßigen Herrscher zu empfangen«, hielt Plautius ihm gefährlich sanft entgegen.

»Das stimmt ja auch!« verteidigte sich Adminius aufbrausend. »Aber wir befinden uns mitten in einer Schlacht.«

»Wenn Ihr Erfolg habt, ist sie vorüber«, wurde er von Plautius knapp belehrt. »Ihr wißt, was Ihr zu sagen habt, Adminius. Geht!« Sein Tonfall duldete keinen Widerspruch. Adminius salutierte und ging.

Caradoc hatte sich neben dem Feuer ausgestreckt. Er war zu müde, um sich zu waschen oder zu essen, obwohl Fearachar ihm Ziegenfleisch und Gerstenbrot anbot. Cinnamus hatte sich in seinen mit Blumen bestickten Purpurumhang gehüllt. Er kauerte an Caradocs Seite und trank ab und zu einen Schluck Wein, während er sein Schwert polierte. Llyn schlief, fest in seinen Umhang gewickelt, zusammengerollt am Feuer, eine Hand zur Faust geballt. Gladys kauerte hinter ihnen. Sie hatte seit Stunden kein Wort mehr gesprochen. Caradoc wußte, daß sie litt, aber er konnte ihr nicht helfen. Ihr persönlicher Kummer war ihm momentan egal, Mitgefühl überstieg seine Kräfte. Er hatte sogar Togodumnus ungehalten weggeschickt, der herübergekommen war und eine seiner prahlerischen Reden geschwungen hatte. Er spürte jeden einzelnen Knochen, jeden Muskelstrang. Plötzlich setzte er sich auf.

»Wie viele Männer haben wir verloren, Cin?«

»Ich habe keine Ahnung, Caradoc«, antwortete Cinnamus, ohne von seiner Arbeit aufzusehen.

»Hundert? Tausend? Du mußt doch wenigstens eine Vermutung haben!«

»Große Göttin, nein, ich habe nicht einmal einen blassen Schimmer«, erwiderte er barsch. »Ich weiß nur, daß unsere Häuptlinge am Ende und die Römer frisch und unverbraucht sind – und daß der morgige Tag erst recht kein Honiglecken wird.«

Noch bevor der Morgen graute, erwachte Caradoc. Zitternd und steif vor Kälte stellte er sich ans Feuer und schaute zu Llyn hinüber, der ebenfalls schon wach war und ein Stück Fleisch kaute. Fearachar stieg von einem der unteren Äste einer mächtigen Eiche, wo er genächtigt hatte, und brachte seinem Herrn Fleisch und Bier.

»Was denkst du über die Schlacht gestern«, fragte Caradoc seinen Sohn. »Hattest du Angst?«

Llyn warf ihm einen vorwurfsvollen Blick zu. »Natürlich nicht. Ein Catuvellauni hat vor nichts Angst. Aber ich konnte nicht viel sehen, weil Fearachar mir befohlen hat, auf dem Bauch zu liegen. Ich habe immer nur über eine Hügelkuppe geschielt.«

»Fearachar hat weise gehandelt.«

»Werden wir die Römer heute schlagen?«

Caradoc schlang widerwillig ein paar Bissen Fleisch und Brot hinunter. »Das ist schwer zu sagen. Ihr müßt jetzt fort. Die Sonne geht bald auf.«

»Wenn heute keine Entscheidung fällt, will ich nach Hause, Vater. Das Wetter ist perfekt für die Jagd. Und bestimmt vermissen mich meine Hunde.« Er stand gehorsam auf.

Das Fleisch schmeckte plötzlich so bitter wie alte Rinde, Caradoc spuckte es angewidert aus. »Eine gute Idee, Llyn«, brachte er mit belegter Stimme heraus. »Du könntest ohne Verzug aufbrechen. Wenn du dich sehr beeilst, kannst du in drei Tagen Mutter erreichen.«

»So eilig habe ich es nun auch nicht, Vater.«

»Gut denn. Geht jetzt. Gehorche Fearachar.«

Die beiden verschwanden im Nebel, der zwischen den Bäumen am Boden entlangkroch, doch über dem grünen Blätterdach spürte Caradoc die wärmenden Strahlen der aufgehenden Sonne. Gutes Jagdwetter. Er lächelte gequält, trank einen Schluck Bier und beschloß, einen Blick auf das Lager der Römer zu werfen. Immer im Schatten der größten Bäume bleibend, pirschte er in Richtung Strand.

Doch was war das? Das gegenüberliegende Ufer lag verlassen, die Legion war fort. Eine entsetzliche Panik schnürte ihm fast die Kehle zu. Wo waren die Soldaten? Kalter Schweiß trat ihm auf die Stirn. Die Römer am diesseitigen Ufer nahmen bereits Aufstellung. Entsetzt stellte er fest, daß man die Toten alle zu einem großen Haufen aufgetürmt hatte, aber wo waren die Verwundeten? Wie gehetzt begann er, zurückzurennen. Wo, wo, wo? hämmerten seine Schritte. Als er zurückkam, traf er auf Cinnamus und Mocuxsoma, die ihn bereits suchten.

»Da bist du ja endlich, Coradoc. Es gibt Neuigkeiten!«

Mocuxsoma trat vor. »Herr, in der Nacht war Euer Bruder hier. Er muß sich an den Wachen vorbeigeschlichen haben. Er hat mit ein paar Häuptlingen gesprochen und die Hälfte unserer Truppen ist mit ihm gegangen.«

»Was soll das heißen? Was hat Tog denn diesmal wieder vor?«

Mocuxsoma stampfte ungeduldig mit dem Fuß. »Nicht Togodumnus, Adminius! Er hat den Männern Versprechungen gemacht und sie auf die Seite Roms abgeworben. Sie kämpfen jetzt gegen uns!«

Die Worte bohrten sich wie ein glühendes Stück Eisen in Caradocs Innerstes. Er stieß einen unmenschlichen Schrei aus, seine Stimme überschlug sich. »Der Fluch Camulos soll ihn treffen! Möge er ihm den Bauch aufschlitzen und die Eingeweide herausreißen! Verflucht soll er sein! Der Schlaf soll ihn fliehen, Hunger und Durst sollen ihn peinigen! Das Jagdglück soll ihn verlassen! Möge das Feuer Taras ihn vernichten, das Wasser Bels ihn ertränken, Esus ihn erwürgen!«

Cinnamus legte ihm beruhigend die Hand auf den Arm, aber Caradoc schüttelte sie wild, völlig außer sich, ab. Die Qual, die Tragweite des an ihm begangenen Verrats ließ ihn am ganzen Körper erzittern. Die Catuvellauni waren auf immer ihrer Ehre beraubt. Alles Planen, die schlaflosen Nächte, die bereits erlittenen Qualen, alles, alles sollte umsonst gewesen sein?

Für Rom war der Sieg nun sicher. Er, Caradoc, war am Ende. Sie hatten aufgehört, freie Menschen zu sein. Dann ebbte der stechende Schmerz ab und machte einer neuen, unerbittlichen Entschlossenheit Platz.

»Mit welchen Zauberworten hat dieses Untier die stolzen Häuptlinge freiwillig in die Sklaverei gelockt?« flüsterte er gepreßt.

»Er hat behauptet, daß unsere Sache aussichtslos sei, weil die Zweite Augusta bereits unterwegs wäre, um uns noch in der Nacht zu umzingeln. Sie würde in den Wäldern auf uns warten, und am Morgen würden wir einfach abgeschlachtet. Wenn sie sich jedoch freiwillig ergäben, könnten sie schon heute nach Hause aufbrechen und in Frieden wieder ihre Felder bestellen.«

Das war zuviel, Caradoc mußte sich setzen. Vor seinen Augen begann die Welt sich wie verrückt zu drehen. Eigentlich wäre es an der Zeit gewesen, zum Angriff zu blasen, aber Caradocs Kräfte wurden von einem wahren Höllenfeuer, das in ihm tobte, aufgezehrt. In diesem Augenblick war er keines Gedankens, keiner Gefühle mehr fähig.

»Caradoc«, begann Cinnamus zögernd, »das war aber noch nicht alles. Soll ich schweigen oder willst du es hören?«

Noch mehr? Was konnte es noch Schlimmeres geben? »Sprich!« befahl er tonlos.

»In der Nacht trafen die Dobunni ein. Adminius versprach Boduocus die alten Grenzen seines Gebietes, und auch er schloß sich Rom an. Die Atrebaten haben einen neuen Ri, der mit den Römern im Einvernehmen steht, ein gewisser Cogidumnus, der ebenfalls auf der Seite Roms gegen uns kämpft. Wir müssen einsehen, daß wir also auch die Unterstützung der Verbündeten verloren haben.«

Verrückt, dachte Caradoc. Und ich habe geschlafen. Dann überkam ihn eine unerklärliche Ruhe, die seinen Haß, den Zorn und die Hilflosigkeit vorübergehend einlullte. Ich habe geschlafen! Große Göttin! »Weiß Togodumnus Bescheid?« fragte er Mocuxsoma.

»Keine Ahnung.«

»Geht und sucht ihn. Erstattet ihm Bericht und bringt ihn her. Lauft!«

Schweigend blieb er mit Cinnamus zurück. Tog und ich, dachte er gequält, wir haben diese Saat des Hasses unter den Stämmen ausgestreut. Sie ist aufgegangen, und nun erschlägt sie uns alle. Überfälle, Beleidigungen, Morde, unersättliche Gier nach der Macht, die vor nichts und niemandem haltmachte. Wie hätte ich an Cogidumnus' Stelle gehandelt? grübelte er. Ich würde niemals mein Volk in die Sklaverei verkaufen. Eher noch würde ich mich selbst der Göttin opfern.

Togodumnus kam mit Riesensätzen angerannt, sein Streitwagen holperte hinter ihm her.

»Sag nichts, Bruder!« rief er. »Zuerst müssen wir Plautius umbringen, dann Adminius, dann diesen Cogidumnus und Boduocus!«

Togs ernstgemeinte Worte brachten Caradoc zum Lachen. Langsam stand er auf, griff nach dem Helm und ging zu seinem Streitwagen hinüber. »Weißt du, daß ich dich liebe, mein armer, irrer Bruder?« erwiderte er und stieg ein. Dann hob er das Kriegshorn an seine Lippen und stieß einen langen, durchdringenden Ton aus. Sofort erschienen die restlichen Häuptlinge zwischen den Bäumen – und es war ihnen gar nicht wohl in ihrer Haut.

»Ein blutiger Morgen liegt vor uns!« rief Caradoc gequält. »Wir kämpfen nur noch, um unsere Ehre zu verteidigen, meine Brüder!«

Dann rollten ihre Streitwagen dem Strand entgegen. Die Römer bliesen zum Angriff und schon trafen die Feinde aufeinander – die Mäuse auf die Elefanten. Vorne versperrten ihnen die Legionen den Weg, rechts die Dobunni, links die Atrebaten. Es gab kein Zurück, nur ein den Tod verachtendes Vorwärts, den sicheren Untergang. Mit erhobenen Schwertern stürzten sie sich schreiend auf den Feind, gedeckt von den heldenhaften Cantiaci. Caradoc sprang aus dem Wagen und rannte los. Ein großer Krieger stellte sich ihm in den Weg, holte zu einem tödlichen Hieb aus – und Caradoc erkannte einen Catuvellauni mit blutrünstigen Augen in seinem Gegenüber. Ihre Schwerter klirrten, die große Gestalt ging zu Boden. Caradoc war halbblind vor Tränen. Wer wird mich von diesem Blut reinwaschen? Ich habe das Blut meines Volkes vergossen, so hämmerte es in seinem Schädel, als hinter ihm laute Schreckensrufe ertönten. Er wirbelte herum. Aus den Wäldern quollen römische Soldaten in ihren gepanzerten Harnischen, frisch und angriffslustig, und versperrten den Rückweg. Das Wehgeschrei schwoll an. Natürlich, Vespasianus und die Zweite Augusta waren es, die ihnen in den Rücken fielen. Die Catuvellauni ließen ihre Waffen fallen und rannten in panischer Angst ziellos hin und her. Sie wurden abgeschlachtet wie die Hasen.

»Bleibt stehen und kämpft!« schrie er ihnen zu, aber ihre Todesangst war stärker.

Cinnamus kam hakenschlagend auf ihn zugerannt. »Lauf, Caradoc!« rief er, »zurück nach Camulodunum!«

Und dann rannte Caradoc, stolperte, rannte, die Häuptlinge an seiner Seite. Irgendwie erreichten sie den Schutz der Bäume und keuchten weiter, umgeben von fliehenden Catuvellauni.

»Llyn!« entfuhr es Caradoc, doch Cinnamus drängte ihn weiter. »Er ist mit Fearachar in Sicherheit!« brachte er, um Luft ringend, hervor. Weiter, weiter. Endlich hatten sie das Gemetzel hinter sich gelassen, eine unwirkliche Ruhe umfing sie, und sie sanken auf das kühle, feuchte Gras. Waren sie tot? Lebendig? Es war ihnen egal geworden.

Zwei Tage lang stolperten sie durch die Wälder, trafen auf andere Häuptlinge, die wie sie, zerlumpt und vom Grauen des Erlebten gekennzeichnet, mit dem nackten Leben davongekommen waren. Sie alle waren unfähig, große Worte zu machen. In der Dämmerung des zweiten Tages trafen sie auf eine Gruppe von fünf oder sechs Häuptlingen, die mit gesenkten Köpfen an einer Böschung kauerten. Neben ihnen auf der Erde lag eine aus Ästen und einem Umhang provisorisch zusammengebundene Bahre. Caradoc fühlte sich plötzlich schwindlig, sein Herz verkrampfte sich. Unter Aufbietung seiner letzten Kräfte begann er noch einmal zu rennen, dann sank er neben der Bahre auf die Knie. Togodumnus drehte langsam den Kopf. Gesicht und Haare waren blutverklebt, seine Schulter war nur noch eine Masse unansehnlichen, rohen Fleisches. Caradoc hob den Umhang seines Bruders mit tauben Fingern hoch und blickte auf einen zerschundenen, von blutenden Wunden übersäten Körper. Togs eingefallenes Gesicht war grau. Als er zu sprechen versuchte, quoll ein Schwall tiefroten Blutes aus seinem Mund.

»Caradoc«, flüsterte er, »wer hätte gedacht, daß es sich so schwer stirbt? Große Göttin, diese Schmerzen!« Seine verletzten Hände krampften sich um Caradocs Ärmel. »Aber ich spucke auf den Tod.« Er wollte lachen, und erneut rann ihm das Blut über die Lippen. »Die mächtigen Catuvellauni sind ausgelöscht, ich bin froh . . . froh . . .nicht mehr leben zu müssen. Verbrenne mich, mein Bruder, mach ein ordentliches Feuer.« Sein Gesicht verzerrte sich vor Schmerzen, und die weitaufgerissenen Augen zeugten von dem einsamen Kampf, den er auszustehen hatte.

Caradoc fand keine Worte. Er war blind für das Farbenspiel der untergehenden Sonne und taub für das lebensbejahende Gezwitscher der Vögel. Er sah nur die verstümmelten Überreste eines kräftigen, einst freien Mannes, sah nur Togs Augen, die ihn wirr und vom Tode gezeichnet, anstarrten. Aber noch glühte ein Fünkchen Leben in ihnen. »Hebt ihn auf«, befahl Caradoc mit tränenüberströmten Gesicht, und bedrückt setzten sie ihren Weg fort. Caradoc blieb an Togs Seite, die Häuptlinge hielten sich in respektvollem Abstand.

Als die Sonne untergegangen war, hielten sie an. Die Träger stolperten vor Müdigkeit und Caradoc herrschte sie ob ihrer Unachtsamkeit an, aber Cinnamus wies ihn sanft darauf hin, daß Tog bereits tot war. Vom Schmerz überwältigt warf Caradoc sich über den starren Körper seines Bruders, der mit offenen Augen durch ihn hindurch zum sternenübersäten Himmel blickte, ein entspanntes, fast heiteres Lächeln um die Lippen. Leise schluchzend zog er ihm den Umhang über das Gesicht und setzte sich ins Gras. Die Häuptlinge kauerten still am Wegrand, um die Trauer ihres jetzt einzigen Herrschers nicht zu stören.

Spät am Nachmittag des vierten Tages erreichten sie Camulodunum. Das äußere Tor war nicht besetzt, es stand weit offen. Als die Wache des inneren Tores die nur langsam näherkommende Gruppe erkannte, rannte sie sofort los, um Hilfe zu holen. Männer und Frauen kamen herangeeilt und nahmen ihnen unter Tränen und Jammern Togs Leichnam ab. In der Tür des Versammlungshauses standen Eurgain und Gladys und sahen ihnen in Erwartung des Allerschlimmsten angstvoll entgegen. Dann entdeckte Eurgain Caradoc und flog ihm mit einem Aufschrei entgegen. »Eurgain«, mehr brachte er nicht heraus, dann versagten ihm die Beine den Dienst. Eng umschlungen sanken sie miteinander zur Erde, während das große Tor geschlossen und verriegelt wurde und die ersten Klagelieder für Tog ertönten.

Im Versammlungshaus herrschte eine unerträgliche Hitze. Matt und übermüdet sanken die Heimkehrer zu Boden. Im Hintergrund schnitten die Sklaven frisch gebratenes Fleisch und häuften es auf Teller. Eurgain kauerte besorgt neben Caradoc, dem sofort die Augen zufielen. Auch Gladys war herangekommen und setzte sich leise zu ihnen. Dann tauchte Fearachar mit einem Teller auf, auf dem sich Fleisch, Brot, Porridge und Erbsen türmten und stellte die erste anständige Mahlzeit seit Tagen samt einem Krug voll kalten Bieres vor seinen Herrn. Caradoc öffnete langsam die Augen, dann richtete er sich auf. In einem einzigen Zug leerte er den Krug, und Fearachar sprang davon, um ihn noch einmal zu füllen. Caradoc spürte, wie die Lethargie wich, fühlte, wie das Leben in ihn zurückkehrte. Als nächstes machte er sich wie ein verhungerter Wolf über das Fleisch her und verschlang alles bis auf den letzten Krümel. Erst jetzt wendete er sich Eurgain zu.

»Llyn?« stieß er mit noch schwach klingender Stimme hervor.

»Kam gestern mit Fearachar zurück. Er ist bei Tallia und den Mädchen im Haus.«

Caradoc nickte erleichtert, sein Blick wanderte weiter zu Gladys. »Wie ist es dir ergangen?«

»Ich traf im Wald auf einen verwundeten Kavalleristen und tötete ihn, um an sein Pferd zu kommen«, antwortete sie ruhig. »Was hat sich dort am Fluß zugetragen, Caradoc? Wie kam es zu dem Verrat?« In ihrer Stimme schwang keine Verbitterung mit, nur ungläubiges Staunen. Die Tage der Vergeltung gehörten der Vergangenheit an, sie hatte, wie die anderen Mitglieder des Tuath, die mit dem Leben davongekommen waren, die Hoffnung aufgegeben, daß sich ihr Schicksal noch irgendwie zum Guten wenden könnte. Caradoc berichtete in kurzen, abgehackten Sätzen über die verhängnisvollen Geschehnisse. Er konnte sich kaum mehr wachhalten.

Von draußen drangen die spitzen Töne der Totenklagen herein und rissen ihn in die Wirklichkeit zurück. Er mußte Entscheidungen treffen.

»Hiermit eröffne ich die Versammlung!« rief er, so laut er konnte. »Alle Sklaven verlassen das Versammlungshaus, ihr anderen kommt näher. Ich kann nicht lauter sprechen.«

Sie bildeten einen Halbkreis um ihren Herrscher und richteten ihre Augen vertrauensvoll auf ihn. Ihr Anblick erfüllte Caradoc mit hilfloser Wut. Nicht stolze Häuptlinge saßen vor ihm, sondern ein heruntergekommener Haufen räudiger Hunde.

»Ich werde schweigen über die unaussprechlichen Dinge, die hinter uns liegen«, begann er. »Auch über den Tod meines Bruders Togodumnus will ich jetzt nicht sprechen. Wir sind die letzten Catuvellauni, und wir ergeben uns nicht. Dieser Tuath wird kämpfen, bis auch der letzte von uns im Kampf gefallen ist. Wenn jedoch jemand Camulodunum verlassen möchte, solange es noch möglich ist, um in den Westen oder nach Mona zu den Druiden zu fliehen, der mag gehen. Ich werde ihm weder die Ehrenprämie aberkennen, noch ihn zum Sklaven degradieren.

Möchte also jemand gehen?« Er hielt inne, um neue Kraft zu schöpfen, aber niemand rührte sich. Für einen Augenblick empfand Caradoc wieder ein wenig Stolz darüber, ein Catuvellauni zu sein, dann ergriff er erneut das Wort. »Gut. Wir werden uns also auf den Angriff vorbereiten. Das Tor wird zugemauert. Wo ist Alan?« Ein Freier, der zu Caradocs Gefolge gehörte, erhob sich. »Alan, alles Vieh wird in die nördlichen Wälder getrieben. Eine Handvoll Bauern soll es dort bewachen. Wenn nötig, werden die Tiere geschlachtet, sie sollen nicht in die Hände der Römer fallen.« Alan nickte und setzte sich wieder. »Vocorio, nehmt Eure Leute. Trommelt alle Bauern zusammen und bringt so viele wie möglich hierher. Die meisten haben sich ohnehin bereits versteckt, aber wer mitkommen will, soll sich beeilen. Es gibt genug Platz für alle.« Er dachte wehmütig an die vielen Häuptlinge, die nie mehr zurückkehren würden und deren Hütten leerstanden, aber er sprach es nicht aus. »Mocuxsoma, Ihr verbrennt die Brücke über dem Wassergraben. Fangt sofort damit an, die Bauern können auf Baumstämmen übersetzen. Ihr anderen durchsucht die ganze Stadt nach Waffen. Jeder Gegenstand, mit dem ihr einen Römer töten könnt, ist brauchbar. Für heute aber geht nach Hause und schlaft.«

Caradoc sank ermattet zurück. Das ganze Ausmaß des Unheils der vergangenen Tage wurde ihm schlagartig bewußt und drohte, ihn zu ersticken. Mach ein ordentliches Feuer, hatte Tog mit ersterbender Stimme gehaucht. Ein stechender Schmerz durchzuckte ihn bei der Erinnerung an diese Worte. Du warst rücksichtslos, Bruder, hast mit beiden Händen gierig nach dem Leben und nach den Sternen gegriffen, aber ich liebte dich. Caradoc schaute stumm auf seine zitternden Hände. Ich dagegen, dachte er mit einem Anflug von Bitterkeit, ich bin an diese Erde gekettet, meine Hände werden nie einen Stern berühren, höchstens ein Schwert und immer wieder ein Schwert. Dann gab er sich einen Ruck und blickte aufmerksam in die Runde, doch die Halle war leer. Niemand war geblieben; vor ihm saßen nur noch Eurgain und Gladys.

»Es ist hoffnungslos, nicht wahr?« fragte Eurgain.

»Absolut«, bestätigte er mit brutaler Offenheit. »Wir sind am

Ende, als Tuath und auch als freies Volk. Ich will, daß du mit den Kindern in den Westen gehst. Caelte wird euch begleiten.«

Aber Eurgain hatte mit so etwas Ähnlichem gerechnet und diesmal war sie gewappnet. »O nein, Caradoc«, erklärte sie daher bestimmt, »ich werde mich nicht noch einmal hinter meinen Kindern verstecken und womöglich zur letzten Überlebenden der Catuvellauni werden. Meinst du wirklich, ich könnte *das* ertragen?« Sie ergriff seine Hand und bedeckte sie mit Küssen. Gladys hatte die Szene bisher schweigend beobachtet, und mit einem Mal fühlte sie sich einsam. Sie war mutterseelenallein auf dieser Welt, ein unerträgliches Gefühl. »Wenn wir sterben müssen, mein Gemahl, dann laß uns zusammen sterben. Ich liebe dich und werde nicht unter Fremden ohne dich weiterleben.« Caradoc war zu erschöpft, um mit Eurgain darüber zu streiten, doch ihre Worte gaben ihm Kraft, erwärmten sein Herz. Er küßte seine Frau, dann erhoben sich beide und gingen Arm in Arm hinaus. Gladys verspürte eine eigenartige Leere. Verwundert und traurig zugleich wischte sie sich ein paar Tränen von ihren heißen Wangen.

Die letzten Catuvellauni bereiteten sich auf ihr Ende vor. Sie gedachten Togs mit der rituellen Totenfeier, und Caradoc fühlte keinen Schmerz mehr, als er die Fackel in den Scheiterhaufen hielt. Niemand weinte, als die Flammen hochschlugen und den Leichnam umzüngelten. Togs Totenfeier wurde für sie zum Symbol ihres eigenen herannahenden Todes, und sie standen sprachlos, als sähen sie dort oben ihre eigenen Leiber verbrennen. Gladys verschwand in einem Weidenboot und kehrte erst zwei Tage später mit einem der Kundschafter zurück. Er brachte Neuigkeiten über die Aktivitäten der Legionen. Caradoc und Eurgain hatten Gladys kommen sehen und eilten ihr und dem Mann zu dem Schlupfloch in der Mauer entgegen.

»Sie warten auf den Kaiser«, berichtete der Späher ohne große Vorreden. »Claudius kommt höchstpersönlich. Ihr Lager befindet sich etwa acht Kilometer von hier mitten im Wald. Plautius hat es eilig, aber er hat Befehl, auf den Imperator zu warten. In der Zwischenzeit hat er Vespasianus und die Zweite zu den Durotrigen geschickt.«

»Wann werden sie angreifen?« fragte Caradoc.

Der Kundschafter zog eine ungewisse Grimasse. »Das ist schwer zu sagen, Herr. Vor zwei Wochen hat Plautius nach Rom Bericht erstattet. Vielleicht dauert es noch einmal so lang?«

»Und dann?«

Der Mann fühlte sich durch den Fatalismus seiner Gesprächspartner verunsichert. Diese Ruhe war ihm einfach unheimlich. Ihre Augen waren frei von Angst, fast heiter, als wären sie Götter, denen der Tod nichts anhaben konnte. Unruhig scharrte er mit den Füßen, er jedenfalls fühlte sich ziemlich sterblich. »Der Kaiser will die Truppen selbst zum Sieg führen. Dann werden die Adler der Legionen vor dem Versammlungshaus aufgestellt.«

Noch immer zeigten ihre Gesichter keinerlei Regung. Gladys ging wortlos davon. Dann endlich erhellte ein warmes, aufrichtiges Lächeln das Gesicht seines Herrn. »Geht ins Versammlungshaus und stärkt Euch. Ihr könnt Euch ausruhen und dann wieder in den Wald zurückkehren. Wenn Ihr schlau seid, kommt Ihr nicht mehr hierher zurück.«

Der Kundschafter grüßte und ging davon. Caradoc wendete sich Eurgain zu. »Weißt du, daß diese Nachricht mich nicht im geringsten beunruhigt? Ich fühle rein gar nichts. In zwei Wochen sind wir tot, und Camulodunum geht in Flammen auf, doch ich empfinde nichts. Ich sehe dich an und bin glücklich. Warum?«

Eurgain warf ihm einen liebevollen Blick zu, stellte sich auf die Zehenspitzen und hauchte ihm einen Kuß auf den Mund. »Es gibt keine unbekannten Gefahren mehr, darum«, erwiderte sie. »Für eine kleine Weile gibt es nur noch dich, mich, die Sonne und dann den Tod.« Sie schlossen die Augen und standen aneinandergelehnt, während über ihren Köpfen die Mauersegler kreisten und sich immer höher in den blauen Himmel schwangen.

12

Eines Morgens stellten die Catuvellauni fest, daß Camulodunum umzingelt war. Ein Meer von in der Sonne blinkenden Helmen und Schilden bewegte sich rings um die Stadt, aber die Bewohner der Stadt wußten, was zu tun war. Gefaßt schnallten sie ihre Schwerter um, griffen zu den Speeren, verabschiedeten sich voneinander und nahmen ihre Posten ein.

Caradoc gab Tallia ein Messer. »Wenn die Römer sich dem Versammlungshaus nähern, töte damit die Kinder«, schärfte er ihr ein. »Du kannst dann sicher sein, daß Eurgain und ich nicht mehr am Leben sind. Geh jetzt.« Llyn klammerte sich an ihn und stammelte vor Angst und Verzweiflung unzusammenhängende Sätze. Caradoc ergriff ihn energisch bei den Handgelenken. Er schüttelte seinen Sohn und schaute ihn ernst an, obwohl er ihn am liebsten fest in die Arme geschlossen hätte.

»Hast du schon vergessen, wie ein catuvellaunischer Häuptling stirbt?«

»Nein«, schluchzte Llyn, »er stirbt ohne Furcht wie ein Krieger.«

»Richtig, mein Sohn.« Caradoc ertrug es nicht, ihn so zurücklassen zu müssen. Die Mädchen hatten die Szene schweigend beobachtet. Als Caradoc sie zum Abschied küßte, bliesen die Römer zum Angriff. Er riß sein Schwert aus der Scheide und stürmte hinaus.

Cinnamus, Caelte und Eurgain erwarteten ihn bereits. Soeben ertönte der Befehl, lange Planken über den Graben zu legen und gleich darauf erhob sich vor den Mauern ein Tumult. Gladys stieß noch völlig verschlafen zu ihnen. Sie erklommen die Mauer und schielten vorsichtig über den Rand in die Tiefe.

Das Tal glich einem Ameisenhaufen, es wimmelte nur so von Legionären. Etwas abseits, im Hintergrund, bemerkte Caradoc eine kleine Gruppe von Männern, die nicht hin und her rannten. Er deutete in ihre Richtung. »Seht ihr dort drüben, das muß Claudius sein. Aber wo ist Plautius? Und was hat das zu bedeuten?« Die Soldaten bildeten unterhalb der Mauer einen Durchlaß, durch den ein Ungetüm auf Rädern herangerollt wurde.

»Das ist eine sogenannte Ballista, Caradoc, eine Wurfmaschine«, erklärte Cinnamus. »Damit erschüttern sie die Mauern und können so schneller Löcher in sie reißen.« Noch während er sprach, vernahmen sie einen dumpfen Aufprall und der Boden unter ihren Füßen schien zu schwanken.

»Und wir hocken hier wie dumme Fasane auf dem Baum und warten, bis man uns herunterschüttelt«, stöhnte Gladys gequält und gehässig zugleich. Sie ignorierte Eurgains zurechtweisenden Blick. »Warum springen wir nicht hinunter und sterben auf der Stelle? Worauf warten wir?«

»Seid friedlich«, sagte Cinnamus aufmunternd, »Ihr klingt schon wie Vida.« Die Spannung löste sich in einem fröhlichen Gelächter auf, das die Soldaten unten verwundert registrierten. Einige von ihnen unterbrachen ihre Arbeit und blickten suchend nach oben. Cinnamus ergriff sofort die günstige Gelegenheit, lehnte sich unauffällig über die Mauer und zielte. Der Speer sauste hinab. Er traf einen der Soldaten, der hintüberstürzte, während die anderen sofort fluchend wieder ihre Schilde ergriffen, um sie sich schützend über die Köpfe zu halten.

»Wo ist Vida?« fragte Eurgain.

»Wahrscheinlich noch im Bett«, erwiderte Cinnamus achselzuckend. »Sie wird schon kommen, wenn sie soweit ist.«

Eurgain legte ihre Hand auf Caradocs Arm. »Was ist mit dem Feuer? Hast du vergessen ...«

Mit einer übertriebenen Geste der Verzweiflung schlug Caradoc sich an die Stirn. »Das Feuer, ja natürlich! Caelte, lauft. Sucht Mocuxsoma und die anderen. Fangt mit den Ställen und den Hundezwingern an. Cin, du holst Fearachar. Er soll uns Feuer hierherbringen. Was ist nur mit mir los? Mir ist, als hätte mich etwas aus einem tiefen Schlaf gerissen.«

Seine Häuptlinge eilten davon. Die anderen Häuptlinge standen noch immer an die Mauer gelehnt, die nun in regelmäßigen Abständen erschüttert wurde. Jedesmal erzitterte der Boden unter ihren Füßen. Die enganeinandergefügten Steine und der Lehm zeigten erste Risse. Nach ein paar Minuten gesellte Vida sich blaß und gähnend zu ihnen. Sie blinzelte träge in die Sonne und streckte ihre nackten Beine von sich. Über einer von Cins Tuniken trug sie einen Gürtel, in dem zwei Messer steckten, in einer Hand trug sie nachlässig ihr Schwert.

»Vida, wo ist Euer Schild?« wollte Caradoc wissen.

Sie gähnte noch einmal herzhaft, dann grinste sie verlegen. »Ich habe es gestern beim Spiel an einen von Cins Freien verloren, Herr.«

Caradoc wollte ihr eben erzürnt Vorhaltungen machen, als Fearachar mit dem Feuer angerannt kam. Er erhob sich.

»Hierher«, befahl Caradoc. »Tragt alles brennbare Material zusammen, das ihr finden könnt. Wenn es uns gelingt, sie eine Weile hinzuhalten, so ist das immerhin schon etwas.«

Erneut stoben sie in alle Richtungen auseinander und schleppten das Stroh der Hüttendächer, die Planken der Pferdeställe und Pfähle heran. Das Feuer verschlang alles und loderte bald lichterloh.

Als die Häuptlinge Caradocs Absicht erkannten, entfachten sie weitere Feuer entlang der Mauer, dann gab Caradoc das Zeichen, und sie schritten zur Tat. Mit wildem Gebrüll schleuderten sie die brennenden Fackeln hinab und von unten ertönten jedesmal die lauten Schmerzensschreie der Getroffenen.

Es gelang ihnen, die Römer auf diese Weise den ganzen Tag über von der Mauer fernzuhalten, dann waren die Holzvorräte erschöpft. Claudius, der von seiner Anhöhe aus das Spektakel siegessicher verfolgte, geriet ins Schwitzen und verlangte alsbald nach seinem Baldachin. Plautius sah sich gezwungen, nun auch die schweren Geschoßmaschinen und die Pfeile zum Einsatz zu bringen. Der Erfolg seiner Maßnahme ließ nicht lange auf sich warten. Einer nach dem anderen stürzten die Häuptlinge von Pfeilen durchbohrt von der Mauer herab, ohne daß allerdings der Flammenhagel aufhörte. Plautius' Bewunderung für den verzweifelten Wagemut dieser Primitiven wuchs, aber er durfte keine Gnade walten lassen. Als nächstes befahl er den Einsatz der Brandpfeile und die Catuvellauni schrien entsetzt auf, als die ersten über ihre Köpfe hinwegsausten. Hinter ihnen gingen die Hütten sofort in Flammen auf, das Feuer griff unbarmherzig um sich und weitete sich in wenigen Augenblicken zu einer Feuersbrunst aus. Der Horizont begann vor Hitze zu flimmern.

»Caradoc!« schrie Eurgain in panischer Angst. »Die Kinder, sie werden verbrennen!«

Caradoc wischte sich Schweiß und Ruß aus der Stirn und warf einen Blick nach hinten auf das Versammlungshaus. Nach seiner Einschätzung stand es gerade außerhalb der Reichweite der Brandpfeile. »Ich brauche dich hier, Eurgain«, antwortete er knapp. »Das Versammlungshaus ist unversehrt.« Sie überlegte kurz, dann nickte sie zustimmend und machte sich mit Vida und Fearachar wieder an die Arbeit.

Als es dunkel wurde, ließ Plautius zum Rückzug blasen. Auch wenn der Imperator sich über den erzielten Fortschritt nur mürrisch äußerte, war Plautius selbst doch relativ zufrieden. Die Stadtmauern waren inzwischen so sehr erschüttert worden, daß seine Männer mit bloßen Händen einzelne Steine herausziehen konnten. Außerdem hatten die Catuvellauni durch die Pfeile große Verluste erlitten, und Camulodunum war nur noch ein rauchender Aschehaufen. Morgen würden sie die Stadt einnehmen und dem Gemetzel endlich ein Ende bereiten. Doch noch während er solches dachte, empfand er ein fast pervers anmutendes Bedauern darüber. Wie gern hätte er diesen Caradoc kennengelernt, dessen zähe Entschlossenheit sich im Angesicht des Todes sogar auf seine Männer übertrug, die kämpften, als fürchteten sie den Tod nicht. Nur zu gern hätte er sich mit ihm bei einem opulenten Mahl und einem Glas erlesenen Weines über Strategie und Kampftechnik unterhalten. Seit seiner Ankunft schon spürte Plautius den geheimen Zauber, der über diesem Land lag. Nachts, wenn er wach in seinem Zelt lag, flüsterten unsichtbare Stimmen von Dingen, die ihm fremd waren; tagsüber, wenn er durch die Wälder ritt, war es ihm, als verspotteten sie ihn. Es kam ihm immer mehr wie ein Land vor, in dem ihm unbekannte magische Kräfte am Werk waren.

Seine Gedanken kehrten zu Caradoc zurück, dessen stattliche Gestalt er kurz auf der Mauer gesehen hatte. Indes sprach Claudius ihn bereits leicht verstimmt zum wiederholten Male an, und Plautius neigte sich innerlich seufzend zu seinem Kaiser, um ihm zu antworten, gar nicht mehr so sicher, daß Paulinus tatsächlich das bessere Los gezogen hatte.

Die Überlebenden versammelten sich im Versammlungshaus zu einem letzten Mahl. Die Vorräte waren erschöpft. Llyn saß neben seinem Vater, die beiden Mädchen hatten sich zu Caradocs Rechten zusammengekuschelt. Eurgain tauchte ihre geschwollenen Hände in einen Kübel mit kaltem Wasser, Gladys hockte schweigend an der Wand. Cinnamus und Vida hatten sich nebeneinander auf den Fellen ausgestreckt und schienen zu schlafen. Caelte zupfte trotz einer bösen Brandwunde, die er an einem Arm davongetragen hatte, auf seiner geliebten Harfe und sang mit leiser Stimme mehr für sich selbst als für die anderen. Caradoc legte die beiden schlafenden Mädchen vorsichtig auf die Felle. Sofort eilte Fearachar mit ein paar Decken heran, um sie und Llyn, der ebenfalls eingeschlafen war, zuzudecken. Er lehnte sich müde mit dem Kopf an die Wand. Eurgain zog die Hände aus dem Wasser und setzte sich zu ihm.

»Wie geht es deinen Händen?« fragte er sanft.

»Besser. Aber die Blasen werden aufgehen. Wenn ich morgen kämpfen will, werde ich einen festen Verband brauchen.«

»Es ist noch nicht zu spät für eine Flucht, weißt du«, begann er nach einer Weile von neuem. »Ich könnte dich und die Kinder an einem Seil über die Mauer hinablassen.«

»Fang nicht schon wieder davon an, Caradoc«, schalt sie leise, aber sein Kopf sank bereits auf ihre Schulter, und er fiel in einen unruhigen Schlaf.

13

Irgendwann in der Nacht, mitten in einem Alptraum, spürte Caradoc eine Hand auf seinem Arm und stieß einen Schreckensschrei aus, während er automatisch nach seinem Schwert griff und hochfuhr. Sein Schrei weckte auch die anderen auf. Neben ihm rappelte Eurgain sich mühsam hoch, und Cinnamus griff, noch völlig verschlafen, nach dem Messer in seinem Gürtel. Die einzige Lichtquelle war eine schwache Lampe, die die Finsternis in der Halle jedoch kaum durchdrang. Leise trommelte der Regen aufs Dach, in der Ferne grollte der Donner.

Caradocs Augen gewöhnten sich schnell an die relative Dunkelheit, dann, mit einem Schlag, war er hellwach. Vor ihm stand eine große Gestalt, in einen weiten Umhang gehüllt, das Gesicht von der Kapuze völlig verdeckt. Sie verbeugte sich und schlug alsdann die Kapuze zurück. Der Mann hatte kurzes, rabenschwarzes Haar, ebensolche Augen und einen bis auf die Brust herabwallenden schwarzen Bart, den er jetzt kurz schüttelte. Caradoc sah an seinem Hals flüchtig einen Torque aufblitzen, dann streckte der Fremde ihm die Hand zum Gruß entgegen. Caradoc machte einen Schritt auf die Gestalt zu und umfaßte zögernd das Handgelenk.

»Gibt es in Eurem Versammlungshaus keine Willkommensworte, Caradoc, Sohn des Cunobelin? Wünscht Ihr mir keinen friedlichen Aufenthalt?«

Caradoc entzog ihm die Hand. »Es gibt in Camulodunum keinen Frieden mehr, und außer altem Fleisch habe ich nichts anzubieten. Die Begrüßungsworte werde ich erst sprechen, wenn ich weiß, ob ich Freund oder Feind vor mir habe.«

Der Blick des Fremden schweifte über die wenigen Häuptlinge, die nun ebenfalls wach geworden waren und das Gespräch aufmerksam verfolgten.

»Es gab eine Zeit, da betrachteten die stolzen Catuvellauni uns tatsächlich als ihre Feinde, wie es ihre Freunde, die Römer, noch immer tun. Doch nun haben sich diese Freunde entzweit und die Stämme der Küste fallen übereinander her, um wenigstens einen Gewinn für sich herauszuschlagen. Es liegt also ganz an Euch, Ri ohne Tuath, ob ich Freund oder Feind bin.«

»Ich bin nicht in der Stimmung für Ratespiele, Fremder«, knurrte Caradoc ungehalten. »Sie sind hier fehl am Platz. Wenn Ihr eine Mahlzeit wünscht, biete ich Euch gern an, was noch übrig ist. Wenn nicht, kommt zur Sache. Wer schickt Euch? Und wie seid Ihr an den römischen Wachen vorbeigekommen?«

Der Mann lachte. »Auf allen vieren. Die Römer haben ganze Arbeit geleistet und bereits große Löcher in eure hübschen Mauern gehauen. Es ist früher Morgen, die Augen der Wachen sind bleischwer vor Müdigkeit. Und nun zum Grund meines Kommens.« Er raffte seinen Umhang und ließ sich auf die Erde nieder. Bis auf Gladys, Eurgain und Cinnamus folgten die anderen seinem

Beispiel. »Ich bin gekommen, um euch in Sicherheit zu bringen, das heißt, wenn ihr mit mir kommen wollt. Meine Männer warten in den Wäldern auf uns. Wir dürften sogar genügend Pferde dabeihaben.«

Seinen Worten folgte eine tiefe, fassungslose Stille.

»Wer schickt Euch?« fragte Caradoc erneut und bedeutete Cinnamus und Gladys, ihre Schwerter einzustecken.

»Warum wertvolle Zeit vergeuden? Ihr wißt, woher ich komme. Ich gehöre dem Volk der Siluren an und habe den Befehl, Euch, Caradoc, Eure Familie und die Euch gebliebenen Häuptlinge sicher in den Westen zu geleiten.«

»Warum?«

»Weil ihr morgen alle mausetot sein werdet, wenn ihr hierbleibt. Mit eurem Tod aber erlischt auch der letzte Widerstand im Tiefland. Dabei ward ihr schon immer zu verweichlicht«, erklärte er mit plötzlichem Hochmut in der Stimme. »Wie gut taten wir daran, euch nicht zu vertrauen. Seht euch an, ihr Tiefländer! Die Atrebaten sind übergelaufen, die Dobunni, die Iceni, Brigantes, Coritani und die Cornovii, alle bereit, ohne einen einzigen Schwertstreich einen Frieden zu fadenscheinigen Bedingungen anzunehmen, wie um Gnade winselnde Hunde. Und die Durotrigen hatten allein keine Chance, sie wurden geschlagen.«

Caradocs Hände begannen zu zittern. Schon wieder Vespasianus, er schien nie einen Fehler zu machen. Dabei waren die Durotrigen die besten Kämpfer, die wildesten, zähesten Männer! Er musterte den Siluren.

»Man hat meinem Herrn angeraten, Euch zu befreien, obwohl ich der Versammlung davon abriet. Doch dann ergriff der Druide das Wort und entkräftete meine Argumente.« Er lächelte boshaft. »Es hat den Anschein, als könntet Ihr dem Westen dienlich sein, vielleicht als Opfer für Tara oder Bel.«

Die Häuptlinge begannen untereinander erregt zu diskutieren, und Caradocs Herz sank. Im Angesicht des Todes mußte dieser Fremde ihnen wie ein Wink der Göttin erscheinen, die ihnen das Leben noch einmal neu schenkte. Der Tod war die eine Wirklichkeit, das Leben die andere. Selbst in Eurgains Augen bemerkte er einen Anflug von Hoffnung, aber er hielt ihrem bittenden Blick stand, als er laut verkündete. »Nicht nur ich, auch die Häuptlinge haben geschworen, unser Geburtsrecht bis zum Tod zu verteidigen. Ich werde weder als Sklave noch als Ausgestoßener in den Westen gehen, gebeugt unter der Last der Schmach, die ich mir selbst auferlege, während die Römer unsere Heiligtümer zertrampeln und ihren Kriegsadler auf heiligem Boden aufpflanzen.«

Der Fremde schnaubte nur verächtlich. »Unsinn! Die Römer werden all dies sowieso tun. Außerdem kann ich Euch versichern, daß Ihr nicht als Sklave in den Westen gehen sollt, um Wasser zu schleppen. Die Druiden haben eine Aufgabe für Euch.«

Natürlich! dachte Caradoc mit pochendem Herzen. Große Göttin, ich wußte es, aber woher wußte ich es? Er versuchte, sich an etwas Bestimmtes zu erinnern, aber die Erinnerung wollte sich nicht einstellen. Er schüttelte den Kopf. »Mein Tuath ist hier. Ich bleibe!«

Die Häuptlinge umringten Caradoc mit ärgerlichem Gemurmel, nur Caradocs eigene hielten sich zurück. »Ihr müßt die Versammlung einberufen!« riefen sie aufgeregt. »Wir müssen gemeinsam entscheiden!«

Der Besucher lehnte sich zufrieden lächelnd zurück. Als Caradoc noch immer zögerte, sprang Eurgain auf und trat mit einem entschlossenen Zug um den Mund vor die Versammlung. »Die Versammlung ist eröffnet«, rief sie mit klarer Stimme. »Alle Sklaven verlassen den Raum. Freie, kommt näher.«

Als Caradoc aufsprang, war es schon zu spät, um die Entscheidung rückgängig zu machen. Eurgain begegnete seinem wütenden Blick mit trotzigen Augen und setzte sich wieder auf ihren Platz. Einer nach dem anderen standen die Häuptlinge auf, um ihre kurzen Reden zu halten. Wie nicht anders zu erwarten war, sprachen sie sich ausnahmslos für eine Flucht in den Westen aus, und Caradoc wurde ganz einfach überstimmt. Einige von ihnen hatten ohnehin bereits den Entschluß gefaßt, mit dem Siluren aus Camulodunum zu verschwinden. Frei wollten sie sein und leben. Gladys verzog den Mund zu einem verächtlichen Lächeln. Sie schwieg.

Natürlich wollte auch sie nicht sterben, aber sie war bisher noch vor keiner Gefahr davongelaufen und würde es auch diesmal nicht tun. Sie hatte keinen Geliebten, nichts, was sie zwingend an einen anderen band, nur ihre Ehre und einen unbeugsamen Willen. Wenn sie jetzt davonlief, würde sie beides verlieren und ein Nichts, ein jämmerlicher Niemand werden. Ihr Daumen glitt prüfend über die scharfe Klinge ihres Schwertes, und sie spürte, wie das kalte Metall ihre Haut ritzte, als wolle es ihr klarmachen, wie ihr Entschluß zu lauten hatte.

Nachdem alle Häuptlinge gesprochen hatten, kehrte wieder Ruhe ein. »Und ihr, Cinnamus, Caelte, was ist mit euch?« fragte Caradoc mit mustergültiger Beherrschung. »Fearachar, Vocorio, Mocuxsoma, auch ihr habt das Recht, zu sprechen.«

Fearachar erhob sich. Mit einer traurigen Armesündermiene schaute er Caradoc an, bevor er sprach. »Ich bleibe bei Euch, Herr«, erklärte er sodann mit unsicherer Stimme. »Schon immer habe ich mit einem gewaltsamen Tod gerechnet, und jetzt ist es mir egal. Was bedeutet schon ein elender Tod am Ende eines elenden Lebens?« Er setzte sich, und Cinnamus ergriff das Wort. Seine Augen waren auf Vida gerichtet, die ihre Hände resolut auf die runden Hüften stemmte.

»Ich bleibe«, sagte er kurz und bündig. Caelte fuhr mit den Fingern über sämtliche Saiten seiner Harfe und brachte eine so schauerliche Dissonanz hervor, daß aller Köpfe sich entsetzt nach ihm umdrehten. »Ich auch«, sagte er lediglich, als er die Aufmerksamkeit der Anwesenden erlangt hatte, und Mocuxsoma sowie Voxcorio nickten bestätigend.

Caradoc trat vor die Versammlung und schaute auf sie herab. »Ich kann den Beschluß der Versammlung nicht aufheben«, erklärte er mit Bitterkeit in der Stimme. »Ihr seid frei, zu gehen...« Aber der Silure sprang auf und fuchtelte wild mit den Armen.

»Nein!« rief er, »aber nein doch! Wenn euer Ri und seine Häuptlinge bleiben, so lautet der Befehl, euch alle hierzulassen!« Bei seinen Worten brachen die Häuptlinge in empörte Rufe aus und schüttelten wütende Fäuste gegen den Besucher. Eurgain trat vor Caradoc und sah ihm mit bebenden Lippen in die Augen.

»Mein Gemahl«, sprach sie und versuchte, gefaßt zu wirken, »wir alle waren bereit, hier mit dir zu sterben. Aber nun hat Dagda einen anderen Weg eröffnet. Denke darüber nach. Es ist sicherlich heldenhaft, um der Ehre willen zu sterben, aber ist es nicht ebenso heldenhaft und vielleicht sogar klüger, zunächst zu fliehen, um neue Kräfte zu sammeln, umzukehren und dann den Kampf erneut aufzunehmen? Ich weiß, warum dieser Mann hier ist. Die Siluren brauchen einen Mann wie dich. Du kennst die Römer wie kein anderer, du kannst auch das Vertrauen ihrer Häuptlinge gewinnen, denn du bist ein Führer, Caradoc. Bitte hör mir zu. Ich habe keine Angst davor, hier und jetzt zu sterben. Keiner von uns hat Angst. Aber wir halten es für verantwortungslos, unser Leben aus Stolz und Starrköpfigkeit wegzuwerfen. Wenn du bleibst, werden die Kinder und ich bei dir bleiben, und wir werden alle sterben. Aber sage mir, würdest du nicht viel lieber die Sonne hinter den Bergen eines freien Landes untergehen sehen, wissend, daß der Tag kommt, an dem du den Kampf wieder aufnehmen wirst?« Ein paar Tränen schimmerten seidig auf ihren Wimpern, aber sie hielt sie tapfer zurück. Sie war mit ihrem Plädoyer am Ende.

Caradoc stand reglos, sein Blick ging durch sie hindurch. Die Häuptlinge scherten sich nicht mehr um ihre Ehre, und er konnte es ihnen nicht einmal übelnehmen. Hatten sie nicht bereits alles andere verloren? Nur Stolz allein schien für einen sterbenden Tuath in der Tat ein zu hoher Preis. Tog hätte den Fremden vermutlich getötet, vielleicht noch ein paar seiner eigenen Leute und wäre dann leichten Herzens hier gestorben. Aber Tog durfte nicht sein Maßstab sein . . . Wie hättest du, mein Vater, entschieden? fragte er sich gequält und im selben Augenblick stand ihm die Antwort klar vor Augen. Cunobelin hatte stets den Mittelweg gewählt, nur deshalb waren die Catuvellauni groß und mächtig geworden. Ja, Cunobelin würde fliehen und eines Tages wieder über Rom herfallen. Caradocs innerer Zwiespalt erreichte seinen Höhepunkt, als er begriff, daß es im Grunde genommen unerheblich war, wie er sich entschied, denn die Konsequenzen der Entscheidung, egal wie sie ausfiel, waren so oder so unerfreulich. Er hatte die Wahl zwischen einem ehrenvollen Tod und einem ehrlosen Leben, konnte entweder sterben wie ein Krieger oder davonschleichen und die Bauern ihrem Schicksal überlassen.

»Wir haben nicht mehr viel Zeit«, drängte der Silure nun. »Der Mond geht schon unter. Ihr vertut Eure Chance, Catuvellauni.«

Widerstrebend steckte Caradoc das Schwert zurück in die Scheide, warf sich den Umhang um und schaute in Dutzende erwartungsvolle Gesichter. »Ich komme mit.«

Die Männer erwachten zu neuem Leben, ergriffen ihre Waffen und Umhänge. Eurgain weckte die schlafenden Mädchen, Fearachar kümmerte sich um Llyn. Erst jetzt bemerkte Caradoc, daß Gladys keine Anstalten traf, um mitzukommen.

Er rannte zu ihr. »Schnell, steck dein Schwert ein und beeil dich, Gladys.«

»Ich gehe nirgendwohin«, gab sie bedrückt zur Antwort.

»Aber du mußt mitkommen«, rief er aufgebracht. »Niemand bleibt hier! Wir werden wieder kämpfen, Gladys!« Er packte sie am Arm und zerrte sie ein Stück in Richtung Tür, aber sie befreite sich wütend aus seinem Griff.

»Irgend jemand muß hier sein, wenn die Bauern am Morgen erwachen«, zischte sie. »Irgend jemand muß sie anführen, irgend jemand muß wenigstens scheinbar Widerstand leisten. Noch nie haben die Catuvellauni sich kampflos ergeben!«

»Gladys, selbst Cunobelin würde uns unter den gegebenen Umständen befehlen zu fliehen. Wir haben den Römern zweimal die Stirn geboten, am Medway und hier. Wir handeln nicht ehrlos!« Aber Gladys streckte ihm stumm ihre beiden Hände entgegen.

»An diesen Händen klebt Blut, mein Bruder. Nicht das kalte Blut der Römer, sondern das warme Blut meines eigenen Volkes. Ich habe eine unverzeihliche Schuld auf mich geladen!« In ihren Augen spiegelte sich der innere Aufruhr wider, eine Verzweiflung, die Caradoc zwar sehen, nicht aber nachempfinden konnte. »Wir haben beide unsere Ehre verloren, als wir gegen unseren eigenen Tuath kämpften. Ich muß hierbleiben, ich muß wenigstens meine Ehre wiederherstellen.«

Überwältigt von unsagbarem Schmerz nahm er seine Schwester in die Arme. »Gladys, warum willst ausgerechnet du hier sterben? Wir sind doch alle schuldig geworden, aber vielleicht können wir den Makel mit dem Blut der Römer wieder reinwaschen«, versuchte er sie zu überzeugen. Gladys löste sich sanft aus der Umarmung und hob ihr Schwert auf. »Und wie beruhigst du eine gequälte Seele?« fragte sie ohne Hoffnung. »Ja, ich bin bereit zu sterben.«

Nichts würde ihren Entschluß ändern. Die anderen riefen ungeduldig nach Caradoc. Hin und hergerissen küßte er sie auf die Stirn. »Leb wohl, Schwester«, flüsterte er dann.

»Gehe in Frieden«, gab sie mit erstickter Stimme zurück.

Der Silure winkte ungeduldig. »Ihr müßt geduckt gehen«, befahl er, »und verhaltet euch leise.« Dann verschwand er in der Dunkelheit vor ihnen. Die Gruppe folgte ihm durch einen milden Nieselregen bis hinunter zur Mauer. Caradoc trug die kleine Gladys im Arm, die sich vertrauensvoll an ihren Vater schmiegte, aber Caradoc weinte still. Noch war er untröstlich, doch während seine Gedanken endlich immer ruhiger wurden, vollzog sich eine Wandlung in ihm. Die Wochen der Untätigkeit, in denen sie nur auf den Tod gewartet hatten, waren vorbei. Es tat gut, etwas anderes zu tun, an die Zukunft zu denken, ohne die Angst im Nacken zu spüren. Er brauchte nicht um Gladys zu trauern, denn jeder Freie, ob Mann, ob Frau, hatte das Recht, den Zeitpunkt seines Todes selbst zu wählen. Und wenn es ein ehrenvoller Tod war, wurden keine Tränen vergossen, waren Gewissensbisse fehl am Platz.

Plötzlich machte der Silure eine Kehrtwendung, legte sich auf den Bauch und robbte auf allen vieren weiter, Eurgain, Cinnamus und die kleine Eurgain dicht hinter ihm. »Laß mich herunter, Vater«, flüsterte Gladys, »ich kann auch kriechen.« Er setzte sie ab, und im Nu verschwand sie hinter den anderen. Er folgte. Noch einmal dachte er schuldbewußt an die Bauern, an den Verrat, den er in ihren Augen an ihnen beging, da blieb der Silure stehen. Sie waren an der Mauer angekommen. Er legte Hand an einen der großen Quader und zu ihrer aller Erstaunen ließ sich dieser mit Leichtigkeit, wie es schien, entfernen. Ihr Führer verschwand in der Öffnung, und gleich darauf winkte er ihnen, ihm nachzufolgen. Einer nach dem anderen zwängten sie sich hindurch auf die andere Seite. Die Stelle war vortrefflich gewählt, denn ein Mauervorsprung bot ihnen ersten Sichtschutz. Über dem Tal lag dichter

Nebel, der jedes Geräusch verschluckte, ein weiterer günstiger Umstand. Dennoch meinte Caradoc, der angestrengt lauschte, zu seiner Linken die Stimmen römischer Wachen zu vernehmen. Der Silure huschte nun am Graben entlang und glitt lautlos in die schmutzige Brühe. Als nächstes folgte Eurgain, deren weiter Umhang wie ein Segel auf der Wasseroberfläche trieb. Caradoc hob die kleine Gladys auf seine Schultern, ein Risiko, da sie nun von einer Wache, die zufällig in ihre Richtung schaute, sofort bemerkt werden würde. Dann glitt er ins Wasser, jedes Plätschern vermeidend, das den Wachen verdächtig vorkommen könnte. Das Wasser war eiskalt und Gladys krallte sich ängstlich an ihm fest. Der Silure hatte das andere Ufer erreicht. Auf allen vieren kroch er die Böschung hinauf, gefolgt von einer sich lautlos vorwärtsbewegenden Menschenschlange. Plötzlich, aus heiterem Himmel, hatte Caradoc eine Idee. »Vocorio«, flüsterte er der Gestalt zu, die hinter ihm aus dem Wasser stieg, »paßt auf die Mädchen auf.« Der nickte und eilte mit Gladys an ihm vorbei. Caradoc winkte Cinnamus zu sich. »Adminius«, raunte er, »er muß irgendwo hier in der Nähe sein. Ich will es wenigstens probieren.«

Cinnamus überlegte, dann schüttelte er den Kopf. »Das Risiko ist zu groß. Möglicherweise könnten wir ihn sogar finden, aber wir haben nicht so viel Zeit. Bestimmt steht er unter Bewachung. Nein, wir müssen ihn seinem Schicksal überlassen.«

Caradoc sah Cins Argumente nur widerwillig ein. Schon der Gedanke daran, Adminius endlich unter dem Messer zu haben, bereitete ihm ein diebisches Vergnügen! Aber Cin hatte recht.

Eine halbe Stunde später ließen sie die Zeltreihen der Römer hinter sich und erreichten gleich darauf die schützenden Wälder. Der Silurer hatte die bestmögliche Zeit für ihre Flucht gewählt, die frühe Morgenstunde nämlich, wenn der Schlaf am tiefsten ist. Aus Claudius' Zelt ertönte lautes Schnarchen. Plautius warf sich im Schlaf unruhig hin und her, geplagt von schlimmen Befürchtungen, die im Traum allerlei Gestalt annahmen.

Endlich konnten sie wieder aufrecht gehen und der Silure mahnte zur Eile. Behende bewegte er sich halb laufend, halb hüpfend durch das Unterholz. Er folgte einem kaum sichtbaren Pfad, den Caradoc nur allzugut kannte. Wie oft waren er, Tog und

Adminius hier auf ihren Raubzügen in den Norden geritten. Nach etwa einem Kilometer bog ihr Führer ab und führte sie geradewegs ins Unterholz. Nicht weit von hier gab es noch einen Pfad, der ins Gebiet der Dobunni führte, doch er hatte offensichtlich vor, entlang der Grenze zwischen dem Gebiet der Atrebaten und der Durotrigen voranzukommen. Caradoc hörte Llyns keuchenden Atem. Der Junge kam nur noch stolpernd voran und hielt sich die stechenden Seiten. In diesem Augenblick wurden sie von einer Gruppe Berittener angehalten. Der Silure wechselte einige Worte mit dem Anführer, dann winkte er Caradoc heran. Automatisch zog Caradoc sein Schwert und ging in Begleitung von Cinnamus und Caelte auf die schemenhaften Gestalten zu. Eine von ihnen sprang vom Pferd und lief ihnen mit ausgestreckten Armen entgegen.

»Ich grüße Euch, Caradoc, Sohn des Cunobelin«, ließ sich eine angenehme Stimme vernehmen. »So begegnen wir uns also wieder, wie ich es Euch prophezeit habe, an einem Tag, an dem Ihr meiner Hilfe bedürft.« Caradoc ergriff das Handgelenk des anderen, an dem dünne Silberkettchen funkelten und zuckte unmerklich zusammen. »Ihr erinnert Euch doch«, fuhr die Gestalt fort und schlug die Kapuze zurück. Caradoc blickte in ein hageres, bärtiges Gesicht, das von zwei äußerst lebhaften Augen, die ihn durchdringend musterten, vollkommen beherrscht wurde. »Ich bin Bran.« Vor Caradocs Augen stieg ein Bild aus einer fernen Zeit auf, das Innere seiner Hütte in Camulodunum. Die Nacht war bereits fortgeschritten, und vor dem Feuer saß ein Druide mit dem Rücken zur Tür. Das Feuer warf seinen Schatten riesenhaft an die Wand. Die Erinnerung verblaßte. Bran hatte sich kaum verändert, vielleicht war sein Bart etwas buschiger, aber Stimme und Augen waren genauso zwingend wie ehedem. Bran blickte Caradoc forschend an, sah in den großen, dunklen Augen und dem harten Zug um den Mund deutlich die Spuren des Leides, aber auch der Selbstbeherrschung. Er fühlte Mitleid und zugleich Bewunderung. Vor vielen Jahren, als er dem jugendlichen Caradoc begegnet war, hatte er diese Charaktereigenschaft, gepaart mit Unnachgiebigkeit, nur geahnt, jetzt war sie deutlich in seine Gesichtszüge eingegraben. Die mißtrauisch zusammengepreßten

Lippen, so ahnte er, lächelten selten, und zwei steile Falten durchfurchten die stolze, hohe Stirn. Ob die damals aufkeimende Fähigkeit Caradocs, eine Situation instinktiv richtig zu erfassen und richtig darauf zu reagieren, von seiner Bitterkeit zugeschüttet worden war? Doch Caradoc lächelte ihn mit wachsamen Augen an, und Bran wußte, daß er sich nicht in ihm getäuscht hatte.

»Ja, ich erinnere mich an Euch«, erwiderte Caradoc gelassen, »sehr gut sogar. Ihr saßt auf meinem Stuhl und habt mir die Zukunft gedeutet, aber ich war voll jugendlichen Stolzes und wollte nichts davon hören. Dafür, daß Ihr mich heute vor der römischen Arena gerettet habt, dürft Ihr allerdings keinen Dank erwarten, denn Ihr habt mich zu einem Verrat an meinem Volk getrieben. Ich stehe ehrlos vor Euch und habe eine einzige Frage. Was wollt Ihr diesmal von mir?«

»Ihr kennt den Grund sehr gut.« Der Bronzeschmuck schimmerte weich in Brans Haar, als er den Kopf zur Antwort leicht zur Seite neigte. »Den Siluren ist Eure Niederlage völlig egal. Ich will, daß Ihr Euch mir anvertraut, Caradoc. Die Römer können besiegt werden, wenn die Stämme ihre kleinlichen Meinungsverschiedenheiten begraben und sich für eine gemeinsame Sache einsetzen. Davon habe ich die Siluren überzeugt.« Er kam einen Schritt näher. »Ihr habt alle Qualitäten eines Arviragus, Caradoc.«

»Ihr seid komplett verrückt! Seit Vercingetorix hat es keinen Arviragus mehr gegeben, und nicht einmal ihm war der Sieg beschieden, obwohl er zweihunderttausend Mann befehligte. Er verschwand in den Kerkern Roms, bis Julius Cäsar sich nach sechs Jahren seiner wieder erinnerte und ihn wie einen Tanzbären durch Rom führen ließ. Nach dieser Erniedrigung wurde er erhängt. Die Stämme Galliens ehren ihn, aber sie leisten seither keinen Widerstand mehr.«

»Richtig. Und vielleicht werden auch wir besiegt, vielleicht endet auch Ihr, Caradoc, in den Kerkern Roms. Aber denkt einmal sorgfältig darüber nach. Wir haben keine andere Wahl. Kampf oder Untergang, nicht mehr, nicht weniger.«

»Ich habe keine Wahl mehr, Bran. Ich habe meine Bauern verlassen, meine Schwester und meinen Tuath, weil ich nur so weiterkämpfen kann. Aber ich tue es ohne Hoffnung. Euer Traum ist lächerlich. Die Stämme des Westens werden sich niemals vereinen.«

Niemand sprach ein Wort. Endlich brach Bran das Schweigen. »Caradoc, ich bin kein Seher, das habe ich Euch schon einmal gesagt. Aber Ihr irrt Euch. Die Stämme können vereint werden, wenn der richtige Mann sie mit den richtigen Worten überzeugt. Mit anderen Worten, ein Mann der Vernunft, den sie ihrer Treue und ihres Vertrauens für würdig befinden können. Ich träume nicht, ich denke.« Die Frucht war herangereift und gepflückt worden. »Werdet Ihr es also versuchen?«

Arviragus. Caradocs Gedanken jagten sich. Nein, unmöglich. Aber war es nicht besser, das unmöglich Scheinende wenigstens zu versuchen, als jetzt nach Camulodunum zurückzukehren und mit den wenigen ihm verbliebenen Häuptlingen gegen die Legionen anzustürmen, gewissermaßen einen Akt der Verzweiflung zu begehen? Die Siluren, das war offensichtlich, würden Rom erbitterten Widerstand leisten. Was aber war mit den Ordovicen, den Demetae, den Deceangli und den anderen Stämmen des Westens? Sie würden auch ohne ihn Widerstand leisten und kämpfen. Bran betrachtete ihn, wie es schien, mit teilnahmslosem Blick. Arviragus. Ein Arviragus war etwas Besonderes. Wenn er Brans Plan zustimmte, würde er aufhören, einfach nur Caradoc zu sein. Er würde sich selbst fremd werden. Caradoc glaubte, unter der Last der Entscheidung, die er allein treffen mußte, zusammenzubrechen. Hilfesuchend sah er Bran an. Wie schon einmal, fühlte er, daß eine seltsame Kraft von diesem Mann ausging. Er richtete sich auf.

»Ich werde mitkommen«, brachte er heiser hervor, und Bran nickte zustimmend, aber Caradoc war es, als hätte er so etwas wie Mitleid in den Augen des Druiden aufblitzen sehen. Oder war es Bewunderung? Doch der Augenblick war vorüber.

»Jodocus, bringt die Pferde!« befahl Bran. »Wir brechen sofort auf. Wenn die Römer erst herausgefunden haben, daß Ihr entkommen seid, werden sie keine Zeit verlieren.« Ruhig erteilte er weitere Befehle, dann wendete er sich wieder Caradoc zu, der reglos dastand. »Wie viele Häuptlinge begleiten Euch?«

»Etwa hundert.«

»Eure Familie, Euer Sohn?«

»Sind auch hier.«

Bran verschwand in der Dunkelheit. Von irgendwoher wurden Pferde herangeführt. Caradoc ging zu den Catuvellauni zurück, die ihn neugierig erwarteten.

»Wir werden mit ihnen gehen«, gab er ihnen bekannt. »Cin, nimm Gladys auf dein Pferd. Es gibt keine Wagen. Eurgain reitet bei mir mit. Llyn, du kannst allein reiten, aber denke daran, wenn du müde wirst und herunterfällst, wird keiner anhalten. Möchtest du lieber mit Fearachar reiten?«

Llyn zitterte vor Kälte, aber er antwortete beleidigt. »Ich falle nicht vom Pferd, Vater.«

Caradoc nickte und ging zu Eurgain hinüber, die ihn mit müden, ängstlichen Augen ansah. Er strich ihr die nassen Haare aus der Stirn. »Sie wollen einen Arviragus aus mir machen, Eurgain. Ich soll die Stämme vereinen. Aber auch wenn mir das nicht gelingt, so kann ich noch immer an der Seite der Siluren in die Schlacht reiten. Was denkst du?«

»Der Druide hätte kaum für dich Partei ergriffen und dich hier getroffen, wenn er nicht von der Richtigkeit seiner Wahl überzeugt wäre«, flüsterte sie matt. »Du mußt es versuchen, Caradoc.«

»Du weißt, was das bedeutet?«

»Ja, das weiß ich.« Sie umarmte ihn. »Sei froh darüber. Sind wir nicht frei? Leben wir nicht? Was mag uns dort im Schatten der Berge erwarten?« Hoffnung schien in ihrer Stimme mitzuschwingen. Oder war es Furcht?

»Ich glaube fast, du bist glücklich, endlich einmal in deine geliebten Berge zu kommen«, neckte er sie, und sie lächelte ihn an, ihre Arme tief in den Falten des Umhangs vergrabend.

»Ich verspüre einen tiefen Frieden in mir, Caradoc«, gab sie zur Antwort. »Wir haben unseren Tuath verloren, wir sind auf der Flucht, frieren und hungern und um uns herum ist der Wahnsinn ausgebrochen. Und dennoch bin ich so glücklich wie an unserem Hochzeitstag, wenn ich daran denke, daß ich nun auch das Land sehen soll, das ich aus vielen Erzählungen kenne!« Hinter ihren Worten verbarg sich mehr als bloße Begeisterung für die fernen

Berge. Sie sprach ihm auf ihre Weise Mut zu. Trauere nicht, sagte sie ihm, sei zuversichtlich. Dankbar für ihren Zuspruch, sprang er auf das bereitstehende Pferd. Fearachar reichte ihm die kleine Eurgain entgegen und ihr Kopf sank sofort erschöpft an seine Brust. »Ich habe Hunger, Vater«, murmelte sie schlaftrunken, aber er hatte keine tröstenden Worte für sie. Sie würde schlafen. Cinnamus und Caelte kamen auf ihren Pferden heran, Fearachar kontrollierte noch einmal das Geschirr von Llyns Pferd, ehe er selbst das seine bestieg. Dann hob Bran seinen Arm als Zeichen zum Aufbruch. Der Westen, dachte Caradoc. Welch eigenartige Kraft lag doch in dem Wort. Begann diese Kraft nicht bereits ihn zu verändern? Leb wohl, Gladys, meine Schwester. Möge dein nächstes Leben dich die Mühen des jetzigen vergessen lassen und dir Frieden schenken, dachte er mit neuer Intensität. Leb wohl, Camulodunum, du Stätte meiner unbekümmerten Jugend. Cunobelin, Togodumnus . . .

Der Morgen dämmerte bereits. Caradoc warf einen letzten Blick zurück auf den Pfad, der sich um den Stamm einer mächtigen Eiche herumschlängelte und zwischen den Bäumen verschwand. Du kannst nicht umkehren, schienen sie ihm zuzuraunen, dieser Weg ist nicht mehr gangbar, diese Tage sind vorüber. Er trieb sein Pferd an und verschwand wie ein Schatten in der Nacht.

14

Als auch Caradoc gegangen war, wurde es still im Versammlungshaus. Gladys kauerte mit angezogenen Knien am Boden und hörte auf das monotone Prasseln des Regens. Mit der Zeit versiegten die Tränen, und sie schlief erschöpft ein, während auch die letzte Lampe erlosch und der Regen nachließ. Undeutlich bemerkte sie, daß der Morgen graute, doch sie träumte, sie läge am Meer, umspült von den Wellen, die Gesicht und Hände kühlten. Sie spürte den lebendigen Puls der Gezeiten und erwachte plötzlich, seltsam gestärkt. Entschlossen gürtete sie ihr Schwert um, tauchte Kopf und Hände in das Wasserfaß und trat ins Freie.

Die Feuersbrunst vom Vortag war erloschen. Dort, wo einst

Hütten und Pferdeställe ihren Platz hatten, lagen nur noch rauchende Aschehaufen. Sie wandte sich ab und ging zur Rückseite des Versammlungshauses, in dessen Schutz noch einige intakte Hütten standen. Die Bauern erwiderten ihren Gruß mit Mißtrauen. Schließlich ging sie wieder zur Vorderseite zurück und setzte sich vor die Tür, blinzelte in den blauen Himmel und wärmte ihre Glieder in der Morgensonne. Schon bald scharten sich die Bauern um sie. Gladys sah in ihre fragenden Gesichter und überlegte, wie viele es sein mochten. Zweihundert? Dreihundert? Sie stand auf. Im römischen Lager ertönten die Trompeten, die Legionen bereiteten ihren Sturmangriff auf Camulodunum vor. Gladys vergeudete keine Zeit mit beschönigenden Worten.

»Trinovanten!« rief sie mit heller Stimme. »Mein Bruder und die Häuptlinge meines Volkes haben Camulodunum verlassen. Sie gehen in den Westen, um von dort aus den Kampf gegen Rom neu zu planen. Deshalb werde ich euch heute in die Schlacht führen.«

Zorn und Empörung schlugen ihr entgegen, aber damit hatte sie gerechnet. Die Bauern sprangen auf die Füße und drängten sich mit drohenden Gesichtern um sie. »Sie werden wiederkommen!« log Gladys, aber natürlich schenkte ihr niemand Glauben. Aus der unruhigen Menge tauchte jetzt eine große, kräftige Gestalt auf und schob sich nach vorn. Die schwarzen Haare hingen dem jungen Krieger wirr in die Stirn, seine nackten, stämmigen Arme waren mit Narben übersät.

»Pah!« rief er, »sie werden nicht zurückkommen. Feiglinge, das sind sie. Endlich zeigen die Catuvellauni ihr wahres Gesicht. Ihr hättet mit ihnen gehen sollen, Lady. Jetzt haben wir nur Arbeit mit Euch, denn leider müssen wir Euch töten, ehe wir selbst fliehen. Oder glaubt Ihr ernsthaft, daß wir unter diesen Umständen hierbleiben und für Euch sterben?« Verächtlich spuckte er vor ihr auf den Boden. »Mein Vater und meines Vaters Vater waren Häuptlinge, ehe die Catuvellauni kamen und uns zu ihren Sklaven machten. Mit welchem Recht, frage ich Euch? Jetzt sind die Catuvellauni vernichtet und Camulodunum gehört endlich wieder uns.«

»Dummköpfe seid ihr!« rief Gladys erregt. »Die Römer werden

härtere Herren sein, als es die Catuvellauni je waren. Sie werden Euch noch mehr versklaven. Bleibt hier und kämpft, dann gebe ich Euch die Freiheit zurück! Ihr sollt auch Eure Ehrenprämien wieder erhalten, das schwöre ich bei der Göttin und bei Camulos! Wenn Ihr bleibt und wir siegen, soll Euch dieses Land wieder gehören.« Sie blickte auf ihn herab und senkte die Stimme. »Stellt Euch an meine Seite«, forderte sie ihn auf. »Wenn Ihr ein Häuptling seid, dann handelt auch wie ein Häuptling, kämpft wie ein Häuptling, und wenn es sein muß, sterbt wie ein Häuptling.« Er biß sich unentschlossen auf die Lippen, und Gladys wagte einen letzten, verzweifelten Vorstoß. »Wenn auch nur noch ein Fünkchen Ehrgefühl in Euch steckt, dann kämpft. Wenn nicht, kämpfe und sterbe ich eben allein, und Cunobelin hatte recht, wenn er euch dumme Schafe nannte!«

Seine Augen blitzten sie böse an, und er stieß einen zornigen Ruf aus. Ohne länger zu zögern, stellte er sich neben Gladys. »Gut, wir werden kämpfen!« rief er. »Wenn wir gewinnen, werdet Ihr Tara geopfert, und wir nehmen unser Land wieder ein. Wenn nicht ...«, er grinste schlau, »sterben wir als Krieger.«

»Einverstanden!« Ungeduldig zog sie ihr Schwert. »Verteilt euch auf der Mauer. Nehmt eure Schleudern mit. Wir müssen die Soldaten daran hindern, die Mauer zu erstürmen oder zum Einsturz zu bringen. Es gibt nichts mehr zu essen, die Vorräte sind aufgebraucht. Wenn ihr gewinnt, könnt ihr heute abend von den Vorräten der Römer speisen.«

Sie rannten willig davon und taten, wie ihnen geheißen. Gladys ließ den streitlustigen Häuptling stehen und ging in Richtung des zugemauerten Tores davon. O ja, sie hatte die Gutgläubigkeit der Bauern ausgenutzt, aber sie schämte sich keineswegs. Sie hatten keine Chance, und Camulodunum würde niemand anders als den Römern gehören. Wenigstens würden sie ehrenvoll sterben, nachdem sie vierzig Jahre lang ohne Ehre gelebt hatten.

Da, die Römer bliesen zum Angriff. Schon näherten sich die Truppen der Mauer. Die Trinovanten legten ihre Steine in die Schleudern und sandten einen wahren Geschoßhagel in die Tiefe. Schmerzensschreie und ärgerliche Rufe ertönten, aber das war auch alles, was sie noch erreichen konnten. Das Verhältnis mutete geradezu lächerlich an – auf einen Einheimischen kamen fünfzig Römer! Dann begann das Mauerwerk nachzugeben. Erste Hände erschienen in den Öffnungen, um sie zu vergrößern, und ohne nachzudenken, rannte Gladys nach vorn und schlug sie mit ihrem Schwert ab. Der Mann schrie auf, aber sofort erschien ein Dutzend weiterer Hände in der Mauer, überall entstanden Öffnungen, und Gladys rannte hin und her. Zwei Lerchen trällerten unbekümmert am blauen Himmel über ihren Köpfen. Als der erste Kopf auftauchte, nahm Gladys all ihre Kräfte zusammen und schlug ihn ab. In der Zwischenzeit flohen die Bauern von der Mauer und warfen sich den eindringenden Römern mit Messern Fäusten und gefletschten Zähnen entgegen. Gladys rannte wie eine Besessene den Pfad zum Versammlungshaus hinauf, während die Bauern einfach überrannt wurden und stumm vor Entsetzen starben. An der Tür zu Camulos' Schrein wirbelte sie herum und warf den Schild vor die Statue. Wortfetzen alter Beschwörungsformeln schossen ihr durch den Kopf, und sie wurde, keuchend auf ihr Schwert gestützt, Zeuge des Untergangs von Camulodunum.

Zwei Häuserringe vom Versammlungshaus entfernt erschienen nun die Offiziere in der Mauer, gefolgt vom Heer. Gladys nahm alles wie durch einen Schleier wahr, erfüllt von Fatalismus, als sei sie eine unbeteiligte Beobachterin. Ihre Zeit war abgelaufen. Die Offiziere drehten sich suchend um und blickten in ihre Richtung. Gladys hob das Schwert über den Kopf, und plötzlich waren alle Gedanken wie fortgeblasen.

Mit hochroten Gesichtern stürmten die Soldaten jetzt den Pfad herauf, bemerkten Gladys und stürzten mit vorgehaltenen Schilden auf sie zu. Eine große Gelassenheit überkam sie, und mit einem geschmeidigen Satz sprang sie ihnen entgegen. Unter den Soldaten entstand prompt eine momentane Verwirrung, etliche Schwerter trafen sie, und sie spürte den Schmerz wie züngelnde Flammen, doch jetzt sauste ihr Schwert nieder und hieb einem der Soldaten das Bein unterhalb des Knies ab. Sofort setzte sie nach, doch diesmal wurde ihr Hieb von einem Schild abgewehrt, und ihr gestauchter Arm wurde sofort gefühllos. Sie wirbelte herum, um dem Soldaten in ihrem Rücken zuvorzukommen, und wagte kühn berechnend einen Ausfall. Gladys tänzelte wie ein Derwisch in Ekstase, doch er duckte sich und warf sich ihr mit vorgehaltenem Schild entgegen. Sein Schildknauf prallte gegen ihre Rippen und für den Bruchteil einer Sekunde blieb ihr die Luft weg, dann machte sie einen Satz nach hinten und entging knapp seinem Schwert, mit dem er auf ihren Unterleib gezielt hatte. Irgend jemand rief einen Befehl. Gladys spürte, daß sich ihr Soldaten von hinten näherten, und straffte die Schultern, wie um sich für den Schlag zu wappnen, der nun unweigerlich erfolgen mußte. Statt dessen wurde sie von kräftigen Armen am Hals gepackt, und ihr Kopf schlug gegen einen Harnisch. Wie eine Verrückte trat und biß sie wild um sich, versuchte, an ihr Messer im Gürtel zu kommen, dann wurde ihr schwarz vor Augen.

»Erwürg sie nicht, Quintus«, hörte sie jemand sagen. »Du hast einen königlichen Fang gemacht. Plautius wird sie sehen wollen.« Man ließ sie fallen, sie spürte, daß man ihr das Schwert abnahm und sie nach weiteren Waffen durchsuchte. Ihr Schwertarm pochte, der Kopf dröhnte. Sie wollte die Augen öffnen, aber die Anstrengung war zu groß. Es blieb ihr also nichts weiter übrig, als reglos dazuliegen und dem Geklirr der Waffen zuzuhören. Gladys versuchte, sich auf ihre Atmung zu konzentrieren. Tief durchatmen, dachte sie immer wieder, und allmählich kehrte Gefühl in ihre Beine zurück. Sie schlug die Augen auf. Man hatte sie neben den Schrein des Camulos gelegt. Nahe bei ihrem Kopf stand der Zenturio, neben ihm dessen Stellvertreter, der ihr Schwert und auch das Messer beschlagnahmt hatte. Der Zenturio bemerkte, daß sie sie beobachtete.

»Aha, sie erholt sich, Quintus. Stell sie auf die Füße, aber gib acht. Sind flink wie die Wiesel, diese Barbaren.« Im nächsten Augenblick wurde sie unsanft hochgezerrt und kämpfte auf wackligen Beinen um ihr Gleichgewicht. Jeder Atemzug verursachte ihr Höllenqualen, anscheinend hatte sie sich bei dem Zusammenstoß mit dem Schildknauf die Rippen geprellt. Dennoch verschränkte sie stolz die Arme und schaute den Zenturio herausfordernd an.

»Wie heißt du?« fragte er. »Ich weiß, daß du königlichen Geschlechts bist, sonst würdest du nicht so viel Silber tragen.«

Gladys blieb stumm.

»Vielleicht versteht sie dich nicht«, bemerkte der stellvertretende Zenturio. »Sprichst du ihre Sprache?«

Der Hauptmann verneinte. Gladys starrte ihn so feindselig an, daß ihm ganz unwohl dabei wurde. »Plautius ist wahrscheinlich noch bis zum Abend beschäftigt. Sie öffnen das zugemauerte Tor und danach muß er sich um das Zelt des Kaisers kümmern. Sperre sie vorläufig hier in den Schrein. Zwei Soldaten sollen sie bis dahin bewachen.« Quintus salutierte, und der Zenturio schritt würdevoll davon. Sein Stellvertreter packte Gladys und stieß sie in den Schrein.

»He, ihr!« Er rief zwei vorbeieilende Legionäre heran. »Bewacht diese Gefangene!« Dann ließ er sie mit den Soldaten allein. Die beiden nahmen murrend zu beiden Seiten des Heiligtums Aufstellung.

»Wieder keine Pause«, entrüstete sich der eine. »Es wird Stunden dauern, bis Quintus einfällt, daß wir hier warten. Hast du wenigstens deine Würfel dabei?«

»Schauen wir uns die Gefangene erst einmal an«, schlug der andere vor, und im nächsten Augenblick erschienen ihre Köpfe in der Tür. Gladys verdrängte den stechenden Schmerz in ihrer Brust und fauchte sie an.

»Dies ist ein heiliger Ort. Wenn ihr auch nur einen Fuß über die Schwelle setzt, wird der Gott dieses Ortes euch verfluchen. Ihr werdet Magenkrämpfe bekommen, der Kopf wird euch schmerzen, bis ihr froh wärt, wenn man ihn euch abschlüge. Dämonen werden euch verfolgen, bis ihr vor Angst wahnsinnig werdet.« Sie schreckten zurück. Man konnte ja nie wissen, worauf man sich einließ. Gladys atmete erleichtert auf.

Im Halbdunkel des Schreins schien Camulos unheilvoll zu lächeln. Gladys schaute ihn an. »Wo warst du, als ich dich brauchte, Camulos«, flüsterte sie. »Bist du der Catuvellauni überdrüssig?« Die Gottheit mit den spitzen Ohren schwieg, die Hände auf dem fetten Bauch gefaltet. Gladys beschloß, sich hinzulegen, in der Hoffnung, daß der Schmerz dann etwas nachlassen würde, aber die Prellung tat weh, egal, wie sie sich legte. Der Knauf hatte sie mit solcher Wucht getroffen, daß sogar ein

Stück Stoff in der Wunde klebte, aber sie wagte es nicht, daran zu ziehen. Die Soldaten vertrieben sich unterdessen die Zeit beim Würfelspiel, und Gladys versuchte, ein wenig zu schlafen. Sie dachte an Caradoc, der sicherlich schon ein gutes Stück zurückgelegt hatte, an ihre süßen kleinen Nichten, an ihr geliebtes Meer.

Gegen Abend erwachte sie. Ihr Herz raste, der Kopf dröhnte. Laute Stimmen näherten sich dem Schrein, und sie setzte sich vorsichtig auf. Ihr ganzer Körper schmerzte.

»Geht und holt sie!« herrschte eine ungeduldige Stimme die Soldaten an. »Was ist mit euch los?«

»Wenn wir hineingehen, wird ihr Gott uns verfluchen. Genau das hat die Dame gesagt.«

»Ach tatsächlich? Hat sie das gesagt? Sie spricht also auch eine kultivierte Sprache. Sehr schön. Quintus, bring sie her. Ihr beiden könnt abtreten.«

Gladys stand zitternd auf und lehnte sich an die Wand, dann ging sie zur Tür, noch bevor irgend jemand den Schrein betreten konnte. Quintus schnippte gebieterisch mit den Fingern.

»Na los, beeil dich. Der Befehlshaber wartet!«

Sie trat ins Freie und blinzelte in die untergehende Sonne. Von unzähligen Kochstellen kräuselte sich feiner Rauch in den Abendhimmel. Die Mauer war ein ziemliches Stück abgetragen worden, und zu ihrer Linken türmten sich Proviantsäcke, versehen mit dem Stempel des kaiserlichen Adlers. Aus dem Versammlungshaus ertönte lautes Lachen, und Gladys hatte das Gefühl, in einer anderen Zeit aufgewacht zu sein. Quintus ergriff ihren Arm, die Wachen nahmen sie in die Mitte und unter der Führung des Zenturio setzten sie sich in Bewegung. Es ging am Versammlungshaus vorbei, dann links den Pfad hinauf bis zur Kuppe der Anhöhe. Ausgerechnet vor Caradocs grauem Steinhaus kamen sie zum Stehen, und Gladys schrie innerlich vor Empörung über dieses Sakrileg auf, doch der Zenturio war bereits darin verschwunden. Kurz darauf erschien er wieder und bedeutete ihr, einzutreten. Was blieb ihr schon anderes übrig? Sie ging also hinein und sah sich drei Männern gegenüber, die sie mit großem Interesse ins Visier nahmen. Gladys Blick wanderte jedoch über die wenigen vertrauten Gegenstände des Zimmers und ein Kloß würgte sie im Hals. Dort lag in einer Ecke Eurgains Kiste am Boden, aufgebrochen und natürlich leer. Einer ihrer Silberbecher stand in Reichweite des Befehlshabers auf dem Tisch und neben der Feuerstelle lag Caradocs rotblauer, mit Goldfäden umsäumter Umhang. Es kostete Gladys große Anstrengung, die aufsteigenden Tränen zurückzuhalten. Der Raum strahlte noch immer Eurgains friedvolle Zuversicht aus, und allmählich beruhigte sie sich.

»Danke, Varius, du kannst gehen.« Der Zenturio salutierte und ging hinaus. Gladys erwachte aus ihren Gedanken. Der Befehlshaber war, so schätzte sie, ein Mann in den mittleren Jahren. Sein kurzes, schwarzes Haar zeigte erste Spuren von Grau, sein Gesicht war eher hager zu nennen, die Nase leicht verkrümmt, das Kinn wirkte entschlossen. Ein harter Zug umspielte die zusammengepreßten Lippen, doch wenn er sprach, war dieser Eindruck verschwunden. Seine Kleidung war makellos, am Zeigefinger der linken Hand funkelte ein Siegelring. Dann blickten ihre prüfenden Augen plötzlich in die seinen, und ein Schock durchfuhr sie, eine undeutliche Erinnerung, als hätte sie schon einmal in diese Augen geblickt, als würde sie ihre wahren Tiefen aus einer anderen Zeit kennen, die jenseits ihres jetzigen Bewußtseins lag. Im Bruchteil einer Sekunde erkannte sie in diesen graublauen Augen einen Teil ihres eigenen Selbst. Es waren die forschenden Augen eines Mannes, der sowohl zu objektiver Beobachtung als auch zur Innenschau fähig war, ohne seine so erlangte Weisheit auf der Zunge zu tragen. Erleichtert, ja froh über die Begegnung, ließ sie ihren Blick zu den beiden anderen wandern. Neben dem Tisch stand ein stämmiger, abgrundtief häßlicher Mensch mit einem roten Gesicht, der die Hände auf dem Rücken verschränkt hielt. Zu ihrer Rechten stand in lässiger Haltung ein junger Mann, der sie mit unverhohlener Neugierde musterte. Sie blickte zu Boden.

»Wie ist dein Name?« begann der Befehlshaber das Verhör. Statt einer Antwort schaute sie ihn nur an. Blitzschnell schoß ihr durch den Kopf, daß die Römer, obwohl sie sich selbst als kultiviert bezeichneten, nicht einmal eine höfliche Anrede kannten. Kaiser wie Sklave wurde mit »du« angesprochen. Er verschränkte seine

Hände. »Wie heißt du?« wiederholte er geduldig, und Gladys bedachte ihn mit einem kühlen, abweisenden Blick.

»Mein Name geht dich nichts an«, antwortete sie in der Sprache der Römer.

»Wo sind deine Häuptlinge? Wo ist dein Ri?«

»Tot.«

Er schüttelte den Kopf. Als er wieder sprach, hatte seine Stimme einen gefährlichen Unterton. »Das sind sie nicht. Unter den Toten war kein Häuptling. Ich habe sie selbst inspiziert. Wo also?«

Sie preßte ihre Lippen zusammen und schwieg. Plautius schaute sie unverwandt an. Er teilte die Meinung des Zenturio, daß sie königlicher Abstammung sein mußte und in der Tat eine wertvolle Geisel war. Sie trug Silberschmuck und ein kostbares, wenn auch arg mitgenommenes Gewand. Wer war sie? Welchen Häuptling konnte man ihretwegen vielleicht zur Kapitulation bewegen? Welcher Vater oder Ehemann war bereit, den Preis der Freiheit für sie zu bezahlen? Sie konnte nicht mehr ganz jung sein, aber ihr wahres Alter ließ sich schwer schätzen. Ihr glänzendes Haar zeigte noch keine Spur von Grau, ihr Gesicht allerdings war von feinen Linien überzogen. Und dann diese Augen... Plautius ärgerte sich über sich selbst. Er hatte wahrlich Wichtigeres zu tun, als müßige Überlegungen über die Herkunft dieser Barbarenprinzessin anzustellen. Aber warum nur kam ihm ihr Gesicht so vertraut vor? Er spürte eine geheime Spannung hinter ihrer eisernen Ruhe, die eine Selbstbeherrschung verriet, wie man sie nur durch jahrelange Disziplin erlangte. Er hatte dieselbe Ausstrahlung an Menschen erlebt, die sich ganz der Kunst widmeten und sehr zurückgezogen lebten. Plautius sah, daß sie leichenblaß wurde und sich an die Brust griff.

»Sie ist verletzt. Rufus, den Hocker.«

Der junge Mann stellte den Hocker vor sie, und Gladys sank darauf nieder. Gleich fühlte sie sich besser. Die Männer warteten und schwiegen. Endlich hob Gladys den Kopf.

»Du fragst mich, wo sie sind«, stieß sie mühsam hervor, die Hände auf die schmerzenden Rippen gepreßt, vor Hunger und Erschöpfung einer Ohnmacht nahe. »Ich kann es dir ruhig sagen, denn es wird dir wenig nützen. Sie sammeln neue Truppen. Sie werden euch immer wieder bekämpfen, Römer, bis ihr uns endlich in Ruhe laßt und wieder in euer stinkendes Rom zurückkehrt.«

Die letzte, beleidigende Bemerkung wurde ignoriert. Pudens zog die Augenbrauen in die Höhe und lächelte, Plautius baute sich vor ihr auf.

»Wohin sind sie geflohen?«

»Ich habe genug gesagt.« Irgendwie fand er ihren Akzent niedlich, wenngleich sie eine für eine Frau reichlich tiefe Stimme hatte. Ihre Art zu sprechen rührte an etwas in seinem Unterbewußtsein, aber er konnte sich nicht erinnern. Er zwang sich, daran zu denken, daß eine Kriegerin vor ihm stand, daß sie einige seiner Männer getötet, andere schwer verletzt hatte.

»Und weshalb bist du nicht mit ihnen geflohen?« fragte er, sanfter als beabsichtigt. Sie sah ihn mit traurigen Augen an.

»Weil ... es hat etwas mit Ehre zu tun.«

Vespasianus murmelte ein paar unverständliche Worte und setzte sich auf die Tischkante. Pudens lächelte noch breiter, als er es ohnehin schon tat, aber sein Respekt vor der Gefangenen wuchs, ja, er fand, daß sie eine recht beachtliche Persönlichkeit war. Plautius dachte über ihre Antwort nach.

»Lady, ich muß wissen, wohin sie geflohen sind, das wirst du sicherlich verstehen. Ich werde dich also so lange fragen, bis du mir antwortest. Wie viele Häuptlinge konnten entkommen? Wie stark ist seine Truppe?«

»Noch ist sie klein«, antwortete sie, »aber sie wird es nicht bleiben. Und falls ihr mit dem Gedanken spielt, meinen Bruder mit mir zu ködern, so irrt ihr euch gewaltig. Er wird sich den Römern nie und nimmer ergeben, eher werde ich sterben!«

»Aber würdest du es nicht vorziehen, am Leben zu bleiben?«

»Ein ehrloses Leben ist nichts wert. Wenn nötig, werde ich eben sterben. Es gibt nichts mehr, wofür es sich zu leben lohnt.«

Und dennoch willst du leben, dachte Plautius bei sich, es ist nur noch nicht in dein Bewußtsein gerückt. Du bist unglücklich und steckst voller geheimer, unerfüllter Sehnsüchte. Ich kann in deinen dunklen Augen lesen, sie verraten es mir. Er schritt zur Tür und rief nach Varius. »Richte eine der Hütten für sie her.

Und schick nach meinem Arzt, er soll sich ihrer annehmen. Sie erhält die normale Kost für Legionäre. Bewacht sie gut.«

Varius nickte, und Gladys erhob sich. Ohne sich noch einmal umzusehen, folgte sie dem Offizier nach draußen.

»Nun?« fragte Plautius seine beiden Gefährten.

»Haben eine seltsam primitive Vorstellung von Ehre und Mut, diese Leute«, brummte Vespasianus undeutlich. »Laß Quintus mit ihr reden. Er wird die Wahrheit auf seine Weise aus ihr herauskitzeln, und zwar bevor es zu spät ist, die Verfolgung aufzunehmen.«

Plautius widersprach. »Er würde gar nichts aus ihr herausbekommen. Ihre Ehre oder was sie dafür hält, ist ihr wichtiger als ihr Leben. Wer ist sie, Rufus? Hast du eine Ahnung?«

»Sie erwähnte einen Bruder. Wir wissen, daß der jüngere tot ist, und Adminius ist hier. Es kann sich also nur um Caradoc handeln, der uns entwischt ist. Cunobelin hatte nur eine Tochter.«

Plautius nickte zustimmend. »Gladys oder so ähnlich. Wirklich eine wertvolle Geisel, meine Herren. Sie wäre besser auch geflohen.« Und wieso bin ich froh, daß sie hier ist? dachte er erstaunt.

Gladys wurde in einer Hütte im äußersten Ring einquartiert, die vom Feuer relativ unversehrt geblieben war. Der Arzt sah nach ihrer Verletzung, entfernte den Stoff mit einem einzigen Ruck und versorgte die Wunde mit einer Heilsalbe. In ein paar Wochen sei auch ihr Arm wieder voll funktionsfähig, versicherte er ihr. Dann war sie wieder allein. Später brachte man ihr eine einfache Soldatenmahlzeit – Fleischbrühe, Bohnen, Lauch, Gerstenbrei, mit Wasser verdünnten Wein –, und Gladys verschlang alles bis auf den letzten Bissen. Schließlich erhielt sie sogar frische Gewänder, aber als sie dann auch noch um ihr Schwert und das Messer bat, betrachtete der Legionär sie mit einer Mischung aus Erstaunen und Geringschätzung und ließ sie kopfschüttelnd allein.

Drei Tage später hielt Claudius prunkvoll als strahlender Sieger seinen Einzug in Camulodunum.

15

In dieser Nacht, als die Fanfaren und Ovationen, die Opfer und Umzüge endlich vorüber waren, bat der Kaiser seine Offiziere zu einer Siegesfeier ins Versammlungshaus. Plautius, in prächtige Gewänder gehüllt und angetan mit seinen Amtsinsignien, saß auf dem Ehrenplatz an des Kaisers rechter Seite und hörte nur mit halbem Ohr dessen selbstherrlichen Ausführungen über die Zukunft der neuen Provinz zu. Außerdem beklagte sich der Imperator über das scheußlich feuchte Klima in diesem Lande, das die Gesundheit des Göttlichen doch sehr angriff. Im übrigen geizte er nicht mit der Aussicht auf Beförderung und auf reichen Lohn, der ihnen allen zuteil werden sollte. Plautius nippte genießerisch an dem trockenen Wein, den er so schätzte, und entspannte ein wenig, da Claudius sich eben mit Galba, seinem Schatzmeister, unterhielt. Ihm oblag die Schätzung Albions, und sie hatten stundenlang darüber diskutiert, welchen Kurs Plautius in diesem wilden, undurchschaubaren Land am besten steuern könnte. Plautius hielt Galba für einen fähigen, vertrauenswürdigen Mann, der jedoch nicht ganz frei von Eitelkeit und Ehrgeiz war. Er geriet zu leicht ins Schwärmen und ereiferte sich häufig. Hinter der schier unermüdlichen Ausdauer eines Menschen wie Galba verbargen sich allzuleicht geheime Ambitionen. Auch Claudius schien dieser Ansicht, denn er ließ ihm selten freie Hand.

»Dieses Haus ist wirklich eine ganz besonders schreckliche, stinkende Höhle, findest du nicht auch, Plautius?« Der Kaiser riß ihn aus seinen Gedanken und verlangte wieder seine volle Aufmerksamkeit. »Reiß es ab, wenn ich fort bin. Es riecht unangenehm nach ranzigem Fett und primitiver Magie. Ich denke, wir sollten hier einen Tempel errichten, mir zu Ehren, versteht sich. Erstens wird sein Anblick die Legionäre ermutigen und später, wenn diese schrecklichen Barbaren etwas Kultur angenommen haben, können sie dort ihre religiösen Bedürfnisse befriedigen. Was meinst du dazu?«

Plautius sah den Kaiser an, aber er mußte den Blick sofort wieder abwenden. Claudius hatte zwar das Gesicht eines vornehmen Patriziers, aber gewisse Dinge konnte er einfach nicht kontrollieren. Seine Nase lief schon wieder und in den Mundwinkeln bildeten sich Speichelbläschen. »Ich halte es für eine weise Entscheidung, Exzellenz«, entgegnete er beherrscht. »Ich werde die Bauern mit der Aufgabe betrauen. Das wird sie eine Weile sinnvoll beschäftigen.«

Claudius lächelte huldvoll. »Ich muß dir zu deiner wirklich brillanten Eroberung gratulieren, Plautius. Wenn ich erst wieder in Rom bin, werde ich meinen jüngsten Sohn nach unserer neuen Provinz Britannicus nennen. Übrigens freue ich mich schon darauf. Triumphalia ornamenta für Vespasianus und Geta, der Salut des Senats für mich.« Er schmatzte genießerisch bei der Vorstellung seines Triumphes und legte sich zurück. »Wie ich höre, haben wir eine wertvolle Geisel«, fuhr er gesellig fort, »eine Barbarenprinzessin. Plautius, mein Lieber, laß sie vorführen. Ich will sie mir anschauen.«

Plautius erhob sich widerwillig. Der Kaiser bemerkte sein Zögern, interpretierte es jedoch auf seine Weise. Er winkte ihm mit der juwelenberingten Hand beruhigend zu. »Du brauchst nicht zu fürchten, daß sie meine göttliche Person beleidigen könnte. Ich werde mich großartig amüsieren. Sie spricht lateinisch, sagst du?«

»Viele ihres Stammes sind unserer Sprache mächtig«, bestätigte Plautius, und Claudius scheuchte ihn gutgelaunt hinaus, ohne den milden Vorwurf bemerkt zu haben.

Er ließ Gladys von zwei Soldaten herbeiholen. Während er wartete, fiel sein Blick auf die vielen Feuerstellen, die gleich geheimnisvollen roten Lichtern das Tal gespenstisch beleuchteten. Eine große Zufriedenheit überkam ihn. Das Leben meinte es in jeder Hinsicht gut mit ihm. Claudius' Wohlwollen war ihm sicher, die Invasion war ein voller Erfolg, und bald würde der Kaiser nach Rom zurückkehren und ihm hier freie Hand lassen. Seine Aufgabe würde es sein, hier die Grundlagen für eine blühende römische Provinz zu schaffen. Pannonien war eine Herausforderung gewesen, aber dies hier... Er hörte Schritte und sammelte sich. Aus der Dunkelheit tauchte Gladys auf. Sie trug ihr langes schwarzes Haar offen und hatte einen schwarzen Umhang übergeworfen. Im schwachen Licht der Sterne erschien ihr Gesicht bleich und unwirklich, von überirdischer Schönheit und Weisheit. Er schickte die beiden Soldaten fort und reichte ihr seinen Arm.

»Ich hoffe, es geht dir etwas besser?« begann er in zuvorkommendem Ton. »Hast du noch Schmerzen?« Sie nickte unmerklich. »Der Kaiser läßt dich rufen. Du brauchst dich nicht vor ihm zu fürchten, er ist nur neugierig, nichts weiter. Bitte tritt ein.« Sie lächelte ihn sarkastisch an, und er fühlte sich wie ein Idiot.

An der Türschwelle blieb sie wie angewurzelt stehen, unfähig, die Veränderungen, die hier stattgefunden hatten, in sich aufzunehmen. Ihre Augen flogen von Wand zu Wand, und die Gespräche verstummten. Dicke Teppiche bedeckten den gestampften Lehmboden. Über der alten Feuerstelle hing ein riesiges Becken, in dem nun das Feuer brannte. Unzählige Fackeln erleuchteten den ganzen Raum, und in ihrem unruhigen Licht funkelten die goldenen Spangen, die Bronzearmreifen und die kostbaren Harnische der Offiziere, die im Halbkreis auf einer Reihe von Sofas ruhten. Die Wände waren mit schwerem Brokat und Damaststoffen verkleidet, und in der Mitte endlich bog sich ein riesiger Tisch unter der Last von exotischen Früchten, bauchigen Weinkrügen und einer Vielfalt von fertig angerichteten Speisen. Angesichts dieser verschwenderischen Fülle befiel sie eine ungewohnte Schüchternheit, und unter den Augen der arroganten römischen Aristokratie fühlte sie sich mehr als unwohl. Dann gewann sie ihre Fassung wieder und folgte Plautius hocherhobenen Hauptes. Er blieb stehen, verneigte sich und trat zur Seite. »Die Dame Gladys, würdiger Imperator«, sagte er und nahm seinen Platz wieder ein.

Vor ihr saß der mächtigste Mann der Welt oder besser, er lag. Gladys war beeindruckt. Ein exakt geschnittener Pony fiel in die hohe Denkerstirn, und auch sonst trug er sein graues Haar kurz. Die breite Nase erinnerte sie flüchtig an Caradocs, doch viele feine Fältchen verliehen ihm bei näherer Betrachtung ein trotziges, ja grausames Aussehen. Er musterte sie mit klaren, intelligenten Augen, aber er war mit einem nicht zu übersehenden Makel behaftet. Gladys stellte mitleidig fest, daß der Kaiser wie ein Baby sabberte. Aus diesem Grund hielt er auch ein weißes Tüchlein in der Hand, mit dem er sich bisweilen vorsichtig die Mundwinkel betupfte. Am auffälligsten war jedoch das Wackeln seines Kopfes. Er streckte ihr seine beringte Hand entgegen, und der purpurne Mantel fiel zurück.

»Tritt näher!« befahl er, und Gladys gehorchte. Was hatte ihr Bruder über diesen Mann gesagt? Er lebte in ständiger Furcht davor, vergiftet oder verraten zu werden. Andererseits sei er ein gelehrter Mann, ein Genie, äußerst belesen – und ein Werkzeug in den Händen der Prätorianer, der griechischen Freien und seiner Frauen. »Wir hatten Gelegenheit, deinen Mut zu bewundern, Barbarin«, fuhr er fort. »Du hast dich tapfer geschlagen, so wurde mir wenigstens berichtet. Aber wir sind keine rachsüchtigen Menschen, Gladys. Im Gegenteil, wir bringen deinem Volk einen neuen, dauerhaften Frieden und Wohlstand. Seit Jahren pflegen wir mit euch gute Handelsbeziehungen, ja man könnte sagen, wir sind so etwas wie Brüder geworden. Laßt uns also auch weiterhin wie Brüder zusammenarbeiten, und wir werden noch mehr miteinander verwachsen. Was hältst du davon?«

Gladys war sprachlos. Sollte sie nun laut lachen oder ihm ihre Abscheu ins Gesicht spucken? Tog... ein Klumpen steckte ihr im Hals, doch sie nahm sich zusammen. »Ihr Römer habt meine Stadt in einen Aschehaufen verwandelt«, begann sie mit rauher Stimme. »Mein Bruder wurde getötet, mein Volk vernichtet. Ich selbst habe alles verloren, meine Ehrenprämie, meine Stellung, meine Freiheit. Sogar mein Schwert hat man mir abgenommen. Verstehen die Römer das unter Frieden und Zusammenarbeit?« Sie hielt inne, um die aufsteigenden Tränen zurückzukämpfen. Lieber wäre sie gestorben, als daß sie diesen aufgeblasenen Herren Roms ein Schauspiel geboten hätte.

Claudius neigte seinen Kopf leicht zur Seite. »Ein niedlicher Akzent«, bemerkte er sodann amüsiert. »Und gut formuliert, für eine Wilde.« Plautius hielt den Atem an. Und, was kümmert es mich, wenn er sie beleidigt? dachte er verstimmt. So viele Barbaren, Männer und Frauen, sind schon vor Rom auf die Knie gezwungen worden. Gewiß schadete es diesem Dickschädel hier nicht, wenn Claudius ihren Stolz ein wenig ankratzte. Dennoch ärgerte es ihn. Der Kaiser schien in Hochstimmung zu sein, aber er war bei weitem nicht mehr so stabil wie früher. Er konnte des

Spiels jede Sekunde überdrüssig werden, und dann würde er ihre Hinrichtung befehlen. »Nun, meine Liebe«, fuhr er leutselig fort, »wir sind nun einmal hier, ob du's magst oder nicht. Ihr Barbaren werdet schon bald die Vorzüge erkennen und gar nichts mehr dagegen haben. Komm her und stoß mit mir an.«

Plautius Nervosität war auf ihrem Höhepunkt angelangt. Er hoffte um ihretwillen, daß sie ihren Hochmut hinunterschlucken und den Becher aus der Hand des Dieners entgegennehmen würde, um seinetwillen jedoch, daß sie es nicht tun würde. Die beiden starrten sich nun unverhohlen an, dann trat Gladys mit einem rätselhaften Lächeln nach vorn.

»Und wer wird meinen Wein vorkosten?« fragte sie gelassen.

Plautius mußte an sich halten, um nicht zu applaudieren. Niemand sprach oder rührte sich. Claudius entriß dem Diener den Becher und leerte den roten Inhalt auf den Teppich.

»Geh!« befahl er. Seine näselnde Stimme bebte vor Empörung.

Gladys schaute betont langsam in die Runde, die nun feindselig zurückstarrte, drehte sich um und glitt lautlos hinaus. »Ich hoffe, daß nicht alle so wie sie sind«, schnaubte Claudius hochrot vor Zorn, »sonst wäre es besser, sie zu töten.«

Seine Sorge erwies sich als unbegründet. Um die Mittagszeit des nächsten Tages erreichten die ersten Abgesandten der verschiedenen Stämme Camulodunum. Mit gemischten Gefühlen ritten sie durch das streng bewachte Tor, unsicher beäugten sie auch die Soldaten, die überall damit beschäftigt waren, Asche und Geröllhaufen zu beseitigen. Um das Versammlungshaus herum standen in einem ordentlichen Kreis die Zelte der Offiziere, bewacht von Legionären mit steinernen Gesichtern, vor dem Eingang des Versammlungshauses selbst waren der große Bronzeadler sowie die Standarten der Legionen aufgestellt. Der göttliche Kaiser thronte inmitten seines Gefolges und nahm in Gegenwart der Offiziere die Friedensangebote der Häuptlinge entgegen. Der Untergang der mächtigen Catuvellauni hatte die Barbaren in Angst und Schrecken versetzt, soviel stand fest. Sie wollten einen Vertrag und dann so schnell wie möglich wieder nach Hause.

Gladys lief in ihrer Hütte wie ein gefangenes Tier hin und her, als die vertrauten Töne an ihr Ohr drangen. Schließlich hielt sie es nicht mehr aus und rief ihre Wache.

»Bitte, laß mich hinaus«, bat sie. »Ich möchte mich mit den Häuptlingen unterhalten. Ich verspreche, nicht davonzulaufen.«

Der Wachposten warf ihr einen zweifelnden Blick zu. »Gedulde dich noch eine Stunde, bis meine Ablösung kommt. Ich muß erst den Tribun fragen. Aber mach dir keine allzu großen Hoffnungen, er sagt bestimmt nein.«

Rastlos nahm sie ihre Runden wieder auf. Die Enge des Zimmers schien sie zu erdrücken. Immer wieder lauschte sie angestrengt auf die Wortfetzen, die von draußen hereindrangen. Dann hörte sie, wie der Wachposten abgelöst wurde, und wartete voll Ungeduld auf die Antwort. Die verrücktesten Gedanken schossen ihr dabei durch den Kopf. Sie könnte sich hinausstehlen und mit einem Boot zum Meer fliehen. Sie würde barfüßig am Strand entlanglaufen, ihre Füße im nassen Sand vergraben und endlich wieder einmal frei atmen. Oder sie könnte sich verkleiden und versuchen, mit den Häuptlingen aus Camulodunum zu fliehen. Sie könnte aber auch versuchen, die Wache zu überwältigen, das Messer an sich zu reißen und den Kaiser zu töten. Doch immer wieder tauchten Plautius' ruhige, ernste Augen vor ihr auf und zu der Nervosität, an die sie sich schon gewöhnt hatte, kam noch ein neues, anders geartetes Gefühl der Unruhe.

Schritte kamen näher, und schon erschien die Gestalt des Tribunen in der Tür. »Du hast ein Anliegen?« fragte er knapp.

Gladys nickte eifrig. »Ich möchte ein wenig in der Sonne spazierengehen und mich bewegen. Bitte erlaube es mir.« Das Wörtchen ›Bitte‹ kam ihr nur schwer über die Lippen, aber sie hatte erkannt, daß es bei den Römern so etwas wie ein Zauberwort war, das ihr schon manchen Vorteil eingebracht hatte.

Er sah sie durchdringend an und überlegte. »Du bist keine gewöhnliche Gefangene, deshalb kann ich deine Bitte nicht einfach abschlagen. Ich muß den Befehlshaber fragen«, schnarrte er und eilte davon.

Gladys legte sich aufs Bett. Hoffentlich war Plautius nicht gerade beim Kaiser, denn Claudius würde die Bitte natürlich sofort abschlagen. Bei der Erinnerung an sein vor Zorn bebendes Gesicht schmunzelte sie ein wenig. Sicher war ihm ein derart respektloses Verhalten schon lange nicht mehr untergekommen. Wieder näherten sich eilige Schritte. Die Wache erschien in der Tür, salutierte, und schon trat Plautius höchstpersönlich mit eingezogenem Kopf durch die Tür. Ihr Herz schlug schneller.

»Du möchtest also in der Sonne spazierengehen«, sprach er sie freundlich an. »Ich hätte nichts dagegen, aber du bist eine zu wertvolle Gefangene, als daß ich dich einfach frei herumspazieren lassen dürfte. Meine Männer sind alle anderweitig beschäftigt. Wenn du allerdings bis zum Abend warten willst, sei es dir gestattet, ein wenig im Versammlungshaus herumzulaufen.«

Vor Enttäuschung war Gladys den Tränen nahe. Für einen Spaziergang an der frischen Luft war sie bereit, den letzten Rest ihrer Würde über Bord zu werfen. Sie ging auf Plautius zu und legte flehend eine Hand auf seinen Arm.

»Herr, wenn du mich noch eine Stunde länger hier einsperrst, werde ich verrückt. Ich schwöre bei allen meinen Göttern und bei meiner Ehre, daß ich nicht davonlaufen werde, aber bitte, laß mich hinaus!«

Plautius überlegte. Natürlich war sie es nicht gewohnt, eingesperrt zu sein und ihre ganze Glückseligkeit schien von diesem Spaziergang an der frischen Luft abzuhängen.

Wem sollte es schaden? Eine Stunde war nichts. Forschend sah er ihr in die Augen und entdeckte darin die Spuren verhaltener Tränen. Er befreite sich höflich von dem Griff ihrer heißen Hand.

»Nun gut, es ist zwar gegen meine Überzeugung, aber du kannst dennoch in Begleitung der Wache eine Stunde spazierengehen. Wenn du allerdings zu entkommen versuchst, muß der Soldat dich sofort töten.« Sie strahlte ihn an, und er lächelte zurück. Dann war er draußen, wechselte ein paar Worte mit der Wache, und seine Schritte verhallten. Mit zitternden Fingern warf sie sich den Umhang über und trat in die Sonne hinaus.

Eine Stunde lang spazierte sie durch Camulodunum. Sie genoß die Wärme und atmete die klare Luft in tiefen Zügen, lächelte hier und da einem der Häuptlinge zu und fühlte sich überhaupt glücklich wie ein Kind beim Anblick der vertrauten farbenfrohen Gewänder und langen blonden und roten Haarschöpfe. Nicht ein einziges Mal dachte sie daran, daß diese Häuptlinge ehrlos handelten, indem sie ihr Volk freiwillig in die Sklaverei verkauften. Sie wurde von ihnen jedoch mißtrauisch beäugt, da sie in Begleitung eines Römers spazierenging, und niemand war bereit, über die Lage im Westen zu sprechen. Doch dann wurde sie eines Häuptlings gewahr, der sich abseits von den anderen hielt und den sie zu kennen meinte. Er schien sich seiner selbst und der anderen zu schämen. Als sie sich ihm näherte, fuhr seine Hand zum Schwert. Gladys bemerkte an seinem Hals eine Kette aus seltsam intensiv schimmernden schwarzen Steinen, und plötzlich erinnerte sie sich. Er hatte auf einem schwarzen Pferd gesessen und Caradoc nicht aus den Augen gelassen, als dieser Aricia an jenem kalten, unfreundlichen Morgen zum Abschied umarmte.

»Ich wünsche Euch einen guten Morgen«, sprach sie ihn in ihrer eigenen Sprache an. »Ich bin Gladys, die Schwester von Caradoc, dem Ri der Catuvellauni.« Er nahm es zur Kenntnis und antwortete in demselben höflichen Tonfall. »Ich bin Domnall, Häuptling aus dem Hause Brigantes. Was wünscht Ihr?«

Die Wache tippte ihr auf die Schulter. »Sprecht lateinisch oder schweigt«, warnte er, und Gladys tat wie ihr geheißen. Sie sprach betont langsam, denn dieser Häuptling, so nahm sie an, war des Lateinischen wohl kaum mächtig. Zu ihrer Überraschung sprach er es fließend, ein Umstand, der ihr über die Zustände in Brigantes eine ganze Menge verriet. Aricia hatte also ihren Vorsatz, aus dem Volk von ungebildeten Bauern und Schafhirten zivilisierte Menschen zu machen, in die Tat umgesetzt.

»Ich möchte wissen, wie es deiner Herrscherin geht.«

Er zögerte, und Gladys überlegte, daß ihre Frage ihn wahrscheinlich in einen Zwiespalt stürzte. Er wollte weder lügen noch sich illoyal verhalten. Aricia, Aricia, was hast du nur aus deinem stolzen Volk gemacht?

»Sie erfreut sich bester Gesundheit. Seit ihrer Rückkehr ist unser Tuath zu Wohlstand gekommen. Wir treiben Handel mit Gallien und Rom und sind reicher als wir es uns je hätten vorstellen können«, antwortete er pflichtbewußt.

»Und wie geht es Venutius, ihrem Gemahl?« Domnall warf ihr einen abweisenden Blick zu.

»Auch ihm geht es gut.« Damit wendete er sich ab und ließ sie einfach stehen. Seine wenigen Worte verrieten Gladys alles, was sie wissen wollte. Aricia hatte sicherlich gegen Venutius' Willen eine Delegation nach Camulodunum entsandt, um ihrer Hinwendung zu Rom auch offiziellen Charakter zu verleihen. Was wäre wohl geschehen, wenn Caradoc damals Aricia und nicht Eurgain geheiratet hätte? Ob er Rom zusammen mit den Häuptlingen von Brigantes entgegengeritten wäre? Doch das waren unnütze Spekulationen. Sie blieb mitten auf dem Weg stehen und reckte ihr Gesicht glücklich der Sonne entgegen. Ich lebe, dachte sie und konnte es kaum fassen. Entgegen aller Widrigkeiten lebe ich. Die Sonne erwärmte ihr Blut, und ein neues, starkes Glücksgefühl durchströmte sie.

»Zeit zurückzugehen«, brummte ihre Wache, und sie blitzte ihn mit einem vergnügten Lächeln an. »Ja, ja, ich weiß. Ob er es mir wohl wieder einmal erlauben wird?« Achselzuckend schaute er sie an. Ihre plötzliche, grundlose Fröhlichkeit verwirrte ihn.

Drei Tage später verließen der Kaiser und die hier überflüssige Achte Legion unter Didius Gallus Camulodunum, begleitet von Geta und Vespasianus, die in Rom an Claudius' Triumph teilhaben und mit ihm zusammen geehrt werden sollten. Plautius und Pudens sahen den Schiffen erleichtert nach. Claudius hatte Plautius vor seiner Rückreise noch zum Ersten Legaten der neuen Provinz Britannien ernannt – ein Amt, das ihm als dem Heerführer der erfolgreichen Invasion ohnehin zustand – und ihm alles mögliche ans Herz gelegt, unter anderem den Bau des Tempels anstelle des Versammlungshauses. Er hatte seinem Kaiser geistesabwesend zugehört, denn die Errichtung des Tempels gehörte nun wirklich zu den geringsten seiner Sorgen. Vielmehr galt es, bereits jetzt vorbereitende Maßnahmen für die zu erwartende Flut von Landspekulanten, Wucherern, Abenteurern und Bettlern zu treffen, die schon bald den zurückkehrenden Händlern und Kaufleuten folgen würden. Wenigstens brauchte er sich nicht selbst um die Einführung und Eintreibung neuer Steuern zu kümmern, denn er erwartete die Ankunft des Prokurators aus Rom. Mit etwas Takt und einem würdevollen Auftreten, gepaart mit sanften Überredungskünsten, konnte man jeden Prokurator für sich einnehmen, und dann hätte er leichtes Spiel. Außerdem stand er bei Claudius in so hohem Kurs, daß er keinesfalls die versiegelten Briefe fürchten mußte, die vom Prokurator direkt an den Kaiser geschickt wurden. Er mochte Claudius. Sie hatten Stunde um Stunde über die neuesten literarischen Werke diskutiert, und jedesmal war es erfrischend, zu erleben, wie Claudius bei Senecas ironisch-wahren Betrachtungen aufblühte, ja seine Ängste gänzlich vergessen konnte. Doch jetzt war Plautius erleichtert über die Abreise des Kaisers, denn vor ihm lag eine heikle Aufgabe, und Claudius hatte allzu klare Vorstellungen darüber, wie sie gelöst werden sollte. »Es ist unsere Pflicht, diese Barbaren zu kultivieren«, hatte er bei ihrer letzten Unterredung ausdrücklich betont, »wie es Roms Verpflichtung der ganzen Welt gegenüber ist, Plautius. Vergiß nicht, daß es zu ihrem eigenen Besten ist und dem Wohl des Völkerbundes dient. Eines Tages werden sie den Göttern Roms für alles danken.«

Am späten Nachmittag ließ Plautius Gladys rufen. Es gab keinen zwingenden Grund dafür, aber irgendwie hatte er das Bedürfnis, sie zu sehen, ehe seine neue Aufgabe ihn zu sehr in Anspruch nehmen würde. Wenig später stand sie ihm im Versammlungshaus gegenüber, ruhig und selbstbewußt wie an jenem Abend, als sie Claudius eine kleine Lehre erteilt hatte. Sabinus, der Bruder von Vespasianus, und Pudens waren mit irgendwelchen Papieren beschäftigt und hoben nicht einmal den Kopf, als sie leise eintrat. Plautius schickte die Wache fort.

»Tritt näher und nimm Platz«, bot er ihr an, doch sie lehnte es ab und vergrub ihre Hände in den Falten ihrer grünen Tunika. »Hast du einen Grund zur Klage?« forschte er. »Genießt du die Spaziergänge?«

»O ja, ich genieße sie mehr, als du dir vorstellen kannst, und ich danke dir für die Erlaubnis«, antwortete sie. Sie sieht besser aus, dachte er bei sich. Die Wangen hatten wieder eine gesunde Farbe, und ihre Augen blickten klar. Trotzdem ging immer noch eine seltsame Spannung von ihr aus, die sie wie eine Aura umgab.

»Nun möchte ich dein Wohlwollen mit einer weiteren Bitte strapazieren«, fuhr sie fort. Plautius lehnte sich neugierig zurück. Gladys meinte, ein belustigtes Lächeln in seinen Augen aufblitzen zu sehen.

»Ich habe dir bereits mehr Freiheiten eingeräumt als üblich ist«, meinte er, »aber nur zu. Ich kann immer noch nein sagen.«

Sie tat einen Schritt auf ihn zu. »Laß mich am Meer entlangwandern.«

Eine ungewöhnliche Bitte, dachte er und betrachtete sie aufmerksam. Hier schien ein weiterer Schlüssel zu ihrer vielschichtigen Persönlichkeit zu liegen, aber dennoch... Sie war eine Gefangene und er nicht ihr Seelenarzt. »Warum sollte ich das tun? Ich fürchte, du wirst anmaßend. Du gehst frei in Camulodunum umher. Warum willst du nun auch noch ans Meer?« Unwissentlich berührte er einen Punkt in ihrem Leben, über den sie sich selbst nicht im klaren war. Sie zuckte mit den Schultern, bereit, das Thema zu wechseln.

»Ich bin nicht daran gewöhnt, in einem Käfig zu leben, auch nicht, wenn dieser Käfig Camulodunum heißt.«

Plautius wußte, daß er es ihr abschlagen mußte. Die Strände erstreckten sich über viele Kilometer, wie sollte sie da bewacht werden? Und was käme ihr als nächstes in den Sinn? Vielleicht, daß man ihr doch bitte das Schwert zurückgeben solle. »Rufus, sag mir, wann erwarten wir das nächste Proviantschiff aus Rom?«

»Es hätte heute eintreffen sollen«, anwortete der, ohne von der Arbeit aufzuschauen.

»Ich könnte das Risiko, dich allein mit der Wache zur Flußmündung gehen zu lassen, nicht übernehmen. Der Kaiser würde mir ewig zürnen, wenn ich dich entkommen ließe.«

»Wenn es dich beruhigt, schwöre ich jeden Eid, daß ich nicht fliehen werde«, versicherte sie ihm eifrig.

Plautius lachte. »Ich habe das Gefühl, als würde ein Schwur dich nicht fest genug binden«, scherzte er, »oder täusche ich mich? Gibt es nicht so etwas wie eine zeitliche Gültigkeitsbegrenzung für dem Feind geleistete Schwüre?«

Gladys ließ die Schultern hängen und schwieg.

»Ich werde mir die Ladung ansehen«, erklärte er und erhob sich. »Ich könnte damit zwar warten, bis sie hier angekommen ist, aber ich denke, ein Spaziergang am Strand würde mir auch nicht schaden. Also werde ich dich selbst begleiten.«

Ein Lächeln huschte über ihr Gesicht, als Plautius nach seinem Burschen rief. »Mein Umhang, Junius, und den Helm!« Und zu ihr gewandt fuhr er fort. »Täusche dich übrigens nicht in mir. Ich sehe vielleicht nicht so aus, aber ich bin noch immer ein schneller Läufer. Du würdest mir auf keinen Fall entkommen.«

Gladys strahlte über das ganze Gesicht. Plautius nahm Helm und Umhang entgegen, und zusammen traten sie hinaus. Ein Quästor, zwei Zenturionen und drei Soldaten vervollständigten den kleinen Trupp. Gladys ritt an Plautius' Seite und nahm den Anblick des buntgesprenkelten Waldes schweigend in sich auf, während die anderen lebhaft diskutierten und die respektvollen Grüße der Passanten erwiderten. Ihre Gedanken weilten bei Caradoc, der sie für tot hielt. Wo mochte er sich jetzt wohl aufhalten? Dann sah sie die Flußniederung und die Sandbänke vor sich auftauchen. Dort wimmelte es nur so von Booten aller Art. Sie stiegen ab, und einer der Soldaten führte ihre Pferde davon, während sie in eine Barke umstiegen, die auf Plautius' Befehl hin ablegte. Die starke Strömung trieb sie schnell voran, und binnen weniger Minuten erreichten sie die Mündung. Auch hier bot sich Gladys das gleiche Bild. Jenseits des Marschlandes war ein Lager errichtet worden, hinter dessen Verteidigungswällen weiße Zeltdächer leuchteten. In der Bucht ankerten die schlanken Segelboote der Classis Britannica, Roms neuester Seeflotte. Dann legte die Barke an einem der neuen Landungsstege an und wurde von herbeieilenden Legionären festgemacht, die respektvoll salutierten. Die Entladearbeiten waren bereits in vollem Gange. Noch während sie ausstiegen, kam bereits ein besorgt dreinblickender Soldat dienstbeflissen angerannt und wedelte mit den Ladepapieren. »Wohin willst du gehen?« fragte Plautius Gladys. Sie deutete zu den grasbewachsenen Klippen hinüber, über denen die Möwen kreisten.

»Dort drüben, hinter der Biegung, gibt es einen Sandstrand und viel Ruhe«, antwortete sie.

Er nickte. »Gut, ich komme mit. Quästor, du überprüfst in der Zwischenzeit die Bücher!«

Gladys breitete flehend die Arme aus. »Bitte, laß mich allein gehen ...« begann sie, aber er unterbrach sie unwirsch.

»Mir scheint, du hältst mich für einen ausgemachten Trottel«, fuhr er sie an. Der Quästor ließ sich die Ladeliste aushändigen und warf erste prüfende Blicke auf die bereits entladenen Säcke und Kisten. Plautius und Gladys gingen von Bord.

Das Gepolter der Entladearbeiten wurde immer leiser, bis sie es schließlich ganz hinter sich gelassen hatten. Gladys streifte die Sandalen ab, bestieg einen Felsen und legte ihren Umhang darüber. Dann dehnte sie sich ausgiebig, atmete tief und schüttelte ihre langen Haare genießerisch im Wind. Die Flut rollte mächtige Wellen heran, und der weiße Gischt umspielte ihre nackten Füße.

»Plautius, beunruhige dich bitte nicht, aber ich muß ein wenig laufen!« rief sie ihm zu, und er nickte. Gladys spurtete davon, den Strand entlang bis zu einer Stelle, an der die Bucht sich verjüngte. Kurz davor stoppte sie ab, wendete und rannte denselben Weg zurück, angetrieben von unbändiger Lebenslust. Plautius sah ihr amüsiert zu. Mit fliegendem Atem kam sie vor ihm zum Stillstand.

»So, jetzt kann ich wieder langsam gehen«, keuchte sie. »Ist es dir nicht viel zu heiß in dieser Uniform? Nimm Helm und Harnisch getrost ab, gegen mich brauchst du dich gewiß nicht zu verteidigen, ich trage keine Waffen«, lachte sie.

Er deutete mit den Augen zu den Klippen hinauf. »Man könnte von dort oben auf mich zielen«, gab er zu bedenken und erntete erneutes Gelächter. Schließlich gab er nach, nahm den Helm ab und ließ auch den Harnisch fallen. Erst jetzt begann er diesen Spaziergang tatsächlich zu genießen. Der lauwarme Wind fuhr ihm in die Haare, und er empfand die Sonne nicht mehr als brütend heiß, sondern als angenehm warm. Gladys hüpfte zum Wasser. Sie setzte sich in die Hocke, tauchte die Hände in die auslaufenden Wellen und rieb sich immer wieder Wasser ins Gesicht. Plautius betrachtete die schmächtige Gestalt in dem grünen Gewand, die heute eine unschuldige Lebensfreude ausstrahlte. In ihrer Gegenwart fühlte er sich alt und verbraucht und spürte dennoch das Verlangen, sie in den Armen zu halten wie eine Mutter, die ihr verletztes Kind tröstete. Jetzt angelte sie nach einem Stück Seetang, das auf einer Welle an ihr vorbeischaukelte. Sie streckte sich und entblößte dabei einen von Narben übersäten Arm, dessen Anblick ihn in Verwirrung stürzte.

Gladys erhob sich und winkte ihm zu. Gemeinsam schlenderten sie am Meer entlang, neckten die kleinen Krabben, die sich ihnen auf wackligen Füßen todesmutig entgegenstellten und ihre winzigen Scheren so gefährlich wie möglich zusammenschlugen. Sie brachen die an den Felsen klebenden Weichtiere aus den Schalen und verzehrten das saftige Fleisch, das Plautius abwechselnd ihr und sich selbst auf der Messerspitze servierte. Gladys befand sich in einer wahrhaft euphorischen Stimmung und lachte über jede Kleinigkeit, bis ihr Tränen über die Wangen rollten. Die Stunden verflogen. Als die Sonne langsam hinter den Klippen zu versinken begann, saßen sie mit im feuchten Sand vergrabenen Füßen Seite an Seite, von Ruhe und Frieden erfüllt. Über ihren Köpfen segelten kreischende Möwen, der Wind kam nun in kurzen Böen. Gladys schaute wie gebannt aufs Meer hinaus, dessen strahlendblaue Färbung jetzt in ein bleiernes Grau überging. Ah, Freiheit, Freiheit, frohlockte sie innerlich. Dann wurde sie sich der Anwesenheit von Plautius wieder bewußt, der sie die ganze Zeit über beobachtet hatte, und das überwältigende Gefühl erstarb. Doch noch etwas anderes geschah. Dasselbe Gefühl, das eben noch verheißungsvoll über dem Meer lag, schien plötzlich in diesen graublauen Augen zu liegen, die sie unverwandt anschauten und in denen sich sowohl die Farbe als auch die geheime Kraft des Meeres widerspiegelten. Verwirrt wendete sie sich ab, doch nun reflektierte das Meer die Farbe und Tiefe seiner Augen, sein gedankenverlorenes Gesicht. Sie seufzte. Freiheit, was bedeutete dieses Wort, dieses starke Gefühl eigentlich?«

»Ich möchte dir danken, für . . . dies hier«, begann sie zaghaft. »Ich glaube, ich bin wieder völlig hergestellt.«

»Ich danke dir«, erwiderte er schlicht. »Auch mir haben diese friedvollen Stunden gutgetan.«

»Was habt ihr Römer mit mir vor?« fragte Gladys nach einer Weile und schaute prüfend zum Himmel, der sich langsam bewölkte. Er folgte ihrem Blick.

»Da gibt es verschiedene Möglichkeiten. Ich könnte dich nach

Rom bringen lassen, wo du als besonders wertvolle Gefangene in Ketten durch die Stadt geführt würdest. Ich könnte dich hierbehalten, um die Stämme zur Zusammenarbeit zu ermutigen und ihre Berührungsängste abzubauen. Ich könnte dich töten und deine Leiche deinem Bruder zukommen lassen.« Sie zeigte keinerlei Reaktion.

»Und was willst du mit mir tun?« forschte sie weiter.

»Das weiß ich noch nicht. Einerseits könntest du von großem Nutzen sein. Wenn du mir aber deine Unterstützung versagst, bist du nurmehr ein Ärgernis. Das Beste wäre, dich nach Rom zu schicken und zu vergessen.« Seine Stimme hatte einen gefährlichen Unterton, und sie wechselte das Thema.

»Wo hält Adminius sich auf?«

»Er ist mit einer Kohorte unterwegs und besucht die Stämme, um die Zweifel der letzten Zauderer zu zerstreuen. Er ist immerhin der lebende Beweis dafür, daß es Rom nicht um die Vernichtung des Stammeswesens geht. Ich erwarte ihn in ein paar Tagen zurück. Willst du ihn sehen?«

»O nein! Halte ihn mir nur ja vom Leib!« rief sie wütend. »Dieser Sklave! Dieses römische Schwein! Ich kenne ihn nicht! Ich habe keinen Bruder außer Caradoc!« Sie begann mit einemmal am ganzen Körper zu zittern, und der alte Schmerz kehrte in ihre Augen zurück. Erneut fühlte sich Plautius verunsichert.

»Erzähl mir von deinem Bruder«, sagte er beruhigend. »Ich sah ihn einmal auf der Mauer stehen. Ich hätte ihn gern kennengelernt.«

»Du willst wohl sagen, du hättest ihn gern getötet«, korrigierte sie ihn zynisch. Dann entspannte sie sich und ließ den warmen Sand durch ihre Finger rinnen. »Verzeih! Ich finde meine Lage ausgesprochen verwirrend, und in Augenblicken wie diesem erscheint mir die Zukunft trüber denn je. Was Caradoc angeht«, ein Lächeln voll inniger Zuneigung huschte über ihr Gesicht, »er ist aufrecht, ein Ehrenmann, ein großer Krieger. So mancher Feind erachtete es für eine Ehre, sein Gegner zu sein.«

»Es war eine Ehre für mich«, warf Plautius sinnend ein. Gladys sah ihn seltsam an.

»War es das wirklich? Wie kannst du, ein Römer, verstehen

wollen, daß man einen Feind auch achten kann, selbst wenn er zum tödlichen Hieb ausholt? Wie könnt ihr, die ihr so voller Abscheu und Verachtung auf uns Barbaren herabschaut, euch anmaßen, etwas von der Ehre eines Kriegers verstehen zu wollen?«

»Ich verachte weder dich noch dein Volk«, gab er zurück, »denn auch uns ist der Ehrenkodex nicht fremd. Wir haben nur ein etwas anderes Verständnis davon. Ich tue zum Beispiel meine Pflicht und bin stolz auf meine Aufgabe. Auch wenn diese Pflicht in deinen Augen aus lauter Greueltaten besteht, muß ich sie dennoch ausüben. Aber, Gladys, auch ich ziehe einen fairen Kampf vor, dem eine langsame, friedliche Umwandlung folgen kann.«

»Nun, hier wirst du mit diesem Vorhaben kein Glück haben«, entfuhr es ihr.

»Und warum nicht?«

»Weil Rom den Stämmen nichts zu bieten hat, was sie wirklich wünschen. Rom verspricht dies und das – um den Preis der Unterwerfung. Die Stämme aber wollen vor allem ihre Unabhängigkeit, ihre Freiheit. Wir wollen nicht die Söldner Roms werden, um wieder in Frieden leben zu können. Wir brauchen Rom nicht, um in Frieden zu leben. Wir hatten, was wir wollten, ehe Rom uns überfiel. Ihr werdet den Widerstand niemals vollends brechen, und wenn ihr noch solang in Albion sitzt. Der Tod ist besser als ein Leben in den Ketten der Sklaverei – und nur das, nichts weiter, hat Rom wirklich anzubieten. Die Freiheit, Plautius, ist des Menschen höchstes Gut.«

»Du benimmst dich wie ein Vogel, der mit gestutzten Flügeln im Käfig hockt. Wo würdest du hinfliegen, wenn ich dich freiließe?«

»In den Westen. Und warum läßt du mich nicht frei? Was versprichst sich die große Kriegsmacht Rom von einer unglücklichen, alternden Barbarin?« Sie drehte den Kopf zur Seite, um die aufsteigenden Tränen vor ihm zu verbergen, die ihr nach so vielen Tagen äußerster physischer und psychischer Belastung noch immer allzu leicht in die Augen traten.

»Du unterschätzt deine Bedeutung«, erinnerte er sie, taktvoll ihre Trauer übergehend. Verschämt wischte sie sich die Augen mit einem Zipfel ihres Umhangs, auf dem sie saß, und schüttelte energisch den Kopf.

»Ich wäre nur dann von Nutzen, wenn Caradoc meinetwegen kapitulieren würde. Aber das tut er bestimmt nicht, und hier geht deine Rechnung nicht auf.«

Als die ersten Sterne aufgingen, standen sie wie auf Kommando auf, um zurückzugehen. Plautius hatte das Gefühl, als seien Jahre vergangen, seit er Helm und Harnisch abgelegt hatte. Gladys warf sich ihren Umhang über, und Plautius bot ihr seinen Arm an. Sie dankte ihm kurz. Ihre ansteckende Fröhlichkeit war spurlos verschwunden, statt dessen umgab sie wieder die würdevolle Zurückhaltung einer vornehmen Gefangenen. Als sie sich dem Schiff näherten, befreite Gladys sich aus seinem Griff, und ihm wurde bewußt, daß er sie fester gehalten hatte, als es nötig gewesen wäre. Verlegen rückte er den Helm zurecht.

»Willst du mir und meinen Offizieren morgen abend die Ehre geben und im Versammlungshaus mit uns zu Abend essen?« fragte er plötzlich, als sie das Schiff schon fast erreicht hatten. »Ich kann für anregende Unterhaltung und natürlich für ein exzellentes Mahl garantieren.«

»Ich habe keine Lust, mich den ganzen Abend lang anstarren zu lassen«, lehnte sie säuerlich lächelnd ab.

»Ich lasse jeden, der es wagt, dich anzuschauen, auspeitschen!« versprach er, und sie stimmte in sein Lachen ein, nur um gleich darauf noch trauriger als vorher dreinzublicken. Es war, als befiele sie eine plötzliche Ahnung davon, welchen Kurs ihr Leben nehmen könnte, welche neuen Zwänge sie einfangen könnten. Im Boot hielt sie sich fernab von ihm und kämpfte gegen die Gedanken an eine Zukunft an, die noch viel größere Sorgen für sie bereithielt.

Pudens erschien pünktlich, um sie abzuholen. Er trug eine schneeweiße Toga, verbeugte sich höflich und bot ihr seinen Arm an.

Am Morgen hatte Plautius ihr eine Schachtel überbringen lassen, die er in Caradocs Haus gefunden hatte. Darin lagen, sorgfältig gefaltet, Eurgains lange, königsblaue Festtagstunika sowie ein dünnes Silberkettchen. Lange hatte sie unschlüssig davor gesessen, den kühlen Stoff gestreichelt und sich ganz den aufsteigenden Erinnerungen überlassen. Alles in ihr sträubte sich dagegen, Eurgains Tunika anzuziehen, aber sie saß wieder einmal in der Klemme. Zog sie sie an, würde sie sich und Plautius etwas eingestehen, das sie selbst noch nicht einmal annähernd benennen konnte. Würde sie andererseits in ihrer mittlerweile arg zerschlissenen grünen Männertunika erscheinen, würde sie etwas zerstören, das gerade eben im Begriff war zu wachsen, und nichts bliebe ihr als ihre selbstverschuldete Isolation. Später, als die Wache ihr warmes Wasser zum Waschen brachte, hatte sie sich dazu entschlossen, sie zu tragen. Sie wusch sich gründlich, streifte sich die Tunika über, band sie mit ihrem Ledergürtel zusammen und schmückte ihre Stirn mit dem Silberkettchen. Dummkopf, schalt sie sich ein letztes Mal, dann legte sie ihre Hand leicht auf Pudens' Arm und schritt an seiner Seite zum Versammlungshaus.

Plautius erwartete sie an der Tür. Wie Pudens trug auch er eine blendend weiße Toga mit purpurfarbenem Saum. Mehr noch als sonst erschien er ihr heute abend darin fremd und imposant. An seinen Armen und Händen funkelten Reifen und Ringe. Er neigte seinen Kopf zum Gruß.

»Da es vermessen und beleidigend wäre, dich in deinem eigenen Haus mit einem Willkommensgruß zu empfangen, möchte ich dich einfach bei unserer Tafelrunde willkommen heißen. Mir kam übrigens der Gedanke, du könntest meine Einladung als eine neue List mißverstehen, eine subtilere Methode, um deine Unterstützung zu gewinnen.« Er lächelte. »Sollte dieser Eindruck tatsächlich entstanden sein, so muß ich mich dafür entschuldigen und jede so geartete Absicht aufs Schärfste abstreiten.« Sie legte ihre Hand auf den Arm, den er ihr bei diesen Worten entgegenhielt. Wie falsch, ja geradezu sträflich falsch, hatten Caradoc, Togodumnus und auch all die anderen den wahren Geist Roms beurteilt, von dem sie in diesem Augenblick erstmals etwas spürte. Ja, es bedurfte mehr als nur einer schlagkräftigen Armee, um zu einer Weltmacht zu avancieren. Sie ahnte langsam, warum Plautius nicht nur ein fähiger und beliebter Senator, sondern auch ein gerechter Feldherr war. Gladys schluckte schwer. Cunobelin, mein Vater, verzeih mir. Verzeih mir, mein Bruder, und auch ihr Häuptlinge der Versammlung, verzeiht mir.

»Seid willkommen in diesem Haus.« Wort für Wort sprach sie die alte Begrüßungsformel. »Friede und ein langes Leben.«

Plautius stand reglos und betrachtete sie lange Zeit. Er kannte die tiefere Bedeutung dieser Worte und war zutiefst berührt, denn er wußte wohl, daß sie nicht Rom, sondern ihm persönlich galten. Zugleich begriff er, daß Gladys, indem sie ihn hier formell für sicher erklärte, sich selbst von ihrem Tuath lossagte.

»Tritt ein«, bat er sanft, und sie folgte ihm. Bei ihrem Eintrit verstummten die Gespräche der Anwesenden. Sie erhoben sich, die Becher in Händen, und salutierten.

Von diesem Augenblick an durfte Gladys sich frei und ohne Wache bewegen. Sie bekam Plautius nur noch selten zu Gesicht, der mit seinen Offizieren bis tief in die Nacht hinein Pläne erstellte und besprach. Die Legionen übernahmen diverse Aufgaben in anderen Teilen der eroberten Provinz und zogen eine nach der anderen ab, die Neunte ins Gebiet der Coritani, und zwar ins Grenzland zu Brigantes; Sabinus und Vespasianus mit der Zweiten in den Südwesten, um die Aufstände der Durotrigen niederzuschlagen; die Vierzehnte und die Zwanzigste in den Westen. In Camulodunum wurde es ruhiger. Die zurückgebliebenen Soldaten errichteten neue, feste Häuser und kümmerten sich außerdem um die Aufrechterhaltung der Ordnung in der Stadt. Nach und nach kehrten die geflohenen Trinovanten und Catuvellauni zurück, denen Adminius wohl allerlei Versprechungen gemacht hatte. Sie wurden von Plautius sofort für alle anfallenden Arbeiten herangezogen. Die Legionen kamen zunächst nur langsam vorwärts, da sie unterwegs die einheimische Bevölkerung für den Straßenbau rekrutierten. Einige Zeit später ritten die Kuriere, Soldaten und Versorgungstrupps auf der ersten gepflasterten Straße zwischen Camulodunum und der Küste hin und her.

Das große Versammlungshaus wurde niedergebrannt. Gladys empfand weder Schmerz noch Bedauern beim Anblick der rauchenden Ruine. Es hatte einer Zeit angehört, die nur noch in ihrer Erinnerung lebte. Sobald die Asche abgekühlt war, gab Plautius den Befehl, den Platz aufzuräumen und einzuebnen. Er, der neue

Prokurator, die Architekten aus Rom und die Offiziere begannen sogleich, die Planung und Finanzierung des Tempels zu erörtern, denn Claudius war nicht willens, den Bau seines Denkmals mit Mitteln der Staatskasse zu bezuschussen. Geld und Arbeit mußte von den Bauern eingetrieben werden, die bereits mit der Ernte und den Vorbereitungen für den Winter beschäftigt waren. Also wurden erst einmal hohe Steuern eingeführt. Die Bauern stöhnten und empörten sich, nicht einmal so sehr über die Getreidesteuer, die eine große zusätzliche Belastung für sie darstellte, sondern vor allem über die Sklavenketten, die nun um ihre Hälse gelegt wurden, und über die Peitschenhiebe der Aufseher, die sie bei der Arbeit überwachten und antrieben, sobald sie die schmerzenden Rücken einmal länger als erlaubt streckten. Erst als Plautius öffentliche Prügelstrafen und Hinrichtungen ankündigte, erstarben die Proteste, und der Widerstand schwelte im Untergrund weiter oder in den Köpfen der schwitzenden Bauern und der einst Freien. Als Gladys eines Morgens an ihnen vorbeiging, spürte sie deutlich den unterdrückten Haß in den dunklen Augen, die sie förmlich durchbohrten. Von neuem fühlte sie sich schuldig, und die Schmach drückte sie, noch am Leben zu sein und von ihren eigenen Landsleuten so gehaßt zu werden. Sie warf sich vor, daß ihr Platz dort bei ihnen sei und nicht an Plautius' Tafel, wo über die Vorzüge römischer Kunst philosophiert wurde. Aber obwohl sie frei umherging, war doch auch sie seine Gefangene. Immer wieder führte sie sich vor Augen, daß sie nicht feige geflohen war, um ihre armselige Haut zu retten, sondern bis zum Schluß gekämpft hatte. Sie hatte ihre Ehre nicht verraten. Doch dann spürte sie, daß die Muskeln ihres Schwertarmes schlaff wurden, daß ihr Körper sich weich, kraftlos und träge anfühlte. Sie verachtete sich selbst. Eines Tages bat sie Plautius, ihre Schwertübungen wiederaufnehmen zu dürfen. Er hatte nichts dagegen. Wann immer es ihm möglich war, kam er auf den Übungsplatz und schaute mit großem Vergnügen zu, wie sie um den mißmutigen Varius herumtänzelte, den er zu ihrem Übungspartner ernannt hatte. Ein paarmal hätte sie ihn töten können, aber sie unterließ es. Hatte sie Plautius nicht im Versammlungshaus die formelle Immunität zuerkannt? Irgend etwas in ihr sträubte sich dagegen, das Vertrauen, das er in sie setzte, zu mißbrauchen.

Eines Tages, als sie nach einem heftigen Schlagabtausch um Luft ringend auf der Erde saß, spürte sie etwas unter ihren Fingern. So unauffällig wie möglich tastete sie danach und warf einen flüchtigen Blick auf den Gegenstand – eine Lederschleuder. Ohne recht zu wissen, was sie damit anfangen sollte, schob sie sie verstohlen in ihren Gürtel. Kurz darauf erschien der wachhabende Soldat vom Waffenlager, und sie übergab ihm ihr Schwert bis zur nächsten Übungsstunde. Was für eine Bedeutung sollte der Fund dieser Schleuder haben, grübelte Gladys, was für ein Zeichen gaben ihr die Götter, nachdem sie selbst schon Waffenstillstand geschlossen hatte? Dennoch nahm sie sie mit in ihre Hütte und reinigte sie dort sorgfältig von Lehm und verkrustetem Blut.

Bereits zwei Tage später erkannte sie die weise Voraussicht Camulos', der ihr eine Waffe in die Hände gespielt hatte. Sie war mit einem leichten Weidenboot den Fluß hinabgefahren und etwa eine halbe Meile vor der Mündung an Land gegangen. Sie machte das Boot fest und folgte einem wenig begangenen Pfad über die grasbewachsenen Hügel hinüber zum Rand der Klippen. Tief atmete sie die frische Luft ein, dankbar reckte sie sich dem Wind entgegen, der kräftig landeinwärts wehte. Als sie die letzte Anhöhe erklommen hatte, sah sie in einiger Entfernung, direkt am Rand der Klippen, zwei Männer stehen, die in ein Gespräch vertieft waren. Sofort ließ sie sich auf den Bauch fallen, verwundert über die instinktive Reaktion ihres Körpers, denn von den Römern hatte sie nichts mehr zu befürchten. Vorsichtig reckte sie den Kopf und versuchte, durch die hohen Grashalme hindurch etwas zu erkennen. Einer der beiden war ein Zenturio, sein Harnisch funkelte in der Sonne, und der andere – eine seltsame Erregung bemächtigte sich ihrer –, aber es gab keinen Zweifel, der andere war Adminius. Sie erkannte ihn deutlich. Bis jetzt hatte er mit dem Rücken zu ihr gestanden, nun aber wendete er den Kopf und beim Anblick der vertrauten Gesichtszüge stockte ihr der Atem. Aber Adminius war fett geworden, eine armselige Karikatur seiner selbst. Gladys fühlte sich elend. Plautius hatte bisher eine Begegnung zwischen ihr und ihm immer taktvoll zu verhindern gewußt, aber nun war es trotzdem geschehen, und Adminius war in ihrer Hand. Bei ihrer letzten Begegnung vor einigen Jahren hatte er ihr seinen Torque vor die Füße geschleudert. Ich hätte ihn damals schon töten müssen, dachte sie bitter und griff nach der Schleuder, vielleicht wäre uns dann das Schicksal einer römischen Invasion dieses Ausmaßes erspart geblieben. Vielleicht aber auch nicht. Sie tastete fieberhaft nach einem geeigneten Stein. Vermutlich wäre Claudius dennoch über uns hergefallen, und ich wäre mit demselben Makel behaftet. Ein Stein, flehte sie innerlich, ich brauche einen Stein. Vergessen war der neue Frieden, den sie mit sich selbst und ihrem Schicksal geschlossen hatte, vergessen auch die ihr unverständlichen Regungen für Plautius. In diesem Augenblick war sie nur noch Gladys, die Schwert-Frau, die sich daran machte, den Feind zu töten, denn ein Feind war Adminius. Der Mensch, der dort drüben heftig mit den Händen gestikulierte, war nicht ihr Bruder. Endlich bekam sie einen kleinen, aber glatten Stein zu fassen. Er war viel zu klein, und sie hatte im Umgang mit den Waffen der Bauern noch nie großes Geschick an den Tag gelegt, aber es mußte gelingen. Sie konnte nur hoffen, daß er das Gleichgewicht verlieren und über den Rand in die Tiefe stürzen würde. Sie paßte den Stein in die Schlinge und stand auf. Langsam hob sie den Arm, schwang die Schleuder, stellte die Windrichtung fest. Stirb, du Hundesohn, dachte sie, als die Schleuder zu surren begann, stirb in deiner Schande. Der Stein sauste durch die Luft, und Gladys ging in Deckung. Sie robbte in Richtung des Waldes davon, doch ehe sie die schützenden Bäume erreichte, drehte sie sich noch einmal um. Der Stein hatte Adminius getroffen. Er hatte aufgeschrien und sich erschreckt an den Hals gegriffen, mit der anderen Hand hatte er im Bemühen um sein Gleichgewicht herumgerudert, doch die Füße hatten keinen Halt mehr gefunden. Der Zenturio packte ihn im letzten Augenblick am Umhang, der Stoff zerriß, und Adminius stürzte mit einem gellenden Schrei in die Tiefe. Gladys frohlockte. Endlich, endlich, jubelte es in ihr, während sie auf dem Bauch weiter durch das Gras kroch. Die Hilferufe des Zenturio drangen an ihr Ohr. Ich bin wieder rein, hört ihr, Togodumnus und auch ihr anderen Edlen, die ihr alle wie Helden gestorben seid. Sie erreichte die

Bäume und zwang sich dazu, gemessenen Schrittes zurück zu ihrem Boot zu gehen. Dort angekommen, versenkte sie die Schleuder in den Fluten des Flusses, stieg ein und begann ruhig, wieder flußaufwärts zu paddeln. Sie würde nach Camulodunum zurückkehren, heute bedurfte sie der reinigenden Kraft des Meeres nicht.

Plautius behielt seine Meinung über den Tod des catuvellaunischen Häuptlings für sich. Er befragte den Zenturio und hörte sich den Bericht des Mannes aufmerksam an. Später ließ er nach den Flußwachen rufen und erkundigte sich, wann Gladys mit dem Boot flußabwärts gefahren war. Mehr brauchte er nicht zu wissen, er durchschaute ihr Wesen immer mehr und wußte, was passiert war. Die Soldaten erzählten sich, daß ein Insekt den Barbaren in den Nacken gestochen habe, und er, als er sich seiner entledigen wollte, das Gleichgewicht verloren hatte und über den Klippenrand hinabgestürzt war. Der Vorfall spukte einige Tage lang in ihren Köpfen, doch dann kehrte Vespasianus aus Rom zurück, und die Legionäre vergaßen Adminius' Tod allmählich. Plautius verfolgte die Angelegenheit nicht weiter. Adminius war ein Denunziant und ein Verräter gewesen, und er tat ihm keine Sekunde lang leid. Auch lag nicht Mord vor, sondern Vergeltung, und Plautius hatte keine Zweifel daran, daß Gladys nicht noch einmal auf diese Weise töten würde. Er erwähnte Adminius in ihrer Gegenwart nie wieder, und sie verstand ihn auch ohne Worte.

Er begann, sie auf ihren abendlichen Ausflügen ans Meer zu begleiten. Ihr ruhiges Wesen und die stille Kraft des Meeres rückten seine Entscheidungen und Sorgen in ein neues Licht. Der Sommer war fast vorüber, die Zugvögel sammelten sich, um ihre lange Reise in den Süden anzutreten. Auch Camulodunum traf die üblichen Vorbereitungen für den Winter. Die Neunte Legion siedelte aus ihrem Zeltlager im Marschland von Brigantes in ein Winterquartier um, nachdem Aricia versprochen hatte, die vorgeschobene Front zu halten. Vespasianus war zu seiner Zweiten zurückgekehrt, und die Durotrigen gaben den Widerstand nach einem Dutzend Niederlagen vorübergehend auf. Im Frühling wollte Vespasianus einen ersten Vorstoß in den Nordwesten unternehmen. Die Vierzehnte und die Zwanzigste Legion bewegten sich noch immer vorsichtig durch das Gebiet der Cornovii, denn die unmittelbare Nähe der kriegerischen Stämme des Westens verunsicherte sie einigermaßen, obwohl sie sich bis jetzt ruhig verhalten hatten.

Plautius bereitete sich auf eine Inspektionsreise seiner Legionen vor, aber an den ihm bis zu seiner Abreise noch verbleibenden Tagen unternahm er lange Wanderungen mit Gladys. In warme Umhänge gehüllt verfolgten sie stundenlang den Lauf des Mondes, der sein silbrig glänzendes Licht auf die pechschwarze Wasseroberfläche warf, und als er sie endlich in die Arme nahm und küßte, geschah es mit einer selbstvergessenen Hingabe. Sie lehnten im Schatten eines felsigen Überhangs, der nach Meer roch und die Kraft von Jahrtausenden ausstrahlte. Er, sie, der Sand, das Meer, die Klippen verschmolzen miteinander; es war, als würde ein seit langer Zeit bestehendes Band neu geknüpft. Ihre weichen, kühlen Lippen öffneten sich ihm wie selbstverständlich, und er vergrub sein Gesicht in ihrem Haar, das nach Wind und Gras und Kräutern duftete. Nicht ungezähmte Leidenschaft sondern sanftes Verlangen erfüllte ihn. Er sehnte sich danach, sie zu halten, zu streicheln, ihre Wärme zu spüren. Mit ihr wäre das Leben reich. Er breitete seinen Umhang auf dem Sand aus, und sie setzten sich, in ihren Umhang gehüllt, darauf. Mit ruhiger Stimme erzählte er ihr von seinem Haus in den Weinbergen außerhalb Roms, von der Kühle der Räume auch in der drückendsten Mittagshitze, von seinem Garten, der einen weiten Ausblick über die Weinberge hinweg zum Tiber bot. Er schwärmte von seinen Büchern und Schriftrollen, erzählte ein wenig von den Jahren in Pannonia. Albion war sein letzter aktiver Außenposten. In fünf, längstens sechs Jahren würde er nach Rom zurückkehren und sich als Ehrenmann zur Ruhe setzen. Dann schwieg er. Er stellte keine Fragen. Sanft zog er sie in seine Arme. Das Meer umspielte ihre Füße und flüsterte Gladys die Verheißung einer neuen Freiheit zu.

Sommer, 43 n. Chr.

16

Boudicca nahm das schläfrige Baby von der Brust, wickelte es in eine Decke und ließ es sich von Hulda abnehmen. Draußen ertönten aufgeregte Stimmen, und plötzlich brach lauter Jubel aus. Sie riß ihr Schwert an sich und rannte neugierig hinaus. Kein Lüftchen regte sich, von einem wolkenlosen Himmel stach die Sonne erbarmungslos hernieder. Eben trat Prasutugas, ihr Gemahl, mit seinem Gefolge aus dem Versammlungshaus, und Boudicca rannte ihm entgegen. Als er sie herbeieilen sah, blieb er stehen, um auf sie zu warten.

»Was gibt es?« rief sie ihm zu. »Was bedeutet diese Aufregung?« Mit vom Laufen geröteten Wangen erreichte sie ihn und blickte ihn erwartungsvoll an. Ihr kupferrotes Haar glänzte in der Sonne, und in ihrem braungebrannten, sommersprossigen Gesicht spiegelte sich Besorgnis wider. »Fällt uns der Himmel nun doch auf den Kopf?«

Prasutugas mußte über ihre ungezügelte Neugierde lachen, und Lovernius, der Barde, quittierte den alten Ausspruch mit einem schrillen Pfiff, zu dem er seine Würfel klappern ließ. »Manche würden mit einem Ja antworten, andere mit einem Nein«, erwiderte er orakelhaft. »Es kommt ganz darauf an, welches Ergebnis man sich von der Abordnung aus Camulodunum erhofft.«

»Prasutugas«, leicht verstimmt ob dieser vorwitzigen Antwort wendete sie sich an ihren Gemahl, »stimmt es? Ist die Abordnung schon zurück?«

»Es sieht so aus. Komm mit.«

Am Tor hatte sich bereits ein Menschenauflauf gebildet. Aller Augen waren gespannt auf drei Gestalten gerichtet, die am vor Hitze flimmernden Horizont sichtbar wurden und schnell näher kamen. Prasutugas wurde begeistert begrüßt, als er sich mit seinem Wagenlenker, seinem Barden und Boudicca einen Weg durch die Menge bahnte.

»Frieden für alle, Prasutugas!« ertönte ein fröhlicher Zuruf aus ihrer Mitte. Er nickte dankend in die Richtung des Rufers. Boudicca umklammerte seinen Arm.

»Sag mir, sind sie allein, oder sind Römer bei ihnen?« fragte sie atemlos. »Wenn sie den Feind auch noch hierherbringen, dann sperre ich mich ein, ich verweigere ihnen die Gastfreundschaft, ich werde ...«

»Wie geht es unserer Tochter heute?« fiel er ihr scharf ins Wort. Sie ließ seinen Arm fahren und umfaßte den Griff ihres Schwertes. »Hat sie ordentlich getrunken?«

»Manchmal glaube ich, daß ich dich hasse, Prasutugas«, fauchte sie leise zurück. »Es mangelt dir nämlich an Intelligenz und Einfühlungsvermögen!«

Er neigte sich zu ihr hinab und drückte ihr einen Kuß auf die Stupsnase. »Gut, gut«, gab er belustigt zurück, »ich werde deinen Haß genießen, denn dann läßt du mich vielleicht auch einmal in Ruhe. Es ist ein offenes Geheimnis, daß ich von allen Ehemännern des Tuath der von seiner Frau am härtesten bedrängte und benörgelte bin.«

Sie warf ihm einen undefinierbaren Blick zu und, wie fast immer, entwaffnete er sie mit dem Strahlen seiner klaren blauen Augen. Einer plötzlichen Gefühlsanwandlung folgend lehnte sie ihren zerzausten Haarschopf an ihn, als die Menge erneut in laute Rufe ausbrach. Boudicca reckte sich und sah die Reiter eben durch das Tor preschen. Sie zügelten die Pferde und hielten die Schwerter hoch über ihre Köpfe. Einer der Häuptlinge schleuderte es Prasutugas vor die Füße. Es bohrte sich mit der Spitze in die Erde und federte ein paarmal nach.

»Wir hatten Erfolg, Herr!« rief er atemlos und sprang vom Pferd. »Wir bringen eine Menge guter Neuigkeiten. Die Iceni sind in Sicherheit.«

»Frieden?«

»Frieden!«

Die Menge brach in nicht enden wollenden Jubel aus und geleitete Prasutugas und die Abordnung zum Versammlungshaus. Einzig Boudicca blickte finster drein. Das Versammlungshaus füllte sich im Nu, Bier wurde herumgereicht, und ein Diener brachte den Männern der Abordnung Käse, Brot und frisch zubereiteten Fisch.

»Was sagt der Kaiser also zu unserem Angebot?« fragte Prasutugas ohne große Umschweife.

Niemand sprach ein Wort.

»Wir sind dem Kaiser begegnet.« Der Häuptling antwortete mit vollem Mund und voller Stolz. »Er ist ein außerordentlich mächtiger Ri, und seine Gastfreundschaft war grenzenlos. Man servierte uns fremdartige Gerichte und süßen Wein, und er sprach von all den edlen Errungenschaften, die Rom uns bringen würde. Wir merkten jedoch sehr schnell, daß nicht er, sondern sein Feldherr, der die Catuvellauni besiegte, die Geschäfte führt. Wir trafen auch andere Abordnungen an, und er behandelte uns alle korrekt und höflich, so daß unsere Ehre zu keiner Zeit angegriffen wurde.«

Boudicca hüstelte und wollte etwas sagen, aber Prasutugas kam ihr zuvor. »Was geschah denn nun in Camulodunum?«

Der Häuptling schluckte den letzten Bissen seiner umfangreichen Mahlzeit hinunter. »Es wimmelt dort nur so von Legionären, aber sie begegneten uns respektvoll. Die Verteidigungswälle der Stadt sind völlig eingeebnet worden, die meisten Gebäude abgebrannt. Die Catuvellauni leisten ihren neuen Herren bereits Frondienste. Es war ein besonderes Vergnügen, diese Hundesöhne mit Pickeln und Spaten in der Hand schwitzen zu sehen. Sie werden so schnell kein Schwert mehr zu fassen bekommen.«

»Und Caradoc?« Boudicca konnte ihre Neugierde nicht mehr länger bezwingen. »Ist er tot? Hat man ihn gefangengenommen? Was ist mit ihm?«

Prasutugas warf ihr einen neugierigen Blick zu. Sie klang fast besorgt. Viele Iceni hatten im Kampf gegen Cunobelins Söhne Angehörige verloren.

»Caradoc und einige seiner Häuptlinge entkamen. Manche sagen, ihr Schutzgott habe sie gerettet, andere behaupten, sie seien in den Westen geflohen. Er ließ die Bauern unter der Führung seiner Schwester Gladys zurück, und die meisten von ihnen kamen um. Gladys wurde gefangengenommen. Feiges Pack. Aber was kann man von einem Catuvellauni anderes erwarten?«

Die Menge stimmte ihm lebhaft zu, Boudicca jedoch schwieg zu dieser Anschuldigung. Ihre Gedanken schweiften um Jahre zurück, und wieder ging sie aufgeregt an der Hand eines großen jungen Mannes mit braunen Augen. Er hob sie auf sein großes Reitpferd, und dann galoppierten sie über trockenes Laub in einen klaren Wintermorgen. Er hatte ihr damals nichts weiter als einen Gefallen getan, ohne persönliche Zuwendung, das hatte sie mit ihrem kindlichen Instinkt wohl gespürt, aber dennoch war er liebenswürdig gewesen. Dann hatte er über ihren Vater gelacht, und das hatte sie tief gekränkt. Jahre später führte ihr verletzter Stolz sie neben Subidasto in den Kampf gegen die beiden arroganten catuvellaunischen Brüder. Nun aber, da sie hörte, wie selbstverständlich die Häuptlinge über das Ende der Freiheit ihres Tuath sprachen, erinnerte sie sich wieder an die positiven Seiten ihrer Begegnung. Er war also entkommen. Sie freute sich darüber. Er hatte nicht kapituliert, hatte seine Ehre nicht aufgegeben, wie Prasutugas und die Iceni es eben getan hatten. Aber warum war er in den Westen gegangen? Was hatte ihn dazu gebracht, das Leben der Seinen zu opfern? Denn mit Sicherheit war er nicht einfach davongelaufen.

»Ich bin seiner Schwester begegnet«, berichtete der Häuptling als nächstes. »Sie ging in Begleitung einer Wache umher und unterhielt sich mit einigen anderen Häuptlingen. Uns hat sie allerdings nicht angesprochen. Keiner weiß, warum sie nicht hingerichtet wurde. Vielleicht wird sie nach Rom in die Arena geschickt.«

Prasutugas spürte die wachsende Unruhe seiner Gemahlin, ihren aufsteigenden Ärger. »Er hat das Tiefland also verlassen«, wiederholte er geduldig. »Was aber ist mit Plautius? Wird er uns als Entgelt für unsere freiwillige Unterwerfung unbehelligt lassen?«

»Solange wir keine Kämpfe gegen ihn anzetteln, wird er uns nicht weiter belästigen. Aber wir müssen erlauben, daß Straßen durch unser Gebiet gebaut werden und daß möglicherweise ein Fort hier errichtet wird. Der Kaiser schenkt jedem Tuath, der sich freiwillig unterwirft, Gold zum Zeichen seines Wohlwollens und Entgegenkommens und verspricht gleichzeitig, sich nicht in unsere internen Angelegenheiten einzumischen.«

Das war zuviel für Boudicca. Zornbebend sprang sie auf die Füße. »Welch armselige Bestechung!« empörte sie sich. »Nennt die Dinge endlich einmal beim Namen und schleicht nicht dauernd um die Tatsachen herum. Ihr seid ja schwer beeindruckt von diesem angeblichen Goldgeschenk, das nicht einmal mit einem Freundschaftsbündnis besiegelt wird. Seid ihr wirklich so naiv zu glauben, Claudius hätte diese Invasion durchgeführt, nur für ein dankbares Lächeln unsererseits? Welcher Häuptling dürfte so handeln, ohne daß er nicht gleich durchschaut würde? Ich schäme mich für euch«, sie schaute trotzig zu Prasutugas hinüber, »und zugleich fürchte ich mich. Ihr legt den Grundstein für unseren Ruin.«

»Schweigt, Boudicca«, ließ sich eine entrüstete Stimme vernehmen. »Wir wollen Frieden!« rief eine andere und schon nahm die ganze Versammlung den Ruf auf. Ungläubig schaute Boudicca in die entschlossenen Gesichter, stampfte mit dem Fuß auf und marschierte ins Freie.

Prasutugas fand sie eine Stunde später am Ufer des Flusses, wo sie schmollend im Gras saß und ihre nackten Beine ins Wasser baumeln ließ. Schweigend zog er seine Sandalen aus, legte das Schwert neben sich ins Gras, ließ sich bei ihr nieder und tauchte seine Füße ins eiskalte Wasser. Sie tat, als wäre er Luft.

»In zwei Tagen wird eine römische Eskorte unter der Führung eines gewissen Rufus Pudens mit den Verträgen hier eintreffen«, erzählte er.

»Seit wann bist du des Lateinischen mächtig?« grollte sie bitterböse, unverwandt ans andere Flußufer schauend.

Er nahm ihr Kinn in seine Hand und zwang sie, ihn anzusehen. »Boudicca«, sprach er leise, »hast du schon vergessen, wie die Häuptlinge den enthaupteten Leib deines Vaters nach Hause brachten und wir nachts im strömenden Regen laut klagend neben seiner Bahre herliefen. Hast du vergessen, wie Iain den großen catuvellaunischen Krieger erschlug, der meinen Arm abhackte und ihn höhnisch in die Luft warf? Hast du vergessen, wie du vor Wut und Schmerz getobt hast, als Lovernius dir sagte, ich müsse wahrscheinlich sterben? Es sind furchtbare

Erinnerungen, nicht wahr? Willst du wirklich, daß all dies sich jederzeit und immer wiederholen kann?«

Sie stand auf und watete ein Stück weit in den Fluß, bis das Wasser ihr an die Knie reichte. Sie bückte sich, schöpfte das Wasser mit der hohlen Hand und spritzte es sich ins Gesicht. Dann verschränkte sie die Arme und sah ihm direkt in die Augen. Er war so offenherzig, so arglos, so verletzlich, daß es ihr ins Herz schnitt.

»Wir haben als ein freier Tuath gegen die Catuvellauni gekämpft«, sagte sie mit rauher Stimme. »Vielleicht hätten wir verloren, vielleicht gewonnen. Vielleicht hätten wir Frieden mit ihnen geschlossen und wären dann selbst gegen die Coritani gezogen. Das ist der Lauf der Dinge. Dann drangen die Römer in unser Land ein, und Caradoc bat um unsere Unterstützung. Aber aus purer Boshaftigkeit haben wir unsere Hilfe verweigert, weil wir die viel größere Gefahr, die uns alle bedrohen würde, vor lauter eitlen Rachegedanken nicht sehen wollten.«

»Das ist nicht der einzige Grund«, unterbrach er sie. »Du weißt selbst, daß die Iceni des Kämpfens müde waren.«

»Du hast es ihnen eingeredet!« rief sie ungestüm. »Du hast ihnen ewigen Frieden versprochen, und deshalb haben sie dich, nicht mich zu ihrem Herrscher gewählt. Aber der Preis, Prasutugas, der Preis! Zuerst kostete es die Catuvellauni Ehre und Leben, und jetzt, für ein bißchen Gold und einen Frieden, von dem niemand weiß, wie er wirklich aussehen wird, hast du heimlich ihre Seelen verkauft!«

»Ich verstehe dich nicht, Boudicca. Wovor hast du Angst?«

Sie strich sich die Haare aus der feuchten Stirn und starrte durch ihn hindurch zum Horizont. »Ich fürchte Rom nicht wegen der Römer«, antwortete sie mit Bedacht. »Auch bin ich nicht gegen dich, mein lieber Gemahl, weil ich etwa ignorant oder gar hinterhältig wäre. Die Iceni wollen eine Veränderung, ja, sie begrüßen sie geradezu, aber sie werden etwas Wertvolles verlieren, Prasutugas. Und obwohl ich selbst noch nicht genau weiß, worin dieser Verlust wirklich bestehen wird, fühle ich es doch tief in meinem Innern und weiß, wenn es erst einmal verloren ist, kann es nicht ersetzt werden, nicht durch alles Gold der

Römer, nicht durch einen fadenscheinigen äußeren Frieden. Die Druiden haben uns verlassen, und bald werden auch die Götter nicht mehr zu uns sprechen. Die Iceni werden ihr Wissen verlieren und sterben.«

»Aber nein!« widersprach Prasutugas. »Du steigerst dich wieder einmal in deine ganz persönliche Untergangsstimmung hinein. Und wie gern hörst du dich so reden!«

»Du bist ein Dummkopf!« Boudicca ereiferte sich noch mehr. »Mein Vater hatte recht, der Seher hatte recht. Ich hätte dich niemals heiraten dürfen. Dieses Jahr war unerträglich und ich denke, ich sollte mir einen anderen Gemahl nehmen.«

Prasutugas brach in lautes, befreiendes Gelächter aus. »Jeder andere Mann hätte dich bereits mit dem Prügel zum Schweigen gebracht und sich dann selbst aus Langeweile die Kehle aufgeschlitzt!«

»Fäuste sind leichter zu ertragen als deine ewigen Witzeleien und deine feigen Versöhnungsversuche!«

Er tat so, als wolle er aufstehen, dann, mit einem mächtigen Hechtsprung, stürzte er sich lachend ins Wasser, schoß nach vorn und packte sein überraschtes Weib am Hals. Im nächsten Augenblick stürzten sie beide ins Wasser. Boudicca zappelte wie ein Fisch und trat und schlug wie wild um sich. Prasutugas ließ sie grinsend los und brachte sich tauchend außer Reichweite. »Boudicca!« rief er belustigt, hinter ihrem Rücken auftauchend. Sie drehte sich prustend um und war keineswegs besänftigt.

»Was, was, was!« schimpfte sie aufgebracht. »Andrasta, wie kann ein einarmiger Mann an so vielen Stellen gleichzeitig kneifen?«

»Ich liebe dich eben. Komm her, gib mir deine Hand.« Er packte sie und zog sie an sich, und eine Weile standen sie in ihren Kleidern und lehnten ihre Köpfe aneinander. Schließlich kletterten sie wieder ans Ufer zurück und warfen sich auf die warme Erde. »Ich nehme dich ernst, Boudicca, glaube mir. Es schmerzt mich, dich so unglücklich zu sehen, und ich mache mir große Sorgen um dich.«

Sie schlang ihre Arme um seinen Hals. »Auch ich liebe dich, Prasutugas«, murmelte sie, »sogar mehr als mein eigenes, störrisches Volk. Um deinetwillen werde ich also diese Römer empfangen, aber mein Lächeln und mein Entgegenkommen gelten dir, nicht ihnen.«

Er küßte sie zärtlich. Wie schon so oft, war auch diesmal ihre Zuneigung füreinander am Ende doch stärker als ihre endlosen Argumente. Sie warf ihre Haare zurück.

»Wie heiß es ist! Ich kann mich nicht erinnern, schon einmal einen so heißen Sommer erlebt zu haben. Die Römer werden sich zu ihrer neuen Provinz mit dem angenehmen Klima beglückwünschen. Ha, laß sie nur erst einmal unseren Winter erleben!« Gedankenverloren stand sie auf, und Prasutugas wußte, daß sie wieder an Caradocs geheimnisvolles Verschwinden dachte. Er hob sein Schwert auf, ging ein paar Schritte, dann drehte er sich um.

»Wollen wir heute nacht im Freien unter den Sternen schlafen? Wir können uns die Decken mitnehmen und am Fluß liegen. Ethelind schläft bestimmt bis zum Morgen durch.«

Boudicca erwachte wie aus einem Traum, ihre Gedanken kehrten nur langsam zurück, doch sie lächelte zu seinem Vorschlag. »Wenn du mir versprichst, mich nicht ins Wasser zu rollen!«

Hand in Hand schlenderten sie durch das kleine Wäldchen zurück. Ethelinds hungriges Gebrüll begrüßte sie schon von weitem.

Am Abend richteten sie sich in dem hohen Gras am Fluß ein weiches Lager für die Nacht her. Dann saßen sie eine lange Zeit, schauten auf den Fluß hinaus und spürten, wie die untergehende Sonne eine wundersame Stimmung in ihre Herzen zauberte. Immer neue Geräusche belebten die laue Nacht, die nicht Tod, sondern Leben verhieß. Frösche quakten, Reptilien raschelten am Boden, und vom Wald tönten die tiefen, kehligen Rufe der Eule herüber. Wieviel namenloses, ihnen unbekanntes Leben mochte sich noch im Schutz der Bäume verbergen, das sich untertags ruhig verhielt und erst mit dem Einbruch der Dunkelheit seine Tätigkeiten entfaltete? Die beiden unterhielten sich nur flüsternd. Sie sprachen über die täglichen Belange des Tuath und über sich selbst, aber über die Zukunft sprachen sie nicht, denn die Stunden der Nacht waren ihnen die kostbarsten, da sie ihnen allein gehörten. Und hier am Fluß, der im sanften Silberlicht von Myriaden von Sternen dahineilte, befreiten sie ihre Gedanken von dem Ballast der Sorgen. In ihre Decken gehüllt ließen sie ihn seine Wirkung tun, scherzten und lachten, liebten sich und tranken sein kühles, klares Wasser, liebten sich wieder und wanderten im ersten Morgengrauen dennoch erfrischt zurück.

Der Tag verging in lähmender Hitze, erst der Abend brachte eine kaum merkliche Abkühlung. Nach dem Nachtmahl ging Boudicca allein in den Wald zum Hain der Andrasta, der versteckt am Ende eines fast zugewachsenen, schmalen Pfades lag. Seit die Druiden fort waren, waren keine Opfer mehr gebracht worden, der Hain lag verlassen da und geriet immer mehr in Vergessenheit. Eine tiefe Trauer überkam sie. Früher hatten sich die Häuptlinge hier versammelt und zusammen mit ihren Frauen die Götter angerufen. Über dem Hain lag eine feierliche Stille. Der Mond ging auf und warf lange Schatten auf den hölzernen Schrein und den dunklen Altarstein, neben dem, mit gekreuzten Beinen und geschlossenen Augen, Andrasta saß. Ihr Helm glänzte silbern und die Haare kringelten sich schlangengleich auf die schmächtigen Schultern herab. Ihre dünnen Arme berührten die Erde. In den nach oben gedrehten, offenen Handflächen hielt sie je einen verblichenen Schädel, der jeden Ankömmling mit leerem Blick anstarrte. Boudicca näherte sich der Göttin lautlos, doch als sie vor dem Antlitz mit dem nach innen gerichteten Blick stand, spürte sie, daß dies ein verlassener Hain war. Seine Kraft war fort. Die Druiden hatten schon frühzeitig den Wind der Veränderung gespürt und die Iceni davor gewarnt, aber ihr Volk wollte keine Warnungen. Wenn ihr euch Rom anschließt, werdet ihr mit allem, was ihr besitzt und seid, dafür bezahlen, hatten sie prophezeit, aber die Iceni begrüßten den neuen Wind und unterstützten Prasutugas, der sich den Druiden entgegenstellte. Als sie fort waren, betrachteten sie die Warnungen gar als leeres, kraftloses Geschwätz. Die Iceni wollten in Frieden leben. Lieber forderten sie die Götter heraus, als gegen Rom zu kämpfen.

»Und wo ist Euer Zorn geblieben, Göttin des Sieges?« fragte Boudicca mit leiser Stimme. »Wo ist die Rache der Götter?« Sie fühlte sich hilflos, denn die alten Beschwörungen waren nutzlos geworden. Sie hatte bis zum Schluß nicht glauben wollen, daß

Prasutugas Rom tatsächlich einen kampflosen Frieden anbieten würde, aber nun war es geschehen. Die Römer würden kommen und die unheilvolle Leere, die das Verschwinden der Druiden hinterlassen hatte, mit einer noch unheilvolleren, neuen Realität füllen – und sie mußte es hinnehmen.

Hinter ihr knackte es im Gebüsch. Gleich darauf trat Lovernius zwischen den Bäumen hervor. In einer Hand trug er ein Bündel, verlegen lächelte er sie an. »Ich hielt Euch für Hulda«, sagte er, und, als müsse er sich entschuldigen, »ich habe der Göttin schon lange kein Opfer mehr dargebracht.« Er schaute sie prüfend an.

»Was habt Ihr in dem Bündel?« fragte sie unbeirrt.

»Ein paar Münzen, ein Silberkettchen, das meiner Mutter gehörte und dieses Messer.« Der perlenbesetzte Knauf schimmerte im Mondlicht. Boudicca fuhr mit den Fingern bewundernd über die kostbare Scheide.

»Spart Euch Euer Opfer, Lovernius«, sagte sie leise. »Sie nimmt keine Gaben mehr an. Die Druiden haben sie mit einem Bann belegt.«

»Ich werde ihr trotzdem opfern«, erwiderte er einfach, und Boudicca sah zu, wie er sein Bündel Andrasta zu Füßen legte, die rituellen Worte halblaut vor sich hinmurmelnd. Sie warf sich den Umhang um und wandte sich zum Gehen.

»Wir sind allein, Lovernius«, sagte sie mit harter Stimme, als er sich erhob. »Gebt mir einen Rat, Barde, was ich tun soll.«

»Was auch ich tun werde«, erwiderte er gelassen. »Ich werde weiterhin singen, Ihr werdet weiterhin Euer Kind erziehen und euch um Eure Ehrenprämie kümmern.«

»Damit den Römern beides in die Hände fällt? Ich möchte fort, Lovernius, in den Westen.«

Sinnend betrachtete er sie eine Weile, dann ergriff er ihre Hände und drückte sie. »Nein, das wollt Ihr nicht. Ihr liebt ihn zu sehr, um ihn zurückzulassen. Habt ein wenig Mut, Boudicca! Unsere Zeit wird kommen. Wir müssen lernen, ein wenig Geduld zu haben.« Gemeinsam machten sie sich auf den Rückweg.

»Wenn ich eines nie lernen werde, dann ist es Geduld. Ich hasse es geradezu, herumzusitzen und auf irgend etwas zu warten«, nahm sie wenig später das Gespräch wieder auf. »Ich habe in meinem kurzen Leben schon eine Menge gelernt, Lovernius, aber die Tugend der Geduld werde ich wohl nie erlernen.« In ihrer Stimme schwangen Humor und leise Selbstironie mit.

»Tja, wenn Ihr öfter einmal schweigen und den Blick über Eure kleine Welt hinaus zu den Sternen erheben würdet, anstatt mit den Augen am Boden zu kleben und gegen jedermann zu kämpfen, würdet Ihr es schon lernen«, witzelte er. Sie lachte.

»Schreibt mir ein Lied, das mich immer daran erinnert«, forderte sie ihn munter auf, »und dann singt es mir jeden Tag vor. Prasutugas würde Euch königlich belohnen, wenn Ihr mir beibringen könntet, meine Zunge im Zaum zu halten.«

»Das würde er nicht! Er ist in Euch ebenso vernarrt wie Ihr in ihn.«

Sie kicherte und schwieg.

Am späten Nachmittag des nächsten Tages trafen Rufus Pudens und seine Tribunen sowie eine Abteilung Fußvolk ein. Sie wurden mit lautem Jubel empfangen und neugierig beäugt. Prasutugas und Boudicca standen vor der Tür des Versammlungshauses, umgeben von lauter buntgekleideten Gestalten, die aufgeregt hin und her drängten. Auch Prasutugas hatte sich herausgeputzt. Auf seinen langen blonden Haaren funkelte der Bronzehelm, das große Zeremonienschwert hing in einer kostbaren Scheide an seinem emaillierten Gürtel, in seinem Arm hielt er einen mit kostbaren Steinen über und über besetzten Schild. Boudicca hatte ihren Goldschmuck angelegt und stand in ihrer gelben Festtagstunika schicksalsergeben neben ihm. Ihr prächtiges, volles Haar wallte bis auf die Hüften herab.

»Denke daran«, flüsterte Prasutugas ihr zu, »ich gebiete dir, dein Temperament zu zügeln! Wenn du es heute wieder mit dir durchgehen läßt, werde ich dich bestrafen, und das meine ich bitterernst!«

»Ich schwöre es, ich schwöre es wirklich!« zischte sie zurück. »Andrasta, die Liebe macht mich zu einer komischen Figur! Sieh doch nur, Prasutugas, da kommt er. Und was für ein Prunk! Er wirkt übertrieben siegessicher, findest du nicht? Noch ist es nicht zu spät. Wir könnten sie leicht vertreiben! Wer mag der Häuptling an seiner Seite sein?«

»Still jetzt!« Prasutugas trat vor. Die Ankömmlinge hatten das Tor erreicht und zügelten die Pferde. Die Menge wurde still.

Pudens und seine Begleiter stiegen ab und kamen den Pfad zum Versammlungshaus herauf. Trotz der Ablehnung, die Boudicca den Römern entgegenbrachte, konnte sie sich einer gewissen Bewunderung nicht erwehren. Die stolz wippenden Federbüsche, die prächtigen Umhänge, die funkelnden Harnische, der selbstbewußte Schritt, all das verfehlte seine Wirkung nicht. Die vier Männer strahlten Kraft und Disziplin aus. In ihrer Begleitung befand sich ein Häuptling, der nur eine schlichte, ärmellose, leuchtendblaue Tunika sowie ein einfaches Schwert an seiner Seite trug. Die Römer waren mittlerweile herangekommen und standen nun vor Prasutugas. Sie nahmen ihre Helme ab. Er schob den Schild zu Iain hinüber und streckte ihnen seinen Arm entgegen.

»Seid unserem Tuath willkommen«, empfing er sie herzlich, »denn Ihr bringt uns Frieden.«

Rufus Pudens nahm die ausgestreckte Hand entgegen. »Wir danken im Namen des Kaisers«, erwiderte er bedeutungsvoll auf Lateinisch, und: »Es ist mir eine Ehre, dich nun endlich persönlich kennenzulernen. Dies«, er deutete flüchtig auf den Häuptling, »ist mein Dolmetscher.«

»Ich bin Saloc«, stellte dieser sich vor und übersetzte schnell Rufus' kleine Ansprache. »Der edle Rufus verfügt wohl über einige Kenntnisse unserer Sprache, aber sie reichen nicht aus, um alles Wichtige zufriedenstellend zu besprechen. Ich habe die Ehre, zur Verständigung beider Seiten beitragen zu können«, fügte er noch hinzu, trat wieder zurück und wartete. Pudens hatte Boudicca seine Hand hingestreckt und sie damit in größte Verlegenheit gestürzt. Sie starrte rebellisch auf die Sandalen des Römers, während Stolz und Loyalität ihrem Gemahl gegenüber einen erbitterten Kampf in ihr ausfochten. Prasutugas rettete die Situation, indem er sie mit ein paar Worten vorstellte. Endlich hob sie den Blick und reichte Pudens zögernd ihre Hand. Zu ihrer Überraschung begegnete sie nicht den kalten, berechnenden, grausamen Augen, die sie sich in ihrer Phantasie immer wieder ausgemalt hatte, sondern einem Paar freundlich lächelnder Augen in einem sympathischen, jungenhaften Gesicht, das von schwarzen Haaren eingerahmt war. Pudens begrüßte sie mit einem warmen, freundschaftlichen Handschlag, und es gelang ihr, zurückzulächeln, aber die Willkommensworte blieben ihr dennoch im Halse stecken. Im Bruchteil einer Sekunde erfaßte Pudens ihre prekäre Lage und begann, seine Tribunen vorzustellen, ehe die Situation peinlich werden konnte. Dann bat Prasutugas seine Gäste ins Versammlungshaus. Zu Ehren der Römer war ein kleines Feuer entfacht worden, um das kreisförmig die Felle ausgebreitet lagen. Erleichtert nahmen alle Platz und sprachen dankbar dem Wein zu, den Prasutugas aus gegebenem Anlaß besorgt hatte. Boudicca umklammerte ihren Becher mit Met und stellte weiterhin eine gesetzte Miene zur Schau, während die Männer mit Hilfe des Dolmetschers Stunde um Stunde leichte Konversation betrieben. Der Nachmittag verging. Pudens vermied es taktvoll, über die Invasion zu sprechen, statt dessen referierte er unbefangen über römische Anbau- und Jagdmethoden. Prasutugas hörte ihm interessiert zu und schlug einen Spaziergang zu den Hundezwingern vor, um ihm seine Jagdhunde vorzuführen. Später am Abend mischten sie sich unter das Volk, das vor den Toren der Stadt ein großes Feuer entfacht hatte und sich bei Faustkämpfen, Wagenrennen und sonstigen Wettkämpfen amüsierte. Obwohl Boudicca den Römern so oft wie möglich auswich, wurde sie zu ihrem Entsetzen dennoch plötzlich von Rufus angesprochen. Da es zu spät war, um davonzulaufen, schaute sie ihm also mutig in die Augen.

»Ihr habt eine Tochter?« fragte er höflich in ihrer Sprache, die ihm nur schwer über die Zunge kam. Sie nickte.

»Wie heißt sie?«

Das geht Euch nichts an, wollte sie ihn zurechtweisen, statt dessen hörte sie sich bescheiden antworten. »Ethelind.«

»Ein wohlklingender Name. Ich mag Kinder. Zu Hause in Rom habe ich viele Neffen und Nichten.« Er lächelte sein gewinnendes Lächeln.

Und die Kinder, die Ihr in Gallien gemordet habt, dachte sie bitter, habt Ihr die auch geliebt? Aber sein Gesicht war frei von Falsch, und sie brachte es nicht über sich, ihm Vorwürfe zu machen.

»Seid Ihr verheiratet?« fragte sie, nur um etwas Konversation zu machen. Er schüttelte verneinend den Kopf.

»Man könnte sagen, daß ich mit meiner Karriere verheiratet bin. Sie ist eine eifersüchtige Herrin. Aber es hat auch seine Vorzüge.« Er bemerkte seinen Fehler sofort. Boudiccas Augen verengten sich zu Schlitzen, der Zug um den Mund wurde noch eine Spur abweisender. Er dachte kurz daran, schnell das Thema zu wechseln, um seine Taktlosigkeit zu überspielen, aber sie zählte nicht zu den Menschen, die man mit oberflächlichem Geschwätz wieder versöhnen konnte. »Es tut mir leid«, sagte er daher aufrichtig. »Manchmal halte ich meine Zunge nicht im Zaum, und mich in Eurer Sprache richtig auszudrücken fällt mir ebenfalls noch etwas schwer. Ich vermute, daß Ihr uns haßt?«

Sie richtete sich auf. »Ja, das tue ich allerdings.«

»Dann werden meine Worte vergeblich sein, mit denen ich der Hoffnung Ausdruck verleihen wollte, daß Ihr uns in ein paar Jahren, wenn Ihr uns besser kennt, vielleicht nicht mehr so ablehnend gegenübersteht. Ich bewundere Euren Mut zur Aufrichtigkeit sehr, Boudicca, und obwohl Ihr es mir nicht glauben werdet, verstehe ich Euch doch. Es gibt noch eine Frau, für die die Ehre so wie für Euch das höchste Gut bedeutet.«

»Caradocs Schwester!«

»Ja«, erwiderte er überrascht. »Vielleicht tröstet es Euch auch zu wissen, daß sie sogar dem Kaiser getrotzt hat.«

»Es tröstet mich nicht«, gab sie hitzig zurück, »denn er hat es sich nicht zu Herzen genommen, sonst hättet Ihr Römer Albion wieder verlassen.«

Sie schwiegen betroffen. Jeder trank verlegen einen Schluck aus seinem Becher, dann verneigte er sich und ging davon. Kurz darauf bat Prasutugas Saloc und die Römer ins Versammlungshaus. Die Diener schürten das Feuer nach, brachten mehr Wein, und als alle versorgt waren, verließen sie die Halle. Eine erwartungsvolle Stille senkte sich über die Versammlung. Boudicca nahm ihr Schwert ab und legte es bedächtig vor ihre Knie. Lovernius und Iain taten es ihr gleich.

Pudens räusperte sich und sprach als erster. Saloc wiederholte die einleitenden Worte in der angenehmen, melodischen Sprache der Iceni und Boudicca fühlte plötzlich eine unerwartete Traurigkeit, deren sie sich kaum erwehren konnte. »Zuerst muß ich Euch nochmals für Eure Gastfreundschaft danken und Euch zu der überaus weisen Entscheidung, Frieden mit Rom zu machen, beglückwünschen. Euer Volk wird Euch sicherlich als mutigen und zugleich vorausschauenden Herrscher in Erinnerung behalten. Laßt uns also nicht von Niederlage oder Eroberung sprechen. Rom wünscht, daß Gutes zwischen uns wachsen und ein Band der Freundschaft zwischen uns entstehen möge.«

Prasutugas nahm das Gesagte zur Kenntnis und hob seine Hand zum Zeichen, daß er sprechen würde. Sein jungenhaftes Gesicht zeigte mittlerweile deutliche Spuren von Erschöpfung, die die Ereignisse der vergangenen Wochen mit sich gebracht hatten. Mit einem Anflug von Humor richtete er das Wort an Pudens.

»Ich mag in Euch den Eindruck erwecken, als wäre ich noch ein Jugendlicher, doch der Grund hierfür liegt darin, daß bei Eurem Volk die Kindheit wohl länger dauert als bei uns und Eure Kinder behütet heranwachsen. Ich bin jedoch der Herrscher dieses Volkes und muß Euch bitten, meine Ehre nicht dadurch zu beleidigen, indem Ihr mit mir sprecht, als wäre ich eines eigenen Urteils nicht fähig. Wir wollen die Zeit also nicht länger mit Platitüden verschwenden. Rom ist in Albion eingefallen und hat es erobert. Ich will nicht gegen Rom kämpfen, der Tuath wünscht dies ebensowenig. Was die Freundschaft angeht, so wird sie möglicherweise entstehen, vielleicht aber auch nicht. Es wird unter anderem von den Bedingungen abhängen, über die wir nun endlich reden müssen.«

Saloc lächelte unmerklich, während er übersetzte, und die Tribunen schmunzelten verlegen. Pudens schaute Prasutugas einen Augenblick lang verblüfft an. Sein Blick wanderte zu Boudicca hinüber, die mit bebenden Lippen auf die Erde starrte. Dann richtete er sich auf, um den Anflug von Scham zu überspielen.

»Wie Ihr wünscht«, erwiderte er bestimmt. »Ich bin froh, in Euch einen Häuptling zu treffen, mit dem man offen sprechen kann. Manche Häuptlinge sind sehr empfindlich. Die Bedingungen lauten also folgendermaßen: Der Kaiser macht Euch ein Goldgeschenk. Es ist ein Zeichen seines guten Willens. Ihr verpflichtet Euch dazu, keine Feindseligkeiten und Kriege gegen die Bürger Roms anzuzetteln. Beschwerden werden vor ein Gericht in Camulodunum gebracht. Ihr werdet die Erlaubnis für die Stationierung einer kleinen Garnison außerhalb Eurer Stadt geben, zu der künftig eine Straße führen wird. Entlang dieser Straße werden in Abständen von fünfzehn Kilometern Wachstationen errichtet. Erst wenn die Lage sich etwas enspannt hat, wird eine zweite Straße gebaut.«

Wieder hob Prasutugas die Hand zu einem Einwurf. »Die Straßen dürfen nicht durch die Felder meiner Bauern führen. Es dürfen auch keine Eichen dafür gefällt werden. Wie viele Soldaten soll die Garnison beherbergen? Ich dulde keine Einmischung in die internen Angelegenheiten des Tuath, Pudens.«

Rufus nickte. »Die Straßen werden entlang der bestehenden Verkehrspfade verlaufen. Die Besetzung der Garnison wird bei sechzig bis achtzig Mann liegen. Sollte die Sicherheit der Provinz einmal gefährdet sein, können es auch mehr werden. Der Befehlshaber hat keinerlei Gewalten über euch. Er ist lediglich damit beauftragt, den Frieden zu sichern. Möglicherweise wird er ein wertvoller Mittler zwischen euch und dem Kaiser sein.«

»Das kommt ganz darauf an!« warf Boudicca scharf ein. »Wenn er ein Barbarenhasser ist wie die meisten Römer, kann er uns das Leben unerträglich machen.«

»Um dies zu verhindern, wird er sein Amt hier zunächst auf Probe übernehmen. Nach Ablauf von sechs Monaten wird er dann entweder in seinem Amt bestätigt oder durch einen Nachfolger ersetzt.«

»Warum wollt Ihr überhaupt eine Garnison hier?« beharrte sie störrisch auf ihrem Einwand. »Unser Gebiet ist auf drei Seiten vom Meer umschlossen, nur nach Süden hin gibt es eine offene Grenze, die Ihr aber bereits kontrolliert. Es gibt nur einen plausiblen Grund dafür, und der lautet, Ihr wollt spionieren. Nur deswegen braucht Ihr eine Garnison.«

Pudens nahm seinen Becher, stellte ihn wieder hin, füllte sich etwas Wein nach. Dann, als er genug Zeit gewonnen hatte, um zu überlegen, antwortete er. »Ich muß annehmen, daß auch Ihr kein Kind mehr seid. Ja, die Iceni wünschen den Frieden. Jetzt. Was aber ist in einem Jahr? In zweien? Sicherlich werdet Ihr verstehen, daß Rom darauf bedacht sein muß, seine Interessen langfristig zu schützen und zu wahren, indem es verhindert, daß unvernünftige Elemente die Arbeit Eures Gemahls gefährden oder gar für alle zunichte machen. Rom will nicht spionieren, sondern immer präsent sein, damit es nie dazu kommen muß.«

»Endlich sprecht Ihr einmal die Wahrheit!« rief Boudicca erregt. »Das Schicksal der Iceni wird also in der Hand eines Mannes liegen. Ist er uns wohlgesinnt, fein. Wenn nicht, sind wir so gut wie gefangen. Wahrscheinlich würden unsere Klagen nicht einmal bis Camulodunum vordringen.«

»Ihr seht schwarzweiß, Boudicca. Nach Eurer Ansicht sind Menschen entweder nur gut oder ausschließlich böse – und natürlich sind die Römer böse. Eure Ängste werden sich bald als unbegründet erweisen.« Damit richtete er das Wort wieder an Prasutugas. »Wir müssen auch auf die Tributzahlungen zu sprechen kommen.« Boudicca holte geräuschvoll Luft, und Prasutugas' Miene verhärtete sich. »Ich kann nichts Genaues darüber sagen, da der Prokurator noch nicht hier war. Er wird Euer Land und Eure Herden schätzen, und da ihr ein wohlhabendes Volk seid, wird er die Steuer hoch ansetzen.«

Prasutugas starrte ins Feuer. Boudicca war in sich zusammengesunken, er spürte ihren übergroßen Kummer. Aber warum war sie plötzlich so ruhig? Wo war ihr Zorn? »Ich werde die Steuer zahlen«, erwiderte er, »der Frieden ist uns dieses Opfer wert. Aber ich muß darauf bestehen, daß kein freier Iceni, weder Mann noch Frau, zu Frondiensten herangezogen oder sonstwie versklavt wird. Außerdem lehne ich es ab, daß unsere jungen Männer in die römische Armee einberufen werden können. In diesen Punkten kann ich nicht nachgeben, Pudens.«

»Kein Freier wird je zu Sklavendiensten herangezogen werden«, bestätigte Pudens, »was allerdings die Einberufung Eurer jungen Männer angeht, kann ich keine Zusagen machen. Rom hat einen enormen Bedarf an kräftigen, jungen Männern, und solche gibt es viele in Albion. Ich nehme an, daß Ihr keine andere Wahl habt.«

»Ich sehe immer klarer, daß wir überhaupt keine Wahl haben,

Pudens«, entgegnete Prasutugas sarkastisch. »Dennoch will ich mich nicht beklagen. Wir wollen in Zufriedenheit leben, unser Volk soll gedeihen und sich entwickeln können. Der Preis ist hoch, aber wir werden ihn bezahlen.« Noch immer keine Reaktion von Boudicca. Sie, Iain und Lovernius kauerten wie Schatten im Hintergrund. »Ich hörte, daß der Philosoph Seneca ein reicher Mann ist und denen, die sich seine Zinsen leisten können, Geld borgt. Ich selbst und einige meiner Häuptlinge wollen eine Anleihe bei ihm aufnehmen.«

Boudicca schoß wie ein Blitz aus ihrer Ecke nach vorn. »Nein, Prasutugas, niemals!« schrie sie. »Willst du deine Ehre auch noch mit römischen Schulden besudeln? Wer soll für dich bürgen, wenn du es nicht zurückzahlen kannst?« Saloc begann, ihre Einwände zu übersetzen, aber sie gebot ihm wütend, zu schweigen. »Mein Gemahl«, redete Boudicca leiser auf ihn ein, »das Wasser steht uns bereits bis zum Hals. Sollen wir denn ertrinken?«

Prasutugas nahm ihre heißen Hände und drückte sie. »Liebes«, flüsterte er gequält, denn der Schmerz drückte ihn nicht minder, »kannst du gar nicht sehen, daß ich es zum Besten für unseren Tuath erbitte? Das Geld wird den Schmerz der Umwandlung etwas lindern, und wir werden uns schneller mit den neuen Gegebenheiten abfinden. Die Catuvellauni hatten fast hundert Jahre Zeit, um sich umzugewöhnen. Wir haben diese Chance nicht, und deshalb müssen wir heute alle Verbindungen zu unserer Vergangenheit durchtrennen, damit langsam etwas Neues wachsen kann. Ich weiß, was ich tue, glaub mir!«

Pudens und seine Tribunen saßen mit gesenkten Köpfen vor dem Feuer. Die Szene zwischen Prasutugas und Boudicca schien sie peinlich zu berühren, doch die beiden merkten nichts davon.

Boudicca verbarg ihr Gesicht an seiner Schulter. »Hilf mir, Prasutugas«, schluchzte sie, »ich ertrage es nicht.« Er legte den Arm um ihre Schultern und lehnte seine Wange an ihren Kopf, dann richtete er sie auf. Sie erhob sich und bedeutete Saloc, fortzufahren. Wortlos und ohne die Versammlung noch eines Blickes zu würdigen, ging sie hinaus.

Prasutugas kam erst spät in der Nacht nach Hause. Boudicca lag noch wach, aber sie gab vor, tief zu schlafen. Er legte sich zu ihr auf das Bett. »Morgen früh reiten sie weiter nach Brigantes zu Venutius und Aricia. Ich habe die Anleihe erhalten.« Sie antwortete nicht. Mit einem Seufzer streckte er sich der Länge nach aus, und schon bald wurden seine Atemzüge tief und regelmäßig. Boudicca weinte noch eine Weile vor sich hin, ehe auch sie in einen unruhigen Schlaf fiel.

Am frühen Morgen, nach einem hastigen Mahl, stiegen Pudens und seine Begleiter auf ihre Pferde. Auch sie sahen übernächtigt aus. Saloc versuchte Boudicca in ein Gespräch zu verwickeln, denn er fühlte sich seltsam zu ihr hingezogen, aber sie ignorierte ihn völlig. Schließlich brach der kleine Trupp auf. Boudicca sah ihnen sinnend nach. Plötzlich ergriff sie den Saum ihres Umhangs und rannte Pudens' Pferd nach. Der hörte sie kommen, zügelte sein Pferd und drehte sich um. Boudicca erreichte ihn keuchend und hielt sich an seinem Steigbügel fest. »Vergeßt eines nicht«, stieß sie hervor, »auch Hunde haben eine Würde. Versteht Ihr mich?«

Er erwiderte ihren Blick und erkannte wieder diesen inneren Zwiespalt, der halb Flehen, halb Trotz war. Endlich nickte er. »Ja, das tue ich.« Sie ließ sein Pferd los. Pudens ergriff die Zügel und galoppierte den anderen nach, die schon in Richtung Wald verschwunden waren.

»Was wolltest du von ihm?« fragte Prasutugas entgeistert, als sie zurückkam, und Boudicca machte ein möglichst belangloses Gesicht. »Oh, nichts weiter. Ich wollte wissen, ob er Hunde mag.«

17

Bran zügelte sein Pferd, stieg ab und ging zu Caradoc hinüber, der neben Cinnamus, Caelte und Eurgain wartete. »Wir sind da«, gab er bekannt. »Laßt die Pferde hier, man wird sie versorgen.«

Caradoc stieg ab und stellte die kleine Gladys vorsichtig auf die Beine. Sie war krank und zitterte am ganzen Körper. Bran schaute ihr prüfend in die Augen, nahm sie hoch und ging mit ihr davon. Caradoc reckte seine steifen Glieder, rückte das Schwert zurecht und befahl Cinnamus und Eurgain, Bran zu folgen. Dann sah er sich um, doch die Nacht war finster, und es regnete in Strömen. Seit fünf Tagen schon regnete es ununterbrochen. Ihre Flucht aus Camulodunum lag bereits drei Wochen zurück. Dort herrschten noch sommerlich heiße Temperaturen. Hier jedoch . . . Obwohl er die Berge nicht sehen konnte, spürte er, daß sie da waren und ihn umgaben, und er fühlte sich seltsam beengt. Von der Anhöhe des Versammlungshauses in Camulodunum konnte man um diese Jahreszeit das gesamte Tal überblicken, den Fluß, die Wälder, bis hin zum Horizont.

In der ersten Woche waren sie den ganzen Tag und auch die halbe Nacht über scharf geritten, hatten ein paar Stunden unter sternenklarem Himmel geruht und waren dann durch heißes, trockenes Land weitergeprescht. Je weiter westlich sie kamen, um so kühler wurde es, denn hier waren die Sommer nur kurz. Mit dem Wetter veränderte sich allmählich auch die Landschaft, und sie gelangten in höhergelegene Regionen. Dann hatte der Regen eingesetzt – nach der trockenen Hitze des Tieflandes zunächst eine willkommene Abkühlung, doch als er anhielt und zunehmend kälter wurde, begannen die Kinder zu frieren und zu fiebern. Tagelang ritten und schliefen sie in nassen Kleidern, abwechselnd von Bran und Jodocus geführt, die beide kein Wort über das Wetter verloren. Das Land, durch das sie ritten, war ein einsames Land. Obwohl sie hin und wieder abgelegene, kärgliche Felder erspähten, begegneten sie dennoch keiner Menschenseele. Dann, eines Morgens, war Eurgain lange vor den anderen wach geworden und aufgestanden, um die Gegend zu erkunden. Schon bald war sie aufgeregt zurückgekommen, hatte ihn sachte geweckt und gebeten, mitzukommen. Sie führte ihn aus dem Wald heraus und deutete sprachlos vor Begeisterung auf das sich ihren Augen bietende Panorama. Vor ihnen endete der Wald in einer steil abfallenden Schlucht, die sich nach einer sanften Biegung zu einem Tal erweiterte, durch das sich ein von der aufgehenden Sonne rot gefärbter Fluß schlängelte. Aber nicht das Tal ließ Eurgains Herz schneller schlagen. Am Horizont, hinter der bewaldeten Hügelkette, erhoben sich aus den zartrosa gefärbten Nebelschwaden mächtig und überwältigend die Berge.

»Oh, Caradoc, sieh doch nur«, flüsterte sie. »Welche Schätze mögen dort auf mich warten, Felsgestein und Kristalle, deren Kraft ich von meinem Fenster in Camulodunum aus nur schwach erahnen konnte, aber hier spüre ich sie ganz deutlich!«

»Nimm dich in acht, Liebste«, warnte Caradoc, »und schenke ihnen nicht dein ganzes Herz. Du könntest einsam werden, wenn du es tust.« Eurgain gab ihm einen Kuß und lehnte sich überglücklich an seine Schulter.

»Du bist doch nicht etwa eifersüchtig?«

»Ein bißchen, vielleicht. Es gibt eine Menge Dinge, auf die ein Mann eifersüchtig sein kann, nicht nur andere Männer.« Sie sah ihm forschend in die Augen.

»Und was ist mit all den Dingen, die einer Frau den Mann wegnehmen? Wie oft werde ich noch Gelegenheit haben, an einem friedlichen Ort wie diesem mit dir allein zu sein? Oh, Caradoc, wenn das Schicksal dich doch nur nicht für solch eine Aufgabe vorgesehen hätte. Ich liebe dich so sehr und weiß doch, daß ich dich oft nicht sehen werde, weil dich dein Vorhaben mit Beschlag belegen wird«, sprudelte es erregt aus ihr heraus. Nur selten gewährte sie ihm solche Einblicke in ihre tiefsten Gefühle, aber womit hätte er sie trösten können? Auch nach zehn Ehejahren entdeckte er immer wieder neue Facetten an ihr, geheimnisvolle, überraschende Tiefen ihres Charakters. Er ergriff ihre Hand, und sie gingen gemeinsam durch den Wald zu den anderen zurück, während sich am Himmel bereits die ersten Regenwolken des neuen Tages bildeten.

Zu Eurgains Enttäuschung führte ihr Weg sie noch nicht in die Berge. Sie stiegen ins Tal hinab und schwenkten dort nach Süden, dem silbernen Band des Flusses folgend, der zwei Tage später plötzlich sein Bett verbreiterte und seichter wurde, so daß sie ihn mühelos durchqueren konnten. Caradoc bildete sich ein, den Ozean zu riechen. Gladys, dachte er wehmütig, wieviel hatte das Meer ihr bedeutet! Sie kletterten die Uferböschung hinauf und galoppierten nun am Fuß der bewaldeten Hügelkette entlang. Nach weiteren vier Tagen hatten sie ihr Ziel endlich erreicht.

Vor ihnen lag eine kleine Dorfsiedlung, bestehend aus drei oder vier Häuserringen, mehr war in der Dunkelheit nicht auszumachen. Erst als sie die ersten Hütten erreichten, bemerkte Caradoc, daß sie geräumig und mit schräg abfallenden Strohdächern ausgestattet waren. Vor jedem mit Türhäuten geschützten Eingang gab es noch eine weitere, vorgezogene Öffnung, die eine Art Windfang bildete. Bran war irgendwohin verschwunden, aber an der Tür zur größten Hütte erwartete sie ein Mann. Er streckte Caradoc den Arm entgegen.

»Seid willkommen, da Ihr in friedlicher Absicht kommt. Friede und ein langes Leben.« Caradoc ergriff das Handgelenk des anderen, der sich nun vorstellte. »Ich bin Madoc, Ri der Siluren. Wie Ihr am Regen gemerkt habt, ist unser Sommer fast vorüber. Tretet ein.«

Erleichtert drängten sie in die Wärme des Versammlungshauses, wo sich über dem laut knisternden Feuer ein Schwein am Spieß drehte. Das Innere des Versammlungshauses vermittelte einem das Gefühl, in einem großen, geräumigen Zelt zu stehen. Dankend nahm er von Madoc einen Teller mit duftendem Fleisch entgegen, während mehrere Diener herumgingen und die nassen Umhänge der Catuvellauni einsammelten. Madoc nötigte ihn auf die Felle am Feuer, und augenblicklich stellte ein Diener dunkles Bier sowie einen Teller grüner Erbsen vor ihn hin. Llyn schwankte todmüde an Fearachars Seite herein, er konnte die Augen kaum mehr offenhalten. Madoc winkte sie ebenfalls zum Feuer, wo Caelte sich bereits neben Caradoc niedergelassen hatte und neugierig zu den anwesenden Häuptlingen hinüberschaute. Es mochten etwa vierzig an der Zahl sein und auch sie betrachteten die zerlumpten Ankömmlinge mit unverhohlener Neugierde. Klein Eurgain hatte sich bereits wieder zusammengerollt und schlief, auch sie zu müde, um zu essen. Wo aber waren Eurgain, Gladys, Cinnamus und Bran? Madoc schien seine Gedanken zu erraten. »Eßt nur, eßt. Der Druide kümmert sich um Eure Tochter. Seine Kräutermedizin und ein paar Stunden erholsamen Schlafes werden sie kurieren.«

Caelte nickte bestätigend. »Sie sind in eine andere Hütte gegangen, Herr. Eurgain ist auch dort.«

Madoc kicherte vergnügt. »Wir sind Euch ein bißchen unheimlich, was? Na, Ihr werdet schon bald merken, daß man uns vertrauen kann. Und ihr,« rief er seinen Häuptlingen zu, »werdet auch etwas zu lernen haben. Wo ist mein Barde? Steht auf, Mann, und singt uns etwas! Unsere Gäste sind hungrig und müde. Wir werden unsere Versammlung erst morgen einberufen.« Dann lehnte er sich zurück und schloß die Augen. »Etwas Warmes zu essen, ein wenig Schlaf und dann auf gegen Rom, was? Ich hoffe, Catuvellauni, ihr seid die Mühe wert, die es uns gekostet hat, euch hierherschaffen zu lassen. Die Druiden behaupten es jedenfalls.« In der Zwischenzeit hatte der Barde seine kleine Harfe gestimmt und nutzte die Pause in Madocs Redefluß, um sich zu räuspern, doch ehe er beginnen konnte, wurden die Türhäute beiseite geschoben und Eurgain und Cinnamus traten ein. Sie sahen sich suchend um, entdeckten Caradoc am Feuer und setzten sich zu den anderen. »Es geht ihr schon etwas besser«, flüsterte Eurgain ihm zu. »Sie schläft tief und fest. Bran ist noch bei ihr.« Caradoc nahm die beruhigende Nachricht zur Kenntnis, dann wurde auch er von der Erschöpfung übermannt, sein Kopf sank auf die Knie, und er schlief im Sitzen ein.

Irgendwann wurde er von Jodocus geweckt. Das Feuer war erloschen, die Häuptlinge fort. Schlaftrunken folgte er Jodocus, nahm undeutlich ein prasselndes Feuer wahr und ein einladendes Bett. Automatisch entledigte er sich seiner Beinkleider und der Tunika und streckte sich neben Eurgain aufs Bett, die ihn schläfrig zudeckte und sofort weiterschlief.

Am nächsten Morgen erwachte Caradoc frisch und mit neuen Kräften. Eurgain schlief noch, aber das Lager der Kinder war bereits leer. Der Regen hatte aufgehört, die Sonne schien. Frische Kleider lagen bereit, das Feuer knisterte, und von draußen klangen die Stimmen von Cinnamus und Caelte herein. In Windeseile kleidete er sich an und trat ins Freie. Die beiden begrüßten ihren Herrn und gemeinsam schauten sie über Caer Siluria, ihre neue Heimat. Die Siedlung lag in einem bewaldeten Flußtal, das sich zum Norden hin öffnete. Im Westen und Osten erhoben sich die Berge aus dem Nebel.

»Das sieht mir wie eine ziemlich perfekte Todesfalle aus«, machte Cinnamus sich lustig. »Man braucht nur den Fluß zu besetzen und schon schnappt sie zu.«

»Diese Lage ist längst nicht so dumm, wie es dir scheinen

will«, widersprach Caradoc. »Die Wasserversorgung des Dorfes ist auf alle Fälle gesichert und auch sonst gibt es keine Versorgungsschwierigkeiten, denn Felder und Weidegründe für die Herden sind gleich an das Dorf angegliedert. Außerdem kannst du davon ausgehen, daß jeder hier versteckte Pfade hinauf in die Berge kennt. Ich bin sicher, daß sie beim ersten Anzeichen von Gefahr einfach dorthin verschwinden und unauffindbar bleiben, solange sie es wollen.«

»Genauso ist es, mein Freund«, ertönte eine Stimme hinter ihnen, und Madoc gesellte sich zu ihnen. »Ihr habt einen gesegneten Schlaf, Caradoc. Das Frühstück habt Ihr verpaßt, aber das ist nicht weiter schlimm. Es gab nichts außer Brot und Äpfeln. Wenn Ihr mir jetzt folgen wollt, führe ich Euch ein wenig herum.« Er rief nach seinem Schildträger und dem Barden, dann begaben sie sich auf den Rundgang. Aus den Hütten drangen verlockende Kochdüfte, und bald fanden sie sich von barfüßigen Kindern mit hüftlangen Haaren und von kläffenden Hunden umringt. Hinter dem letzten Häuserring blieb Madoc stehen.

»Hier sind die Ställe, aber wir halten nur wenige Pferde«, erklärte er. »Sie sind uns kaum von Nutzen, weil sie die steilen Paßhöhen nicht bewältigen. Streitwagen werdet Ihr umsonst bei uns suchen, wir haben nämlich keine. Auch sind sie auf den schmalen, felsigen Pfaden völlig nutzlos. Dort drüben«, er drehte sich um und deutete zum Fluß hinunter, »ungefähr zwei Tagesmärsche von hier, immer am Fluß entlang, liegt das nächste Dorf. Dazwischen gibt es eine Reihe einzelner Gehöfte. Wir hocken nicht gern aufeinander wie ihr Tiefländer«, sagte er mit einem spöttischen Seitenblick. »Jeder Häuptling wohnt mit seinem Gefolge, den Sklaven und den Bauern auf seinem eigenen Grund und Boden und hat volles Stimmrecht in der Versammlung. Das letzte Wort haben die Druiden. Nach mir, versteht sich.« Er kicherte. »Das Tal, das Ihr vor Euch seht, ist zwar eng, aber es erstreckt sich über die gesamte Länge dieser Bergkette. Der Großteil der Siluren siedelt hier, aber wir haben wenig miteinander zu tun. Wir treiben ein bißchen Handel auf dem Fluß, das ist aber auch alles. Der Rest unseres Volkes lebt ziemlich verstreut in kleinen, versteckten Tälern dort oben.«

Caradocs Zuversicht sank. Madoc starrte ihn gespannt an, wohl wissend, was im Kopf des anderen vorging. Derart versprengte Sippen und ihre Häuptlinge zu vereinen war unmöglich. Was nutzte es, daß sie mutige, gar gefürchtete Krieger waren, solange jeder nur für sich selbst kämpfte, wo und wie es ihm beliebte?

Caradoc sah Madocs listige Äuglein und fühlte sich elend. Sein Magen war leer, sein Mut auf dem Nullpunkt. Madoc kam einen Schritt näher. »Wir haben uns viel vorgenommen, mein Freund«, brummte er wohlwollend. »Als der Druide von Euch sprach, hörte ich auf ihn, weil . . . nun, weil ich meine Häuptlinge zwar in die Schlacht führen kann, weit und breit findet Ihr keinen besseren Krieger, aber hier«, er tippte sich leicht an den Kopf, »fehlt es eben ein wenig. Ja, ich, Madoc, Häuptling und tapferer Krieger, gebe das Euch, einem Fremden, gegenüber zu. Für die Aufgabe, die vor uns liegt, fehlt mir jedenfalls das nötige Geschick. Ich habe nach einem fähigen Krieger mit Verstand und Überzeugungskraft suchen lassen, und nun seid Ihr hier. Heute abend in der Versammlung werdet Ihr die richtigen Worte finden müssen, die meine Häuptlinge überzeugen. Wenn Ihr versagt, könnt Ihr gleich wieder abreisen, denn ich kann sie zwar dazu bringen, Euch anzuhören, aber nicht, Euch als Autorität anzuerkennen.« Er senkte die Stimme zu einem Flüstern. »Laßt die Vision des Druiden vom kommenden Arviragus am besten aus dem Spiel, Caradoc. Ich glaube, in dieser Hinsicht geht er doch ein bißchen zu weit. Erst müßt Ihr das Vertrauen meiner Häuptlinge gewinnen. Dann werden wir, Ihr, der Druide und ich, uns aufmachen und all die kleinen Bergtäler besuchen, von denen ich gesprochen habe. Wenn wir die Siluren gewinnen, sind wir bereits einen großen Schritt weitergekommen.«

Caradoc mußte sich eingestehen, daß hinter Madocs scheinbarer Einfachheit und seiner angeberischen Art dennoch ein guter Häuptling steckte. Cunobelin hatte seine Söhne vor den Häuptlingen des Westens gewarnt, und nun verstand er, warum. Madoc war gerissen wie Cunobelin, aber frei von Roms verweichlichenden Einflüssen. Um so stolzer konnte er, Caradoc, auf die Leistungen seiner Vorfahren sein! Und wenn seine Aufgabe nun doch nicht so unmöglich wäre, wie es jetzt noch schien? Was wäre, wenn es ihm gelingen würde, diese stolzen Häuptlinge für eine Sache zu gewinnen, die sie doch alle gleichermaßen anging? Lächelnd legte er Madoc die Hand auf die Schulter.

»Ich weiß, was Ihr meint, Madoc. Zusammen können wir das Unmögliche tun.«

»Mir scheint, wir haben schon damit angefangen«, erwiderte der Silure schlau. »Folgt mir, ich will Euch noch etwas zeigen.« Er schritt zügig aus, und sie hatten Mühe, sich an seiner Seite zu halten. Vorbei an den Hundezwingern und Töpferwerkstätten gelangten sie endlich zu einer einfachen Hütte mit einem frischen Strohdach.

»Ist jemand zu Hause?« rief Madoc. Die Türhäute wurden beiseite geschoben, und ein junger Mann begrüßte sie mit geistesabwesendem Blick. »Zeigt uns Eure Arbeiten«, befahl Madoc. »Ich will, daß diese Leute sie bei Tageslicht sehen.« Einen Augenblick später tauchte der junge Mann mit einem Stoffbündel wieder auf. Er setzte sich auf die Erde und wickelte aus dem groben Stoff vorsichtig, ja geradezu liebevoll, eine noch unvollendete Arbeit aus. Caradoc kniete an seiner Seite nieder, um sie sich genau anzusehen, und in aller Augen traten Staunen und Bewunderung. Es war ein goldenes Halsband, und Madoc prahlte stolz, daß es ein Geschenk für eine seiner Frauen werden sollte. »Na, was sagt Ihr dazu?« Feucht schimmernde Schlangen wanden sich graziös umeinander, ihre Leiber verschmolzen zum Stiel einer fremdartigen Pflanze, deren Blätter wiederum in harmonisch geschwungenen Linien endeten. Die Arbeit war von solcher Phantasie durchdrungen und von einer Feinheit, die es dem Beschauer unmöglich machte, zu erkennen, wo Schlangen und Blätter ineinander übergingen. Ehrfürchtig berührte Caradoc die meisterliche Arbeit, die an ein Wissen rührte, das tief, tief in seinem Innern verborgen lag. Er erinnerte sich an den eigenartigen Bronzeschmuck von Aricias Häuptlingen und an die Schnitzereien an den Säulen in Cunobelins Versammlungshaus. Doch diese Arbeit hier lebte und legte Zeugnis ab von jener schöpferischen Kraft. Daneben muteten die Schnitzereien der catuvellaunischen Künstler wie ungelenke Versuche an, sich diese Kraft wieder zu erschließen oder sich auch nur an sie zu erinnern. Madoc nahm ihr andächtiges Schweigen zufrieden zur Kenntnis. »Bringt die anderen Stücke!« befahl er. Der schweigsame junge Mann brachte als nächstes eine silberne Brosche in Form eines Wolfskopfes, der zwischen seinen Fängen den Kopf eines Mannes hielt. Der Mann stieß einen lautlosen Schrei aus und bei näherem Hinsehen erkannte man in seinem weitaufgerissenen Mund – den Kopf eines Wolfes. Caradoc war sprachlos, er zitterte förmlich vor Erregung.

»Habt Ihr noch andere Stücke?« flüsterte er. Der junge Mann warf ihm einen kurzen Blick zu, stand auf und holte Ringe, Broschen, Armreifen, ein Pferdegeschirr, und alle Arbeiten waren von derselben filigranen Feinheit, von demselben Feuer durchdrungen, das in diesem Künstler offensichtlich loderte. Caelte war es, als berührte er ein Instrument. Caradoc wollte etwas sagen, etwas Anerkennendes.

»In meinem Tuath...«, begann er, wurde jedoch sogleich unterbrochen.

»In Eurem Tuath hätte man mich als Ketzer verstoßen und meine Arbeiten durch den Schmutz gezogen«, erklärte der junge Mann grob. Dabei packte er seine Schätze wieder ein. Madoc lachte schallend.

»Spielzeug, Tand!« dröhnte er, »aber dieser Junge ist ein Genie. Er redet zu den Seelen meiner Häuptlinge und meiner Frauen und wird nebenbei auch noch reich.«

Caradoc blickte sich um, um sich von dem Künstler zu verabschieden, doch der war längst in seiner Hütte verschwunden. Auf dem Rückweg stellte Caradoc scheinbar beiläufig fest, daß es in dieser Region Gold geben müsse, und wieder kicherte Madoc stillvergnügt vor sich hin.

»Aber ja doch. Dort, in den Bergen.«

Das Versammlungshaus platzte schier aus den Nähten. Madoc wies die Catuvellauni auf ihre Plätze und eilfertige Diener brachten Bier sowie verschiedene Gerichte. Caradoc wartete auf eine Art Erleuchtung, denn ihm war noch nichts Rechtes eingefallen. Wie sollte er bloß die Häuptlinge von sich überzeugen? Zunächst einmal stillte er seinen enormen Hunger und aß alles auf, was vor ihn gestellt wurde. Bran setzte sich zu ihm. »Eure Tochter ist auf dem Weg der Besserung. Das Fieber ist gesunken«, teilte er ihm mit. »Wenn sie noch einen weiteren Tag im Bett bleibt, hat sie's überstanden. Habt Ihr schon entschieden, was Ihr sagen wollt?«

Caradoc schüttelte nervös den Kopf. Bran erhob sich wieder und schlenderte zu Madoc hinüber. Zum erstenmal fielen Caradoc die Totenschädel auf, die an ihren eigenen Haaren von der Decke baumelten. Am Vorabend war er wohl zu müde gewesen, um Notiz von ihnen zu nehmen. Aus leeren Augenhöhlen starrten sie bleich auf die Versammlung herab. Jodocus, der neben Cinnamus saß, bemerkte Caradocs Blick.

»Eine nette Sammlung, nicht wahr? Die meisten waren zu ihren Lebzeiten Häuptlinge, Ordovicen, Demetae, ein paar Cornovii. Seht Ihr den da?« Er deutete auf einen gewaltigen Schädel. »Ein Ordovice. Madoc hat ihn getötet. An dem Tag haben wir eine Menge Rinder erbeutet.«

»Und Ihr wollt sie dazu bringen, Seite an Seite mit uns zu kämpfen«, stöhnte Cinnamus, der sonst nicht so leicht aus der Fassung zu bringen war. Caradoc schwieg. Eurgain lächelte ihm vom anderen Ende der Halle her aufmunternd zu. Madoc erhob sich, und sofort wurde es still.

»Ich eröffne die Versammlung«, rief er mit seiner dröhnenden Stimme. »Alle Sklaven verlassen die Halle.« Die Angesprochenen stahlen sich zur Tür hinaus, die hinter ihnen geschlossen wurde. Caradoc schob Teller und Becher beiseite. Die Häuptlinge legten ihre Schwerter vor sich auf die Felle; er folgte ihrem Beispiel. »Bran«, fuhr Madoc fort, »ich erteile Euch das Wort.« Bran stand auf und vergrub seine Hände in den weiten Ärmeln seines Gewandes. Das Feuer warf einen goldenen Schein auf seine Haare.

»Ich habe Euch nichts Neues mitzuteilen«, sagte er ruhig. »Nur an eines will ich Euch erinnern, daran nämlich, daß die Catuvellauni gegen Rom gekämpft haben, wir nicht. Ihr tut gut daran, unserem Gast Eure Aufmerksamkeit zu schenken.« Das war alles. Er setzte sich.

Madoc ergriff das Wort. »Ihr wißt, warum ich den Sohn Cunobelins holen ließ«, rief er ihnen zu. »Entscheidet nun selbst, ob ich das Richtige getan habe oder nicht. Caradoc, sprecht.« Er ging nun endgültig an seinen Platz zurück, und Caradoc erhob sich. In seinem Kopf herrschte noch immer eine gähnende Leere. Die Häuptlinge musterten ihn feindselig, und Caradoc starrte auf seine Füße. Sie begannen, unruhig hin und her zu rutschen. Endlich hob er den Kopf.

»Männer des Westens! Ihr nennt mich Cunobelins Sohn, und aus eurem Mund klingt es wie eine Beleidigung. Hätte er lange genug gelebt, wäre er eines Tages über euch hergefallen, und ihr hättet euch einem mächtigen Krieger und seinem Tuath gegenübergesehen. Ihr sitzt hier und sprecht verächtliche Worte gegen ihn und mich, denn ihr vermutet in mir einen von den Einflüssen Roms verdorbenen Catuvellauni. Aber ich frage euch, wer hat gegen die Römer gekämpft, weil ihr und viele andere Stämme uns eure Unterstützung versagt habt? Ich und mein Tuath. Aber allein hatten wir keine Chance gegen die römische Übermacht, und die wenigen überlebenden Catuvellauni sind zu Sklaven geworden. Was immer ihr mir vorwerft, vergeßt nicht, daß ihr unseren Hilferuf nicht hören wolltet. Nur deswegen konnten die Römer das Tiefland erobern und dort Fuß fassen. Die dort ansässigen Stämme haben alles verloren.

Cunobelin war ein großer Ri, und ich bin stolz darauf, sein Sohn zu sein. Aber Cunobelin hat Rom nicht als das erkannt, was es wirklich ist, und hier liegt *sein* größter Fehler, nicht meiner. Ich weigerte mich, einen Vertrag mit Rom zu schließen, ich setzte mich mit aller Macht zur Wehr und wurde in der großen Schlacht am Medway geschlagen. Mein Bruder Togodumnus starb. Ich habe mein Volk, meinen Titel, meine Ehrenprämie verloren. Aber eines besitze ich noch, das alle anderen Verluste aufwiegt. Und das ist meine Freiheit.« Er bemerkte, daß sie ihm endlich interessiert zuhörten, wenn auch die Blicke, mit denen sie ihn bedachten, keineswegs freundlich zu nennen waren, hatte er sie doch indirekt der Feigheit bezichtigt. Caradoc ahnte, daß sie diesen Vorwurf nicht einfach hinnehmen würden. Getragen von einer neuen Zuversicht fuhr er fort, die Worte kamen wie von selbst. Bran seufzte erleichtert und lehnte sich erwartungsvoll zurück. Bald würden die Siluren einen zweiten Herrscher haben, sie wußten es nur noch nicht.

»Wofür lohnt es sich zu kämpfen? Was fürchten wir alle mehr als den Tod? Es ist die Sklaverei und der Verlust der Seele. Hier seid ihr frei. Das Tal ist euer. Niemand macht euch den Fluß streitig oder die Berge. Ihr habt nichts zu befürchten. Euer Land, Siluren, ist das Herz der Freiheit. Viele Jahre lang habt ihr alle Stämme gemieden, die mit Rom Handel treiben und langsam, unmerklich, ihre Freiheit verkaufen, sie gegen Wein und allerlei Schnickschnack eintauschen. Nichts kann euch dazu bringen, eure Freiheit dergestalt zu verkaufen. Aber sie kann euch genommen werden.«

Eindringlich, ja beschwörend hatte er diese letzten Worte ausgesprochen. Die Häuptlinge setzten sich aufrechter hin, die Verachtung in ihren Augen wich einem wachen Interesse. Wie unschuldig sie sind, dachte Caradoc verzweifelt. Nie haben sie gelernt, über ihre Berge hinauszuschauen, und doch brüsten sie sich mit ihrer Tapferkeit und sehen in ihrer Engstirnigkeit die wirkliche Gefahr nicht. »Rom ist dabei, euch eure Freiheit zu nehmen. Immer weiter werden die Römer auch in den Westen vordringen und ihre Stellungen festigen. Eure Tage als freier Tuath sind gezählt.«

Einer der Häuptlinge sprang auf. »Die Berge werden sie aufhalten. Sie haben auch den alten Cunobelin aufgehalten!«

Caradoc lächelte gequält. »Cunobelin fürchtete euch, nicht eure Berge«, antwortete er. »Die Römer haben schon in anderen Bergregionen gekämpft und gesiegt. Sie werden sich bis an den Fuß der Berge heranarbeiten, sie gründlich erforschen, und wenn sie das Terrain kennen, über euch herfallen.«

Ein anderer Häuptling ergriff das Wort. »Warum schicken wir nicht unsere gesamte Streitmacht ins Tiefland und besiegen sie an Ort und Stelle? Wir jagen sie einfach wieder aufs Meer hinaus.« Er setzte sich. Zustimmendes Gemurmel wurde laut, und Caradoc seufzte innerlich.

»Hört mir zu!« rief er bestimmt. »Wenn wir versuchen, Rom in einer offenen Feldschlacht zu schlagen, sind wir verloren. Die Römer kämpfen anders, als wir es gewohnt sind. Sie haben nicht nur einen Meister der Waffen, jeder einzelne von ihnen ist ein Meister. Die Stämme dürfen niemals wieder einen solchen Fehler begehen. Rom muß auf eine andere Art und Weise geschwächt werden.«

»O ja!« rief ein anderer Häuptling verächtlich, »Ihr meint sicher, wir sollen heimlich durch die Wälder schleichen, in der Dunkelheit zuschlagen und uns davonschleichen. Diese Art zu kämpfen ist nichts für einen Krieger.«

Caradoc verlor langsam die Geduld. »Was ist euch eigentlich mehr wert, eure Freiheit oder der leere Mythos eines Kriegers? Rom fordert euch heraus. Wenn ihr euer Land unbedingt verlieren wollt, wohlan, reitet nur los. Keiner von euch wird lebend zurückkommen!« Er stampfte aufgebracht mit den Füßen auf den Lehmboden. »Hört mir zu, ihr Dummköpfe! Die Legionäre sind ausgebildete Kampfmaschinen. Ihr ganzes Leben besteht nur aus Übungen an den Waffen und dem Befolgen von Befehlen. Sie gehorchen jeder Anweisung wie Hunde, die aufs Töten abgerichtet worden sind. Ihre Anführer sind ebenfalls geschulte Männer, die gelernt haben, einen klaren Kopf zu behalten und sich in jeder Situation, in jedem Land zurechtzufinden. Versteht ihr denn wirklich nicht, was ich euch begreiflich machen will? Gegen Rom zu kämpfen bedeutet zuallererst einmal, alles zu vergessen, was ihr über Kampf wißt. Ihr müßt neue Taktiken erlernen, und ich werde sie euch beibringen. Nur ihr seid noch übrig, um den Kampf weiterzuführen, ihr und die Ordovicen, die Demetae und die Deceangli. Aber wir müssen umlernen. Wenn ihr nicht kämpft, ist Albion schon verloren. Ihr könnt also entweder mir vertrauen und eure letzte Chance ergreifen oder aber mich hinauswerfen und auf euren Tod in der Sklaverei warten.«

Er hob sein Schwert auf und schritt erhobenen Hauptes durch die Menge zur Tür. Hinter ihm erhob sich ein unglaublicher Tumult. Caradoc lächelte schmerzlich. Aus, vorbei. Sie würden ihn niemals akzeptieren. Zusammen mit Cinnamus und Caelte schlenderte er zum Fluß hinunter.

Die Versammlung dauerte den ganzen Tag. Nach und nach gesellten sich Eurgain, Llyn, Vida, die beiden Mädchen und auch die restlichen Catuvellauni zu ihnen. Sie berichteten von den hitzigen Wortgefechten, die sich die aufgebrachten Häuptlinge untereinander lieferten. Der Beschluß der Versammlung war so ungewiß wie am Anfang. Schließlich begannen sie, sich die Zeit mit Geschichten aus dem Tiefland zu vertreiben, denn alle, bis auf Eurgain, litten an Heimweh. Bran hatte ihr versprochen, sie schon bald mit in die Berge zu nehmen, und so kauerte sie zufrieden in Caradocs Armen. Stunden später endlich, als es am Fluß bereits empfindlich kühl wurde, erschienen Madoc und seine Häuptlinge. Er kam heran, lächelte vielsagend und schlang seine stämmigen Arme um Caradoc. »Sie haben eingewilligt, Euch zu folgen. Aber sie lassen Euch folgendes ausrichten: Sie behalten sich das Recht vor, Euch nur so lange zu gehorchen, wie es ihnen beliebt.«

Caradoc stieß einen Fluch aus, aber Madoc ermahnte ihn mit erhobenem Finger. »Es ist keine so schlechte Sache, wie Ihr meint«, erläuterte er. »Ich kenne sie besser als Ihr. Wenn sie Euch aus freien Stücken gehorchen, dann aus Zuneigung. Nur so werden sie gut kämpfen. Ihre zweite Bedingung ist, daß Euer Sohn, wenn er alt genug ist, in die Stammesriten der Siluren eingeweiht wird.«

»Niemals!« rief Caradoc empört. »Llyn ist ein Catuvellauni und wird es bleiben!«

»Ich fürchte, Ihr werdet dem zustimmen müssen«, erklärte Madoc beschwichtigend. »Sie fordern es gewissermaßen als Sicherheit, als Pfand.« Er kicherte. »Vielleicht wird er aber auch gar nicht alt genug.«

»Große Göttin!« stöhnte Cinnamus neben ihm. »Bin ich froh, daß ich keine Kinder habe.«

Caradoc schaute hilflos in die Runde, und Madoc warf ihm einen zuversichtlichen, verständnisvollen Blick zu, dann ergriff er Caradocs Arm. »Kommt mit zurück ins Versammlungshaus. Ihr müßt etwas essen. Dann redet mit den Häuptlingen. Wir leben in einer Zeit voller Ungewißheit und müssen uns den Anforderungen des Augenblicks frei von den Fesseln der Vergangenheit stellen.« Caradoc spürte die bittere Wahrheit dieser Worte. Aber warum trifft dieses unglückselige Schicksal ausgerechnet mich und die Meinen? haderte er weiter. In der Halle war es angenehm warm, und vom Feuer wehte ein vielversprechender Bratenduft zu ihnen herüber. Erhobenen Hauptes folgten sie Madoc.

Caradoc und seine Häuptlinge brachen zusammen mit Madoc und Bran zu ihrer Reise in die einsamen Bergtäler auf. Sie besuchten jeden Weiler, jedes einzelne Gehöft und jeden der stolzen Häuptlinge. Der Rest des Sommers verging wie im Flug. Dann brach, fast über Nacht, der Herbst mit seinen flammendroten und goldgelben Farben an. Weitere Wochen verstrichen, und das anhaltend gute Wetter begünstigte ihre Unternehmungen. Caradoc kämpfte unermüdlich gegen den blinden Stolz und die sture Arroganz einer unwilligen Zuhörerschaft. Er kroch in stinkende Hütten, sprach bei Kälte und unter sengender Sonne, angetrieben von der Furcht, daß Rom seine Kreise immer enger um den Westen zog, während er auf verbohrte Häuptlinge einredete. Ihr habt nicht ewig Zeit, entscheidet Euch, wollte er ihnen zurufen, aber es galt, Geduld aufzubringen.

Als er endlich zurückkehrte, entdeckte Eurgain viele neue Spuren in seinem Gesicht, tiefere Falten, unnachgiebigere Augen, einen härteren Zug um den Mund, der nur noch selten lächelte. Manche Nacht lag sie wach neben ihm, hörte hilflos zu, wie er sich selbst im Schlaf noch quälte und herumwarf, und konnte ihn nur in die Arme nehmen. Llyn wurde sein ständiger Begleiter. Trotz aller Mühen und Strapazen war er gleichbleibend fröhlich – wie einst Togodumnus –, entwickelte sich prächtig und wurde so ein wirklicher Trost für Caradoc.

Dann war auch der Herbst vorüber. Ein eiskalter, grimmiger Wind pfiff über die Berge, fegte das letzte braune Laub von den Bäumen und brachte die ersten eisigen Regenfälle. Caradoc schöpfte neue Hoffnung. Das gespannte Verhältnis zwischen ihm und den Häuptlingen seines Gaststammes begann sich zu bessern. In den vergangenen Monaten hatte beide Teile gezwungenermaßen gelernt, sich zu respektieren und einander zu vertrauen. Die Siluren bewunderten Caradocs eisernen Willen und seinen selbstlosen Einsatz und unterstützten ihn in seinen wortreichen Kämpfen gegen das Mißtrauen der Häuptlinge. Diese Hilfe trug mehr Früchte, als Caradocs Redegewandtheit je hätte bewirken können. Der Regen unterband weitere Reisen, denn er verwandelte die Pfade in glitschigen Morast. Für die Häuptlinge begann die Zeit der durchfeierten Nächte im Versammlungshaus, wo sich, wie hätte es auch anders sein können, ihre Gemüter erhitzten und wieder abkühlten. Caradoc war dankbar für die Zwangspause, dankbar für die Zeit, die er wieder mit Eurgain verbringen konnte. Auch begann er, sein Äußeres seinem neuen Stamm anzupassen, trug das Haar kürzer und wusch es mit Zitrone, wodurch die natürliche Haarfarbe langsam verblaßte und einen Blondton annahm. Er legte den römischen Bronzeschmuck ab und bat den jungen Künstler, ihm einige Stücke anzufertigen, die er in Naturalien bezahlen würde. Die Siluren hatten keinerlei Verwendung für Münzgeld, ihr Reichtum bestand aus Schafen und Rindern. Man hatte Caradoc ans Herz gelegt, sich wieder eine Ehrenprämie zuzulegen, aber das hätte Raubzüge bedeutet. Wie aber konnte er einerseits um das Vertrauen der Häuptlinge werben und andererseits ihre Herden überfallen? So versprach er dem Künstler, seine Schuld im Frühling zu begleichen.

Eurgain verstand seinen Drang nach Veränderung, wenngleich sie nicht umhinkonnte, ihm anzudeuten, daß sie eine wirkliche, dauerhafte Anpassung für unmöglich hielt. »Wir sind anders geartet, mein Gemahl«, erläuterte sie ihm eines Abends, als er ihre langen Haare kämmte – einige der wenigen Gewohnheiten, die sie aus den alten Tagen herübergerettet hatten. »Wir können die Jahrzehnte unter römischem Einfluß nicht einfach abschütteln. Ob wir es wollen oder nicht, sie haben uns verändert.«

Er blieb eine Erwiderung schuldig. Der Kamm glitt weiterhin sanft durch das Haar, und Eurgain schlug sich an die Brust. »Da drinnen können wir die Zeit nicht zurückdrehen, obwohl unsere Wurzeln sehr viel tiefer liegen.«

»Wir können es aber versuchen», murmelte er, mehr für sich selbst, als um ihr zu widersprechen.

Dann hörte der Regen auf. Starke Fröste setzten ein und machten die Pfade vorübergehend wieder begehbar. Caradoc nahm seine zermürbenden Reisen erneut auf. Er hatte es sich zum Ziel gesetzt, die Siluren bis zum Sommer zu vereinen, aber natürlich konnte er jahrhundertelang gewachsene Meinungen nicht über Nacht verändern. Auf jeden Häuptling, der ihn mittlerweile als Freund und Bruder begrüßte, kamen noch drei, die ihm selbstsicher ins Gesicht schleuderten, daß sie allein Rom jederzeit mit dem kleinen Finger besiegen konnten und ganz gewiß nicht seiner Hilfe bedurften.

Madocs Zuversicht blieb davon unberührt. »Ihr schafft es«, bemerkte er von Zeit zu Zeit. »Auch wenn sie Euch jetzt noch verspotten, so hören sie doch aufmerksam zu und werden Eure Worte überdenken.«

Mit dem ersten Schnee trafen Kundschafter ein. Sie erstatteten der Versammlung ihren Bericht, und Caradoc vernahm, daß die Legionen ihre Winterquartiere bezogen. Die Neunte befand sich im Grenzgebiet der Coritani beim Straßenbau. Die Zweite hatte unter den Durotrigen aufgeräumt und würde den Winter dort verbringen. Die beiden anderen Legionen hatten sich bei Boduocus und den Dobunni eingerichtet, das hieß, sie waren gefährlich nahe herangekommen, denn das Dobunni-Land grenzte an Silurien. Im Tiefland herrschte Ruhe. Dann wendete der Kundschafter sich Caradoc zu. »Für Euch habe ich auch eine Nachricht, Caradoc, Sohn des Cunobelin. Eure Schwester Gladys lebt. Die Römer halten sie gefangen, aber es geht ihr gut.« Dann sprach er wieder von anderen Dingen und überließ Caradoc sich selbst. Der saß wie versteinert. Gladys lebte! Wie war es nur möglich? Sie war sich ihres Todes so sicher gewesen! Warum hatte Plautius nicht schon längst versucht, ihn zu erpressen? Eine Welle der Dankbarkeit durchflutete ihn und spülte die Schuld, die er ihr gegenüber empfunden hatte, fort. Dennoch trübte der Schatten eines Zweifels seine Freude. Wann und wie würde Plautius seinen Trumpf ausspielen!

In dieser Nacht lag er wach neben Eurgain und fand keinen Schlaf. Seine Gedanken kreisten um Gladys, um Plautius, darum, daß die Römer so schnell und organisiert an Boden gewannen. Als nächstes würden sie mit Sicherheit versuchen, in Brigantes Fuß zu fassen. Aricia, so vermutete er, würde nicht kämpfen sondern wäre nur allzugern bereit, ihrem Volk einen Vertrag mit Rom aufzuzwingen. Sie hatte schon immer ihre Fahne nach dem Wind gerichtet und tat alles, um sich ihre persönlichen Annehmlichkeiten zu erhalten. Einmal bei ihr, konnte er seine Gedanken nicht von ihr losreißen. Ihr Bild stieg verheißungsvoll vor seinem inneren Auge auf, Aricia, die sich leidenschaftlich unter ihm bewegte, ihr duftendes Haar, ihre langen schlanken Beine. Sie mußte vierundzwanzig, fünfundzwanzig Jahre alt sein. Ob das Alter sie verändert hatte? War sie am Ende reifer geworden? Ob auch sie seiner manchmal sehnsüchtig gedachte? Er seufzte. Wenn überhaupt, dann sicher nur mit verletztem Stolz. Irgendwie paßte sie mit ihrem geheimnisvollen Wesen besser in den Westen, und bestimmt hatte ihr eigener Tuath viel Ähnlichkeit mit diesem hier. Immer weiter trieben seine Gedanken um Aricia ihn fort, und Eurgain, die friedlich neben ihm schlief, war ihm in dieser Nacht kein Zufluchtshafen für seine aufgewühlte Seele.

Wolkenbruchartige Regenfälle zwangen ihn erneut, zu Hause zu bleiben. Samhain rückte näher. Die Häuptlinge trieben ihr Vieh zum Fluß, wo das große Schlachten begann, und einmal mehr bekam Caradoc seine neue Armut zu spüren. Die Siluren sparten nicht mit beißendem Spott, lebten die Catuvellauni doch wie Parasiten unter ihnen, angewiesen auf das Wohlwollen Madocs und den Schutz der Druiden. Cinnamus ertrug es nicht länger. Eines Tages, er hatte sich unter das Treiben am Fluß gemischt, forderte er einen der am lautesten spottenden Häuptlinge zum Zweikampf heraus, der ihm siegessicher zehn Stück Vieh versprach, sollte er gewinnen. Die beiden Kontrahenten lieferten sich ein spannendes Gefecht, und Cinnamus gewann nur um Haaresbreite. Stunden später führte er die Tiere stolz vor Caradocs Hütte. Der fürchtete jedoch, Cinnamus habe sie auf einem Raubzug erbeutet und beruhigte sich erst, als er den genauen Hergang der Geschichte erfahren hatte. »Es sind zwar nur wenige Tiere«, beendete Cinnamus seinen glühenden Bericht über die Schwertkunst der Siluren, »aber nun sind wir wenigstens für den Winter erst einmal versorgt.« Fröhlich pfeifend schlenderte er davon, um sich von Vida seine Wunden versorgen zu lassen.

Am Abend des Samhainfestes hörte es nicht nur plötzlich zu regnen auf, auch die Wolken zogen nach Norden weiter und am sternenklaren Himmel zeigte sich ein strahlendheller Mond. In ihre wärmsten Umhänge gehüllt begleiteten Caradoc und Eurgain die Silurenhäuptlinge zu ihrer Kultstätte. Sie folgten einem kaum erkennbaren Pfad, bis sich vor ihnen überraschend die Bäume lichteten. Niemand sprach ein Wort, aus Furcht, die Aufmerksamkeit der Dämonen auf sich zu lenken. Eurgain griff verstohlen nach Caradocs Hand, als unverhofft flackernde Lichtpünktchen vor ihnen auftauchten. Sie hatten die Bergkuppe erreicht und befanden sich auf einem offenen Platz. Der kalte Wind pfiff unbarmherzig über sie hinweg und die Lichtpünktchen erwiesen sich als unruhig flackernde Fackeln. Der freie Platz wurde von einem riesigen Felsbrocken beherrscht, dem Altarstein, den sie, dem Lauf der Sonne folgend, umrundeten. Eine tiefe Stille lag über dem Ort. Bran und ein Seher standen reglos davor, vom Mond geheimnisvoll angeleuchtet. Nach und nach trafen auch die letzten Häuptlinge ein. Caradoc ließ seinen Blick über die offene Fläche schweifen und nahm eine Reihe von Pfählen wahr, alle alt und verwittert, bis auf einen frisch geschnittenen, dem einzigen, auf dem kein kahler Schädel steckte.

Als auch der letzte Häuptling den Stein umrundet hatte, trat der Seher nach vorn und hob feierlich die Arme. Seine silbernen Armreifen schimmerten wie Lichtspiralen. Er begann mit leiser Stimme zu singen. »Ihr Götter des Waldes und des Meeres, verschont uns in dieser Nacht.« Ein Windstoß fuhr seufzend durch die Bäume. »Wir bringen Euch ein lebendiges Opfer und erbitten Euren Schutz dafür.« Zustimmendes Gemurmel erhob sich, schwoll zu einem beschwörenden Gesang an und erstarb wieder. Noch während der Seher seine rituellen Handlungen ausführte, traten Madoc und Jodocus in den Schein der Fackeln. Sie führten einen nackten Mann in ihrer Mitte, blieben in einiger Entfernung vom Altarstein stehen und drehten sich mit dem Gesicht zur Menge der versammelten Häuptlinge. Madoc band ihm das lange schwarze Haar zurück, und er stand ruhig, mit unbeweglichem Gesicht. Hinter Caradoc flüsterte jemand. »Es ist wieder ein Sklave. Diesmal hätte es ein Häuptling sein müssen.«

Bran ging nun auf den Sklaven zu und zog ein langes Messer aus seinen weiten Ärmeln. Er wechselte einige Worte mit dem Opfer, das kurz nickte, sich dann umdrehte und sich gegen den Stein lehnte. Es war Caradoc, als könne er die braunen Knie zittern sehen. Madoc trat vor und nahm das Messer aus der Hand des Druiden entgegen. Ohne zu zögern, ging er auf den Mann zu, holte aus und trieb es mit aller Kraft bis ans Heft in den Rücken des Opfers. Ein markerschütternder Schrei stieg zum Himmel, als der Körper zuckend zu Boden stürzte. Bran und der Seher kauerten am Boden und verfolgten die Todeszuckungen aufmerksam. Würde der Winter ohne Tod und Krankheiten vorübergehen? Zeigten sich die Götter besänftigt?

Endlich war der Todeskampf ausgestanden. Jodocus zog sein langes Schwert und enthauptete den Toten mit einem Hieb, nahm den Kopf und spießte ihn auf den vorbereiteten Pfahl. Bran erhob sich. »Hört die Deutung des Sehers!« rief er. »Der Winter wird lang und schwierig, aber wir werden keinen Hunger leiden, und die Dämonen werden niemanden entführen.« Er wischte das Blut vom Messer und glitt lautlos in die Dunkelheit davon. Die Zeremonie war beendet. Die Häuptlinge erhoben sich und strebten eilig zurück, denn wer konnte sicher sein, daß sich der Seher nicht geirrt hatte? Spürten sie denn nicht überall die gierigen Augen der Dämonen? Der Wald war jedenfalls kein sicherer Ort.

Am nächsten Tag opferten sie in einem Hain, der tief im Wald versteckt lag. Auf dem Steinaltar brannte ein Feuer und neben der Statue Dagdas kauerte der Stammesgott der Siluren, eine dürre Gestalt mit drei Händen und drei Köpfen, die wissend in die Vergangenheit, Gegenwart und Zukunft blickten. Die heiligen Mistelzweige, die normalerweise den Altar schmückten, fehlten diesmal, denn obwohl Bran und der Seher auf der Suche nach ihnen weit gewandert waren, hatten sie doch keine finden können. Sie opferten einen weißen Bullen, häuteten ihn an Ort und Stelle und zerkleinerten das Fleisch für den Druiden. Dann war auch diese Zeremonie vorüber, und die Häuptlinge gingen zur Tagesordnung über, dem Schlachten ihrer Tiere. Über dem Fluß hing der üble Gestank von Fleisch und frischem Blut, und Caradoc dachte wehmütig an ein Samhainfest vor vielen Jahren, als er, Togodumnus und Aricia in den lieblichen Wäldern der Catuvellauni gejagt hatten.

Der Winter zog sich in die Länge, wie der Seher es vorhergesagt hatte, und das Tal war völlig von der Außenwelt abgeschlossen. Die wenigen Kundschafter, denen es überhaupt gelang, durch den

Schnee bis zu ihnen vorzudringen, berichteten, daß es im Tiefland unablässig regnete. Die wenigen überlebenden Catuvellauni waren dem Hungertod nahe, denn Rom hatte ihre gesamte Ernte für die Versorgung der Legionen beschlagnahmt. Die ersten, zaghaften Frühlingsboten kamen spät, begleitet von heftigen Regenfällen, aber schließlich zogen die Wolken weiter, und die lang ersehnte Sonne erwärmte das Tal.

Sobald der Boden trocken genug war, brachen Caradoc und seine Begleiter wieder auf. Die Siluren waren enttäuscht, hatten sie doch gehofft, endlich gegen die Römer zur Tat schreiten zu können. Doch Caradoc blieb hartnäckig dabei, daß erst alle Stämme ihm bedingungslos folgen mußten und daß verfrühtes Handeln ihrer Sache mehr schaden als nützen würde. Erneut besuchte er die Häuptlinge, die im Sommer zuvor ihre Ohren noch verschlossen hatten. Diesmal verhielten sie sich weniger ablehnend.

Offensichtlich hatte Plautius vorläufig nicht vor, Schritte zur Unterwerfung des Westens zu unternehmen. Er war viel zu sehr damit beschäftigt, seine Position zu festigen, neue, wehrhafte Forts zu errichten, Straßen zu bauen und Steuern einzuführen. Camulodunum war zum römischen Hauptquartier umfunktioniert worden, und von hier aus brach er mit dem Prokurator zu seinen Inspektionsreisen in alle Teile der Provinz auf, die sich allmählich nach seinen Vorstellungen zu entwickeln begannen.

Caradoc baute sein Kundschafternetz aus und rekrutierte weitere Freie. Häuptlinge waren für diese Aufgabe ungeeignet, da sie sich mit ihrem prahlerischen Getue und ihrer hochfahrenden Art nur allzuleicht verraten hätten. Er wies seine Spione an, sich unauffällig unters Volk zu mischen, unter die Atrebaten, Iceni, Brigantes, Dobunni, Coritani und die Durotrigen. Er stellte ihnen einen neuen gesellschaftlichen Status in Aussicht, wenn sie ihre Arbeit gut machten und zwei Jahre lang durchhielten. Voller Eifer hörten sie ihm zu, willig zu lernen, worin die Fremden sich von ihnen unterschieden. Doch trotz ihres Eifers wurden in diesem ersten Jahr viele von ihnen Opfer der Soldaten, wilder Tiere, mißtrauischer, verängstigter Bauern und

ihrer eigenen Einsamkeit. Caradoc hatte damit gerechnet, er wußte, daß ohne den Schutz und die Führung eines Häuptlings nur die entschlußkräftigen und lernfähigen unter ihnen überleben würden. Aber er hatte keine andere Wahl.

Als Caradoc und Llyn die Küste bereisten, brachen Bran und Eurgain zu ihrer Wanderung in die Berge auf. Erst nach zwei Wochen kehrten sie zurück. Eurgain trug in ihrem prall gefüllten Lederbeutel neue Kristalle und Edelsteine, während sich in ihren Augen das Wissen um neue Geheimnisse widerspiegelte. Nacht für Nacht erklärte und deutete Bran ihr den für sie neuen Sternenhimmel und seine Konstellationen, und Eurgain nahm alles begierig in sich auf.

Klein Eurgain und Gladys entwuchsen den Kinderschuhen allmählich. Sie hatten viele neue Freundschaften geschlossen und tobten wie die anderen Silurenkinder am Fluß, schwammen schon bald wie die Fische und wurden immer unabhängiger von ihren Eltern. Caradoc verspürte manchmal eine große Traurigkeit beim Anblick seiner Töchter, die barfüßig und mit zersausten Haaren herumsprangen, anstatt, wie es ihnen aufgrund ihrer königlichen Abstammung zugestanden hätte, in Begleitung ihrer eigenen Häuptlinge und in feine Gewänder gehüllt, durchs Leben zu gehen. Ihretwegen lastete der Verlust besonders schwer auf ihm, und er fand keinen Trost in ihrem fröhlichen, unbeschwerten Lachen.

18

Eine Gruppe von Reitern näherte sich dem Dorf. Cinnamus entdeckte sie zuerst und rannte zum Fluß, wo Caradoc und Madoc in der Sonne saßen. Erst tags zuvor waren sie aus dem Norden zurückgekehrt, während Bran allein zu den Ordovicen weitergereist war, um sie auf Caradocs Besuch vorzubereiten. »Gäste!« brüllte er. »Wir bekommen Besuch!« Die beiden erhoben sich, und ihre Hände fuhren automatisch zu den Schwertern. Schon war das Pferdegetrappel deutlich zu hören, die Reiter gut zu erkennen. Madoc nickte Jodocus zu, der sein Schwert zog und ihnen entgegenging. Als sie herangekommen waren, zügelten sie die Tiere und blieben vor Jodocus stehen.

»Wer seid ihr?« rief er ihnen entgegen. »Ist ein Druide bei Euch?« Die Stimme des Anführers, der ihm antwortete, löste in Caradoc eine vage Erinnerung aus.

»Wir reisen ohne Druiden, da wir keinen finden konnten. Wir kommen in friedlicher Absicht. Wir suchen Caradoc, den Häuptling der Catuvellauni.«

»Legt eure Schwerter ab!« Murrend folgten sie seiner Aufforderung. »Und nun steigt ab und Hände weg von den Gewändern!« Die Männer standen jetzt zögernd bei den Pferden.

»Kennt Ihr sie?« raunte Madoc Caradoc zu.

»Ich bin mir nicht sicher.« Dann bedeutete er Cinnamus und Caelte mit einer Kopfbewegung, ihm zu folgen. Mit gezogenen Schwertern gingen sie den Ankömmlingen entgegen, die Jodocus finster anstarrten.

»Ihr brecht die Regeln der Höflichkeit«, wies ihr Sprecher ihn gerade zurecht, aber Jodocus blieb ihm die Erwiderung natürlich nicht schuldig.

»In unserer Zeit müssen die Regeln der Höflichkeit denen des Überlebens weichen«, gab er grob zurück. Caradoc zögerte: roter Haarschopf, ein rotgelockter Bart, die unruhigen Augen eines wilden Tieres. Mit ausgestrecktem Arm ging er auf die große Gestalt zu und fühlte sich wieder wie damals, siebzehn und voller Stolz.

»Venutius!« begrüßte er den anderen. Ihre Finger umschlossen einander. Venutius lächelte erleichtert.

»Caradoc. Ich bin froh, Euch endlich gefunden zu haben. Man sagte, Ihr seid tot, andere behaupteten, Ihr wäret nach Mona geflohen, aber ich ahnte, daß ich Euch hier finden würde.« Caradoc lächelte.

»Schnallt eure Schwerter getrost wieder um und folgt mir.« Er führte sie zu dem wartenden Madoc und stellte Venutius vor. Madoc streckte ihm zwar die Hand entgegen, aber seine Miene blieb unfreundlich.

»Ich grüße Euch, aber den Willkommensgruß enthalte ich Euch vor. Es heißt, daß Euer Ri den Römern Tür und Tor geöffnet hat, und das rechtfertigt mein Verhalten.« Sein Blick wanderte zwischen Caradoc und Venutius hin und her, und er stellte eine gewisse Ähnlichkeit im Ausdruck ihrer Augen fest, die Spuren verborgener Wunden, aber es lag nicht in seiner Natur, sich über dergleichen Dinge zu sehr zu verwundern. Er drehte sich um und ging ihnen zum Versammlungshaus voran.

Die Sklaven entfachten das Feuer, brachten Bier und steckten frisches Fleisch auf den Bratspieß. Madoc, Caradoc und Venutius tranken schweigend und leerten den Bodensatz gemäß altem Brauch auf den Boden. Als Eurgain sich zusammen mit Vida zu ihnen gesellte, holte die Erinnerung an jenen frostigen Morgen Venutius ein. Ich hätte Aricia dortlassen sollen, dachte er bitter, oder töten müssen, als sie krank darniederlag. Was ist seither aus unserem Tuath geworden? Ein unterwürfiger, sklavischer Haufen, der Ehre und Freiheit verloren hat.

Die Nachricht von der Ankunft der Gäste verbreitete sich wie ein Lauffeuer. Immer mehr Häuptlinge drängten sich in der Hoffnung auf interessante Neuigkeiten ins Versammlungshaus. Das Fleisch verbreitete sein duftendes Aroma, das die hungrigen Männer noch hungriger machte. Caradoc spürte, daß er nur die Augen zu schließen brauchte, um sofort zu Hause in Camulodunum zu sein. So wenig ließ sich die Vergangenheit also auslöschen. Wie eine mächtige Woge überrollte ihn das immer wieder verdrängte Heimweh, und in diesem Augenblick hätte Caradoc alles dafür gegeben, wieder jung und unbeschwert in Cunobelins Versammlungshaus zu sitzen. Eurgain hatte recht. Sie waren Catuvellauni und würden es immer sein.

Madoc ging zum Feuer hinüber und schnitt das Fleisch für die Ankömmlinge. Sein Barde begleitete die Mahlzeit mit einigen Liedern, und als alle satt waren, schob er seinen Teller beiseite. »Betrifft Euer Anliegen die Versammlung?« fragte er Venutius. Der überlegte kurz.

»Nein«, antwortete er schließlich. »Ich ziehe es vor, nur mit Euch und Caradoc zu sprechen, dann steht es Euch frei, die Versammlung zu informieren oder nicht.«

»Gut«, nickte Madoc. »Dann laßt uns zum Fluß hinuntergehen.«

Bei strahlendem Sonnenschein gingen sie zum Fluß zurück, Cinnamus und Caelte trotteten, in ihre eigenen Erinnerungen versunken, hinterdrein.

»Sprecht also«, forderte Madoc Venutius auf. »Was wollt Ihr?«

»Ich hörte«, begann Venutius vorsichtig, »daß Männer aus dem Westen ihre Heimat verlassen, und daß Bauern unbekannter Herkunft die verlassenen Gehöfte im Tiefland bewirtschaften. Außerdem ist mir zu Ohren gekommen, daß es in den Städten Freie geben soll, die sich wie Angehörige der verschiedenen Stämme kleiden und auch so sprechen, es aber nicht sind. Und nicht zuletzt hört man von unvorsichtigen römischen Legionären, die nur einen Steinwurf von Camulodunum entfernt enthauptet aufgefunden werden. Habe ich recht gehört?«

»In unseren unruhigen Tagen erscheinen den ängstlichen unter uns selbst vereinzelte Ereignisse als sehr bedeutungsvoll«, erwiderte Caradoc unverbindlich.

»Spart Euch Eure Zweideutigkeiten!« rief Venutius aufgebracht. »Ich bin weder ein Handlanger Roms, noch habe ich meine Ehre besudelt!«

Caradoc unterbrach ihn abfällig. »Ach nein? Trotzdem empfängt Euer Tuath die Neunte, als wären die Römer Befreier und nicht Eroberer. Euer Ri trinkt Wein mit den Offizieren, an Eurer Küste ankern römische Schiffe, und Euer Ri läßt sich von einem römischen Architekten ein römisches Wohnhaus planen. Und all das, nachdem Ihr mich der Liebäugelei mit Rom bezichtigt habt!«

»Es stimmt also«, konterte Venutius trocken, doch sein rotes Gesicht verriet seine Erregung. »Wie sonst könntet Ihr solche Einzelheiten wissen? Ihr seid hinterhältig geworden, Caradoc!« Dann senkte er seine Stimme. »Schickt sie zu mir. Ich werde ihnen Vieh und Land zuteilen, sie in mein Gefolge aufnehmen. Schickt sie, damit sie meinen Häuptlingen neuen Mut machen.« Er schluckte. »Sie hat ihnen Reichtümer versprochen, ein leichtes Leben unter dem Schutz Roms, Wohlstand und Frieden. Sie haben vergessen, daß ihnen einst ihre Ehre mehr bedeutete als ihr Leben.«

»Und warum redet Ihr ihnen nicht selbst ins Gewissen? Eure

Häuptlinge sind bekannt, ja berüchtigt. Ihr könntet die Neunte leicht selbst wieder vertreiben, bevor sie Fuß fassen kann.«

Venutius starrte über den Fluß. »Ich habe ihr den Treueeid abgelegt«, gestand er nach einigem Zögern, und plötzlich fiel es Caradoc wie Schuppen von den Augen. Venutius war der Sklave seiner Liebe zu seiner verräterischen Gemahlin. »Ich werde Eure Spione unterstützen, wo immer es mir möglich ist, aber ich kann ihnen keinen Schutz bieten, sollten sie entlarvt werden. Mehr kann ich im Augenblick nicht tun.«

»Ihr habt eine reichlich seltsame Vorstellung von der Ehre, Mann von Brigantes«, mischte sich Madoc zornig ein. »Da Ihr selbst zu feige seid, schickt Ihr nach den Siluren und glaubt am Ende auch noch, daß Ihr etwas Ehrenvolles tut. Wenn Ihr Euren Ri so sehr haßt, dann hackt ihr den wirren Kopf ab und vertreibt die Römer, so lange es noch möglich ist.«

»Ich kann es nicht«, flüsterte Venutius, »ich kann es einfach nicht.« Seine Schwäche berührte Caradoc derart unangenehm, daß er sich abwenden mußte.

»Ich werde Euer Angebot annehmen, so unbefriedigend es auch sein mag«, erwiderte er. »Ich werde mehr Spione nach Brigantes entsenden. Was aber werdet Ihr tun, Venutius, wenn Eure Häuptlinge aus dem Dornröschenschlaf erwachen und der Geist der Rebellion zurückkehrt?«

Venutius preßte die Lippen zusammen. »Das weiß ich nicht. Ich kann nicht vorhersagen, wie ich in der Zukunft reagieren werde. Ich sehe mir jeden neuen Tag an, unabhängig von dem, was war, catuvellaunischer Wolf.«

An jenem Abend, als Venutius sich in seine Gästehütte zurückgezogen hatte, bat Caradoc Eurgain, zu ihm zu gehen. »Sprich natürlich mit ihm«, schärfte er ihr ein. »Du und Aricia, ihr seid gemeinsam aufgewachsen. Es ist ganz selbstverständlich, daß du wissen willst, wie es ihr geht. Bring ihn dazu, von ihr zu reden, mein Liebes. Ich muß wissen, wie weit die Römer bereits Fuß gefaßt haben und wieviel Macht wirklich in Aricias Händen liegt. Brigantes ist für Claudius der günstigste Ausgangspunkt, um eine Kampagne gegen den Westen zu starten. Meine Spione bei den Cornovii kommen nicht so recht voran, und ich brauche dringend jede zusätzliche Information aus erster Hand.« Sie warf sich den Umhang über die Schultern und bedachte ihn mit einem kühlen Blick.

»Die Spione haben uns berichtet, daß der Kaiser Plautius befohlen hat, vorläufig noch nicht nach Norden oder Westen zu expandieren. Ich glaube, daß wir die nächsten ein, zwei Jahre noch Ruhe haben werden.«

»Solange alles ruhig bleibt, ja. Aber ich habe nicht vor, untätig herumzusitzen, wenn sich die Ordovicen uns erst einmal angeschlossen haben. Dann sind die Pfade durch Cornoviigebiet nach Brigantes von äußerster Wichtigkeit.«

»Aber bis es so weit ist, kann die Lage sich grundlegend ändern, Caradoc. Bist du dir sicher, daß ich dir nur taktisch wertvolle Informationen von Venutius besorgen soll?«

»Eurgian, wir sind nun schon so lange verheiratet«, erwiderte Caradoc mit gespielter Unbefangenheit, »und ich habe nie eine andere Frau begehrt oder auch nur den Wunsch danach verspürt. Beantwortet das deine Frage?«

Sie drückte ihm einen flüchtigen Kuß auf die Lippen. »Nein. Es sagt mir nur, daß mein Gemahl nicht gerne lügen würde und seine Gedanken sorgfältig verbirgt.« Ihre Augen glänzten dunkel vor Eifersucht, wie immer, wenn sie an Aricia dachte. Warum hatte diese Frau nur eine solche Macht über Männer? Eurgain hatte Caradoc nie besitzen wollen wie Aricia. Sie liebte und respektierte den ganzen Menschen Caradoc, die eigenständige Seele, den Mann, dem sie raten konnte, der auf ihre Meinung hörte, den sie aber niemals um den Finger wickeln konnte. In Augenblicken wie diesem allerdings, wo sich die Sehnsucht nach Aricia ungewollt in seinem Gesicht widerspiegelte, empfand sie einen unerträglichen Schmerz, den die Jahre keineswegs abgemildert hatten. »Ich gehe«, seufzte sie schweren Herzens.

Vor der Gästehütte traf sie auf Venutius' Barden. »Was wollt Ihr?« fragte er sie unfreundlich.

»Ich bin Eurgain«, antwortete sie geduldig, »eine Freundin Eures Ri aus früheren Tagen. Ich möchte wissen, wie es ihr geht. Fragt Euren Herrn, ob er mich empfangen möchte.« Er sah sie skeptisch an, und sie breitete ihre Arme weit aus. »Ich bin unbewaffnet.« Erst jetzt verschwand er im Innern der Hütte. Eurgain schaute sehnsüchtig zu den Sternen und atmete tief, wie sie es von Bran gelernt hatte, um ihren Geist zu beruhigen. Sie öffnete sich ganz der friedlichen Stille und stellte sich vor, daß sie beim Ausatmen auch die Ängste und Sorgen ihres Lebens ausatmete. Der Barde erschien und winkte sie hinein.

Venutius erhob sich von dem Hocker neben der Feuerstelle. Er trug eine kurze grüne Tunika, die Arme und Beine freiließ, sein rotes Haar fiel offen bis über die Schultern herab. Eurgain stellte sich Aricia in seinen Armen vor, Sklave und Herrin, Zauberin und Opfer. Sie legte den Umhang ab und lächelte. »Verzeiht, wenn ich Euch belästige. Ich wollte ungestört mit Euch über Aricia sprechen. Wir waren vor langer Zeit einmal Freundinnen. Wie geht es ihr?«

Seine Augen verengten sich zu Schlitzen, doch dann lächelte er sie offen an und bedeutete ihr, auf dem Stuhl Platz zu nehmen. Er ist ein ausgesprochen gutaussehender Mann, dachte sie überrascht, als er Bier in einen Becher füllte, ihr den Becher reichte und selbst wieder auf dem Hocker Platz nahm. Natürlich, ich erinnere mich an sie, überlegte Venutius währenddessen. Sie war die Schweigsame mit den klugen Augen. Wie eine Seherin hatte sie ausgesehen. Auch an die andere, dunkelhaarige erinnerte er sich jetzt wieder, die ebenso schweisam dagestanden hatte, aber voll innerer Spannung. Die Klarheit, mit der jene flüchtigen Augenblicke nun an ihm vorüberzogen, befremdete ihn. Seither schien das Glück aus seinem Leben verschwunden zu sein.

»Sagt mir, Eurgain«, er drehte den bronzenen Trinkbecher nachdenklich in den Händen, »hat Euch Euer Gemahl geschickt?«

Sie lachte verlegen. »Ja, das hat er. Ich brauche Euch nichts vorzumachen. Aber ich wäre auch ohne sein Zutun gekommen, denn seit Aricia damals aus Camulodunum fortging, habe ich nur wenig von ihr gehört.«

»Und das wenige ist schlimm genug, nicht wahr?« Er sprach ihre Gedanken mit brutaler Offenheit aus. »Fürchtet nicht, Ihr könntet meine Gefühle verletzen, Eurgain. Ich habe keine mehr. Aricia hat sie alle getötet.«

»Sie ist ein Mensch, der seine eigenen Annehmlichkeiten über alles andere stellt«, bemerkte sie etwas unbeholfen ob seiner Ehrlichkeit, »trotzdem waren wir einander herzlich zugetan. Die Trennung fiel ihr mehr als schwer, Venutius.«

»All das liegt elf Jahre zurück. Sie kam haßerfüllt und mit einer vorgefertigten Meinung zu uns, entschlossen, uns für ihre Zwecke zu gebrauchen. Wir ließen uns wie dumme Schafe von ihr herumkommandieren. Erst waren es nur Wein und Trinkbecher. ›Was sollte es schaden‹, so argumentierte sie, ›wenn wir die überschüssigen Häute gegen Wein für die Häuptlinge eintauschen?‹ Also gehorchten wir, denn wir hatten ihr unseren Treueschwur geleistet, weil sie die Tochter unseres Herrschers war.« Er unterbrach sich, trank und starrte dann trübsinnig in den Becher. »Sie war sechzehn, als wir heirateten. Sie trug weiße Blumen im Haar und mein Hochzeitsgeschenk um den Hals. ›Du und ich, Venutius‹, sagte sie, ›wir werden Brigantes größer machen, als die Catuvellauni je waren.‹ Ich hatte damals keine Ahnung, was sie damit meinte. Wie muß sie über meine Einfalt gelacht haben. O Sataida, Göttin des Schmerzes, ich habe keine Frau geehelicht, sondern einen Dämon.«

Eurgain saß unbeweglich. Es geschah oft, daß Menschen sich ihr anvertrauten, aber dieses beklemmende Eingeständnis seiner selbstauferlegten Qualen hatte sie nicht erwartet. Genauso wäre es Caradoc ergangen, dachte sie schockiert, hätte er damals Aricia geheiratet. Ob er es geahnt hatte?

»Ihr sagt, daß Ihr befreundet wart«, fuhr er etwas ruhiger fort, »aber Ihr irrt euch. Sie war Euch nie wirklich freundlich gesinnt. Doch ich sage Euch nichts Neues, nicht wahr?« Eurgain nickte. »Und dennoch liebe ich sie«, fuhr er mit fast zärtlicher Stimme fort. »Sie braucht nur zu rufen, und ich lasse alles liegen und stehen, nur um bei ihr zu sein. Ich komme hierher, um ihre Pläne zu untergraben, und liebe sie ebenso sehr, wie ich sie hasse.«

Schweigend saßen sie sich eine ganze Weile gegenüber. Seine Offenbarungen erfüllten Eurgain mit einer großen Traurigkeit. Sie wechselte das Thema. »Haben die Römer bereits mit dem Bau von Straßen und Lagern begonnen?« Venutius verschränkte die Arme, der Augenblick der Schwäche war vorüber.

»Nein«, antwortete er. »Sie haben gerade ein Fort südöstlich von uns im Grenzland der Coritani errichtet. Das Haus unseres Ri steht den Soldaten und Offizieren offen, der Straßenbau hat noch nicht begonnen. Wo sollten sie auch hinführen? Plautius braucht noch eine Weile, ehe er sich den Nordwesten vornehmen kann. Wir sind eine Art militärische Pufferzone, und Aricia spielt nur allzu gern mit. Rom macht ihr kostbare Geschenke. Sie kann ihre Macht auch weiterhin uneingeschränkt ausüben, solange sie mit Rom verbündet ist, und es gibt nichts, was sie lieber täte.«

»Und die Häuptlinge?«

»Sie schweigen und gehorchen, glauben, daß es mittlerweile sowieso zu spät ist, etwas gegen sie zu unternehmen. So fügen sie sich in ihr scheinbar unvermeidliches Schicksal. Manche rebellieren im geheimen und machen mich für die Misere verantwortlich, zu Recht, wie ich zugeben muß. Sie fühlen sich ihrer Ehre beraubt, haben aber noch immer nicht begriffen, daß sie ihre Freiheit auch noch verlieren werden. Ich will, daß die Spione ihnen das beibringen. Was mich angeht«, er machte eine hilflose Geste, »so bin ich bereits meiner Freiheit beraubt. Aber ich werde tun, was ich kann.«

Eurgain erhob sich. War sie nicht selbst wie eine Spionin zu ihm gekommen, um ihn auszuhorchen? »Wir leben in einer schlimmen Zeit«, sagte sie, »und ich bedauere, daß ich sie durch meinen Besuch für Euch noch schlimmer gemacht habe.«

Er ergriff ihre Hand und küßte sie leicht. »Das habt Ihr keineswegs getan, Eurgain«, widersprach er, »Ihr nicht. Ich nehme an, Caradoc weiß, was er an Euch hat.«

Sie lächelte. »Ich wünsche Euch eine angenehme Reise. Friede sei mit Euch.«

»Und mit Euch.«

Eurgain eilte zu ihrer Hütte zurück. Irgendwo trällerte eine Nachtigall, aber ihre ganze Aufmerksamkeit war nach innen gerichtet. Sie betrat ihre Hütte, warf den Umhang in die Ecke, begann, ihre Zöpfe zu lösen. Caradoc schaute ihr vom Bett aus verwundert zu.

»Nun?« fragte er schließlich, als sie hartnäckig schwieg. Eurgain zerrte ungeduldig an ihren Beinkleidern.

»Er ist ein guter und aufrechter Mensch, aber traue ihm nicht, bevor er sich nicht in irgendeiner Form bewährt hat«, antwortete sie, ohne ihn auch nur eines Blickes zu würdigen.

»Ist das alles?«

Sie kam ins Bett und funkelte ihn an. »Das ist alles. Und ich wünsche nicht, jemals wieder über dieses Thema zu sprechen. Und rühr mich nicht an, Caradoc. Du hast mich heute bereits gebraucht.«

Venutius und seine Häuptlinge brachen am nächsten Morgen auf. Zwei Tage darauf begannen die Beltaneriten. Beinahe über Nacht entfalteten die Bäume ihr frisches, zartes Grün, öffneten sich die weißen, duftenden Apfelblüten und der Wind wirbelte die Blütenblätter wie Schneeflocken durch die Luft. Die verblichenen Tierknochen vom letzten Samhainschlachtfest wurden zusammengetragen, zu zwei großen Haufen aufgeschichtet und verbrannt. Dann wurden die jungen, angstvoll muhenden Kälber durch den Rauch getrieben. Die ganze Nacht über brannten die Beltanefeuer, des Feierns war kein Ende. Die Häuptlinge balgten sich wie Kinder im Gras, und so mancher blieb der Einfachheit halber gleich liegen, wickelte sich zufrieden in seinen Umhang und schlief an Ort und Stelle ein.

Am späten Vormittag des darauffolgenden Tages brachen Caradoc, Llyn und die Häuptlinge zu den Demetae auf. Caradoc hatte Eurgains Bitte, ihn diesmal begleiten zu dürfen, rundheraus abgeschlagen.

»Die Demetae sind ein unberechenbares, mißtrauisches Volk«, begründete er seine ablehnende Haltung. »Wir müssen Pionierarbeit leisten, denn bisher waren noch nicht einmal die Druiden bei ihnen, um den Boden vorzubereiten. Du kannst später zu den Ordovicen mitkommen.« Ihr Protest fruchtete nichts, und schließlich nahmen sie voneinander Abschied.

Erst mit dem ersten Schnee kamen sie zurück, aber sie erkannte Caradoc kaum wieder. Er war völlig abgemagert, lief mit finsterem Gesicht rastlos umher, konnte weder essen noch schlafen und sprach kaum ein Wort. Nachts warf er sich im Bett hin und her, murmelte unverständliche Worte und schrie verzweifelt, während Eurgain angsterfüllt neben ihm saß. Seine Vision von der Vereinigung aller Stämme begann an seiner Substanz zu zehren. Wenn er überhaupt redete, sprach er von Rom. Er dachte an nichts anderes als an Rom und die bevorstehende Konfrontation. Er verfluchte die kleinlichen Streitereien, den Starrsinn der Häuptlinge, die ihn Kraft und Zeit kosteten, die er nicht hatte. Eines Tages suchte Eurgain Cinnamus auf, um sich Klarheit zu verschaffen.

Cinnamus war allein. Er lag langausgestreckt auf dem Bett in seiner Hütte, inmitten seiner Waffen und Poliertücher. Als Eurgain eintrat, setzte er sich auf. Auch an ihm waren die Spuren von Mühsal und Entbehrungen deutlich zu sehen, sein Gesicht war hagerer denn je, die Fältchen um seine grünen Augen tiefer als früher. Sie setzte sich auf einen Hocker neben dem Bett.

»Was ist während des Sommers geschehen?« fragte sie ohne lange Vorrede. Cinnamus schwang sich auf die Füße, dehnte sich und legte Holz auf das Feuer.

»Die Demetae trieben ihn fast in den Wahnsinn«, berichtete er. »Große Göttin, was für ein Tuath! Wir saßen stundenlang in ihrem Versammlungshaus, während sie stolz hin und her marschierten und alle Beutezüge gegen die Siluren Revue passieren ließen. An den Wänden hingen, ich weiß nicht, wie viele Totenschädel, alles Ordovicen und Siluren. Wir verloren fast die Beherrschung. Aber in ihrem Land gibt es die wunderbarsten Edelsteine, und die Frauen sind mindestens ebenso störrisch und unnachgiebig wie ihre Männer. Wenn es Caradoc gelingt, sie für sich einzunehmen, sitzen die Römer nicht mehr lange auf ihren Lorbeeren. Er mußte gegen drei Häuptlinge kämpfen, Eurgain. Einen hat er getötet, die beiden anderen schwer verwundet.«

»Was?«

Cin lächelte sie gewinnend an. »Sie wollten erst einmal sehen, ob er wirklich ein tapferer Krieger ist, ehe sie bereit waren, ihm ihre Ohren zu öffnen. Sie beurteilen niemanden nach Worten, Eurgain. Ich glaube nicht, daß Caradoc vorhatte, ihn zu töten, ich glaube, er hat seine Beherrschung verloren. Er war ihrer endlosen Prahlerei einfach überdrüssig und wollte endlich zur Sache kommen. Danach waren sie allerdings überzeugt und versprachen, an einer gemeinsamen Versammlung teilzunehmen, wenn die Siluren künftig keine Raubzüge mehr gegen sie führen. Madoc hat zähnefletschend zugestimmt.«

Eurgain hörte ihm mit gesenktem Kopf zu. »Aber was quält ihn jetzt, Cinnamus? Nichts freut oder entspannt ihn. Ich sehe Veränderungen in ihm, die mir Angst machen.«

Er wurde wieder sachlich, setzte sich neben sie auf die Erde und ergriff ihre Hände. Sie sah ihn bekümmert an, und der Knoten in ihr barst. Auch sie war unglücklich. Die unerträgliche Spannung, in der sie seit seiner Rückkehr nebeneinander herlebten, zehrte an ihren Kräften. Sie war der einsamen Tage und Nächte müde. Sie wollte Wärme spüren und sehnte sich nach Zuwendung. Ihre Hand fuhr durch seine blonde Mähne und Cinnamus zog sie tröstend in seine Arme. Eurgain seufzte schwer.

»Er hat sich von uns allen abgekapselt, mit Ausnahme von Llyn«, erklärte er. »Das einzige, was ihn im Moment aufrechterhält, ist seine Vision. Er sieht sich als den neuen Arviragus, unter dessen Führung alle Stämme sich vereinigen und das Land von den Römern befreien werden. Er hält sich für die letzte Hoffnung Albions, und das glaube ich übrigens auch, ebenso Madoc und Bran. Er hat furchtbares Heimweh nach dem Tiefland. Er haßt die Berge, Eurgain. Er ist ein Herrscher, der sein Reich verloren und eine tödliche Vision gefunden hat. Er kämpft darum, sein Schicksal zu vollenden oder sich wenigstens darum zu bemühen. Er weiß ebensogut wie jeder andere, daß wir nur nach vorn schauen dürfen, weil es kein Zurück mehr gibt.« Cinnamus hatte ihr alles gesagt, was es zu sagen gab, und küßte sie trostreich auf die Stirn. Doch anstatt sie loszulassen, wanderten seine Lippen weiter, berührten ihr seidiges Haar, und er spürte ihre Arme um seinen Hals. Nein, er durfte sich nicht weitertreiben lassen. Seine Hände glitten über ihre Schultern, als wolle er ihr in die Augen schauen, doch statt dessen zog er sie fest an sich, liebkoste ihren sanften geschwungenen Nacken, ihre Schläfen. Ihre Lippen öffneten sich sehnsüchtig unter den seinen, der Hocker fiel um und rollte zur Seite. Sie sanken auf die weichen Felle vor dem Feuer. Eurgain ließ ihn gewähren, als seine Hände unter ihre Tunika glitten. Ah, Cinnamus, dachte sie, höre nicht auf, laß mich spüren, daß ich noch immer die bin, die ich kenne! Wie von selbst überließ sich ihr

Körper ihm, diesem anderen, der sich fremd und doch nicht so fremd anfühlte. Unter seinen Händen und Küssen spürte sie, wie sich Angst und angestauter Kummer langsam auflösten. Cinnamus, mein liebster Freund, heile meine Wunden! Sie gestand ihm ihre Not, ihre Einsamkeit ein, die er gespürt hatte, ohne daß sie davon sprach und ließ sich von seiner Leidenschaft mitreißen.

Als er wieder ruhig neben ihr lag, stützte er sich auf und küßte sie noch einmal, zärtlich und tröstend zugleich. Erst, als er ihr so ein kleines Lächeln entlockt hatte, ließ er sie los und half ihr beim Aufstehen.

»Nächstes Jahr im Sommer werden wir mit den Ordovicen verhandeln«, sagte er, als sei nichts geschehen. »Es ist unsere letzte und größte Herausforderung.«

»Ich werde euch begleiten«, erwiderte sie gefaßt, obwohl sie noch zitterte. »Ich ertrage es nicht mehr, müßig hier herumzusitzen. Es war nicht recht, ihn diese Bürde allein tragen zu lassen, Cinnamus. Auch ich will nach Hause, aber nicht aus Sehnsucht nach Camulodunum. Die Berge stillen das Verlangen meiner Seele, doch ich wünsche mir einen unbeschwerten, gesunden Gemahl, der sich um nichts weiter als um seine Herden und ab und zu um einen Beutezug kümmern muß.«

»Ihr werdet wieder glücklich miteinander sein, Eurgain«, versuchte er sie zu trösten, aber ihr Gesicht hatte neuerlich einen bitteren Zug angenommen.

»Es wird nie wieder so wie früher sein«, entgegnete sie und strich ihr Gewand glatt. Auf dem Weg zur Tür blieb sie plötzlich stehen. »Cinnamus, ich ...«, begann sie, aber er fiel ihr ins Wort.

»Macht Euch darum keine Gedanken, Eurgain. Ihr braucht auch nicht um Eure oder Caradocs Ehre zu bangen. Ich habe Euch getröstet, das ist alles. Selbst Vida würde das verstehen.«

»Trost, ich hatte Euren Trost nötig, Cinnamus. Ich bin so müde.« Dann war sie draußen, nur die Türhäute bewegten sich leise hinter ihr. Cinnamus hob seinen Helm wieder auf und begann, ihn leise pfeifend zu polieren.

Drei Jahre lang hatte Caradoc den Stämmen nun hart zugesetzt und hier und da kleine oder auch größere Erfolge, aber keinen entscheidenden Durchbruch erzielt. Doch nun berichteten die Kundschafter, daß immer mehr römische Siedler in Albion eintrafen, daß der Straßenbau so gut wie abgeschlossen war, daß ganze Schiffsladungen mit fremden Getreidesorten und exotischen Früchten für die heimwehkranken Siedler eintrafen. In Camulodunum ging der Bau des Tempels zu Ehren des göttlichen Claudius zügig vonstatten. Die einheimischen Trinovanten und Catuvellauni bezahlten Quader um Quader mit ihrem Schweiß und Blut, und die verängstigten Freien rannten mit ihren Beschwerden nicht mehr länger zu ihren Häuptlingen, denen die Hände gebunden waren. All diese Nachrichten hörte Caradoc mit wachsendem Zorn, aber erst die letzte brachte ihn aus der Fassung. Vor einigen Wochen hatte das erste Schiff mit menschlicher Fracht Albion verlassen. Ausgewählte junge Stammeskrieger, die in Rom für die Legionen ausgebildet werden sollten. Umsonst weinten Schwert-Frauen und Häuptlinge ihren Söhnen und Liebhabern nach, denn keiner von ihnen würde Albion je wiedersehen. Caradoc fürchtete natürlich auch für Llyn, der mit elf Jahren bereits zu einem jungen Mann heranwuchs und Tog immer ähnlicher wurde. Weitere beunruhigende Nachrichten kamen aus den Wäldern der Dobunni, die an das Stammesgebiet der Siluren grenzten. Dort, viel zu nahe für Caradocs Geschmack, waren Truppenbewegungen beobachtet worden, und es galt, sofort zu handeln. Caradoc berief die Versammlung ein. Wie erwartet, leisteten die Silurenhäuptlinge ihm den Treueschwur, und kurz darauf führte er sie in östlicher Richtung aus dem Tal. Sie huschten wie flüchtige Schatten durch die Wälder, überfielen Botenreiter, kleine Patrouillen, Versorgungstrupps. Ihre Aktionen verursachten keine großen Wellen, aber Caradoc wollte zunächst einmal Zeit gewinnen. Erst, wenn ihm die volle Unterstützung der Ordovicen sicher war, so sein Plan, wollte er wirklichen Druck auf die Zweite Legion ausüben. Vespasianus schickte eine kurze Meldung an Plautius, in der er erwähnte, daß ein paar halbverhungerte Häuptlinge die Nachschubwege überfallen hätten, ein Akt der Verzweiflung sozusagen, da sie über kurz oder lang sowieso sterben würden. Plautius legte die Depesche nachdenklich beiseite. Spontan dachte er an Gladys' Bruder, und je länger er sich die Sache überlegte, desto mehr wurde sein Verdacht zur Gewißheit. Er gab die Nachricht an Pudens weiter, der sie mit krauser Stirn überflog.

»Werdet Ihr eine Gegenattacke befehlen?« fragt er. Plautius trommelte mit den Fingern auf die Tischplatte.

»Nein, das wäre verfrüht. Ich denke, wir werden den Frühling abwarten und sehen, was sich daraus entwickelt. Schickt Vespasianus eine Antwort, Rufus.« Er nahm Helm und Umhang und ging nach draußen, um irgendwo in Ruhe seine Gedanken zu ordnen. Aber Camulodunum war eine geschäftige Stadt geworden, und die Zeiten, in denen man hier ungestört hatte spazierengehen können, waren längst vorüber.

Der Winter neigte sich seinem Ende entgegen. An einem regnerischen Tag, als Caradoc und die Häuptlinge sich nach einem Überfall zurückzogen, geschah es. Llyn war nicht mehr bei ihnen. Sie waren über eine Hundertschaft hergefallen, ohne zu ahnen, daß diese nur die Vorhut für die berittenen Hilfstruppen bildete. So gerieten sie in die Zange, und es folgte ein erbitterter Kampf. Llyn und Fearachar lagen, wie immer, sicher im Gestrüpp versteckt, hörten Schreie, Befehle und das Klirren von Schwertern, aber im dichten Nieselregen konnten sie nicht viel erkennen. Caradoc hörte als erster den gedämpften Hufschlag der anrückenden Kavallerie. Er befahl den sofortigen Rückzug, und ohne lange zu überlegen, gaben die Rebellen Fersengeld. Lautlos verschwanden sie im Nebel zwischen den Bäumen, doch die Legionäre, ermutigt durch die Verstärkung, setzten ihnen unerbittlich nach. Erst als sie jenseits des Flusses in Sicherheit waren, dachte Caradoc an Llyn. Halbverrückt vor Sorge wollte er sofort umkehren, um nach seinem Sohn und Fearachar zu suchen, aber Cinnamus redete es ihm aus.

»Es hat keinen Zweck, Herr. Wir müssen ins Dorf zurück und abwarten, bis alle Häuptlinge eingetroffen sind. Dann können wir feststellen, wer fehlt.«

Caradoc sah ein, daß Cinnamus recht hatte, aber Llyn war sein ein und alles, sein Glücksbringer, sein Trost, seine einzige Freude. Er rannte wie ein eingesperrtes Tier vor dem Tor auf und ab. Als Eurgain ihn bat, wenigstens die nassen Kleider zu wechseln und eine Kleinigkeit zu essen, fuhr er sie unwirsch an. Sie ging eine

Weile mit ihm auf und ab, bis Madoc kam und meldete, daß alle zurückgekehrt waren. Caradoc überlegte nicht lange.

»Cinnamus, sammle deine Häuptlinge. Madoc, ich brauche Eure Pferde. Wißt Ihr, ob die Patrouille noch nach uns sucht?«

»Das, was noch von ihr übrigblieb, ist eilig weitergeritten.«

»Gut. Eurgain, wo willst du hin?« Sie rannte in Richtung der Hütte davon und rief ihm über die Schulter zu. »Ich hole nur mein Schwert!«

»Nein!« Er rannte ihr nach. »Bleib hier. Was willst du in diesem verdammten Nebel ausrichten?«

Sie wirbelte auf dem Absatz herum, funkelte ihn vernichtend an, holte tief Luft und schleuderte ihm endlich alles ins Gesicht, was sich im Lauf der Wochen und Monate in ihr angestaut hatte. »Und was meinst du, kannst du in diesem Nebel ausrichten? Fahr zur Hölle, Caradoc. Ich werde mich von dir nicht mehr länger bevormunden lassen! Ich bin nicht deine Leibeigene, ich bin eine freie Schwert-Frau, und ich tue, was mir beliebt. Bei Camulos!« Ihre Stimme überschlug sich fast. Madoc und seine Häuptlinge starrten sie ehrfürchtig an, und Cinnamus versuchte, ein belustigtes Grinsen zu unterdrücken. Nur zu, Eurgain, dachte er zustimmend. »Bist du so sehr zum Römer geworden, daß du deine Frau wie ein bequemes Sofa zu Hause haben willst? Ich habe mir mit der Ehe keine Sklavenketten anlegen lassen, und nach dem Gesetz kann ich dich jederzeit verlassen.« Sie senkte ihre Stimme. »Und ich denke immer öfter, daß ich es tun sollte. Ich bin nichts weiter als eine bequeme Annehmlichkeit für dich geworden.«

Wie die Göttin des Zorn stand sie vor ihm, dann ließ sie ihn einfach stehen und eilte davon. Caradoc sah ihr verblüfft nach. Ihm war, als hätte er den Boden unter den Füßen verloren, und er sprang dankbar auf eines der Pferde, die eben herbeigeführt wurden. Während die anderen ebenfalls aufstiegen, kam Eurgain zurück. Sie rauschte in ihrem bodenlangen blauen Umhang, Lederstiefeln und mit umgehängtem Schwert an ihm vorbei, ohne ihn auch nur eines Blicks zu würdigen. Vor Caradoc tat sich ein schwindelnder Abgrund auf. Llyn war tot, er hatte Eurgain verloren. Die Ordovicen würden ihn ablehnen, ebenso die Demetae. Und dann änderte sich seine Stimmung schlagartig, fast hätte er lauthals gelacht. Natürlich war Llyn nicht tot. Sie würden ihn finden, und Eurgain konnte er zurückgewinnen. Auch was die Ordovicen und die Demetae anging, brauchte er sich keine Sorgen zu machen. Es gab überhaupt keinen Zweifel daran, daß sie ihm folgen würden. Caradoc erwachte aus seiner Betroffenheit wie aus einem bösen Traum. Er hob seinen Arm. »Überquert den Fluß und verteilt euch in Zweiergruppen!« rief er den wartenden Häuptlingen zu. »Durchkämmt den Wald entlang der Straße, dann kommt zurück.« Die Gruppe zerstreute sich, nur Cinnamus und Caelte hielten sich an seiner Seite. Die Nebel begannen sich zu lichten, aber so sehr sie die Augen auch anstrengten, fanden sie doch keine Spur von Llyn. Schließlich stiegen sie ab, machten die Pferde fest und suchten zu Fuß weiter. Allmählich näherten sie sich so der Straße. Immer häufiger stießen sie auf getötete Soldaten, denen sie im Vorbeigehen gewohnheitsgemäß die Waffen abnahmen, um sie der Göttin des Waldes zu opfern. Vielleicht würde sie sie zu Llyn führen. Cinnamus' Augen wanderten auf der Suche nach frischen Spuren prüfend über den Waldboden. Mit einemmal kniete er sich auf die Erde und rief Caradoc heran.

»Seht, Herr! Frische Hufabdrücke, ein Pferd der Kavallerie. Die Abdrücke sind nicht tief, ein Hufeisen ist lose.« Caradoc begutachtete die Spur.

»Das hilft uns auch nicht weiter«, knurrte er. »Wir suchen keinen Römer.«

»Herr, Ihr habt nicht richtig zugehört«, schaltete sich Caelte ein. »Das Pferd trägt eine leichte Last, vielleicht einen Jungen?«

Caradoc richtete sich auf. »Ihr habt recht. Wir müssen ihr auf jeden Fall nachgehen. Cin geh voran. Du bist ein besserer Fährtenleser als ich.«

Sie nahmen die Verfolgung auf, und Cinnamus hielt viele Male an, um sich neu zu orientieren. Nach etwa einer Stunde blieb er plötzlich stehen und kratzte sich verwirrt den Kopf. »Ich weiß nicht, ob Ihr es bemerkt habt, Herr, aber wir bewegen uns im Kreis. Dieser Reiter hat kein besonders gutes Orientierungsvermögen.«

Caradoc stieß einen Fluch aus. »Dann bleibt nur zu hoffen, daß die anderen erfolgreicher waren als wir.«

Plötzlich warf Caelte sich auf den Boden und die andern folgten seinem Beispiel ohne zu zögern. »Was ist los?« flüsterte Cinnamus. Caelte deutete nur in eine Richtung. In einiger Entfernung bewegte sich etwas Graues durchs Unterholz, etwas Purpurfarbenes blitzte auf und verschwand. Im nächsten Augenblick schon stürzte Caradoc der Erscheinung nach, immer wieder Llyns Namen rufend.

Llyn saß rittlings auf einem wahren Schlachtroß von einem Pferd, die Zügel lose in seinen steifen Fingern, ohne Umhang und barfüßig. Seine purpurne Tunika hing in Fetzen an ihm, ein Ärmel fehlte völlig, und er war über und über mit Blut bespritzt. Er schien nichts zu sehen und nichts zu hören, denn erst als Caradoc ihn fast erreicht hatte, blieb er wie versteinert stehen. Ein blutiger Kopf mit halboffenen Lidern und offenem Mund baumelte vom Sattelzeug. Ein Römer! Caradoc wurde von kaltem Entsetzen gepackt, doch er erholte sich sofort wieder. Mit ausgestreckten Armen rannte er Llyn entgegen, der sich einfach vom Pferd fallen ließ.

»Vater! O V... V... Vater! Er hat Fearachar getötet und da erstach ich ihn von hinten und hieb ihm den Kopf ab. Aber es ging nicht beim ersten Mal. Ich... ich... konnte den Weg nicht mehr finden, Vater... Vater...« Er vergrub sein Gesicht an Caradocs Schulter, der ihn von Gefühlen überwältigt an sich preßte. Dann stellte er ihn auf die Füße. In den Augen seines Sohnes spiegelten sich noch immer Angst und Schrecken, aber er weinte nicht mehr. Ein Krieger weinte nicht, wenigstens nicht vor anderen Kriegern, und Llyn hatte seine Angst bereits den Bäumen des Waldes anvertraut. Mit bebenden Lippen erzählte er weiter. »Ich habe sein Schwert dabei, Fearachars Schwert, aber er war zu schwer, und ich konnte ihn nicht aufs Pferd heben.« Er sah Caradoc flehend an, mit der stummen Bitte um Beistand, damit er nicht hier, vor den anderen, Schande über sich brachte. Caradoc nahm den goldenen Torque von seinem Hals.

»Llyn«, sagte er mit unsicherer, belegter Stimme. »Du hast einen Feind getötet. Nicht bei einem Raubzug, nicht in Begleitung deines Gefolges und lange vor deiner Zeit, aber du hast es allein getan, ohne Hilfe, in Verteidigung eines Freundes.« Mit diesen

Worten legte er den Torque um den Hals seines Sohnes. »Als Ri der Catuvellauni nehme ich dich hiermit in den Kreis der Krieger auf und segne dich. Wirst du mir den Eid ablegen?«

Aus Llyns Augen war jede Spur von kindlicher Unschuld verschwunden. Er zog das Schwert aus der Scheide, was ihm wegen der Länge nicht auf Anhieb gelang und warf es Caradoc vor die Füße.

»Das werde ich.«

»Wirst du treu für mich kämpfen und mir dienen?«

»Das werde ich. Werdet Ihr mich und meine Ehrenprämie beschützen und mich von meinem Eid lösen, wenn ich es wünsche?«

»Das werde ich. Llyn, Sohn des Caradoc, hinfort bist du ein Häuptling der Catuvellauni.« Er hob Llyns Schwert auf und gab es ihm zurück. Was würde Madoc sagen? Nun würde es keine Initiation in die Stammesriten der Siluren geben. Aber unter diesen außergewöhnlichen Umständen hätte Madoc sicherlich Verständnis für seine Handlungsweise. »Nimm mein Pferd«, gebot er Llyn, »ich werde dieses hier reiten.« Llyn nickte dankbar, aber irgend etwas lastete noch auf seinem Herzen. Er zupfte seinen Vater am Ärmel.

»Vater«, flüsterte er, »es war etwas ganz anderes, als ein gefangenes Wildschwein zu töten, auch wenn ich mir immer wieder das Gegenteil einrede. Ich glaube nicht, daß ich so etwas noch einmal über mich bringe.«

»Mach dir deswegen keine Gedanken«, beruhigte er seinen Sohn, mühsam sein Mitleid verbergend. »Du wirst noch eine ganze Weile nicht mit den Häuptlingen kämpfen.« Llyn nickte und trottete zu Cinnamus und Caelte hinüber. Caradoc sprang auf den Grauen. Sein Blick fiel auf den Schädel mit den kurzen, verklebten Haaren, und er fühlte Übelkeit in sich aufsteigen, wie bittere Galle. Angewidert spuckte er aus, drückte dem Grauen die Fersen in die Flanken und trabte den anderen nach.

Eurgain erwartete sie am Fluß. Als Llyn vom Pferd gesprungen war, küßte sie ihn. »Ich bin glücklich, daß dir nichts geschehen ist, mein Sohn«, sagte sie gefaßt. »Geh ins Versammlungshaus und stärke dich. Tallia wird dir frische Kleider zurechtlegen.« Er nickte und ging davon. Sie wendete sich an Caradoc. »Hat es Ärger gegeben?«

Caradoc sprang vom Pferd, und Cinnamus legte den Schädel auf die Erde. »Nicht für mich. Dieser Kopf hier ist Llyns Trophäe. Ich werde es dir später erzählen, Eurgain, aber jetzt brauche ich selbst etwas zu essen.« Er ging an ihr vorbei, während sie den Schädel fassungslos anstarrte.

Am Abend saßen sie alle im Versammlungshaus. Madoc lachte sich halbtot, als er von Llyns Abenteuer hörte. Das Vertrauen der Siluren in Caradoc war mittlerweile so vollständig, daß niemand Einspruch gegen seine Handlungsweise erhob. Schließlich wurde der gesäuberte Kopf hereingetragen, und Madoc hielt ihn Llyn hin. Doch der verschränkte seine Arme hinter dem Rücken.

»Eigentlich will ich ihn gar nicht«, sagte er leise, und der Torque an seinem Hals funkelte.

»Aber es ist dein gutes Recht«, polterte Madoc. »Er ist ein Beweis deiner Männlichkeit und außerdem mehr wert als eine Viehherde.«

»Mir wäre es lieber, Fearachar säße hier an meiner Seite«, erklärte Llyn beharrlich. »Ihr könnt ihn haben, wenn Ihr ihn wollt, Herr, und ihn zu den anderen hängen.«

»Aber weder ich noch meine Häuptlinge haben ihn getötet. Er gehört uns nicht«, antwortete Madoc ebenso hartnäckig. Manchmal tappte man bei diesen Catuvellauni völlig im Dunkeln. Noch nie hatte ein Silurenknabe seinem Tuath eine solche Ehrenprämie nach Hause gebracht, und Llyns Zurückhaltung war ihm unverständlich. Einerseits kämpften sie wie die Teufel, andererseits waren sie sensibel wie die Weiber. Hatten wohl wirklich zu lange unter dem zermürbenden Einfluß der Römer gelebt, diese Catuvellauni. Dennoch bewunderte und respektierte er sie.

»Dann gebt ihn der Göttin«, entschied Llyn und setzte sich neben seinen Vater. Madoc schob Cinnamus die Trophäe hinüber, und der lehnte sie an die Wand.

Sie fanden Fearachars Leiche in einem Brombeerdickicht. Seine Rippen waren gebrochen, Hals, Arme und Gesicht bis zur Unkenntlichkeit mit Wunden übersät, und eine tiefe Stichwunde in der rechten Brust hatte ihn vermutlich das Leben gekostet. Llyn und Cinnamus wuschen ihn und zogen der Leiche eine weiße, mit Goldfäden durchwobene Tunika an, gaben ihm das Schwert in die Hand und setzten einen Helm als Zeichen seiner Häuptlingswürde auf die braunen Locken. Caradoc erwarb einen bronzenen Torque von dem jungen Künstler und legte ihn Fearachar um den Hals.

»Vor langer Zeit war Fearachar selbst ein Häuptling«, erzählte er Llyn. »Dann begann er eine Blutfehde wegen einer Frau und verlor alles. Er hat es sich wiederverdient.«

Eine Woche darauf kehrte Bran zurück, nur noch ein Schatten seiner selbst. Am Fluß, in der warmen Sonne, berichtete er Caradoc und Madoc, daß die Ordovicen bereit seien, ihn anzuhören. »Aber wir müssen gleich aufbrechen, ehe sie es sich wieder anders überlegen«, beendete er seinen Bericht. »Ihr werdet kämpfen müssen, mein Freund.«

»Wir können ohnehin nicht mehr länger warten«, erwiderte Caradoc. »Wenn wir nicht bald handeln, haben die Stämme im Tiefland die Erinnerung an ihre Freiheit verloren.«

»Werdet Ihr Eurgain diesmal mitnehmen?« Es war eine sachlich gestellte Frage, aber sie erfüllte Caradoc sofort mit Mißtrauen. Bran war nach seiner Rückkehr als erstes zu Eurgain gegangen, denn er hatte ihr neue Kristalle und eine Sternenkarte mitgebracht, die der Großdruide auf Mona eigens für sie angefertigt hatte. Caradoc hatte sie befreit und unbeschwert lachen gehört, ein Lachen, das sie nicht mehr mit ihm teilte. Er war nicht wirklich eifersüchtig, denn Druiden hatten nur selten ein persönliches Interesse an Frauen, aber er erinnerte sich an Eurgains Worte über die vielen Dinge, die Mann und Frau trennen konnten. Er fühlte sich schuldig. Sie hatte nie verstehen können, warum er sie hier allein zurückgelassen hatte, anstatt sie mitzunehmen, und er begann erst jetzt einzusehen, daß er vielleicht einen Fehler gemacht hatte.

»Wenn sie mitkommen will«, erwiderte er unverbindlich.

Bran sah über den Fluß hinaus. »Caradoc, wenn Ihr sie wieder hier zurücklaßt, werdet Ihr sie verlieren. Sie ist eine starke und talentierte Frau. Der unfreiwillige Müßiggang frißt an ihr, und Ihr unterschätzt sie. Sie kann Euch von großem Nutzen sein. Sie liebt Euch wie ehedem, aber wenn sie das Gefühl hat, daß Ihr nichts mehr mit ihr anfangen könnt, wird sie eines Nachts in der Dunkelheit verschwinden und ein neues Leben beginnen.«

»Ich weiß«, erwiderte Caradoc, »aber ich bin einfach zu ausgelaugt, um mich damit auseinanderzusetzen. Ein Teil von mir ist wie tot, Bran. Ich fühle, wie ich mich an der Grenze zum Wahnsinn bewege, ich bin wie besessen, ich kann nie abschalten.«

»Verzagt nicht, Caradoc. Diese zermürbende Zeit ist fast vorüber. Vor uns liegt die letzte große Herausforderung, dann werden die Wellen des Schicksals uns unserem Ziel entgegentreiben. Wie sähen Eure Pläne aus, wenn man Euch zum Arviragus wählen würde?«

Caradoc stand auf. »Noch ist es nicht so weit. Es bedarf eines ziemlich starken Zaubers, um die Stämme des Westens zu vereinen und eines noch stärkeren, um aus mir einen Arviragus zu machen.«

Bran lächelte. »Diesen Zauber gibt es. Ihr selbst habt ihn in den letzten drei Jahren gewoben.«

19

Caradoc brach ohne seine Silurenfreunde zu den Ordovicen auf und übertrug Madoc die Aufgabe, mit seinen Häuptlingen für Unruhe unter den Römern zu sorgen. Unter der Führung Brans machten sich die Catuvellauni zu Fuß auf den Weg zu den Ordovicen. Jeder trug nur ein paar Habseligkeiten zu einem Bündel geschnürt bei sich, denn vor ihnen lagen hohe Gebirgspässe, die es schnell zu überwinden galt. Sie wanderten über schmale Pfade, die durch bunt blühende Wiesen und an kalten Bergbächen entlangführten, und Eurgain begann, ihre Sorgen zu vergessen. Nachts lagerten sie im Schutz der Berge, an Flüssen oder unter riesigen Gesteinsbrocken, die einst aus großer Höhe herabgestürzt sein mußten. Sie jagten und brieten ihre Beute an einem kleinen Feuer, tranken kaltes Gebirgswasser dazu, lachten und sangen. Nur Caradoc hielt sich abseits. Seine Gedanken eilten voraus zu der vor ihm liegenden Aufgabe. Bran hatte kaum über die Ordovicen gesprochen, nur undurchsichtig gelächelt. »Ihr werdet ihresgleichen nicht mehr finden«, war alles, was zu sagen er bereit gewesen war.

Eine Woche nach ihrem Aufbruch durchquerten sie eine felsige Talschlucht, die die Grenze zwischen den beiden Stammesgebieten bildete, und begannen in eine Region aufzusteigen, in der der Sommer sich bereits wieder dem Ende entgegenneigte. Kalter Wind kam auf und trieb schwere dunkle Wolken heran. Hier oben war der Sommer nur ein kurzes Intermezzo zwischen den sturzbachähnlichen Schmelzwassern im späten Frühling und den ersten Schneefällen, die bereits im Herbst wieder einsetzten. Die Pfade waren kaum mehr zu erkennen, und ein paar Tage lang kamen sie nur mühsam voran, doch dann hatten sie die Paßhöhen überwunden. Vor ihnen lag das wild zerklüftete Land der Ordovicen, in deren dunklen Wäldern die Brachvögel schrien und die Wölfe heulten.

Nach drei Tagen blickten sie an einem späten Nachmittag von der Kuppe eines Hügels aus auf ein besiedeltes Tal, durch das sich ein Fluß schlängelte. Das frische Grün der bebauten Felder leuchtete in der Sonne, am Flußufer weideten Rinder und Schafe friedlich nebeneinander, das Dorf selbst bestand aus runden Steinhäusern. Bran eilte zielstrebig auf den Engpaß zu, der von einer Hängebrücke überspannt wurde, als plötzlich wie aus dem Nichts drei Männer mit gezogenen Schwertern vor ihm auftauchten. Zwei trugen wunderlich gehörnte Helme, der dritte eine Wolfsmaske aus getriebener Bronze. Alle drei musterten die Ankömmlinge feindselig.

»Wartet hier«, flüsterte Bran. Dann eilte er mit ausgestreckten Armen über die Brücke, den Männern entgegen. »Aneirin! Gervase! Ich bin es, Bran. In meinem Schutz reisen Caradoc, der Catuvellauni und sein Gefolge. Werdet Ihr ihnen ebenfalls Immunität gewähren?«

Sie empfingen Bran mit Ruhe und Würde, und zur Überraschung der Catuvellauni vernahmen sie hinter der Wolfsmaske die Stimme einer Frau. »Gewährt. Bringt die Fremden herüber.«

Bran winkte ihnen zu, und die kleine Gruppe überquerte die Brücke. »Dies ist Caradoc, Sohn des Cunobelin, der vor eurer Versammlung zu sprechen wünscht«, begann Bran. »Caradoc, dies sind Aneirin, Gervase und Sine, Häuptlinge der Ordovicen.« Sie streckten erst ihm, dann seinen Begleitern ihre braungebrannten Arme entgegen, an denen schwere silberne und bronzene Armreifen klirrten. Eurgain spürte Sines eiskalten, berechnenden Blick auf sich ruhen, den sie mit kühler Überlegenheit erwiderte. Zu ihrer Genugtuung schaute Sine als erste fort.

»Folgt mir. Unser Herrscher erwartet euch.« Sie kamen Gervases Aufforderung nach, der bereits die Böschung erklomm und mit den beiden anderen Häuptlingen voranging. Ihr leichter, graziöser Gang, ihre harmonischen Bewegungen zeugten von absoluter Körperbeherrschung, und Caradoc ahnte instinktiv, daß sie mit derselben Eleganz auch töteten. In solche Betrachtungen versunken erreichten sie das Dorf, passierten einen Schmelzofen, die Hundezwinger. Pferdeställe schien es nicht zu geben, aber wer solche trainierten Beine hat, dachte Eurgain bewundernd und betrachtete Sine, die leichtfüßig vor ihr lief, braucht wahrscheinlich keine Pferde.

Das Versammlungshaus befand sich im innersten Häuserkreis, umfriedet von einer niedrigen Steinmauer. Vor der Tür warteten drei Häuptlinge in der warmen Abendsonne, einer von ihnen war ein wahrer Hüne. Ihr prächtiger Bronzeschmuck und die goldenen Torques funkelten, und unter den farbenfrohen Umhängen trugen sie ihre Schwerter an emaillierten Gürteln. Ein Silberkettchen schmückte die Stirn des Hünen, der seinen Blick auf Caradoc heftete. Die auseinanderliegenden Augen dieser ohne Zweifel beeindruckenden Persönlichkeit waren von einer unwirklichen Klarheit, Schärfe und Weisheit. Dieser Mann war ein Fels, er würde einem Versprechen nie untreu werden. Offenherziges Vertrauen und Ehrgefühl, gepaart mit Mut und Tapferkeit würden ihn zu seinem unersetzlichen Freund und Berater machen, wie auch Cinnamus es war. Doch dieser Mann strahlte noch etwas anderes aus, etwas, dem Caradoc noch nie zuvor begegnet war. Es ging ein Hauch von Unantastbarkeit von ihm aus, sein Gesicht zeugte von edler Gesinnung und war frei von allen Emotionen, die ein Menschengesicht normalerweise prägen. Kurz und gut, dieser Häuptling war kein gewöhnlicher Häuptling.

Er lächelte voller Wärme und streckte ihnen zur Begrüßung den Arm entgegen. »Ich heiße Euch in meinem Tuath willkommen, Caradoc, Sohn des Cunobelin. Friede sei mit Euch, da Ihr in friedlicher Absicht kommt. Tretet ein und stärkt Euch. Es gibt Fleisch, Brot und Bier.« Caradoc erwiderte den Gruß und ihr Gastgeber stellte sich vor. »Ich bin Emrys, dies ist Cerdic, mein Barde, und Ninian, mein Schildträger.«

Caradoc begann, seine Begleiter vorzustellen, und als er zu Llyn kam, machte Emrys erstaunte Augen. »Es war mir unbekannt, daß die Catuvellauni ihre Söhne schon in so jungen Jahren in den Kreis der Krieger aufnehmen«, bemerkte er, die Augen auf den goldenen Torque an Llyns Hals gerichtet.

»Normalerweise sind sie auch älter«, erklärte Caradoc unwillig, »aber mein Sohn hat seine Tapferkeit in einem Kampf auf Leben und Tod bereits bewiesen, und ich habe ihm die Ehrungen eines Mannes zuerkannt.«

»Dann soll er auch bei den Häuptlingen sitzen. Tretet ein.«

Unerwarteterweise war das Innere des Versammlungshauses hell und gut belüftet. Die Catuvellauni blinzelten verblüfft, dann sahen sie sich neugierig um. Der Grund für diese ganz andere Atmosphäre war leicht zu erkennen. Zwischen dem oberen Abschluß der Wand und dem Überhang des strohbedeckten Daches war ein freier Raum belassen worden, durch den das Tageslicht ungehindert einfallen und der Rauch abziehen konnte. Von den Stützbalken hingen, zu Gruppen von drei oder vier Köpfen zusammengebunden, die Trophäen. In der Mitte des Raumes brannte das Feuer, und auf den Fellen davor saßen mit untergeschlagenen Beinen sechs weitere Häuptlinge. Sie schienen allesamt tief in ihre Gedanken versunken, denn jeder von ihnen schaute sinnend ins Feuer oder auf die Erde. Als Emrys eintrat, erhoben sie sich, begrüßten die Catuvellauni und versanken wieder in ihre Betrachtungen.

Eilfertige Diener stellten kleine Tischchen vor die Ankömmlinge, wobei sie Bran respektvoll zuerst bedienten. Emrys setzte sich mit seinem Gefolge in der Nähe auf die Erde, um die Gäste beim Essen nicht zu stören. Sine mit der Wolfsmaske nahm an Emrys Seite Platz und streckte die langen Beine aus. Caradoc fragte sich im stillen, ob sich dahinter vielleicht ein von einer Krankheit entstelltes Gesicht verbarg, als sie zu sprechen begann.

»Es ist das erste Mal, daß ich Bewohnern des Tieflandes begegne. Stimmt es, daß die Frauen der Catuvellauni die edle Kunst des Schwertkampfes verlernt haben und die Waffe nur noch zum Schein tragen?«

Caradoc wurde nervös. Er kannte diese Spiele nur allzu gut, doch diesmal würden die Sticheleien sich nicht gegen ihn, sondern gegen Eurgain richten. Hätte er sie doch nur bei den Siluren zurückgelassen. Sie setzte den Becher ab und verschränkte die Arme.

»Es ist nicht wahr«, erwiderte sie geduldig. »Aber vielleicht bilden sich die Frauen der Ordovicen ein, sie seien die einzigen, die wissen, wie man ein Schwert hält und messen belanglosem Geschwätz zu viel Bedeutung bei.«

Sine stützte sich lässig auf einen Ellbogen. »Aber ist es nicht eine Tatsache, daß Eure Frauen, wenn sie drei Kinder zur Welt gebracht haben, ihr Interesse am ehrenvollen Kampf verlieren und ihr Schwert an den Nagel hängen?

»Hexe«, zischte Eurgain, nur für Caradoc hörbar, laut aber konterte sie. »Ihr solltet den Druiden befragen, da Euch der Unterschied zwischen Sein und Schein unklar ist. Catuvellaunische Frauen sind die besten Schwert-Frauen Albions, denn sie können die edle Kunst der Kindererziehung mit der hohen Kunst des Kampfes vereinen. Die Frauen anderer Stämme widmen sich ausschließlich der Pflege des Kampfes, um über ihr weibliches Unvermögen hinwegzutäuschen.«

Sine schwieg. Sie steckte den verbalen Hieb ein, überdachte jedoch bereits ihren nächsten Angriff. Eurgain machte ein möglichst unbeteiligtes Gesicht, doch Caradoc spürte ihre Anspannung nur allzu deutlich.

»Eine solche Ausgewogenheit ist in der Tat löblich, wenn sie wirklich erreicht werden kann«, stichelte Sine weiter. »Aber sagt mir doch, warum dann nur die männlichen Krieger der Catuvellauni gegen die Römer in die Schlacht am Medway zogen und warum die tapferen Frauen sich mit ihren Kindlein zu Hause einschlossen?«

Das tastende Geplänkel war vorbei. Mit einem Schlag verstummten die Gespräche der anderen, und aller Aufmerksamkeit richtete sich auf die beiden Frauen. Die Ordovicen-Häuptlinge schmunzelten mit halboffenen Mündern. Caradoc überlegte sich, ob er einwerfen sollte, daß sie auf seinen Befehl hin so gehandelt hatten, aber es wäre ein grober Verstoß gegen die Spielregeln gewesen. So blieb ihm nichts anderes übrig, als zu schweigen.

»Die Frauen der Catuvellauni fühlen sich keineswegs dazu genötigt, mit ihrer Tapferkeit anzugeben und sich aus mangelndem Selbstbewußtsein heraus dauernd mit anderen messen zu müssen«, wies Eurgain sie zurecht. »Unter den damaligen Umständen war es weitaus klüger, die Stadt verteidigen zu können, da wir damit rechnen mußten, von der Übermacht der Legionen besiegt zu werden. Im übrigen sind wir uns der Richtigkeit unserer Entscheidung sicher und Euch keinerlei Erklärungen schuldig. Euer Stolz ist pure Überheblichkeit und Eure Ehre nur deshalb unangetastet, weil Ihr sie hier im Schutz Eurer Berge noch nicht verteidigen mußtet. Die Frauen der Ordovicen kämpfen zum Spaß, nicht aus blutigem Ernst.«

»Nennt Ihr mich feige?«

»Keineswegs. Ich nenne Euch jedoch unwissend und unhöflich.«

Diese Bemerkung erregte Emrys Mißfallen. Weit und breit gab es kein höflicheres Volk als die Ordovicen. Sine sprang auf.

»Aber ich nenne Euch eine feige catuvellaunische Amme und gedenke, Euch zu beweisen, daß sowohl Eure Ehre als auch Eure Schwertkunst keinen Pfifferling wert sind!«

»Geh nicht darauf ein«, flüsterte Caradoc, aber Eurgain stand bereits auf den Füßen.

»Misch dich nicht ein, Caradoc«, zischte sie. »Vielleicht ist dir meine Ehre gleichgültig, mir ist sie jedenfalls nicht egal. Wenn ich jetzt nicht kämpfe, kannst du einpacken und zu Madoc zurückgehen.«

»Schone sie!« rief Emrys. »Sie ist unser Gast.«

Sine lächelte finster. »Das hängt ganz davon ab, wie sie kämpft. Folgt mir nach draußen, Mutter von drei Bälgern. Könnt Ihr Euer Schwert denn überhaupt ziehen?«

Cinnamus stand neben Eurgain. »Ich habe gehört, daß ihre Art zu kämpfen wie ein ununterbrochener Tanz ist, eine schnelle Abfolge von Bewegungen«, flüsterte er ihr ins Ohr.

»Danke, Cin.« Eurgain schritt erhobenen Hauptes ins Freie hinaus, und die Häuptlinge drängten nach.

Bran hielt sich abseits. Er wußte ebensogut wie Caradoc, daß eine Niederlage Eurgains das Ende ihrer Bemühungen bedeuten würde. Er war besorgt, dennoch verlor er nicht die Lage in ihrer Gesamtheit aus dem Auge, während Caradoc an nichts anderes denken konnte, als daß Eurgain unter dem Schwert dieser seltsam feindseligen Kriegerin verletzt werden könnte. Cinnamus stellte zufrieden fest, daß Eurgain das Gelände und die Gepflogenheiten der Ordovicen mit einem Blick richtig eingeschätzt hatte. Da war zum einen das unmerklich ansteigende Gelände zu berücksichtigen, zum anderen die Richtung der untergehenden Sonne. Sines Schildträger kam mit einem riesigen Schild angerannt, das in derselben Weise wie ihre Wolfsmaske gearbeitet war. Eurgain sah zu, wie sie den Arm durch die Halterung steckte, dann rief sie ihr herausfordernd zu.

»Versteckt Ihr Euch immer hinter Eurem Schild, Wolf-Frau?«

Cinnamus grinste. »Ganz schön gerissen«, flüsterte er Caradoc zu. Eurgain und Gladys hatten immer ohne Schild gekämpft. Ohne dieses zusätzliche Gewicht würde Sine im Kampf ein neues Gleichgewicht finden müssen.

Sie hielt inne und warf Eurgain einen mißtrauischen Blick zu. Ich wünschte, du würdest auch deine Maske abnehmen, dachte Eurgain, dann könnte ich sehen, ob es dir unangenehm ist, ohne Schild zu kämpfen oder nicht. Achselzuckend legte Sine den Schild beiseite.

»Das macht keinen Unterschied für mich!« rief sie Eurgain zu, aber Eurgain hörte an ihrer Stimme, daß eher das Gegenteil der Fall war.

»Wenn Ihr wollt, kämpfe ich gegen die Sonne«, bot sie ihrer Kontrahentin an, »es macht mir nichts aus.« Nun zeigt es sich, dachte sie. Wenn du die Sonne im Rücken hast, mußt du hügelan kämpfen und die Erhebung schützt mich vor dem Lichteinfall. Ich bin also nicht im Nachteil, wie du vielleicht denkst.

»Wie zuversichtlich Ihr seid!« spottete Sine und wendete sich mit dem Rücken zur Sonne. »Wollt Ihr mir Euer Schwert vielleicht auch noch geben?«

Eurgain antwortete nicht, denn nun war sie sich ihrer Vorteile sicher, und dieser Umstand stärkte ihr Selbstvertrauen. Sie fühlte sich müde und zerschlagen von der beschwerlichen Reise und würde schnell agieren müssen, um am Leben zu bleiben. Sie hob ihre Waffe erst Caradoc, dann Sine entgegen und deutete so an, daß sie bereit war.

Die beiden Frauen gingen aufeinander zu und umrundeten sich. Eurgain hielt ihr Schwert fest in beiden Händen, während Sine offensichtlich noch nicht so recht wußte, was sie mit dem linken Arm anfangen sollte. Eurgain wartete nicht, bis sie zu einem Entschluß gekommen war und führte einen Testschlag aus, dem Sine mit Leichtigkeit auswich. Sie ließ eine starke Rückhand folgen, die Sine aus dem Gleichgewicht hätte bringen können. Dann erfolgte Sines Angriff. Ihr linker Arm schoß nach vorn, der Schwertarm folgte in einer eleganten, fließenden Bewegung, während sie ein wenig in die Knie ging und sich dabei leicht nach vorn beugte. Sie kam scheinbar in Eurgains Reichweite. Eurgain reagierte prompt und zielte auf Sines Nacken, wodurch ihre Schulter direkt unter Sines Schwert geriet. Im Bruchteil einer Sekunde hatte sie ihren Fehler erkannt und korrigierte sich, riß ihr Schwert hoch und lenkte den Schlag seitlich ab. Die Klingen prallten aufeinander. Sine setzte ihren ganzen Körper ein, um die Wucht des Aufpralls etwas zu mildern und das Schwert nicht fallenzulassen. Eurgain machte einen Satz zurück und stand im nächsten Augenblick schon wieder fest auf beiden Beinen, bereit für die nächste Attacke. Sine tänzelte graziös und erfaßte mühelos jede neue Situation. Ihr Schwert schien eine Eigendynamik zu entwickeln, aber Eurgain begann, seinen Rhythmus und Sines Kampftechnik zu erahnen. Mit dem Schild wäre Sine ihr zweifellos haushoch überlegen gewesen, so aber war sie verunsichert. Langsam machte sich auch ihr ungünstiger Standort bemerkbar, wie Eurgain es vorausgesehen hatte. Sie begann, ihre Schläge besser auszurichten und behauptete ihre Position. Doch nach einer Weile ermüdeten ihre Handgelenke, die Beine schmerzten.

Sine erging es nicht viel besser. Aufschwung, Abschlag, parieren. Quälend langsam vergingen die Minuten. Beide führten ihre Hiebe mit immer weniger Kraft, als Sine plötzlich stolperte und in die Knie ging. Eurgain nahm alle Kraft zusammen und warf sich nach vorne, doch sie sprang in Sines Klinge, die in verzweifelter Abwehr auf Eurgains Knöchel zielte. Eurgain versuchte, zu parieren, aber ihr Arm versagte den Dienst, und sie spürte einen stechenden Schmerz im ganzen Bein. Die umstehenden Häuptlinge murmelten aufgeregt, als Eurgain in die Knie sank, mit zitternden Händen ihr Schwert hochzog und es niedersausen ließ. Buchstäblich in der letzten Sekunde gelang es Sine, sich zur Seite zu rollen. Sie sprang auf, aber auch ihr fehlte die Kraft, um dem Schlagabtausch fortzuführen. Die Klingen klirrten ein letztes Mal, dann fielen sie ins Gras. Die beiden Kriegerinnen knieten keuchend und schwitzend, mit zitternden Armen und Beinen, voreinander auf der Erde.

»Nehmt Eure Worte zurück«, krächzte Eurgain, doch Sine schluckte nur.

»Nein.«

Eurgain ließ sich vornüberfallen und packte Sine am Hals. Beide Frauen fielen ins Gras und lagen reglos nebeneinander. Die Zuschauer waren von der Darbietung völlig hingerissen und warteten gespannt auf die nächste Reaktion.

Eurgain ließ Sines Hals los und diese riß sich die Maske vom Gesicht. Kommentarlos ließ sie sich Eurgains Blick gefallen, die ihr Gegenüber erstaunt ansah, ein Gesicht von raubtierhafter Anmut, jedoch ohne Weichheit, mit zwei stechenden schwarzen Augen und einem spitzen Kinn.

»Vielleicht werden wir eines Tages wieder kämpfen, Eurgain«, japste sie, »doch dann soll es Seite an Seite sein. Ich habe die bessere Technik, aber das macht Ihr mit Eurer berechnenden Art zu kämpfen wieder wett. Wollen wir Freunde werden?«

»Ja«, antwortete Eurgain einfach, ohne den Blick von Sine zu wenden.

Dann standen sie auf und gingen auf wackligen Beinen durch die Menge der Häuptlinge hindurch zum Versammlungshaus zurück.

In den folgenden Tagen lernte Caradoc eine ganze Menge über seine Gastgeber, die zu den schweigsamsten Menschen gehörten, die er bisher getroffen hatte. Sie lächelten, aber nur selten lachten sie; sie erwiesen sich sowohl als kluge Denker wie auch als gute Kämpfer. Streitigkeiten wurden im Schwertzweikampf geklärt und immer auf Leben und Tod. Auch bei festlichen Zusammenkünften wurde nicht viel gesprochen. Man aß, man trank, man lauschte hingebungsvoll den Liedern des Barden, der einen seltsamen Zauber auf seine Zuhörer ausübte. Caelte verbrachte viele Stunden in seiner Gesellschaft und befand sich in einem Zustand anhaltender Begeisterung. Alles Neue versuchte er aufzunehmen und zu verinnerlichen. Caradoc begriff, daß die Stärke dieser Männer und Frauen in der Beherrschung der Gegensätze lag. Sie waren sowohl zu tiefer Innenschau fähig als auch zur Auseinandersetzung mit der äußeren Wirklichkeit.

Eurgain fühlte sich weder fremd noch unwohl. Sie und Sine, Emrys Frau, verbrachten die Tage gemeinsam, verschwanden zur Jagd in den Bergen und kreuzten auf dem Übungsplatz ihre Klingen miteinander. Llyn mußte seine blutige Geschichte immer wieder erzählen. Bran und Caradoc jedoch erlebten ihre letzte Feuerprobe, als endlich die Versammlung einberufen wurde.

Caradoc verzichtete auf die Polemik, die ihm bei den Siluren Gehör verschafft hatte. Er spürte, daß er sich hier auf die wesentlichen Dinge beschränken konnte, berichtete von den römischen Forts, die Jahr um Jahr an Zahl zunahmen und immer tiefer im Landesinnern gebaut wurden. Er schilderte, daß die einst freie Bevölkerung des Tieflandes nun in Sklavenketten Frondienste zu leisten hatte und daß die gesunden Söhne Albions wie Vieh auf Schiffe verladen und nach Rom geschickt wurden, um dort in den Legionen zu dienen. Die Häuptlinge hörten ihm aufmerksam zu, erhoben sich höflich und diskutierten leise – und Caradoc spürte, wie die Mauer zwischen ihm und ihnen wuchs. Am Abend des sechsten Tages war Caradoc völlig am Ende. Nichts als fruchtlose Gespräche, dachte er verbittert, und die Zeit drängte. Aus purer Verzweiflung hielt er ihnen entgegen, daß sie sich entweder ihm und den anderen Stämmen des Westens anschließen konnten, oder aber die Göttin und Dagda würden sie verlassen. Ihr Tuath würde ein Hort der Krankheit und des Todes werden. Augenblicklich flogen aller Augen zu Bran und Emrys. Der starrte erst Caradoc verblüfft an, dann Bran.

»Ist das wahr?« fragte er den Druiden. »Sagen das die Brüder auf Mona?«

Bran erhob sich. Caradoc konnte die Wende kaum fassen, aber vor allem konnte er sich nicht erklären, wer oder was ihm diesen Gedanken eingegeben hatte. Dann sprach Bran.

»Ihr alle kennt das Alte Gesetz wohl, denn ihr lebt danach. ›Achtet die Göttin, hütet Euch vor Bosheit, bewahrt Eure Ehre.‹ Ihr wißt nicht erst durch Caradoc, daß die Römer unsere Kultur als etwas Minderwertiges betrachten, ihr habt es bereits vorher von denen gehört, die vor Rom fliehen. Sie halten uns Druiden für einen schädlichen Einfluß, deshalb haben sie uns den Tod geschworen. Sie bringen ihre Götter mit und errichten ihnen Tempel und zwingen uns, sie anzubeten. So ist die Sklaverei, die sie im Namen des Friedens bringen, eine doppelte. Ruft euren Seher, wie es die anderen Stämme getan haben, und ihr werdet hören, daß der gemeinsame Kampf gegen die Invasoren die einzige Möglichkeit ist, um als eigenständiges Volk zu überleben. Caradoc will nicht die Macht über euren Tuath an sich reißen. Er bietet sich den Stämmen als Arviragus an, der bereit ist, sie anzuführen, bis die Unterdrücker vertrieben sind. Dann wird auch er zu seinem Volk zurückkehren, wie es der Brauch ist. Wenn ihr ihm diese Hilfe verweigert und eure Augen und Ohren noch länger vor der neuen Wirklichkeit verschließt, die die Römer geschaffen haben, werden sie schneller hier sein, als euch lieb ist. Sie werden eure Häuptlinge töten und Frauen und Kinder zu Sklaven machen, und ihr könnt sicher sein, daß weder die Göttin noch Dagda euch dann zu Hilfe kommen werden.«

Verwirrtes Schweigen machte sich breit. Endlich erhob sich Emrys und richtete das Wort an die Versammlung.

»In unseren Herzen wissen wir, daß Bran die Wahrheit spricht. Trotzdem werden wir seinen Rat befolgen und die Göttin und Dagda befragen. Während wir solches tun, mag Caradoc unser Gebiet bereisen, denn mein Volk lebt weit zerstreut. Dann werden wir eine gemeinsame Versammlung einberufen, an der alle

Häuptlinge, auch die aus den entlegensten Tälern, teilnehmen, und eine Entscheidung treffen. Gibt es Einwände?«

Niemand meldete sich, aber das Mißtrauen stand noch immer im Raum. Gervase war es, der schließlich für alle das Wort ergriff. »Wenn es dem Catuvellauni gelingt, die Berge zu bezwingen, dann kann er uns auch gegen Rom führen.«

Und wieder lieferten sich Caradoc, seine Häuptlinge, Bran und Eurgain den Tücken der Berge aus. Tagelang irrten sie wie verlorene Schafe durch felsige Gegenden, an eisigen Bächen entlang und durch schmale Schluchten. Der Hunger wurde zu ihrem dauernden Begleiter, und sie ermatteten immer schneller. Die Ordovicen hatten ihnen einen Führer verweigert.

»Erst wenn Ihr die Berge ohne unsere Hilfe bezwingen könnt, seid Ihr einer von uns«, hatte Emrys freundlich, aber bestimmt erklärt und noch dazu Llyn als Unterpfand gefordert. »So will es der Brauch«, waren seine letzten Worte zu diesem Thema gewesen. Caradoc hatte sich in das Unvermeidliche gefügt, aber er vermißte Llyns unbeschwertes Lachen, das ihm immer ein Trost war. Jetzt beschlich ihn das Gefühl, als habe ihn das Glück verlassen, und niemand konnte ihm helfen. Eurgain, ja, sie hätte ihm beistehen können, aber zwischen ihnen stand eine unüberwindbare Mauer aus Mißverständnissen, angestauten Gefühlen und Stolz. Eurgain spürte seine Abwehr. Mehr noch als früher distanzierte sie sich von ihm und ließ all ihre Energie nach innen fließen, während sie sich der Prüfung der Berge stellte. Denn sie zweifelte keine Sekunde daran, daß diese letzte Reise Caradocs auch für sie eine Prüfung bedeutete. Nachts lag sie in ihren Umhang gehüllt, überwältigt von einem eigenartig warmen, prickelnden Gefühl der Faszination. Ein ungewohntes Glücksgefühl pulsierte durch ihr Bewußtsein, dem sich neue Dimensionen zu eröffnen schienen, die den Gedanken an ein Scheitern ihrer Ehe verdrängten.

Weiter, immer weiter kämpften sie sich durch menschenfeindliches, felsiges Gelände, wo es nur vereinzelt Gehöfte gab, folgten den Wäldern hinab in kleine Täler, in denen stolze, schweigsame Häuptlinge ihnen ein Nachtlager und Stärkung anboten und

Caradoc würdevoll, ja geduldig anhörten, ohne sich jedoch festzulegen.

Es wurde Herbst, und noch immer stolperten sie ziellos durch den Nordwesten des Ordovicenlandes. Morgens wachten sie in vor Frost steifen Mänteln auf, und die Gespräche untereinander versiegten. Jedes Wort kostete Kraft und wollte daher wohlüberlegt sein. Caradoc beteiligte sich ohnehin an keinem der Gespräche, als hätte er ein Schweigegelübde abgelegt. Wenn sie lagerten, saß er mit untergeschlagenen Beinen abseits und starrte mit leerem Blick vor sich hin – oder in sich hinein, keiner wußte es so genau zu sagen. Manchmal war er so geistesabwesend, daß er es nicht hörte, wenn Cinnamus oder Caelte ihn ansprachen. Er durchlebte eine schwere innere Krise. Nicht einmal Bran konnte etwas für ihn tun, denn Caradoc mußte allein durch das Feuer hindurch, nur dann würde er als Arviragus daraus hervorgehen.

Eurgain gelangte an einen Punkt, der jenseits von Mitleid und Verständnis lag. Ohne zu fragen, wie es weitergehen würde, löste sie sich innerlich von ihm, in der stillen Hoffnung, daß Caradoc eines Tages wieder er selbst sein würde. In der Zwischenzeit schien es, als würden die Worte, die er an die Ordovicenhäuptlinge richtete, durch sein sonstiges Schweigen eine besondere Durchschlagskraft gewinnen, der sich alle, die ihm zuhörten, bewußt waren. Caradoc erschrak manchmal über seine Besessenheit, wie er es nannte, und verdächtigte sogar Bran, ihn mit einem geheimen Zauber zu manipulieren. Es war immerhin nicht ganz auszuschließen, denn Rom hatte den Druiden nichts weniger als den Tod geschworen. Aber er sprach diesen Verdacht nie aus. Dann wieder schalt er sich wegen seiner Furcht. Bran hätte es ihm nicht verheimlicht. Oder doch?

Eines Abends sahen sie in einem Tal eine Siedlung und dahinter – das Meer. Sie betrachteten schweigend das ewige Spiel der Wellen, die sich plötzlich wie Ungetüme aus dem Meer erhoben, dem Land entgegenwarfen und auf der Höhe ihrer Kraft in sich zusammensanken und verebbten, um neue Kräfte zu sammeln. Tief atmeten sie die salzige Meeresluft, den Geruch nach Tang und Fisch. Cinnamus seufzte erleichtert und ehrfürchtig zugleich. »Wahrhaftig, dort liegt Mona, die Heilige Insel! Und dabei habe ich bereits die wunderbarsten und seltsamsten Dinge gesehen, seit wir Emrys verließen.« Die Insel lag ruhig, fast unwirklich im stürmischen Meer. Bran erhob seine Arme zum rituellen Gruß. »Mona, die Seele unseres Volkes, das Herz der Freiheit«, sprach er bewegt. »Kommt. Wir wollen uns im Dorf an einem Feuer wärmen und bei einer kräftigen Mahlzeit stärken. Die Häuptlinge hier kennen mich. Im Dorf selbst halten sich ständig viele meiner Brüder auf.« Sie zogen ihre zerrissenen Umhänge fester um die Schultern und folgten ihm.

Früh am nächsten Morgen setzten sie bei kalter, stürmischer Witterung und hohem Seegang nach Mona über. Der Wind peitschte ihnen eiskaltes Wasser ins Gesicht, während die Wolken über einen grauen Himmel jagten. Sie hielten sich krampfhaft fest, während ihr Ruderboot wie eine Nußschale hin und her geworfen wurde. Trotzdem erreichten sie die Insel schon nach relativ kurzer Zeit. Die beiden Fischer, die sie übergesetzt hatten, sprangen in das knietiefe Wasser und zogen das Boot an Land. Cinnamus warf sich überwältigt auf die feuchte Erde. Bran half Eurgain aus dem Boot, Caradoc und Caelte waren bereits zu den Eichenhainen vorausgegangen, die sich unweit des Strandes erstreckten. Dahinter lagen, in eine liebliche Hügellandschaft eingebettet, die Getreidefelder Monas. Aus den Hütten stiegen dünne Rauchfähnchen in den Himmel, die der Wind sofort auflöste, und von den Feldern drangen Kinder- und Frauenstimmen zu ihnen herüber.

»Was für ein friedlicher Ort, Caelte!« meinte Caradoc bewegt. »Dieser Frieden ist eine so starke Versuchung, daß ich ihr am liebsten erliegen und meine Pflichten vergessen würde.«

»Und ich würde am liebsten laut singen, Herr, aber ich habe kein Lied. Wie weit liegen doch Emrys und Madoc und Rom hinter uns!«

Nicht weit genug, dachte Caradoc aufgewühlt und blinzelte. Er war, wie die anderen auch, den ständigen Wind nicht gewöhnt, der die Augen reizte. Sie warteten, bis Eurgain, Cinnamus und Bran herangekommen waren, dann wanderten sie gemeinsam auf einem schmalen, aber gut gangbaren Pfad durch den Eichenhain.

Einmal glaubte Caradoc auf einem kleinen Hügel mitten im Wald einen Steinaltar zu erkennen, vor dem die weißgekleidete Gestalt eines Druiden kauerte, und einen Ring aus hölzernen Pfählen. Der Pfad führte sie durch immer mehr Haine und an abgeernteten Feldern vorbei. Frauen und Kinder hielten Nachlese und säuberten die Felder. Sie riefen ihnen freundliche Grußworte entgegen und verbeugten sich vor Bran. Schließlich gelangten sie an einen Fluß, an dessen Ufern sich eine große Siedlung erstreckte. Bran blieb stehen. Hinter einem Palisadenzaun und umringt von dicken Holzpfählen mit geschnitzten Gesichtern, lag das Versammlungshaus. Fünf oder sechs weißgekleidete Druiden scharten sich vor dem Eingang um einen großen, muskulösen Mann, der mit den Armen gestikulierte, worauf die anderen in lautes Gelächter ausbrachen. Dann bemerkte der Mann die Ankömmlinge. Er löste sich von der Gruppe und steuerte mit ausgebreiteten Armen direkt auf sie zu. Caradoc begegnete seinen Augen und erstarrte zu Stein. Sie schimmerten unwirklich hell, milchigweiß mit einem Hauch von Blau; selbst die Pupillen schimmerten hell, statt dunkel, und nur weil sie schnell von einem zum anderen flogen, wußte Caradoc, daß der Druide nicht blind war. Bran ging ihm entgegen und verneigte sich.

»Meister, hier bringe ich Euch Caradoc, seine Gemahlin und seine Gefolgsleute.«

»Ja, ich weiß«, antwortete dieser mit voller, wohlklingender Stimme. »Ich habe letzte Nacht von Euch geträumt, Caradoc, und auch die Nacht davor.« Als er Caradocs verwirrtes Gesicht bemerkte, schmunzelte er. »Wie ich sehe, habt Ihr Euch den Großdruiden als einen von der Last der Weisheit gebeugten Graubart vorgestellt, vielleicht so ähnlich wie Bran? Nun, mein Freund, ich hoffe, Ihr seid nicht zu sehr enttäuscht.«

Caradoc starrte noch immer sprachlos in das jugendliche, von der Sonne gebräunte Gesicht mit den wissenden Augen. Tatsächlich wirkte Bran neben ihm wie ein zittriger alter Greis. Der Meister begrüßte nun die anderen.

»Eurgain, kommt her.« Sie trat vor, und er ergriff ihre Hand, streichelte ihre Wange, die Haare und küßte sie schließlich zur Begrüßung. »Auch Euch habe ich gesehen«, sprach er weiter.

»Eure Füße versinken schwer in der Erde, während Eure Hände noch nach den Sternen greifen. Ich sah Euch an Eurem Fenster, erfüllt von der Sehnsucht, Zugang zu beiden Welten zu finden. Ihr hättet ein Druide werden sollen, Eurgain, dann würdet Ihr über der Erde schweben und wärt innerlich nicht zerrissen.« Er schaute sie liebevoll an. »Finger sind wunderbare Werkzeuge, aber sie können uns nicht dahin tragen, wo das Herz hinstrebt. Und Ihr, Cinnamus«, ein Anflug von Trauer schien über sein Antlitz zu huschen, ohne daß der Ausdruck seiner zeitlosen Augen sich veränderte, die nach innen gerichtet schienen und nur das widerspiegelten, was er dort wahrnahm. »Die wertvollsten Samen werden in der Erde vergraben, denn wie sonst soll neues Leben keimen? Ich grüße Euch, Eisenhand. Ein Pfeil ist wahrlich nicht genug für Euch.« Und zu aller Erstaunen kniete er nieder und küßte Cinnamus' Schwert. Doch schon stand er wieder auf den Beinen und umarmte Caelte. »Mein Freund, Eure Seele ist hell und klar wie ein Hain im Frühling. Ihr habt die größte aller Gaben und glaubt nur ja nicht, daß ich von Eurer Sangeskunst spreche!« Dann ließ er ihn los und wendete sich wieder an alle. »Tretet ein und stärkt Euch.«

Die Halle war trotz der frühen Morgenstunden gut besucht, hell, geräumig, sauber und warm, eine besondere Wohltat nach der frischen Meeresbrise. Auf den Fellen saßen Frauen und Kinder mit untergeschlagenen Beinen, aber niemand schenkte ihnen allzuviel Beachtung. Dankbar nahmen sie die Schüsseln entgegen, die Bran ihnen hinhielt.

»Wir müssen uns hier selbst bedienen«, erklärte er. »Jeder verfügbare Mann wird zum Getreidedreschen eingesetzt, und aus Gallien sind wieder neue Flüchtlinge eingetroffen. Meine Brüder haben alle Hände voll zu tun. Sie nahmen in einer Ecke Platz, schlürften die heiße Brühe und schauten dem Kommen und Gehen in der Halle zu. Der Großdruide hatte sich zu einer Gruppe von Häuptlingen gesellt, aus der er sich jetzt löste und zu ihnen herüberkam.

»Ihr hattet also Eure liebe Mühe mit den Ordovicen«, bemerkte er sachlich zu Caradoc, »aber das wundert mich nicht. Emrys und seine Sippe leben seit Jahrzehnten in völliger Abgeschiedenheit.

Die Ereignisse und Veränderungen in der Welt lassen sie völlig unberührt. Sie haben auch keine Streitigkeiten mit anderen Stämmen, und so nehmen sie auch nie unsere Vermittlung in Anspruch. Es ist wirklich jammerschade. Mittlerweile sind sie ein bißchen zu stolz geworden und ihrer Unantastbarkeit zu sicher – eine leichte Beute für einen geschickten Redner.« Caradoc warf ihm einen bitterbösen Blick zu, aber der Druide lächelte wissend. »Ihr habt natürlich die Wahrheit gesprochen, aber habt Ihr Eure Worte selbst auch für die Wahrheit gehalten?«

»Ich bin mir nicht sicher.«

»Nun, es ist auch unwichtig. Ihr habt sie wachgerüttelt und ich denke, ich werde noch ein wenig nachhelfen. Immerhin habe ich meinen Cousin schon lange nicht mehr gesehen.«

»Euer Cousin?« rutschte es Eurgain ungläubig heraus. Er nickte.

»Ja. Emrys ist mein Verwandter. Ich kam mit sieben Jahren nach Mona, um meine Träume deuten zu lassen. Wie Ihr seht, bin ich hiergeblieben.« Er lachte.

Caradoc starrte dumpf auf seine leere Schüssel. Er war enttäuscht von diesem lebensfrohen, attraktiven Mann, der für seinen Geschmack zuviel lachte und dem außerdem die Würde fehlte, die der Großdruide doch sicherlich ausstrahlen mußte. Wäre er nur nicht nach Mona gekommen! Wieviel sicherer hätte er sich bei einem geheimnisvollen, undurchsichtigen Zaubermeister gefühlt, der mit seinen Kräften die Römer beeinflußte, während er, Caradoc, der Militärstratege, sie mit List und mit dem Schwert besiegte. Statt dessen hatte er es mit einem Druiden im besten Mannesalter zu tun, der Eurgain dauernd angrinste und mit einem Stück Brot seine Schüssel auswischte. Caradoc fühlte sich regelrecht verraten, ja mißbraucht. Er sehnte sich nach seiner heilen Vergangenheit zurück. Camulodunum, dachte er wehmütig. Meine Heimat! Warum habe ich mich nicht den Römern ergeben? Dann könnte ich jetzt in Frieden dort leben. Der Meister erhob sich.

»Ich möchte Euch die Insel zeigen. Seid Ihr satt geworden? Habt Ihr Euch aufgewärmt? Gut! Bran, Ihr braucht uns nicht zu begleiten. Bleibt hier und ruht Euch aus.«

An diesem Tag legten sie viele Kilometer durch dichtbesiedeltes Gebiet zurück. »Überall entstanden neue Hütten. Sie begrenzten die Felder und schoben sich bis in die Eichenhaine vor. Viele Familien, die vor den Römern nach Mona geflohen waren, hatten ihre Götter mitgebracht, und so fand sich auf jeder Lichtung ein Schrein, ein Altar oder sonst ein Bildnis irgendeiner Gottheit. Niemand trug eine Waffe, ein Umstand, der Cinnamus befremdete.

»Die Familien kommen von überallher«, erklärte der Großdruide. »Hier auf Mona ist das friedliche Zusammenleben oberstes Gesetz. Anstatt zu kämpfen oder sich im Kampf zu üben, wird gearbeitet. Wir haben viele Felder angelegt, da unsere Bevölkerung ständig wächst, und konnten gute Ernten einbringen.« Er setzte sich in den Schatten einiger junger Eichen und schaute auf das strahlend blaue Meer hinaus.

»Meister, wo sind die Lehrgebäude?« fragte Eurgain. »Ich dachte ... ich ... wo sind die geheimen Orte der Kraft?«

Er setzte sich auf die Fersen. »Ihr seid von ihnen umgeben, Eurgain«, antwortete er. »Habt Ihr die kleinen Grüppchen bemerkt, an denen wir vorbeigekommen sind, die Druiden und die jungen Männer? Dem Lernen sind keine örtlichen Grenzen gesetzt. Die ganze Insel ist eine einzige Stätte der Weisheit. Nach zwanzig Jahren des Lernens gibt es hier keinen Stein und keinen Baum mehr, der nicht die Macht hätte, dem Betrachter eine wichtige Lektion in Erinnerung zu rufen. Aus diesem Grund nennt man Mona die Heilige Insel.«

»Ja, das verstehe ich. Aber es gibt doch besondere Orte, Orte der Weissagung, wo der Lauf der Sterne beobachtet und gedeutet wird, wo Opfer dargebracht werden. Wo sind sie?«

»Ihr seid zu wißbegierig, Eurgain«, wies er sie milde zurecht. »Ihr müßt lernen, Euch zu beherrschen. Aber um Eures Seelenfriedens willen sollt Ihr einen solchen Ort besuchen. Caelte, wir haben einen jungen Mann hier, der Harfen baut. Möchtet Ihr ihn kennenlernen?«

Die Zeit verging wie im Flug, während er sich zwanglos mit allen, außer mit Caradoc unterhielt, der stumm aufs Meer hinausschaute und dabei spürte, daß der Großdruide seine innere

Aufmerksamkeit ganz auf ihn konzentrierte. Dann erhob sich der Meister.

»Ich denke, wir sollten allmählich zurückgehen und etwas zu uns nehmen.« Mit diesen Worten drehte er sich um und führte sie den langen Weg zurück zur Siedlung.

Die Abenddämmerung brach bereits herein, als sie ihr Mahl beendet hatten und wieder vor das Versammlungshaus traten. Der Wind hatte sich gelegt, und sie genossen den Anblick eines klaren, wolkenlosen Himmels. Eurgain wurde einem Druiden vorgestellt. »Er wird Euch zu einem Ort führen, von dem aus Ihr den Abendstern sehen könnt. Ihr müßt Euch beeilen, die Sonne geht bereits unter.« Ohne weitere Fragen drehte sich Eurgain um und folgte der graugekleideten Gestalt. Der Meister deutete auf einen Pfad. »Caelte, dort, am Ende dieses Weges, der nach links führt, findet Ihr die Hütte des Harfenbauers. Singt ein paar fröhliche Lieder mit ihm!«

»Cin, kommt Ihr mit?« fragte Caelte, aber der schüttelte den Kopf.

»Nein. Ich will noch ein paar Worte mit den Kriegern aus Gallien wechseln, dann werde ich schlafengehen. Brauchst du mich, Herr?«

Caradoc warf dem Druiden einen Blick zu und schüttelte den Kopf. »Nein, heute nicht mehr. Gute Nacht, Cin.«

Der Himmel färbte sich und nahm ein zartes Rosa an, das allmählich verblaßte. Der Druide dreht sich um und bedeutete Caradoc, ihm zu folgen. Müde, aber dafür mit hellwachem Geist, ging er dem Meister nach, der ein Stück am Fluß entlangeilte, in den Wald abbog und plötzlich in den Schatten der Bäume trat. Eine halbe Stunde marschierten sie so durch den stillen Wald dahin. Dann lichteten sich die Bäume plötzlich, und Caradoc trat auf die kahle Kuppe eines Hügels hinaus. Drei ineinander greifende Steinkreise waren dort errichtet worden, in deren Mittelpunkt sich der Altarstein befand, vor dem wiederum der Großdruide stand. Caradoc fühlte sich unbehaglich, da er nicht wußte, ob man ihn vergessen hatte oder nicht. Als der Druide sich nicht regte, ging er entschlossen durch die Steinkreise hindurch bis zum Altarstein und sah, wie der Meister einen kleinen Lederbeutel vom Gürtel entfernte und gräulich schimmernde Körner in die Vertiefung des Altarsteines füllte, die wohl eigens zu diesem Zweck herausgehauen worden war. Unvermittelt sprach er Caradoc an.

»Habt Ihr gemerkt, wie dunkel es geworden ist? Ich kann Euch kaum mehr sehen, und auch Ihr könnt mich nicht mehr erkennen.«

Tatsächlich hatte Caradoc nicht bemerkt, daß die Nacht hereingebrochen war und sich wie eine dunkle Wand zwischen ihn und den Druiden geschoben hatte. »Wir müssen noch warten«, fuhr dieser indes fort und blickte gen Osten. Der Mond war noch nicht aufgegangen, es herrschte eine völlige Windstille. Irgendwo in den Bäumen hockte ein Ziegenmelker und piepste sein einfaches Lied. Immer mehr Sterne wurden sichtbar, und dann plötzlich erhob sich der Mond riesig und strahlend über die Bäume und schwebte in den nachtblauen Himmel.

»Achtet auf die Steinsäulen direkt unterhalb der Mondscheibe«, befahl der Druide leise. Einige Minuten vergingen. Dann fiel das Mondlicht auf den unteren Rand eines der Monolithen im äußeren Ring, wanderte langsam an ihm nach oben zur abgerundeten Spitze, dann war es verschwunden. Kurz darauf tauchte es wieder auf und wanderte zur Spitze des Steines, der im mittleren Ring direkt vor dem Monolithen des äußeren Ringes stand, erreichte wiederum die Spitze und verschwand, um nun im inneren Steinkreis wieder aufzutauchen. Der Druide hielt den Feuerstein bereit und drehte sich um. Kurz darauf kroch das blasse Mondlicht am Altarstein empor und als es über die Vertiefung mit den Körnern wanderte, schlug er einen kräftigen Funken. Das körnige Puder begann sofort zu rauchen und verbreitete ein schweres, süßliches Aroma.

»Schaut hinter Euch«, befahl der Druide. Caradoc wirbelte herum. »Seht Ihr den Stern, der über dem Stein im äußeren Ring steht? Es ist Euer Stern. Ich sah ihn das erstemal in dieser Position, als Bran von seinem Besuch bei Euch zurückkehrte. Ihr wart damals noch sehr jung. Jetzt steht er wieder in dieser Position, doch zwischen heute und damals liegen viele Jahre der Erfahrung. Geht jetzt einmal um den Stein herum und atmet die Räuchergabe ein.« Caradoc tat wie ihm geheißen und beugte sich vorsichtig über die angenehme Duftwolke. »Bleibt so stehen und haltet Euren Blick darauf gerichtet. Ihr dürft mich nicht ansehen.«

Caradoc spürte, wie der Druide in sich hineinhorchte und fühlte sich plötzlich allein gelassen. Er begann, vor Kälte am ganzen Körper zu zittern und wäre am liebsten davongelaufen, geschwommen, geflogen, ganz gleich, nur fort von hier, von der Kälte, die von der Gestalt des Druiden zu ihm herüberkroch, der kein menschliches Wesen mehr zu sein schien. Caradoc war keines klaren Gedankens mehr fähig, Angst, Schuld, Vorwürfe und Rechtfertigungen jagten sich in seinem Innern. Voller Schrecken bemerkte er irgendwann, daß der Mond wieder unterging. War es möglich? Waren so viele Stunden vergangen? Er beruhigte sich, denn die Sterne standen unverändert am Himmel. Wieder versuchte er, sich auf das dünne Rauchfähnchen zu konzentrieren. Mit einemmal fuhr eine Hand darüber und die Glut erstarb.

»Ihr kostet mich eine Menge Kraft, Caradoc, denn Ihr könnt Eure Ängste nicht beherrschen«, sagte der Druide ruhig. Er sah müde und abgekämpft aus. »Ich bin ein Mensch wie Ihr auch, warum wollt Ihr das nicht begreifen? Ich bin auch ein Seher, der größte, den es unter den Druiden je gab. Um so größer ist denn auch die Last meiner Verantwortung. Setzen wir uns unter die Bäume. Ich muß mit Euch reden.«

Außerhalb der magischen Steinkreise ließen sie sich ins weiche Gras nieder. »Ich bin müde«, fuhr er fort. »Nur eine Nacht möchte ich ohne Träume schlafen.« Er schwieg und schien sich zu erholen. »Ich habe bis jetzt wenig mit Euch gesprochen, Caradoc, weil Gesichte und Visionen, die einen Arviragus betreffen, nicht für jedermanns Ohren bestimmt sind. Ich lese Bitterkeit in Euren Augen. Warum ausgerechnet ich? fragt Ihr Euch. Gehört mein Leben denn nicht mir selbst? Ist ein Arviragus etwa eine Marionette in den Händen schlauer Druiden? So seht Ihr es doch, nicht wahr? Wußtet Ihr, ehe Ihr hierherkamt, daß Ihr Euch tief in Eurem Innern den Römern ergeben wollt?«

»Nein!« widersprach Caradoc heftig. »Ihr irrt Euch!« Die Worte des Druiden stellten ihn bloß, und er verkrampfte sich. »Alles habe ich verloren. Ich habe das Leid, in das Bran mich geführt hat, ertragen. Ich habe kein friedliches Heim, meine Kinder sind mir fremd. Ich bin ausgebrannt und leer. Wißt Ihr überhaupt, wovon ich spreche? Ich habe nicht einmal mehr die Möglichkeit, ehrenvoll zu sterben!«

»Ihr macht Euch etwas vor!«

»O nein!« stieß Caradoc wütend hervor. »Ihr macht es Euch zu einfach. Ihr habt Visionen, gut, aber wer vermag zu unterscheiden, welche wahr und welche nur der Spiegel Eurer eigenen Wünsche sind? Wenn Ihr wüßtet, was in mir für ein Kampf tobt, würdet Ihr mich nicht so leichtfertig verurteilen.«

»Euer Kampf ist mir nicht so unbekannt, wie Ihr meint, und ohne ihn wärt Ihr nur Caradoc, ein catuvellaunischer Häuptling. Aber nur Ihr – und Ihr allein – habt die Macht, dem Plan zuzustimmen oder ihn abzulehnen. Der Arviragus ist Herr auch über die Druiden und das aus gewichtigen Gründen. Aber zuallererst muß er sich selbst meistern! Deshalb zeige ich Euch die dunkelsten Winkel Eures Herzens; deswegen seid Ihr innerlich so zerrissen. Ein Arviragus ist einzigartig.«

»Ich bin noch kein Arviragus.«

»Das ist richtig. Aber Ihr werdet es sein. Ich werde Euch also mitteilen, was ich gesehen habe, gebe Euch aber auch zu bedenken, daß ich nicht unfehlbar bin. Ich sehe die Zukunft, aber sie stellt sich mir als ein Netz von Möglichkeiten dar. Es ist mir nicht gestattet, direkt über das zu sprechen, was ich sehe. Ich darf Euch nur einen Rat geben. Wollt Ihr mich anhören?«

»Sprecht.«

»So sei es. Die Vorzeichen sind sehr unterschiedlich, vielleicht weil Euer Schicksal mit dem Albions so eng verknüpft ist. Ich sah Euch als Sieger, und ich sah Euch in einem einsamen Tal, in dem Ihr überfallen und getötet wurdet. Ich sah Euch auch in einer großen Schlacht. Folgendes sollt Ihr verstehen: Was morgen geschieht, kann ich Euch mit Gewißheit sagen, aber alles, was weiter in der Zukunft liegt, ist einer gewissen Wahrscheinlichkeit unterworfen, weil Ihr und andere unabhängige Entscheidungen treffen werdet. Alles, was ich mit Sicherheit sagen kann, ist, daß Ihr die Vorzeichen des Arviragus tragt und daß das Universum ewig ist.«

»Wozu sind Eure Träume dann nütze, wenn Ihr mir nicht sagen könnt, ob ich siegen oder untergehen werde? Wahrscheinlichkeitsrechnungen kann ich selbst aufstellen.«

Der Mann an seiner Seite lehnte sich zurück. »Seit fast dreißig Jahren habe ich Visionen. Ich habe gelernt, den flüchtigen Augenblick der Wahrheit, der ihnen innewohnt und der vor meinem inneren Auge vorbeihuscht, zu erkennen. Ich deute aber auch die Sterne und vergleiche das, was sie mir sagen, mit dem, was meine Visionen offenbaren. Wenn es zwischen beiden keine Übereinstimmung gibt, gibt es auch keine Wahrheit.«

»Wollt Ihr mir nicht endlich sagen, was Ihr wißt! Die größte meiner Qualen ist die Ungewißheit, ob das Opfer, das ich von meinem Volk fordern muß und für das viele ihr Leben lassen werden, umsonst ist oder nicht!«

»Die Sterne sagen mir, daß Ihr selbst eine Niederlage erleiden werdet, die sich jedoch zum Guten wendet. Meine Visionen aber offenbaren mir Euren Sieg. Ich deute es also folgendermaßen. Ihr werdet an einen schicksalhaften Punkt kommen, der eine Wende bedeutet. Erfolg oder Niederlage hängen an einem so dünnen Faden, daß nicht einmal die Sterne den Ausgang klar erkennen lassen. Daher werde auch ich keine Vorhersagen machen. Ihr seid mit Makeln behaftet, Arviragus, und zugleich gibt es in ganz Albion keinen besseren Krieger. Ich rate Euch, in allen Angelegenheiten auf Euer eigenes Urteilsvermögen zu vertrauen. Ihr habt einen sicheren Instinkt. Dann überprüft Euer Herz. Wenn Ihr zu keiner Entscheidung kommt, hört auf Bran. Seine intuitiven Fähigkeiten werden Euch von größerem Nutzen sein als meine Visionen.«

Der Morgen begann zu dämmern. Caradoc war vor Kälte halb erfroren und vor Enttäuschung wie erschlagen. Zu allem Übel kicherte der Druide belustigt vor sich hin. »Caradoc, Caradoc, Ihr haßt mich mit Leidenschaft. Wie gern würdet Ihr glauben, daß ich ein falscher Prophet bin. Aber Ihr wißt auch, daß die Wahrheit viele Gesichter hat.«

Caradoc lächelte. »Verzeiht mir. Ich hatte gehofft, daß sich die Himmel öffnen würden, und ich mit einem Schlag meiner Zweifel ledig wäre.«

»Die Druiden folgen ewigen Gesetzen, Caradoc. Wir dürfen niemandem seine Zukunft offenbaren, denn sonst würden wir ihm die Möglichkeit der freien Entscheidung rauben, und das hieße, er verlöre seine Seele. Meine Brüder und ich müssen also lernen, unseren Rat in halbwegs verständliche Rätsel zu verkleiden.«

»Werdet Ihr Euch für mich in den Stiertraum versenken?«

Der Großdruide erhob sich fröstelnd. Im Osten begann ein neuer Tag. Caradoc sah die Spuren der vergangenen Nacht im Gesicht des Meisters. Auch er mußte also einen Preis für seine Visionen bezahlen. Ich glaube, ich würde an seiner Stelle verrückt werden, dachte Caradoc bewundernd, als sie sich auf den Rückweg machten. Dieser Mann muß so stark wie ein Fels sein.

»Ja, das werde ich. Aber ich bezahle einen hohen Preis dafür. Was werdet Ihr mir geben?«

Hoch in den Bäumen ließ sich der erste Vogel vernehmen. Caradoc spürte, wie mit dem neuen Tag auch die Hoffnung wieder in sein Herz einzog, und antwortete lächelnd. »Ich gebe Euch Albion zurück. Ist die Bezahlung angemessen?«

»Oho, das will ich meinen«, erwiderte der Meister mit ernster Miene, dann brach er in schallendes Gelächter aus.

Zwei Stunden nach Sonnenaufgang nahmen sie ihr letztes gemeinsames Mahl ein, dann verabschiedeten sie sich und gingen zu ihrem Boot zurück.

»Was hat der Druide dir alles gezeigt, Eurgain?« fragte Caradoc, als sie über das spiegelglatte Meer dem Festland entgegenschaukelten.

Sie antwortete erst nach einer Weile. »Er zeigte und erklärte mir die Wunder des Universums.« Sie rang sich die Worte förmlich ab, dann begann sie leise zu weinen.

Drei Tage lang hielten sie sich in dem kleinen Dorf auf, dann wurden sie von einem Schneesturm überrascht, und Caradoc fand keine Ruhe mehr.

»Wir müssen aufbrechen«, erklärte er ihren freundlichen Gastgebern. »Wir müssen vor dem Winter wieder zurück sein.« Natürlich sorgte er sich hauptsächlich um Llyn, aber er hatte auch

Angst vor dem Winter, vor den Bergen, vor Emrys unberechenbaren Entscheidungen, davor, daß die Zeit verflog.

Die folgenden drei Wochen waren ein einziger Kampf gegen Hunger und Kälte, aber dann hatten sie endlich die Berge hinter sich. Der Schnee wurde zu Regen. Cinnamus erlegte einen halbverhungerten Hirsch, und Eurgain fand etwas trockenes Holz unter den ausladenden Ästen einer Eiche. Sie hatten das Schlimmste überstanden.

Zwei Tage nach Samhain wurden sie von Llyn, Emrys und Sine an der Brücke begrüßt. Llyn stürmte ihnen begeistert entgegen. Sie ließen ihre zerschlissenen Bündel fallen und wurden von ihm immer wieder aufs neue umarmt. Emrys betrachtete sie schweigend. Vor ihm standen fünf ausgemergelte Gestalten, die mehr Ähnlichkeit mit Vogelscheuchen als mit Menschen hatten. Die Umhänge hingen in Fetzen von ihren Schultern, die sonnenverbrannte Haut schälte sich, aber in ihren Augen spiegelte sich die geheimnisvolle Kraft der Berge. Emrys nickte zufrieden.

»Wir haben die Berge besiegt«, brachte Caradoc heiser hervor. »Ihr könnt die Große Versammlung einberufen. Ich gehe zu den Siluren zurück.«

»Ja, Ihr habt gesiegt«, erwiderte Emrys bedächtig, »Eure Augen verraten es. Aber die Versammlung kann ich vor dem Frühling nicht einberufen. Ich bitte Euch, den Winter über unsere Gäste zu sein.«

Caradoc schüttelte energisch den Kopf. »Ich erwarte Nachrichten von meinen Spionen«, sagte er mühsam, denn die Stimme wollte ihm nicht mehr gehorchen. »Und ich will wissen, was Madoc ausrichten konnte. Gebt uns Proviant, Emrys und laßt uns ziehen.«

Da trat Emrys auf Caradoc zu und umarmte ihn herzlich. »Ich glaubte nicht, Euch je wiederzusehen, mein Freund, aber Ihr seid zäh und ausdauernd.«

Caradoc hob schweigend sein Bündel auf und schweigend folgten sie Emrys zum Versammlungshaus.

Eine Woche lang regnete es ohne Unterlaß, und an ein Fortkommen war nicht zu denken. Die Catuvellauni nutzten die Zwangspause, um sich etwas zu erholen und wieder zu Kräften zu kommen. Doch sobald der Regen nachließ, brachen sie auf. Bran beschloß, bei den Ordovicen zu bleiben, und ihre Entscheidung abzuwarten und vor Einbruch des Winters noch einen Abstecher zu den Demetae zu machen, um sie bis zum Frühling zu einem Entschluß zu bewegen. Als sie Abschied voneinander nahmen, lächelte er Caradoc zuversichtlich an. »Verzagt nicht, mein Freund.«

»Verzagtheit, Verzweiflung, Glück! Wovon redet Ihr überhaupt? Für mich sind diese Worte bedeutungslos geworden, Bran.«

Der Druide tätschelte die kräftigen Hände, die schlaff in Caradocs Schoß lagen. »Es wird nicht immer so bleiben, das wißt Ihr nur allzugut. Die Sterne haben Euch Großes vorhergesagt.«

»Es ist mir egal, was die Sterne oder sonst wer sagen. Nur der Kampf gegen Rom ist wichtig, und daß die halsstarrigen Stämme dies endlich einsehen. Ihr Druiden seid Meister der Worte und geheimnisvoller Zauberkünste. Ich jedoch brauche ein Schwert und einen Feind, den ich sehen kann.«

»Aber beides liegt vor Euch, Caradoc«, tadelte Bran ihn wohlmeinend. »Jeder von uns hat seine Aufgabe. Ich habe nicht umsonst zwanzig Jahre lang auf Mona zugebracht. Allerdings«, er schmunzelte ein wenig, »habe ich mich nicht mit magischen Zaubersprüchen beschäftigt.«

»So? Was habt Ihr dann gelernt?«

Bran kicherte. »Ich habe gelernt, die Würfel des Schicksals zu rollen.«

Sie kamen nur langsam voran. Am Tag ihrer Ankunft wurden sie von heftigen Regenschauern und Sturmwinden empfangen, aber Madoc und Jodocus kamen ihnen mit vor Freude strahlenden Gesichtern entgegengerannt, rissen sie in die Arme und konnten sich kaum beruhigen.

»Haben die Berge Euch endlich wieder ausgespuckt!« rief Madoc begeistert. »Und wie gefallen Euch unsere edlen Verwandten? Kommt, kommt und eßt!« Sein schwarzer Bart wippte aufgeregt auf und ab, seine dunklen Augen strahlten vor Wärme und herzlicher Zuneigung. Caradoc empfand seine sprühende Art, die aufrichtige Freude seines Freundes wie eine lang entbehrte Wohltat, die er unter den kühlen, zurückhaltenden Ordovicen schmerzlich vermißt hatte. Er war stolz darauf, diesen warmherzigen Krieger zum Freund zu haben. Llyn verschwand, um seine Freunde zu suchen, Eurgain begab sich zu den Mädchen. Caradoc, Cinnamus und Caelte aber begleiteten Madoc zum Versammlungshaus, wo ein loderndes Feuer auf sie wartete. Auch hier wurden sie aufs wärmste von den anwesenden Häuptlingen begrüßt und willkommen geheißen. Sie nahmen ihre Plätze am Feuer ein und mit einemmal kam es Caradoc schmerzlich zu Bewußtsein, daß Fearachar fehlte. Doch schon stellte ein Sklave einen Teller mit Fleisch, Fladenbrot, Äpfeln und Bier vor ihn auf die Erde, und er hatte keine Zeit mehr, seinen traurigen Gedanken nachzuhängen, denn Eurgain und die Mädchen erschienen. Unter wildem Freudengeheul stürzten seine Töchter sich auf ihn, um sich von ihm umarmen zu lassen. War es möglich, daß wenige Monate die Menschen so sehr verändern konnten? Er sah sie genauer an. Aus den rundlichen Kindern, die sie zurückgelassen hatten, waren zwei schlaksige, wenn auch noch nicht voll entwikkelte Mädchen geworden. Eurgain zählte elf, Gladys zehn Jahre. Nach dem ersten Ansturm bedrängten sie erneut ihre Mutter mit begeisterten Fragen, und Caradoc stellte traurig fest, daß sie völlig ohne sein Zutun zu zwei kleinen Schwert-Frauen heranwuchsen, die er kaum mehr kannte. Wo war nur die Zeit geblieben, als er sich väterlich um sie gekümmert hatte? Und nicht nur um sie, sondern auch um jene catuvellaunische Kriegerin, die sich ebensosehr wie er selbst verändert hatte? Er begegnete Eurgains Blick und wendete sich ab. »Waren die Überfälle auf die Römer erfolgreich?« fragte er Madoc.

Der machte ein unzufriedenes Gesicht. »Das kann man nicht gerade behaupten. Wir müssen unsere Taktik ändern. Die Straßen werden jetzt ständig überwacht, weil man mit unseren Überfällen rechnet. Wir haben das Überraschungsmoment nicht mehr auf unserer Seite. Die Römer haben zu wenig Verluste, wir dafür um so mehr. Vielleicht sollten wir auch unseren Standort verändern. Übrigens erwarten Euch die Spione. Es wird gemunkelt, daß Plautius nach Rom zurückgeht und Albion einen neuen Statthalter bekommt. Plautius hat sich bislang ja dagegen gesträubt, seine Grenzen weiter in den Norden und Westen zu verschieben. Gegen ihn hätten wir vielleicht noch einmal in eine große Schlacht ziehen können. So aber liegt ein langer, mühseliger Kampf in den Bergen vor uns.«

Caradoc überlegte. »Die Römer besiegt man nicht in einer Feldschlacht. Laßt sie ruhig in die Berge kommen. Wir sind hier zu Hause, für sie aber ist es schwer zugängliches Gelände. Das schafft einen gewissen Ausgleich. Ich hoffe nur, daß die anderen Stämme endlich zu einer Entscheidung kommen.«

Madoc betrachtete Caradoc neugierig. Der ehemalige Ri der Catuvellauni hatte sich verändert, aber das war nichts Neues. Niemand trieb sich monatelang in den Bergen herum, ohne Erfahrungen zu machen. Er verspürte einen unerklärlichen Anflug von Traurigkeit, den er resolut beiseite schob. »Ihr habt recht. Wir können nicht ewig warten. Notfalls werden die Siluren den Kampf eben allein aufnehmen. Wo ist Bran?«

»Er ist bei den Ordovicen geblieben und will uns im Frühling ihre Entscheidung mitteilen. Bis dahin müssen die Kundschafter bestens organisiert sein.«

»Und dann ist es endlich soweit.« Madoc sah sinnend ins Feuer. »Wir werden nicht nur Plautius eine gute Heimreise wünschen, sondern jedem Römer, der sich nicht vorsieht. Da fällt mir ein, daß ein Druide auf Euch wartet.«

»Auf mich?« fragte Caradoc kauend.

»Er traf schon vor zwei Monaten ein. Er beharrt darauf, daß seine Botschaft so persönlich sei, daß er sie nur Euch selbst überbringen dürfte.«

Caradoc seufzte. Er war übermüdet, keines klaren Gedankens mehr fähig und sehnte sich eigentlich nur nach seinem Lager, um tief zu schlafen und etwas Abstand zu gewinnen. Aber einen Druiden sollte man nicht warten lassen, und dieser wartete schon seit geraumer Zeit. Seine Nachricht mußte wirklich sehr wichtig sein.

»Laßt ihn rufen«, bat er. »Ich will hören, was er zu sagen hat.«

»Jodocus!« brüllte Madoc. »Holt den Druiden!«

Caradoc aß hungrig auf, dann saß er schweigsam und starrte ins

Feuer. Tallia hatte die Mädchen zu Bett gebracht. Eurgain betrachtete Caradoc verstohlen und kämpfte ihren eigenen inneren Kampf. Sie spürte schon lange, daß sie endgültig keinen Zugang mehr zu ihm hatte. Ihr Blick wanderte zu Cinnamus hinüber, der zufrieden neben seiner Vida saß, und ihre Stimmung besserte sich augenblicklich. Cinnamus. Die Entbehrungen und Strapazen ihrer Reise waren auch an ihm nicht spurlos vorübergegangen, aber dennoch strahlte er Wärme und Güte aus. Vielleicht weil er nicht Caradocs Last zu tragen hatte? Sie erschrak bei diesem Gedanken. Ich sollte besser gehen, überlegte sie. Hier habe ich nichts mehr zu suchen. In diesem Augenblick kehrte Jodocus mit einer weißgekleideten Gestalt zurück. Der junge Druide ging geradewegs auf Caradoc zu, der sich gewaltsam aus seinen Träumereien lösen mußte.

»Ich grüße Euch, Caradoc, Sohn des Cunobelin«, begann der Druide. »Ich bringe Euch eine Botschaft von Eurer Schwester Gladys. Seid Ihr bereit, sie zu hören?«

Gladys? Nervosität erfaßte ihn, dann nickte er. Eurgain war vor Überraschung auf die Füße gesprungen und näher herangekommen. Gladys. War sie am Ende entkommen und hatte wichtige Nachrichten für ihn, die Legionen betreffend? Natürlich, das mußte es sein. Verschwommen stieg ihr Bild in ihm auf, und er zitterte leicht. Gladys! Sein Herz wurde weit, und er konnte seiner Ungeduld kaum Herr werden. Der Druide schloß die Augen. Gleich würde er die Botschaft wortwörtlich wiederholen, die Gladys ihm aufgetragen hatte. Er fiel in einem monotonen Singsang und begann.

»Meinem geliebten Bruder Caradoc. Ich grüße dich. Daß du lebst, macht mich überglücklich. Die versklavten Stämme des Tieflandes nennen deinen Namen nur flüsternd, aber voller Hoffnung und blicken gen Westen, von wo sie ihre Befreiung erwarten. Auch ich, mein Bruder, bin eine Sklavin geworden, doch sind meine Ketten nicht aus Eisen geschmiedet. Höre mich an, Caradoc, und vergib mir, wenn du kannst. Erinnere dich daran, daß ich es war, die Rom allein entgegentrat, mit dir am Medway kämpfte und den Verräter Adminius tötete.« Die Catuvellauni holten tief Luft und warfen sich verwirrte Blicke zu, aber keiner wagte es, sich zu rühren, um die Konzentration des Druiden nicht zu unterbrechen. »Meine Ketten sind Ketten der Liebe, und ich habe meine Freiheit für meinen Geliebten aufgegeben. Nach der Eroberung Camulodunums hatte ich mich dem letzten Kampf meines Lebens zu stellen, und ich habe ihn verloren. Ich war zu lange allein, Caradoc. Immer habe ich meine Freiheit für das höchste Gut gehalten, ich habe sie immer verteidigt und dafür gekämpft, aber diesmal war ich die Unterlegene. Mein Schwert hängt im Zimmer meines Geliebten, und ich werde es nie wieder anrühren. Ich werde heiraten.«

Schweigt, Druide, sprecht nicht weiter, flehte Eurgain innerlich. Caradoc wird daran zerbrechen! Doch der Druide schien den Aufruhr in den Herzen seiner Zuhörer nicht zu bemerken. Caradoc fühlte eine enorme Hitze in seinem Körper aufsteigen, die in seinem Kopf wie ein Vulkanausbruch explodierte. Plautius, Plautius! Leise und monoton sang der Druide. »Du wirst verstehen, warum ich dich bitte, mir zu verzeihen, Caradoc, denn mein zukünftiger Gemahl ist Aulus Plautius. Er ist ein Ehrenmann und hat um meine Hand angehalten. Du bist sein Todfeind, doch wissen wir Catuvellauni nicht auch, daß selbst der Todfeind unseres Respekts würdig sein kann? Dieser Mann ist es, Caradoc. Man hat ihn nach Rom zurückbeordert, und ich werde ihn begleiten. Verurteile mich nicht. Bringe Camulos ein Opfer für mich dar, lieber Bruder, denn ich fürchte mich vor dem Augenblick, da ich die Küste meiner geliebten Heimat ein letztes Mal sehen werde, ohne daß ein Angehöriger mir Frieden wünscht. Ich werde nie aufhören, mich nach den gemeinsamen Tagen unserer Jugend zu sehnen. Ich wünsche dir, daß es dir beschieden sein möge, Albion wieder zu einem reinen Land zu machen. Ich verspreche und schwöre, alles zu tun, was in meiner Macht steht, um das Los der Stämme erträglicher zu machen. Leb wohl.«

Der Druide verstummte und öffnete die Augen. »Hier endet die Botschaft. Es ist mir nicht gestattet, etwas hinzuzufügen, nur dies noch: Es geht ihr gut, und sie ist glücklich.« Er verneigte sich und ging mit steifen Schritten hinaus. Aus Eurgains Gesicht war die Farbe gewichen. Gladys heiratete einen Römer. Aber das war unmöglich! Wurde denn langsam die ganze Welt verrückt? Caradoc hielt den Kopf gesenkt, um seine Gefühle zu verbergen, er ballte seine Hände zu Fäusten, seine Fingerknöchel wurden weiß, dann war es um seine Beherrschung geschehen.

»Sklavin! Hure! Ehrloses Frauenzimmer!« Er riß sein Schwert aus der Scheide, packte es an Griff und Klinge zugleich und hieb es gegen den Türpfosten. So groß war sein Schmerz, seine Wut über den Verrat, den seine Schwester an ihm beging, daß er nicht einmal merkte, wie die Klinge sich in seine Handflächen grub und das Blut spritzte.

»Caradoc, halt ein!« rief Eurgain entsetzt und rannte zu ihm, aber Caradoc befand sich in einem Zustand blinder Raserei. Er stieß sie beiseite, warf das Schwert auf die Erde und trampelte wie ein Besessener darauf herum. Seine Augen funkelten wild, sein Mund war bis zur Unkenntlichkeit verzerrt.

»Ich stoße sie aus dem Tuath aus! Sie ist keine Catuvellauni mehr! Möge Camulos sie verfluchen! Die Angst soll ihren Geist verwirren, die Kriegsgötter sie zerreißen. Nie wieder soll sie in Frieden essen, schlafen oder kämpfen!«

»Hör auf!« schrie Eurgain.

»Nein!« schäumte er. »Ich, Caradoc, Ri der Catuvellauni, erkläre sie als geächtet, ausgestoßen aus dem Tuath, und ihr Name soll nie wieder ausgesprochen werden!« Er zitterte am ganzen Körper, vom Wahnsinn geschüttelt. »Sie ist keine Schwert-Frau mehr. Sie hat ihre Ehre verloren. Ich habe keine Schwester mehr! Möge dieser Fluch ihr in die kommende Welt folgen!«

Cinnamus war zur Salzsäule erstarrt, Caelte verbarg sein erschüttertes Gesicht in den Händen. Plötzlich tat Caradoc einen gewaltigen Satz und stürzte zur Tür hinaus. Sofort begannen die Häuptlinge aufgeregt zu murmeln, Rufe der Zustimmung wurden laut. Er hatte getan, was in einem solchen Fall getan werden mußte. Eurgain erholte sich als erste von ihrem Schock. Ohne ein Wort eilte sie Caradoc nach.

Er rannte ziellos durch die Nacht. Er flüchtete vor sich selbst, vor dem Echo seiner Worte. Zweige schlugen ihm ins Gesicht. Sein Umhang verfing sich in dornigem Gestrüpp, aber Schmach und Zorn trieben ihn blindlings voran, ohne daß er dem Aufruhr in seinem Innern entkommen konnte. Er stolperte, seine Arme griffen instinktiv nach einem Halt. Keuchend und verschwitzt lehnte er sich an den Stamm eines Baumes, preßte sein glühendes Gesicht gegen die kühle Rinde und schloß die Augen. Unbarmherzig stürmten die Gedanken weiter auf ihn ein. Caradoc spürte, wie alle Kraft von ihm wich, wie er auf die Erde sank. Verzweifelt schaute er um sich. Er war auf einer Lichtung angekommen. Totes Laub häufte sich unter toten Baumgerippen. Ein Ort des Todes, dachte er. Der faule Geruch des Todes. Ich bin so alt und faul wie diese Bäume, die Kraft des Lebens und der Freude ist in mir erloschen, Liebe und Ehre kenne ich nicht mehr. Zu meinem eigenen Besten werde ich mich in mein Schwert stürzen. Sollen die Römer kommen. Ich bin nicht stark genug. Ich habe alles gegeben, alles Menschenmögliche getan, aber es reicht nicht. Seine Finger tasteten nach dem Schwert, aber es war nicht da. Dann erregte etwas anderes seine Aufmerksamkeit. Am Ende der Lichtung bewegte sich etwas, ein roter Punkt, wie ein Ahornblatt, das schwerelos zur Erde segelte. Er hielt den Atem an.

Dann trat ein Fuchs auf die Lichtung, witterte mißtrauisch in seine Richtung und blieb stehen. Schließlich setzte er sich, der buschige Schwanz kringelte sich anmutig um die kleinen Pfoten, er gähnte. Caradoc streckte seinen Arm hinter dem Baum hervor, aber das Tier rührte sich nicht, saß einfach nur da und starrte in der Dunkelheit mit funkelnden Augen zu ihm herüber. Caradoc rappelte sich auf, und das Füchslein gähnte erneut. »So so, du hast also keine Angst vor mir«, flüsterte er halblaut. »Warum nicht?« Das Füchslein blinzelte und schüttelte sein rotes Fell. Caradoc empfand einen furchtbaren Schmerz in seiner Bauchgrube, dann wanderte die Empfindung unaufhaltsam höher, sein Herz verkrampfte sich, er bekam keine Luft mehr, seine Angst steigerte sich ins Unermeßliche. Sterben, flehte er, ich will sterben. Ich halte es nicht mehr aus. Und dann barst der Schmerz mit der Wucht eines brechenden Dammes und brach einem unkontrollierbaren Strom bitterster Tränen die Bahn. Caradoc brach zusammen. Er warf sich auf die Erde, vergrub sein Gesicht in seinen Armen und gab jeglichen Widerstand auf. Einsamkeit und Verzweiflung, alle Enttäuschungen und Ängste der vergangenen vier Jahre versickerten in einem unaufhaltsamen Tränenstrom im tröstenden Schoß der Erde.

Dann hatte er sich verausgabt. Leer, aber ruhig lag er da, atmete den kräftigen Geruch der Erde, die er liebte, spürte, wie ihre Kraft in ihn strömte, ohne es so recht zu verstehen. Er setzte sich auf und wischte sich mit einem Zipfel seines Umhanges über das Gesicht. Der Fuchs war fort. In seinem Kopf herrschte eine friedvolle Leere. Er rieb seine steifen Glieder und erhob sich. Dann sah er sie neben dem Pfad an einen Baum gelehnt stehen. Noch einmal flammte sein Stolz in ihm auf und erlosch sofort. Mit unsicheren Schritten ging er auf sie zu. Sie sah ihm schweigend entgegen, aber ihre Augen verrieten, wieviel Überwindung es sie gekostet hatte, ihren Stolz aufzugeben und ihm hierher zu folgen. Er mußte den Anfang machen und seinen catuvellaunischen Dickschädel bezwingen.

»Verzeih mir, Eurgain«, brachte er heiser hervor. »Ich habe dich und deine Ehre mit Füßen getreten. Wenn du mich verlassen willst, werde ich dir geben, was ich habe. Aber ich bitte dich, es dir vielleicht noch einmal zu überlegen. Ich brauche dich.«

Unverwandt schaute sie ihm in die Augen. Sein Blick war klar und offen, sein Mund nicht mehr bitter verzerrt. Eurgain nahm seine Hände in die ihren und küßte die zerschnittenen Handflächen.

»Und wohin, glaubst du, könnte ich ohne dich gehen?« murmelte sie. »Wir gehören zusammen, Caradoc, weißt du das immer noch nicht?« Sie faßten sich an den Händen und gingen langsam zurück. Am Ende des Waldes zog er sie sanft an sich. »Meinst du, wir könnten von vorn anfangen?« fragte er. Eurgain lächelte. »Wir können es versuchen.«

Den Rest des Winters verbrachten Siluren und Catuvellauni mit Jagen und Warten, Warten und Jagen. Die Gerüchte von Plautius' Ablösung bewahrheiteten sich. Schon im Frühling sollte er nach Rom zurückkehren, um aus Claudius' Hand die verdienten Ehrenauszeichnungen entgegenzunehmen. Caradoc aber dachte an Gladys, an die sensationslüsternen Augen der römischen Gesellschaft, die sie anstarren und über sie tuscheln würden; an das fremde Land, in dem sie leben würde, an das ungewisse Schicksal, das sie gewählt hatte. Er wußte, daß er richtig gehandelt hatte, als er sie aus dem Tuath ausstieß, aber dennoch empfand er Mitleid für sie. Wenn sie sich in Plautius geirrt hatte, wenn er nicht der Ehrenmann war, für den sie ihn hielt, würde ihr Leben unerträglich werden. In seiner Gegenwart wurde nie über Gladys gesprochen, nicht einmal andeutungsweise. Aber sie spukte durch die Gedanken der Catuvellauni. Ihr plötzlicher, unverständlicher Treuebruch führte Caradoc und Eurgain deutlich vor Augen, wie ungewiß ihre eigene Zukunft war. Und seltsamerweise bewirkte er, daß sie allmählich wieder zueinanderfanden.

Sie hatten beide Schaden genommen, aber auch den Willen, sich wieder neu kennenzulernen. Wo alte Gewohnheiten Lücken hinterlassen hatten, entstanden neue Gemeinsamkeiten. Manchmal allerdings, im Schutz der Nacht, trauerte jeder für sich den glücklichen Tagen in Camulodunum nach – und der unbeschwerten Liebe, die sie damals füreinander empfunden hatten.

Im Frühling kehrte Bran zurück. Caradoc überwachte die Vorbereitungen für den Austrieb seiner inzwischen größer gewordenen Herde auf die Sommerweidegründe, als er am Horizont ein weißes Pünktchen entdeckte, das zwischen den Hügeln auftauchte und verschwand. Er ließ alles stehen und liegen und rannte dem Ankömmling entgegen. Auch Bran erkannte Caradoc und ließ ihn herankommen. Erleichtert nahm er Caradocs gesünderes Aussehen, seine neue, zuversichtlichere Ausstrahlung zur Kenntnis. Die beiden umarmten sich herzlich.

»Bran, Ihr seht gut aus! Sind die Pässe schon begehbar? Was für Neuigkeiten bringt Ihr?«

»Ich kann es kaum erwarten, sie Euch mitzuteilen, Herr. Erlaubt, daß wir die Formalitäten überspringen.« Der Druide setzte sich auf die Erde, und Caradoc folgte seinem Beispiel. Cinnamus und Caelte kamen schnaufend angerannt und begrüßten Bran ebenfalls, der nun berichtete. »Die Demetae werden sich Euch anschließen. Ihr Häuptling wird mit seinen Kriegern in etwa drei Wochen hier eintreffen. Auch die Deceangli wollen Euch unterstützen, denn sie wissen sehr wohl, daß ihr Gebiet der beste

Ausgangspunkt für Rom ist, um in den Westen und nach Mona vorzustoßen.«

»Aber was ist mit den Ordovicen, Bran?« platzte Cinnamus dazwischen. »Bei der Göttin, wenn wir vergeblich durch ihre heiligen Berge gestolpert sein sollten, werde ich zurückgehen und Emrys eigenhändig den Hals umdrehen!«

Bran lachte. »Um das zu bewerkstelligen, bedarf es stärkerer Hände als der Euren, Eisenhand, aber regt Euch nicht auf. Emrys wird Euch ebenfalls folgen. Er ist sogar bereits hierher unterwegs. Allerdings will ich Euch nicht verschweigen, Caradoc, daß die Versammlung erst nach langen, bitteren Wortgefechten und der Intervention des Großdruiden zu dieser Entscheidung kam.«

»Was macht das schon!« rief Caradoc erleichtert. »Sie legen mir ihren Schwur ab, nur das zählt!« Er sprang auf und sein Blick schweifte in die Ferne, dann zurück zu Bran. Am liebsten wäre er vor Freude wie ein Kind herumgesprungen. »Arviragus«, flüsterte er.

Bran legte den Kopf schief. »Arviragus«, wiederholte er, wie zur Bestätigung. »Ihr habt ein großes Werk vollbracht, Caradoc. Ein noch größeres liegt vor Euch.« Dann griff er in die weiten Ärmel seiner Tunika und brachte einen Lederbeutel zum Vorschein, dem er einen runden, in eine gegerbte Tierhaut gewickelten Gegenstand entnahm. »Dieses Geschenk sendet Euch der Meister.« Mit einer feierlichen Geste überreichte er es Caradoc. Cinnamus und Caelte reckten neugierig die Köpfe, während Caradoc die Verpackung vorsichtig löste. Er hielt ein gräulichweißes Ei von der Größe eines Apfels in der Hand, von knorpeligem Aussehen und mit vielen kleinen Vertiefungen auf der Oberfläche. Ehrfurchtsvoll ließ er seine Finger darüber gleiten und erschauerte, da er eine starke Kraft spürte, die von ihm ausging.

»Ein magisches Ei«, stellte er andächtig fest.

»Der Großdruide hat sich für Euch in den Großen Traum versenkt. Er sah, wie eine grüne Schlange dieses Ei aus ihrem Speichel formte. Dann rollte sie es hinter einen Felsen. Als er erwachte, ließ er es von einem meiner Brüder suchen. Hier ist es.«

Caradoc packte das Ei vorsichtig wieder ein. »Ich habe Euch zu danken, mein Freund. Es ist schon lange her, daß ein Häuptling ein derart wertvolles Geschenk erhielt.«

»Nicht mehr seit Vercingetorix«, erklärte Bran beiläufig. Caradoc warf ihm einen mißtrauischen Blick zu. Einige der Silurenhäuptlinge behaupteten, daß die Seele von Vercingetorix lange auf einen geeigneten Körper gewartet habe und in Caradoc erneut zum Arviragus würde. Zum allerersten Mal zog er die Möglichkeit in Betracht, daß daran etwas Wahres sein könnte, wenngleich die Last der ungeheuren Verantwortung ihn noch immer schier zu ersticken drohte. Aber die Würfel waren gefallen.

»Vercingetorix wurde besiegt«, schnaubte er.

Bran lächelte geheimnisvoll. »Ihr werdet siegen.«

Bald darauf trafen Emrys und seine gertenschlanke Sine mit ihren stattlichen, schweigsamen Ordovicenhäuptlingen ein, ebenso die dunklen, grobschlächtigen Demetae und die Krieger der Deceangli. Als jede verfügbare Hütte belegt war, verteilten sie sich entlang des Flusses und der Felder. Es gab keine Reibereien. Jeder Tuath blieb für sich, kochte für sich, sang seine eigenen Lieder. Unter einem sternenklaren Himmel berief Caradoc die Große Versammlung ein. Er saß auf einem Stuhl am Lagerfeuer, die Schlachttrompete im Schoß, eine goldene Kette auf der Stirn. Nachdem sich die Nachricht von der Entscheidung der Stämme unter den Siluren herumgesprochen hatte, war eines Tages der junge Künstler bei ihm erschienen und hatte ihm einen neuen, goldenen Torque überreicht. »Als Ersatz für den, den Ihr Eurem Sohn geschenkt habt«, erklärte er knapp. »Es ist ein Geschenk.« Caradoc wog den Torque in den Händen. Er mußte aus reinem Gold sein und war wertvoller als alles, was er besaß. So sehr verblüffte ihn das kostbare Geschenk, daß er zunächst keine Dankesworte fand. Auf dem leichtgeschwungenen Mittelstück tanzten zierliche Blätter im lauen Sommerwind, den Caradoc zu spüren meinte, und zwischen sich öffnenden Blütenkelchen lächelten die Gesichter von lebensfrohen, anmutigen Göttinnen. Nichts Blutiges, Beängstigendes oder gar Geheimnisvolles war darauf angedeutet. Der junge Künstler lächelte über Caradocs

Verwunderung. »Ein Arviragus ist der Herr über den Tod. Er könnte allzu leicht vergessen, daß er auch der Schutzherr über Freiheit und Leben ist. Mein Geschenk wird Euch daran erinnern.« Caradoc legte sich den Torque um den Hals. Sein Herz wurde leicht, eine ungeheure Freude durchströmte ihn und gewährte ihm einen kurzen Augenblick des vollkommenen Glücks. Herr des Todes, ja, aber vor allem Schutzherr der Freiheit. Nichts war mehr unmöglich.

Im letzten Licht des Tages, als die Sonne im Westen unterging, warfen die Häuptlinge ihre Schwerter mit stolz erhobenen Häuptern vor Caradocs Füße. Eurgain beugte sich über seine Schulter und zählte sie leise, während sie fielen. Llyn stand neben seinem Vater. Auch sein Schwert lag zu Caradocs Füßen. Emrys näherte sich, aber er legte sein Schwert nicht zu den anderen. Er zog es bedächtig aus der Scheide, küßte es und legte es auf Caradocs Knie. »Ihr seid der Oberste unter Gleichen, Herr«, sprach er mit gesenkter Stimme, und Caradoc erwiderte seinen Blick mit einem Lächeln.

»So war es, so wird es immer sein. Sorgt Euch nicht, Emrys. Die Zeit wird kommen, in der wir alle wieder nach Hause zurückkehren, jagen und feiern können.« Emrys verneigte sich unmerklich und ging auf seinen Platz an Sines Seite zurück.

Als die ersten Sterne am Firmament blinkten, war die Zählung der Schwerter abgeschlossen. Caradoc erhob sich, umrundete den schimmernden Berg aus Metall und hob die Schlachttrompete an die Lippen. Der schrille Ton zerriß die Nacht und hallte von den Bergen wider.

»Gibt es noch Einwände gegen meine Ernennung?« rief er mit lauter Stimme. Die Männer erhoben sich und schrien ihm ihre Antwort entgegen.

»Arviragus! Arviragus! Caradoc der Befreier!«

»Gibt es noch Einwände gegen die bevorstehende Aufgabe?«

»Tod den Römern! Albion gehört den Stämmen!«

Er reichte Cinnamus die Schlachttrompete hinüber und erhob die Arme. Die Menge schwieg.

»So hört denn meine ersten Befehle. Kehrt zu euren Tuaths zurück und sammelt eure Freien. Bewaffnet die Frauen. Dann kommt zurück. Bringt soviel Getreide, wie ihr tragen könnt. Vergeßt eure Hütten, Jagdgründe und euren Besitz. Von nun an leben wir wie die Nomaden; wir werden auf Menschen Jagd machen und unseren Reichtum in römischen Trophäen bemessen. Verliert keine Zeit.« Er verabschiedete sie und winkte Bran zu sich. »Überbringt Euren Brüdern auf Mona folgende Botschaft: Die Getreidelieferungen an die Ordovicen sollen verdoppelt werden. Jeder Stamm soll von drei Druiden begleitet werden. Ich will keine Streitereien, solange ich Arviragus bin.« Bran nickte. Caradoc drehte sich zu Eurgain um. »Du, Vida und Sine, ihr werdet euch um die Frauen und Kinder kümmern. Macht Krieger aus ihnen. Jeder über sechzehn wird kämpfen.«

Llyn sprang nach vorn. »Vater, dann werde ich wieder nicht kämpfen können. Ich bin ein Häuptling und habe ein Recht darauf, zu kämpfen.«

Caradoc legte ihm beschwichtigend die Hand auf die Schultern. »Für dich, mein Sohn, habe ich eine andere Aufgabe. Ich brauche neue Spione. Die bisherigen sollen jede Bewegung der Legionen genauestens verfolgen, das heißt, sie müssen von nun an flexibel sein und ersetzt werden. Nimm deine Freunde. Mache Bettler aus ihnen und Waisenknaben und schicke sie in die neuentstandenen Städte im Süden. Ein paar neue Gesichter hier und da werden nicht auffallen. Übernimm ihre Ausbildung.«

»Herr«, ließ Cinnamus sich leise vernehmen, »weißt du, was du diesen Kindern antust?«

»Ich weiß es, und sie wissen es. Einige werden sterben, aber alle werden sich darin einig sein, daß ein solcher Tod besser ist als ein Leben als römischer Galeerensklave oder als Gefangener in den Bergwerken.« Er erwiderte Cins Blick, ohne zu schwanken, dann seufzte Cinnamus und drehte sich um. Sein Herr, sein Freund war zum Arviragus geworden.

Frühjahr, 50 n. Ch.

20

Boudicca ließ sich von Hulda den schweren purpurfarbenen Umhang um die Schultern legen. Es war ein schwüler Frühlingsabend, und die Luft im Zimmer unerträglich stickig. Sie ging zu ihrem Frisiertisch und legte sich ein goldenes, mit Bernsteinen besetztes Stirndiadem um.

»Wo sind die Mädchen?« fragte sie über die Schulter.

»Sie sind bei Lovernius im Versammlungshaus«, antwortete Hulda und reichte ihr den Becher mit Wein. »Er hat versprochen, sie auf der Harfe üben zu lassen und ihnen ein neues Brettspiel beizubringen.«

»Geh zu ihnen, Hulda, und sieh zu, daß er ihnen nicht das Würfelspiel beibringt. Prasutugas hat es nicht gern, wenn sie Glücksspiele lernen.«

Die Dienerin entfernte sich, und Boudicca blieb allein zurück. Prasutugas verspätete sich wieder einmal. Er verspätete sich immer, wenn das Wetter umschlug, denn dann machte ihm seine frühere Verletzung furchtbar zu schaffen. Und trotz aller Schmerzen hörte sie nie ein Wort der Klage von ihm. Ich würde schreien und toben und meine Schmerzen im Wein ertränken, dachte sie, anstatt zu leiden und zu versuchen, wie ein Druide über den Schmerz erhaben zu sein. Sie kippte den Wein hinunter und setzte den Becher klirrend auf den Tisch. Andrasta, wurden sie denn nie mit der Prüfung der Schuldenbücher fertig? Wahrscheinlich schon, aber ihr pflichtbewußter Gemahl mußte sicher noch ein paar höfliche Worte mit dem Gehilfen des Prokurators wechseln und belanglose Neuigkeiten austauschen, während die Freien mit leeren Händen auf ihre Höfe zurückkehrten. Sie steigerte sich immer mehr in ihren Ärger. Er weiß doch, daß ich überhaupt keine Lust hatte, dieser Einladung Folge zu leisten, und nun läßt er mich auch noch warten. Er vertrödelt die Zeit und ich muß warten. Favonius und seine verstaubte Gemahlin Priscilla würden über ihr Zuspätkommen natürlich wieder tuscheln, hinter vorgehaltener Hand, versteht sich. Siehst du, mein Lieber, würde sie säuseln, diese Barbaren haben einfach keine Manieren. Dann würde sie die Sklaven in die Küche schicken, um das Essen warmzustellen. Boudicca lümmelte sich in den Sessel. Nein, jetzt tat sie ihnen unrecht. Die beiden waren nette, wohlmeinende Leute. Sie tun wirklich alles, um uns Wilde zu kultivieren. O Subidasto, du stolzer, du wahrer Sohn der Iceni, wie findest du uns jetzt?

Von draußen näherten sich schnelle Schritte. Prasutugas stürmte ins Zimmer, legte seinen Umhang ab und zerrte an seinem Gürtel. Boudicca rannte zu ihm, um ihm zu helfen.

»Es tut mir wirklich leid, Boudicca, daß du warten mußtest. Aber weder der Gehilfe noch ich fanden uns in den Büchern zurecht. Wo ist Hulda?«

»Sie paßt auf die Mädchen auf. Laß mich das machen.«

Vorsichtig zog sie die blumenbestickte Tunika über seinen Kopf, doch trotz ihrer Umsicht stöhnte er, als sie den Armstumpf leicht streifte. »Ist es wieder so schlimm?« fragte sie teilnahmsvoll. Sie ging zu einer Truhe und entnahm ihr eine frische Tunika. Prasutugas winkte ab.

»Nicht mehr als sonst auch. Es ist das feuchte Wetter. Außerdem hat er wieder zu nässen begonnen.«

Boudicca streichelte seine Wange. »Wir müssen nicht gehen, Prasutugas. Wir können ebensogut hier am Feuer sitzen, etwas essen und trinken und dann einfach ins Bett gehen.«

»Es ist zu spät, um die Einladung jetzt noch abzusagen. Außerdem will ich gehen, Favonius hat eine Menge Neuigkeiten.« Achselzuckend blies sie die Lampe aus und folgte ihm.

Es regnete in Strömen. Mit wenigen Schritten erreichten sie den Wagen, Boudicca stülpte sich die Kapuze ihres Umhangs über den Kopf, ergriff die Zügel und gleich darauf holperten sie die Straße entlang zur nahegelegenen römischen Garnison. Die Wachen am hölzernen Tor hielten ihre Lampen hoch und ließen sie mit einem freundlichen Gruß passieren.

Ein Offizier führte sie am Hauptquartier vorbei zu einer Reihe von ordentlichen, hübschen Holzhäusern, in denen die Offiziere wohnten. Vor Favonius' Haus blieben sie stehen, und Boudicca streifte sich die Kapuze ab, als auch schon der Hausherr in der offenen Türe erschien, um seine Gäste willkommen zu heißen. Der Offizier verabschiedete sich. Favonius breitete seine Arme aus und lächelte mit tausend Fältchen in seinem rundlichen Gesicht.

»Seid mir gegrüßt, Prasutugas, und auch Ihr, liebe Boudicca. Wir fürchteten schon, Ihr wärt verhindert. Tretet ein!« rief er in ihrer Landessprache. Er winkte sie lebhaft herein. Ein Diener schloß die Tür und nahm ihnen die nassen Umhänge ab. Favonius, der die Spannung in Prasutugas' Gesicht bemerkte, fragte voller Teilnahme. »Ich sehe, Ihr fühlt Euch nicht wohl, mein Freund. Ist es wieder der Arm? Longinus!« Der Diener verneigte sich. »Lauf und hol den Arzt.«

Dann betraten sie das Zimmer. Im Kamin, der in die Wand eingelassen war, prasselte ein Feuer. Rechts davon thronten Jupiter, Merkur, Mars und Mithras auf dem Hausaltar. Favonius war ein devoter Anhänger des Mithraskultes, zu dessen zentralen Anliegen Gerechtigkeit und Aufrichtigkeit zählten. Listen und Intrigen waren verpönt. Prasutugas hatte immer wieder hervorgehoben, welch ein Glücksfall es sei, daß die Iceni einen Mann wie Favonius hatten, der ihre Geschäfte verwaltete. Boudicca ließ sich davon kaum beeindrucken. Wieviel lieber wäre ich jetzt im Hain der Andrasta, dachte sie, als Priscilla mit leicht geröteten Wangen auf sie zugeeilt kam, eingehüllt in eine Duftwolke und eine hübsche gelbe Stola. Sie trug ihre schwarzen Haare hochgesteckt und hatte, passend zu ihrer Stola, gelbe Bänder hineingeflochten. Die goldenen Armreifen, die bei jeder Geste leise klirrten, waren sicher ein kleines Vermögen wert. Boudiccas Nasenflügel zuckten verräterisch, als Priscilla sie umarmte. Die beiden Damen hegten keine Sympathien füreinander, dennoch lächelten sie sich zur Begrüßung an. Römerinnen waren nichts weiter als hübsch anzusehende Spielzeugpuppen, dachte Boudicca abfällig, aber auch Priscilla hatte wenig Gutes über die Frauen der Barbaren zu sagen. Sie mochte deren männlich bestimmte Art nicht, wußte aber ihre Abneigung geschickt zu verbergen. Boudicca gehörte nun ausgerechnet zu jenen Barbarinnen, die ihre Versuche, den Einheimischen etwas Bildung in die Köpfe einzuhämmern, voller Spott und Hohn verlachten. Der arme Prasutugas tat ihr leid, der alle

Voraussetzungen für einen guten römischen Bürger mitbrachte, wenn, ja, wenn er sich nur aus den Fängen dieser Walküre befreien könnte. Favonius bat seine Gäste, auf dem Sofa Platz zu nehmen, und Priscilla wandte sich dankbar dem Diener zu, der abwartend in der Tür stand. »Tragt auf«, rief sie und klatschte in die Hände. Gut gelaunt und stolz strahlte sie ihre Gäste an, während der Wein in blaue Glaspokale gefüllt wurde. Draußen rüttelte der Sturm am Fenster.

»Was machen die Weinstöcke?« erkundigte sich Prasutugas. »Sind sie angegangen?«

»Sie haben neue Triebe, ja«, antwortete Favonius, »aber es wird eine Weile dauern, bis sie tragen. Wenn die Trauben dieser Ernte genauso sauer wie die vom letzten Jahr sind, gebe ich es auf, hier Wein kultivieren zu wollen. Dann züchte ich eben Rosen. Die gedeihen nämlich prächtig in diesem feuchtheißen Klima.«

»Wir lassen uns im Sommer ein Heizgewölbe einbauen«, warf Priscilla ein. »Letzten Winter wäre ich fast erfroren und Marcus hatte von Dezember bis Mai einen äußerst hartnäckigen Husten.« Sie plapperte und plapperte. Boudicca nahm einen vorsichtigen Schluck aus ihrem Pokal und setzte ihn angewidert ab. Der Wein war schon wieder mit Honig gesüßt, wie überhaupt alles an ihnen widerlich süß war, dachte sie zynisch. Dann wurde der erste Gang aufgetragen. Sie schaute auf ihren Teller und schüttelte sich innerlich. Igitt, schon wieder Austern. Warum waren die Römer nur so versessen darauf? Priscilla fuhr sich mit der Zunge genüßlich über die Lippen und griff zum Löffel.

»Was machen die Mädchen?« fragte Favonius. »Gestern sah ich Ethelind auf ihrem Pferd. Sie wächst ungeheuer schnell in letzter Zeit.«

»Aus ihr wird einmal eine prächtige Pferd-Frau werden«, antwortete Prasutugas, da er Boudiccas abweisende Haltung spürte. »Sie ist eine Naturbegabung, aber sie kennt ihre Grenzen noch nicht.«

»Marcus reitet auch schon ganz gut«, warf Priscilla stolz ein. »Er will einmal zur Kavallerie. Demnächst wird er einen Lehrer aus Rom bekommen. Ich kann ihm zwar Grammatik und etwas Geschichte beibringen, aber er ist jetzt alt genug, um sich auch mit Philosophie und Rhetorik auseinanderzusetzen. Und da muß ich leider passen.«

Philosophie! Rhetorik! Boudicca war voller Mitleid mit dem Jungen. Sie mochte Marcus, er schaute mit klaren, offenen Augen in die Welt. Dieser Junge hatte das Zeug zu einem guten Häuptling und sollte sich mit Philosophie auseinandersetzen!

Als die Teller abgetragen wurden, meldete der Diener die Ankunft des Arztes. Er wurde von Favonius liebenswürdig begrüßt. »Kommt, setzt Euch zu uns, Julius, und trinkt ein Glas Wein. Ich lasse ihn für Euch anwärmen. Und seid so gut, seht nach Prasutugas' Arm. Er hat wieder Beschwerden.«

Der Arzt erwiderte den Gruß, dann nahm er an Prasutugas' Seite Platz. Vorsichtig schlug er den leeren Ärmel der Tunika zurück und befühlte den Stumpf. Priscilla wendete den Blick ab. Der Stumpf war entzündet und sonderte eine gelbliche Flüssigkeit ab. Der Arzt schüttelte besorgt den Kopf. »Die Salbe ist nicht das Richtige, sie bewirkt keine Besserung. Wir werden noch ein Stück amputieren müssen.«

Prasutugas schlug den Ärmel mit der Hand seines gesunden Armes zurück. »Ihr habt schon einmal daran herumgehackt, und es will trotzdem nicht verheilen. Im Sommer wird es von allein besser. Gebt mit nur etwas Salbe für den Augenblick.«

»Ich lasse sie Euch heute abend noch vorbeibringen.« Der Arzt erhob sich. »Kein Wein für mich, Favonius, danke. Ich will Euer Mahl nicht stören.« Damit verneigte er sich und ging hinaus. Eine peinliche Stille entstand, dann wurde glücklicherweise der nächste Gang aufgetischt, eine Platte mit dampfendem Hammelfleisch. Der köstliche Duft von Rosmarin und Thymian verbreitete sich. »Was gibt es Neues aus dem Westen?« fragte Boudicca in die Stille hinein – lauter, als sie beabsichtigt hatte. Favonius zog erstaunt die Augenbrauen in die Höhe und warf Priscilla einen Blick zu. Was für eine Frau, dachte er, erstaunlich, wie sie unsere kleine Gesellschaft dominiert.

»Nicht viel! Einem Gerücht zufolge will der Gouverneur dieses Jahr eine Entscheidung erzwingen. Er hat alle Legionen in den

Westen abgezogen, um Caradoc und die Stämme einzukreisen, und die Forts in der Zwischenzeit mit Veteranen besetzt. Die einheimische Bevölkerung zeigt sich wenig erbaut davon, denn den Veteranen steht in solchen Fällen Land zu, das sie natürlich auch erhalten. Aber es wird den Bauern abgenommen. Scapula muß damit rechnen, daß er hier selbst einen Unruheherd gelegt hat.«

»Scapula hat schon lange aufgehört, auf irgend jemanden Rücksicht zu nehmen«, bemerkte Priscilla. »Dieser Caradoc spukt Tag und Nacht durch seinen Kopf. Er hat die Belohnung auf sechstausend Sesterzen erhöht und jeder Einheimische, der ihm Caradoc ausliefert, erhält die römische Staatsbürgerschaft.«

»Möchtest du noch etwas Wein, Priscilla?« warf Favonius schnell dazwischen. Er beugt sich über ihren Teller, um ihr selbst nachzuschenken. »Schweig, du bringst sie in Verlegenheit«, flüsterte er dabei und lehnte sich lächelnd zurück. »Geht Ihr morgen auf die Jagd, Prasutugas? Wenn ja, würde ich Euch gern begleiten. Ich will sehen, wie die Hunde sich anstellen.«

Doch so leicht war Boudicca nicht abzulenken. »Sechstausend! Potz Blitz, Rom stürzt sich in Unkosten!« Sie lachte ihr tiefes, fast maskulines Lachen. »Aber auch so viel Geld wird die Häuptlinge nicht dazu bewegen, ihren Treueschwur zu brechen. Es ist nun schon drei Jahre her, seit Scapula nach Albion kam und das Kommando über die demoralisierten Legionen übernahm. Selbst die Dobunni und die Cornovii kämpfen wieder, und Scapula hat die Situation immer noch nicht unter Kontrolle. Was für ein Mann, dieser Caradoc! Weißt du übrigens, daß ich ihn kenne, Prasutugas?«

Priscilla errötete heftig und machte Anstalten, ihre Gäste zu zerstreuen, aber Boudicca war nun nicht mehr zu bremsen. Prasutugas verneinte ihre Frage so uninteressiert wie möglich und warf ihr flehende Blicke zu, die sie bewußt ignorierte. Spöttisch verzog sie ihr Gesicht, bevor sie zum Besten gab, was niemand hören wollte.

»Ich war sechs. Mein Vater ging nach Camulodunum, um sich bei Cunobelin über irgend etwas zu beschweren, und nahm mich mit. Ich fragte Caradoc, ob ich mit ihm reiten dürfte. Er war damals noch ein Junge, aber groß und ungemein stark. Als ich ihm sagte, die Catuvellauni hätten die Römische Krankheit, lachte er lauthals.«

Prasutugas stöhnte hörbar. Favonius lehnte sich zurück und fixierte sie mit einem Blick, aus dem jedes Wohlwollen gewichen war. Ich kenne dich genau, Boudicca, dachte er. Hinter diesem Lächeln und den strahlenden Augen sitzt ein unberechenbarer Mutwille. Und deswegen haben die Iceni nicht dich, sondern Prasutugas zum Herrscher gewählt. Ja, ja, versprühe dein Gift nur, wenn es dich erleichtert. Mich ficht dein boshaftes Geschwätz jedenfalls nicht an. Die Häuptlinge wollen den Frieden, und ich bin dafür verantwortlich. Ereifere dich, solange du willst, ändern kannst du ja doch nichts. »Wie töricht von ihm, darüber zu lachen«, bemerkte er beherrscht. »Ihr müßt doch zugeben, Boudicca, daß unter seiner Herrschaft die Catuvellauni in ihr Verderben rannten.«

»Als ein Tuath ja, aber nicht als freies Volk. Für Euch mag er nichts weiter als ein zerlumpter Geächteter sein; für den ganzen Westen ist er der Arviragus, der Befreier.«

»Befreier? Wovon? Seine Krieger sterben wie die Fliegen! Sie verhungern, sie fallen im Kampf. Ein Wort von ihm würde genügen, um aller Not ein Ende zu bereiten. Sie könnten nach Hause gehen und in Frieden leben. Ich sage, er ist ein gewissenloser Mörder.«

»Der Frieden, der Euch vorschwebt, ist ein Frieden für die Toten«, erwiderte Boudicca leise. »Ich sollte mich für meine Unhöflichkeit entschuldigen, Favonius«, fuhr sie scheinbar einlenkend fort, warf ihm jedoch einen unerbittlichen Blick zu. »Aber mittlerweile kennt Ihr mich gut genug, um zu wissen, daß ich nicht hiersitzen und meine Prinzipien unter den Tisch lächeln werde. Scapula überschreitet seine Kompetenzen. Sein Auftrag lautet, hier zu regieren. Statt dessen mobilisiert er sämtliche Legionen und macht mit ihnen Jagd auf einen einzigen Mann. Was hat ein solcher Wahnsinn mit dem Frieden und Wohlstand einer neuen Provinz zu tun?«

Favonius winkte dem Bediensteten zu. »Den nächsten Gang«, befahl er knapp. »Boudicca, die Antwort ist doch so offensichtlich.

Wenn Caradoc gefangen ist, bricht die Widerstandsbewegung zusammen, ein für allemal. Erst dann wird es möglich sein, hier wirkliche Aufbauarbeit zu leisten, damit die Bevölkerung langsam in ein normales Leben zurückgeführt werden kann.«

Boudicca schüttelte ihren Kopf heftig. »Aber, nein, Favonius, die Menschen hier wollen Euren Frieden und Eure Kultur nicht. Sie wollen ihre Freiheit, sie wollen selbst bestimmen, wie sie leben, so wie es früher der Fall war.«

Wieder entstand eine ungemütliche Stille bei Tisch. Jedesmal, wenn die beiden zu Besuch waren, gab es dieselben, hitzigen Meinungsverschiedenheiten, aber heute abend spürte Favonius eine Unsicherheit an ihr – hörte er Angst aus ihren Worten? Scapula machte eine letzte, verzweifelte Anstrengung, um dem Tauziehen ein Ende zu bereiten. Aus diesem Grund hatte er seine bisherige Taktik geändert. An der Küste der Siluren landeten nun täglich die Schiffe der Classis Britannica, und die Soldaten schwärmten in die Berge aus, um sie gründlich zu durchkämmen, während alle verfügbaren Legionäre sich im Gebiet der Dobunni sammelten, um die Rebellen einzukreisen. Scapulas Ruf, seine Ehre und seine Zukunft hingen vom Erfolg dieses Unternehmens ab. Er mußte Caradoc einfach in die Hände bekommen, nur deswegen spitzten sich die Ereignisse jetzt so zu. Auch Boudicca kannte diese Zusammenhänge, und er hoffte um ihretwillen, daß sie nicht noch einmal versuchen würde, die Rebellen zu unterstützen wie vor zwei Jahren, als Scapula die Entwaffnung der Einheimischen angeordnet hatte. Damals plante er seinen ersten Schlag gegen Caradoc, und da er alle verfügbaren Soldaten brauchte, konnte er nur wenige zur Bewachung der Garnison zurücklassen. Prompt hatten Boudiccas Häuptlinge einen Aufstand angezettelt, den sie unterstützte, auch wenn sie offiziell gar nichts damit zu tun hatte. Er wurde schnell niedergeschlagen, Prasutugas bedauerte den Vorfall, und Rom zeigte sich von seiner gnädigen Seite. Boudicca konnte sich jedoch einfach nicht damit abfinden. Eigentlich bewunderte er sie ja sogar, denn sie war eine starke Frau von stolzer, wilder Schönheit, aber er sah auch ihre Unzuverlässigkeit und ihre boshafte Ader, und für heute abend hatte er genug davon. Er wußte, wie er sie zum Schweigen bringen würde.

»Wir konnten wieder einen von Caradocs Spionen fangen«, erzählte er in beiläufigem Tonfall. »Er wurde die ganze Nacht über verhört, aber er wollte absolut nichts verraten. Heute morgen wurde er exekutiert.«

Boudicca schwieg. Nur ihr heftiger Atem verriet ihm ihr Entsetzen. Er vermied es, sie anzusehen.

»Und woher wußtet Ihr, daß es sich um einen Spion handelt?« fragte Prasutugas vorsichtig und alarmiert.

»Weil er mich anlog. Er behauptete, ein reisender Künstler zu sein, der hier eine Weile sein Handwerk ausüben wolle. Aber sein ganzer Körper war mit Narben übersät. Künstler kämpfen nicht. Schade, er war ein gutaussehender junger Mann.«

»Künstler kämpften schon immer, wie jeder andere auch, ehe die Römer kamen und behaupteten, der Kampf sei nichts für sie.« Sie schob ihren Teller fort und stand erhitzt auf. »Wie viele Unschuldige habt Ihr schon exekutiert, Favonius?«

»Nicht so viele, wie Ihr gerne glauben möchtet, Boudicca«, gab er gefährlich ruhig zur Antwort. »Und dieser junge Mann war nicht unschuldig. Bevor er durch das Schwert starb, rief er noch einmal ›Freiheit!‹, so laut er konnte.«

Priscilla war am Ende ihrer Geduld. »Das Essen war ausgezeichnet, aber ich bin nicht willens, Eure ewigen Streitereien noch länger zu ertragen. Wir wollen uns ans Feuer setzen und nur noch über das Wetter sprechen.«

Boudicca rang sich ein Lächeln ab, das Favonius zum ersten Mal spontan erwiderte. »Vergebt mir, Priscilla. Ihr wißt, ich liebe es, zu streiten. Werdet Ihr mich trotzdem wieder einladen? Und sagt, wollt Ihr Marcus nicht vorsichtshalber nach Rom schicken, wenn das Heizgewölbe nicht rechtzeitig fertig wird?« Sie ließ sich auf die Felle am Feuer nieder und Priscilla sprach dankbar von anderen Dingen. Prasutugas ließ sich Wein nachfüllen und lenkte das Gespräch auf die Jagd und seine Hunde.

Als die Gäste gegangen waren, seufzte Priscilla erleichtert auf. »Sie ist eine schreckliche Frau, Favonius! Man sollte annehmen, daß sie in der Zwischenzeit ein paar Manieren gelernt hätte. Und ihre Stimme erst, wie ein Reibeisen! Sieht sie nicht schon wie eine alte Frau aus? Dabei kann sie gar nicht älter als dreiundzwanzig, höchstens vierundzwanzig Jahre sein. Es nimmt einen wahrlich nicht wunder, daß der arme Prasutugas so still und zurückhaltend ist.«

Favonius schaute nachdenklich durch sie hindurch. »Sie ist dreiundzwanzig. Sie hat in zwölf Schlachten gekämpft und fünf Krieger getötet. Wir haben ihr Reich an uns gerissen und es ihr unmöglich gemacht, so weiterzuleben wie bisher. Findest du nicht, meine Liebe, daß diese Amazone etwas Rührendes an sich hat, wenn sie zu deinen Füßen sitzt und dir lauscht, wenn du erzählst, wie die Melonen und dein Sohn gedeihen?«

»Ich habe nur versucht, meine Pflichten als Gastgeberin zu erfüllen. Wenn sie zu Besuch sind, fürchte ich jedesmal, ihr könntet im Streit übereinander herfallen. Trotzdem lade ich sie immer wieder ein, weil du es willst, Favonius.«

Reuevoll küßte er sie auf den Nacken. »Verzeih, Liebling. Aber du weißt, wie wichtig es ist, die Verbindung mit ihnen aufrechtzuerhalten.«

Sie entzog sich ihm trotzig. »Das ist nur die halbe Wahrheit. Gib zu, daß du sie magst.«

Favonius schmunzelte über ihren Ärger, ihre vor Zorn und Eifersucht wippenden gelben Haarschleifen. »Ja«, sagte er, »ich mag sie. Und jetzt komm ins Bett.«

Boudicca legte den Umhang ab und ließ sich in den Sessel fallen. »Tut mir leid, Prasutugas. Ich habe mich doch wieder daneben benommen«, brachte sie entschuldigend heraus. »Dabei hatte ich doch versprochen, höflich zu sein.« Sie gähnte und streckte sich. Prasutugas ging mit unsicheren Schritten zum Feuer. Der Wein war ihm zu Kopf gestiegen.

»Es macht nichts, Boudicca. Favonius ist tolerant. Ich glaube, deine feurigen Reden amüsieren ihn.«

»Ha! So wie ein Tanzbär in Ketten ihn amüsieren würde, nehme ich an!« rief sie empört.

»Du bist ungerecht, Boudicca. Die Zeiten haben sich geändert. Es ist nicht mehr so wie früher, wo dein Vater dir zum Frühstück Stolz und Haß gegen Rom aufs Brot legte. Favonius setzt sich für uns ein. Ich mag ihn.«

»Irgendwie ist er ja auch ganz nett. Aber dann sitze ich im

Versammlungshaus, und was sehe ich? Die Gallier sind wie die Römer, die Pannonier sind wie die Römer, sogar die Mauren sind zu Römern geworden. Die ganze Welt wird zu einer einzigen römischen Provinz, an deren Spitze Männer stehen, die im gleichen Atemzug von Frieden und Wohlstand sowie von Greueltaten und Auslöschung reden. Sehr richtig, die Zeiten haben sich geändert, und ich sehne mich mehr denn je nach der alten Zeit.«

Prasutugas wischte sich den Schweiß von der Stirn. »Der Tuath hat mich zum Ri gewählt, weil er Frieden mit Rom und Schutz vor den Übergriffen der Catuvellauni wollte, Boudicca. Du bist unfähig, den Tuath so zu sehen, wie er ist. Du siehst ihn so, wie du ihn gern haben möchtest, deswegen stehst du auch allein da. Und nun laß mich bitte schlafen.«

Boudicca schwieg, aber ihre Gedanken arbeiteten weiter. Sie dachte an ihre zweite Begegnung mit Caradoc, vor drei Jahren, als in Camulodunum der weiße Marmortempel des Claudius eingeweiht wurde, ein Anlaß, zu dem alle Häuptlinge Albions eingeladen worden waren.

Manche waren murrend gekommen – so wie Boudicca – denn obwohl die Teilnahme natürlich freiwillig war, wußte gleichwohl jeder Geladene, daß ein Nein nicht akzeptiert wurde. Andere kamen gern und amüsierten sich – so wie Aricia, diese brigantische Hure, die, mit ihrem bedauernswerten Gemahl im Schlepptau, an jeder Feierlichkeit teilnahm. Colchester, so hieß Camulodunum nun, war eine pulsierende römische Stadt geworden. Prasutugas und sie sahen sich den Tempel an, in dessen Zentrum eine ehrfurchteinflößende, goldene Statue des Kaisers thronte. Sie hatten Plautius gesehen, der sich in Gedanken allerdings schon auf der Heimreise befand.

Die Zeremonien dauerten mehrere Stunden und blieben für die Einheimischen ziemlich unverständlich. Nicht nur Boudicca atmete erleichtert auf, als sie wieder in die gleißende Sonne hinaus durften. Am Fuß der strahlend weißen Treppenflucht, die zum Tempel hinaufführte, hatte sich eine bunte Menge eingefunden, fahrendes Volk, Künstler, Gaukler, Bettler und Barden. Boudicca wollte eben die Treppen hinuntersteigen, als sie ihn in der Menge wahrnahm. Er trug eine schäbige braune Tunika und einen ebensolchen Umhang. Mit jeder Stufe näherte sie sich ihm, aber er hatte sie noch nicht gesehen. Dann gab es ein Gestoße und Gedränge, als sei Claudius höchstpersönlich anwesend, und sie mußte stehenbleiben. In diesem Augenblick erkannte er sie. Kurz flackerte Furcht vor der Entdeckung in seinen Augen auf, doch dann lächelte er, verächtlich. Er sah in ihr ja nichts weiter als die hübsche, wohlbehütete Gemahlin des romanisierten Prasutugas, sah nicht die Botschaft, die ihre Augen ihm übermitteln wollten. Du bist nicht allein, Caradoc, gib nicht auf, dachte sie mit schmerzlicher Intensität und schaute ihn unverwandt an. Nein, er spuckte auf die Erde und wandte sich ab. Seine Verachtung traf sie bis ins Mark, und sie stand wie angewurzelt, doch hinter ihr drängte Prasutugas, sie solle weitergehen.

»Plautius kommt«, flüsterte er. Dann trat der Statthalter ins Freie, begleitet von seiner catuvellaunischen Geliebten. Boudicca sah ein letztes Mal in Caradocs Gesicht, der nur noch Augen für seine Schwester hatte. Dann drehte er sich abrupt um und verschwand in der Menge.

Die Schmach der Begegnung brannte seither unvermindert in ihrer Erinnerung. Aber jetzt hast du mir hoffentlich vergeben, Arviragus, flehte sie still. Du mußt doch erfahren haben, daß ich deine Spione beschütze und schon viele vor der Entdeckung bewahrt habe, daß ich heimlich Waffen verstecke und allein im Hain der Andrasta Opfer für dich darbringe. Schere mich doch nicht über denselben Kamm mit dieser schwarzen Hexe! Voller Schadenfreude dachte sie daran, daß Aricias ungetrübtes Verhältnis zu Rom seit einiger Zeit nicht mehr so unbelastet war. Vor zwei Jahren hatte der geplagte Venutius seine Gemahlin verstoßen, ihren Liebhaber zu blutigem Brei geprügelt und war dann mit seinen Häuptlingen in den Westen geeilt. Drei Monate kämpfte er an Caradocs Seite, dann fraß die Begierde nach dieser Hexe ihn auf. Caradoc ließ ihn ziehen, und Venutius kehrte zu ihr zurück. Wenigstens hatte er genug Ehrgefühl im Leib, um nicht reumütig wieder in ihr Bett zu kriechen. Er belagerte die Stadt und besiegte Aricias Häuptlinge, die sie ihm entgegenschickte. Erst als Scapula, reichlich verwirrt über die sonderbaren Umstände, ihr zu Hilfe eilte, gab Venutius auf. Er und Aricia feierten ihre Versöhnung und entflammten erneut in Leidenschaft füreinander, wenigstens für kurze Zeit. Doch da dies das einzige Standbein ihrer Beziehung war, hatte der Tuath schon bald darauf wieder unter den bekannten Streitigkeiten des ungleichen Herrscherpaares zu leiden.

Venutius tat ihr leid. Boudicca fand, daß er in seinem Innersten ein Ehrenmann war, aber ebensosehr war er seiner machthungrigen Gemahlin verfallen, deren vielschichtige Persönlichkeit ihn schlichtweg überforderte. Er war ihr ebenso verfallen, wie er an seinen Göttern festhielt und für sein Volk einstand.

Dann mobilisierte Scapula seine Streitkräfte im Tiefland. Venutius wußte, daß Caradoc seiner bedurft hätte, und sein schlechtes Gewissen trieb ihn um, aber er war in seinem eigenen Netz gefangen. Er glich nun einer Marionette, die dem Willen eines anderen folgte, obwohl die Hilferufe seiner belagerten Landsleute laut in seinen Ohren hallten.

Der Regen hatte aufgehört, und Boudicca fiel in einen leichten Halbschlaf.

21

Llyn hörte sie als erster. Er legte sich flach hin und preßte sein Ohr auf das Gras. Caradocs erschöpfte Männer verhielten sich ruhig. Die ganze Nacht über hatten sie auf der Lauer gelegen und auf die Zwanzigste Legion gewartet. Erst nach Mitternacht war sie endlich vorbeigekommen. Caradocs Männer hatten sich von den Bäumen herab auf die Vorhut gestürzt und ihr den Garaus gemacht, bevor die eigentlichen Truppen herankamen, dann waren sie wie die Schatten wieder zwischen den Bäumen verschwunden.

Der Gedanke an Scapulas Wut bei der grausigen Entdeckung erfüllte Caradoc mit Befriedigung. Ein paar Meilen weiter flußaufwärts legten sie sich erneut auf die Lauer, obwohl sie sich nur noch mit Mühe wachhalten konnten. Caradocs Gedanken wanderten zu Emrys, Gervase und Sine, die irgendwo ganz im Norden ebenfalls den Römern auflauerten. Scapula hatte überraschend seine Taktik geändert und wollte zweifellos einen weiteren Vorstoß gegen die Rebellen unternehmen. Die Jäger schlichen sich an, und die Gejagten schärften ihre Sinne. Schon seit einiger Zeit merkte Caradoc, daß der Westen ihm langsam, aber sicher entglitt. Die Siluren hatten ihren Küstenstreifen und ihr fruchtbares Stammland in den Tälern verloren. Die Römer hatten dort unverzüglich ihre Forts errichtet, und Caradoc sah sich gezwungen, mit den Siluren weiter in die Berge zurückzuweichen. Madocs Tuath litt besonders unter römischen Repressalien, da er Caradocs Rückhalt, seine größte Stütze darstellte.

Eurgain und ihre Schwert-Frauen sorgten dafür, daß es nie an römischen Gefangenen mangelte, die der Göttin geopfert wurden. Sie alle stumpften dem Tod gegenüber ab, sogar Llyn dachte keine Sekunde mehr über seine Opfer nach – oder jedenfalls nicht länger, als er über die Mädchen und Frauen nachdachte, die nichts dagegen hatten, in den Armen des gutaussehenden Sohnes ihres Anführers zu liegen. Überleben hieß die neue Lebensregel, und das bedeutete, zu töten. Caelte dagegen schien unberührt von allem und ließ zu keiner Zeit von seiner Musik und seiner Poesie ab. Da Caradoc ihn nicht mehr rief, um die alten Lieder zu singen, sang und summte er sie für sich selbst. Die einzigen Lieder, die am Lagerfeuer gesungen wurden, handelten vom Tod und der kommenden Freiheit, für die sie täglich ihr Leben aufs Spiel setzten.

Llyn richtete sich auf. »Ungefähr zweihundert Mann, etwa eineinhalb Kilometer von hier. Sie führen Karren mit sich«, sagte er heiser. »Warum haben sie nur so lange gebraucht?«

Caradoc zog seinen Umhang fester um die Schultern. Llyn war sechzehn. In den braunen Augen seines Sohnes spiegelte sich Togs Unternehmungslust. Auch sonst glich er seinem Onkel in mancherlei Hinsicht, während der unnachgiebige, schlaue Zug um den Mund an Cunobelin erinnerte. Seine beherrschte, sachliche Art schließlich wies ihn als Caradocs Sohn aus.

»Was macht das schon«, erwiderte er knapp. »So oder so spielen sie uns in die Hände. Gehen wir in Deckung.« Sie drückten sich unauffällig ins Gebüsch, wo sie sich in ihren grauen und braunen Umhängen kaum von der Umgebung abhoben – eine Maßnahme, die Caradoc vor einiger Zeit ergriffen hatte, weil die bunten Gewänder sie allzu leicht verrieten. »Wo ist Eurgain?« zischte er und blickte sich beunruhigt um. Dabei begegnete er Cins grünen Augen, die ihn kühl anblickten...

»Sie und Vida halten sich weiter hinten versteckt, um die abzufangen, die uns entkommen.« Nach kurzem Zögern sprach er weiter. »Herr, wir müssen uns aus diesem Gebiet zurückziehen. Dies ist unser vierter Überfall in einer Woche, und wir haben zu viele Männer verloren. Wenn wir noch länger hierbleiben, wird sich die Vierzehnte mit der Zwanzigsten vereinen, und wir sitzen in der Falle.«

»Das weiß ich. Aber wenn wir in den Norden zurückweichen, verlieren wir das ganze Gebiet der Siluren.«

»Emrys macht seine Sache hervorragend«, warf Llyn dazwischen, »wir können noch eine Kampfsaison hier durchhalten.«

Cinnamus blieb bei seinen Einwänden. »Wenn sie uns von den anderen abschneiden, bedeutet das unser sicheres Ende. Wir sollten Emrys unterstützen. Die Römer wagen sich nicht in die Berge. Große Göttin, ich hege wirklich keine Sympathien für die Ordovicen, aber wenigstens konnten sie bisher ihr Gebiet halten. Außerdem gibt es von dort Pässe ins Gebiet der Cornovii und nach Brigantes. Wenn es zum Schlimmsten käme, könnten wir immer noch Venutius um Schutz bitten.«

»Venutius ist unzuverlässig«, fiel Caradoc ihm ins Wort. »Wir müßten zuerst Aricia umbringen, wenn wir wirklich vorhätten, von Brigantes aus zu kämpfen.«

Cinnamus grunzte zufrieden. »Ein wirklich hervorragender Gedanke, Arviragus! Ihr hättet den Spionen schon längst den Befehl dazu geben sollen.«

»Still«, zischte Llyn und lauschte. »Sie sind da.«

Die Rebellen hefteten ihre Augen auf die Straße. Bereits vor einer Stunde war der Kern der Truppe vorbeigekommen, aber sie wollten sich die Gelegenheit nicht entgehen lassen, die gut bestückten Proviantkarren der Legion zu erbeuten. Ihre Versorgungslage war seit dem Verlust vieler fruchtbarer Täler prekär geworden.

»Fertig zum Angriff!« befahl Caradoc, und der Befehl wurde weitergegeben. Die ächzenden Karren kamen in Sicht, eskortiert von einer Abteilung berittener Soldaten. Die Soldaten sahen sich unruhig um, als fürchteten sie sich. Um so besser, dachte Caradoc und beobachtete sie angestrengt. Erst als er sicher sein konnte, daß auch die letzten Legionäre um die Wegbiegung gekommen waren und daß ihnen keine Nachhut folgte, gab er das Zeichen zum Angriff. »Freiheit für Albion!« brüllte er, und sie stürzten sich mit hocherhobenen Schwertern auf den Feind. »Freiheit für Albion!« schrien auch die Häuptlinge, während die Römer in aller Eile versuchten, ihre Kampfreihen zu bilden. »Llyn, du nimmst die Karren!« rief Caradoc, dann stürzte er sich mit Madoc und Cinnamus ins Getümmel. Die Soldaten leisteten erbitterten Widerstand, wußten sie doch, daß die Rebellen niemanden schonten. Es galt, sofort eine geschlossene Kampflinie zu formieren, sich mit den Schilden abzudecken und mit den kurzen Schwertern blitzschnell zuzustechen. Jedes Zögern bedeutete den sicheren Tod. Caradoc und seine Männer jedoch bemühten sich, die Römer auseinanderzuhalten, denn im Einzelkampf waren sie schwächer. Diese Abteilung war ihnen zahlenmäßig allerdings haushoch überlegen. Minutenlang stand der Kampf unentschieden, kostbare Minuten, die Llyn brauchte, um die Proviantkarren in Windeseile zu entladen. Seine Krieger bildeten eine Kette, und Sack um Sack wanderte die Böschung hinauf. »Llyn, die Frauen!« rief Caradoc, als er sah, daß sie allein nicht zurechtkommen würden. Sie waren einfach zu müde.

Llyn sprang auf ein herrenloses Pferd und preschte los. Nach wenigen Minuten bereits kamen Eurgain, Vida und die Kampftruppe der Schwert-Frauen in wildem Galopp um die Wegbiegung. Frisch und kampflustig griffen sie in die Schlacht ein, und die Römer wußten, daß sie keine Chance mehr hatten. Die Rebellen schöpften sofort neuen Mut und hieben entschlossen auf den Gegner ein. Als die Sonne aufging, kippten Caradocs Männer die Karren auf die Seite und stapelten die Toten darauf. Dann gab er das Zeichen zum Rückzug, und nach wenigen Minuten lag der Ort verlassen in der strahlenden Morgensonne. Bald würde ein Kundschafter der Kerntruppe auftauchen, um nach dem fehlenden Provianttrupp zu sehen, und bis dahin mußten sie möglichst viele Kilometer zurückgelegt haben.

»Was ist mit den Pferden?« fragte Llyn. Caradoc überlegte.

Einerseits waren sie eine gute Beute, andererseits würden sie in den Bergen ihren Rückzug nur behindern. »Wir können das Fleisch gut gebrauchen«, drängte Llyn, und Caradoc gab nach.

»Gut. Du kümmerst dich mit deinen Häuptlingen darum. Beeilt euch!« Er drehte sich um und sah Eurgain etwas abseits vom Weg auf der Erde kauern. Sie hielt sich ihr Bein und sah leichenblaß aus. Besorgt eilte er zu ihr. »Eurgain, du bist ja verletzt!« Er kniete nieder, schlug die Tunika zurück und zerschnitt den Stoff der Reithose mit dem Messer, um an die Verletzung zu gelangen. Sie hatte eine tiefe Schnittwunde davongetragen, die stark blutete und ihr große Schmerzen bereiten mußte, denn als er sie vorsichtig untersuchte, stöhnte sie leise. »Es ist nichts Ernstes«, murmelte er beruhigend, schnitt ein paar Stoffstreifen aus seinem Umhang und legte ihr einen festen Verband an. »Aber es ist deine dritte Verwundung in zwei Monaten. Du wirst achtlos, meine Liebe.« Aus seinen unpersönlich klingenden Worten sprach tiefste Besorgnis.

»Wir sind alle mit unserer Kraft am Ende, Caradoc. Wenn du dieses Tempo aufrechterhalten willst, wirst du mehr Verluste durch pure Erschöpfung als durch den Feind hinnehmen müssen.«

Er hat den Verband befestigt. »Im Lager muß Bran sich darum kümmern. Kannst du gehen?« fragte er.

»Ich will es versuchen«, murmelte sie schwach. Sie stand auf, belastete das verwundete Bein ein wenig und verzog das Gesicht. Er rief einen von Llyns Häuptlingen heran. »Bringt ein Pferd für meine Gemahlin«, befahl er, und an Eurgain gewandt, »du reitest besser mit Llyn. Wie viele Frauen sind gefallen?«

»Fünf, vielleicht mehr. Caradoc . . .«

»Jetzt nicht, Eurgain«, bat er gequält. »Ich weiß, was du sagen willst. Wer sollte es besser wissen als ich? Jede Entscheidung, die ich treffe, kostet Menschenleben. Ich bitte dich, schweig.«

»Ich schweige, denn ich liebe dich«, gab sie leise zurück, und ein zärtliches Lächeln leuchtete in seinen ernsten Augen auf. »Und ich bin ebenso wie deine Männer bereit, für dich zu sterben.«

»Großer Camulos! Sprich nicht davon!« Er half ihr auf das bereitstehende Pferd und lief wieder zu den Männern hinüber, während sie die Zügel ergriff und auf Llyns Zeichen zum Aufbruch wartete. Sie sah Caradoc nach. Trotz der knurrigen Worte, mit denen er sie meistens bedachte, wußte sie, daß seine Liebe zu ihr ihm eine zusätzliche Last bedeutete, da er sich ihretwegen ständig sorgte. Niemand durfte ein Wort gegen sie richten. Sie und seine Kinder waren alles, was ihm geblieben war, und sie zu verlieren hätte für ihn das Ende bedeutet. Aber zum Glück gab es noch Cinnamus, der sie wie in den alten Tagen neckte, jagte und mit ihr stritt, ohne daß Caradoc es ihm übelnahm, denn sein Herz hing auch an ihm und Caelte. Er vertraute ihrem Urteil, und ihre Meinung war ihm wichtiger als die von Madoc oder Emrys.

Die Rebellen brachen auf. Caradoc galoppierte nachdenklich an Cins Seite. Neue Entscheidungen waren nötig, und er würde die Versammlung einberufen. Bald hatte der tiefe Wald sie verschluckt.

Gut in einer Talsenke versteckt lag das Lager der Rebellen, wo Bran, Caelte und die Mädchen bereits auf sie warteten. Die Männer begleiteten den Druiden zu einem Bach in der Nähe des Lagers und warfen die erbeuteten Waffen der Römer als Opfer für die Göttin hinein, bevor sie sich ans Feuer setzten, um etwas zu essen.

Eine Stunde später traf Llyn mit den Pferden ein. Eurgain humpelte sogleich in ihr Zelt, und Bran eilte zu ihr, um die Wunde zu versorgen. Caelte lehnte mit dem Rücken an einem Baum, summte selbstvergessen eine Melodie und zupfte seine kleine Harfe dazu. Die Mädchen jagten sich mit ihren Holzschwertern, und Caradoc beobachtete sie schweigend. Eurgain zählte fünfzehn, Gladys vierzehn Jahre, zwei ungezügelte Mädchen, zu deren Alltag weder Freier noch Jagd gehörten, sondern Kampf und Tod. Bald waren sie alt genug, um ihre Kräfte mit den anderen Schwert-Frauen zu messen, die in Eurgains Truppe kämpften und starben. Er setzte sich auf und zog sein Schwert aus der Scheide. »Cin!« rief er, »gib Gladys dein Schwert. Eurgain, komm zu mir.« Die Mädchen kamen schnaufend angerannt. Eurgain ergriff sein Schwert mit hochrotem Kopf, Gladys packte Cins Schwert und wog es in beiden Händen. Im nächsten Augenblick erklang das Klirren von Eisen auf Eisen. Cinnamus sprang auf und umrundete die beiden Kämpferinnen mit kritischem Blick.

»Gladys, nimm die Füße weiter auseinander. Und du, Eurgain, schau auf die Augen, nicht aufs Schwert, sonst bist du tot, ehe du deinen ersten Hieb geführt hast.«

Sie kämpften nicht ungeschickt, waren jedoch noch lange kein Gegenüber für einen geübten Kämpfer, zumal das Gewicht der Schilde ein übriges tat, um sie zu verunsichern. Caradoc erhob sich und schlenderte zum Zelt.

Eurgain lag auf ihren Decken. »Wie geht es deinem Bein?« fragte er fürsorglich und warf seinen Umhang auf die Erde. Sie lächelte ihn an.

»Bran hat eine Kräuterpackung gemacht. Die Wunde schließt sich bereits. Das Bein wird allerdings ein paar Tage steif sein. Morgen müßt ihr auf mich verzichten.«

»Morgen wird niemand kämpfen. Ich habe beschlossen, daß wir in den Norden ziehen. Meinetwegen soll Scapula dieses Terrain hier haben.«

»Er ist nicht daran interessiert, Land zu gewinnen. Dich will er fangen.«

Caradoc grinste spitzbübisch. »Emrys würde sagen, ich *bin* das Land. Wir werden im Norden eine neue Front eröffnen, Eurgain, mit Fluchtwegen nach Brigantes und in einsame Bergtäler. Wir werden dann näher an Mona und den Nachschubwegen sein.«

»Aber dort werden wir auf die Zwanzigste und die Vierzehnte treffen, und bislang hatten wir wenig mit ihnen zu tun. Aber natürlich hast du das bedacht. Wenn wir hierbleiben, werden wir über kurz oder lang eingekreist.«

»Scapula wird sich an den Ordovicen und ihren Bergen die Zähne ausbeißen«, antwortete er zuversichtlich. »Wir halten den Westen immerhin schon seit fünf Jahren. Fünf Jahre, Eurgain! Wenn wir noch ein, zwei Jahre durchhalten, wird Rom die Grenzen, die Plautius gezogen hat, anerkennen, und wir sind frei.«

Sie lehnte sich zurück. »Ich denke jedenfalls nur an dich, Caradoc«, sagte sie zärtlich. »Solange wir zusammen sind, ist es mir egal, wo wir kämpfen und ob wir leben oder morgen schon sterben.«

Er vergrub sein Gesicht in ihrem duftenden Haar, streifte Tunika und Hose ab und zog sie fest an sich. Er spürte ihre warmen Hände, die seinen Rücken liebkosend streichelten und überließ sich dem Zauber, den sie immer wieder auf ihn ausübte. Sie gibt mir Kraft, sie erfrischt mich wie ein kühler Sommerregen die ausgedörrte Erde. Eurgain! Er öffnete ihren Umhang und blickte auf ihren ihm so wohlbekannten Körper, der, wie sein eigener, mit Narben übersät und dennoch begehrenswert war. Der harte Ausdruck wich aus seinen Augen, wenn er sie betrachtete.

»Und wenn die ganze Welt vom Feuer des Krieges verzehrt wird, so bin ich zufrieden, solange es irgendwo eine verschwiegene Ecke gibt, in der wir beieinander liegen können, Arviragus«, flüsterte sie. Er nahm ihr schmales Gesicht zärtlich in seine Hände; ihre blauen Augen blitzten ihn schelmisch und verlangend zugleich an. Ein Schatten erschien in der Zeltöffnung und räusperte sich.

»Eben ist eine Abordnung der Ordovicen eingetroffen, Caradoc«, meldete Cinnamus. »Emrys gerät zunehmend unter Druck. Wir sollen heute noch aufbrechen.«

Caradoc seufzte. »Die Gesandten sollen sich stärken und noch eine Weile gedulden. Sag ihnen, ich wäre in einer wichtigen Angelegenheit beschäftigt.«

Cinnamus verschwand leise kichernd. Eurgain zog Caradoc ungestüm zu sich aufs Lager. »Wirklich, was könnte wichtiger sein?« murmelte sie.

Caradoc grinste. »Nichts, absolut nichts, mein Liebes.«

Die Botschaft der Ordovicen war besorgniserregend. Früher als erwartet hatten die Vierzehnte und die Zwanzigste Legion ihre Streitmächte vereint, um nun in einer konzertierten Aktion gegen die Rebellen vorzugehen. Scapula, der auch nicht einen Tag unnötig verschwenden wollte, hatte Colchester verlassen und befand sich bei den Legionen. Im Augenblick zählte der Gegner fünfzehntausend Mann. Caradoc rechnete blitzschnell. Die Widerstandsbewegung unter den Iceni, in Brigantes und den Trinovanten war nicht tragfähig genug, um die einmalige Chance wahrzunehmen, Scapula in den Rücken zu fallen, während er die Legionen im Westen zusammenzog. Er umfaßte das magische Ei, das an seinem Hals hing und beruhigte sich sofort. »Wir werden mitkommen«, antwortete er gefaßt. Dann sprach er zu seinen

Häuptlingen: »Madoc, Cinnamus, Llyn, das Lager wird abgebrochen. Laßt nichts außer der Asche übrig.«

Im Handumdrehen herrschte Aufbruchstimmung. Eurgain kam neugierig aus dem Zelt gehumpelt. »Dann ist es also an der Zeit, die Demetae zu mobilisieren«, meinte sie, aber Caradoc schüttelte den Kopf.

»Noch nicht. Vorläufig brauche ich sie noch, um die Küstenpatrouillen zu beschäftigen. Scapula will mir in den Rücken fallen, aber er wird eine böse Überraschung erleben. Die Demetae schwimmen wie die Fische und kämpfen zu Wasser so gut wie an Land. Scapulas nervöses Magenleiden wird von alledem nicht besser werden. Geh und sammle deine Schwert-Frauen, Eurgain. Wir brechen auf.«

Sie hinkte davon, und Caradoc lauschte dem Treiben in einer seltsam losgelösten Stimmung. Wieder einmal hieß es, von einem Fluchtwinkel Abschied zu nehmen, der, wenigstens für eine kleine Weile, ihr Zuhause geworden war.

Trotz seiner fieberhaften Bemühungen gelang es Scapula in diesem Sommer nicht, Caradocs habhaft zu werden. Ordovicen, Siluren und Demetae lähmten seinen Vormarsch. Sie zwangen ihn zu langen, schwierigen Verfolgungsmärschen, nur um sich dann in irgendeiner unwirtlichen Gegend ihrer verruchten Heimat gleichsam in Luft aufzulösen, ihm unerwartet in den Rücken zu fallen und so hohe Verluste beizubringen. Wochenlang plagte ihn sein Magenleiden, an Schlaf war kaum zu denken. Er mußte zusehen, wie seine Soldaten sich in unwegsamen Schluchten und Wäldern verirrten und von den reißenden Gebirgsbächen samt Ausrüstung davongespült wurden. In den Nächten heulten die verdammten Wölfe, und jeden Morgen brachte ihm sein Sekretär Nachricht von fehlenden Wachen, enthaupteten Soldaten und Pferden, die mit durchschnittenen Kehlen aufgefunden worden waren. Es gelang ihm nicht einmal, Bauern zu fangen, um irgendwelche Informationen aus ihnen herauszuprügeln. Dieses Albion war ein Land der Gespenster. Dennoch war der Sommer nicht vollkommen verloren, da sie mittlerweile jeden Pfad, jede Lichtung, jede Schlucht kannten. Vermesser und Kartographen fertigten genaue Karten an, in die Wege und Dörfer eingetragen wurden, die für die Errichtung neuer Forts strategisch günstig lagen.

Als die Tage wieder kürzer und kühler wurden, seufzten Römer und Rebellen gleichermaßen erleichtert auf. Caradoc, Madoc und Emrys machten sich daran, eine neue Strategie für die kommenden Wintermonate auszuklügeln. Dann setzten auch schon die ersten Nachtfröste ein, aber Scapula machte keine Anstalten, seine Aktionen einzustellen. Wenn er jetzt ins Winterlager ginge, würde er den Rebellen die Möglichkeit geben, sich den Südwesten zurückzuholen. Wenn er blieb, hatten seine Männer nicht nur mit den gespenstischen Häuptlingen, sondern auch mit dem Wetter und dem Gelände zu kämpfen.

Über diesem verdammten Land hing wirklich irgendein geheimnisvoller Zauber. Er spürte ihn, wohin er sich auch wendete, ja, es schien geradezu unmöglich, sich ihm zu entziehen. Er schläferte die Reaktionen seiner Soldaten ein und schwächte das sonst so scharfe Urteilsvermögen der Offiziere. Aus Rom gingen nun immer häufiger Anfragen eines ungeduldig werdenden Claudius ein. Es müsse viel zuviel Geld in die neue Provinz gepumpt werden, und die Verluste seien zu hoch. Warum, so wünschte der Kaiser zu wissen, hatte er diesem Barbaren Caradoc nicht schon längst die Überlegenheit Roms bewiesen? Scapula alterte täglich um Jahre.

Zu Caradocs Beruhigung bezogen die Legionen kein Winterquartier. Die Soldaten stapften auf der Suche nach einem unzulänglich bekannten Ziel frierend durch meterhohen Schnee, der die Pfade unter sich begraben hatte. Sie wurden für die Stämme zu einer leichten Beute, obgleich die Rebellen selbst vom Hunger geschwächt und ohne wirklichen Schutz vor der Kälte waren. Trotz aller Unbilden hatten die Spione ihre Augen und Ohren überall, und das Samhainfest wurde mit roher Gewalt begangen. Die demoralisierten römischen Truppen waren einer Meuterei nahe, als sie im Wald auf unzählige Holzpfähle mit den aufgespießten Köpfen ihrer Kameraden stießen.

Scapula beugte sich und befahl den Rückzug. Die Legionen

begaben sich dankbar in die Winterquartiere, und die Häuptlinge ergriffen die Gelegenheit, ihre ausgemergelten Körper zu pflegen. Ihre Gedanken wanderten immer häufiger zu ihren schmucken Gehöften zurück, die sie vor vielen Jahren verlassen hatten, um dem Arviragus ihren Schwur abzulegen. Obwohl sie ihm willig gehorchten, schien es ihnen doch, als würde nichts erreicht.

Caradoc wußte nur allzugut, was in ihren Köpfen vorging, aber er war machtlos dagegen. Die Vorräte gingen schnell zur Neige, und da es nichts zu tun gab, pflegten sie eben ihr Heimweh.

Dann begannen die ersten Regenfälle, die den Frühling ankündigten. In klammen Gewändern saßen sie Abend für Abend beisammen, in Gedanken bei ihren Ehrenprämien, die sie in den Händen der Bauern zurückgelassen hatten, und bei den Vorbereitungen für das Kalben und Lammen der Tiere. Wie gern hätten sie ihre Felder endlich wieder einmal selbst bestellt!

Die Unzufriedenheit nahm zu. Es hatte sie schon früher ab und zu einmal gegeben, doch im Unterschied zu damals wurde Caradoc diesmal selbst zum Gegenstand der allgemeinen Kritik. Eines Abends suchte Madoc den Arviragus in seinem Zelt auf.

»Herr, Ihr müßt die Versammlung einberufen«, erklärte er bestimmt.

Caradoc beachtete ihn nicht. Ruhig flocht er seine Zöpfe. »Nein.«

Madoc setzte sich vor ihm auf die Erde. Unbeirrt sprach er weiter. »Gebt ihnen eine Gelegenheit, ihre Ängste und ihren Unmut hinauszuschreien, dann sind sie zufriedener. Und Ihr entzieht den leidigen Gerüchten den Nährboden.«

»Nein.« Caradoc schleuderte die Zöpfe zurück und legte den Kamm beiseite. »Ich bin nicht irgend jemand, Madoc. Ich bin der Arviragus. Sie wußten, was das bedeutet, und haben mir alle ihren Treueschwur geleistet. Wenn ich die Versammlung einberufe, werden sie es mir als Schwäche auslegen, und es wird meiner Autorität mehr schaden als nützen. Das Risiko ist zu groß.«

Madoc zupfte sich besorgt an seinem schwarzen Bart. »Sie lieben Euch, Catuvellauni, aber es sind einfache Menschen, die für die Freiheit, die sie noch nicht sehen können, viel auf sich nehmen. Laßt sie sprechen, ich bitte Euch.«

Caradoc betrachtete seinen Freund, von dem Überheblichkeit und Rechthaberei abgefallen waren. Die Lachfältchen um seine Augen ließen ihn jetzt, da er abgemagert und müde war, wie einen traurigen Clown aussehen. Caradoc fühlte sich schuldig. »Es steht Euch nicht gut zu Gesicht, wie ein Bettler zu bitten, Madoc«, herrschte er ihn an, und der Silurenhäuptling wurde rot bis zum Haaransatz.

»Wir sind alle zu Bettlern und Geächteten geworden, Arviragus, und doch schäme ich mich nicht. Was schadet es Euch, wenn Ihr ein wenig von Eurem hohen Roß heruntersteigt und ihnen Gelegenheit gebt, ihre Gedanken auszusprechen? Wovor habt *Ihr* Angst?« Er stand auf, grüßte und ließ Caradoc allein zurück. Genau davor fürchte ich mich, hämmerte es in Caradocs Schädel, davor, daß sie ihren Ängsten Ausdruck und damit Kraft verleihen. Sie werden mich verlassen, wenn sie erst einmal die Stimme ihrer Nöte gehört haben, und alle Opfer, die wir gemeinsam gebracht haben, wären dann umsonst. Davor habe ich tatsächlich Angst. Hast du dich auch mit diesem heimtückischen Zwiespalt herumgeschlagen, Vercingetorix? Er hing noch einen Augenblick seinen Gedanken nach, dann rief er nach Cinnamus.

»Ich berufe die Große Versammlung ein«, eröffnete er ihm. »Geh und informiere die Häuptlinge, Cin.«

An diesem Abend drängten sie sich um das Feuer. Caradoc saß mit untergeschlagenen Beinen auf seiner Decke und beobachtete sie. Selbst hier, in der gemeinsamen Versammlung, nach all den gemeinsam durchstandenen Kämpfen, fanden sie nicht zueinander. Die Siluren hatten sich um ihn geschart; die Ordovicen glitten schweigend, unnahbar heran und ließen sich in Reih und Glied nieder; die Demetae schubsten und drängelten sich im Hintergrund, ohne Rücksicht auf gequetschte Finger oder verletzte Zehen.

Madoc und Emrys saßen neben Caradoc, Llyn hinter Madoc und hinter dem Arviragus standen Caelte und Cinnamus. Die Schwert-Frauen bildeten eine eigene Gruppe. Dann stand Caradoc auf. Sein mißmutiger Gesichtsausdruck verriet der Versammlung, daß er nicht eben bester Laune war.

»Ich eröffne die Versammlung!« rief er. »Alle Sklaven verlassen den Raum!« Ohne sein Schwert abzulegen, wie es der Brauch verlangte, sprach er weiter, und niemand wagte es, ihn auf diesen groben Verstoß aufmerksam zu machen. »Ihr wolltet eine Versammlung. Was ihr allerdings zu erreichen hofft, ist illusorisch und wird es bleiben. Ihr habt mir eure Treue geschworen, und jede Entscheidung bedarf meiner Zustimmung.«

Er hatte genug gesagt und setzte sich. Sofort sprang Sine auf und trat vor die Versammlung. Ihre Wolfsmaske funkelte, als sie sich an Caradoc wandte.

»Ich spreche für den Tuath, Arviragus, nicht für mich«, begann sie.

»Ich weiß, Sine. Nehmt die Maske ab.«

Sie kam seiner Aufforderung nach und sprach dann zu der versammelten Menge. »Krieger, Freie und Frauen! Seit vier Jahren kämpfen wir gemeinsam um die Befreiung des Westens. Wir haben unsere Differenzen begraben, haben Brüder und Schwestern verloren, Söhne und Töchter. Wir haben gehungert, wir leben ständig in Gefahr, aber wir haben uns nicht beklagt, denn ohne uns gibt es keine Hoffnung mehr für Albion. Der Name unseres Arviragus ist für die Stämme des Tieflandes zu einem Zauberwort geworden, aber wir kommen dem Ziel keinen Schritt näher. Wir wollen nun also von unserem Arviragus wissen, wie lange wir noch von unseren Höfen und Feldern getrennt sein sollen? Wir wollen auch nicht mehr länger wie die Schlangen auf unseren Bäuchen durchs Gebüsch kriechen. Wir wollen aufrecht vor dem Feind stehen und wie wahre Krieger kämpfen. Wir wollen unsere bunten Gewänder wieder tragen!« Damit drehte sie sich um und nahm ihren Platz neben Eurgain wieder ein. Als nächstes sprach ein Häuptling der Demetae mit einem mächtigen gehörnten Helm.

»Die Demetae haben keine Sehnsucht danach, wieder auf ihre Felder zurückzukehren«, rief er, »aber auch wir wollen kämpfen. Führt uns in eine große Schlacht, Arviragus!« Er saß noch nicht wieder, da erhob sich eine der Ordovicenfrauen.

»Schlagt die Römer jetzt, Arviragus, solange sie müde und entmutigt sind ...«

»Wie können sie müde und entmutigt sein, wenn sie sich seit

zwei Monaten in ihren Winterquartieren ausruhen?« brauste Caradoc auf, und Cinnamus legte ihm beruhigend die Hand auf die Schulter.

»Unterbrich sie nicht, Herr«, warnte er mit gesenkter Stimme. »Wenn du die Regeln der Versammlung mißachtest, wirst du sie noch mehr aufbringen.«

Die Frau sprach nervös weiter. »Noch nie waren so viele Soldaten an einem für uns günstigen Ort zusammen. Eine solche Gelegenheit dürfen wir uns nicht entgehen lassen.«

Madoc stand mit einem schweren Seufzer auf. »Ich spreche für mich und die Siluren», rief er mit seiner Polterstimme. »Wie oft schon haben wir unserem Arviragus vertraut, auch wenn uns seine Entscheidungen zunächst befremdeten oder nicht einleuchten wollten. Er hat sein sicheres Urteil mehr als einmal bewiesen, und es war immer zu unserem Besten, daß wir ihm gefolgt sind. Unter seiner Führung ist der Westen noch immer ein freies Land! Folgt ihm auch jetzt noch eine Weile, ohne zu fragen, wie lange noch. Der Tuath der Siluren bekennt sich zu seinem Treueschwur und wird dem Arviragus folgen, solange es nötig ist.« Er setzte sich, und für eine Weile herrschte Stille. Dann, auf einmal und ohne Vorankündigung, brach der Aufruhr los.

»Er hat den Beistand Dagdas verloren!«

»Er trifft falsche Entscheidungen!«

»Er weiß auch nicht, wie es weitergeht!«

Die freigesetzten Ängste und Zweifel überrollten die Versammlung wie eine Lawine. Als hätten sie den Verstand verloren, so fielen die Häuptlinge übereinander her, und Caradoc riß die Schlachttrompete an die Lippen. Der hohe, durchdringende Ton wurde mannigfaltig von den Felswänden zurückgeworfen und die kämpfenden Häuptlinge hielten verwirrt inne. Caradoc war aufgesprungen und stampfte zornig mit dem Fuß auf.

»Euer Wahnsinn spielt den Römern in die Hände!« brüllte er mit kalkweißem Gesicht und vor Zorn bebenden Händen. »Setzt euch, alle!« Betreten ließen sie von einander ab und nahmen ihre Plätze wieder ein. Caradoc schnaubte verächtlich. Bauerntölpel! dachte er und stemmte beide Hände in die Hüften. Dummes Vieh! Er schleuderte ihnen feurige Blicke entgegen. »Mehr als einmal habe ich euch gesagt, daß die Römer uns in einer Feldschlacht überlegen sind. Wenn wir uns jetzt zu einem törichten Beweis unserer Tapferkeit hinreißen lassen, machen wir alles zunichte, was wir in langen Jahren mühsam gewonnen haben. Wir müssen genauso weitermachen wie bisher, unerwartete Angriffe führen und uns in Nichts auflösen; mit ihren Ängsten spielen, sie einen nach dem anderen in den Tod locken. Noch ein, vielleicht zwei oder drei Jahre, und Rom wird aufgeben, weil diese Art, einen Krieg zu führen, sie zermürbt und zu kostspielig ist. Dann könnt ihr nach Hause zurückkehren.«

Gervase meldete sich zu Wort. »Herr, wir haben viele Lektionen unter Eurer Führung gelernt. Die Wahrheit ist, daß wir müde sind. Laßt uns eine letzte Schlacht vorbereiten. Wenn wir sie gewinnen, wird ein unglaublicher Sieg unser sein, und wir werden in den Liedern des Volkes weiterleben. Wenn wir sie jedoch verlieren, so haben wir dennoch unser Bestes gegeben, und vor uns liegen viele Jahre in Gefangenschaft. Wir lassen uns jagen wie die wilden Tiere, unsere Herzen sind hart und kalt geworden. Wir gleichen schon jetzt mehr den Toten als den Lebenden. Die Römer sind unermüdlich. Vielleicht kriechen wir in zehn Jahren immer noch wie hungrige Wölfe durch den Wald. Ich bitte Euch daher, führt uns in diese Schlacht und entbindet uns dann von unserem Treueschwur.«

Ihr irrt euch, alle miteinander, dachte Caradoc traurig und ohnmächtig. Claudius ist jetzt schon müde, wir kosten ihn zuviel Geld und verschlingen seine Legionäre. Über kurz oder lang wird er Scapula zurückbeordern und die Grenze der Provinz im Tiefland festlegen. Warum könnt ihr das nicht einsehen?

»Wir wollen abstimmen«, rief jemand, und die Forderung wurde begeistert aufgegriffen.

»Ihr habt einen Arviragus gewählt«, rief Caradoc unwirsch, »und daher gibt es keine Abstimmung.»

Nach seinen Worten trat plötzlich Ruhe ein. Sein Blick wanderte über ihre ausgemergelten Gesichter, in denen sich Hoffnung ebenso wie Angst und Ungewißheit spiegelten. Eurgains Augen signalisierten ihm, abstimmen zu lassen. Er sah zu Bran und dem

Seher hinüber und spürte irgendwie, daß es wenig Sinn hätte, den Druiden zu bemühen. Warum sollten sie nicht alles auf eine Karte setzen? Vielleicht hatte Gervase ja recht, und die Stämme waren am Ende. Aber sie sind nicht auf eine Feldschlacht vorbereitet, flüsterte seine innere Stimme. Scapula wird den Kriegsadler in den Westen tragen und sich als Sieger feiern lassen. Plötzlich schoß ihm ein Gedanke in den Sinn. Sein Schicksal war erfüllt, hier und jetzt. Es mußte sein.

»Stimmt also ab!« rief er ihnen mit abgrundtiefer Verachtung zu, und sofort kam Leben in sie. »Wer mir weiterhin gehorchen will, soll aufstehen.«

Madoc und die Siluren standen wie ein Mann auf, dann einige Häuptlinge der Demetae und zu Caradocs großer Überraschung auch Emrys.

»Ich kann mein Volk zu nichts zwingen«, sagte er. »Dies ist meine persönliche Entscheidung.« Sine rührte sich nicht.

»Was ist mit euch?« drängte Caradoc die schweigende, unentschlossene Mehrheit. »Wollt ihr von eurem Schwur entbunden sein?« Sie schlugen die Augen nieder. »Nein, Herr«, murmelten sie, und es klang wie ein Totenchor.

»So sei es denn!« rief Caradoc. »Ich werde euch wider mein besseres Wissen in die Schlacht führen, die ihr verlangt. Wenn wir siegen, werdet ihr meine Entscheidungen niemals mehr in Frage stellen. Wenn wir verlieren, werdet ihr in Schmach und Schande leben. Ist es das, was ihr wollt?«

Nein, das wollten sie auch nicht, aber nun hatten sie sich in ihrem Netz verstrickt. Sie wollten nicht ehrlos sterben, denn ein Toter, der ehrlos gestorben war, fand keine Ruhe. Aber die Angst vor weiteren Jahren der Entbehrung und die nagende Ungewißheit in ihren Herzen behielten die Oberhand. Widerwillig stimmten sie zu.

Caradoc verabschiedete sie und rief sofort Madoc, Emrys und die Häuptlinge der Demetae zu sich.

»Wir sollten uns einen geeigneten Ort für die Begegnung auswählen und Scapula dort erwarten«, schlug Emrys vor. »Wir dürfen keine Zeit verlieren.«

Caradoc nickte geistesabwesend. Er verspürte ein eigenartiges

Gefühl der Leere und wußte doch zugleich, daß er sich bis zum Morgen an die neuen Gegebenheiten angepaßt haben würde.

In den frühen Morgenstunden rief er die Spione zu sich. »Geht in den Osten«, befahl er. »Betrinkt euch oder zettelt Kämpfe an. Scapula soll erfahren, was wir planen. Cinnamus, wie stark ist unsere Streitmacht?«

»Die Frauen mitgerechnet?«

»Aber ja doch! Hast du wieder Streit mit Vida?«

Cinnamus lächelte wehmütig. »Mein ganzes Leben mit Vida ist ein einziger Kampf. Weißt du, daß sie mir einen Weinbecher über den Kopf leerte, als ich bei ihrem Vater um ihre Hand anhielt? Sie schwor, sie würde niemals einen so zerlumpten und armseligen Kerl wie mich heiraten. Was für ein Weib, dachte ich, als ich ging. Ich muß sie haben. Und sie ließ mich zappeln. Ich mußte um sie kämpfen und mußte es seither immer wieder...«

Caradoc schmunzelte. »Wie viele Krieger also, mein Freund?«

»Ach so, ja. Mit den Frauen also befehligst du zehntausend Krieger, Arviragus.«

»Und Scapula befehligt fünfzehntausend. Unsere Aussichten sind nicht schlecht, was?«

Cinnamus warf ihm einen schrägen Blick zu. »Unsere Chancen waren niemals groß, und trotzdem stehen wir hier in einem freien Westen im Regen. Beantwortet das deine Frage?«

22

Zwei Wochen später kam dem verblüfften Ostorious Scapula ein unglaubliches Gerücht zu Ohren. Die Rebellen hätten ihre zermürbende Kleinkriegstrategie aufgegeben und bereiteten eine Schlacht vor. Endlich, endlich, jubelte er innerlich, obgleich es ihn befremdete, daß Caradoc plötzlich eine derart naive Entscheidung treffen sollte. Aber wie auch immer, seine Durchhaltepolitik erwies sich nun als richtig, und den Barbaren ging tatsächlich die Luft aus. Er hatte es gewußt! Auf diesen Augenblick hatte er hingearbeitet! Nun werden wir ja sehen, göttlicher Claudius, dachte er glücklich. Die Kundschafter berichteten von Feindbewegungen im Norden, und da keine Überfälle mehr stattfanden, konnte Scapula relativ sicher sein, daß es Caradoc ernst war. Er wollte sich Rom tatsächlich stellen. Scapula schenkte seinem Zweiten Offizier ein seltenes, strahlendes Lächeln. »Gavius, ich habe das Gefühl, als würde die Kampfsaison dieses Jahr nicht allzu lange dauern. Das Blatt hat sich gewendet. Wir werden zwei Fliegen mit einer Klappe schlagen! Wir werden Caradoc fangen und seine Armee aufreiben. Man sollte meinen, daß er nach so vielen Jahren etwas dazugelernt hätte. Er muß eigentlich wissen, daß wir ihm in einer Feldschlacht überlegen sind.«

»Ich habe gehört, daß andere Gründe zu dieser Entscheidung geführt haben sollen«, erwiderte der Angesprochene taktvoll. Die Offiziere hegten eine geheime Bewunderung für ihren zähen, ausdauernden und schlagkräftigen Feind, den sie eigentlich nie richtig zu Gesicht bekamen. Ihre Briefe nach Hause waren voll von endlosen Spekulationen über diesen keltischen Freiheitskämpfer, dessen Mythos sich in einem sensationshungrigen Rom rasch verbreitete. Was für ein Mensch war dieser Rebell, der seit Jahren nicht nur einer, nein, zwei römischen Legionen trotzte? Vielleicht war er gar kein Mensch, sondern ein Dämon, den die Stämme mit einem Zauberritual aus ihren Heiligen Quellen heraufbeschworen hatten? Mütter drohten ihren ungehorsamen Kindern mit seinem Namen; junge Frauen wünschten sich, in seine Gefangenschaft zu geraten; die jungen Männer dagegen träumten davon, ihn zu besiegen. Selbst an Claudius' Hof sorgte Caradoc für ein wenig Abwechslung, indem er den vor Langeweile ziemlich erschöpften Höflingen des Göttlichen immer wieder neue Denkanstöße gab. Auch Agrippina, die neue Frau an Claudius' Seite, spielte bei dem großen Rätselraten mit, wenn sie nicht gerade anderweitig mit bösartigen Intrigen beschäftigt war. Sie hatten alle ihren Spaß, bis auf Claudius, der sich noch immer an die feindseligen, überheblichen Augen dieser Barbarenprinzessin erinnerte, die es gewagt hatte, ihn vor allen seinen Offizieren lächerlich zu machen. Immerhin, er hatte es Plautius verziehen, daß er ausgerechnet diese Wilde geheiratet hatte. In diesem speziellen Fall wäre ihm auch gar nichts anderes übriggeblieben, als Großmut walten zu lassen, denn Plautius war von der Bevölkerung geradezu hysterisch begeistert empfangen worden. Er hatte den beiden in seiner unendlichen Güte ein stattliches Anwesen geschenkt und zwei Pferde, die eigens für die Kämpfe in der Arena trainiert worden waren. Allerdings ermutigte er sie nicht, an den Hof zu kommen. Und was diesen Arviragus anging, so mochte es stimmen, daß er ein brillanter, ja ein geradezu begnadeter Anführer war. Aber er war auch nur ein Mensch und ein Mann, und eines Tages würde er einen Fehler begehen und besiegt werden. Man brauchte nur lange genug zu warten, und er, Claudius, konnte es sich leisten, zu warten. Er hatte ohnehin den längeren Atem.

»Caradoc selbst hat diese Schlacht nicht gewollt«, fuhr der Zweite Offizier fort. »Seine Anhänger sind mit der bisher angewendeten Taktik unzufrieden. Sie wollen eine Entscheidung, und zwar jetzt. Sie sind kampfesmüde.«

Scapula bedachte ihm mit einem zurechtweisenden Blick.

»Hast du ihn also auch auf das Podest des unantastbaren Helden gestellt? Nun, du wirst deine Meinung ändern, wenn du ihn gesehen hast. Er ist nämlich nichts weiter als ein schmutziger, dürrer, ungebildeter Wilder.« Seine Stimme klang eine Spur zu schrill, sein Gesicht lief rot an.

»Natürlich«, pflichtete der Tribun ihm eiligst bei.

Emrys ging zu Caradoc hinüber und legte ihm schwer die Hand auf die Schulter. »Arviragus, Ihr müßt bald eine Entscheidung treffen. Seit vier Tagen folgen wir nun schon dem Fluß und haben viele Täler passiert. Wir können nun nicht mehr viel weiter ziehen. Nur zwei Tagesreisen von hier entfernt lagern die Römer.«

»Ich weiß, Emrys.« Caradocs Stimme klang hohl und müde. »Ich brauche noch etwas Zeit.«

Seit vielen Monaten hatten sie erstmals wieder die Berge verlassen, um ein geeignetes Tal für die Schlacht zu suchen. Caradoc wußte, daß in den Bäumen über ihnen die Späher Scapulas lauerten, aber er hatte Madoc verboten, sie herunterzuholen. Sie sollen uns beobachten und zu Scapula laufen und dann, Große Mutter, dann laß es schnell zu Ende sein. Ich muß mich ausruhen.

Caradoc schüttelte entschieden den Kopf und gab das Zeichen zum Weitermarsch. »Dieser Ort ist auch nicht geeignet«, rief er seinen Häuptlingen zu. »Errichtet dort vorn, nach der nächsten Biegung, ein Lager. Madoc, diesmal sind die Siluren an der Reihe, die Wachen zu stellen. Kümmert Euch darum.« Die Vorhut war bereits außer Sichtweite. Am Horizont sank der gleißend rote Feuerball der Sonne immer tiefer, und Caradocs Sehnsucht galt einem Feuer und einer kräftigen Mahlzeit, als er plötzlich sein Pferd zügelte.

Zu seiner Linken öffnete sich ein weiteres Tal, dessen Länge er auf etwa eineinhalb Kilometer schätzte. Die Felswände zu beiden Seiten des Tals stiegen zunächst sanft an, bevor sie in richtige Steilhänge übergingen, an denen verkrüppelte Bäume wuchsen, die augenscheinlich einmal Bestandteil eines früheren Verteidigungsbollwerks gewesen waren. Die Talsohle war mit Felsbrocken übersät. Cinnamus kam neben ihm zum Stehen und pfiff leise durch die Zähne.

»Dieser Ort ist ideal, Caradoc. Wir können die alten Befestigungen auf halber Höhe reparieren, und nicht einmal Scapula kann bergan gewinnen.«

»Ich bin derselben Ansicht, Cinnamus. Emrys, sorgt dafür, daß die Männer nicht im Tal, sondern oben auf dem Plateau lagern. Facht die Lagerfeuer im Schutz der Bäume an.«

»Dann habt Ihr Euch also für dieses Tal entschieden, Herr?« fragte Emrys mit Nachdruck. »Hier werden wir kämpfen?«

Caradocs Miene war undurchdringlich. »Morgen gebe ich Euch endgültig Antwort.«

»Morgen kann es schon zu spät sein«, murrte Emrys unwillig, aber da Caradoc schwieg, drehte er sich um und marschierte mit Cinnamus davon.

Von der Talsohle aus beobachtete Caradoc den langen Zug seiner Krieger, der sich auf das Plateau zubewegte, während sich die Dunkelheit über das Tal senkte. Fünfzehntausend Mann, dachte er, die nur darauf warten, den Stolz der Stämme ein für allemal zu brechen. Ein Gefühl der Einsamkeit beschlich ihn, kroch kalt und unaufhaltsam in sein Herz und bestärkte ihn in seinen düsteren Vorahnungen. Er setzte sich trübsinnig auf einen

Felsbrocken und verharrte so in Gedanken versunken. Der kühle Nachtwind wehte den Duft blühender Ginsterbüsche zu ihm herüber, ein Duft, der Erinnerungen an seinen Hochzeitstag in ihm weckte. Wie jung, unschuldig und voller hochfliegender Hoffnungen waren wir damals, dachte er wehmütig. Wir wußten noch nicht, daß die Menschen nichts weiter als Marionetten in den Händen der Schicksalsgötter sind. Aber ich will mein Leben selbst bestimmen! Cin hatte recht. Dieser Ort bot ideale Voraussetzungen. Wenn das nicht ein gutes Omen war! Es wäre geradezu aberwitzig, weiterzumarschieren und Scapula möglicherweise unerwartet und unvorbereitet in die Hände zu laufen, irgendwo, wo sie vielleicht in der Falle säßen. Ich werde also hierbleiben, und mein Schicksal wird sich hier erfüllen. Der Gedanke lähmte ihn von neuem, und er schob ihn beiseite. Ich bestimme mein Schicksal selbst, redete er sich immer wieder zu und sah zum Himmel, wo die Gestirne, zeitlos und unerschütterlich, ihre äonenalte Botschaft zur Erde blinkten. Es mußten Stunden vergangen sein, denn der Mond war bereits aufgegangen.

Am nächsten Morgen berichteten die Kundschafter, daß Scapula sich verspäten würde, da er eine Depesche nach Rom geschickt hatte und auf eine Antwort warten mußte. Er wollte sich vollkommen absichern und unbelastet in diese alles entscheidende Schlacht ziehen. Seine Soldaten legten keinerlei Eile an den Tag, und die Spione aus dem Tiefland berichteten, daß dort auch weiterhin alles ruhig sei.

In der Zwischenzeit setzten die Rebellen die alten Befestigungen instand und errichteten aus den Felsbrocken einen soliden Schutzwall. Caradoc, Madoc und Emrys beobachteten den Fortgang der Arbeiten vom Plateau aus.

»Wir werden nicht auf Leben und Tod kämpfen«, erläuterte Caradoc den beiden anderen seinen Plan. »Wenn sich das Schicksal gegen uns wendet, gebt ihr den Befehl zum sofortigen, vollständigen Rückzug. Wir werden den Kampf dann ein anderes Mal wiederaufnehmen. Ihr müßt euren Männern klar und deutlich vor Augen führen, daß, so ehrenhaft es auch sein mag, in der Schlacht zu fallen, es dennoch klüger ist, am Leben zu bleiben, um weiterkämpfen zu können.«

»Ihr zweifelt also an der Möglichkeit unseres Sieges«, stellte Emrys nüchtern fest.

»Natürlich zweifle ich!« rief Caradoc verärgert. »Und wenn es Euch anders ergeht, betreibt Ihr Augenwischerei. Wir wären die ersten, denen ein solcher Sieg gelänge! Wir haben vielleicht eine Chance, wenn die Stämme einmal bereit sind, Befehlen zu gehorchen. Euch obliegt es, Eure Männer zu dieser Einsicht zu bringen.« Er schaute ins Tal hinab, wo die Arbeiten schnell vorangingen. Die Männer lachten und sangen, als wären sie mit den Vorbereitungen für die Beltaneriten beschäftigt. Ihre unbeschwerte Stimmung irritierte Caradoc. Er wandte sich ab. Kinder, dachte er. »Emrys, Euer Tuath übernimmt die Talsohle. Madoc, die Siluren besetzen die rechte Talhälfte, wo es wenig Deckung gibt. Die Demetae werden links kämpfen, dort drüben, wo die Bäume bis ins Tal hinein stehen, und der Kavallerie ein Durchkommen erschweren. Die anderen postieren sich am Fluß, damit wir die Römer beim Durchschreiten der Furt mit Steinen bombardieren können. Später können sie sich hinter den Wall zurückziehen.« Die Männer nickten ihre Zustimmung, und es entstand eine Pause. »Noch etwas. Heute Nacht sollen sie ihre Tarnumhänge wegwerfen«, fügte er hinzu. »Wir werden nicht mehr länger wie Bettler herumlaufen.«

Bei Sonnenuntergang stand die Mauer schulterhoch. Dann zogen sich die Stämme aufs Plateau zurück, um ihre Götter anzurufen und die Waffen auf Hochglanz zu polieren. Caradoc und seine Häuptlinge standen am Fluß, wo Bran, halblaute Beschwörungsformeln murmelnd, Eichenblätter ins Wasser tauchte. Dann warfen sie die letzten Beutewaffen in die schlammige Tiefe und warteten. Plötzlich tauchte ein toter Fisch an der Wasseroberfläche auf, den Bran als ein gutes Omen deutete.

Bei Einbruch der Dunkelheit kehrten Caradocs Spione zurück. Scapula war eingetroffen. Gemeinsam gingen sie zum Rand des Plateaus und blickten über den Fluß, wo Tausende von Lagerfeuern brannten. Ein tiefer Trompetenton rief die Legionäre zur abendlichen Zeremonie, bei der Mars angebetet wurde. Es war soweit. Caradoc kehrte in sein Zelt zurück, in dem Eurgain seine Gewänder für die Schlacht zurechtgelegt hatte.

»Cin hat deinen Schild gebracht«, begrüßte sie ihn. »Willst du ihn morgen tragen?« Er warf einen Blick auf den kostbaren, mit Korallensteinen besetzten Zeremonienschild, der neben dem hölzernen an der Zeltwand lehnte, und schüttelte den Kopf. »Der Lack würde Schaden nehmen«, brachte er mit einem Kloß im Hals heraus. Eurgain hatte begonnen, die vielen Kleinigkeiten zu ordnen, die glückliche Erinnerungen an eine frühere, unwiderbringlich verlorene Zeit für ihn bargen. Er nahm sich zusammen. »Eurgain, ich brauche die Frauen zunächst als Reserve. Ich habe wenig Zutrauen in das Standvermögen der Demetae. Sie erinnern mich alle an Tog. Wenn der erste Ansturm nicht gleich den Sieg verspricht, verlieren sie den Überblick. Dann brauche ich dich und Vida, um die linke Flanke aufrechtzuerhalten.«

»Was ist mit Llyn und seinen Häuptlingen?«

Caradoc setzte sich mit untergeschlagenen Beinen auf die Erde und füllte einen Becher mit Bier. »Ich brauche ihn an meiner Seite, auch wenn ihm das nicht gefallen wird.«

»Die Mädchen?«

»Es wäre zwecklos, sie kämpfen zu lassen. Sie bleiben bei den Alten und den Kindern im Hintergrund.« Lustlos trank er einen Schluck. Eurgain war mit den Vorbereitungen fertig und setzte sich zu ihm.

»Caradoc, wenn wir nicht standhalten können, was dann?«

Er zog sie in seine Arme und begann ihre Zöpfe zu lösen. »Wir werden Fersengeld geben und entweder zurück in den Westen oder nach Brigantes fliehen – und wieder von vorn anfangen.«

»Manchmal denke ich, daß wir nie wieder unbeschwert lachen werden, daß wir hier in den Bergen alt werden und sterben, irgendwo in einem undichten Zelt, mit zerrissenen Kleidern.«

Caradoc schwieg dazu. Statt dessen streichelte er liebevoll ihr Haar und blickte in ihr von der Sonne gebräuntes Gesicht.

»Eurgain, wann habe ich dir das letzte Mal gesagt, daß ich dich liebe?«

Überrascht riß sie die Augen auf. »Tja, wenn du mich so fragst ... Ich kann mich nicht erinnern, es schon einmal so von dir gehört zu haben«, antwortete sie mit unsicherer Stimme und schmiegte sich an ihn. Vielleicht würden sie sich nie wieder so umarmen, schoß es ihm in den Sinn. Eurgain, sein zweites Selbst. Es gab nichts mehr zu sagen, und eng umschlungen fielen sie in einen tiefen Schlaf.

Der Morgen begann hektisch. In ihren farbenfrohen Gewändern nahmen sie gefaßt voneinander Abschied, dann eilte Eurgain zu den Frauen, die unter den Bäumen warteten, und Caradoc traf Cinnamus und Caelte am Fluß.

Im Osten zuckten rote Blitze und riesige Wolkenhaufen ballten sich über ihren Köpfen zusammen. Eine unangenehme Spannung lag in der Luft. Caradoc starrte über den Fluß zum Römerlager, wo die Kavallerie bereits Aufstellung genommen hatte. Caradoc sah eine kleine Gruppe von Offizieren, die die Köpfe zusammensteckten, wohl, um sich ein letztes Mal abzusprechen. Ob einer von ihnen Scapula war? Am Fluß rannten die Soldaten aufgeregt hin und her, und bei genauerem Hinsehen bemerkte er, daß dünne Rauchfähnchen in den Himmel stiegen.

»Was tun sie?« fragte Caradoc.

»Sie hoffen auf ein Zeichen«, erklärte Caelte. »Übrigens schon zum zweiten Mal. Die Soldaten sind wegen des Wetters beunruhigt. Sie wollen erst kämpfen, wenn die Auguren ihnen klipp und klar den Sieg vorhersagen können.«

»Dann müssen ihre Priester lügen«, ließ sich Cinnamus zuversichtlich vernehmen, »denn diesmal werden wir siegen!«

»Sind die Häuptlinge bereit?« fragte Caradoc.

Cinnamus nickte. Die Stämme hatten ihre Posten im Tal bezogen. Hier und da blitzte der Bronzehelm eines Häuptlings auf, und die bunten Farben ihrer Gewänder hoben sich freundlich und warm von der düsteren Umgebung ab.

Caradoc umarmte Cinnamus und Caelte heftig. »Friede und ein langes Leben«, sagte er bewegt. »Ihr wart mir treu ergeben.
Ich danke euch für eure Dienste. Mögt ihr weiterleben.«

Verlegen und überwältigt von einem starken Gefühl der Zuneigung und Zusammengehörigkeit antworteten sie ihm. Dann, wie auf ein Kommando, drehten sie sich um und rannten zu Llyn hinüber, der mit seinen Häuptlingen bereits wartete.

Die Spannung, unter der sie alle standen, wurde immer unerträglicher. Im Tal herrschte plötzlich eine todbringende Stille, die

Ruhe vor einem furchtbaren Sturm, während beide Armeen auf das Zeichen zum Angriff warteten. Die Römer bliesen es zuerst und sofort glitten die Legionäre ins Wasser. Caradoc stieß mit Macht in die Schlachttrompete und hundertfach erklang das Echo von den Felswänden. Er riß sein Schwert aus der Scheide, schwang es über dem Kopf und stürzte los. »Tod den Römern!« schrie er, und die Stämme antworteten mit wildem Gebrüll. Die Freien schleuderten die ersten Steine gegen die Legionäre im Wasser, aber immer mehr drängten nach. Und plötzlich waren sie am anderen Ufer, griffen an und kämpften, während immer mehr nachrückten. Caradoc sprang vom Pferd und rannte ihnen entgegen, gefolgt von Cinnamus und Caelte. Llyn und seine Häuptlinge gaben ihnen mit hocherhobenen Schwertern Deckung.

Die Stämme kämpften mit Überlegenheit und Geschick, denn von Caradoc hatten sie viel gelernt. Immer wieder verhinderten sie die Bildung der gefürchteten Kampflinien des Feindes, der im Einzelkampf seine Überlegenheit einbüßte. Drei Stunden lang kämpften alle mit einer Verbissenheit, als hinge der Sieg allein von jedem einzelnen ab.

Scapula blieb bei alledem die Zuversicht in Person. Er hatte noch längst nicht alle Legionäre im Einsatz. Erst als klar wurde, daß die Infanterie keine Entscheidung herbeiführen konnte, gab er Befehl, auch die restlichen Truppen in den Kampf zu schicken. Sie überquerten den Fluß, ohne auf Widerstand zu treffen, flankiert von gallischen und iberischen Hilfstruppen, die wie die Rebellen kämpften.

Plötzlich ertönte aus dem Lager der Römer ein Signal. Die Demetae ermüdeten, und die Offiziere hatten sofort erkannt, daß sich ihnen hier eine Möglichkeit zum Durchbruch bot. Sofort bildeten die Soldaten Schlachtreihen und drängten die mittlerweile kopflos gewordenen Demetae unbarmherzig zurück. Doch schon im nächsten Augenblick donnerten die Frauen zwischen den Bäumen hoch über den Köpfen der Kämpfenden hervor, preschten die steilen Hänge herab und fielen den Soldaten wie die Rachegöttinnen in den Rücken. Caradoc glaubte, Sines Wolfsmaske in dem Getümmel aufblitzen zu sehen, dann tobte die Schlacht wieder in seine Richtung, und er nahm erneut den Kampf auf. Trotzdem gaben die Stämme langsam nach. Die Schwäche der Demetae hatte dem Feind die Gelegenheit gegeben, sich zu formieren, und Scapulas Laune besserte sich zusehends. Er verspürte einen gesunden Appetit auf eine kräftige Mahlzeit, das erste Mal seit fünf Jahren! Die Häuptlinge standen nun mit dem Rücken gegen den Verteidigungswall und brachten sich einer nach dem anderen dahinter in Sicherheit. »Schildpatt!« befahl Scapula wie ein glückliches Kind und ließ das Signal blasen. Augenblicklich rissen die Legionäre ihre Eisenschilde über die Köpfe und stießen vereint gegen den Wall vor. Die Schwerter der Rebellen prallten klirrend an der metallenen Front ab und plötzlich spürten die Römer deutlich ihre Überlegenheit.

Caradoc erkannte, daß sie in eine auswegslose Situation geraten waren. »Zurück!« rief er. »Alle Mann hinauf!« Er suchte Llyn, konnte ihn aber nirgends ausmachen. Als er sich selbst zur Flucht bereitmachte, ertönte ein lautes Wehgeschrei hinter ihm. Die Fliehenden stürzten, von den Pfeilen der römischen Bogenschützen durchbohrt, zu Boden. Er konnte nichts für sie tun – nur sich selbst in Sicherheit bringen. Mit Cinnamus und Caelte an seiner Seite rannte er weiter. Die Luft war erfüllt von dem schrillen Surren der Pfeile.

»Noch ist nicht alles verloren, keuchte Cinnamus.
»Wir können von oben weiterkämpfen, dann sind sie im Nachteil, weil sie bergan stürmen müssen.«

»Spare deinen Atem für das Laufen«, rief Caradoc zurück, dann hörte er, gefährlich nahe diesmal, das Surren eines Pfeils und warf sich auf die Erde.

»Herr!« schrie Caelte. Caradoc hörte noch ein anderes Geräusch, leise, wie ein Schluckauf. Er drehte den Kopf zur Seite, und da lag Cinnamus neben ihm, stemmte die Hände gegen die Erde und versuchte aufzustehen. Seine Augen waren vor Schreck geweitet, er hustete kurz und spuckte Blut.

»Große Mutter!« stöhnte er. »Ich bin getroffen!« Er brach zusammen, der Arm, mit dem er an dem Pfeil in seinem Rücken zerrte, fiel kraftlos zu Boden, seine Augen wurden glasig. Cinnamus war tot.

Für Caradoc blieb die Zeit stehen, das Kampfgetümmel verstummte. Es gab nur noch seinen toten Freund und den rasenden Schmerz, den er bei dessen Anblick verspürte. »Nein, Cin, nicht du«, flüsterte er ungläubig, »bitte, bitte nicht du!« Cinnamus blickte ihn traurig, aber würdevoll an, und Caradoc glaubte, sein Inneres würde bersten. Er sprang auf, riß den Pfeil aus Cins Rücken, zerbrach ihn mit zitternden Fingern und kniete wieder nieder, um Cinnamus auf seinen Schultern weiterzutragen. Doch Cinnamus, der sich immer leichtfüßig wie eine Wildkatze bewegt hatte, war von kräftigem Körperbau, und Caradoc konnte ihn nicht hochheben, so sehr er sich auch abmühte. Hilflos kauerte er neben ihm, ratlos, das Getümmel um sich herum vergessend. Caelte tippte ihn an.

»Herr«, mahnte er unter Tränen, »es war sein Schicksal. Ihr könnt um ihn trauern, sonst nichts. Er würde nicht wollen, daß Ihr seinetwegen auch getötet werdet. Wir müssen weiterkämpfen.«

Caradoc nickte. Ganz in ihrer Nähe ging ein Pfeilhagel nieder, aber er merkte es nicht. Mit wenigen Griffen entfernte er Cins Schwertgehenk, dann machte er sich daran, das Schwert sachte aus Cins Fingern zu lösen. Ein letztes Mal beugte er sich über den Freund, küßte die edle Stirn zum Abschied, dann floh er schweren Herzens mit Caelte in den Schutz der Bäume. Noch während sie rannten, durchzuckte ein wahres Feuerwerk von weißen Blitzen den Himmel, ein ungeheurer Donnerschlag folgte, und der Himmel öffnete seine Schleusen. Der Regen kam wie eine Sturzflut herab, aber die Römer waren nicht willens, ihren Vorteil aufzugeben. Die Schwerter klirrten und unter ihren Füßen verwandelten sich die Abhänge in glitschige Rutschbahnen. Dann hatten die Krieger die Bäume erreicht, wo es trockener war, und Caradoc atmete erleichtert auf, als er Madoc fand. »Lauft! Zerstreut euch in die Wälder, flieht nach Westen und Osten. Wenn wir weiterkämpfen wollen, dürfen wir keine Verluste mehr erleiden. Gebt den Befehl weiter!« Madoc rannte davon, und Caradoc begann, nach seiner Familie Ausschau zu halten. Er dachte an Vida. Große Göttin! Wie sollte er es Vida nur beibringen? Die Stämme begannen zu fliehen.

Scapulas Magen rebellierte, als er erkannte, daß die Rebellen sich zurückzogen. »Sie fliehen!« rief er entrüstet. »Die Kavallerie soll sie verfolgen! Wenn Caradoc wieder entkommt, lasse ich jeden meiner Offiziere kreuzigen!«

Caradoc rannte. Er hörte das Wiehern der Pferde, aber es kümmerte ihn nicht. Berittene Soldaten hatten in diesem von Schluchten durchzogenen, waldreichen Gebiet auch nicht die geringste Chance, und tatsächlich blieben sie bald zurück.

Caradoc und Caelte verlangsamten ihr Tempo, um sich besser orientieren zu können, als unerwartet eine weißgekleidete Gestalt hinter den Bäumen hervortrat und sich ihnen in den Weg stellte. Caradoc griff blitzschnell zum Schwert.

»Herr, es ist Bran!« rief Caelte erstaunt.

Der Druide eilte ihnen entgegen. »Hört mir zu, Caradoc«, sagte er, ohne sich mit formellen Grußworten aufzuhalten, »Ihr müßt Euch in Sicherheit bringen. Die Stämme brauchen Euch. Ich werde hierbleiben und versuchen, Eure Familie zu finden. Wenn es mir gelingt, schicke ich sie Euch nach. Wo ist Cinnamus?«

»Tot«, antwortete Caradoc barsch. Wie einfach es sich aussprach. Aber er spürte den Schmerz über den Verlust seines Freundes wie einen Pfeil in seinem eigenen Rücken. Bran sah ihn entgeistert an.

»Das ist ein schwerer Schlag.« Dann nahm er sich zusammen. »Er starb einen ehrenvollen Tod und wird wiedergeboren werden. Doch nun zu Euch, Herr. Kehrt nicht in den Westen zurück. Man wird dort unerbittlich nach Euch suchen und über die Stämme wird viel Leid kommen. Ihr dürft auf gar keinen Fall gefangengenommen werden. Geht nach Brigantes. Versucht, Venutius zu finden. Selbst wenn er gar nichts unternehmen kann, so wird es ihm wenigstens möglich sein, Euch zu verstecken.« Er umarmte Caradoc herzlich. »Lauft jetzt. Scapula sucht Euch bereits unter den Toten. Lauft mit der Sonne zu Eurer Linken.« Ohne auf Antwort zu warten, drehte er sich um und verschwand.

Caradoc blieb wie angewurzelt stehen, als hätte er eine Erscheinung gesehen und lauschte angestrengt in die Stille, die sie mit einemmal umgab. Er dachte schmerzlich an seine Familie und strich dabei über Cins Schwert. Er sah sich vor einem Abgrund stehen, über den er sich hinwegsetzen mußte, denn auf der anderen Seite lag die Zukunft. Diese Seite gehörte der Vergangenheit an. Er fühlte sich dem beständigen Fluß der Zeit ausgesetzt, in dessen Strömung es kein Verweilen gab.

»So sei es, Caelte. Ihr und ich. Gehen wir.«

Nach zwei Tagen erreichten sie eine Dorfsiedlung. Caradoc entschied zögernd, daß sie versuchen mußten, irgendwelche Neuigkeiten in Erfahrung zu bringen, und außerdem mußten sie dringend etwas essen. Er nahm den goldenen Torque und das magische Ei vom Hals und ließ es in den Falten seiner Tunika verschwinden. Dann näherten sie sich den Lehmhütten. Das Dorf schien ausgestorben, sie begegneten keiner Menschenseele. Erst, als sie vor dem Versammlungshaus standen, wurden sie angehalten. Aus dem Schatten der Eingangstür erhob sich die kräftige Gestalt eines bärtigen Häuptlings, der ihnen den Weg versperrte.

»Seid willkommen, Fremde«, sagte er mit mißtrauischem Blick. »Es gibt Fleisch und Brot, falls ihr hungrig seid, aber zuerst sagt mir, wer ihr seid.«

»Wir sind Cornovii«, gab Caelte geistesgegenwärtig zur Antwort. »Wir suchen einen Häuptling, der uns in seine Dienste nimmt. Die Rebellen haben unser Land verbrannt, und unser Herr ist tot.«

Aber der Häuptling hatte die Schwerter der beiden Ankömmlinge bemerkt, und sein Blick wurde noch um eine Nuance mißtrauischer. Caradoc hätte sich für diese Nachlässigkeit ohrfeigen können. Scapula hatte erst vor kurzem ein Verbot erlassen, laut dem Cornovii und Brigantes künftig keine Waffen mehr tragen durften. Aber er hatte nur an eine warme Mahlzeit und an ein warmes Feuer gedacht!

»Warum tragt ihr dann Schwerter?« verlangte der Häuptling auch prompt zu wissen, und Caelte beeilte sich, ihm glaubwürdig zu versichern, daß sie sie erbeutet hätten. Die Erklärung befriedigte den Häuptling zwar nicht, aber er ließ sie eintreten. »Legt sie ab und lehnt sie an die Wand«, befahl er. »Niemand wird sie anrühren.«

Die Ankunft der Fremden hatte sich bereits herumgesprochen, und nach und nach füllte sich das Versammlungshaus mit neugierigen Häuptlingen, die die feine Arbeit der Schwertscheiden bewunderten und allerlei Vermutungen darüber anstellten.

»Ich weiß, woher ihr kommt«, erklärte ihr Gastgeber mit gesenkter Stimme. »Ich hätte nie gedacht, daß ein Rebell so dumm sein könnte, sich hierher zu wagen. Eßt und macht euch so schnell wie möglich wieder auf den Weg. Viele im Dorf stehen im Dienst Roms. Ihr habt Glück, daß ihr an mich geraten seid. Behaltet eure Namen für euch, ich will sie gar nicht wissen.«

Caradoc und Caelte lehnten sich an die Wand. Der Mann brachte ihnen warmes Hammelfleisch, Äpfel, trockenes Brot und Bier. Während sie gierig ihre Mahlzeit verschlangen, musterte er sie aufmerksam. Mehrmals setzte er dazu an, etwas zu sagen, unterließ es aber immer wieder. Schließlich setzte er sich zu ihnen und sagte halblaut. »Wenn ihr Venutius sucht, müßt ihr euch beeilen. Er war im Norden und ist auf dem Rückweg. Wenn ihr ihn verpaßt, könnt ihr ebensogut gleich in den Westen gehen. Niemand kann euch hier Schutz gewähren. Eßt und verschwindet. Vielleicht habt ihr ja Glück.«

So gleichgültig wie möglich fragte Caradoc nach Neuigkeiten über die Legionen.

»Der Arviragus ist verschwunden«, berichete der Mann und seine Augen schienen kurz aufzuleuchten. »Scapula nimmt furchtbare Rache an den Siluren. Sie sollen systematisch ausgerottet werden. Aber seine Soldaten bekommen nur Frauen und Kinder zu fassen, die Männer sind ebenfalls spurlos verschwunden. Dörfer und Felder wurden in Brand gesetzt.«

Auch das ist mein Werk, dachte Caradoc, und das Fleisch in seinem Mund schmeckte plötzlich wie Staub.

»Scapulas Gefangene tun mir leid«, fuhr der Bärtige fort, dann beugte er sich ein wenig nach vorn. »Tut mir einen Gefallen«, wisperte er.

»Gern, wenn es in unserer Macht steht.«

»Solltet ihr Venutius nicht finden und den Kampf wieder aufnehmen, und solltet ihr zufällig dem Arviragus begegnen, sagt ihm ...« Er senkte den Kopf und verbarg sein Gesicht vor ihnen, »sagt ihm, daß es auch in Brigantes noch solche gibt, die nicht übergelaufen sind, auch wenn sie schweigen.«

»Er wird sich sicher freuen, dies zu hören«, antwortete Caradoc unverbindlich. Dann erhoben sie sich, dankten dem Häuptling und legten die Schwerter wieder um. Unter den neugierigen Blicken der Häuptlinge schritten sie aus dem Dorf hinaus und wurden erst wieder ruhiger, als sie ein gutes Stück Weg hinter sich gelassen hatten. Sie durchquerten das letzte große Waldstück dieser Gegend, hinter dem die weiten Grasebenen von Brigantes begannen. Immer wieder machten sie kurz an den klaren Bächen Rast, um zu trinken, und schließlich warteten sie auf den Einbruch der Dunkelheit, um im Schutz der Nacht ihren Weg fortzusetzen. Sie hatten sich an einem Bach, der Hochwasser führte, niedergelassen und hielten ihre wundgelaufenen Füße in die kühlen Fluten, als sie plötzlich ein Geräusch vernahmen. Wie aus dem Nichts stand plötzlich ein Häuptling von Brigantes vor ihnen. Sie sprangen auf und griffen zu den Schwertern.

»Friede, Friede«, rief er mit ausgebreiteten Armen. »Steckt eure Schwerter wieder ein. Ich bin unbewaffnet.«

Caradoc bedeutete Caelte, ihn zu untersuchen, und erst, als er sich von der Wahrheit der Worte überzeugt hatte, steckte er sein Schwert wieder ein. »Warum seid Ihr uns nachgeschlichen?« herrschte er ihn an.

»Mein Herr schickt mich«, erklärte er mit unruhigem Blick. »Er bedauert, euch keine Wegweisung gegeben zu haben. Ich soll euch zu Venutius führen.«

»Wir wollen keine Begleitung, und wir brauchen keinen Führer«, erwiderte Caradoc scharf. »Sagt das Eurem Herrn und dankt ihm an unserer Statt.«

»Aber ihr werdet ihn verpassen, und wenn er erst einmal wieder in der Stadt ist, ist es zu spät. Dort wimmelt es von Legionären.«

»Er spricht die Wahrheit, Herr«, warf Caelte ein. »Wenn wir uns hier in den Hügeln verlaufen, verlieren wir kostbare Zeit.«

Caradoc winkte Caelte zu sich und zog ihn etwas abseits. »Er sieht nicht vertrauenswürdig aus, Caelte«, flüsterte er ihm ins Ohr. Dann setzte er sich auf die Erde, um die Sache in Ruhe zu überdenken. Der Häuptling wurde von einer sichtlichen Unruhe ergriffen und spielte nervös mit den Händen. Caelte, der ihn nicht aus den Augen ließ, wurde nun ebenfalls mißtrauisch.

Endlich erhob sich Caradoc. »Es ist mir zuwider, mich in Eure Hände zu geben, aber ich habe keine andere Wahl. So sei es.«

Caelte meinte, ein schadenfrohes Aufblitzen in den unruhigen Augen zu bemerken, doch der Häuptling nickte nur. »Ihr sollt es nicht bereuen. Werdet ihr mir für die Dauer der Reise Schutz und Proviant gewähren?«

»Ja.«

»So sei es.«

»Wir brechen in der Dunkelheit wieder auf«, bestimmte Caradoc und zog seine Sandalen an. Doch seine Füße fühlten sich mit einemmal nur noch halb so schwer an wie sein Herz.

23

In den folgenden drei Nächten ließen sie den Wald hinter sich. Ihr Weg führte nun über weite, offene Ebenen, gespenstisch hell erleuchtet von einem zunehmenden Mond. Die Catuvellauni fühlten sich immer unwohler. Düstere Vorahnungen beschlichen sie, die offene Landschaft und die Umstände ihrer Flucht zerrten an ihren Nerven. Über dem ganzen Land lag eine Totenstille, einzig das heisere Krächzen der Falken und Habichte begleitete sie. Dann, um Mitternacht des vierten Tages standen sie auf der Kuppe eines Hügels und blickten auf ein wahres Lichtermeer hinab. Ihr Führer deutete hinunter. »Dort werdet Ihr Venutius finden.«

»Aber das ist eine Stadt!« protestierte Caradoc. »Venutius würde in einem Lager kampieren.«

Der Mann schnalzte ungeduldig mit der Zunge. »Warum sollte er sich die Mühe machen, ein Lager zu errichten, wo es in Brigantes doch viele Siedlungen gibt? Ich sage Euch, daß er dort ist.«

Caradocs Instinkte waren mit einemmal hellwach. Die Sache kam ihm immer mehr wie eine Falle vor. Irgend etwas stimmte hier nicht. Er meinte, eine Schanze erkennen zu können, aber die Leute von Brigantes bauten keine Schanzen. Ihr Führer hatte es verdächtig eilig, hinunterzukommen, und eilte ihnen voraus.

Zögernd folgten sie ihm. Ich hätte auf meine innere Stimme hören sollen, nicht auf meinen Kopf! Jetzt ist es zu spät, dachte Caradoc.

Trotz der späten Stunde herrschte in der Stadt noch reges Leben. Händler eilten geschäftig hin und her, vor den Hütten saßen Freie und unterhielten sich oder spielten. Ab und zu tauchte ein Soldat auf und verschwand wieder. Niemand schenkte ihnen Beachtung, als sie ein niedriges Tor passierten, das sie auf einen spiralförmig angelegten, leicht ansteigenden Pfad brachte. Leichter Wind kam auf, und plötzlich wußte Caradoc mit letzter Gewißheit, daß ihr Führer ein Verräter war. Er packte ihn am Kragen und wirbelte ihn herum. »Ihr habt uns nicht in den Norden zu Venutius geführt«, herrschte er ihn an. »Ich rieche das Meer und eure Küste liegt im Osten. Sagt mir, wo wir sind, oder Ihr seid des Todes!« Die Augen des anderen flogen ängstlich hin und her, seine Zähne klapperten.

»Ihr habt mir Euren Schutz geschworen«, winselte er feige. Von einem plötzlichen Ekel befallen, ließ Caradoc ihn los. »Ich habe Euch nicht in die Irre geführt«, beteuerte er vorwurfsvoll. »Venutius ist hier, wie ich es Euch gesagt habe. Ja, wir sind nach Osten abgebogen und fast wären wir zu spät gekommen, denn sein Ziel liegt nur eine halbe Tagesreise südöstlich von hier entfernt. Euer Mißtrauen hält uns auf. Folgt mir!«

Caradoc und Caelte sahen sich ratlos an. Trotz ihres Mißtrauens hatten sie sich in geradezu fahrlässiger Weise auf ihren Führer verlassen und nicht einmal auf den Weg geachtet. Jetzt zu fliehen, war ein fruchtloses Unterfangen. Und sie mußten Venutius finden, koste es, was es wolle.

»Weiter!« befahl Caradoc nach kurzem Zögern, doch der frische Meereswind verstärkte seine Zweifel wieder.

Hoch über der Stadt, in der Mitte des innersten, vornehmsten Häuserringes, hielten sie vor einem Haus, das von einer mannshohen Steinmauer umgeben war. Vor dem Tor stand ein bewaffneter Häuptling. »Wartet hier auf mich«, flüsterte ihr Führer und näherte sich der Wache. Er wechselte ein paar Worte mit dem Mann.

»Herr, wir sollten den Augenblick nutzen und fliehen. Ich rieche den Verrat förmlich und bedauere es zutiefst, Euer Urteil beeinflußt zu haben. Venutius ist sicher nicht hier. Der Einfluß Roms ist erdrückend.«

Caradoc legte ihm den Arm um die Schulter. »Seit ich meine Autorität vor der Versammlung gebeugt und damit Dagda erzürnt habe, waren alle meine Entscheidungen falsch, Caelte. Ich weiß, daß Ihr recht habt, aber ich fürchte, es ist zu spät, endgültig zu spät, um umzukehren.«

Ihr Führer winkte sie jetzt heran. Die beiden Catuvellauni betraten den Innenhof und mußten wieder warten. An den Wänden des im römischen Stil erbauten Holzhauses hingen Fackeln, die eine Veranda beleuchteten, zu der vier Türen führten. Eine der Türen stand offen. Das Gefühl nahenden Unheils schnürte ihnen die Kehle zu. Jetzt erschien der Mann auf der Veranda und winkte sie herauf. Du Einfaltspinsel, kämmerte es in Caradocs Kopf, wie ein Knabe in die Falle zu laufen! Seine Hand fuhr zum magischen Ei, aber die Kraft des Zaubers erreichte ihn nicht. Unzufrieden mit sich selbst folgte er der Aufforderung; der Häuptling führte sie vor eine der anderen Türen, öffnete sie und verbeugte sich. Caelte bemerkte einen dicken Lederbeutel an seinem Gürtel, den er vorher nicht getragen hatte, aber es blieb keine Zeit, sich darüber zu wundern.

»Eine angenehme Reise, Arviragus«, grinste er hämisch, dann fiel die Tür hinter ihm ins Schloß. Sie waren allein in einem Zimmer, das so gut wie nicht möbliert war. Drei Korbsessel standen scheinbar ohne festen Platz im Raum, am Boden lagen dicke Schaffelle. An den gelb und lila gestrichenen Wänden befanden sich kleine Altäre mit den Statuen dreier Götter, in eine der Wände war eine Feuerstelle eingelassen, in der ein Feuer prasselte. Dann öffnete sich die Tür. Herein trat eine Frauengestalt, wie die Göttin selbst, gefolgt von vier Häuptlingen. Ihr Gesicht versetzte Caradoc augenblicklich in eine andere Zeit, und er erlag für Sekunden dem Ansturm flüchtiger Erinnerungen.

Das schwarze Haar fiel wie früher voll und schwer über ihre Schultern herab, wenngleich graue Strähnen es durchzogen. Ihre makellose weiße Haut schien noch weißer, vielleicht sogar eine Spur zu weiß, zu bleich, um noch gesund auszusehen. Schwarze Steine schmückten ihre Stirn, den Hals und den Gürtel, der die weite, ärmellose Tunika zusammenhielt. Ihre Augen jedoch brachten Caradoc wieder in die Wirklichkeit zurück. Der lüsterne, begierige Blick, der früher eine schmerzlich süße Leidenschaft in ihm geweckt hatte, zeugte nun von ihrem schier unersättlichen, krankhaften Egoismus. Leise brachte er nur ein Wort heraus. »Aricia.«

»Caradoc.« Sie lächelte verlegen und kam näher. »Ich hätte dich kaum wiedererkannt, Catuvellauni. Nur das Kinngrübchen und deine Art, den Kopf zu halten, erinnern an den stolzen, impulsiven Wolfling, den ich damals verließ. Vor mir aber steht der Anführer eines Rudels.« Ihre Hand zitterte, als sie seinen Arm leicht berührte. »Du siehst wirklich wie ein alter Wolf aus, weißt du. Ich habe dich nie vergessen, aber meine Erinnerungen stimmen nicht mehr mit der Realität überein.«

Er war keines Lächelns fähig, nur tiefe Traurigkeit breitete sich in ihm aus. Er ergriff ihre Hände. »Mir ergeht es ebenso. Ich wußte nicht, wie sehr ich mich verändert habe, bis ich dich hereinkommen sah. Auch mich schmerzt die Erkenntnis, daß unsere Kindheit endgültig vorüber ist.«

»Oho, aber ich habe meine schon vor langer Zeit begraben«, rief sie mit bitterer Stimme, »an dem Tag nämlich, als ich Camulodunum verließ. Jahrelang habe ich dich gehaßt, Caradoc, aber jetzt...«, sie zuckte mit den Schultern, »jetzt habe ich keinen Grund mehr, irgend jemanden zu hassen. Liebe und Haß, das sind Attribute der Jugend, die Träume für die Wirklichkeit hält. Dies habe ich hinter mir.«

»Dann müßtest du ein sehr glücklicher Mensch sein, Aricia«, erwiderte er. Ob sie wenigstens sich selbst gegenüber ehrlich genug war, um sich einzugestehen, daß wohl eher das Gegenteil zutraf?

Sie blitzte ihn böse an und entzog ihm ihre Hände. »Ich bin zufrieden, und das ist mehr, als du von dir behaupten kannst. Seit Jahren verfolge ich deine Anstrengungen, Caradoc, seit du aus Camulodunum geflohen bist. Wann wirst du endlich begreifen, daß ihr zum Scheitern verurteilt seid? Du tust mir leid.«

»Und warum?«

Mit einem Ruck löste sie sich von ihm und schritt erregt vor dem Kamin auf und ab. »Weil die Zeit nicht stillsteht, weil die Dinge sich ändern. Das hast du bisher übersehen. Du bist ein Relikt, das der Vergangenheit angehört, Caradoc. Du und deine Männer, ihr gebt euch einer Illusion hin. Die Menschen müssen für Veränderungen offen sein, sonst erstarren sie und sterben. Die Tage der Stämme sind längst vorbei, sie haben sich überlebt. Auch die Römer leben nach einem Ehrenkodex, Caradoc, aber es ist anders als der deine. Ehre muß nicht unbedingt Blutvergießen bedeuten!« Sie unterbrach sich, blieb stehen und sah zu ihm hinüber. Dann schrie sie ihn fast an. »Oh, Caradoc, warum hast du nicht einfach Frieden gemacht? Willst du kein friedliches Leben führen?«

»Rechtfertigst du so dein eigenes Handeln?« konterte er mit verhaltenem Ärger. »Was ist mit dir geschehen, Aricia?«

Ihre Gesichtszüge erstarrten zur Maske. »Du stehst hier in stinkende Lumpen gehüllt und wagst es, mich zu fragen, was mit mir geschehen ist? Ha! Du solltest fragen, was mit dir geschehen ist, mein Lieber. Der Westen verblutet deinetwegen, aber noch immer willst du deine machtgierigen Pläne nicht aufgeben. Du bist ein Mann, der keine Skrupel kennt und über Leichen geht. Du benutzt die einfachen Häuptlinge doch nur für deine eigenen Zwecke. Du läßt sie für dich sterben, weil du zu feige bist, zuzugeben, daß du dich geirrt hast.« Sie schüttelte beide Fäuste vor seinem Gesicht. »Du bist auch nur ein Mensch, Caradoc, ein ganz gewöhnlicher, sterblicher Mensch. Mit welchem Recht zerstörst du ein ganzes Volk?«

Er packte sie an den Handgelenken. »Ich kann dir die Befriedigung, die du dir erhoffst, nicht geben«, sagte er mit mühsam beherrschter Stimme. »Du möchtest gern von mir hören, daß ich selbstsüchtig, grausam und unnachgiebig bin, nicht wahr? Du willst gern hören, daß ich dir unrecht tat, und das will ich gern zugeben. Aber ich bin deswegen nicht der Sündenbock für deine persönlichen Probleme!« Sie riß sich heftig los, und er wußte, daß sie ihn am liebsten geohrfeigt hätte. »Ich trage den Titel des Arviragus nicht aus Eigennutz, und du bist es, die das Volk von Brigantes zugrunde richtet und auch deinen Gemahl. Grundlos!«

»Laß Venutius aus dem Spiel«, fauchte sie böse. »Du bist ein närrischer, uneinsichtiger Bauerntölpel, Caradoc. Du hast noch nie etwas begriffen.« Sie lehnte sich gegen den Kaminvorsprung und starrte in die Glut.

Ihr Schweigen belastete ihn mehr als ihr Schreien.

»Weißt du, Caradoc«, sagte sie schließlich und lächelte boshaft, »es ist gut, daß du nichts mehr von Cunobelins gut aussehendem Sohn an dir hast. Ich könnte sonst wohl kaum der Versuchung widerstehen, dich hier bei mir zu behalten. Wie geht es Eurgain?«

»Ich weiß es nicht.«

»Ach? Und die Kinder?«

»Ich weiß es nicht.«

»Cinnamus Eisenhand?«

»Tot.«

Ihr Mund stand halboffen vor Erstaunen. »Die Druiden haben wirklich eine gute Wahl getroffen. Ich glaube, mein Mitleid mit dir ist unangebracht.« Sie nickte einem ihrer Häuptlinge zu. »Domnall, bittet den Zenturio herein«, und zu Caradoc gewandt, fuhr sie fort. »Das Blutvergießen endet hier, Arviragus. Du wirst in Ketten nach Rom reisen, wie schon dein großer Vorgänger Vercingetorix. Vielleicht gibt es dann endlich Frieden.«

»Wenn Brigantes sich den Stämmen anschließen würde, könnte Rom sich nicht halten, Aricia.« Seine Bemerkung entlockte ihr nur ein mitleidiges Lächeln. Sie strich spielerisch über seine Wange, den Nacken, die Haare. »Du armer, verirrter, hungriger Wolf! Mir scheint, in diesem verwirrten Kopf ertönen noch immer die Kampflieder von einst. Rom hat eine hohe Prämie auf deinen Kopf ausgesetzt, Caradoc, wußtest du das? Ich kann das Geld gut für den Architekten, den ich mir aus Rom kommen ließ, brauchen. Wie du siehst, bist du mir gerade so viel wert wie ein bequemes Ruhesofa.« Noch bevor er sich angewidert abwenden konnte, drückte sie ihm einen Kuß auf die Lippen. »Von Kind zu Kind«, flüsterte sie zynisch. Dann warf sie sich aufreizend in einen der Sessel und sah ihn ernsthaft an. »Du wirst mir hoffentlich verzeihen, Caradoc. Aber wenn ich dich laufen ließe, müßte Scapula zurecht annehmen, daß ich Rom den Rücken kehre, und gegen mich marschieren. Wenn ich jedoch meine Treue unter Beweis stelle, wird mein Ruf als ergebene Tochter Roms mir tausendfachen Gewinn bringen. Kannst du wenigstens das verstehen?«

»O ja«, antwortete Caradoc geduldig, »ich verstehe nur zu gut.«

»Du bist ein Esel, Caradoc«, flüsterte sie. »Warum bist du so bereitwillig in diese Falle gelaufen?«

Beide schwiegen nun. Caelte hatte auf dem Boden Platz genommen. Dann flog die Tür auf, und sechs bewaffnete Legionäre in vollem Harnisch und mit gezogenen Schwertern stürzten todesmutig herein. Der Zenturio salutierte und musterte Caradoc, der still dastand und verächtlich zurückschaute.

»Das ist der Arviragus?«

»Ja.«

»Bist du dir da sicher, Cartimandua?«

»Aber ja doch. Ich kenne ihn.«

Der Offizier war sichtlich enttäuscht. Wie ein ganz gewöhnlicher Häuptling sah er aus, überhaupt nicht wie der schlaue Fuchs, der edle Held seiner Phantasien. Dann betrachtete er Caradocs Gesicht eingehender und sein Eindruck änderte sich, denn es sagte ihm alles. »Die Ketten!« befahl er barsch.

Caradoc wehrte sich nicht, als ihm die schweren Eisenketten angelegt wurden, er sah nur Aricia an. Sie wich seinem Blick aus und starrte auf den Boden. Dann schnappten auch die Fußfesseln zu, und Caradoc schrie sie an. »Schau mich an, Aricia! Auch du trägst sie, obwohl du sie nicht sehen willst!«

Aricia blieb ihm eine Erwiderung schuldig. Als man ihm das Schwert abnahm, geriet er an den Rand der Panik. Er war kein freier Mann mehr.

»Hinaus!« dröhnte der Zenturio. Die Soldaten nahmen Aufstellung und setzten sich, die Gefangenen in ihrer Mitte, in Bewegung. Caradoc vergaß seine Fußfesseln und wäre fast zu Boden gestürzt. Aricia lachte hysterisch.

»Noch eines, Caradoc«, rief sie schadenfroh, als er an ihr vorbeihüpfte. »Deiner Familie geht es gut. Sie wurden zu Scapula nach Camulodunum gebracht.«

Er drehte sich um. In ihren Augen flackerte krankhafter Haß, der Wunsch, ihm Schmerz zuzufügen. »Du lügst!«

»Diesmal nicht!«

»Hündin!«

»Friede und ein langes Leben!« spöttelte sie, dann waren sie draußen. Caradoc atmete die milde, klare Nachtluft tief ein.

Aricia sank erschöpft in einen Sessel. Sie dachte an Venutius, der morgen zurückkommen würde, an seine gierigen, ungeschickten Hände. Du warst nie ungeschickt, Caradoc, und wenn du etwas von mir wolltest, hast du nicht wie ein Bettler darum gefleht, sondern es wie ein König gefordert. Wir hatten eine schöne Zeit, Caradoc. Unsere Leidenschaft brachte unser Blut in Wallung und ließ uns alles andere vergessen. Aus den Tiefen ihrer Tunika förderte sie einen kleinen, abgegriffenen Talisman zutage und ihre Finger glitten geistesabwesend über die ineinandergewundenen Schlangen. Seit meiner Rückkehr habe ich auf diesen Augenblick der Vergeltung gewartet. Aber warum ist er dann nicht so süß, wie ich es mir ausgemalt habe? Warum fühle ich mich schlecht? Ihre Finger verkrampften sich. Der Augenblick des Triumphes war vorüber, die Trostlosigkeit blieb.

Venutius kam in der Morgendämmerung zurück. Sie erwachte, als sie polternde Schritte und seine aufgebrachte Stimme auf der Veranda hörte.

»Aus dem Weg, du Bastard!«

Mit steifen Gliedern stand sie auf. Ihr Kopf war schwer vom Wein, ihre Zunge pelzig. Sie hörte einen Schrei, einen Fluch, dann flog die Tür mit einem Knall auf. Venutius stürmte herein und trat mit dem Fuß gegen die Tür, die krachend wieder zuflog. Breitbeinig stand er vor ihr und warf sein Schwert voll Zorn auf die Erde.

»Sag mir, daß es nicht wahr ist!« schrie er sie an. »Sag es mir, ehe ich dich an deinen Haaren aufhänge! Hast du den Arviragus an Rom verkauft?«

Aricia hatte seine Tobsuchtsanfälle schon viele Male erlebt. Sie beeindruckten sie längst nicht mehr, daher antwortete sie gelassen.

»Ja!«

»Aaahhh!« Zitternd und bebend stand er vor ihr, unschlüssig

wie immer. »Ich wollte es nicht glauben! Du ...« Er rang nach Worten, aber ihm fiel wie so oft keines ein.

»Hündin vielleicht?« kam sie ihm sarkastisch zu Hilfe. »So hat Caradoc mich auch genannt.«

»Warum? Warum nur, Aricia? Besitzt du gar kein Ehrgefühl mehr?«

Schon wieder dieses aufgeblasene, bedeutungslose Wort! »Weil ich es tun mußte, Venutius. Andernfalls hätte es das Ende von Brigantes bedeutet.«

»Brigantes ist dir gleichgültig! Es hat dir nie etwas bedeutet! Du schickst Caradoc in den Tod, um deine Rachegelüste zu stillen!«

»Es ist mir egal, was du denkst. Ich habe es getan, und ich würde es wieder tun. Jetzt geh! Du kannst später mit mir essen, wenn du wieder bessere Laune hast.«

Für gewöhnlich hätte er auf ihre indirekte Einladung reagiert. Doch diesmal war sie zu weit gegangen. Außer sich vor Zorn und Raserei packte er sie und schüttelte sie wild an den Schultern. Ihr Kopf flog hin und her, ihr wurde schwindlig. Dann begann er, sie in blinder Wut zu ohrfeigen. Die Kette an ihrem Hals riß, und Aricia fiel rückwärts in den Sessel, aber er ließ nicht von ihr ab.

»Hör auf, hör auf! Du bringst mich um!« schrie sie, als sie endlich wieder Luft bekam. Sie spürte, daß ihr Gesicht anschwoll, daß die Haut platzte und warmes Blut über ihre Wange lief. Erst jetzt hielt Venutius inne. Aricia sank schluchzend zu Boden und verbarg ihr schmerzendes Gesicht in beiden Händen, aber auch Venutius weinte.

»Nicht einmal jetzt bringe ich es fertig, dich zu töten!« stammelte er mit tränenerstickter Stimme. »Aricia! Aricia!« Er packte sie an den Haaren und zerrte sie auf die Füße. Mit der anderen Hand riß er die Tür auf und schleifte sie hinter sich her ins Freie. Aricias Häuptlinge wollten ihr zu Hilfe kommen, wurden aber von Venutius' Männern aufgehalten. Schweigend und feindselig starrten sie sich an. Venutius schleppte Aricia in die Mitte des Innenhofes und ließ sie los. Mit Tränen in den Augen begann er, seinen Schmuck abzulegen, dann löste er auch die Brosche, die den Umhang zusammenhielt und streifte sich die mit Jettsteinen besetzte Tunika über den Kopf.

»Ich löse meinen Treueeid«, wisperte er rauh. Dann zog er sein kleines Messer aus dem Ledergürtel und führte die Klinge in einer schnellen Bewegung quer über seine Brust. Die Schnittwunde begann sofort zu bluten. Venutius fuhr mit beiden Händen darüber und schmierte sein eigenes Blut in Aricias Gesicht. »Mein Blut kommt über dich!« Er spuckte sie an, dann kniete er sich hin und hackte mit dem besudelten Messer das Erdreich locker. Fast ehrfürchtig rieb er die Erdklumpen zwischen seinen blutbeschmierten Handflächen, dann strich er es Aricia ebenfalls auf die Wangen. »Und das Blut Albions, denn du bist an uns beiden zum Verräter geworden! Verflucht will ich sein, wenn ich mich dir jemals wieder in Liebe zuwende.«

Aricia stand zitternd und mit gesenktem Kopf vor ihm, als könne sie so über die Erniedrigung, die ihr widerfuhr, hinwegtäuschen. Venutius aber wandte sich endgültig ab und stürmte aus dem Garten. Sie sank auf seinen Umhang, den er ihr vor die Füße geschleudert hatte, und nur die krampfartigen Zuckungen ihres Körpers ließen die Umstehenden ahnen, daß sie weinte. Venutius' Häuptlinge steckten ihre Schwerter wieder ein, drehten sich um und folgten ihrem Herrn. Nur Aricias Barde und Schildträger blieben zurück. Sie knieten ratlos bei ihrer Herrin im Staub und wagten es nicht, sie zu trösten.

Caradoc und Caelte wurden in ihren schweren Eisenfesseln an einen Ochsenkarren gekettet und nach Fort Lindum im Gebiet der Coritani gebracht, wo die Neunte Legion stationiert war. Zwei Hundertschaften begleiteten die Gefangenen auf ihrem Weg. Bei ihrer Ankunft erschien der Präfekt höchstpersönlich, und die Legionäre drängten sich, um einen Blick auf den zur Legende gewordenen Rebellenführer zu erhaschen. Aber leider erfüllte Caradoc ihre Erwartungen nicht. Weder schüttelte er seine Ketten wie ein wütender Bär, noch stieß er Verwünschungen gegen sie aus. Ruhig und gelassen stieg er vorsichtig vom Karren, um nicht über die Fußketten zu stolpern, und folgte dem Zenturio in seine Zelle, einem winzigen, feuchten Loch ohne Fenster. Nicht einmal eine Pritsche gab es. Das erstemal seit ihrer Gefangennahme wurden ihnen hier die Ketten abgenommen, aber nur, um sie gründlich zu untersuchen. Sie mußten sich völlig entkleiden, und als sie zitternd vor Kälte und splitternackt vor dem zynisch grinsenden Präfekten standen, riß ein Soldat den Lederbeutel mit dem magischen Ei von Caradocs Hals. Der Soldat packte es aus, hielt es mit spitzen Fingern hoch, wußte aber nichts damit anzufangen. Auch der Präfekt betrachtete es skeptisch.

»Was soll das sein?«

»Keine Ahnung, Herr. Sieht aus wie ein Stück Knorpel von irgendeinem Tier.« Er pochte mit den Fingerknöcheln daran, warf es in die Luft und fing es wieder auf. »Wirklich unzivilisiert, diese Leute.«

Der Präfekt steckte seine Hand danach aus und nahm das Ei an sich, drehte es ratlos hin und her, dann warf er es angewidert vor Caradocs Füße.

»Hier, du Kannibale!«

Als nächstes interessierten sie sich für Caradocs goldenen und Caeltes bronzenen Torque. Sie wurden ihnen ebenfalls vom Hals gerissen, doch diesmal befühlte der Präfekt die Gegenstände in seiner Hand mit Bewunderung und Respekt.

»Wunderbare Arbeit«, bemerkte er. »Ihr seid mir schon komische Vögel! Ich werde die bronzene Kette behalten, der Statthalter will die goldene bestimmt für sich. Zieht euch wieder an!« befahl er barsch, aber sie standen wie gelähmt. Ohne ihre Torques wurde ihnen die Aussichtslosigkeit ihrer Lage noch deutlicher bewußt. Erst als der Soldat die Aufforderung ungeduldig wiederholte, nahmen sie verstört ihre Gewänder wieder auf und kleideten sich an.

»Wer erhält nun eigentlich die Belohnung?« fragte der Zenturio seinen Vorgesetzten, als er ihnen die Ketten wieder anlegte. »Unsere Abteilung?«

Der Präfekt antwortete mit einem vorwurfsvollen Lachen. »Schön wär's! Cartimandua, die die Barbaren Aricia nennen, ist die Glückliche. Der Gouverneur kann es ihr kaum abschlagen. Unser Leben wird erst erträglicher werden, wenn sie tot ist und ein Prätor Brigantes vorsteht. Sie ist eine falsche Schlange. Sie würde vermutlich auch ihre eigenen Kinder für einen Beutel voller Gold verkaufen.«

Die Tür fiel hinter ihnen ins Schloß, und nun herrschte völlige Dunkelheit in der Zelle.

Caradoc kroch über den Boden, bis er den Lederbeutel unter seinen tastenden Fingern spürte. Er hob ihn auf und küßte das Ei ehrfürchtig, ehe er es wieder im Beutel verstaute. Dann lehnte er sich an Caelte und schloß die Augen. Was habe ich nur getan, daß mich der Schutz der Götter verlassen hat? grübelte er, aber er kannte die Antwort längst. Er hatte gegen seine bessere Einsicht gehandelt, das war alles. So sei es denn. Aneinandergelehnt schliefen sie ein.

Scapula schickte die Soldaten hinaus. Sein Blick wanderte zu der kleinen Gruppe, die vor seinem Schreibtisch stand. Die beiden Mädchen starrten ihn mit unverhohlener Neugier an, der junge Mann voller Feindseligkeit. Aus den Augen der Frau sprachen Mut und Selbstbewußtsein. Sie war von durchschnittlicher Größe, viel zu dünn – wie alle Frauen hier im Westen, aber man mußte ja sogar die Männer als mager bezeichnen. Es lag wohl an den Lebensumständen. Ihre blonden Haare allerdings waren eine Pracht. Die dicken Zöpfe fielen bis auf die Hüfte herab. Ihr wohlgeformter Mund gefiel ihm, auch ihre tiefblauen, heiteren Augen, die von vielen kleinen Lachfältchen eingerahmt wurden. Sicher eine bemerkenswerte Frau, dachte er. Neben ihr stand der Druide, aber der war für niemanden von großem Interesse. Er war ein kleiner Fisch, der sozusagen zufällig mit ins Netz gegangen war. Scapula strich sich zufrieden über den Bauch. Er hatte kräftig gegessen, und sein Magen hatte nicht rebelliert.

»Nun denn«, begann er gutgelaunt in lateinischer Sprache, »ich weiß, wer ihr seid. Wir brauchen also keine Zeit mit dem üblichen Ratespiel zu vergeuden. Ich habe nur ein paar Fragen, und wenn ihr klug seid, beantwortet ihr sie, ohne Schwierigkeiten zu machen.« Er wendete sich an Eurgain. »Wo ist dein Gemahl?«

Eurgain lächelte schwach. »Ich weiß es nicht.«

»Aber natürlich weißt du es. Ist er in den Norden oder in den Süden gegangen? Na?«

»Antworte ihm nicht, Mutter«, warf Llyn spöttisch ein. »Wenn er wirklich so schlau ist, soll er es doch selbst herausfinden.«

Scapula warf ihm einen strafenden Blick zu, der jedoch nur die beiden Mädchen beeindruckte. Llyn grinste ihn mit dunklen, wissenden Augen furchtlos an. Ah, wie er diese Menschen haßte, diese blutrünstigen Häuptlinge und ihre unappetitlichen Mannweiber! Sogar ihre Kinder zogen sie in ihre Blutfehden mit hinein. Ein selbstmörderisches Volk, das waren sie, jawohl.

»Wenn du mich noch einmal unterbrichst, lasse ich dich hinausschaffen und auspeitschen. Deine Vorwitzigkeit trägt nicht dazu bei, euer Los zu erleichtern.« Er wendete sich wieder an Eurgain. »Ging er zu Venutius oder wollte er vielleicht versuchen, die Küste zu erreichen?«

»Es ist, wie ich schon sagte. Ich weiß es nicht. Er wird dahin gehen, wo man ihm Asyl gewährt.«

»Aber niemand wird ihn aufnehmen«, stichelte er hinterhältig, in der Hoffnung, sie so aus der Reserve zu locken, doch sie starrte nur auf den Boden, und Scapula wurde langsam ungehalten. »Nun gut. Über kurz oder lang wird er erfahren, daß ihr meine Gefangenen seid und sich ergeben.«

»Das wird er nicht!« rief Llyn. »Ihr Römer habt nichts begriffen. Er ist kein gewöhnlicher Familienvater, er ist der Arviragus. Seine Aufgabe ist wichtiger als die Familie.«

Scapula bedeutete dem Soldaten mit einer herrischen Kopfbewegung, Llyn hinauszuschaffen, doch der Junge wirbelte herum und war mit wenigen Schritten an der Tür. Der Soldat folgte, und sie fiel hinter ihm ins Schloß. Scapula setzte sich wieder.

»Warum bestürmst du mich mit dieser Frage, wenn du es doch schon so bald selbst herausfindest?« fragte Eurgain ihn milde. »Deine Drohungen mit Tod und Folter schrecken uns nicht, weder Llyn noch mich. Und die Mädchen wissen wirklich nichts.«

»Mutige Worte«, bemerkte er trocken, »und wahrscheinlich meinst du es sogar so. Also werde ich dir sagen, wo dein Gemahl sich aufhält.«

Sie sah ihn mit großen, erstaunten Augen an, und er hoffte, wenigstens ein flüchtiges, verräterisches Zeichen in ihnen zu entdecken, als er fortfuhr. »Er ist nach Brigantes entwichen, um Venutius zu suchen. Ich lasse dort bereits nach ihm fahnden.« Er riet einfach ins Blaue hinein, um ihre Reaktion zu provozieren, aber sie reagierte nicht! Nichts veränderte sich an ihrem ausdruckslosen Mienenspiel. Er hatte das Gefühl, in das Gesicht eines Druiden zu schauen, der selbst noch im Tod genau denselben Gesichtsausdruck bewahrte. Und er hatte schon so manchen Druiden sterben sehen.

»Ich werde ihn also schon bald fangen«, behauptete er selbstsicher. »Dann werdet ihr auf eine lange Reise nach Rom gehen und dort wird man euch hinrichten. Dein Gemahl ist ganz allein schuld am Tod vieler Unschuldiger. Ohne ihn könnte schon seit fünf Jahren Frieden im ganzen Land herrschen. Allen ginge es sehr viel besser. Ihr seid nichts weiter als ganz gewöhnliche Verbrecher, die verantwortungslos gehandelt haben, und als solche wird man euch auch verurteilen!«

»Scapula«, erwiderte Eurgain geduldig, »ich will dir eines sagen. Es ist mir völlig gleichgültig, wo er sich aufhält, solange er nur in Freiheit ist und die Möglichkeit hat, den Widerstand gegen Rom aufrechtzuerhalten. Es ist mir auch egal, ob ich lebe oder sterbe, wenn nur der Westen ein freies Land bleibt und weiterkämpft. Du hast wirklich nie verstanden, wogegen du eigentlich ins Feld ziehst. Ihr kämpft nicht gegen ausgemergelte Körper, Römer! Ihr habt es mit Menschen zu tun, die vom Wunsch nach Freiheit beseelt sind, und deshalb werdet ihr hier nie die Oberhand gewinnen!«

Ein Klopfen an der Tür unterbrach sie. Irritiert rief Scapula: »Herein!«

Sein Sekretär salutierte respektvoll und hielt ihm eine Schriftrolle entgegen. »Diese Eildepesche kam soeben aus Lindum.«

Scapula winkte zerstreut ab. »Ich bin beschäftigt, Drusus. Leg sie zu den anderen.«

»Aber es ist eine Eilsendung, Herr. Der Bote soll auf Antwort warten.«

Mit einem Stoßseufzer riß Scapula die Rolle an sich, brach das Siegel und überflog sie. Eurgain starrte aus dem Fenster. Die Hügelketten am Horizont boten einen vertrauten, tröstlichen Anblick. In Gedanken folgte sie dem gepflasterten Pfad, der sich durch die Eichenhaine schlängelte, bis hinunter zum Fluß, an dem früher die Barken und die Weidenboote ankerten. Entschlossen, ihrer wehmütigen Stimmung nicht nachzugeben, drehte sie sich wieder zu Scapula um. Der war aufgesprungen und umklammerte die Schriftrolle mit zitternden Fingern.

»Bei Mithras!« flüsterte er entgeistert und warf sie achtlos auf den Tisch. »Das darf nicht wahr sein! Endlich, endlich!« Er machte einen Satz in Eurgains Richtung, und Bran sprang vor, um sich schützend vor sie zu stellen. Scapula funkelte sie beide an.

»Ich habe ihn!« jubelte er und atmete schwer. »Bereitet euch auf euren Abschied von Albion vor! Er ist wie ein Blinder in Cartimanduas Falle getappt, er und sein Barde. Ha! Sie hat ihn dem Präfekten in Lindum übergeben. Seine Götter haben ihn verlassen, Caradoc ist mein Gefangener!« Er konnte sich vor überschäumender Freude kaum fassen und schlug sich mit der Faust der einen Hand immer wieder gegen die Handfläche der anderen. Dann setzte er sich aufgeregt wieder hinter seinen Schreibtisch.

»Drusus, sag dem Kurier, er soll noch eine Weile warten. Dann führ ihn herein. Caradoc muß so schnell wie möglich überführt werden, ehe seine Häuptlinge davon erfahren und ihn zu befreien versuchen.« Er rieb sich mit nachdenklicher Miene die Hände.

»Und nun zu dir, Druide. Drusus, die Wache!« Er schaute Bran hämisch an. »Du weißt natürlich, daß dich von Gesetzes wegen der Tod erwartet. Die Anklage lautet auf Volksverführung. Wenn du der Dame hier noch etwas zu sagen hast, solltest du es jetzt tun.«

Vier Soldaten polterten herein und blieben abwartend, mit verschränkten Armen und gleichgültigen Gesichtern an der Tür stehen. Eurgain erwachte aus ihrer Starre. Impulsiv beugte sie sich über den Schreibtisch zu einem erschreckt dreinschauenden Scapula.

»Das kannst du nicht tun! Dieser Mann hat niemandem Leid zugefügt! Ist dein Triumph nicht bereits groß genug?«

»Wie ist es nur möglich«, gab er kalt zurück, »daß du um das Leben eines Druiden bettelst, nicht jedoch um das deines Gemahls? Was bist du nur für eine Frau! Weißt du denn nicht, daß Caradoc und seine Häuptlinge nichts weiter als Marionetten in den Händen der Druiden sind? Jetzt, wo Caradoc gefangen ist, werden sie ihn einfach fallenlassen und sich ein neues Werkzeug suchen, das ihren Willen ausführt. Wenn ich ihn freiließe, würde er sofort auf ihre verruchte Insel zurückkehren und dort in aller Ruhe neue Intrigen spinnen.«

Bran packte Eurgain sanft an den Schultern. »Eurgain, hört mir zu«, sagte er gefaßt auf Keltisch. »Nichts ist wichtig. Es gibt überall Gestirne am Firmament und wunderbare Nächte, in denen das Herz weit wird und den flüchtigen Augenblick der Wahrheit erkennt. Es gibt überall Kristalle und Steine, deren Kraft Euch zugänglich sein wird. Versteht Ihr mich?« Sie schüttelte verzweifelt den Kopf und lehnte sich wie ein schutzsuchendes Kind an ihn. Bran umarmte sie, dann löste er sich. »Sieh mich an, mein Kind.« Langsam hob sie ihren Kopf und sah ihn mit tränenüberströmtem Gesicht an. Bran ergriff ihre Hände. »Wir werden uns wiederbegegnen, Eurgain. Grüßt den Arviragus von mir.« Eurgain schaute hilfesuchend in seine braunen Augen und fühlte, wie die Tränen versiegten und eine eigenartige Losgelöstheit von ihrer Seele Besitz ergriff.

Scapula bedeutete den Wachen, Bran hinauszuführen.

»Eine friedliche Reise, Meister!« rief Eurgain mit brechender Stimme, und er antwortete zuversichtlich.

»Friede und ein langes Leben, Eurgain.«

Dann war er fort.

Scapula erhob sich. »Zurück in die Zelle mit ihr!« befahl er. »In einer Woche ist dein Gemahl auch hier. Ist das nicht eine bessere Nachricht, als wenn er tot wäre?«

»Nein«, sagte sie und straffte die Schultern.

Sechs Tage später traf die Kohorte mit den Gefangenen in Colchester ein. Scapula war absolut auf Nummer Sicher gegangen. Fünfhundert Soldaten bewachten den Karren Tag und Nacht, doch niemand hatte sich ihnen genähert, und sie erreichten ihr Ziel ohne Zwischenfälle.

Scapula empfing den Gefangenenzug schon vor den Toren der Stadt und eskortierte ihn bis vor das Gefängnis. Er verzichtete darauf, Caradoc und Caelte gleich untersuchen zu lassen, das konnte später nachgeholt werden. Als erstes mußten sie hinter

Schloß und Riegel, erst dann konnte er vorübergehend aufatmen und sich sicher fühlen. Er hatte strengste Sicherheitsvorkehrungen getroffen. Die Wachen wurden stündlich abgelöst. Ein Eilkurier war nach Rom unterwegs. In ein paar Wochen erwartete er das Gefangenenschiff, und dann war er die ungeheure Verantwortung endgültig los.

Der Pulk bewegte sich nur langsam durch die leicht ansteigenden Straßen, vorbei an adretten Häusern und Vorgärten, an Läden und Werkstätten. Caelte kam aus dem Staunen nicht heraus. Tatsächlich war die Stätte ihrer Jugend nicht wiederzuerkennen. Der Hügel, von dem aus das Versammlungshaus die ganze Stadt überschaut hatte, war eingeebnet worden und statt dessen erhob sich an derselben Stelle, auf einer sanften Anhöhe, ein weißer, römischer Marmortempel, der im Licht der untergehenden Sonne rosafarben schimmerte.

Caradoc hatte den Tempel schon einmal gesehen und schaute fort, denn die Erinnerung an jenen Tag war noch allzu lebendig. Wieder stand Boudicca auf den Stufen des Tempels und staunte ihn mit weitaufgerissenen Augen und offenem Mund ungläubig an. Prasutugas drängte sie zum Weitergehen, weil hinter ihnen Plautius aus dem Tempelinnern ins Freie trat. An seiner Seite schritt, hoch erhobenen Hauptes, Gladys. Sein Zorn war verraucht und hatte sich in abgrundtiefe Scham verwandelt. Ihr Anblick war ihm unerträglich, und er war in der Menge untergetaucht.

Sie ließen den Tempel hinter sich und bogen ab, vorbei am Hauptquartier und den Administrationsgebäuden. Plötzlich blieb Caradoc stehen und lauschte angestrengt. Irgend jemand rief seinen Namen, oder bildete er sich das nur ein? Da war es wieder, undeutlich, wie ein Schluchzen. Ein Soldat drückte ihm die Speerspitze in den Rücken, aber Caradoc blickte sich suchend um. Eurgain. Aus einem der vergitterten Fenster winkte ein weißer Arm, und er glaubte, auch ein Gesicht dahinter zu erkennen.

Der ganze Pulk kam zum Stillstand. Scapula bahnte sich einen Weg zu Caradoc und nickte dem Zenturio zu. »Sie können kurz miteinander sprechen.« Die Soldaten bildeten einen Durchgang, Caradoc hob seine Ketten hoch und stolperte zu dem kleinen

Fenster. Er streckte seine Hände durch die Gitterstäbe, und ihre Finger befühlten sein Gesicht. Die Ketten fielen rasselnd gegen die Wand.

»Eurgain! Aricia sagte mir, daß er euch gefangen hätte, aber ich hielt es für eine ihrer gemeinen Lügen. Seid ihr gut behandelt worden? Wo sind die Kinder?«

»Nebenan.« Dann holte sie tief Luft und senkte ihre Stimme, denn sie schämte sich der Frage, die sie in diesem Augenblick am meisten bewegte. Aber sie mußte sie loswerden.

»Caradoc, warum im Namen Camulos', mußtest du ausgerechnet zu Aricia fliehen? Du hättest wissen müssen, daß sie dich verrät.«

Er warf ihr einen fragenden Blick zu, dann huschte ein belustigtes Lächeln über sein Gesicht. »Keine Angst, Liebes. Ich habe mich ihr nicht aus Sehnsucht in die Arme geworfen, oder um Trost bei ihr zu finden. Wir haben Venutius gesucht und uns einem Führer anvertraut, der uns in die Falle führte. Ist Bran hier?«

Sie preßte ihre Stirn gegen seine Hände. »Sie haben ihn hingerichtet. Caradoc, so viele sind schon tot. Manchmal glaube ich, ich werde verrückt.« Ihre Stimme klang wieder unsicher.

»Cinnamus ist auch tot, Eurgain«, flüsterte er, und sie schluchzte auf.

»Ja, ich weiß. Als Bran es uns erzählte, nahm Vida ihr Schwert und ging allein in den Wald. Sie alle haben Frieden gefunden, nur wir leiden weiter.«

Im Fenster der Nachbarzelle erschien ein Arm. »Vater, bist du es?« rief Llyn. Caradoc machte einen Schritt, um Llyns Arm zu drücken, aber Scapula versperrte ihm den Weg.

»Genug«, blaffte er. »Zurück in die Reihe!«

»Freiheit!« rief Llyn ihnen nach. »Freiheit! Freiheit!«

»Freiheit«, flüsterte Caelte, als Caradoc wieder neben ihm marschierte, und sie sahen sich bedeutungsvoll an.

24

Eine Woche vor den Herbststürmen, die um diese Jahreszeit immer über die Meeresstraße tobten, ging ein schnelles, leichtes Kriegsschiff aus Gesioracum an der Flußmündung vor Anker. Colchester war mit Soldaten förmlich vollgestopft. Sie bildeten eine undurchdringliche, lebende Mauer rings um das Gefängnis, sie drängten sich in den Straßen, bewachten die Stadttore und stolperten am Fluß übereinander. Scapula scheute keine Mühe. Aus Rom waren Glückwunschdepeschen eingetroffen, und die Spione berichteten, daß unter den Rebellen im Westen helle Aufregung und Betroffenheit herrschte. Römische Spähtrupps bewegten sich ungehindert durch Rebellengebiet, und nie fand ein Überfall statt. Trotzdem stand Scapula jede Nacht am Fenster und spähte in die Nacht hinaus, unfähig zu schlafen, aus Angst davor, daß die Übergabe Caradocs noch im letzten Augenblick vereitelt werden könnte.

Am Morgen nach Caradocs Ankunft hatte er sich den Rebellen vorführen lassen, aber letzten Endes gab es nichts zu sagen. Unter Caradocs dunklen Augen war seine Zuversicht einfach dahingeschmolzen, und er begriff, daß er lediglich einen Körper gefangen hatte. Der Geist des Rebellen war frei und ungebrochen.

»Es war eine gute Schlacht, Gouverneur«, hatte Caradoc gelassen und anerkennend gesagt. »Aber ruh dich nicht allzu lange auf deinen Lorbeeren aus. Du denkst, wenn du mich nach Rom schickst, ist alles vorüber. Du irrst dich. Der Westen wird einen neuen Arviragus hervorbringen, und mein Geist und der Geist der Freiheit werden Albion nie verlassen.«

»Dummes Zeug!« hatte er verdattert erwidert. »Dein Ruhm ist dir zu Kopf gestiegen. Du bist eine Führernatur, das ist wahr, aber du hast deine Begabung und deine Kraft für Wilde vergeudet. Dabei hättest du ein großer, ein erfolgreicher Feldherr sein können. Doch nun ist zum Glück alles vorbei. Wenn du fort bist, ist es nur noch eine Frage der Zeit, bis der Westen sich ergibt, und in wenigen Jahren schon werden die Menschen nur noch verächtlich von Caradoc sprechen, weil du in deinem Starrsinn die Segnungen Roms so lange von ihnen ferngehalten hast.«

»O Scapula!« hatte Caradoc gelacht. »Wie verblendet bist du doch! In Gallien sprechen die ehrbaren Häuptlinge noch heute mit Liebe und Respekt von Vercingetorix, obwohl sie die Segnungen Roms nun schon seit über hundert Jahren genießen! Ihr Römer dürft nie vergessen, daß die Macht der liebevollen Erinnerung immer stärker ist als die Verheißung erlesener Weine!«

Einen Augenblick lang hatten sie sich lächelnd gemustert, hatten sich gegenseitig stummen Respekt gezollt, wie es durch den Austausch von Worten nie möglich gewesen wäre. Dann hatte Scapula ihn wieder in die Zelle zurückführen lassen. Dort saß Caelte in einer Ecke auf dem feuchten Boden und summte neue Melodien vor sich hin, ein sicheres Zeichen dafür, daß sein gesunder Optimismus wieder die Oberhand gewann.

Scapula aber wandte sich seinem zweiten Offizier zu. »Sag mir, Gavius«, fragte er nachdenklich, »wer war Vercingetorix?«

An einem nebligkalten Herbstmorgen wurden die Türen der Zellen aufgesperrt und die Gefangenen hinausgeführt. Eine Eskorte nahm die Familie und Caelte in Empfang, und Llyn blinzelte seinem Vater zu. »Ob die Häuptlinge uns befreien werden?« zischte er. »Bestimmt lassen sie es nicht zu, daß wir so mir nichts, dir nichts in die Sklaverei geschleppt werden.«

»Sie werden gar nichts unternehmen, Llyn«, antwortete Caradoc, »denn sie hatten gar keine Zeit, unsere Befreiung vorzubereiten, und außerdem wäre es eine Tollkühnheit sondergleichen, hier, im Herzen der Provinz, einen Befreiungsversuch zu unternehmen. Sie werden weiterkämpfen, mein Sohn, aber mein Schicksal hat sich erfüllt, und die Druiden werden einen neuen Arviragus suchen.«

Dann stiegen sie auf den wartenden Karren, die Ketten wurden gesichert, letzte Befehle gerufen; dann holperten sie über die Pflastersteine den Weg entlang, der Erinnerungen an Jagdzüge, Raubzüge und nächtliche Ausritte in ihnen wachrief. Schatten in grauen Umhängen säumten den Weg. Blasse, ausdruckslose Gesichter wirkten im Nebel, als gehörten sie einer anderen Zeit an.

Scapulas schrille, aufgeregte Stimme rief einen Befehl. »Formiert euch! Los, beeilt euch!«, und Caradoc stellte erstaunt fest, daß die Schatten nicht die Geister der Erinnerung waren, sondern

Männer und Frauen, die sich in stummem, gewaltfreiem Protest versammelt hatten, um ihm ihr Geleit zu geben.

Am Fluß wartete eine Barke. Die Gefangenen stiegen auf das Boot um, das sofort ablegte und in der Strömung schnell der Flußmündung entgegentrieb. Unzählige Menschen säumten das Flußufer und winkten der vorbeigleitenden Barkasse zu. Eine Frau stimmte ein Lied an, und es klang hell und rein über das Wasser. Jemand rief.

»Eine friedliche Reise!« Diese Worte brachen das Eis und entfesselten eine wahre Flut von Segenswünschen. Albion zollte seinem Arviragus den letzten Tribut.

»Friede und ein langes Leben, Ri! Wir vergessen Euch nicht, Arviragus! Freiheit, Arviragus, Freiheit!«

Eurgains Hand stahl sich in die Caradocs, und er drückte sie mit Tränen in den Augen.

Scapula nahm Caradocs Triumphzug mit zusammengepreßten Lippen zur Kenntnis. Innerlich schäumte er vor Wut, aber er wagte auch nicht, die Menschen an ihrem gewaltlosen Tun zu hindern, denn er wollte auf keinen Fall einen Aufruhr provozieren. Die Soldaten warfen sich verunsicherte Blicke zu und faßten ihre Schwerter fester.

Die Rufe gingen in ein Lied über, das Marschlied der Catuvellauni. Die Worte pflanzten sich in Windeseile von Mund zu Mund fort, gewannen an Kraft und schwollen zu einem rhythmischen Crescendo an, einem gesungenen Bekenntnis zu Widerstand und Solidarität. Die Menge entlang des Flusses begann zu klatschen und im Takt mit den Füßen zu stampfen; sie warfen ihre Umhänge in die Luft und schüttelten ihre langen Haare. Dann lichtete sich der Nebel, die Sonne brach strahlend durch die Wolken, und das Grollen des Meeres vermischte sich mit dem Lied der Freiheit.

Die Flagge des Imperiums hing schlaff an den hohen Masten des Schiffes, an dessen Längsseite sie nun anlegten. Caradoc und seine Familie schritten langsam über den Steg an Bord der *Liburnian* und blinzelten in die Sonne. Caradoc ließ Eurgains Hand los und drehte sich zu der Menge um, die urplötzlich verstummte. Er holte tief Luft und ließ seinen Blick über die bunt gekleideten Gestalten gleiten, die erwartungsvoll zu ihm herüberstarrten. Er spürte die Wellen der Zuneigung und des Trostes, die von ihnen ausgingen, und sein Herz verkrampfte sich. Sehnsuchtsvoll schaute er zu den weißen Klippen hinüber, zu den grasbewachsenen Hügeln, den dunklen Wäldern.

Albion, Albion! schrie er innerlich mit jeder Faser seines Wesens. Ich habe mein Ziel nicht erreicht, und deine Erde birgt die Leiber derer, die mir lieb und teuer waren. Wache über sie.

Langsam hob er die Arme. Die Ketten an seinen Handgelenken rasselten.

»Sagt ihnen, daß ich nicht aufgebe. Sagt ihnen, daß der Kampf weitergeht!« rief er ihnen zu. Dann drehte er sich um. Befehle wurden gerufen und ausgeführt, und irgendwo im Bauch des Schiffes ertönte in regelmäßigen Abständen ein dumpfer Schlag, zu dem die Galeerensklaven ruderten. Wie viele von euch da unten ritten einst als freie Menschen durch Wiesen und Wälder, grübelte Caradoc, als das Schiff ablegte.

Llyn hielt sich an der Reling fest, und Eurgain trat zu Caradoc, dessen Blick unverwandt auf das von Menschen gesäumte Ufer gerichtet war.

Plötzlich hatte er das Gefühl, einfach über Bord springen zu müssen. Er würde als freier Mann über den Sandstrand an der Küste da drüben rennen, in seine Heimat. Selbst wenn er für die Römer Frondienste zu leisten hätte, alles, alles war besser, als die Heimat verlassen zu müssen!

Ein Ruf erreichte ihn, und obwohl er ihn nicht verstand, war es der Ruf seines Herzens. Und dann, wie auf Kommando, liefen die Menschen alle ins Wasser. Sie warfen Broschen, Armreifen, Ringe, alles, was sie hatten, ins Meer und winkten ihm ein letztes Mal zu. Das Schiff gewann an Geschwindigkeit, und innerhalb weniger Minuten wurden die Klippen immer kleiner, bis Albions Küste nur noch ein dunkler Streifen am Horizont war. Unvermittelt begann Caelte zu summen. Er stimmte ein Lied an, das sie alle kannten und das jetzt eine fast vergessene Saite in ihnen zum Klingen brachte: »Das Schiff.«

Als Caelte mit fester Stimme zu singen begann, rief er die Erinnerung an jene Nacht in ihnen wach, als Caradoc und Togodumnus von ihrem ersten gemeinsamen Kriegszug gegen die Coritani nach Camulodunum zurückgekehrt waren. Eine ganze Nacht lang hatten die Catuvellauni gefeiert, machttrunken und voller Träume von dem Imperium, das sie zu schaffen gedachten. Wie rücksichtslos waren sie in ihrem Gefühl der Allmacht gewesen!

Caradoc lächelte, trotz des übergroßen Kummers in seinem Herzen, und Caelte sang, sang mit Hingabe, erhob sich selbst mit dem Lied über seine Trauer hinaus. Während Caradoc dem Lied fasziniert zuhörte, eröffnete sich ihm ein neues Verständnis für seinen Inhalt. Es war nicht einfach das Lied von einem Krieger und seiner gestorbenen Liebe. Es war vielmehr ein Bild für Albion, Albion selbst lag sterbend unter den Bäumen, und er, Caradoc, war jener Krieger, der an gebrochenem Herzen ebenfalls starb, während das Schiff ihn immer weiter davontrug.

»Warum singt Ihr, mein Freund?« fragte Caradoc den Barden, als die letzten Töne des ergreifenden Liedes verklungen waren.

Caeltes Augen schimmerten feucht, aber er versuchte, zu lächeln. »Nun, Herr, ich lebe, und so singe ich.«

Noch einmal drehte sich Caradoc um. Die Sonne lag glitzernd auf dem smaragdgrünen Ozean, und der Horizont war leergefegt. Albion gehörte der Vergangenheit an.

Zweiter Teil

25

Venutius verweilte nur kurz in der Stadt. Zwei anstrengende Wochen lagen hinter ihm, in denen er seine Anhänger in den Süden geführt hatte. Aricia hatte ihm Boten nachgeschickt, mit Worten der Entschuldigung, des Bedauerns, und er hatte kurz geschwankt. Früher war er jedesmal wieder auf ihre Lockrufe hereingefallen, doch diesmal war es anders.

Der Gedanke an ihre Schandtat brachte ihn immer wieder aus der Fassung. Er schämte sich seines Versagens und Aricias Verrats, der einem Verrat von ganz Brigantes am Arviragus gleichkam. Die Unruhe trieb ihn hin und her, bis er schließlich, zunächst noch ohne ein bestimmtes Ziel, in den Westen aufbrach. Unterwegs stießen immer mehr Häuptlinge mit ihren Familien und Freien zu ihm, die ihre Höfe, Felder und Siedlungen verlassen hatten, um ihm zu folgen. Als er sich dem letzten großen, zusammenhängenden Waldgebiet vor den Bergen näherte, war seine Gefolgschaft auf ein Viertel der Bevölkerung von Brigantes angewachsen.

Venutius hatte noch keine Pläne. Er wußte nur, daß die Männer, die er suchte, schwer zu finden sein würden, da sie sich nach der letzten Niederlage in alle Himmelsrichtungen zerstreut hatten. Aber die Schmach über den Verrat trieb ihn unbarmherzig voran. Er verließ sich ganz auf sein Gefühl, folgte seinem Instinkt und hoffte, die Pfade und Wege wiederzuerkennen, auf denen er an Caradocs Seite drei Monate lang unterwegs gewesen war. Damals hatte er sich halb als Rebell gefühlt, doch die andere Hälfte seines Lebens hatte Aricia gehört. Ihretwegen hatte er Caradoc schmählich verlassen.

Er wußte, daß nur wenig Aussicht darauf bestand, Madoc oder Emrys aufzuspüren. Sie mußten sich ihm zu erkennen geben, und er ahnte, daß sie sich tief in den Bergen versteckt hielten, um ihre Wunden zu heilen. So streifte er wochenlang durch unwirtliches Land.

Eines Tages rasteten sie um die Mittagszeit an einem Gebirgsbach. Die Pferde tranken, und die Männer kühlten ihre wunden Füße, als Venutius und seine Häuptlinge sich plötzlich umringt sahen. Lautlos waren die Rebellen herangekommen. Als Venutius aufstehen wollte, spürte er eine Schwertspitze im Nacken, seinen Häuptlingen erging es nicht viel besser. Verdattert schaute er in ein Dutzend feindseliger Augenpaare.

»Wer seid Ihr und was wollt Ihr hier?« fragte ihr Anführer, der Venutius mit besonderem Argwohn musterte.

»Ich bin Venutius, Herrscher von Brigantes. Dies sind meine Häuptlinge und meine Gefolgschaft«, antwortete er. »Ich suche Madoc oder Emrys, den Häuptling der Ordovicen.«

»Ich kenne diesen Häuptling«, ließ sich eine andere Stimme vernehmen. »Er hat ein paar Monate an Caradocs Seite gekämpft, dann wurde er abtrünnig. Er ist mit Rom verbündet.«

»Das ist nicht länger der Fall!« rief Venutius empört, aber woher sollten diese Rebellen wissen, daß er sich von seinen Fesseln befreit hatte.

Ihr Anführer brauchte nicht lange, um zu einem Entschluß zu kommen. »Folgt mir!« befahl er und verschwand zwischen den Bäumen. Venutius gab seinem Schildträger Anweisung, den Befehl weiterzugeben, und folgte den anderen schnellen Schritts.

Nur zwei Stunden später erreichten sie das Zeltlager der Rebellen am Ufer des Gebirgsbaches, an dem auch die Männer Brigantes gerastet hatten. An seinem Ufer saßen zwei Gestalten, und Venutius erkannte Sine an ihrer Wolfsmaske, ihr Begleiter war ihm unbekannt.

Die beiden standen auf. Während Venutius wartete, wie man auf ihn reagieren würde, ließen sich seine Gefolgsleute auf der Erde nieder. Dann stand Sine vor ihm, die Hände am Schwert. Ihre Augen musterten ihn verächtlich.

»Ah, Venutius, der tapfere Häuptling von Brigantes. Ich erinnere mich an Euch. Wir kämpften Seite an Seite, dann wurde unser Leben Euch ein wenig zu anstrengend.« Ihre Stimme klang hart. »Wir brauchen Euch nicht. Ihr seid nicht vertrauenswürdig.«

Er wollte ihr keine Erklärung abgeben, nicht hier. »Ich suche Emrys«, sagte er daher knapp.

»Ist unterwegs, um die geflohenen Häuptlinge wieder zusammenzuführen.«

»Madoc?«

»Sammelt die Überreste seines Volkes, bevor sie noch alle umgebracht werden. Die Zweite Legion jagt sie. Die Soldaten töten jeden, dem sie begegnen, Mensch und Tier.« Dann kam ihr ein Gedanke. Venutius sah ihn in ihren dunklen Augen aufblitzen und trat einen Schritt zurück. »Es gibt Gerüchte, die besagen, daß der Arviragus in den Bergen nach uns sucht, andere, daß er zu Euch nach Brigantes geflohen sei. Bringt Ihr uns eine Nachricht von ihm, Venutius?«

Er meinte, vor Scham im Boden versinken zu müssen. »Nein, Sine, ich bin Caradoc nicht begegnet«, antwortete er und ließ den Kopf hängen. Sine spürte, daß da noch mehr war, aber Venutius konnte nicht weitersprechen. Er schluckte, auf der Stirn bildeten sich feine Schweißperlen. Dann preßte er beide Fäuste gegen seine Schläfen. »Sine!« Er stöhnte und stieß die Worte mühsam heraus. »Der Arviragus wird nicht zurückkommen. Er suchte mich, konnte mich aber ohne Führer nicht finden und fiel einem Spion meiner Gemahlin in die Hände. Sie hat ihn den Römern übergeben. Er wird entweder in Fort Lindum oder gar in Camulodunum gefangengehalten.«

Schweigen. Er brachte es nicht über sich, Sine anzuschauen. Schon wurde die Nachricht von Mund zu Mund getragen, und ein lautes Wehklagen setzte ein. Sine hielt sich die zitternden Hände vors Gesicht, das einzige Zeichen dafür, daß die Nachricht sie vernichtend traf. Als sie wieder sprach, klang ihre Stimme kalt und gefaßt wie immer.

»Hat sie Euch mit dieser Botschaft zu uns geschickt?«

»Nein! Ich habe mich von ihr und Brigantes losgesagt. Ich gehe nicht mehr zurück!«

Plötzlich, ohne ein warnendes Vorzeichen, explodierte Sine. »Wir wollen Euch nicht! Ihr seid ein stinkender, verlogener Tuath! Eure Leute haben ihre Seelen verkauft, und ihr verdient es nicht, Freie genannt zu werden. Fort! Fort mit Euch!«

Venutius konnte nicht erkennen, ob sie weinte. Wahrscheinlich nicht. Sie war hart, mitleidslos, gefühllos. Er ging auf sie zu.

»Sine, ich werde nicht fortgehen. Ich habe meine Krieger mitgebracht, denn wir werden kämpfen. Noch mehr werden zu uns stoßen. Gebt mir eine Chance, meine Loyalität zu beweisen. Ich bin nicht mehr der Häuptling, der Caradoc aus Schwäche für eine Frau verlassen hat.«

Sie hörte auf, ihn zu beschimpfen, und schaute ihm in die Augen, die ihr mehr sagten, als seine Worte es taten. »Was ist mit Eurgain und den Kindern?«

Verzweifelt schüttelte er den Kopf. »Ich weiß es nicht. Sie waren nicht bei ihm, als . . . als . . .« Sine verschränkte die Arme.

»Gut. Bleibt. Aber ich verspreche nichts. Wenn Emrys und Madoc zurückkommen, werden sie entscheiden. Bis dahin geduldet Euch.«

»Einverstanden. Ich werde nicht davonschleichen – dies nur für den Fall, daß Ihr mich beobachten lassen wollt. Euer Schicksal ist auch das meine.

Sie sah ihm nach, als er zu seinem Gefolge zurückging. »Du hältst es ja doch nicht lange aus«, murmelte sie.

»Da irrt Ihr Euch«, fuhr einer von Venutius' Häuptlingen auf, der sie gehört hatte. »Er hat einen Eid geschworen und seine Gemahlin trägt die Spuren seines Blutes. Er geht nicht zurück.«

Sie drehte sich zu ihm um. »So, so. Das ist allerdings eine ernste Angelegenheit. Aber ehrenhafter wäre es gewesen, er hätte sie getötet«, belehrte sie ihn. »Was liegt ihr an seinem Blut?«

Emrys kehrte drei Wochen später zurück und mit ihm der Rest des Tuath. In der Zwischenzeit hatten die Spione die Nachricht von Caradocs Einkerkerung in Camulodunum bestätigt und durch den Bericht der Gefangennahme von Eurgain, Llyn und den Mädchen sowie der Hinrichtung Brans vervollständigt. Dann waren sie nach Mona weitergeeilt, um dem Großdruiden die Nachricht zu überbringen. Emrys und Sine stritten sich eine ganze Nacht über das Für und Wider von Venutius' Unterstützung. Er ließ Sines Einwände nicht gelten und beschloß, daß Venutius bleiben könne. Immerhin brachte er neue Krieger in die gelichteten Reihen der Rebellen, und seine Gefolgschaft wuchs noch immer. Viele wütende Tiefländer, die nicht viel von dem sogenannten Frieden Roms hielten, rafften sich auf und folgten seinem Beispiel. Nach einiger Zeit trafen auch die zerstreuten Rebellen der anderen Stämme scharenweise wieder im Lager ein. Aber ohne Caradoc, der sie alle mit eiserner Hand geführt hatte, glichen sie großen Kindern, die nicht wußten, was sie mit sich anfangen sollten. Emrys atmete erleichtert auf, als Madoc zerschunden, aber guter Dinge mit dreitausend Siluren im Lager ankam. Der Süden ihres Stammlandes war nur noch eine Legende. Die Römer hatten einfach alles dem Erdboden gleichgemacht, aber Madoc blickte bereits wieder in die Zukunft. Wenn man den Arviragus erst einmal gefunden habe, könne man im Norden eine neue Front aufbauen, meinte er zuversichtlich. Er hatte also noch keine Ahnung. Als Emrys ihm berichtete, wie es um Caradoc stand, brüllte Madoc wie ein waidwundes Tier. Er rannte blindlings zwischen den Bäumen hin und her, hieb mit dem Schwert ziellos gegen Baumstämme, die ihm im Weg standen und schien den Verstand zu verlieren. Dann setzte er sich wieder ans Feuer und fiel in sich zusammen.

»Und jetzt, Emrys?« schluchzte er ratlos, als er sich einigermaßen beruhigt hatte.

»Auf jeden Fall können wir nicht aufgeben«, erklärte Emrys mit Bestimmtheit, und Madoc nickte getröstet.

Schniefend steckte er sein Schwert wieder ein. »Ich glaube, wir haben unsere Lektion endgültig gelernt, seit meine stolzen Krieger eine offene Schlacht vom Arviragus forderten. Wir werden denselben Fehler nicht noch einmal begehen. Ihr und ich, Madoc, wir müssen den Kampf fortführen.«

»Ihr habt recht«, stimmte Madoc zu. »Was ist mit den Männern von Brigantes?«

»Venutius wird sich bewähren müssen. Bis dahin werde ich ihn genau beobachten, aber ich habe das Gefühl, daß er es diesmal ernst meint.«

»Pah! Ein Mann, der sich derart von einer Frau beherrschen läßt, ist nicht viel wert. Es wundert einen, daß er so ein ausgezeichneter Kämpfer ist.« Madoc stand schwerfällig auf, um sich schlafen zu legen, und Emrys behielt seine Meinung über Venutius vorläufig für sich.

An jenem Abend trafen sich Emrys, Madoc, Venutius und einige andere Häuptlinge am Lagerfeuer zu einer Besprechung.

»Ich möchte über Caradoc sprechen«, begann Emrys. »Gibt es eine Möglichkeit, ihn zu befreien? Was denkt Ihr?«

Alle schwiegen, dann ergriff Madoc das Wort. »Scapula war jahrelang wie ein Besessener hinter ihm her. Nun ist es ihm geglückt, ihn zu fangen. Ich bin sicher, er wird kein Auge zutun, bis Caradoc auf dem Weg nach Rom ist. Und bis dahin wird es in Camulodunum nur so von Soldaten wimmeln. Ihn da herausholen zu wollen, wäre glatter Selbstmord.«

Emrys nickte, dann rief er seinen Schildträger. »Bringt mir den Kundschafter aus Camulodunum.« Dieser erschien kurz darauf und ließ sich ebenfalls am Feuer nieder.

»Gebt uns einen genauen Lagebericht über die Truppen in Camulodunum«, befahl Emrys.

»Innerhalb der Stadt, in direkter Nachbarschaft des Hauptquartiers, der Verwaltungsgebäude und des Gefängnisses, in dem Caradoc sich befindet, wachen mehr als zweihundert Legionäre. In diesen inneren Bereich haben nur Römer Zutritt. Zwischen dem Verwaltungsbereich und dem Tor wachen fünfhundert oder mehr Soldaten, die sich über alle Straßen verteilen. Zwischen der Stadt und dem Fluß und teilweise noch in den Wäldern befinden sich weit über tausend Soldaten.«

»Seid Ihr Euch da ganz sicher?« Die Zahlen muteten einfach lächerlich an, fast zweitausend Soldaten, um eine Familie zu bewachen!

»Ich arbeite gelegentlich in den Ställen mit dem Burschen eines Zenturio, der gern redet. In einem Monat soll der Arviragus nach Rom gebracht werden.«

»Unter diesen Umständen gibt es nichts, was wir zu seiner Befreiung tun könnten«, überlegte Emrys. Die kleine Gruppe saß niedergeschlagen am Feuer. Selten hatten sie sich so verlassen, so hilflos, so orientierungslos gefühlt.

Venutius wurde jeden Morgen entweder zu Emrys oder zu Madoc gerufen und begriff, daß dies Teil seiner Prüfung war. Er begleitete sie tagelang auf den beschwerlichen Reisen von Lager zu Lager. Die Rebellen mußten so schnell wie möglich ein neues Kommunikationsnetz etablieren, und schon bald hatte Venutius einen klaren Lageplan der einzelnen Rebellenstandorte sowie der dazwischen verlaufenden Versorgungspfade, Kundschafterpfade und Kriegspfade erstellt. Immer besser begriff er, welch eine außerordentliche Leistung der Arviragus vollbracht hatte, und Emrys und Madoc versuchten in unermüdlicher Kleinarbeit die losen Enden wieder zusammenzuführen. Für Venutius wurde der Westen zu einem funktionierenden Ganzen, in dem alle Stämme eng miteinander verwoben waren. Der ganze Westen war eine einzige Armee, ein einziges großes Fort, in dem die unterschiedlichen Abteilungen durch ein ausgeklügeltes Kommunikationssystem miteinander in Verbindung standen, zu komplex, als daß die Römer es hätten kontrollieren können.

Nur ein überragender Geist hatte dies alles aufbauen und intakt halten können, dachte er bei sich. Und Aricia hatte alles zerstört, aus Rachsucht, aus Gewinnsucht. Manchmal überfiel ihn eine tiefe Traurigkeit, wenn er an Caradoc dachte, und sein Entschluß festigte sich. Die Druiden hatten bislang nichts unternommen, um den Arviragus zu ersetzen, aber es war auch noch zu früh. Ein Arviragus wurde erst gemacht, dann gewählt. Vielleicht würde es auch nie wieder einen geben.

Er begann, Stärken und Schwachpunkte der organisierten Routen auszumachen. Eine gefährliche Praxis waren beispielsweise Getreidelieferungen von Mona, die über viele Kilometer hinweg immer demselben Pfad bis tief in die Berge folgten. Eines Nachts saß er lange wach und gruppierte die Einheiten in Gedanken um. Auf diese Weise eröffneten sich ihm neue, vielversprechende Perspektiven, die er allerdings noch für sich behalten mußte, da das Mißtrauen ihm gegenüber nach wie vor spürbar war. Er setzte seine Beobachtungen also fort, zog seine Schlüsse und wartete auf einen geeigneten Augenblick. Hin und wieder leistete Sine ihm reserviert, aber höflich Gesellschaft, und sie sprachen von unverfänglichen Dingen. Sines unverdorbene Art tröstete ihn. In allem war sie das genaue Gegenteil von Aricia, und langsam zog Frieden in sein verletztes Herz ein. Die Wunde begann zu heilen.

Einen Monat später traf ein abgekämpfter Kundschafter aus Camulodunum ein. Er fand Emrys, der mit Venutius bei einer Mahlzeit saß, und stärkte sich hastig, um endlich seine Neuigkeit loszuwerden.

»Der Arviragus hat das Land verlassen«, erzählte er. »Ich hatte mich unter das Volk gemischt, das die Straße von Camulodunum bis zum Fluß hinunter säumte und seinem Karren folgte. Sie sangen und jubelten ihm zu. Er sah müde aus, aber nicht gebrochen.«

»Hat er zu ihnen gesprochen?« fragte Emrys erschüttert. Er hatte mit dieser Nachricht gerechnet, doch nun traf sie ihn wie ein Schock.

»Nur ein paar Worte. Sagt ihnen, daß ich nicht aufgebe. Sagt ihnen, daß der Kampf weitergeht, rief er ihnen vom Boot aus zu. Ich glaube, er war zu bewegt, um sprechen zu können. Schließlich hat er seine Heimat zum letztenmal gesehen.«

Emrys seufzte. »Ich danke Euch. Kehrt jetzt nach Camulodunum zurück. Ich muß wissen, was Scapula für den Winter plant. Schickt die Informationen über die Nachrichtenkette.« Er machte eine Pause, denn die nächste Anordnung fiel ihm sichtlich schwer. »Wenn ... wenn Ihr die Nachricht von seiner Hinrichtung erhaltet, muß ich es so schnell wie möglich erfahren.« Seine Stimme klang belegt.

»Verstehe, Herr.« Der Kundschafter stand auf und entfernte sich. Die beiden Häuptlinge wagten es nicht, sich anzusehen. Ein furchtbares Gefühl der Einsamkeit überfiel sie. Solange Caradoc noch in Albion weilte, hatte seine Gegenwart den Westen mit Hoffnung erfüllt. Nun fühlten sie sich wie verlassene Kinder.

Venutius stand als erster auf. Zornig warf er seine rote Mähne zurück. »Ihr habt seine letzte Botschaft an uns gehört«, rief er ungestüm. »Wir werden nicht aufgeben, aber wir werden auch nicht in der Vergangenheit leben, und ich werde mich nicht länger für etwas schämen, das ich, wenn es möglich gewesen wäre, verhindert hätte, und wenn es mich das Leben gekostet hätte. Ich werde nicht mehr länger wie ein Schatten meiner selbst unter euch sitzen und auf Vergebung hoffen. Ich werde aufrecht durch das Lager schreiten, denn ich habe nichts zu verbergen. Steht auf, Emrys. Wir werden unseren Arviragus jetzt nicht im Stich lassen!«

Emrys sah ihn verwundert an, doch Venutius' ehrliche Entschlossenheit brachte auch ihn schnell auf die Beine. Sie sahen sich an und erkannten, daß ein starkes Band der Übereinstimmung zwischen ihnen bestand. Es hatte nichts mit Freundschaft zu tun. Sie verstanden sich, das war alles.

26

Der erste Abschnitt ihrer Seereise verlief kurz und ereignislos. In Gesioracum mußten Caradoc und seine Familie das Schiff verlassen. Man führte sie zu einem römischen Tempel, an dessen Mauern sie aneinandergekettet den ganzen Tag über in Staub und Hitze dem Spott der gallischen Bevölkerung ausgesetzt waren. Die römischen Wachen gaben sich gelangweilt, denn Spektakel dieser Art erlebten sie alle Tage. Verbiesterte Naturen, Neugierige und Gewohnheitsspötter kamen, um den Mann zu sehen, dessen Taten im ganzen Imperium Furore gemacht hatten, während er selbst jahrelang von der Außenwelt abgeschnitten seinen Überlebenskampf in den Bergen ausfocht und nicht wußte, daß er bereits zu Lebzeiten eine Legende geworden war. Jetzt erst, angesichts einer sensationshungrigen Meute, begriff er, was geschehen war. Aber nun war er kein freier Rebell mehr, der die römische Welt in Atem hielt, sondern eine Kriegsbeute, ein gestürztes Idol, und man war nicht bereit, ihm zu vergeben, daß er die Illusionen aller zerstört hatte.

»Hundesöhne!« zischte Llyn empört. »Feiglinge! Seit Generationen haben sie kein Schwert in der Hand gehalten, und sie wissen es auch. Sie sind so ehrlos geworden, daß sie sich nicht einmal schämen, einen wahren Krieger zu verhöhnen.« Er schimpfte noch eine Weile weiter, aber er zitterte unmerklich, wie auch die Mädchen, die ihre Köpfe gesenkt hielten und still vor sich hinweinten.

»Schau dich an, du verlauster Bauer!« schrie jemand. »Was für ein Arviragus bist du eigentlich? Wenn du das Feinste bist, was Albion zu bieten hat, ist es kein Wunder, daß die Römer euch allesamt verachten!«

Caradoc spürte Eurgains wachsende Spannung. »Hör nicht auf

sie«, flüsterte sie ein ums andere Mal, »ich liebe dich, Caradoc, hörst du? Ich liebe dich!«

Ein Hagel kleiner Steine prasselte auf sie nieder. Die Stunden vergingen quälend langsam, doch Caradoc bewahrte sein würdevolles Aussehen. Diese scheinbare Unantastbarkeit erboste die Menge um so mehr, und es war nur der Anwesenheit der Wachen zu verdanken, daß die Feindseligkeit sich nicht in gewalttätigen Ausschreitungen entlud.

Bist du all diesem auch ausgesetzt gewesen, Vercingetorix? fragte er sich. War dies die letzte Prüfung? Oder was kam danach?

Ein ganzer Monat verstrich, ehe sie endlich Rom erreichten. Während in Albions Wäldern schon der Herbst seinen Einzug hielt, erlebten sie auf ihrer Reise in den Süden einen heißen, trockenen Spätsommer. Sie hatten vergessen, wie viele Male sie noch an Land geschafft worden waren, um wie Schwerverbrecher zur Schau gestellt zu werden. Die Öffentlichkeit reagierte immer mit den gleichen demütigenden Verwünschungen und Beleidigungen, und die Hitze, der Staub, aber vor allem der Spott der Menschen machten ihnen zu schaffen.

Caradoc begriff allmählich, daß er mit einer völlig falschen, ja naiven Vorstellung von der Macht und Ausdehnung des römischen Imperiums gelebt hatte. So manche Nacht verbrachte er grübelnd. Wie tollkühn und verwegen kam ihm nun sein Widerstand gegen diesen Riesen vor. Wer war er denn schon? Ein Nichts. Ein Niemand. Ein Floh, der den Riesen geärgert hatte. Der hatte ihn gesucht, wie man einen beißenden Floh sucht, und nach einer Weile erschlug er ihn einfach. Albion war nichts weiter als eine Brotkrume im unersättlichen Magen des Riesen. Die Druiden hatten es gewußt. Kein Wunder, daß die überheblichen, selbstherrlichen Streitereien der Stämme sie manchmal zur Verzweiflung getrieben hatten. Dann wieder dachte Caradoc an seine Familie, an ihre Liebe füreinander und erkannte, daß er trotz alledem noch er selbst war. Er lebte. Er hatte eine Vergangenheit und eine Zukunft. Jeder, der Kaiser, ja selbst das römische Imperium, war diesen Gesetzmäßigkeiten unterworfen. Ich bin mir selbst nicht untreu geworden, dachte er, und deshalb war auch mein Leben nicht umsonst.

Auf Wochen hinaus blieben diese Einsichten sein einziger Trost. Die Pracht der Städte in der Provinz Gallia Narbonensis war ihm unbegreiflich. Er ging unter dem Triumphbogen des Julius Cäsar in Arausio hindurch und verstand plötzlich, was die Römer meinten, wenn sie ihn als einen Barbaren beschimpften. Die letzte, große desillusionierende Erfahrung stand ihm jedoch noch bevor. Als er Rom endlich mit eigenen Augen in seiner ganzen Ausdehnung und Prachtentfaltung sah, gab er sich geschlagen und folgte den Wachen überwältigt durch die Prachtstraßen der Stadt.

Noch ahnte er nichts von der Popularität, die er in der Hauptstadt des Römischen Reiches genoß. Er wußte auch nicht, daß Claudius eben aus diesem Grund für die demütigenden Erfahrungen während ihrer Überführung gesorgt hatte, denn der Kaiser wollte einen entmutigten Rebellen in Rom einziehen sehen, keinen hochmütigen, stolzen Barbarenhäuptling, der sich noch dazu seines Triumphes wohl bewußt war. Am Ende würde er ihn, Claudius, in den Schatten stellen. Der Kaiser war nicht willens, dies geschehen zu lassen. Vielmehr plante er, sich selbst wieder einmal in ein vorteilhaftes Licht zu rücken, und dies war eine günstige Gelegenheit.

Caradoc und seine Familie wurden in Hütten am Stadtrand untergebracht. Er und Eurgain verbrachten die Nacht schweigsam, aneinandergeschmiegt und voller Mitleid wegen ihrer ahnungslosen Kinder, die nicht wußten, daß der kommende Tag ihr letzter sein würde. Die Mädchen waren schon seit Wochen in eine verzweifelte Sprachlosigkeit verfallen, und Llyn schien zu spüren, daß sein Leben fast vorüber war. Er konnte es nicht begreifen. Bisher hatte er den Tod über andere gebracht, und der Gedanke, daß er nun plötzlich selbst durch die Hand eines anderen sterben sollte, erfüllte ihn mit Panik.

Am Morgen brachte man ihnen frisches Wasser zum Waschen und saubere Gewänder, dann wurden sie ohne Frühstück auf die von Bäumen gesäumte Via Sacra hinausgeführt, auf der sich bereits eine Menge Neugieriger versammelt hatte. Die Streitwagen standen bereit, und die wartenden Offiziere boten in ihren flammendroten Umhängen und den wippenden Federbüschen auf ihren Bronzehelmen ein prächtiges Bild.

Caradoc ergriff diese letzte Gelegenheit und küßte seine Töchter. »Geht langsam und mit erhobenen Häuptern«, redete er ihnen besänftigend zu. »Es gibt nichts, dessen ihr euch schämen müßtet. Wenn wir heute sterben, wollen wir es stolz tun und uns unseres Tuath würdig erweisen.«

Sie aber schauten ihn mit vor Angst weit aufgerissenen Augen an, und Gladys klammerte sich zitternd an ihn. »Ich kann nicht, Vater, ich kann es nicht«, wimmerte sie leise. »Meine Beine zittern, ich will nicht sterben. Ich habe solche Angst!«

Ein Offfizier näherte sich der kleinen Gruppe, die Ketten über den Arm. »Zeit zu gehen«, brummte er. »Zuerst die Mädchen, dann der Barde, deine Gemahlin, dein Sohn, dann du.«

»Vater!« schrie Gladys auf. Der Offizier nickte zwei stämmigen Soldaten zu, die Gladys unsanft aus Caradocs Armen rissen und fortführten. Eurgain folgte ihnen stumm, vor Angst bereits wie betäubt.

»Sie wird sich wieder in die Gewalt bekommen, Vater«, bemerkte Llyn. »Sie hat dem Tod schon zu oft ins Angesicht gesehen.« Aber seine Stimme klang unsicher und Caradoc umarmte ihn.

»Leb wohl, mein Sohn. Wir werden ihnen kein Schauspiel bieten.«

Llyn küßte seine Mutter, und Caelte trat vor. »Herr, ich danke Euch für ein gutes Leben«, sagte er bewegt. »Ihr wart immer gerecht. Das werde ich nie vergesssen.«

Caradoc ergriff Caeltes Arm. »Lebt wohl, mein Freund. Ich danke Euch für Eure Musik.« Caelte lächelte und wurde weggeführt. Caradoc schaute Eurgain an. Seine Augen glänzten feucht.

»Bitte weine nicht. In allen Stürmen meines Lebens warst du immer der ruhende Pol.« Sie umarmte ihn schluchzend. »Meine Schwert-Frau«, flüsterte er zärtlich.

»Arviragus.«

Sie lösten sich voneinander. »Friede«, sagte er gefaßt.

»Und ein langes Leben, Caradoc.«

Sie wurden zu den wartenden Streitwagen geführt und angekettet. Wohin sie auch sahen, wippten Federbüsche, drängten sich Offiziere und Adlige. Es schien, als wollte die ganze Aristokratie Roms an dem Triumph ihres Cäsaren teilhaben.

Der Streitwagen fuhr so unerwartet und mit einem solchen Ruck los, daß Caradoc meinte, ihm würden die Schultern ausgerenkt. Ich muß an etwas anderes denken, dachte er fieberhaft, aber woran nur? Während er marschierte, gelang es ihm allmählich, den Lärm der Straße nicht mehr wahrzunehmen. Cinnamus, mein Freund mit den unergründlichen Augen, an dich will ich denken, an deinen unvergleichlichen Humor, dein verständnisvolles Lächeln, deine Furchtlosigkeit, deine Treue.

Barfüßig schritten sie unter der sengenden Sonne über die heißen Pflastersteine. Die Straße weitete sich und wurde zu einer breiten, von riesigen Gebäuden, Läden und luftigen Tempeln gesäumten Prachtstraße. Sogar die Steine schienen ihnen verächtlich zuzurufen. »Barbaren! Barbaren seid ihr!«

Am Straßenrand drängten sich die Menschenmassen. Alt und Jung verrenkte sich die Köpfe, um ihn besser sehen zu können. Trompeten schmetterten, die Sonne blendete ihn.

Wie aus weiter Ferne und unwirklich drang die Stimme eines Mannes an sein Ohr: »Gut gemacht, Barbar!«, und Caradoc erwachte wie aus einem Traum. Er stolperte.

»Ein guter Kampf, Barbar!«

»Willkommen, Barbar!«

»Caradoc, Caradoc!«

Keine Verunglimpfung? Glückwünsche? Der Mob forderte nicht etwa seine Hinrichtung, sondern rief im Sprechchor seinen Namen! Er wurde nicht mit Steinen beworfen, sondern mit Blumen!

»Gebt ihm einen Lorbeerkranz! Freiheit für Caradoc! Gnade für den Barbaren, Claudius!«

Er starrte ungläubig in die Menge, überzeugt davon, daß das Trugbild gleich wieder verschwinden würde. Aber es war kein Trugbild. Die letzte Erniedrigung wurde sein größter Triumph! Er sah, wie Llyns Rücken sich straffte, wie er seine schwarze Mähne schüttelte. Caelte lief völlig selbstvergessen hinter seinem Streitwagen her, als hätte Caradoc ihn beauftragt, ein neues Lied zur

Begrüßung eines neuen Frühlings zu komponieren. Es war Caradoc, als fielen die Ketten von ihm ab, als würde sein Geist sich über ihn hinaus erheben und hoch, immer höher steigen, einem neuen Schicksal entgegen. So unglaublich es ihm auch vorkam, so wahr war es doch. Er hatte Rom erobert!

Der Gefangenenzug erreichte das Forum und hielt an, während die Menschenmenge sich über den riesigen freien Platz verteilte. Claudius stieg vom Pferd und schritt sehr würdevoll in seinem wallenden, kaiserlichen Purpurmantel die Marmorstufen der Kurie hinan. Oben angekommen, stand er am Fuß der schlanken Säulen, drehte sich um und erhob grüßend den rechten Arm. Die Kaiserin trat aus dem Schatten der Säulen und stellte sich neben ihren Gemahl und Herrscher. Dann brach ein nicht enden wollender Jubel aus. Claudius verharrte einen Augenblick in der Pose und blickte zufrieden auf seine Untertanen, die ihm ihre Zustimmung und Anerkennung zollten, dann trat er zurück und ließ sich auf einen bereitstehenden Stuhl unter einem Baldachin nieder. Caradoc war erneut überwältigt von der Prachtfülle, die ihn umgab. Wo er auch hinblickte, überall gab es nur Kostbares, Unvergängliches, edelsten Marmor, feinstes Gold. Die ganze Stadt schien damit überzogen. Caradoc vergaß seine Ketten. Er fühlte sich wie in einem zu Marmor erstarrten Wald, umgeben von schlanken und mächtigen weißen Säulen und Bäumen, die die Weltenseele verkörperten, so wie die Eichenhaine auf Mona das lebendige Herz seines Volkes symbolisierten. Lebende Bäume jedoch wurden alt und stürzten um, während diese steinernen Zeugen römischen Glanzes immer bestehen würden und mit ihnen die Seele des Imperiums.

Und gegen diese großartige, unermeßliche Fülle habe ich gekämpft! hämmerte es wieder und wieder in seinem Kopf. Ich muß verrückt gewesen sein! Er erinnerte sich plötzlich an Aricia, die so stolz auf ihr kleines Holzhaus im römischen Stil war; an die kleinen Foren, die er auf den vielen Stationen seiner langen Reise gesehen hatte, und als er den Blick nach oben richtete, wo Claudius saß, überfiel ihn das Bedürfnis, laut und befreiend zu lachen.

Ein Tribun und ein Legionär näherten sich ihm, um ihn loszubinden. Eurgain und die anderen waren verschwunden. Die

Trompeten schmetterten, der Tribun bedeutete Caradoc, ihm zu folgen. Seine Ketten klirrten, als sie nebeneinander die Marmorstufen hinaufstiegen.

Claudius sah ihm gespannt entgegen. Die Kaiserin beugte sich zu ihm hinüber und flüsterte aufgeregt. »Eine stattliche Erscheinung!« Claudius nickte nur. Seine ganze Aufmerksamkeit galt einzig Caradoc. Das Schicksal dieses Barbaren lag nicht in seiner Hand, ein Umstand, der ihn verdrießlich stimmte. Die Hinrichtung würde ihm erspart bleiben, und man hatte einen langsamen, vielleicht sogar qualvolleren Tod für ihn vorgesehen, aber davon hatte er, Claudius, herzlich wenig.

Am Vortag hatte der Senat in einer Sondersitzung über das Schicksal des Rebellen beratschlagt. Dieser Barbarenherrscher hatte sich in jeder Hinsicht als ein ebenbürtiger Gegner erwiesen, dem Respekt zu zollen war. Diese Meinung vertrat auch der gemeine Pöbel, der diesen Caradoc geradezu zu einer Kultfigur auserkoren hatte. Claudius durfte keinen Fehler machen. Das Volk verlangte von seinem edlen, gebildeten Herrscher eine Geste des Großmuts, einen Beweis seiner wahren Überlegenheit und Menschlichkeit, die sich über billige Rache hinaus erhob. Der Senat hatte ihm angedeutet, daß auch er eine solche Handlungsweise für wünschenswert hielte. So sei es denn. Rom würde also vergeben. Die Zeiten hatten sich geändert, seit Julius Cäsar Vercingetorix hinrichten ließ.

Agrippina wurde sichtlich nervöser, je näher Caradoc herankam. Schließlich hatte er die letzten Stufen erklommen, und Claudius winkte ihn huldvoll heran.

»So begegnen wir uns endlich also doch«, sprach der Kaiser milde. »Dein Widerstand war bewundernswert, aber von Anfang an zwecklos. Sicher hast du das in der Zwischenzeit eingesehen. Bevor ich nun aber dein Urteil verkünde, sollst du noch einmal Gelegenheit erhalten, zu sprechen.

Caradoc blickte in des Kaisers trauriges, von Launenhaftigkeit gezeichnetes Gesicht. So sehr Claudius sich auch bemühte, konnte er doch das Wackeln seines Kopfes nicht kontrollieren, und vor Aufregung begann auch seine Nase zu triefen. Caradoc verspürte Mitleid mit dem mächtigsten Mann der Welt, der, obwohl er an der Spitze eines Weltreiches stand, unfreier war, als er, Caradoc, es je sein würde.

Er bemerkte Agrippinas unangenehm durchdringende Blicke und vermied es, sie direkt anzusehen. Sein Instinkt warnte ihn vor ihr. Er ahnte, daß sich hinter der geschminkten Maske der Kaiserin eine gefährliche, der Korruption verfallene Frau versteckte. Nicht Claudius, sie war der wirkliche Feind.

Er sollte sprechen. Aber dies waren keine Rebellen und keine Häuptlinge. Er spürte eine seltsame Beklemmung, dann war der Augenblick der Schwäche vorüber.

»Ich bin der Arviragus Albions. Ich liebe mein Land und mein Volk, und deshalb werde ich mich nicht erniedrigen und diejenigen beschämen, die ihr Leben für mich gelassen haben.« Sein Selbstbewußtsein nahm zu, und er sprach weiter. »Meine gegenwärtige Position ist ein Zeichen der Macht Roms. Für mich ist sie entwürdigend. Doch auch ich hatte Pferde und Reichtümer, war der Herrscher über viele Stämme und der Anführer eines stattlichen Heeres. Wenn ich all dies verteidigte, so handelte ich wie jeder andere an meiner Stelle auch gehandelt hätte.« Unbewußt hob er seine gefesselten Hände und spreizte die Beine, die Worte kamen nun wie von selbst. »Rom maßt sich die Herrschaft über alle anderen Völker an, aber das heißt noch lange nicht, daß alle bereit sind, Sklaverei als ihr Schicksal hinzunehmen. Ohne meinen erfolgreichen Widerstand wäre meine Gefangennahme für dich, Imperator, nicht zu einem solchen Triumph geworden. Wenn du mich verurteilst, machst du deinen Triumph zunichte.« Er warf den Kopf stolz zurück. Für dich, Eurgain, für die Mädchen und für Llyn, sage ich dies. »Begnadigst du mich jedoch, fügst du deinem Triumph ein unvergeßliches Beispiel deiner wahren Menschlichkeit hinzu.« Kühl schaute er Claudius dabei an.

Der Kaiser betrachtete die stolze Haltung, die feurigen Augen, die sich scheinbar von nichts und niemandem einschüchtern ließen. Er fordert seine Begnadigung, als würde er mich zum Kampf herausfordern, dachte er belustigt. Kein Wunder, daß Scapula, der arme Kerl, mit den Nerven völlig am Ende ist. Der Kaiser erhob sich mit einer anmutigen Geste.

»Hörst du das Volk, Caradoc? Es fordert deine Freilassung. Man soll nicht sagen können, daß Rom einen wahren Helden nicht zu würdigen weiß. Daher erkläre ich dich im Namen Jupiters und der Götter Roms für begnadigt. Nehmt ihm die Ketten ab.«

Völlig benommen vernahm Caradoc die Worte des Kaisers und hörte, wie seine Ketten klirrend zu Boden fielen. Frei? Einfach so?

Claudius legte einen Arm um ihn und führte ihn an den Rand der Stufen. Wieder hob er seinen Arm, der Ärmel des Purpurmantels glitt über die Schulter zurück, und erneut brach die Menge in tosenden Beifall aus, als sie ihren Kaiser und seinen Feind nebeneinander stehen sahen.

Caradocs Augen suchten seine Familie. Er glaubte, Eurgains blonde Zöpfe zu sehen, doch Claudius zog ihn in den kühlen Schatten der Säulen zurück.

»Natürlich sind einige Bedingungen an deine Begnadigung geknüpft«, sprach der Kaiser nun laut und vernehmlich. »Du schwörst, daß du nie wieder gegen Rom kämpfen wirst.«

Caradoc verspürte das alte, vertraute Gefühl der Ausweglosigkeit. Also doch Sklaverei, dachte er. Aber eigentlich ist der Schwur bedeutungslos, denn so oder so muß Albion ohne mich weiterkämpfen.

»Ich schwöre...«, begann er mit unsicherer Stimme, »ich schwöre bei Camulos, bei Dagda und bei der Großen Göttin, daß... daß... ich nie wieder mein Schwert gegen Rom erheben werde.«

Claudius nickte beifällig. »Sehr gut. Ich weiß, wie schwer es dir fällt, diese Worte auszusprechen, aber es war unumgänglich, das verstehst du doch. Selbstverständlich wirst du auch Verständnis dafür haben, daß du nicht in deine Heimat zurückkehren kannst. Es ist dir gestattet, dich innerhalb der Grenzen der Stadt frei zu bewegen, unter besonderen Umständen auch einmal bis zu zehn Kilometer im Umkreis, aber jede Übertretung kostet dich das Leben.«

Claudius' Augen sagten ihm, was er in diesem Augenblick ahnte: Du stirbst einen langsamen Tod, Caradoc. Sei stark.

»Der Senat hat ein Haus für dich bestimmt und du erhältst eine Unterstützung aus öffentlichen Mitteln«, fuhr Claudius fort. »Du hast uns ja bereits eine Menge Geld gekostet«, er lächelte süffisant, »aber ich denke, wir können das auch noch erübrigen.«

Ich spüre jetzt bereits, wie sich die Maschen des Netzes enger um mich ziehen, dachte Caradoc resigniert. Wie lange werde ich noch ich selbst sein? Wie lange noch werden meine Kinder die Sprache ihrer Heimat sprechen und Erinnerungen an Albion austauschen? Er spürte die kalte Hand der Entfremdung nach seinem Herzen greifen. Sie wissen genau, was sie mir antun. Nun gut, so sollen sie auch wissen, daß ich Widerstand leisten werde, bis eines Tages diese Hülle von mir abfällt. Die Kaiserin erhob sich.

»Trauere nur noch eine Weile um deine feuchte kleine Insel«, sagte sie mit zuckersüßer Stimme, »aber dann vergiß sie, Barbar, denn du kannst hier ein ebenso glückliches Leben führen. Rom ist faszinierend!« Und ich bin es ebenso, schien ihr Blick ihm mitzuteilen. »Auch ich beglückwünsche dich zu einem guten Kampf.« Er entzog ihr seine Hand, ohne zu antworten, aber sie schien nicht darüber beleidigt, sondern lächelte ihn wissend an.

»Ich habe eine kleine Überraschung für dich vorbereitet«, ließ Claudius sich wieder vernehmen, und Caradoc wußte augenblicklich, was ihm nun bevorstand, Sein Mut sank, aber er konnte nicht davonlaufen. Wohin auch? »Plautius, mein Freund, tritt zu uns!«

Zwei große, schlanke Gestalten lösten sich aus dem Schatten der Säulen und passierten ungehindert die Leibwache des Kaisers. Der Mann hatte ein schmales Gesicht, graue Haare und graue Augen. Er lächelte Caradoc an, doch dessen Blick glitt an ihm vorbei zu seiner Begleiterin. Gladys! Ein Sog von Gefühlen drohte ihn zu überwältigen. Sie hatte sich nur wenig verändert. Irgendwie kam sie ihm rundlicher vor, und der Ausdruck stiller Zufriedenheit, der auf ihrem Gesicht lag, war auch neu an ihr. Sie trug ihr glattes schwarzes Haar hochgesteckt, und er meinte, auch bei ihr erste graue Strähnen zu sehen. In ihren ausdrucksvollen Augen schimmerten Tränen. Dann standen sie sich gegenüber. Caradoc fühlte sich schwindlig und wurde kalkweiß. Er mußte sich abwenden. »Ich kann es nicht, es ist unmöglich«, stieß er hervor. »Ich habe sie aus dem Tuath ausgestoßen und verflucht. Ich kann nicht mit ihr reden.«

»Caradoc«, flüsterte Gladys mit belegter Stimme. »Bei Camulos, wie hast du dich verändert. Ich sehe die Würde und das Zeichen eines Arviragus an dir, aber wo ist mein Bruder?« Sie sprach in ihrer Muttersprache, und die melodisch-weichen Töne kamen wie selbstverständlich von ihren Lippen. »Ich habe gehört, daß du vor Zorn dein Schwert zerbrochen hast, daß du mich verflucht und einen Schwur abgelegt hast. Damals weinte ich, doch ich mußte meinen Entschluß nie bereuen. Ich bin glücklich.« Sie machte ein paar hastige Schritte auf ihn zu, blieb aber zögernd wieder stehen. Wie gern hätte sie ihn umarmt. »Caradoc, du wirst deine Heimat nicht vergessen. Kein Catuvellauni vergißt seine Wurzeln, die Erde, die ihn genährt hat und den Wald, in dem er seine Prüfungen abgelegt hat. Ich bin seit fast zehn Jahren in Rom, und es vergeht kein Tag, an dem ich mich nicht nach dem Duft der Eichenhaine sehne oder nach dem Gefühl eines Schwertes in meiner Hand. Durch deinen Beschluß habe ich keinen Tuath mehr. Ich bin eine Ausgestoßene. Doch nun stehst du vor mir, und auf Befehl des Kaisers bist auch du plötzlich ein Ausgestoßener und ohne Heimat, ohne Tuath. Löse deine Schwüre, mein Bruder! Habe ich nicht an deiner Seite gekämpft? Habe ich nicht mein Leben für den Ri aufs Spiel gesetzt, der mich ausstieß? Ich bitte ihn, diesen Entschluß rückgängig zu machen, den er unter extremen Umständen gefaßt hat.«

»Ich kann meine Worte nicht ungesprochen machen, und das weißt du«, entgegnete er tonlos. »Als ich damals das Versammlungshaus verließ, lehntest du an der Wand, bereit zu sterben. Ich dachte, ich würde dich nie mehr wiedersehen. Mit schweren Schuldgefühlen und einem traurigen Herzen floh ich in den Westen. Wo ist diese Zeit geblieben? Was hat das alles zu bedeuten?«

»Caradoc, bitte.«

Claudius, Plautius und die Wachen lauschten fasziniert dem Familiendrama in einer fremden, wohlklingenden Sprache, nur Agrippina begann, mit den Fingern ungeduldig auf der Armlehne zu trommeln. Diese Szene langweilte sie enorm, und sie verspürte großen Hunger.

Caradoc wand sich hin und her. »Die Druiden sagen, ein Mann müsse manchmal vergessen, was er als falsch oder richtig zu betrachten gelernt hat, und einen guten Gedanken verwerten, um eine andere Wahrheit erkennen zu können. Ich glaube zwar nicht, daß sie sich auf eine solche Situation bezogen, dennoch muß ich jetzt daran denken«, brachte er unter großen Anstrengungen heraus und ging, zögernd noch, einen Schritt auf sie zu, dann noch einen. Mit wenigen Schritten war Gladys bei ihm und sie umarmten sich.

Claudius lächelte zufrieden und fühlte sich ein wenig wie ein wohlmeinender Onkel. Plautius aber fiel ein Stein vom Herzen, denn er hatte den Senat um Milde für seinen Rebellen-Schwager und Staatsfeind ersucht. Die Senatoren gaben sich amüsiert über die delikate Situation. Gladys hatte ihn nie darum gebeten, aber vor einem Monat war sie plötzlich unruhig geworden, nachts aufgestanden und umhergewandert, und nichts konnte sie beruhigen. Agrippina gähnte hinter vorgehaltener Hand. Claudius neigte seinen Kopf zur Seite.

»Und nun wollen wir gemeinsam ein Mahl zu uns nehmen. Ich hoffe doch, Barbar, daß du keine Bedenken hast, mit mir anzustoßen, wie deine Schwester vor vielen Jahren!« lächelte er gönnerhaft und wandte sich zum Gehen.

»Elefanten und Herrscher vergessen nie etwas«, flüsterte Plautius seiner Gemahlin ins Ohr, die Caradoc losgelassen hatte und nun wieder neben ihm ging. »Mir scheint, als müßte ich selbst jetzt noch auf eine besondere Gelegenheit für ein ruhiges Gespräch mit deinem Bruder warten. Ist dir eigentlich klar, daß ich schon seit Camulodunum darauf warte?« scherzte er leise.

Camulodunum. Gladys holte tief Luft, denn der Name barg zu viele Erinnerungen. Sie reichte Caradoc die andere Hand.

Agrippina erhob sich. Sie und Claudius traten in die strahlende Sonne hinaus und führten die kleine Prozession über die Stufen wieder hinunter. Unten warteten Eurgain, die Mädchen, Llyn und Caelte, und sie waren ihm wohltuend vertraut in dem Meer dunkler, anonymer Gesichter.

Winter, 51/52 n. Chr.

27

Der Kundschafter arbeitete für einen der Sekretäre Scapulas in Camulodunum. Er erledigte Botengänge, und was man ihm sonst noch so auftrug. Er war nicht nur willig, sondern auch eifrig und geschickt, so daß sich der Sekretär in zunehmendem Maße auf ihn verließ, denn er wußte, daß seine Anordnungen sofort befolgt und zu seiner Zufriedenheit ausgeführt wurden. Aber jetzt war er krank. Der Sekretär hatte, wenn auch leicht irritiert, vorübergehend eine Aushilfe akzeptiert.

Der Spion schlich sich auf geheimen Pfaden aus Camulodunum hinaus. Wie ein Schatten eilte er gen Westen, umging Verulamium und wandte sich gen Norden, einem Pfad folgend, der ihn direkt zu einem Gebirgspaß führte, hinter dem die Berge der westlichen Stämme lagen. Es war mitten im Winter und eisig kalt. Albion lag unter einer dicken Schneedecke begraben. Im Süden hatte der kalte, mit Schnee vermischte Regen den Späher vorangetrieben, und die Nachtfröste hatten nie mehr als ein paar quälende Stunden Rast zugelassen. Dann hatte er die Grenze überquert und war ins Gebiet der Coritani weitergeeilt. Er machte kein Feuer, um die Kleider zu trocknen oder um eine wärmende Mahlzeit zuzubereiten. Schließlich erreichte er Viroconium, eine Garnisonsstadt und wichtiges Verbindungsglied in Scapulas Kette westlicher Forts, die sich von Glevum im Süden bis Deva im Norden erstreckte und die neue westliche Grenze bildete.

Schneefall setzte ein und erschwerte sein Fortkommen, denn er durfte keine verräterischen Spuren hinterlassen. Dann ging es wieder in nördlicher Richtung weiter und mitten in der Nacht mußte er durch einen eiskalten Fluß schwimmen. Er hielt seinen Umhang über dem Kopf und glitt lautlos durch das Wasser. Am anderen Ufer orientierte er sich kurz. Vor ihm lag ein Wald, dahinter nackter Fels. Er wußte nun, wo er war und begann zu laufen.

Sechs Tage später stolperte er in Emrys Lager. Es hatte aufgehört zu schneien, und die Sonne stand niedrig an einem wäßrigblauen Himmel. Emrys eilte ihm entgegen.

»Ich freue mich, Euch endlich auch einmal kennenzulernen, Herr«, krächzte der Spion. »Seit vielen Jahren schon unterstütze ich Euren Kampf, und doch hat immer nur der letzte Mann unserer Verbindungskette Euch persönlich zu Gesicht bekommen.« Er lächelte, und Emrys mochte ihn auf Anhieb. Das war also Caradocs vornehmster Spion in Camulodunum, ein Mann, der für die Römer arbeitete und für den Westen ein unentbehrlicher Informant war. Die Nachricht mußte von besonderer Bedeutung sein.

»Tretet ein und seid willkommen«, begrüßte Emrys ihn seinerseits. »Und stärkt Euch, bevor Ihr berichtet.«

»Ich brauche warme Kleider und ein warmes Essen«, seufzte der Spion. »Seit ich den Süden verlassen habe, habe ich weder das eine noch das andere genossen.«

Emrys schickte nach Madoc und Venutius, dann beauftragte er einen Freien, warmes Essen herbeizuschaffen. Der Fremde entledigte sich dankbar seiner halbgefrorenen Kleider, zog trockene Beinkleider und eine Tunika an, die Emrys ihm vorlegte, und verschlang ein riesiges Mahl. Emrys wartete geduldig, bis auch Madoc und Venutius eingetroffen waren. Der Spion wischte sich den Mund, leerte seinen Becher und begann.

»Zwei Dinge, Herr. Der Arviragus wurde begnadigt. Die Depesche traf vor zwei Wochen ein, aber ich wartete auf Bestätigung, ehe ich die Nachricht weitergab. Es hat den Anschein, als hätte Claudius Gefallen an seinem Feind gefunden, oder besser gesagt, die Bevölkerung Roms. Die Bürger der Stadt haben seine Begnadigung gefordert.«

»Das allein hätte nicht ausgereicht«, warf Venutius ein. »Eine solche Entscheidung bedarf der Zustimmung des Senats.«

»Hat Caradoc einem unehrenhaften Geschäft zugestimmt, um sein Leben zu retten?« Es war Madoc, der die Vertrauensfrage ganz offen stellte.

Der Spion schüttelte bestimmt den Kopf. »Nein. Das würde er niemals tun, dazu kenne ich ihn zu gut. Der Kaiser ist nicht mehr ganz so populär wie früher. Durch die Begnadigung hofft er, die Gunst des Volkes zurückzugewinnen.«

Die Männer schwiegen und verdauten diese unerwartete Wende im Schicksal ihres Arviragus. »Aber zu welchen Bedingungen hat man ihn begnadigt?« fragte Emrys plötzlich. Der Spion machte eine hilflose Geste.

»Genaues weiß ich nicht. Üblicherweise ist daran Exil auf Lebenszeit geknüpft und die Todesstrafe bei dem Versuch, die Stadtgrenzen Roms zu verlassen.«

Große Göttin! Die Verbannung aus Albion allein kam schon einem Todesurteil gleich, aber er durfte nicht einmal Rom verlassen! Er würde nie wieder durch einen Wald reiten oder durch Berge streifen, nie mehr an einem klaren Fluß sitzen und die Ruhe, den Frieden der goldenen Wiesen in der Sommersonne atmen ... Ich würde sterben, dachte Emrys traurig und spürte Tränen aufsteigen. »Was ist mit Eurgain? Mit Llyn und den Mädchen?«

»Sie sind bei ihm und ebenso wie Caradoc zu heroischen Figuren für die Römer geworden.«

Venutius fühlte sich wie erschlagen von der sprichwörtlichen Ironie des Schicksals. Er hatte einen bitteren Geschmack im Mund. »Und wie lautet die zweite Neuigkeit?« fragte er mühsam beherrscht.

Der Spion lächelte mit einem Ausdruck unverhohlener Schadenfreude im Gesicht. »Scapula ist tot. Caradoc hat es trotz allem geschafft, ihn zu besiegen.«

»Was?« schrie Madoc, und der Spion fuhr augenblicklich in seinem Bericht fort.

»Die Nachricht von Caradocs Begnadigung war zuviel für ihn. Schließlich hat er Jahre seines Lebens, seine Gesundheit und seinen Seelenfrieden darangegeben, diesen Mann zu ergreifen. Und dann bringt der Kaiser selbst ihn um den Triumph seines Lebens. Es hat ihn einfach umgebracht.« Mit diebischer Freude rieb er sich die Hände. »Er brach schreiend zusammen. Man hörte sein Toben im ganzen Forum, wo er auch starb. Die Tat Eurer Gemahlin hat uns also indirekt zu einem Vorteil verholfen.«

Uns schon, aber was hat Caradoc davon? dachte Venutius, schwieg jedoch.

»Und was geschieht nun?« wollte Madoc wissen, der sich als

erster wieder faßte. »Habt Ihr eine Ahnung, Freier, wie es jetzt weitergeht?«

»Ich bin ein Häuptling«, betonte der Spion, »aber das ist nicht wirklich von Belang. Ich kann natürlich nicht mit Sicherheit vorhersagen, was geschehen wird, aber ich habe lange genug für die Römer gearbeitet, um mir ein gewisses Urteil bilden zu können. Die Nachricht von Scapulas Tod hat Rom noch nicht erreicht. Die Wetterverhältnisse sind momentan zu ungünstig. Der Kaiser wird vollkommen überrascht sein, und es wird eine ganze Weile dauern, bis ein fähiger Nachfolger gefunden ist. Nicht zu vergessen die Frühlingsstürme, die eine Überquerung der Meeresstraße nach Albion verhindern. Ich schätze also, daß frühestens zu Beginn des Sommers mit einem Nachfolger gerechnet werden kann.«

Und die Provinz hat nur Bestand, wenn ein fähiger Statthalter alle Fäden in seiner Hand hält. Venutius begann fieberhaft zu überlegen. Ohne einen solchen Statthalter waren die Legionen wie ein Boot, das die Richtung verloren hat, ein herrenloses Pferd. Dies war die Gelegenheit, auf die er seit langem gewartet hatte. Er merkte kaum, daß der Mann sich erhob.

»Ich habe euch alle Neuigkeiten überbracht«, sagte er abschließend, »und bitte euch um Proviant und einen weiteren Umhang für den Rückweg. Ich muß unverzüglich aufbrechen. Man vermutet, daß ich krank darniederliege, und ich denke, daß die Bestürzung aller viel zu groß sein dürfte, als daß man sich nach meiner Gesundheit erkundigen würde, dennoch will ich kein Risiko eingehen.« Er verbeugte sich vor ihnen.

»Eine letzte Frage«, rief Emrys ihm nach, da er bereits im Gehen begriffen war. »Wer seid Ihr, Häuptling? Wollt Ihr uns Euren Namen nicht verraten?«

Der Mann sah sie der Reihe nach an. Sich zu offenbaren, könnte den Tod bedeuten, wenn einer von ihnen in die Hände der Römer geriete. Trotzdem war die Gefahr, daß er anderweitig entlarvt wurde, weitaus größer. »Ich bin ein catuvellaunischer Krieger. In meiner Jugend war ich Caradocs Jagdgefährte. Vor kurzem hat man mir wegen meiner treuen Dienste im Büro des Gouverneurs die römische Staatsbürgerschaft zuerkannt. Wer weiß, vielleicht bin ich eines Tages Bürgermeister von Camulodunum.« Er grinste über seinen Witz. »Es nimmt mich wunder, daß Ihr mich nicht erkannt habt, Madoc. Ich bin Vocorio.« Madoc holte tief Luft.

»Ihr habt Euch gewaltig verändert, Catuvellauni.«

»Ja, ich bin älter geworden, wie auch Ihr, silurischer Bär. Es gibt nur eines, was den Menschen noch mehr verändert als der natürliche Alterungsprozeß.«

»Was meint er damit?« wunderte sich Madoc, als er draußen war.

Emrys lachte. »Na, was wohl? Das Festhalten an qualvollen Erinnerungen natürlich. Das behaupten auch die Druiden.«

Im Verlauf der folgenden zwei Monate trafen regelmäßig Informationen über die Kommunikationskette im Lager der Rebellen ein. Die Nachricht von Scapulas plötzlichem Tod traf Claudius tatsächlich vollkommen unvorbereitet. Und während der Kaiser fieberhaft nach einem Mann mit den entsprechenden Fähigkeiten suchte, bereiteten sich die Stämme auf die neue Kampfsaison vor. Sie hatten den Winter zu ihrem Vorteil genutzt und waren einsatzbereit. Voller Befriedigung beobachteten sie, wie die Römer immer konfuser reagierten, wie das Chaos unter ihnen zunahm, die organisierten Bahnen aus den Fugen gerieten. Scapula hatte den Legionen keine Verhaltensmaßregeln hinterlassen, und sein überforderter Stellvertreter zögerte, Entscheidungen zu treffen. Auf Mona wurde die neue Lieferung vorbereitet, die die Verpflegung der Rebellen für ein weiteres Jahr sicherstellen würde. Emrys schickte einen Boten zu den Deceangli und den Demetae und berief die Große Versammlung ein.

An einem bewölkten, aber milden Tag gegen Ende des Winters, saßen über fünfhundert Häuptlinge am Fuß eines gut bewachten Felsvorsprungs beisammen. Alle waren der Aufforderung nachgekommen, und Emrys schaute befriedigt in ihre erwartungsvollen Gesichter. Nach den rituellen Eröffnungsworten stand er auf, legte sein Schwert ab und informierte sie in knappen Worten über den aktuellen Zustand der Provinz.

»Wir wollen deshalb die Kampfsaison mit einem besonders gut geführten Schlag eröffnen, ehe man sich in Camulodunum zu einem Entschluß durchringt, ob mit oder ohne Gouverneur. Aber wir müssen unsere Strategie sorgfältig planen. Habt ihr Vorschläge?«

Ein Häuptling der Demetae meldete sich zu Wort. »Wir haben keinen Arviragus mehr«, rief er, »deshalb müssen wir das Ruder nun selbst in die Hand nehmen. Kommt in den Süden, ihr Ordovicen, und helft uns, dort die Stellung zu halten, so, wie wir euch zu Hilfe kamen!« Er nahm seinen Platz wieder ein. Sine sprang auf, um ihm zu entgegnen. Sie entfernte ihre Maske.

»Was Ihr sagt, entspricht der Wahrheit«, antwortete sie. »Doch wenn wir in den Süden ziehen, wird die Zwanzigste Legion den Norden einnehmen. Ihr Demetae müßt, wie auch die Siluren, eure Küste so lange halten, wie nur möglich. Dann gebt sie auf und zieht euch in den Norden zurück. Wir sind ohnehin viel zu wenige, und die Front gegen die Zwanzigste im Gebiet der Deceangli ist unsere wichtigste Verteidigungslinie.«

Die Demetae murrten ungehalten. Unter ihren wütenden Blikken nahm Sine ihren Platz wieder ein. Aber sie hatte recht. Ein sonst recht schweigsamer Häuptling der Deceangli schwang sich zu einer kleinen Ansprache auf und erinnerte sie alle daran, daß sein Volk, mit Ausnahme der Siluren, bisher die meisten Opfer hatte bringen müssen. Jeder neue römische Vorstoß traf zuerst ihr Gebiet – und Rom suchte eifrig nach den Schwachstellen im Netz der Rebellen.

Venutius hörte allen aufmerksam zu. Als nächstes sprach wieder ein Häuptling der Demetae, und die Einwürfe wurden hitziger. Emrys war der Verzweiflung nahe. O Caradoc, dachte er mutlos, ich kann nichts tun. Ich habe nicht genügend Autorität, um ihnen Einhalt zu gebieten. Madoc knirschte mit den Zähnen, aber auch er war nicht der Mann, der die Häuptlinge zur Räson bringen konnte.

Venutius legte eine Hand auf Emrys Arm. »Ist es mir gestattet, zu sprechen?« fragte er leise, und Emrys bemerkte einen seltsamen Glanz in den Augen des anderen. Er nickte. Venutius sprang mit einem Satz auf die Beine, warf sein Schwert auf die Erde und herrschte die streitenden Häuptlinge gebieterisch an. »Ruhe, ihr alle! Jetzt spreche ich!«

Die aufgebrachten Stimmen verstummten bis auf eine. »Haltet den Mund. Ihr seid ein Verräter. Ihr habt kein Recht, zu uns zu sprechen!«

Venutius wurde blaß, aber er faßte sich sofort wieder. »In der Versammlung gilt gleiches Recht für alle. Wer nicht zuhören will, mag gehen!« wies er den Rufer mit dröhnender Stimme zurecht. Sein sicheres Auftreten bewirkte, daß keine weiteren Einwände erfolgten. Er sprach laut und deutlich und für alle verständlich. »Als ich letzten Sommer zu euch stieß, brachte ich ein Viertel aller Häuptlinge und Freien von Brigantes zu euch. Seither sind wir täglich mehr geworden. Jetzt befehlige ich an die fünftausend Krieger. Ich werde sie den Demetae zur Verteidigung ihrer Küste für einen Sommer zur Verfügung stellen, aber nur unter einer Bedingung.« Er machte eine Pause, und die Versammlung wartete mit plötzlich erwachtem Interesse auf seinen Vorschlag. Sine versteckte ihr überraschtes Gesicht hinter ihrer Maske. »Ich will, daß die Demetae sich im Norden des Silurenlandes sammeln, und zwar da, wo das Gebiet der Dobunni beginnt, oberhalb von Fort Glevum, in dem die Zwanzigste stationiert ist. Ich brauche sie dort nicht länger als etwa einen Monat. Und ihr, Deceangli«, sie warfen ihm entgeisterte Blicke zu, »ihr wollt die Zwanzigste los sein? Wenn ihr euch mir und den Ordovicen anvertraut, wird sie noch vor dem Ende des Sommers ausgelöscht sein. Beratschlagt euch, aber verliert keine Zeit.«

»Was habt Ihr vor?« zischte Madoc böse. Venutius lächelte den alten Kämpen an.

»Habt noch einen Augenblick Geduld, Madoc. Ich werde Euch meinen Plan darlegen.« An die Häuptlinge gewendet, fuhr er fort. »Ich habe einen Plan erarbeitet, der es uns ermöglicht, nicht nur die Zwanzigste Legion zu vernichten, sondern auch jede Garnison und jeden Wachposten an Scapulas Grenze, aber es kann nur gelingen, wenn ihr mir für diese Kampfsaison gehorchen wollt. Denkt darüber nach und gebt mir bei Sonnenuntergang eure Entscheidung bekannt.« Er setzte sich.

Madoc und Emrys waren wütend über das eigenmächtige Vorgehen von Venutius. Warum hatte er nie über diesen famosen Plan gesprochen? Fragend schaute Emrys zu Sine hinüber, aber zu seiner Überraschung entdeckte er weder Haß noch Unmut in ihren Augen, sondern ein verhaltenes Leuchten. Ahnte sie etwa, was Venutius vorhatte? »Ich werde mich wohl bis zum Abend gedulden müssen«, brummte er.

»Ich hätte Euch schon längst davon erzählt, Emrys«, erklärte Venutius, »aber die Teilnahme der Deceangli und der Demetae an der Großen Versammlung war eine Grundvoraussetzung für den Plan. Jetzt hängt der Erfolg des Unternehmens davon ab, ob sie meine Bedingung akzeptieren oder nicht. Ich wollte nicht Eure Hoffnungen wiedererwecken, nur um sie am Ende vielleicht begraben zu müssen.«

Emrys lachte versöhnt. »Ihr seid wahrlich noch neu im Westen, sonst wüßtet Ihr, daß wir weder Hoffnung noch Verzweiflung kennen dürfen. Wir bewegen uns auf einem schmalen Grat in der Mitte. Nur so können wir überhaupt weiterbestehen, ohne den Verstand zu verlieren.«

Am Abend erschienen zwanzig Häuptlinge, um sich Venutius' Plan erläutern zu lassen, zehn Deceangli, zehn Demetae.

»Was also habt Ihr vorzuschlagen?« fragten sie mit trotzigen Mienen, aus denen leicht zu erkennen war, daß nicht der Glaube an eine aussichtsreiche Taktik, sondern pure Neugierde sie zu diesem Schritt veranlaßt hatte. Doch Venutius war nicht gekränkt. Er zog sein Messer und kratzte mit wenigen groben Strichen eine Landkarte des Westens in die Erde, ohne Flüsse, Küsten oder Straßen. Nur Deva und Glevum trug er ein sowie die Garnisonen und Wachstationen, die dazwischen lagen, dazu die Kommunikationswege der Rebellen. Die Häuptlinge verrenkten ihre Köpfe, um ihm besser folgen zu können.

»Hört mir also zu«, begann Venutius. »Die Demetae verlassen ihren bisherigen Standort und gehen in den Osten, hierher«, er zog eine weitere Linie, »wo Madoc und die Siluren sie erwarten. Ihr vereinigt eure Krieger und teilt sie sodann in so viele Einheiten auf, wie es Garnisonen in diesem Gebiet gibt, und zwar von Viroconium bis Glevum. Das Fort selbst soll euch nicht beschäftigen. Nichts von alledem darf dem dortigen Legat zu Ohren kommen.« Emrys ging ein Licht auf, und er warf Venutius einen respektvollen Blick zu. »Im Norden werden sich die Ordovicen in zwei Heere aufteilen, die eine Hälfte unter Emrys, die andere unter Sine. Die Deceangli sammeln sich hier, an der Grenze ihres Gebietes und marschieren gegen Deva.« Ablehnende Stimmen wurden laut, doch Emrys schwieg. Venutius hatte in aller Stille eine bewunderswerte Arbeit geleistet, während er mit ihnen von Lager zu Lager gezogen war. Er hatte die Berge und Täler sozusagen im Kopf vermessen, sich Pfade und Standorte eingeprägt und vor seinem geistigen Auge zu einer Karte verarbeitet. Nur so konnte sein ehrgeiziger Plan überhaupt entstehen, der nun gar nicht mehr so unmöglich schien. Venutius mahnte die protestierenden Häuptlinge zur Ruhe. »Laßt mich ausreden!« rief er. »Die Legion wird euch erwarten, denn wir werden kurz vorher ein entsprechendes Gerücht durchsickern lassen. Ihr nähert euch also dem Fort, und dort, weit genug vom Wald entfernt, laßt ihr euch auf eine Schlacht ein. Im Wald halten sich die Ordovicen bereit. Gut. Der Legat schickt euch die Legionäre entgegen, ihr verteidigt euch auf offenem Feld. Selbstverständlich riskiert ihr keine Verluste und beginnt, in Richtung Wald zu fliehen. Bald sind die Soldaten weit genug vom Fort entfernt, zu weit, um sich dort in Sicherheit bringen zu können. Wenn sie euch siegessicher verfolgen werden, greifen die Ordovicen in die Schlacht ein. Emrys bedrängt den rechten Flügel der Legion. Diese Überraschung sollte die Römer ordentlich verwirren. Schließlich fällt die zweite Abteilung der Ordovicen unter Sine den Römern in den Rücken, aber erst, nachdem sie das Fort in Brand gesteckt haben. Die fliehenden Römer können sich nirgendwo in Sicherheit bringen, und das bedeutet das Ende der Legion. Sie sind umzingelt, und zwar nicht auf einen Schlag, sondern Schritt um Schritt, wodurch wir verhindern, daß der Legat einen Schlachtplan entwerfen kann.«

»Er wird Verstärkung von den Garnisonen anfordern«, warf ein Häuptling zögernd ein.

Venutius schüttelte den Kopf. »Es wird ihm nichts nützen, weil in der Zwischenzeit Siluren und Demetae jede Garnison entlang der Grenze aufgerieben haben. Während die Deceangli sich dem Fort nähern, greifen sie an. Sobald wir gesiegt haben, können die Deceangli nach Hause, um sich kurz auszuruhen. Ordovicen,

Siluren und Demetae werden sich nach Süden wenden und die Zweite Legion bei Glevum angreifen. Wenn die Zweite besiegt ist, können die Demetae nach Hause gehen, und der Rest kann sich jeden beliebigen Ort im Süden vornehmen.«

»Ganz so einfach werden wir es mit der Zweiten nun auch wieder nicht haben«, gab Madoc zu bedenken.

Venutius verwischte die Karte und hockte nachdenklich auf den Fersen. »Ich weiß. Aber wir müssen es versuchen, Madoc. Wenn das Glück sich gegen uns wendet, geben wir den Plan einfach auf. Sie können uns nur verfolgen. Sollen sie. Dann hetzen wir sie eben quer durch den Süden. Wenn wir das Tiefland erst einmal erreicht haben, werden die dort ansässigen Stämme sich uns anschließen, da bin ich sicher.«

»Was ist mit der Vierzehnten?« Emrys spürte, wie die Begeisterung sich seiner bemächtigte.

»So weit im voraus können wir nicht planen. Wenn es uns gelingt, die Zwanzigste und die Garnisonen zu vernichten, haben wir bereits Großes geleistet. Dann müssen wir die Lage neu überdenken. Was sagt ihr dazu?«

Die Häuptlinge erhoben sich. »Wir werden uns beraten. Im Morgengrauen erhaltet Ihr unsere Antwort.«

Als sie fort waren, fing Madoc an zu jammern. »Ich will nicht mit den Demetae kämpfen. Sie sind ein Volk von Grobianen.«

»Aber tapfere Krieger, so wie Ihr«, tröstete Emrys ihn. Venutius wußte, daß er gewonnen hatte.

»Ihr trefft Euch im Süden mit ihnen, Madoc. Ich glaube kaum, daß Ihr große Schwierigkeiten haben werdet. Es wäre aber sicher vorteilhaft, bei der Aufteilung in Kampfeinheiten Siluren und Demetae zusammenzuschließen, dann können die Demetae es sich im letzten Augenblick nicht noch anders überlegen.«

»Caradoc konnte sie unter Kontrolle halten«, murrte Madoc weiter. »Ich bin nicht Caradoc.«

Aber vielleicht könnt *Ihr* sein Werk fortführen, Häuptling von Brigantes, schoß es Emrys in den Sinn. Was würde Caradoc von diesem verwegenen Plan halten? Gab es noch eine Schwachstelle in seinen Überlegungen, die sie übersehen hatten? Was würden die Druiden sagen? »Venutius«, begann er, »Euer Plan ist ausgezeichnet. Wir gehen ein Risiko ein, aber jeder unserer Schritte ist ein Risiko. Ich mache mit.«

»Und ich«, brummte Madoc, »ich werde versuchen, den Demetae höflich zu begegnen.«

»Wir sind uns also einig«, stellte Venutius begeistert fest und schaute mit strahlenden Augen in die Ferne, als kämen ihm bereits neue Ideen. »Dann bleibt uns also nur, bis zum Morgengrauen abzuwarten. Ich habe Hunger. Kommt ihr mit ans Feuer?« Er stand auf und ging selbstbewußt davon. Emrys und Madoc spürten, daß eine Veränderung in ihm vorgegangen war. Ohne ein weiteres Wort folgten sie ihm.

Die Strategie von Venutius ließ sich geradezu lächerlich einfach verwirklichen. Die Demetae gingen nach Hause und brachten ihre Krieger in das vereinbarte Gebiet. Zusammen mit den Siluren bezogen sie Stellung am Rand des Waldes in etwa drei Kilometer Entfernung von den Garnisonen. Die Spione pirschten sich unbemerkt näher, um die Römer auszukundschaften. Die Ordovicen eilten in den Norden, teilten ihre Streitmacht in zwei Heere, und Sine führte die eine Hälfte erst südlich, dann nach Osten ins Gebiet der Cornovii und wieder nördlich, um so in den Rücken von Fort Deva zu gelangen und dort endgültig Stellung zu beziehen. Ihre Truppenbewegung war die gefährlichste, da das Gebiet der Cornovii bereits zur Provinz gehörte. Zwar sympathisierten die Bewohner im Norden mit den Rebellen, aber Sine konnte kein Risiko eingehen. Freie und Bauern arbeiteten bereits auf den Feldern und trotz ihrer Umsicht konnte so mancher Bauer ihr stummes Heer beobachten und mußte sein Leben lassen. Es ließ sich nicht vermeiden.

Venutius überwachte die Deceangli, die entlang ihrer Grenze Aufstellung nahmen und sich dem Häuptling der Briganter nur ungern unterordneten. Aber sie wollten ihre eigene Haut retten, und so fügten sie sich in das Unvermeidliche. Venutius erklärte ihnen immer wieder, was sie zu tun hätten und warum, bis sie es begriffen. Er ließ sich von den Spionen, die er mit äußerster Sorgfalt ausgewählt hatte, täglich Bericht erstatten, um die Verbindung zwischen ihm, Sine und den Deceangli aufrechtzuerhalten. Nachts lag er lange wach auf seiner Pritsche und dachte an Aricia. Er fühlte sich wie ein Gefangener in den Ketten der Leidenschaft, die ihn noch immer fesselten. Aber war nicht auch der ganze Westen irgendwie ein Gefängnis?

Immer wieder vergewisserte er sich, daß er nichts außer acht gelassen, alle Eventualitäten in Betracht gezogen hatte. Erst dann gab er die letzten Befehle. »Ihr müßt etwa drei Stunden durchhalten«, schärfte er den Deceangli nochmals ein. »Dann zieht ihr euch langsam zum Wald hin zurück. Sie werden versuchen, euch seitlich abzudrängen. Das müßt ihr verhindern, denn Emrys deckt euch den Rücken.

Sine ließ ihm ausrichten, daß sie bereit war. Sie hielt sich mit ihren Kriegern hinter dem riesigen, noch nicht fertiggestellten Fort der Zwanzigsten versteckt, neben dem die Legion vorübergehend in Behelfsquartieren hauste. Schließlich entschied sich Venutius noch dazu, Emrys Heer in zwei Hälften zu teilen, von denen eine ihm unterstand. »Ihr gebt den Deceangli Rückendeckung«, ordnete er an. »Ich werde die Römer seitlich angreifen. Sine steckt das leere Fort in Brand und übernimmt den anderen Flügel der Römer.«

In der Morgendämmerung verließen die Deceangli den Wald. Manlius Valens, der Legat der Zwanzigsten, eilte zum Wachturm und versuchte die Stärke des Gegners abzuschätzen. Dann schickte er ihnen die Hilfstruppen entgegen. Die Tore des Forts wurden geöffnet und blieben offen. Nach etwa einer Stunde stellte er fest, daß seine Hilfstruppen Verstärkung brauchen würden und schickte ihnen die Infanterie, weitere tausend Mann, nach. Schließlich ließ er resigniert die Kohorten und für alle Fälle auch gleich die Kavallerie folgen, stieg auf sein Pferd und ritt selbst aufs Schlachtfeld, wo der römische Kriegsadler stolz in der Morgensonne funkelte. Der Kampf wogte noch eine weitere Stunde hin und her, doch die Deceangli waren keine ebenbürtigen Gegner. Ein klarer Sieg der Legion zeichnete sich ab. Dann schienen die Rebellen ihre Unterlegenheit einzusehen, denn sie begannen, sich zum Wald hin zurückzuziehen. Das Schlachtfeld war mit Toten übersät. Valens ordnete die Verfolgung an. Kavallerie und Infanterie brachen ihre Kampfreihen auf und nahmen die Verfolgung auf. Das Fort blieb hinter ihnen zurück.

Dann ertönte der gräßliche Ton eines Kriegshorns. Der Schreck fuhr Valens in die Glieder, denn er ahnte, was dies zu bedeuten hatte. Er rief nach einem Kundschafter und befahl ihm, wie der Teufel nach Süden zu den Garnisonen zu reiten. Nur Verstärkung konnte sie noch retten. Er befahl dem Bläser, die erste Kohorte zurückzurufen, dann sah er den Feind aus dem Wald quellen und in die Schlacht eingreifen. Ruhig gab er seine Befehle. Er und seine Tribunen verfolgten jede Bewegung des Feindes aufmerksam und änderten ihre Strategie je nach Bedarf. Die Deceangli begannen, zu ermüden und wichen noch weiter zurück. Plötzlich ertönte hinter ihm ein Schreckensruf. Ihre Köpfe flogen herum, und Valens erstarrte vor Schreck. Von rechts näherte sich sichelförmig ein weiteres Rebellenheer. Es war zu spät, Befehle zu geben, er konnte nur noch zum Rückzug blasen lassen. Die Trompete ertönte, und Valens riß sein Pferd herum, um zum Fort zurückzureiten. Doch es war verschwunden! Dafür stieg eine riesige Rauchsäule zum Himmel empor. Valens konnte keinen klaren Gedanken mehr fassen. Entsetzen lähmte ihn. Sie haben dazugelernt! Jupiter sei mit uns! Sie haben dazugelernt! Plötzlich wurde ihm bewußt, daß er schrie. Sein Tribun packte ihn am Arm.

»Eure Befehle! Welche Befehle?« drängte er angsterfüllt. Doch welche Befehle hätten seine Männer jetzt noch retten können? Die Kampfreihen waren aufgebrochen, und die Soldaten fielen zu Hauf unter den Schwerthieben der Rebellen. Er riß sein Pferd herum, entriß dem Standartenträger den Kriegsadler und schrie.

»Rette sich, wer kann!« Mit einem letzten Blick auf das Schlachtfeld preschte er davon. Scapulas Grenze war zusammengebrochen.

Spätfrühling, 52 n. Chr.

28

Favonius und Priscilla verließen die kleine Garnison und spazierten in Richtung des Wäldchens. Es war ein von süßen Frühlingsdüften erfüllter, sonniger Tag. Ein lauer Wind strich angenehm über ihre Köpfe, aber Favonius hatte keine Augen für das Wetter. Mit besorgter Miene trottete er nachdenklich an der Seite seiner Gemahlin.

»Favonius, was ist nur mit dir los? Ich fragte dich eben, ob ich mit Marcus für ein paar Tage nach Colchester gehen könne. Bedeutet deine Reaktion ja oder nein?«

»Ja doch«, rief er unwirsch. »Ich meine natürlich nein, auf gar keinen Fall. Was soll er da? Vielleicht nächstes Jahr.«

Sie schob ihren Arm durch seinen. »Mir scheint, du bist heute in einer besonders üblen Laune. Die Garnison kommt auch einmal für ein paar Stunden ohne dich aus! In den Depeschen steht doch ohnehin immer dasselbe.«

»Heute morgen traf eine Depesche ein, die du vielleicht anders beurteilen wirst, meine Liebe«, gab er bissig zurück. »Die Rebellen haben wieder einmal zugeschlagen, und diesmal wurde die Zwanzigste aufgerieben.«

Vor Erstaunen fiel ihr der Kiefer herunter. »Einfach so? So plötzlich? Sicher handelt es sich um ein Gerücht. Unsere Legionen werden nicht so mir nichts, dir nichts besiegt.«

Favonius betrachtete das entgeisterte, kindliche Gesicht seiner Gemahlin, den ungläubig aufgesperrten, roten Mund, den naiven Ausdruck ihrer Augen und bedauerte wohl zum tausendsten Mal, daß er sie zu sich geholt hatte.

»Stell dich nicht dumm, Priscilla. Du solltest manchmal ein wenig nachdenken, ehe du sprichst. Wenn es nur ein Gerücht wäre, hätte die Depesche auch von einem Gerücht gesprochen. Manlius Valens und seine Kavallerieeskorte konnten mit Müh und Not entkommen. Die Rebellen hatten sogar das Fort in Brand gesteckt, aber glücklicherweise brannte es nicht völlig nieder.«

»Und was hat das alles mit uns zu tun?« Wie immer dachte Priscilla zuerst an ihre eigene Sicherheit. Den Vorwurf ihres Mannes ignorierte sie einfach.

»Nicht viel, außer daß wir sehr viel wachsamer als bisher sein müssen. Angeblich wurden auch sämtliche Garnisonen entlang der westlichen Grenze angegriffen. Diese Meldung ist allerdings noch nicht bestätigt.« Er rieb sich die Stirn. »Vor fünf Jahren wäre der Gedanke, eine Legion an die Rebellen zu verlieren, einfach lächerlich gewesen. Doch im Westen entsteht etwas Neues, Priscilla. Die Rebellen haben ihre Strategie geändert. Vielleicht gibt es sogar bald einen neuen Arviragus. Die Entwicklung gefällt mir nicht.«

Eigentlich war heute der Tag des Beltanefestes, aber die alten Riten gerieten zunehmend in Vergessenheit. An ihre Stelle waren seit einigen Jahren Pferderennen getreten. Sie vernahmen schon von weitem anfeuernde Rufe, lautes Gelächter, das Klirren von Harnischen, das Wiehern der Ponys. Sie hatten nun das Wäldchen durchquert und in einiger Entfernung Prasutugas und Boudicca endeckt, als ein Junge mit völlig verschmiertem Gesicht und fleckiger Tunika auf sie zugerannt kam. Trotz der Wärme trug er darüber noch einen grünen Wollumhang, wie ihn die Häuptlinge zu tragen pflegten. In einer Hand schwang er lila Beinkleider, verziert mit silbernen Fransen, in der anderen eine Hammmelkeule, die er ihnen aufgeregt unter die Nase hielt. Bevor er jedoch irgend etwas sagen konnte, stürzte Priscilla sich auf ihn.

»Marcus, wo hast du diese Kleider her? Und was ist das für ein scheußliches Ding um deinen Hals?«

»Das ist Epona, die Schutzgöttin der Pferde, Mutter. Gefällt es dir? Prasutugas hat mir die Sachen geschenkt. Er hat sie selbst getragen, als er in meinem Alter war.« Der Junge stolzierte beifallheischend auf und ab. »Sehe ich nicht gut darin aus? Man könnte mich fast für einen Häuptling halten, nicht wahr?«

Marcus war ein richtiges Landkind geworden. Er konnte Wagen lenken, reiten, mit einem Messer umgehen und mit der bloßen Hand Fische fangen. Seine Haut hatte bereits jetzt, im Frühling, eine gesunde braune Tönung, und er blickte mit offenen Augen und ungetrübter Lebensfreude in die Welt. Nur im Umgang mit dem Schwert hatte Favonius ihn noch nicht unterrichten lassen.

»Nein, das würde man nicht, denn du trägst keinen Torque«, gab er seinem Sohn ernst zur Antwort.

»Geh sofort nach Hause und ziehe diese lächerlichen Lumpen aus«, schimpfte Priscilla. »Man könnte meinen, es sei Saturnalien.«

Marcus grinste sie an. »Gegen das hier ist das Fest zu Ehren des Saturn eine langweilige Sache.« Damit stob er wieder davon und überließ Priscilla ihrem Zorn.

»Epona! Wieder so eine blutrünstige Gottheit der Einheimischen! Ich finde die religiösen Gebräuche der Iceni wirklich reichlich scheußlich, Favonius. Ich will nicht, daß Marcus an solchen Veranstaltungen teilnimmt.«

»Nun gib doch endlich Ruhe!« brauste Favonius auf. »Der Junge ist gesund und glücklich. Was willst du denn noch?« Schon bedauerte er seinen groben Ton, doch da hatte Prasutugas sie bemerkt. Auch Boudicca drehte sich nach ihnen um.

»Seid willkommen«, lächelte er. »Euer Besuch ist uns eine Ehre.« Favonius erwiderte den Gruß, und obwohl er sich wegen der Meldung vom Morgen noch immer beunruhigte, bemerkte er zu seiner Freude, daß Prasutugas besser, gesünder aussah.

»Hat mein Arzt mit der Behandlung Eures Armes endlich einmal Erfolge zu verzeichnen?« bemerkte er scherzend. »Seit langem schon will er eine Salbe ausprobieren, die er eigens hergestellt hat.«

»Wärme und die Sonne, das sind bessere Heilmittel als das brennende Gebräu des Arztes«, rief Prasutugas gutgelaunt. »Drei meiner Stuten haben gefohlt. Wollen wir uns die Füllen ansehen?« Die beiden Männer spazierten davon und Priscilla schluckte ihren Protest hinunter. Trotzig setzte sie sich zu Boudicca ins Gras.

»Laß dich durch mich nicht von deinen Pflichten abhalten, Boudicca«, sagte sie schließlich mit einiger Überwindung. Boudicca seufzte und erhob sich.

»Ich bin gleich zurück«, sagte sie milde. Priscilla sah ihr nach, als sie in Richtung der Streitwagen davonging, die eben hinter der Ziellinie ausrollten. Marcus und Brigid rannten ihr entgegen, und Priscilla beobachtete neiderfüllt, wie sie Marcus in einer liebevoll-kameradschaftlichen Art und Weise übers Haar strich und er es sich gefallen ließ. Dann beugte sie sich zu Brigid, ihrer jüngeren Tochter hinunter, deren goldblondes Haar in drei schweren Zöpfen bis zu den Hüften herabhing. Die neunjährige Ethelind gesellte sich zu ihnen, ein rotblonder Lockenkopf, und alle drei redeten gleichzeitig auf Boudicca ein. Priscilla fühlte sich einsam. Sie betrachtete ihren Sohn, der sich rein äußerlich kaum von den Söhnen der Häuptlinge unterschied und dachte daran, daß sie in letzter Zeit immer häufiger gegen ihr Heimweh nach Rom ankämpfen mußte. Favonius war ihr einziger Trost in dieser Wildnis, und heute hatte selbst er sie einfach allein gelassen.

Boudicca spürte eine Hand auf ihrem Arm und fuhr herum. Die Hand gehörte Lovernius, der mit geschulterter Harfe hinter sie getreten war. »Lächelt, Herrin, und dann lacht lauthals, damit man denkt, ich hätte Euch einen Witz erzählt.«

Sie verzog ihren Mund, aber ihre Miene war ein einziges großes Fragezeichen. »Was gibt es?«

»Wunderbare Neuigkeiten. Die Zwanzigste wurde ausgelöscht und sämtliche Garnisonen an Scapulas Grenze wurden niedergebrannt. Die Rebellen sind wieder aktiv.«

Sie blinzelte heftig, ihre Gesichtsmuskeln zuckten, das Lächeln vertiefte sich. »Könntet Ihr wiederholen, was Ihr eben gesagt habt? Ich glaube, ich habe mich verhört.«

Er nahm die Harfe von der Schulter und schlug ein paar Saiten an. »Die Zwanzigste wurde von den Ordovicen und den Deceangli besiegt, und während dort der Kampf andauerte, überfielen Siluren und Demetae die Garnisonen. Ich habe den Spion schon wieder zurückgeschickt, aber heute brauche ich mir um seine Sicherheit keine Sorgen zu machen.« Ping, ertönte die Harfe. »Man beobachtet uns mit Interesse.«

Boudicca hätte ihn am liebsten umarmt. So aber warf sie die Arme in die Luft und lachte, befreit und laut. Lovernius fiel in ihr Gelächter ein, und prompt drehten sich einige Köpfe nach ihnen um. »Von wem stammte der Plan?«

Priscilla saß außer Hörweite. Noch nie zuvor hatte sie Boudicca derart ausgelassen gesehen. Vielleicht lachen die beiden über mich? grübelte sie mißgelaunt und unglücklich.

»Der Spion sagte, Venutius sei der Urheber dieses genialen Plans gewesen«, antwortete Lovernius schmunzelnd.

»Tatsächlich? Dann ist er immer noch bei Emrys und Madoc. Das hätte ich ihm trotz Aricias Verrat nicht zugetraut.« Sie senkte die Stimme. »Lovernius, ist das ein neuer Anfang? Haben die Stämme Venutius als neuen Führer anerkannt?«

»Ich weiß es nicht. Aber ich könnte mir vorstellen, daß sie sich ihm zumindest bei der Durchführung dieses Planes untergeordnet haben. Es war ein guter Plan.«

»Ich kann gar nicht klar denken, Lovernius. Was wird nun?«

»Sprecht mit Prasutugas.« Er verneigte sich höflich und ging pfeifend davon. Boudicca drehte sich um und sah ihren Gemahl mit Favonius zurückkommen. In ihrem Glück und Überschwang rannte sie ihm entgegen. Prasutugas brauchte sie nur anzusehen, um zu wissen, daß auch sie die Neuigkeit bereits erfahren hatte. Er freute sich für sie, wenn auch mit gemischten Gefühlen. Favonius hatte ihn eben erst ins Vertrauen gezogen, und doch wußte Boudicca schon davon. Es war ihm zwar nicht verborgen geblieben, daß seine Gemahlin die Spione der Rebellen schützte, die fast täglich sämtliche Neuigkeiten von hier in den Westen trugen, aber er hatte nicht gedacht, daß sie ihre Unterstützung für so wichtig erachteten, daß sie ihr eigens eine Nachricht übermitteln würden. Plötzlich war er froh, daß sie ihm ihren Treueeid abgelegt hatte. Ohne diesen Ehrenschwur und ohne ihre Liebe, das wußte er, würde sie nicht länger zögern, den Widerstand unter den Iceni zu mobilisieren. So aber strahlte sie ihn nur an, und er zwang sich, ihr Lächeln zu erwidern.

Favonius und Priscilla kehrten am Abend in die Garnison zurück. Wie gut, dachten sie, daß außer Prasutugas vorläufig niemand von diesen unglückseligen Vorfällen weiß. Wenn nicht ein Wunder geschah, würde auf der Insel schon bald ein Chaos ausbrechen.

»Favonius schien sich heute nicht besonders gut zu amüsieren«, bemerkte Boudicca scheinbar beiläufig, als auch sie wieder zu

Hause waren. »Und die arme Priscilla wird immer trübsinniger. Ich wüßte gern, warum.«

»Du möchtest wohl ein bißchen Katz und Maus spielen, ehe du zuschlägst, hm?« Gegen seinen Willen mußte Prasutugas über ihr scheinheiliges Gesicht lächeln. »Wir wissen beide ganz genau, was ihm Kopfzerbrechen macht. Gib dir also keine Mühe, es zu verbergen.« Boudicca stand am Fenster. Die untergehende Sonne färbte ihre roten Haare noch röter. »Sie haben keine Chance, Liebes«, fuhr er mit Überzeugung in der Stimme fort. »Sie müßten noch drei weitere Legionen vernichten. Gut, die Grenzbefestigungen sind zusammengebrochen, aber was macht das schon? Das ganze Tiefland ist mit Garnisonen übersät. Und wenn erst einmal der neue Gouverneur hier ist, wird ihre Illusion, etwas Entscheidendes erreicht zu haben, zerplatzen. Er wird die Legionen mobilisieren und ihnen endgültig ein Ende bereiten.«

Doch seine Worte gossen nur Öl auf das Feuer, das in Boudicca brannte. »Nein«, rief sie heftig, »es muß nicht so enden! Prasutugas, wann hast du jemals tapferere Männer gesehen, die so beseelt sind von ihrer Liebe zur Freiheit, und fähig, jahrelang Not und Entbehrungen zu ertragen! Jedesmal, wenn ich an sie denke, schäme ich mich! Sie erbitten unseren Beistand schon gar nicht mehr, aber sie kämpfen weiter, nicht nur für ihre, auch für deine und meine Freiheit, für deine und meine Würde!« Sie machte ein paar Schritte auf ihn zu. »Ich fürchte, du hast recht, Prasutugas, sie werden wohl wieder zurückgeschlagen. Aber nicht, wenn wir ihnen jetzt zu Hilfe kommen! Der Augenblick ist da, auf den wir alle gewartet haben, mein Gemahl. Eine so unglaublich günstige Gelegenheit, um dem Kampf für unsere Freiheit eine entscheidende Wende zu geben, wird es nie wieder geben!« Vor Begeisterung gestikulierte sie wild mit beiden Armen. »Wir könnten die Garnison niederbrennen und die Iceni nach Camulodunum führen. Wir würden dort ankommen, noch ehe die Nachricht sich verbreitet hat.«

»Nein!« unterbrach er sie kalt und endgültig.

»Doch, Prasutugas, doch! Diesmal haben wir gute Aussichten auf Erfolg. Wir haben genügend Krieger, wir haben Waffen, wir...« Mit einem einzigen Satz war er bei ihr und packte ihr Handgelenk mit eisernem Griff.

»Boudicca, was hast du wieder angestellt? Welche Waffen? Wir haben keine Waffen mehr, zumindest habe ich keine.« Er schüttelte sie ungestüm, bis sie nach Luft rang. »Heraus damit! Wo sind sie?«

»Das kann ich dir nicht sagen«, japste sie. »Wenn ich es dir verrate, wird dein Pflichtgefühl dich sofort zu Favonius treiben.«

»Du solltest mich wirklich besser kennen!«

»Nein, eben nicht. Das Risiko ist zu groß!« Feindselig starrten sie sich an, Boudicca den Tränen nahe, er voller Wut.

Plötzlich ließ er sie loß. »Mir scheint, ich war zu nachsichtig mit dir«, sagte er. Boudicca rieb sich das schmerzende Handgelenk. »Ich habe dir alles gegeben, was der Frau eines Ri zusteht, und mehr als das. Ich habe deine kleinen Geheimnisse vor Favonius geschützt; ich habe mir deine Beleidigungen in aller Öffentlichkeit gefallen lasen, weil eine starke Liebe uns miteinander verbindet. Und ich dachte, wir würden uns auch vertrauen, aber ich habe mich wohl geirrt. Du hast also Waffen versteckt. Das ist Hochverrat, Boudicca. Darauf steht die Todesstrafe, und das weißt du auch. Mit deinem Freiheitswahn bringst du den ganzen Tuath in Gefahr! Und du zwingst mich geradezu, dir etwas sehr Unangenehmes zu sagen. Wenn du weiterhin Dinge tust, die meine Zusammenarbeit mit Favonius gefährden könnten, sind wir geschiedene Leute.«

Entsetzt starrte sie ihn an. »Prasutugas! Das würdest du mir antun?«

»Ja. Ich habe getan, was ich konnte. Ich habe alles erduldet. Das Maß ist voll, mehr ertrage ich nicht!«

»O ja!« rief sie bitter, »ich sehe, daß du alles Menschenmögliche getan hast. Für dich bin ich eine verzogene Göre, die Flausen im Kopf hat, aber ich sage dir, du hast mir nicht alles gegeben, denn ich habe meine Freiheit verloren!«

Seine Gesichtszüge verhärteten sich. »Es steht dir frei, mich jederzeit zu verlassen.«

»Du weißt genau, welche Freiheit ich meine!« Ihr Schmerz traf ihn im Innersten, aber er ließ sich nichts anmerken. »Ich spüre die

Ketten Roms täglich, Prasutugas. Du verstehst nicht, daß meine Seele krank ist, daß die Worte, mit denen ich zu dir spreche milde und leise sind im Gegensatz zu den Schreien meiner Seele. Vielleicht bin ich verrückt, aber wenn es so ist, dann ist es auch der ganze Westen. Ich hasse deinen sogenannten gesunden Menschenverstand.«

»Und haßt du mich ebenfalls?« fragte er beherrscht und zugleich entsetzt über die rasende Geschwindigkeit, mit der sich die Kluft zwischen ihnen verbreiterte.

»Ich weiß es nicht, Prasutugas, ich weiß es nicht. Ich weiß nur, daß auch ich nicht mehr ertragen kann. Ich kann nur noch an die Rebellen denken, die kämpfen und sterben und unseren Teil der Opfer für die Freiheit mit auf ihren Rücken tragen!« Sie blickte auf und wendete ihm ihr tränenüberströmtes Gesicht zu. »Wann hast du das letzte Mal geweint, Prasutugas? Wann?« Dann schwiegen sie, und schließlich stolperte Boudicca wortlos zur Tür hinaus. Prasutugas stand wie gelähmt vor dem Feuer, sein Herz raste und pochte, die Tränen rannen ihm über die Wangen, und er merkte es nicht.

Boudicca stand noch eine Weile zögernd auf der Veranda. Ein paar Häuptlinge und Freie eilten auf dem Nachhauseweg in der Dunkelheit an ihr vorüber. Bald würde der Mond aufgehen. Sie raffte sich auf und lief ziellos durch die Straßen. Aus den Hütten drangen fröhliche Stimmen, doch sie fühlte sich fremd, wie ein Wesen aus einer anderen Welt, von einem anderen Stern, allein und unerwünscht. Die Nacht und der Wind waren ihre Verbündeten. Dann wieder dachte sie, daß nichts auf der Welt es wert war, sich selbst dafür zu zerstören. Wenn es wirklich soweit gekommen ist, daß ich zwischen meinem Gemahl und dem Kampf für die Freiheit wählen muß – ist eine Sache etwas wert ohne die andere? Boudicca stand plötzlich vor der Hütte ihres Barden. »Lovernius, sei Ihr zu Hause?« rief sie leise. Die Türhäute wurden beiseite geschoben, und Lovernius bat sie herein. Das Innere seiner Hütte war unmöbliert bis auf eine Pritsche und ein Tischchen für die Lampe. Es gab keine Wandbehänge, keinen Putz und Tand, nur seine Harfe. Mehr besaß er nicht. Dennoch wirkte das Zimmer nicht kalt und abweisend, sondern freundlich, als hätten die Wände seine wohlklingende Musik angenommen.

»Seid Ihr für ein Spielchen gekommen, Herrin?« fragte er, ihr verweintes Gesicht ignorierend. Sie setzte sich auf seine Pritsche und verschränkte die Arme vor der Brust, wie um sich selbst Gewicht und Bedeutung zu verleihen, denn sie fühlte sich leer und zerbrechlich.

»Ich habe es aufgegeben, mit Euch zu würfeln, Lovernius. Entweder betrügt Ihr wie ein Meister, oder Ihr seid zu gut für mich geworden.« Sie versuchte, humorvoll zu klingen. »Ich habe mit Prasutugas gesprochen. Favonius hat ihm am Nachmittag die Neuigkeit erzählt. Wie üblich wird er nichts unternehmen.«

»Für gewöhnlich löst Ihr Euch deswegen nicht in Tränen auf.«

»Er befürchtet, ich könnte einen Aufstand anzetteln. Wenn ich irgend etwas täte, was seine Zusammenarbeit mit Rom beeinträchtigen könnte, seien wir geschiedene Leute, hat er gesagt. Was nichts anderes heißt, als daß er Rom wählen würde, wenn er vor einer Wahl stünde.«

Lovernius schaute sie nachdenklich an. »Das glaube ich nicht«, beruhigte er sie. »Aber natürlich bittet er Euch so eindringlich wie möglich, es nicht so weit kommen zu lassen. Er muß ganz Icenia in seine Überlegungen einbeziehen, nicht nur seine Familie. Und in seinen Augen ist ein Leben unter der Herrschaft Roms nichts Schlechtes. Ihr dürft ihn tatsächlich nie vor die Wahl stellen. Aus Verantwortung für sein Volk heraus würde er sich für Rom entscheiden, aber er wäre ein gebrochener Mann. Wenn Ihr vor der Wahl stündet, Freiheit für Albion oder Eure Ehre, wie würdet Ihr entscheiden?«

»Ich weiß es nicht!«

»Und er weiß es ebenso wenig. Ihr müßt ihm vertrauen. Ohne gegenseitiges Vertrauen wäre Eure Ehe tatsächlich am Ende.«

Vertrauen. Richtig, das war der springende Punkt. Weder Rom noch Freiheit, weder Liebe noch Haß, einfach nur Vertrauen! Und er vertraute ihr nicht mehr. Manchmal ist es schwerer zu leben, als zu sterben, dachte sie verbittert. Wie einfach wäre es, zu sterben. Wie kompliziert war es dagegen, am Leben zu bleiben. »Lovernius, ich will heute nacht jagen.« Unvermittelt stand sie auf.

»Gut«, nickte er. »Ich frage mich allerdings, was wir jagen sollen. Die Wölfe sind jetzt bereits fort. Vielleicht haben wir Glück und können ein Wildschwein erlegen.«

»Ich will keinen Wolf jagen und auch kein Wildschwein. Wir werden Jagd auf den Annis machen, Lovernius«, erklärte sie ihm mit ruhiger Stimme. Der Barde wurde bleich.

»Was wollt Ihr?« Aus ihren Augen sprühte eine solche Qual, ein solcher Aufruhr, daß er sich fürchtete. Und dann begriff er. Wie auch ihr Vater konnte seine Herrin ihren Schmerz nur mit fieberhafter Aktivität unterbinden. Sie war niemand, der sich zurückzog und in der Stille gesundete, trotzdem versuchte er, es ihr auszureden. »Seit den Tagen Subidastos wurde keine Annis-Jagd mehr durchgeführt. Wenn wir bei diesem alten Ritual entdeckt werden, läßt Favonius uns auf der Stelle hinrichten. Wir haben nicht einmal genug Zeit, um eine Wahl und die vorgeschriebenen Vorbereitungen zu treffen.«

»Wir brauchen keine Wahl zu treffen. Rom ist unser Annis. Bringt mir einen Römer, Lovernius, und die Jagdhunde!«

»Herrin«, bat er sie inständig, »den Annis zu jagen bedeutet, die Dämonen wieder zu neuem Leben zu erwecken!«

»Ja, ich weiß, Lovernius. Aber die Zeiten sind schlimm. Ich muß die Götter des Waldes gegen Rom richten, ich muß es tun.«

»Und wenn sie sich gegen uns wenden, Herrin? Ich muß zugeben, daß ich Angst habe.«

»Dann werde ich eben allein jagen. Es macht mir nichts aus. Sind in letzter Zeit Füchse gefangen worden?

»Ethelind hat erst gestern einen erlegt«, sagte er widerstrebend. »Er hängt vor dem Versammlungshaus.«

»Sie schicken jede Nacht einen Soldaten aus der Garnison zum Wasserholen an den Fluß«, überlegte Boudicca. »Wir können ihn nehmen.«

»Aber man wird ihn vermissen.«

»Ja doch, man wird ihn vermissen«, rief sie nun ungehalten.

»Und wenn man ihn findet, wird Favonius glauben, daß er von Wölfen angefallen wurde.«

»Jetzt im Frühling?«

»Eine andere Erklärung gibt es für sie sowieso nicht. Ein römisches Annis, Lovernius. Das ist gerecht. Geht jetzt und holt die Jagdhunde. Ich besorge den Fuchs. Wir treffen uns am Fluß in der Nähe der Garnison.«

Sie verließen die Hütte. Lovernius schlich zu den Zwingern, Boudicca zum Versammlungshaus, in dem ein paar Häuptlinge, die zu betrunken gewesen waren, um noch nach Hause zu gehen, ihren Festtagsrausch ausschliefen. Sie fand das Tier auf Anhieb, warf es sich über die Schulter und machte sich unbemerkt auf den Weg zum Fluß, wo Lovernius bereits wartete. Er hatte den Hunden Maulkörbe angelegt. Sobald sie das tote Tier witterten, fingen sie an zu winseln und gebärdeten sich wie wild, so daß er alle Mühe hatte, sie zurückzuhalten.

»Ihr wartet hier«, flüsterte Boudicca, »ich werde dem Wasserträger auflauern.«

»Unnötig«, wisperte er zurück. »Im Wald westlich der Stadt wäre ich fast mit einer Wache zusammengestoßen. Favonius hat mehrere Posten im Wald verteilt, aber sie sind allein. Das ist nicht besonders umsichtig von ihm. Nehmt einen von ihnen, Boudicca. Ich werde tiefer in den Wald nördlich von hier vordringen, fort vom Fluß.«

Sie überlegte schnell, dann stimmte sie zu. Lovernius nahm den Fuchs und verschwand mit den Hunden.

Boudicca strich lautlos wie ein Schatten durch den Wald. Als endlich die Garnison zwischen ihr und dem Fluß lag, hatte sie drei Wachen gezählt, die zu weit von einander entfernt standen, als daß sie einander hätten sehen oder hören können. Aber sie würde kein Risiko eingehen. Sie beobachtete den vierten Wachposten eine Weile, dann entschied sie sich für ihn. Er war nervöser als die anderen, lauschte auf jedes Geräusch und spähte andauernd in alle Richtungen. Sein zweischneidiges Kurzschwert hielt er krampfhaft fest. Sie pirschte sich von hinten so nahe wie möglich an ihn heran, dann sprang sie ihn an und hielt ihm mit einer Hand den Mund zu, während sie ihm ins Ohr flüsterte.

»Hab keine Angst, Soldat. Ich bin es, Boudicca. Du brauchst nicht zu schreien.« Er wand sich wie eine Schlange, um aus ihrem Griff freizukommen, und sie flüsterte schnell weiter. »Die Rebellen kommen. Mein Barde und ich haben einen ihrer Spione abgefangen, aber wir wagen uns nicht allein zur Garnison. Bitte komm mit. Wir brauchen nicht mehr als einen Mann, und es ist besser, wenn deine Kameraden auf ihren Posten bleiben, für alle Fälle.«

Verständlicherweise zögerte er. Der Vorfall hatte ihn viel zu sehr aus der Fassung gebracht. Schließlich ging Boudicca ein Risiko ein, ließ ihn los und flehte.

»Bitte komm mit.« Sie zupfte ihn am Ärmel und wandte sich zum Gehen. »Beeil dich!« Sie drehte sich nicht um, und es dauerte nicht lang, da hörte sie ihn hinter sich. Mit einem Lächeln beschleunigte sie ihre Schritte. Bald ging sein Atem schwerer. Annis, raschelte das Laub unter ihren Füßen, Annis. Selbst wenn du jetzt umkehren wolltest, wäre es zu spät, frohlockte sie innerlich. Der Zauber zieht sich bereits über dir zusammen, Andrasta hat dich bereits gesehen. Sie führte ihn eine gute Wegstrecke in nördlicher Richtung, dann bog sie nach Westen ab und verlangsamte ihre Schritte, damit er nachkommen konnte.

»Was tust du mitten in der Nacht so weit von der Stadt entfernt?« wollte er wissen. Er war wieder zu Atem gekommen und hielt sich nun mühelos an ihrer Seite.

»Ich jage«, antwortete sie knapp. Er warf einen furchtsamen Blick über die Schulter, denn er hatte die Orientierung verloren. Ein Baum sah aus wie der andere. Wie lange liefen sie eigentlich schon? Je länger sie unterwegs waren, um so mehr Schauergeschichten fielen ihm ein, die er über die blutrünstige Göttin dieses Volkes gehört hatte. Sie konnte sich in einen schwarzen Raben verwandeln und flog mit rauschendem Flügelschlag durch den Wald. Wie oft hatte er schon über die primitive Vorstellungswelt der Einheimischen gelacht. Er fühlte sich sicherer, wenn er sie und die Druiden, die angeblich der Göttin dienten, verachtete, aber hier, mitten in der Nacht, in einem düsteren Eichenhain, wurde der Mythos plötzlich Wirklichkeit. Boudicca schien sich jedoch keineswegs zu fürchten. Sie rannte in der halb hüpfenden Art der

Einheimischen, die lächerlich aussah, den Läufer aber kaum ermüdete. Ihre Haare hatten sich aufgelöst und fielen wirr über die Schultern herab. Sie sah aus, als hätte sie geweint und bewegte sich in einem seltsamen Rhythmus. Ihre Lippen bewegten sich ununterbrochen, als führte sie Selbstgespräche.

Plötzlich verlangsamte sie ihren Schritt und reckte den Kopf. Dem Mann war es, als blähte sie ihre Nasenflügel wie ein Tier seine Nüstern, wenn es einen Geruch wittert. Schon rannte sie weiter. Ein paar Minuten später hörte er deutlich schnüffelnde Geräusche. Sie hielten direkt darauf zu, und ehe er sich darüber Gedanken machen konnte, rief sie.

»Lovernius, packt ihn. Ich bin müde.«

Im nächsten Augenblick wurde er mit dem Gesicht zur Erde zu Boden geworfen, jemand riß ihm die Arme nach hinten und verdrehte sie auf den Rücken. Er rang nach Luft. Sein Helm flog davon, ebenso sein Gürtel samt Schwert und Messer. Die Sandalen folgten, dann wurde der Griff etwas gelockert, aber nur, um ihm den Harnisch ausziehen zu können. »Was hat das zu bedeuten?« keuchte er. Boudicca schleuderte den Brustpanzer ins Gebüsch.

»Dreht ihn um, Lovernius, damit er sitzen kann«, rief sie und machte sich an seinem Lederwams zu schaffen.

»Seit ihr denn von Sinnen?« schrie der Soldat. Boudicca hatte jetzt ein Messer in der Hand und begann, seine Tunika zu zerschneiden. Dann sah er die Hunde. Sie waren an einem Baum festgebunden und gebärdeten sich wie toll. Noch immer begriff er nicht. Boudicca zerrte an seiner Unterwäsche, und alles Wehren und Protestieren half nichts. Der Mann hinter ihm hielt ihn in eisernem Griff und hievte ihn auf die Beine. Dann stand er splitternackt vor ihnen. Boudiccas Augen huschten ausdruckslos über ihn. Sie ging ein paar Schritte zur Seite und kehrte mit einem toten Fuchs zurück. Die Hunde verfolgten jede ihrer Bewegungen. Sie legte den Kadaver neben sich auf die Erde und öffnete den Leib des Tieres mit einem gekonnten Schnitt. Ihre Hand fuhr hinein, ein Ruck und sie brachte seine grauen, schleimigen Eingeweide zum Vorschein. Dann stand sie auf. Das Messer funkelte in ihrer Hand, in der anderen hielt sie die Gallenblase des Fuchses.

Der üble Geruch der Verwesung stieg ihm in die Nase, als Boudicca langsam auf ihn zukam. Die Hunde winselten, gepackt vom Jagdfieber. Boudicca hielt ihm das stinkende Ding unter die Nase.

»Annis«, flüsterte sie ehrfurchtsvoll in ihrer Muttersprache. Ihre Stimme war sanft, als wolle sie ihn beruhigen. »Ihr seid kein Freiwilliger, und das bedauere ich. Auch seid Ihr kein Verbrecher, und das bedauere ich ebenfalls. Dennoch muß ich alles Leid, das Eure Landsleute Albion zugefügt haben, auf Euch laden, Römer, und ich vergelte die Schmach, die Ihr mir und meinem Gemahl zugefügt habt. Versteht Ihr das?« Sie redete mit ihm, als müsse sie einem begriffsstutzigen Kind etwas Einfaches erklären. Sein Blick wanderte hilflos zwischen ihren funkelnden Augen und den sich wie toll gebärdenden Hunden hin und her. Und dann, ohne Vorwarnung, grub sie ihre Zähne in seine Brust. Annis. Jagdhunde. Eine Fuchsgalle. Jäger und Annis. Das Sühneopfer. Der Gejagte. Jetzt verstand er. Andere Erinnerungen tauchten auf, Geschichten über Rituale und dunkle Zauberkünste, über die niemand sprechen wollte, weil man dadurch ihre Mächte heraufbeschwor. Dann begann er, wie ein Verrückter zu schreien. Seine Augen waren starr vor Entsetzen und weit aufgerissen. Er schlug wild und sinnlos um sich, aber Lovernius zwang ihn zu Boden. Seine Kraft verließ ihn.

»Was habe ich denn getan, Herrin? Was?« wimmerte der Soldat. Boudicca sah ihn an, ohne ihn wahrzunehmen.

»Und was haben wir Rom getan? Warum überfallt ihr uns und zerstört unser Leben?« Sie schloß die Augen und verbannte die Erinnerung an Prasutugas' Worte. »Haltet ihn gut fest, Lovernius«, befahl sie, dann kniete sie sich neben ihn. »Du bist unser Hunger«, sprach sie. Das Messer ritzte ihn an der Schulter. »Trage ihn an unserer Statt. Du bist unsere Krankheit.« Es bohrte sich in die andere Schulter. »Trage sie an unserer Statt. Du bist unsere Armut. Trage sie an unserer Statt.« Sie fuhr fort, ihn mit dem Zauber zu belegen, bis seine Brust eine einzige klaffende Fleischwunde war. Zuletzt fügte sie noch die letzte, die schwerste Bürde hinzu. »Du bist unser Winter, der Winter voller Sorgen, der Winter der Unterdrückung. Du bist Rom. Trage diese Last an unserer Statt.« Das Messer hinterließ eine weitere Blutspur, und das Opfer schrie gellend auf. Lovernius zerrte ihn auf die Füße und drehte ihn um. Boudicca hielt die Gallenblase über seinen Kopf und stach sie mit einer wilden Bewegung an. Die ekelerregende Flüssigkeit entleerte sich langsam über den Kopf des Römers. Die Hunde rissen wie verrückt an der Leine, ohne auch nur einen Laut von sich geben zu können. Der junge Mann war vor Schmerz und Angst wie betäubt. Seine Augen rollten unkontrolliert hin und her; einmal sah er das verschlossene Gesicht von Lovernius, dann wieder den stummen Tanz der blutrünstigen Hunde, dann wieder Boudicca. »Trage alle unsere Bürden, Annis«, sagte sie. »Trage sie, stirb mit ihnen und befreie uns. Wach auf!« Er blinzelte. Die Benommenheit machte mit einem Schlag einem seltsam geschärften Bewußtsein Platz, doch dahinter lauerte die Panik.

»W... W... Warum?« stotterte er. Boudicca ignorierte seine Frage.

»Ich werde dir helfen. Klettere nicht auf Bäume. Die Hunde werden so lange darunter sitzenbleiben, bis du vor Müdigkeit einfach herunterfällst. Lauf nicht in einer geraden Spur. Such Wasser, wenn du dich retten willst. Du hast einen Vorsprung, ehe ich die Hunde loslasse. Nutz ihn gut. Jetzt aber lauf.« Lovernius ließ ihn los, aber er stand nur da und starrte sie hilflos an.

»Lauf, Dummkopf. Lauf!« Er kam zu sich, stolperte und rannte davon. Sie sahen ihm nach. Die Hunde gerieten völlig außer Rand und Band, als der Mann in der Dunkelheit verschwand. Lovernius und Boudicca standen reglos. Die Zeit verstrich. Schließlich mahnte Lovernius.

»In drei Stunden setzt die Dämmerung ein.«

»Ich weiß«, antwortete sie nur. »Nehmt ihnen die Maulkörbe ab und laßt sie los.«

Der Soldat rannte hakenschlagend durch den Wald, stolperte über Steine, verfing sich in dornigem Gestrüpp. Er dachte nichts, spürte nichts. Der Gestank des Fuchses haftete an ihm. Lauf... Wasser. Dann erholte er sich ein wenig von dem ersten, lähmenden Schock und konnte klarer denken. Ich kann gar nicht so weit von der Garnison entfernt sein, überlegte er. Dort verläuft der Fluß. Wasser, rettendes Wasser. Doch aus welcher Richtung kamen wir? Ich darf nicht einfach weiterrennen, ich muß zurücklaufen. Aber wie soll ich ohne den Mond die Richtung bestimmen? Weiter, weiter. Annis, ich bin Annis. Vor ein paar Stunden war ich noch Dio Balbilla, ein römischer Legionär, und jetzt bin ich ein Annis. Wenn ich nur zur Garnison zurückfände. Ich muß sie warnen. Ich will weiterleben. Aber ich bin Annis, und ich muß sterben. Dann hörte er die Hunde. Sie hatten seine Spur aufgenommen und ihr Bellen wurde immer hungriger. Doch noch etwas anderes bemerkte er, und auch das war keine Sinnestäuschung. Vor ihm schimmerte etwas schwach zwischen den Bäumen hindurch. Ah! Neue Kraft durchströmte ihn, neues Leben, Hoffnung. Er ließ den Wald hinter sich und sprang mit einem Schrei des Triumphes ins Wasser. Sofort wurde er von der Strömung erfaßt und innerhalb weniger Sekunden trieb er außerhalb der Reichweite der Hunde. Mit ein paar kräftigen Schwimmstößen brachte er sich ans andere Ufer. Er wußte nicht, wo er war, aber im Augenblick zählte nur seine Freiheit. Die Garnison mußte sich irgendwo zwischen seinem jetzigen Standort und der Flußmündung befinden. Er brauchte nur im Schutz der Bäume immer weiter flußabwärts zu laufen. Leichten Herzens machte er sich auf den Weg. »Ich bin Dio Babilla«, sagte er sich immer wieder vor. »So lautet mein Name. Ich bin nicht verrückt, denn ich erinnere mich an meinen Namen.«

In den Blättern über seinem Kopf raschelte es, und er erstarrte mitten in der Bewegung. Erleichterung und Freude zerrannen in Nichts, neuer Terror griff nach seinem Herzen. Dio Balbilla nahm seinen ganzen Mut zusammen und blickte zu den Blättern hinauf. In der Dunkelheit glaubte er dort oben einen noch dunkleren, massiven Schatten ausmachen zu können. Sein Herz setzte aus, seine Knie gaben nach. Er sank zu Boden. War da nicht ein Geräusch wie von langsam schlagenden Schwingen? Kam es nicht näher? A-nnis, flatterten die gigantischen Schwingen. A-nnis, pochte sein Herz und ein glühendheißer Schmerz durchzuckte ihn.

»Nein!« krächzte er. »Ich bin ... bin ...« Der Schmerz raste durch seinen Körper und explodierte wie ein weißes Feuer in seinem Kopf. Sein Name erstarb ihm auf den Lippen.

Die Hunde rannten kläffend am Ufer hin und her. »Er ist entkommen«, rief Boudicca ungläubig. »Er hat tatsächlich zum Fluß zurückgefunden. Selbst ich hätte mich ohne Mond und Sterne schwer getan. Der Zauber wirkt nicht mehr, Lovernius. Warum nur?«

Der Barde setzte sich müde auf die Erde und fuhr mit der Hand über die Fußabdrücke, die der Annis bei seinem Sprung in die Freiheit hinterlassen hatte. »Weil Andrasta uns nicht mehr hört«, antwortete er. »Weil Rom nicht fortgehen wird. Was geschieht, wenn er Favonius seine Geschichte erzählt?«

Boudicca sah ihn traurig an. »Er wird ihm keinen Glauben schenken. Würdet Ihr so etwas glauben, wenn Ihr ein gebildeter Römer wärt? Wir sollten auf dem schnellsten Weg zurückgehen und morgen alles abstreiten, wenn man uns fragt. Prasutugas wird die Wahrheit zwar ahnen, aber das ist auch schon egal. Nehmt die Hunde wieder an die Leine, Lovernius. Wir gehen zurück.«

Auf dem Rückweg sprachen sie kein Wort miteinander. Irgendwo lebte der Annis. Rom würde seine ungewollte Herrschaft auch weiterhin festigen. Sie kletterten, nachdem sie die Hunde in den Zwinger gebracht hatten, unbemerkt über die Mauer und gingen wortlos auseinander. Boudicca schlug den Weg zu ihrem Haus ein und betrat leise das warme Zimmer. Es war dunkel, aber sie spürte, daß Prasutugas wach lag und sie beobachtete.

»Bist du wach?« flüsterte sie.

»Ja. Ich habe noch nicht geschlafen.« Seine Stimme klang kühl und verriet ihr gerade deswegen, daß er sich Vorwürfe machte, die ihn nicht hatten schlafen lassen. Wie sinnlos erschien ihr mit einemmal die Trennung, die sie heraufbeschworen hatten. Sie ging zu seinem Bett und setzte sich zu ihm.

»Prasutugas, nichts auf der Welt bedeutet mir soviel, daß ich mich von dir trennen will. Lieber will ich sterben, als von dir zu hören, daß du mich wegen unserer Meinungsverschiedenheiten nicht mehr liebst. Ohne dich leben zu müssen, würde alles andere überschatten und es bedeutungslos werden lassen. Wenn wir aufhören, uns als Einheit zu fühlen, dann ist die ganze Welt eine große Lüge. Sage mir ehrlich, liebst du mich noch?«

Er wollte etwas sagen, aber es kam ihm nicht über die Lippen. Er setzte sich auf und zog sie in seine Arme. »Boudicca«, begann er mit belegter Stimme, »ich kann meine Gefühle für dich nicht einfach einsperren und vergessen. Du bedeutest mir alles. Ich will lieber jeden Kummer mit dir erdulden, als den Kummer, von dir getrennt zu sein. Wollen wir neu anfangen, jetzt? Heute Nacht habe ich zum erstenmal geweint, Boudicca. Heute Nacht sage ich dir zum erstenmal, wie sehr ich dich liebe!« Sie vergrub ihr Gesicht an seiner Schulter, überwältigt von Scham, Zuneigung und Erleichterung.

»Nichts soll mehr zwischen uns kommen, Prasutugas«, erklärte sie feierlich. »Ich werde nichts mehr hinter deinem Rücken tun und dich nicht mehr durch mein Schweigen beleidigen. Ich weiß jetzt, warum die Druiden diese Lüge für die gemeinste halten. Als Ostorious Scapula damals unsere Entwaffnung anordnete, haben Lovernius, ich und einige andere Häuptlinge die Waffen im Wald vergraben, um uns eines Tages wieder zu bewaffnen. Du würdest die Markierungen sicherlich erkennen, aber die Römer sind blind für solche Zeichen. Ich verspreche dir und schwöre bei meiner Ehre, daß die Waffen dort bleiben werden, es sei denn, du änderst deine Meinung. Wenn nicht, werden sie dort verrotten.«

»Du schwörst bei deiner Ehre und nicht bei Andrasta?« neckte er sie liebevoll und merkte, daß sie nervös wurde.

»Andrasta hat mich verlassen«, flüsterte sie verbittert. Prasutugas streichelte ihre Wange.

»Warum sagst du so etwas?«

»Die alten Zauber haben keine Kraft mehr. Meine Ehre bedeutet mir mehr als tote Magie.«

Er ließ das Thema fallen und fragte auch nicht, wo sie die ganze Nacht über gewesen war. »Der Morgen graut«, bemerkte er statt dessen müde, »und keiner von uns beiden hat ein Auge zugetan.« Er zog sie ins Bett und breitete die Decke über sie. »Ich hörte Hunde bellen, ziemlich weit weg. Warst du jagen?«

Sie rührte sich nicht, aber ihr Gesicht nahm einen traurigen Ausdruck an. Erst nach einer langen Pause antwortete sie ihm: »Ja.«

Sie schliefen bis in den späten Vormittag hinein und hatten soeben ihr Mahl im Versammlungshaus eingenommen, als Favonius plötzlich in der Tür stand, nach ihnen Ausschau hielt und mit besorgter Miene direkt auf sie zusteuerte. Boudicca warf Lovernius einen unauffälligen Blick zu, ihr Herz begann zu rasen. Dann stand Favonius vor ihnen.

»Prasutugas«, begann er auf Lateinisch, ohne sich Zeit für ein paar Begrüßungsworte zu nehmen, »ich bitte dich, mit mir zu kommen und etwas anzusehen, das mir Rätsel aufgibt. Ich kann mir keinen Reim darauf machen, aber ich muß es lösen, denn es betrifft mich direkt.« Boudicca und Lovernius tauschten erstaunte Blicke aus, doch Favonius sprach weiter. »Ich werde nichts darüber sagen, ehe du es nicht selbst gesehen hast.«

Prasutugas reichte seinen Becher einem Diener und erhob sich. »Natürlich komme ich mit. Du bist sehr erregt, mein Freund. Ich will gerne helfen, wenn ich es vermag.«

Die beiden Männer eilten nach draußen. Boudicca sah Lovernius an und beide stellten sich stumm dieselbe Frage. Was mochte wohl geschehen sein?

Favonius und Prasutugas ritten zur Garnison, stiegen im Innenhof ab und begaben sich in den hinteren Teil, wo die Baracken der Soldaten und die Vorratshäuser standen. Vor einer der Hütten war eine Wache postiert, der Favonius befahl, die Tür zu öffnen. Sie traten ein. Der Wachposten schloß die Tür hinter ihnen, und Prasutugas erkannte auf Anhieb den durchdringenden Gestank, der in dem halbdunklen Raum hing. Auf einem Brett, das über zwei Sägeböcken lag, ruhte unter einem Tuch eine unförmige Gestalt. Ein eigenartiges Glühen schien von ihr auszugehen, und Prasutugas spürte, wie sich ihm die Nackenhaare sträubten. Favonius entfernte das Tuch und winkte ihn näher heran. Dabei ließ er Prasutugas nicht aus den Augen.

Der Mann war splitternackt. Auf der blutverkrusteten Brust erkannte Prasutugas sauber gesetzte Messerschnitte.

»Jetzt dreh den Kopf zu dir und sieh dir sein Gesicht an«, befahl Favonius.

Prasutugas griff in das schwarze Haar und tat wie ihm geheißen. Unwillkürlich trat er ein Stück zurück. Das Gesicht war von einer furchtbaren Angst gekennzeichnet, die so greifbar schien wie der Körper des jungen Mannes selbst. Die gräßlich verdrehten

Augen ließen nur schwach eine braune Iris erkennen, der Mund war zu einer schmerzvollen Grimasse verzerrt, die der überraschend eingetretene Tod in sein Gesicht gemeißelt hatte. Prasutugas hielt sich die Nase zu. Ihm war, als müsse er an dem Gestank ersticken, der die Erinnerung an längst vergessene Tage heraufbeschwor, an eine Zeit, in der Subidasto noch über die Iceni herrschte und Andrasta die unbestrittene Göttin war. Sein Verdacht wurde zur Gewißheit. Die Gallenblase eines Fuchses. Bellende Jagdhunde. Warst du jagen? Ja. Ich hätte dich fragen müssen, worauf du Jagd gemacht hast. Annis! Der arme Junge.

Prasutugas spürte Favonius' prüfenden Blick auf sich ruhen. So gelassen wie möglich fragte er. »Was hat ihn getötet?«

»Genau das will ich von dir wissen.« Favonius verschränkte die Arme. »Er wurde heute Morgen etwa fünf Kilometer flußaufwärts gefunden. Er muß seinen Posten irgendwann in der Nacht aus irgendeinem Grund verlassen haben. Er lag auf dem Rücken.«

»Ist er ertrunken?« Prasutugas zwang sich dazu, die Frage zu stellen, denn er wußte, daß sie erwartet wurde, aber seine Gedanken kreisten um Boudicca, und der Schmerz, dieser alle Gefühle tötende Schmerz kehrte in sein Herz zurück. Aber hatte sie nicht gesagt, daß Andrastas Macht gebrochen sei? Vielleicht war es ja doch nicht ihr Werk?

»Nein. Er lag zu weit vom Ufer entfernt, als daß er hätte an Land gespült werden können. Er lief oder rannte und brach dort zusammen, wo er auch starb. Wenn er aber nicht ertrank, was für Möglichkeiten gibt es dann noch? Es sieht so aus, als hätten die Klauen eines Raubvogels ihm die Brust zerkratzt. Wer auch immer ihn mit dem Messer traktiert hat, wollte, daß es so aussieht. Aber warum? Warum ihn nur verletzen, nicht töten?«

»Vielleicht wurde er verrückt und brachte sich die Schnitte selbst bei?« Prasutugas schluckte, dann schaute er dem Römer fest in die Augen. »Sieh ihn dir genau an. Er starb vor Angst.«

»Aber was konnte ihm solche Angst einflößen?«

»Wovor fürchtet sich ein Mensch am allermeisten? Angst ist eine Krankheit, deren Ursprung in der Vorstellungskraft des Menschen liegt, nicht in einer äußeren Ursache. Und wie jede Krankheit, kann sie zum Tod führen.«

»Ja, sicher. Aber kein Mensch zerhackt sich aus Angst die Brust.« Prasutugas blieb ihm eine Erwiderung schuldig, und Favonius schien unschlüssig, ob er weitersprechen sollte oder nicht. Der Gestank wurde derart unerträglich, daß er die Tür öffnete und sie fluchtartig ins Freie traten.

»Ich habe den Eindruck, daß du mehr über diesen Vorfall weißt, als du zugibst«, bemerkte Favonius schließlich schneidend und stapfte wütend davon. Prasutugas machte sich auf den Rückweg. Boudicca, dachte er fieberhaft, der junge Mann war ein Römer. Er konnte die Bedeutung seiner Rolle doch überhaupt nicht verstehen. Was weiß ein Römer vom Annis? Aber ich weiß um deine Seelenqual, und ich bin mitschuldig, daß sie plötzlich unerträglich wurde. Ich trage auch einen Teil der Schuld am Tod dieses jungen Mannes.

Zu Hause angekommen rief er sogleich nach ihr. Sie verließen die Hütte und gingen ein Stück, bis sie allein und ohne Zeugen waren.

»Du warst gestern nacht jagen, Boudicca. Konntest du Beute machen?« Wenn du mich jetzt anlügst, ist es aus und vorbei. Der Gedanke kam ihm so scharf und deutlich, daß er fürchtete, ihn ausgesprochen zu haben. Sie lächelte ihn traurig an und blinzelte in die Sonne.

»Du hast nur eine Vermutung, nicht wahr, Prasutugas, und wenn ich dir nichts sage, wirst du nie etwas Genaues wissen, nur einen Verdacht hegen. Aber ich werde es dir sagen. Lovernius und ich haben den Annis gejagt.«

Er atmete erleichtert auf, doch eine Zorneswelle spülte dieses Gefühl sofort davon. Er brauchte keine Fragen zu stellen, was sie denn zu dieser Verzweiflungstat getrieben hatte, aber er beherrschte sich und forschte weiter. »Und, haben die Hunde ihn gefangen?«

Sie starrte auf ihre Füße. »Nein. Er entkam. Kannst du dir das vorstellen, Prasutugas? Noch nie ist ein Annis den Jagdhunden entkommen. Die Götter haben uns verlassen, vor Jahren schon, als auch die Druiden uns verließen. Ich habe es nicht glauben wollen, aber jetzt weiß ich es.« Ihre Lippen bebten.

Sie wußte es also nicht. Bei der Erinnerung an das von Todesangst gezeichnete Gesicht überlief ihn ein Schauer. Er schüttelte den Kopf. »Nein, Boudicca. Andrasta hat nichts von ihrer Macht eingebüßt, auch wenn alle sie scheinbar vergessen haben, bis auf Lovernius und dich. Der Zauber hat sich erfüllt.«

Sie zog erstaunt die Augenbrauen hoch. »Prasutugas, du weißt irgend etwas. Was wollte Favonius dir zeigen?« fragte sie, neugierig geworden. Mit einem Anflug von Trauer in der Stimme berichtete er ihr von dem Ende des Annis.

»Favonius zeigte mir den Körper eines jungen Mannes, der die Blutspuren des Annis auf der Brust und seinen Geruch im Haar trug.«

»Ich verstehe nicht. Die Hunde konnten ihn nicht finden, das schwöre ich dir.«

»Ich weiß. Er wurde auch nicht zerrissen. Er starb an seiner eigenen Angst. Sein Gesicht sieht schrecklich aus.«

»Andrasta hat ihn sich also doch geholt«, flüsterte Boudicca. »Sie ist ihm im Wald begegnet . . .«

»Er starb an seiner eigenen Angst, mehr wissen wir nicht«, wiederholte Prasutugas mit Nachdruck. »Boudicca, ich muß dich bitten, mir zu schwören, daß du diesen Zauber nie wieder ausübst, solange ich Ri der Iceni bin.«

»Ich schwöre es bei Andrasta, wenn du schwörst, Favonius nichts von den Waffen zu verraten.«

»Ich schwöre es. Aber wenn jemand sie finden sollte, muß ich Bericht erstatten.«

»Das wird nicht passieren.« Sie strahlte über das ganze Gesicht. »Es tut gut, wieder bei Andrasta schwören zu können.«

Dann gingen sie ihrer Wege. Boudicca suchte Lovernius, und Prasutugas machte sich zu den Ställen auf. Ich verleugne dich ja gar nicht, Andrasta, dachte er. Ich will nicht, daß du deine Phantomflügel wieder über meinem Volk ausbreitest. Die Wälder gehören dir, und das muß dir reichen. Er bestieg sein Pferd und ritt zum Fluß hinunter. Dabei kreisten seine Gedanken um die beiden Königinnen der Iceni, seine Gemahlin und Andrasta, die ihm immer ein dunkles Geheimnis bleiben würde. Flüchtig dachte er auch an die Ereignisse im Westen, aber wie Favonius hielt er sie für unbedeutend, was die Iceni anging. Der Westen war ein

Wunschbild, eine andere Welt. In seiner Welt wuchs eine neue, reiche Ernte heran und gab ihm die Gewißheit, daß er in Frieden lebte. Im Schutze Roms fühlte er sich sicher. Prasutugas war froh.

29

Es war ein erfolgreicher Sommer, voller Hoffnungen und neuer Kraft. Die Rebellen verließen das Gefängnis ihrer Berge und strömten in das umliegende Land. Weder die Demetae noch die Deceangli hatten Lust, nach Hause zurückzukehren. Stolz hielten sie die ehemalige Grenze eine Weile besetzt, während sich die Zweite Legion hinter ihren Mauern in Fort Glevum verschanzte. Venutius wußte, daß eine Belagerung zwecklos wäre, da sie im Fort immer noch besser ausgerüstet waren als das Heer der Rebellen, daher gab er den Plan auf, gegen sie vorzugehen. Bald darauf gingen die Stämme wieder eigene Wege, und seine Macht über sie war zu Ende. Sie wollten plündern, das Recht des Siegers beanspruchen, und er konnte es ihnen nicht verdenken. Die Legionen erwarteten die Ankunft des neuen Gouverneurs. Die Neunte saß in Brigantes, die Zweite im Gebiet der Dobunni, das nun hinter ihnen lag und die Vierzehnte im Herzen des Stammesgebietes der Coritani, ebenfalls in ihrem Rücken. Drei Legionen. Wenn der neue Statthalter klug und entschlußkräftig war, könnte er ihnen den Rückzug in die Berge vereiteln. Er brachte seine Befürchtung Emrys gegenüber zum Ausdruck.

»Wir müssen noch in diesem Sommer gegen jede Legion einzeln vorgehen«, sagte er. »Wenn uns das nicht gelingt, sitzen wir im Herbst wieder in den Bergen.«

»Aber Ihr seht doch, daß sie keinen Fuß außerhalb ihrer Forts setzen«, erwiderte Emrys niedergeschlagen. »Sie wissen ganz genau, daß sie nur lange genug zu warten brauchen, denn irgendwann muß der neue Gouverneur ja einmal eintreffen. Dann sind sie die Verantwortung los.«

Schließlich raffte sich die Neunte auf und schaffte im unruhig gewordenen Tiefland wieder Ordnung. Sie wußten zwar nicht, wo die Rebellen sich gerade aufhielten, aber sie hatten die Nachricht von der Ankunft des neuen Statthalters erhalten, und ihr Legat wußte, daß man so oder so nach ihm rufen würde. Als Venutius die Neuigkeit von der Ankunft erfuhr, war bereits Befehl an alle Legionen ergangen, sich zu sammeln.

Tags darauf traf ein Späher aus dem Norden ein. Die Neunte und die Vierzehnte hatten sich bereits vereinigt und marschierten geschlossen nach Südwesten. Auch die Zweite hatte ihre Lethargie abgeschüttelt und bewegte sich in südöstlicher Richtung. Venutius wußte, was das bedeutete. Er und die Stämme stünden schon bald der unschlagbaren Front dreier Legionen gegenüber. Ihr Heil lag allein in der Flucht. Venutius vergrub seine Hände im weichen Gras. Ah, Freiheit! Wann nur, wann? flüsterte er. Wie viele deiner Kinder müssen noch sterben? Gut, wir werden also wieder einmal fliehen.

»Wenn wir schnell sind, können wir über Fort Glevum zurück in die Berge«, schlug er Emrys und den anderen vor. »Es steht jetzt leer.«

Sie sprachen nicht viel. Emrys fragte sich, was die Demetae und die Deceangli wohl machten. Dann waren sie auf der Flucht in den Nordwesten. Einen Sommer lang hatten sie geträumt, doch nun waren sie wieder die Gejagten. Hier und da schnappten sie Neuigkeiten auf. Die Demetae waren bereits wieder im Westen. Die Deceangli hatten sich auf einen Kampf mit der Neunten eingelassen und waren auf der Flucht in den Westen. Sie ließen Fort Glevum hinter sich und eilten weiter, weiter, bis der Sommer nur noch eine schöne Erinnerung war.

Winter, 53/54 n. Chr.

30

Aricia schrie auf und erwachte mit pochendem Herzen. Erschreckt fuhr sie hoch und versuchte, die schrecklichen Traumbilder zu verscheuchen. Es war immer derselbe Traum. Venutius stand in einem schwarzen Umhang vor ihr, sein Gesicht totenbleich. »Was hast du getan? Was hast du getan?« flüsterte er immer wieder. »Du wußtest, wie sehr ich dich liebte!« Doch die rauhe Stimme gehörte Caradoc und war voller Zärtlichkeit und jugendlichem Verlangen. Dann erstarb das Licht in Venutius' Augen im Feuer einer sich selbst verzehrenden Flamme und seine Gesichtszüge verwandelten sich in die kantigen des Arviragus. »Was hast du nur getan?« schrie er sie an.

»Aber Ihr kämpft umsonst! Ihr verzehrt euch selbst«, wimmerte sie, ohne ihn anzuschauen. »Wer seid Ihr überhaupt? Ich kenne Euch nicht«, jammerte sie weiter und erhielt keine Antwort. Dann hob sie den Blick, aber da waren nur zwei leere Augenhöhlen und ein Totenschädel, an dem Venutius' rote Haare klebten. Sie begann zu schreien und erwachte.

Zitternd stand sie auf und setzte sich auf einen Stuhl am Feuer, das bis auf ein paar glühende Aschenreste abgebrannt war. Ich ertrage es nicht mehr, dachte sie stumpf. Jede Nacht dieselbe Qual. Sie wird mich noch um den Verstand bringen. Ich fühle mich so allein.

Nebenan hörte sie Domnall leise husten, dann schlurfende Schritte. Es war Zeit für ihn, aufzustehen. Sie hatte dieses Zimmer nie mehr betreten, in dem Caradoc sich die Ketten anlegen ließ und sie dabei unverwandt angeschaut hatte, und seit Venutius ... Jetzt schlief ihr Schildträger dort. Sie stocherte in der Glut. Es war nicht recht von ihm, sie zu verlassen. Venutius. Zweimal hatten sie das Samhainfest schon begangen, und er war nicht zurückgekommen. Wo bist du nur? Du brauchst mich doch, kannst ohne mich doch gar nicht leben, ohne meinen Körper, meinen Zorn, meine Verachtung für dich.

Sie fühlte sich plötzlich beengt. So sehr sie sich auch gegen die Erinnerungen wehrte, konnte sie ihrer doch nicht Herr werden. Sie nisteten in ihrem Unterbewußtsein und quälten sie, wie dieser Traum, bis sie verrückt würde. Und noch etwas anderes plagte sie seit dem Tag, an dem Venutius sie mit seinem Blut beschmiert hatte. Sie hatte es lange nicht benennen können, doch nun wußte sie, daß es Scham war. Dieses elende Gefühl erwies sich als stärker als die Umarmungen und Küsse von Andocretus, ihrem Barden, stärker selbst als das Gold, das endlich aus Lindum eintraf.

Sie stand auf und öffnete die Läden. Draußen war es neblig grau und frostig kalt.

»Andocretus«, rief sie, ohne sich umzudrehen, »steht auf.« Die Bettdecken wurden beiseite geschoben, und der Barde setzte sich gähnend auf. Aricia starrte auf die dünnen Rauchfähnchen, die von den Häusern aufstiegen und sich im Nebel verloren. Sie hörte, wie Andocretus sich ankleidete. Gestern nacht hatte er auf dem Bett gesessen und für sie gesungen, während sie seine blonden und ihre schwarzen Haare spielerisch zusammengeflochten hatte. Dann hatte er seine Harfe beiseitegelegt, und obwohl sie sich ihm hungrig überlassen hatte, spürte sie, daß ihre Leidenschaft nicht mehr stark genug war, um ihre Ängste zu vertreiben. Geistesabwesend betastete sie die feine Narbe in ihrem Gesicht, dann drehte sie sich zu dem Barden um. »Bring mir etwas zu essen«, sagte sie, »und einen Druiden.»

Seine Augen waren noch schwer vom Schlaf, und es dauerte einen Moment, ehe ihre Worte zu ihm durchdrangen. Er ging zum Wasserbecken, brach die dünne Eisdecke auseinander, spritzte sich das Wasser ins Gesicht und schüttelte sich prustend. Dann machte er sich daran, das Feuer neu zu schüren.

»Das ist unmöglich, Herrin«, erwiderte er endlich. »Die Druiden sind unauffindbar. Aber selbst wenn es gelänge, einen zu finden, würde er sich wohl kaum darauf einlassen, hierherzukommen, so er bei Verstand ist. Ich müßte im Westen suchen, und das hieße, in den sicheren Tod zu rennen.« Sie sah ihm zu, wie er mit geschickten Händen einen Funken schlug und überlegte.

»Ich will einen Druiden sprechen. Und zwar hier.«

»Dann frag Domnall. Er weiß besser als ich, wo man einen

finden könnte.« Sie ging zu ihm hinüber und hielt ihre klammen Hände über die züngelnden Flammen.

»Wird er zu mir zurückkehren, wenn ich ihn in den Westen schicke?«

»Er blieb bei dir, als Venutius fortging. Sein Treueschwur bindet ihn.«

»Treue, Ehre«, murmelte sie. »Sag mir, Andocretus, liebst du mich?« Er lächelte unmerklich.

»Brauchst du denn meine Liebe, Ri?«

»Nein. Ich habe alles, was ich von dir begehre, deine Leidenschaft, deine Musik.«

»Dann liebe ich dich nicht.«

Einer plötzlichen Regung zufolge, zog sie ihn zu sich und küßte ihn sanft auf die Stirn. Andocretus entzog sich ihr. Sie war wandelbar wie ein Chamäleon, seine Herrin, aber eines war sie mit Sicherheit nicht, sanft.

»Geh und schick Domnall zu mir.«

Andocretus verschwand. Sie zog die Läden wieder zu und kleidete sich an, ohne nach ihrer Dienerin zu rufen. Als Domnall eintrat, stand sie in ihrer dunkelgrünen, warmen Tunika mit dem Rücken zum Feuer. Ein gelber Umhang fiel bis auf den Boden, und in ihren geflochtenen Zöpfen funkelte schwarzer Jett. Sie musterte ihn schweigend, den kühlen Blick, die männlich breiten Schultern, die auch der weite, orangerote Umhang nicht verbarg, den buschigen Bart, die widerspenstigen pechschwarzen Haare. Irgend etwas an seinem Wesen hielt sie davon ab, ihm Avancen zu machen.

»Domnall, ich brauche Eure Hilfe. Nur Ihr könnt mir in dieser Angelegenheit behilflich sein. Wenn es eine andere Möglichkeit gäbe, würde ich Euch nicht fragen.« Er schwieg zu dieser Eröffnung, und Aricia wurde nervös. Sein Schweigen irritierte sie. »Ich ... ich habe einen Traum, den mir ein Druide deuten soll, sonst werde ich noch verrückt. Ich halte es nicht mehr aus.« Was war nur in sie gefahren, ihm solche Einzelheiten zu offenbaren? Seine Augen verengten sich mißtrauisch.

»Und wo soll ich einen Druiden finden, Herrin?« fragte er zynisch. »Dieser Auftrag bedeutet den sicheren Tod, und ich bin mir keiner Schuld bewußt. Ich habe meinen Schwur nicht gebrochen und noch lange nicht vor, zu sterben.«

Sie spielte nervös mit den Fingern. »Wenn Ihr mir einen Druiden herbeischafft, befreie ich Euch von Eurem Treueschwur, Domnall. Dann könnt Ihr in den Westen zu Venutius gehen. Ich weiß, daß Euer Herz ohnehin dort ist. Ihr wißt, wo Ihr suchen müßt. Fragt die Spione, die hier in Brigantes untergetaucht sind. Ich bitte Euch, helft mir. Ich bin verzweifelt.«

Sie sieht irgendwie hilflos aus, dachte Domnall, und das ist neu an ihr, hilflos und hoffnungslos. Mitleid begann sich in ihm zu regen. »Ich werde also gehen, Herrin, aber meine Suche kann lange dauern. Schwört mir, den Druiden nicht zu belästigen oder ihn Rom auszuliefern, wenn es mir gelingen sollte, einen hierherzubringen, und mich ehrenvoll aus Euren Diensten zu entlassen.«

Aricia lächelte kalt. »Das schwöre ich bei der Großen Göttin und bei der Ehre meines Vaters. Ich danke Euch, Domnall.«

Überrascht lächelte er zurück, dann war er draußen. Venutius, dachte sie, ich vermisse dich. Wann wirst du endlich zu mir zurückkommen?«

Der Winter war lang und hart und Aricia kämpfte ihren einsamen Kampf. Nacht für Nacht suchte der Traum sie heim und bei Tag wurde sein Schrecken überlagert von den Berichten über den zähen Widerstand der Rebellen im Westen. Rom kam keinen Schritt voran. Scapulas Nachfolger, Aulus Didius Gallus, hatte im ersten Monat nach seiner Ankunft alle Legionen gegen die Rebellen geführt und sie in ihre Berge zurückgetrieben. Aber er war nicht mehr der jüngste und haßte es, noch einmal einen aktiven Außenposten übernehmen zu müssen. Und nun gar noch Albion! Vor vielen Jahren war er mit Claudius auf die Insel gekommen, und sie hatte ihm auf Anhieb mißfallen. Sein Statthalterposten kam ihm wie eine Strafversetzung vor, Albion wie ein stinkendes, magieverseuchtes Fleckchen Erde mit feuchtem Klima, das seine römischen Gouverneure gierig verschlang. Die Legionen hatten ihn begeistert empfangen. Noch ehe er auspacken konnte, wurde ihm berichtet, daß eine seiner Legionen niedergemetzelt worden sei und daß die Rebellen fröhlich im ganzen Land umherritten.

Nach einem gründlichen Blick auf die Karten hatte er seine Befehle gegeben, und innerhalb von zwei Monaten war die alte Ordnung wiederhergestellt worden. Entlang der neuen befestigten Grenze verdoppelte er die Wachposten, sprach mit dem Prokurator, ließ sich die Bücher zeigen. Nichts als rote Zahlen. Er beschloß, dem Kaiser die völlige Aufgabe der Insel anzuraten, wenn sich im Verlauf der kommenden zwei Jahre nichts Entscheidendes veränderte. Der Kaiser würde zunächst widersprechen, denn Rom hatte schon eine Menge in die Provinz investiert und konnte sich eine Niederlage eigentlich nicht leisten. Andererseits kämpfte Rom bereits seit zehn Jahren um die Gesamtherrschaft in Albion, ohne wesentliche Fortschritte zu machen. Die Rebellen kontrollierten nach wie vor den gesamten Westen und der Norden der Insel war noch nicht einmal ansatzweise erforscht worden. Sie gaben einfach nicht auf. Hier fiel ihnen eine Garnison zum Opfer, da eine Wachstation. Unachtsame Kohorten verschwanden auf Nimmerwiedersehen. Der Ruf nach Freiheit fand ein immer größeres Echo.

Aricia fühlte sich massiv bedroht, wie auch die Soldaten, und verstärkte ihre Wachen entlang der Grenze, aus Angst, Venutius, Emrys und Madoc könnten eines Tages vor ihrer Haustür stehen.

Andocretus lachte über ihre Ängste. »Die Rebellen haben noch nie auch nur einen Meter Land, den sie zurückerobert haben, halten können«, spottete er fröhlich. »Sie kämpfen auf verlorenem Posten für etwas, das außer ihnen niemand will. Rom dagegen kämpft nicht für ein idealistisches Ziel. Es steht mit beiden Beinen in dieser Welt und hat darum auf lange Sicht die besseren Chancen.«

»Du irrst dich«, widersprach sie ihm heftig, »nichts ist so dauerhaft und stark wie ein idealistisches Ziel. Wenn Rom in Albion endlich Frieden haben will, muß es jeden Mann, jede Frau und jedes Kind im Westen ausrotten.«

»Wenn es so ist, wird es genauso geschehen. Wovor hast du Angst, Herrin?«

»Ich möchte sterben, Andocretus.«

Er sah sie mit klugen Augen an, dann holte er seine Harfe hervor. »Heute morgen fiel mir ein neues Lied ein. Möchtest du es hören, Aricia? Es wird immer Musik geben, guten Met, Menschen, die unbeschwert lachen und das Leben genießen. Laß die, denen Musik und Liebe nichts bedeuten, die Kriege führen.«

»Du bist ein wirklicher Barde, Andocretus. Ach, wenn du mir nur helfen könntet.«

Er sang, und seine Augen lächelten sie aufmunternd an, doch als er geendet hatte, vergrub sie ihr Gesicht in seinem Umhang. »Es hilft nicht mehr«, flüsterte sie, »es hilft nicht mehr.« Er legte die Harfe beiseite und nahm sie in die Arme.

31

Endlich wurde es Frühling, und an einem Regentag kehrte Domnall zurück. Tropfnaß und völlig erschöpft saß er vor Aricia auf der Erde.

»Ich habe einen Druiden mitgebracht«, erklärte er knapp. »Sie wartet auf der Veranda.«

»Sie? Ihr habt eine Frau mitgebracht?«

Domnall lächelte. »Eine Druidin. Ich mußte lange suchen, bis ich überhaupt auf eine Spur stieß. Sie hielt sich bei den Siluren auf.«

»Habt Ihr... habt Ihr...«

Domnall erhob sich. »Nein, Herrin, ich habe ihn nicht gesehen. Ich bin nicht verrückt. Und nun will ich Euch an Euren Schwur erinnern. Die Druidin begleitete mich nur, weil ich ihr versichern konnte, daß Ihr sie nicht belangen werdet.«

»Ihr braucht mich nicht zu erinnern. Aber ich möchte Euch bitten, mir noch eine Weile als Schildträger zu dienen.«

»Solange die Druidin hier ist. Danach gehe ich auch fort.«

»So sei es also. Schickt sie mir herein, wenn sie gegessen hat.«

»Sie hat gegessen.« Er ging hinaus und ließ die Tür offenstehen. Kurz darauf trat die Druidin ein und zog sie hinter sich zu. Nach einem Augenblick des Schweigens streckte Aricia ihr die Hand entgegen.

»Willkommen in Brigantes. Frieden und ein langes Leben.«

Das Gesicht der Druidin war schmal, von Wind und Wetter

gebräunt. Ihre schwarzen Augen glänzten wie feuchte Kieselsteine, die braunen Haare fielen in nassen Strähnen auf einen Umhang aus grobem Stoff, dessen Saum mit Schlamm bespritzt war. Sie ist viel zu klein und schmächtig für so ein wuchtiges Kleidungsstück, dachte Aricia. Die Druidin entledigte sich des Umhangs, unter dem sie eine makellos weiße Tunika trug. Aus den voluminösen Ärmeln schauten zwei dünne Handgelenke hervor, und Aricias Aufmerksamkeit wurde sofort von einem silbernen Armband und einem schweren Silberring gefesselt, auf dem sich Schlangen umeinander wanden, ähnlich denen auf dem Talisman, den sie vor langer Zeit von Gladys erhalten hatte. Anfang und Ende, dachte sie erschreckt, Anfang . . . und Ende.

Die Frau setzte sich auf den Rohrstuhl am Feuer und musterte Aricia ungeniert. »Ihr seid also die berühmte Herrin von Brigantes, die schöne Verräterin. Aber Ihr habt Kummer. Nein«, fuhr sie fort, als Aricia sie böse anfunkelte, »bemüht Euch nicht, ich habe keine Angst vor Euch. Ich kenne Euch besser als Ihr mich.« Aricia setzte sich achselzuckend auf den anderen Stuhl. Ihr Blick fiel auf die nackten Füße der weisen Frau, die so seltsam blau aussahen. Neugierig beugte sie sich ein wenig nach vorn und erkannte, daß es sich um eine Tätowierung handelte. Unzählige Schlangen wanden sich in und umeinander. Sie blickte bestürzt auf, aber ihr Gegenüber lachte nur und schüttelte die weiten Ärmel zurück. Selbst auf den Armen setzte sich die blaue Tätowierung fort! Aricia schaute angewidert fort. Die Druidin zog die Ärmel wieder vor, der blaue Zauber verschwand. »Ihr könnt mir nicht einmal offen und gerade in die Augen schauen«, bemerkte die weise Frau als nächstes, »denn Ihr wißt, daß sich Verachtung und Abneigung darin spiegeln. Ist sie ein Ungeheuer oder doch eine Frau, fragt Ihr Euch, weil eine Frau nach Eurer Vorstellung nichts weiter ist als ein weicher, anschmiegsamer Körper. Andere Ausdrucksmöglichkeiten des Frauseins begreift Ihr nicht. Also muß ich ein Ungeheuer sein.«

»Ihr sollt mich von einem Alptraum befreien«, unterbrach Aricia sie unfreundlich. »Das ist alles. Ich werde Euch bezahlen, dann könnt Ihr wieder gehen. Nennt mir Euren Preis.«

»Wenn Ihr nicht vorsichtig seid, bezahlt Ihr meine Dienste noch mit Eurer Seele«, erwiderte sie. Ihre Augen blickten weniger streng. »Erzählt mir Euren Traum.«

Und Aricia erzählte. Es brach förmlich aus ihr heraus. Schon das Sprechen über den nicht enden wollenden Schrecken schien sie zu erleichtern. Draußen kam ein Sturm auf und fegte den Regen davon. Die weise Frau hörte schweigend zu. Sie starrte ins Feuer und spürte die Agonie hinter den Worten. Als die Worte gesprochen waren und nur noch die unermeßliche Qual übrigblieb, schloß sie die Augen, verschränkte die Arme und versenkte sich nach innen. Aricia wartete. Der ganze Nachmittag verging, ehe die Druidin sich wieder regte. Sie setzte sich aufrecht hin und zog ein Lederbeutelchen aus den Falten ihrer Tunika hervor, entnahm ihm ein paar Bronzeringe und begann, diese in ihrem jetzt trockenen Haar zu befestigen.

»Fragt also«, befahl sie.

»Wer... wen sehe ich wirklich? Oder ist es der Tod von Venutius, den ich sehe?«

»Nein. Er sieht aus wie Venutius, weil Ihr ihm untreu wart, und spricht wie der Arviragus, weil Ihr ehrlos an ihm gehandelt habt, aber die Gestalt ist Albion selbst, das in seinem Totenkleid vor Euch steht. Ihr habt Albion verraten, es der Vergewaltigung, den Krankheiten und dem Tod anheimgegeben. Ich bin, sagt die Gestalt, ich bin Albion. Ihr habt Euch von Albion gelöst und seid eine Fremde im eigenen Land geworden. Das ist die Wurzel Eurer Angst und des dahinter lauernden Wahnsinns.«

»Albion, das ist Erde, Felsen, Bäume. Ein Land ändert sein Wesen doch nicht, nur weil eine neue Rasse seinen Boden betritt.«

»Es ist bereits geschehen, und das Land ändert sich immer noch. Ihr habt zwei Männer verschlungen, und noch immer ist Eure Rachsucht nicht gestillt. Besitzgier ist der Name Eurer Krankheit, und hinter allem Haß steht der Haß, den Ihr gegen Euch selbst hegt.«

»Nehmt den Traum von mir. Befreit mich davon!«

»Ich kann ihn Euch nicht abnehmen, denn es handelt sich nicht um ein Zeichen oder eine Warnung. Ihr seid selbst der Traum, und nur Ihr selbst könnt Euch davon befreien.«

»Wie? Sagt mir, wie?«

Die Druidin befestigte den letzten Ring in ihren Haaren und verstaute das Beutelchen. Dann schaute sie Aricia mitfühlend an. »Schickt nach Eurem Gemahl. Bittet ihn um Vergebung. Und zieht zusammen mit ihm gegen Rom. Dann wird Euer Traum verschwinden. Tief in Eurem Innern wißt Ihr, daß ich die Wahrheit spreche. Es war gar nicht notwendig, einen Druiden quer durch Albion reisen zu lassen, um Euch zu sagen, was Ihr ohnehin bereits wißt.«

Aricia stand auf. Sie wirkte um Jahre gealtert. »Ihr seid alle gleich«, brachte sie mühsam heraus. »Hochstapler seid ihr, nichts weiter. Ihr seid nur an der Sicherung eurer eigenen Machtposition interessiert. O ja, wie gerne würdet ihr wieder an Einfluß gewinnen. Ich bitte Euch um etwas ganz Einfaches, und Ihr könnt es nicht tun.«

»Hört mir zu, Aricia«, rief die junge Druidin ärgerlich. »Um Euretwillen werde ich ein altes Gesetz brechen, nach dem wir leben, denn wenn ich es nicht tue, wird Euch nichts mehr retten. Setzt Euch hin!« Aricia ließ sich wieder auf ihren Stuhl fallen. »Die Römer werden Euch aus Brigantes vertreiben. Sie werden Euch zum Bettler machen und niemand, auch nicht der ärmste Bauer, wird Euch Zuflucht gewähren. Wenn Julius Agricola zum Statthalter ernannt wird, dann denkt an meine Worte. Aber jetzt, in diesem Augenblick, haltet Ihr, Ihr allein die Macht in Händen, Euer Schicksal zu beeinflussen. An Euch liegt es, diese Vision Lügen zu strafen. Kehrt zu Venutius zurück! Reißt Euch los von Rom!«

»Aber ich verachte ihn!« rief Aricia erregt aus. »Jawohl, ich verachte meinen Gemahl! Ich habe ihn immer verachtet! Und ich will ihn nicht zurück. Er ist nichts weiter als ein Dummkopf!« Sie schlug die Hände vors Gesicht. »Ich weiß wirklich nicht, was ich mir von Euch erhoffte«, flüsterte sie. »Ich hätte wissen müssen, daß Ihr alles zu Euren Gunsten deutet und erklärt. Als ich nach Brigantes zurückkehrte, versuchte einer Eurer Brüder sogleich, mein Volk gegen mich aufzuwiegeln. Auch er drohte mit dem römischen Schreckgespenst. Wir haben damals nicht auf ihn gehört, und ich werde jetzt nicht auf Euch hören. Die Römer sind

Menschen wie wir, Druidin, nicht das verkörperte Böse. Sie bringen Albion mehr, als sie uns je fortnehmen könnten. Ja, ich habe Ängste, aber auch Ihr seid nicht frei davon. Ihr habt Eure eigenen. Warum fürchtet Ihr Rom? Nennt mir Euren Preis und geht!«

»Ihr werdet nichts unternehmen?«

»Nein.«

»Dann fordere ich Eure Seele. Ich werde Euch in der Nacht vor meiner Abreise darum bitten.« Sie warf sich den Umhang über und ging hinaus. Aricia war unfähig, sich zu rühren. Sie wollte Andocretus rufen, wollte nicht allein sein, wollte sich aufs Bett werfen und hemmungslos schreien und weinen. Aber sie tat nichts dergleichen.

Drei Tage lang verließ sie ihr Zimmer nicht, aß nicht, trank nicht. Jeden Abend klopfte Andocretus an ihre Tür, aber sie schickte ihn fort, ohne ihm zu öffnen. Am späten Nachmittag des dritten Tages schickte sie nach der weisen Frau, die unverzüglich und im wehenden strahlendweißen Umhang zu ihr kam. Aricia empfing sie auf der Veranda.

»Ich habe einen Entschluß gefaßt. Ihr sollt meinen Gemahl finden und ihm eine Botschaft übermitteln.«

Sie warf Aricia einen neugierigen Blick zu. Unter den Augen lagen dunkle Ringe, die Hände zitterten leicht. »Seid Ihr krank?« fragte sie.

Aricia schüttelte ungeduldig den Kopf. »Aber nein, natürlich nicht. »Werdet Ihr ihm meine Botschaft überbringen?«

»Das hängt ganz von ihrem Inhalt ab.«

Aricia straffte die Schultern. »Sagt ihm, daß ich mir schwere Vorwürfe wegen meines Verrats an Caradoc mache. Sagt ihm, daß ich ihn um Verzeihung bitte. Ich habe erkannt, daß ich mit Blindheit geschlagen war, und wünsche, nun alles wieder gutzumachen. Sagt ihm, daß alle Häuptlinge und Krieger von Brigantes für die Verteidigung Albions zur Verfügung stehen.« Sie schloß die Augen. Wie schwer war es ihr gefallen, diese Worte auszusprechen. »Sagt ihm ... sagt ihm, daß ich ihn brauche.« Sie schwankte, und die Druidin packte Aricia bei den Schultern.

»Aricia, öffnet Eure Augen. Schaut mich an!« befahl sie.

Langsam öffneten sich die Lider und senkten sich gleich wieder unter dem prüfenden Blick der jungen Druidin.

Sie seufzte und ließ Aricia los. »Nein.«

»Warum nicht? Im Namen von Brigantes! Warum nicht?«

»Weil es mir nicht gestattet ist, eine unaufrichtige Botschaft zu übermitteln.«

Eine gefährliche Stille hing zwischen den beiden Frauen und lud sich mit Feindseligkeit auf. Die weise Frau lächelte wissend. »Ich sehe, wie sich Eure Gedanken jagen. Ihr wollt ihn schon zurück, aber nur, um ihn zu demütigen, und vor allem nicht um Albions willen. Habt Ihr schon Pläne? Was würdet Ihr ihm antun, wenn er zurückkäme? Ich verlasse Euch morgen. Kommt mit mir. Wir werden ihn gemeinsam finden. Kommt mit in den Westen. Fangt wieder an zu leben, Aricia.«

Aricia kämpfte mit sich, eine Sekunde nur, doch sie wurde zu einer Ewigkeit. Dann verhärtete sich ihr Gesichtsausdruck zu einer Grimasse. Sie starrte auf einen Punkt irgendwo in der Ferne, und die Druidin wußte, daß sie Aricia verloren hatte.

»Ihr müßt noch bezahlt werden«, sagte sie gleichgültig.

»Macht Euch keine Sorgen um meinen Lohn«, erwiderte die Druidin. »Ich berechne Euch nichts. Mein Preis ist Euch ja bekannt.«

»Aber er ist nichts wert.«

»Möglich. Eine gute Nacht, Ri.«

Aricia ging mit zitternden Knien ins Haus zurück. Die Frau durfte Brigantes nicht lebend verlassen, soviel war klar. Entsetzt hielt sie sich die Hand vor den Mund. Einen Druiden töten? Noch nie war ein Druide hinterlistig umgebracht worden! Sie wagte gar nicht, sich die Strafe für den Täter auszumalen. Einen Druiden töten! Und doch hatte sie keine andere Wahl. Heute nacht noch mußte es geschehen ... Hat sie am Ende meine Gedanken gelesen? Weiß sie bereits, was ich mit ihm vorhabe? O ja, Venutius, ich will dich hier vor mir auf deinen Knien sehen; du sollst leiden, dafür, daß du es gewagt hast, mich zu verlassen. Ich werde deinen stolzen Kopf beugen. Aber ich kann es nicht ... keinen Druiden. Ich könnte sie vielleicht einsperren oder ihr die Zunge herausschneiden ... oder ... sie töten. Nein, niemals!

Das Messer lag in der Kleidertruhe versteckt, ganz zuunterst. Sie holte es hervor und legte es sich auf den Schoß. Die Dunkelheit brach herein. Ihre Dienerin kam, versorgte das Feuer und zündete die Lampen an. Aricia saß noch immer wie versteinert, ein Gedanke jagte den anderen. Venutius war ihr bestimmt noch verfallen. Er konnte gar nicht aufhören, sich nach ihr zu verzehren. Wenn er erst einmal hier ist... Sie stand ruckartig auf und ging zur Tür. Wenn er um Verzeihung gewinselt hat... sie packte das Messer entschlossen, dann verkaufe ich ihn an Rom.

Draußen war es dunkel geworden. Sie schlüpfte zum Tor hinaus und eilte am Versammlungshaus vorbei zu den Gästehütten unterhalb der Mauer. Sie schlich sich an die erste heran und schob die Türhäute ganz vorsichtig einen Spaltbreit zurück. Leer. Auch die nächste war leer. In der dritten Hütte endlich erspähte sie die orangerote Glut eines heruntergebrannten Feuers und die undeutlichen Umrisse eines Körpers auf der Pritsche. Lautlos schlüpfte sie hinein, zog das Messer aus ihrem Gürtel und schlich sich an.

Die junge Druidin lag halb aufgedeckt auf dem Rücken, ein Arm hing auf die Felle am Boden herab. Aricia beugte sich über die Schlafende. Jetzt darf ich an nichts denken, ermahnte sie sich selbst. Ich tue es, dann kann ich mir Gedanken machen. Sie stand wie erstarrt. Ihre Finger umklammerten entschlossen das Messer, ihre Augen waren ganz auf die friedvoll Schlummernde gerichtet, deren kleines Gesicht nun so harmlos und hilflos aussah, ja geradezu gewöhnlich. Aricia konnte sich nicht bewegen, konnte weder zustechen noch davonschleichen. Tränen liefen ihr über die Wange, ohne daß sie es bemerkte. Dann flatterten die Augenlider der Schlafenden. Zwei undeutlich schimmernde Lichtpünktchen richteten sich auf Aricia und ihr Herz begann zu rasen. Die Druidin bewegte sich nicht.

»Nein«, sagte sie einfach. »Nein, Aricia, ich will Eure Seele gar nicht. Behaltet sie. Sie ist nichts wert, absolut nichts.« Der Schimmer erlosch, sie drehte sich um. Aricia ließ den Arm sinken und kroch wie ein wundes Tier aus der Hütte.

Am Morgen erschien die weise Frau in Begleitung Domnalls, um Abschied von ihr zu nehmen. Als Aricia ihrem Schildträger den Arm hinstreckte und ihm in die Augen sah, entdeckte sie darin eine neue Wärme, die nicht ihr galt.

»Ihr verlaßt mich also wirklich«, sagte sie kühl, »um künftig zu hungern und zu frieren und am Ende durch ein Schwert oder einen Pfeil in den Rücken umzukommen. Wollt Ihr es Euch nicht noch einmal überlegen?«

Er zog seine Hand zurück. »Nein.«

»Und Ihr, meine arme Herrin, wollt Ihr es Euch nicht noch einmal überlegen?« fragte die Druidin. In Aricia flammte der Haß auf dieses arrogante weibliche Wesen und seine Unbescholtenheit erneut auf.

»Keineswegs«, fauchte sie sie böse an. Ohne ihnen den Abschiedsgruß zu entbieten, drehte sie sich um, ging ins Haus zurück und warf die Tür zu. Atemlos blieb sie stehen, und mit einemmal fühlte sie sich, als sei ein großer Druck von ihr gewichen. Das Gefühl der Schuld und der Schmach fiel von ihr ab, sie konnte wieder klar denken. Nichts war übrig außer ihrem unversöhnlichen, unersättlichen Haß und dem unbeugsamen Willen eines Menschen, der krankhaft nur noch ein Ziel verfolgt. Alle anderen Regungen und Gefühle schienen mit dem Gefühl der Schmach erstorben zu sein. Ihre Seele hatte sie auch ungefordert verlassen und folgte der Schlangen-Frau in den Westen.

Es wurde Frühling, dann zog der Sommer ins Land. Der Herbst verging und wieder wurde es Winter. Aricia verbrachte viel Zeit mit Caesius Nasica in Fort Lindum. Sie aßen zusammen, setzten neue Steuern fest, verhandelten über die Anzahl junger Männer, die auch dieses Jahr wieder nach Rom geschickt werden mußten, und sprachen über den plötzlichen Tod von Claudius. Es hieß, er sei vergiftet worden, und zwar durch ein Pilzgericht, das seine Gemahlin Agrippina eigens für ihn zubereitet hatte. Der siebzehnjährige Nero war der nächste Thronanwärter, ein gefährlicher Jüngling, der sich einbildete, daß ihm der Rang eines Augustus gebührte. Für Aricia und Nasica allerdings war die Sicherheit der südwestlichen Grenzen von Brigantes von weitaus größerer Bedeutung. Aricias Häuptlinge patrouillierten gemeinsam mit den Legionären der Zwanzigsten im Grenzgebiet zu den Deceangli, alle anderen Grenzen hielt die Herrscherin ohne römische Hilfe unter Kontrolle. Diesen Umstand hatte bisher noch jeder Legat lobend zu erwähnen gewußt. Sie war alles Gold wert, das Rom ihr schickte. Wenn die Rebellen jedoch eines Tages auf die Idee kämen, Brigantes einzunehmen, um auf diese Weise wieder einen Fuß ins Tiefland zu setzen, dann würde sie ihr kleines Königreich verlieren. Aber das würde so schnell wohl kaum passieren.

Winter, 54/55 n. Chr.

32

Aricia und Nasica hatten soeben ein üppiges Mahl beendet. Draußen schneite es. Nasica angelte nach seinem Becher und stützte sich auf seinen Ellbogen.

»Ich habe heute etwas gehört, das dich bestimmt interessiert, Cartimandua«, erklärte er mit einem süffisanten Lächeln auf den Lippen. »Es ist zwar noch ein Gerücht, aber so gut wie bestätigt.« Er musterte sie aufmerksam. »Es heißt, daß die Rebellen einen neuen Arviragus gewählt haben.« Aricia lehnte sich bequem zurück und unterdrückte ein Gähnen.

»Das ist schwer zu glauben«, bemerkte sie. »Den ganzen Sommer über waren sie aktiv. Die Legionen haben jetzt erst ihre Winterquartiere aufgesucht. Wann hätten sie Zeit haben sollen, die Große Versammlung einzuberufen?«

»Ich habe gehört, daß der Großdruide selbst die Entscheidung getroffen hat. Niemand erhob Einspruch. Interessiert es dich, auf wen die Wahl gefallen ist?«

»Natürlich.« Sie lächelte flüchtig und kämpfte gegen ihre Müdigkeit an.

»Du wirst es mir nicht glauben. Um ehrlich zu sein, ich habe mir diese Neuigkeit bis jetzt aufgehoben, als krönenden Abschluß unseres Mahls sozusagen. Die Wahl fiel auf Venutius, deinen Gemahl. Er ist der neue Arviragus.«

Aricia spürte, wie das Blut aus ihrem Gesicht wich, während Nasica sich an ihrer Reaktion weidete. Sie griff mit zitternden Händen nach ihrem Becher und leerte ihn in einem Zug. »Das ist unmöglich.« Sie holte tief Luft. »Niemals ist die Wahl auf ihn gefallen. Er hat mit mir und Rom zusammengearbeitet, er ist ein Verräter, nicht vertrauenswürdig, er...«

»Mittlerweile ist er es. Und wenn man es recht bedenkt, ist die Wahl sogar ziemlich logisch. Er kommt von außerhalb, so entsteht unter den Stämmen kein Neid. Dann hat er ein paar schwere Schicksalsschläge hinter sich. Da wäre zum einen Rom, und was aus seinem geliebten Brigantes geworden ist, und zum anderen seine Gemahlin. Du mußt zugeben, Cartimandua, daß du ihm das Leben zur Hölle gemacht hast. Und nicht zuletzt hatte er drei Jahre lang Zeit, um sich zu bewähren. Nun hat er alles hinter sich gelassen. Er wird nicht mehr zu dir zurückkehren, meine Liebe, so sehr es dich auch nach ihm verlangt. Ich finde die Situation ziemlich belustigend. Unsere treueste Verbündete ist die Gemahlin unseres erbittertsten Feindes!«

Aricia schnippte ungeduldig mit den Fingern. Sofort eilte ein Diener herbei, um ihren Becher erneut zu füllen. »Deine Belustigung kann ich nicht verstehen. Was sagt der Statthalter dazu?«

»Ich habe ihn benachrichtigt. Aber keine Sorge, er wird nicht vergessen, wer es war, der Caradoc ausgeliefert hat. Es werden dir keine Nachteile daraus entstehen, Cartimandua.«

Sie lehnte sich zurück und starrte zur Decke. Venutius als Arviragus. Ausgerechnet dieser hitzköpfige, naive Tölpel! Vom Großdruiden höchstpersönlich ernannt... Verächtlich kräuselte sich ihre Oberlippe. Unmöglich! Caradoc war ein brillanter Kopf gewesen. Caradoc! Aber Venutius war ein einfaches, dummes Kind, dem es schon schwerfiel, problemlos vom Norden seines Landes in den Süden zu gelangen, der nie wußte, was wirklich gespielt wurde oder was er selbst wirklich wollte. Er war einfach nicht der richtige Mann, um Jahr für Jahr kluge Strategien zu entwickeln. Oder doch? Gab es Seiten an ihm, die sie nicht kannte? Mitten in ihren Überlegungen kam ihr eine Idee. Sie setzte sich auf.

»Nasica, schick die Diener fort.« Er zog die Augenbrauen erstaunt in die Höhe, dann tat er, worum sie ihn gebeten hatte. Sie setzte sich mit im Schoß gefalteten Händen auf die Kante des Sofas. »Was gibst du mir, wenn ich dir auch noch den nächsten Arviragus ausliefere? Ich habe vor, ihn dir in Ketten zu übergeben.«

Hexe, dachte er voller Bewunderung. Sie fuhr sich mit der Zunge genießerisch über die vollen, roten Lippen, ihre Augen sprühten vor Begeisterung. Wann, so fragte er sich, wann gibt es nichts mehr, was du den Römern verkaufen kannst? Wirst du dann deiner selbst überdrüssig? »Ich vermute, daß der Preis derselbe sein wird. Was veranlaßt dich zu der Annahme, daß du so etwas ein zweites Mal fertigbrächtest?«

»Solange ich lebe, wird er mir nicht mehr nahekommen, aber sollte ich im Sterben liegen ... Ich denke, Nasica, ich werde langsam und qualvoll sterben ...«

Er prostete ihr zu, und einen Augenblick lang sahen sie sich wie Verbündete an, dann fuhr sie fort. »Sag mir, Legat, wie halten es römische Männer mit der Liebe?«

Er war nicht im geringsten überrascht, ja, er hatte es schon lange kommen sehen und amüsiert gewartet. Die gelangweilte, schläfrige Frau von vorhin war gänzlich verschwunden. Jetzt sprühte sie vor Energie, Lebenslust und Begierde. Sie befand sich in einer geradezu euphorischen Stimmung, deren Auslöser er wahrscheinlich besser kannte als sie. Abgebrüht konterte er ihre unzweideutige Aufforderung. »Oh, da bin ich überfragt, da ich mich noch nie zu solch extremem Benehmen getrieben fühlte. Ich kann dir aber sagen, wie es um die Keltinnen bestellt ist. Sie sind widerspenstig.«

Sie lachte lasziv und kam herausfordernd auf ihn zu. »Hat ein Kommandant es nötig, Frauen zu vergewaltigen?«

»Im allgemeinen nicht. Man hat mehr davon, wenn man sich die Damen kauft.« Dann lehnte er sich entspannt zurück, während Aricia sorgsam ihren Schmuck ablegte.

Aricia zog sich völlig zurück. Caesius Nasica ließ in einer Offiziersbesprechung beiläufig verlauten, daß die Herrscherin von Brigantes schwer erkrankt sei. Das Gerücht verbreitete sich langsam von Fort zu Fort, von Garnison zu Garnison, bis in die Städte des Tieflandes. Im Frühling hieß es dann, Cartimandua leide an einer unheilbaren Krankheit. Sie sei vollkommen abgemagert und bereits zu schwach, um vor die Tür zu gehen. Nur ihre Häuptlinge, Nasica und der Statthalter kannten die Wahrheit, und alle miteinander warteten sie ungeduldig darauf, daß das Gerücht sich in den Westen fortpflanzte und Venutius zu Ohren kam.

Das Beltanefest wurde gefeiert, aber Aricia sah weder die sonnenüberfluteten Hügel noch den sternenklaren Nachthimmel. In ihrem selbstgewählten Gefängnis marschierte sie hin und her, auf und ab. Sie fieberte dem richtigen Moment entgegen, wenn sie sicher sein konnte, daß Venutius Kunde von ihrer schrecklichen Krankheit hatte, damit sie Andocretus zu ihm schicken konnte, um das Gerücht zu bestätigen. Es würde ihm das Leben schwermachen und seine Gedanken beherrschen. Die Angelegenheiten des Tuath regelte sie einstweilen durch ihren Barden, sie selbst blieb dem Versammlungshaus fern. Schließlich schickte sie nach Andocretus.

»Wie ist die Stimmung im Tuath?« wollte sie von ihm wissen. Er zuckte mit den Schultern, und ihr fiel auf, daß seine Haut bereits eine gesunde Bräune aufwies. Seine Haare schimmerten noch blonder als sonst.

»Unverändert. Deine Häuptlinge wissen als einzige Bescheid. Die Freien und die Bauern sind bereits mit der Aussaat und dem Kalben beschäftigt, aber sie sind dir treu ergeben. Die Unzufriedenen sind alle mit Venutius fortgegangen.«

»Wenn ich jetzt also nach Venutius schicken ließe und er zurückkäme, würde sich niemand für ihn einsetzen?«

Er blickte in ihr bleiches Gesicht, sah ihre hängenden Schultern, spürte die Lethargie, die sie ausstrahlte. In ihrer Nähe fühlte er sich plötzlich selbst müde. »Kein Mann von Brigantes hat auch nur einen Finger gerührt, um Caradoc zu retten. Ihr habt nichts zu befürchten, Herrin.«

Sie warf ihm einen mißtrauischen Blick zu, konnte aber keinerlei Falsch an ihm erkennen. »Nun gut. Nimm also einen meiner Häuptlinge und reite in den Westen. Such Venutius. Sag ihm, ich liege im Sterben und will ihn um Verzeihung bitten. Er muß zu mir kommen.«

»Die Rebellen werden uns bei erster Gelegenheit abschlachten.«

»Glaubst du, daß das Gerücht von meiner Krankheit ihm schon zu Ohren gekommen ist?«

»Ja.«

»Dann steht fest, daß kein fremder Stammeshäuptling, den sie fangen, getötet wird, ohne vorher zu Venutius geführt worden zu sein. Er wird die Gelegenheit, etwas über mich zu erfahren, nicht ungenutzt lassen. Du wirst sicher bis zu ihm vordringen.«

»Und die Römer?«

Sie ließ ihn stehen und warf sich auf ihr ungemachtes Bett. »Der Gouverneur will nach Hause. Die Forts dürfen sich zwar verteidigen, aber er hat ihnen untersagt, irgendwelche Vorstöße zu unternehmen.«

»Gallus will dem Kaiser vorschlagen, Albion aufzugeben.«

»Eben. Genau deswegen tut er nichts. Aber er ist ein Dummkopf. Wenn er sich nur einmal die Mühe machte, den Westen selbst zu inspizieren, würde er besser verstehen, daß er Venutius so nur in die Hände spielt. Er gewährt den Rebellen eine Schonfrist, eine Atempause. Sie erholen sich, organisieren sich neu. Aber ihm ist das alles egal. Er sitzt nur seine Zeit ab. Wenn Venutius das nächste Mal aus den Bergen auftaucht, ist Gallus vielleicht schon fort.« Sie starrte nervös auf ihre Hände. Der Gedanke, Rom könnte Albion eines Tages aufgeben, lastete wie ein ungeheurer Alpdruck auf ihr. Die Rebellen würden das Land überschwemmen und gleich Rachegöttern über sie herfallen. Ich muß Venutius ausliefern, dachte sie furchtsam, dann wird es nicht soweit kommen.

»Geh jetzt«, befahl sie dem jungen Barden. »Übe deine Lügengeschichte ein wenig. Deine Augen dürfen dich nicht verraten, wenn du sie ihm erzählst, sonst weiß er sofort Bescheid. Und übergib ihm dies.« Sie warf ihm ein schweres Goldhalsband zu, das mit Jett und Staubperlen reich besetzt war. »Wenn er es sieht, wird er vor Sehnsucht dahinschmelzen. Es ist sein Hochzeitsgeschenk.« Er fing es auf und verstaute es in dem Lederbeutel an seinem Gürtel. »Noch etwas, Andocretus. Sollte ein Druide anwesend sein und man dich der Lüge bezichtigen, sag nur, daß die Druiden mich schon immer haßten und gegen mich intrigiert haben. Bring ihn mir zurück, Andocretus, so wahr du mich liebst.«

»Aber ich liebe dich nicht, Herrin«, erwiderte er schon halb im Gehen. »Tut Nasica es?« Die Tür fiel hinter ihm ins Schloß, und Aricia lächelte ein wenig.

Zusammen mit einem jungen Häuptling aus Aricias Leibwache machte er sich unbewaffnet auf den Weg in den Westen. Zwar wäre es ihm nicht verboten gewesen, eine Waffe bei sich zu führen, da Scapula gewisse Ausnahmen erlaubte, als er die Entwaffnung der einheimischen Bevölkerung angeordnet hatte, aber er hielt es für ratsamer, wehrlos zu sein. Sie ließen sich Zeit. Ein trockener, heißer Wind begleitete sie durch Brigantes' sanfte Hügellandschaft, und sie sangen fröhliche, unbeschwerte Lieder. Andocretus genoß die Freiheit von seiner alternden, ränkeschmiedenden Herrin. Schließlich näherten sie sich der Küste und hielten sich von nun an südlich.

»Wo hält Venutius sich denn nun auf?« wollte sein Begleiter wissen.

»Ich weiß es auch nicht«, gab Andocretus achselzuckend zur Antwort. »Wir werden bis zum Gebiet der Deceangli an der Küste bleiben und uns dann landeinwärts wenden. In Fort Deva können wir eine Pause einlegen. Vielleicht erfahren wir dort auch etwas über den Aufenthaltsort der Rebellen.«

»Ich hoffe, sie halten sich nicht in den Bergen auf. Ich hasse die Berge.«

Eine Woche später hatten sie sich Fort Deva bis auf wenige Kilometer genähert. Sie begegneten einer römischen Patrouille, deren Zenturio nicht lange fragte, sondern sie sofort nach Deva brachte und dem dortigen Legat vorführte.

Manlius Valens verschränkte die Arme vor der Brust und lehnte sich in seinem Stuhl hinter dem Schreibtisch zurück. Er musterte sie kühl.

»Wer seid ihr, woher kommt ihr, und wo wollt ihr hin?« fragte er unfreundlich.

»Wir sind Häuptlinge aus Brigantes und haben Auftrag, Venutius zu suchen«, antwortete Andocretus höflich. »Wir sollen ihm mitteilen, daß seine Gemahlin im Sterben liegt und ihn noch einmal sehen möchte.«

»So, so, Briganter«, murmelte der Legat und begann, die Depeschen auf seinem Schreibtisch zu überfliegen. Dann schien er gefunden zu haben, wonach er gesucht hatte und lehnte sich wieder zurück. »Was wollt ihr wissen?«

»Wo hat Venutius sein Sommerlager aufgeschlagen?«

Der Legat brüllte vor Lachen. »Vor drei Tagen haben er und seine Leute nicht ganze dreißig Kilometer von hier eine Wachstation überfallen und alle Pferde mitgenommen. Er schleicht sicher nicht weit von hier herum und organisiert sein Heer, aber auf Befehl des Gouverneurs müssen wir ruhighalten und dürfen nichts unternehmen, solange er uns nicht überfällt. Ihr werdet sicher auf ihn treffen. Er weiß, daß mir die Hände gebunden sind. Wollt ihr einen Führer?«

Die beiden jungen Männer schauten sich fragend an, dann schüttelte Andocretus den Kopf. »Nein, danke. Es ist wohl ratsamer, wenn man uns nicht in Begleitung eines Römers antrifft. Aber wir wären für etwas Proviant dankbar.«

Valens verschränkte die Arme. »In Ordnung. Viel Glück.«

Sie verneigten sich und gingen seltsam berührt hinaus. Der Sekretär des Legaten tauchte auf und führte sie zu den Getreidespeichern.

»Füllt eure Taschen«, sagte er. »Die Pferde sind bereits versorgt worden. Ihr könnt heute hierbleiben, wenn ihr müde seid, aber spätestens bei Anbruch der Dämmerung müßt ihr aufbrechen und noch einige Kilometer zurücklegen, ehe ihr rastet. Wenn die Rebellen euch zu nahe beim Fort erwischen, sind sie mißtrauisch.«

Andocretus hatte nicht das Bedürfnis, länger als unbedingt nötig in der seltsam zermürbenden Atmosphäre des Forts zu verweilen, und mit einem Seufzer der Erleichterung galoppierten sie kurz darauf durch das Tor, das mit lautem Knarren hinter ihnen verriegelt wurde.

Die Sonne stand im Zenit. Sie beeilten sich, um so schnell wie möglich das Tal zu durchqueren und den kühlen Wald zu erreichen. Dort verlangsamten sie ihr Tempo. Andocretus machte sich keine Sorgen wegen der Spuren, die ihre Pferde auf dem feuchten, bemoosten Waldboden hinterließen, im Gegenteil. Er hoffte, daß sie zu ihrer Entdeckung führen würden. Sie bemerkten, daß der Boden steiniger wurde, der Wald sich lichtete. Bei Anbruch der Dämmerung lagerten sie unter einem Baum. Sie legten sich Rücken an Rücken und starrten furchtsam in die Dunkelheit. Am Himmel über ihnen blinkten unzählige Sterne, und eine vollkommene Stille umgab sie. Doch Andocretus bildete sich ein, kurz den Schimmer von etwas Metallenem gesehen zu haben und setzte sich auf. Angestrengt starrte und lauschte er. Da war es wieder. Er sprang auf die Füße und riß seinen Freund mit hoch. Sein Puls raste, als er versuchte, mit allen Sinnen gleichzeitig die drohende Gefahr wahrzunehmen. Und plötzlich wurden sie niedergeworfen. Andocretus stockte der Atem. Ein Alptraum beugte sich über ihn, die Fratze einer Bestie, eines Wolfes. Er schloß die Augen.

»Halten wir uns nicht mit ihnen auf«, hörte er den Wolf sagen. »Wir töten sie und verschwinden. Die Nacht ist hell und sicher ist eine Patrouille in der Nähe.«

»Wartet«, ließ sich eine andere, tiefe Stimme vernehmen. Ein paar Hände machten sich an seinem Jetthalsband und den Armreifen zu schaffen. Andocretus wagte es nicht, sich zu rühren. Dann wurde er wieder auf die Füße gestellt. »Öffnet Eure Augen!« befahl die tiefe Stimme, und er gehorchte.

Vor ihm stand noch immer der furchteinflößende Wolf, aber dahinter erkannte er den schwarzbärtigen Häuptling. »Domnall«, rief er erleichtert aus. »Welch ein Glück, Euch in die Hände zu fallen! Meine Herrin schickt mich, denn sie liegt im Sterben. Ich fürchtete schon, ich würde den Arviragus niemals finden. Könnt Ihr uns zu ihm bringen?«

Hinter Domnall standen noch sieben oder acht weitere Häuptlinge. »Dann stimmen die Gerüchte also«, flüsterte der Wolf, »Aricia ...«

»Schweigt, Sine«, unterbrach Domnall den Wolf. Er kam ganz dicht an Andocretus heran, so daß dieser den Atem des anderen in seinem Gesicht spürte. »Ich muß jetzt und hier entscheiden, ob ich Euch töte, mein ehemaliger Bruder, oder ob wir Euch mitnehmen. Ihr seid ein gewandter Lügner, Andocretus, ich erinnere mich allzugut. Ihr lügt besser, als Ihr singt. Wie kommt Ihr hierher?«

Andocretus versuchte, seiner Angst Herr zu werden und seine Gedanken zu ordnen. Er sah Domnall in die Augen. »Ich komme nicht freiwillig. Wie Ihr wißt, hasse ich diese Wälder und die Berge. Aber meine Herrin stirbt, Domnall. Sie ist seit langem bettlägerig und völlig abgemagert. Sie will ihren Gemahl um Verzeihung bitten für die vielen verlorenen Jahre und ihren Frieden machen. Deshalb hat sie mir befohlen, ihn zu suchen.« Blaue und braune Augen musterten sich, aber Domnall war kein Druide. Mißmutig starrte er auf die Erde.

»Glücklich ist, wer eines langsamen Todes stirbt, denn er kann seine Seele retten«, zitierte er. »Das sagen die Druiden. Und doch ...«

»Tötet ihn und laßt uns verschwinden«, drängte Sine. »Dieses Frauenzimmer hat in ihrem ganzen Leben noch nicht einmal die Wahrheit gesprochen. Sie weiß gar nicht, was es heißt, nicht zu lügen. Domnall, ich spüre, nein, ich weiß, daß er lügt.«

Domnall zuckte zusammen. »Schweigt, Sine. Diese Angelegenheit geht Euch nichts an.«

»Euer Herr ist der Arviragus! Damit ist seine Loyalität der Familie gegenüber aufgehoben.«

Domnall ignorierte ihren Einwand, und Andocredus betrachtete sie neugierig. Sie war gar kein Wolf, sondern nur eine gertenschlanke Kriegerin, die sich hinter einer gefährlich aussehenden Maske versteckte und ihn mit mißtrauischen Blicken bombardierte. Endlich faßte Domnall einen Entschluß. »Die Angelegenheit ist zu gewichtig. Ich kann keine Entscheidung für den Arviragus treffen. Verbindet ihnen die Augen und fesselt sie auf die Pferde!« befahl er den Häuptlingen.

Kurz darauf waren sie unterwegs, und schon bald verlor Andocretus unter der Augenbinde jedes Gefühl für Zeit und Richtung. Obwohl zehn Leute mit ihm ritten, fühlte er sich mutterseelenallein, denn er war sich ihrer nicht mehr bewußt. Dann blieb sein Pferd plötzlich stehen. Er wurde heruntergezerrt und mußte um sein Gleichgewicht kämpfen, während Fesseln und Augenbinde abgenommen wurden. Blinzelnd schaute er sich um, doch eigentlich gab es außer arg mitgenommenen, grauen Zelten, die zwischen Felsen standen und geschickt mit Gestrüpp getarnt waren, nichts zu sehen. Ein paar Feuer brannten, ohne zu rauchen. Er erkannte, daß die Zelte am Fuß eines mit Bäumen bewachsenen Steilhangs errichtet worden waren, der weiter oben in nackten Fels überging. Der Überhang wurde bewacht. Nach der einen Seite fiel der Hang zum Fluß hin ab, und auf der anderen Seite lag der Wald, durch den sie gekommen waren. Am Ufer des Flußes standen in regelmäßigen Abständen Männer und Frauen, die das Tal überwachten. Er warf seinem Freund einen zufriedenen Blick zu. In diesem Lager herrschte keine gehobene Siegesstimmung, viel eher war das Gegenteil der Fall. Sie wurden zu einer der Feuerstellen geführt und ließen sich dort erleichtert nieder. Man brachte ihnen kaltes Kaninchen, würziges Brot, eine Zwiebel und weißen, aromatischen Käse. Sie aßen alles auf und spülten es mit einem dunklen, leicht säuerlich schmeckenden Bier hinunter. Niemand sprach. Der Nachmittag schlich träge dahin, und schließlich fielen sie in einen leichten Schlaf.

Bei Anbruch der Dämmerung wurden sie geweckt, die Feuerstelle ausgetreten. Vom Wald her näherten sich drei Gestalten dem Lager, und Andocretus erkannte Venutius mit pochendem Herzen. Dann standen sie sich gegenüber. Andocretus verneigte sich vor der vertrauten Gestalt und fühlte sich plötzlich ungemein unwohl in seiner Haut, war er doch nicht nur der Barde seiner Herrin, sondern auch ihr Liebhaber. Aber Venutius sah ihn ohne Groll an, nur ein Zug um den Mund verriet ihm, daß der Arviragus nicht glücklich war. Vor Andocretus' Augen erstand noch einmal die Szene im Hof des römischen Hauses seiner Herrin, und er glaubte sterben zu müssen. Aber er durfte jetzt keine Schwäche zeigen, denn diese Begegnung war die letzte entscheidende Prüfung. Er schluckte. »Ich grüße Euch, Herr, und freue mich, Euch endlich gefunden zu haben.«

Venutius schwieg, doch sein Blick durchbohrte den Barden seiner Gemahlin. »Ihr habt Euch gestärkt«, sagte er endlich, »sprecht also. Nein, wartet. Emrys, holt die Druidin.« Der Angesprochene ging mit feindseliger Miene davon. Als er mit einer weißgekleideten Gestalt zurückkehrte, erkannte Andocretus zu seinem Entsetzen, daß es die Druidin war, die seine Herrin in Brigantes besucht hatte. Stolz wie ein Häuptling kam sie näher, was bei ihrer hageren Gestalt einigermaßen übertrieben wirkte. »Aha«, bemerkte sie, »Aricias hübscher Sängerknabe ist hier.« Venutius schnitt ihr mit einer gebieterischen Geste das Wort ab, aber sie fuhr ungeniert fort. »Wir sollen also endlich die Wahrheit erfahren.«

Andocretus warf Venutius einen fragenden Blick zu. »Sprecht!« befahl jener mit aschgrauem Gesicht. Andocretus zwang sich zu einem unschuldigen, offenen Blick, zwang sich dazu, die Worte auszusprechen, obwohl es ihm schwerer fiel, als er angenommen hatte, und er sich gemeiner dabei vorkam, als er gedacht hatte.

»Herr, sie liegt im Sterben. Sie ist bis auf die Knochen abgemagert. Sie bittet Euch, ein letztes Mal zu ihr zu kommen, denn sie wünscht Eure Vergebung, damit sie in Frieden von hier gehen kann. Sie bat mich, Euch dies hier zu geben.« Er mußte seine ganze Willenskraft aufbieten, um das Zittern seiner Hände zu verbergen, als er das Geschmeide aus seinem Lederbeutel zog und Venutius hinhielt. »Sie bittet nicht, daß Ihr bei ihr bleiben sollt, aber sie bittet um einen Augenblick der Vergebung.«

Venutius nahm das Geschmeide und hielt es in seinen Händen, dann senkte er den Kopf. »Druidin«, flüsterte er, »wiederholt, was sie über mich gesagt hat.« Die weise Frau kam der Aufforderung unverzüglich nach.

»Ich verachte meinen Gemahl. Ich habe ihn von Anfang an verachtet und will ihn nicht zurück.«

Die Fingerknöchel des Arviragus waren weiß. »Ihr sagt, daß die Gerüchte nichts als Lügen sind. Prüft nun also den Barden. Ich will endlich, endlich wissen, was wahr ist und was nicht!« rief er, von Verzweiflung übermannt. Die Druidin musterte Andocretus unbeirrt. Er hielt ihrem Blick stand, und sie seufzte.

»Er lügt«, sagte sie unverblümt. »Er ist ein hübscher, ausgekochter Lügner. Eure Gemahlin liegt nicht im Sterben, Arviragus, sie ist nicht einmal krank. Ich spreche die Wahrheit!«

»Habe ich es Euch nicht gesagt!« platzte der hochgewachsene Häuptling heraus. »Tötet den Galgenvogel und denkt nicht mehr länger darüber nach.«

Venutius schaute auf, und Andocretus wußte, daß er gewonnen hatte. Venutius glaubte niemandem die Wahrheit über seine Gemahlin, nicht einmal einem Druiden. Höflich und gewinnend richtete er das Wort erneut an ihn.

»Herr, Ihr wißt, daß die Druiden schon immer gegen Eure Gemahlin intrigiert haben. Deshalb schickt sie Euch das Hochzeitsgeschmeide und bittet Euch, der Ihr sie einst geliebt habt, Gnade vor Recht walten zu lassen. Sie stirbt und braucht Euch.«

»Wie gut sie Euch kennt, Arviragus!« bemerkte der untersetzte Häuptling an seiner Seite aufgebracht. »Sie weiß genau, daß nur die Nachricht von ihrem Tod stark genug wäre, Euch wieder in ihre Fänge zu locken, und deswegen hat sie es mit dem Sterben so eilig. Es ist eine Falle, Arviragus!«

»Schweigt, Madoc, ich bitte Euch!« Venutius kämpfte um seine Selbstbeherrschung, sein Blick glitt, nach Wahrheit suchend, von einem zum anderen. »Emrys, kommt mit!« befahl er mit belegter Stimme, drehte sich um und ging mit dem Häuptling davon. Andocretus stand unbeweglich.

Als sie sich ein Stück weit vom Lager entfernt hatten, ließ Venutius sich auf die Erde nieder und umfaßte seine Knie. Emrys setzte sich neben ihn. Es wurde zunehmend dunkler. Endlich brach Venutius das Schweigen.

»Was soll ich tun, Emrys? Sagt es mir.« Seine Stimme klang müde und hoffnungslos. »Wer lügt und wer spricht nun wirklich die Wahrheit?«

»Herr, ist das so wichtig? Ihr seid der Arviragus, nur das zählt«, antwortete Emrys. »Ihr seid der Herr über Tod und Leben Eurer Verbündeten, nicht Eurer Gemahlin. Es ist für Euch nicht mehr länger von Belang, ob sie lebt oder stirbt. Jahrelang wart Ihr ihr Gefangener. Ihr müßt Euch von ihr befreien. Wir sind unserem Ziel jetzt so nahe wie nie zuvor, Venutius. Nach so vielen Jahren der Schmach, Jahren voller Verluste und Rückschläge, ist endlich die Freiheit Albions in greifbare Nähe gerückt. Wir brauchen Euch, Arviragus. Unter Eurer Führung werden wir mit der neuen

Strategie Erfolg haben. Wenn Ihr geht, verlieren wir kostbare Zeit und eine unwiederbringliche Chance. Bleibt. Wir werden Scapulas Grenze wie faules Holz niederrennen, und der Kaiser wird die Truppen abziehen.«

Venutius hörte ihm schweigend zu. Seine Finger umklammerten das goldene Geschmeide. Als Emrys geendet hatte, fragte er ihn ruhig. »Was würdet Ihr tun, Emrys, wenn Ihr an meiner Stelle wärt und Sine Euch rufen ließe?«

»Ich würde gehen«, gab der Häuptling ohne Zögern zu, »aber Herr, Sine liebt mich. Sie lockt mich nicht in einen Hinterhalt. Sie hat mich nie belogen. Verzeiht mir, Arviragus, aber ich glaube keine Sekunde, daß Eurer Gemahlin etwas fehlt. Nach allem, was sie Euch angetan hat, ist sie es nicht wert, daß Ihr auch nur einen Gedanken an sie verschwendet. Sie hat Eurer Liebe nur Verachtung und Spott entgegengebracht und Euch Eurer Ehre beraubt.«

»Und doch, Emrys, wenn sie nun wirklich stirbt? Muß ich ihr diese letzte Bitte tatsächlich abschlagen?«

»Ja, daß müßt Ihr. Ihr braucht Euch keine Vorwürfe deswegen zu machen.«

Die beiden Krieger standen auf. Venutius fühlte sich so elend, als sei die Finsternis, die sie mittlerweile umgab, auch in sein Herz eingedrungen. »Emrys«, begann er von neuem, »ich bin ein gebrochener Mann. Aus mir selbst bin ich gar nichts. Ihr, Sine und Madoc, ihr seid meine Kraft. Ich muß zu ihr, selbst wenn ich in mein Verderben laufe.«

»Venutius! Der ganze Westen wartet nur auf ein Wort von Euch, um loszuschlagen. Wir sind kurz vor dem Ziel! Es wäre Wahnsinn. So viele haben bereits ihr Leben gelassen, damit dieser Augenblick kommen konnte! Ich werde Euch nicht gehen lassen!«

»Aber ich habe keine andere Wahl!« schrie Vernutius. »Warum versteht Ihr das nicht?«

»Dann werde ich eben gehen.« Emrys Stimme wurde sanft, beruhigend redete er auf Venutius ein. »Sine und ich werden ihr Eure Botschaft übermitteln. Wenn ich mich geirrt habe und sie liegt tatsächlich im Sterben, kehre ich zurück, und Ihr könnt mich töten. Aber Ihr selbst werdet nicht gehen.« Er war dankbar für die Dunkelheit, die das gequälte Antlitz des Arviragus vor ihm verhüllte. Lange Zeit sprach keiner ein Wort. Dann seufzte Venutius.

»Wie weise Ihr seid, Emrys. Ihr habt recht. Ich darf nicht gehen, aber auch Ihr werdet gebraucht. Ich werde jemand anders schikken.«

»Dann laßt Sine gehen und vielleicht noch einen Verwandten von Euch.«

»Ich werde meinen Neffen Manaw und Brennia, seine Gemahlin, schicken. Verzeiht mir, Emrys. Ich werde mich nie wieder so gehenlassen.«

Emrys schwieg und folgte dem Arviragus langsamen Schrittes, der nun entschlossen zum Lager zurückeilte. Als er Andocretus das Halsband zurückgab und ihm mitteilte, daß er nicht mitkommen werde, verschlug es dem Barden im wahrsten Sinn des Wortes die Sprache. Dann aber entsetzte er sich um so mehr.

»Herr, sie wartet auf Euch. Wenn Ihr nicht mitkommt, wird es sie umbringen!« Andocretus war tatsächlich und ehrlich verzweifelt. Welch schrecklicher Gedanke, vor Aricia treten zu müssen, um ihr zu berichten, daß Venutius nicht mehr länger ihr willenloses Opfer war!

»Emrys, teilt ihm meinen Entschluß mit«, brachte Venutius gequält hervor, dann drehte er sich um und verschwand in der Dunkelheit.

»Er hat nicht gesagt, daß er nicht geht«, erklärte Emrys. »Aber solange auch nur der geringste Zweifel an der Wahrheit Eurer Geschichte besteht, wird er den Westen nicht verlassen.«

»Er beleidigt meine Ehre! Er zweifelt an der Wahrheit meiner Worte! Ich ...«

»Junger Mann«, unterbrach Emrys ihn müde. »Ganz Brigantes leidet unter der Ehrlosigkeit Eurer Herrin. Das weiß keiner besser als Ihr selbst. Daher werden meine Gemahlin und der Neffe des Arviragus mit seiner Gemahlin Euch zurückbegleiten, um die Wahrheit herauszufinden. Wenn sie zurückkommen und beschwören, daß sie tatsächlich seine Vergebung braucht, dann wird er gehen.«

In der Morgendämmerung verließen sie unter Sines Führung das Lager der Rebellen. Andocretus konnte sich kaum mehr an den Neffen von Venutius und dessen Gemahlin erinnern; sie waren ihm damals so fremd wie heute. Eine ganze Woche ritten sie ununterbrochen und hielten sich manchmal mehr südlich, dann wieder mehr östlich. Andocretus und seinem Gefährten kam es so vor, als ritten sie im Kreis. Nachts ging der Neffe des Arviragus jagen, während die Frauen sich die Wache teilten. Die beiden wußten es geschickt zu verhindern, daß Andocretus auch nur ein Wort ungestört mit seinem Begleiter wechseln konnte. Je näher sie Brigantes kamen, um so unruhiger wurde Andocretus. Verzweifelt überlegte er hin und her, wie er seiner Herrin eine Warnung zukommen lassen könnte. Er sah das verheerende Bild schon vor sich. Aricia, stolz und prächtig herausgeputzt zum Empfang ihres Gemahls und natürlich bei bester Gesundheit!

Seine Chance kam ein paar Tage später. Zwei Tagesritte trennten sie nur noch von der Stadt. Sie hatten die Waldregion hinter sich gelassen und bewegten sich jetzt in freiem Gelände. Sine und die Verwandten des Arviragus begannen zu ermüden. Ihre Aufmerksamkeit ließ nach und außerdem schienen sie sich jetzt, da sie des Schutzes ihrer Berge und selbst der Wälder beraubt waren, höchst unwohl zu fühlen. Andocretus und sein Gefährte dagegen lebten wieder auf. Ihr Blick glitt ungehindert von Horizont zu Horizont, über Bäche, Hügel, kleine Siedlungen. Die Welt lag vertraut und überschaubar vor ihnen. Ihre Hoffnung kehrte zurück.

Sie machten im spärlichen Schatten einer Baumgruppe Rast, als Sine plötzlich die Handfläche auf den Boden legte.

»Pferde!« zischte sie und legte sich blitzschnell mit dem Ohr zur Erde. Des Barden Herz pochte bis zum Hals. »Römische Kavallerie«, raunte sie, und die beiden anderen sprangen auf, um die Pferde tiefer ins Gehölz zu ziehen. Dann preßten sich alle fünf so flach wie möglich auf die Erde und atmeten nur noch verhalten. Andocretus kam neben seinem Gefährten zu liegen. Unmerklich brachte er die Lippen an das Ohr des anderen. »Wenn sie vorbei sind«, hauchte er, »lauft.« Der andere regte sich nicht, aber Andocretus wußte, daß er verstanden hatte. Eine halbe Stunde mußte vergangen sein, als die Patrouille endlich langsam vorbeikam und in Rufweite passierte. Die Pferde der Rebellen hielten sich vollkommen still, als ahnten sie die Gefahr. Dann waren die Römer vorbei, doch selbst als sie sich schon längst außer Sichtweite befanden, lauschte Sine noch immer mit dem Ohr am Boden auf die Vibrationen. Endlich setzte sie sich auf. Andocretus gab ihr keine Zeit, etwas zu tun oder zu sagen. Er rollte sich zur Seite und warf sich auf Sine, während Aricias Häuptling aufsprang und leichtfüßig davonrannte. Sein Ziel war eine kleine Siedlung, knapp drei Kilometer von hier entfernt. Mit einem Fluch nahm Manaw die Verfolgung auf, und Sine kämpfte gegen Andocretus' drückendes Gewicht. Plötzlich wurde er zurückgerissen, ein Arm preßte sich fest gegen seine Kehle, und er spürte die kalte Klinge eines Messers an seinem Ohr. »Halt still, mein Hübscher«, zischte die zweite Frau. Es waren die ersten Worte, die sie überhaupt an ihn richtete. Andocretus gab den Widerstand auf.

Sine stob davon, und noch im Laufen zog sie ihr Messer. Sie hörte Manaw keuchen. Der Abstand zwischen ihm und dem Briganterhäuptling wuchs, der jetzt seinen Laufrhythmus gefunden hatte und davonsprintete. Verzweifelt feuerte sie sich selbst an. Der Flüchtende stolperte, aber er erhob sich wieder. Sine holte ein paar Schritte auf. Jetzt oder nie! Das Messer in der Hand rief sie, »Hinlegen, Manaw!« und er ließ sich fallen. Im selben Augenblick warf sie ihr Messer, und während es flog und in der Sonne funkelte, rannte sie weiter. Der Briganterhäuptling schrie auf, stolperte erneut, stürzte. Als Sine keuchend bei ihm ankam, war er bereits tot. Sie bückte sich, zog das Messer aus seinem Rücken und wischte es an seinen Beinkleidern sauber. Erst jetzt kam Manaw angehumpelt und gemeinsam schleiften sie den Toten zurück ins Wäldchen.

»Dummer kleiner Junge«, fauchte sie Andocretus an und riß sich die Maske von ihrem schwitzenden Gesicht. Andocretus starrte sie ungläubig an, als sie das Blut von ihren Händen wischte. »Ihr habt Eure Gedanken nicht ganz zu Ende gedacht, als ihr Eure Herrin warnen wolltet, denn damit habt Ihr zugegeben, daß ihr ein Lügner seid.« Die Messerklinge der anderen Frau preßte noch immer gegen seinen Hals, und er wagte es nicht, sich zu rühren.

»Töten wir ihn und kehren um«, schlug sie vor, aber Sine schüttelte den Kopf.

»Der Arviragus wäre nicht zufrieden«, überlegte sie mißmutig. »Zuerst würde er uns glauben, aber dann kämen ihm Zweifel, Nein, wir müssen diesen dummen Auftrag wohl oder übel zu Ende bringen und Aricia mit eigenen Augen gesehen haben, um über seine Zweifel erhaben zu sein. Laßt ihn los.« Der Griff lockerte sich, die andere Frau steckte ihr Messer nur widerwillig fort. »Und Ihr«, warnte Sine Andocretus sachlich, »wagt keine falsche Bewegung, sonst seid Ihr des Todes.«

Zwei Tage darauf erreichten sie die Stadt, in der sich wesentlich mehr Legionäre aufhielten als sonst. Andocretus brach bei dem Gedanken an Aricia, die sie sicherlich in einer hübschen Festtagstunika erwartete, in kalten Schweiß aus. Unter dem Schutz ihres Umhangs preßte Sine ihr Messer gegen seine Rippen. Sie legte ihren linken Arm um seine Schulter und lehnte sich an ihn. »Umfaßt meine Taille«, befahl sie und unter dem Druck ihres Messers befolgte er ihre Anweisung. »Wenn Ihr schreit oder jemandem ein Zeichen gebt, seid Ihr tot. Jetzt führt uns zu Eurer Herrin. Wie viele Leibwächter hat sie?«

Andocretus schluckte. »Sechs.«

»Aha. Und all diese Römer warten wohl nur darauf, den Arviragus nach Lindum zu begleiten?«

Sie hatte also den Plan vollends durchschaut. Er wurde immer verzweifelter. »Wir haben immer Legionäre und Händler hier«, erklärte er schwach. Sine nickte zynisch.

»Ihr wollt immer noch nicht glauben, daß Euer Spiel vorbei ist. Wenn wir angekommen sind, ruft Ihr Eure Herrin heraus – mit fester Stimme, hört Ihr? Sie wird sich zeigen, und meine Aufgabe ist erfüllt. Gehen wir.«

Kurz darauf erreichten sie Aricias Anwesen mit der hohen Steinmauer und dem schweren Eisentor. Sine warf einen Blick zurück. Am liebsten wäre sie davongelaufen, zurück zu Emrys, doch sie bezwang ihre Furcht und nickte Andocretus zu.

»Öffnet!« rief er heiser, »ich bin es, Andocretus!«

Das Tor schwang auf, und Sine überflog mit einem einzigen Blick die Gegebenheiten. Das ganze Grundstück, in dessen Mitte ein Holzhaus stand, war von einer hohen Mauer umgeben. Eine Gruppe von Häuptlingen stand palavernd herum. Sie zögerte, wissend, daß das Tor sich hinter ihnen schließen und sie ihres einzigen Fluchtweges berauben würde. Warum hatte sie nicht früher daran gedacht, nach Einzelheiten zu fragen? Das habe ich nicht verdient, dachte sie bitter. Jahrelang habe ich trotz aller Widrigkeiten überlebt, aber doch sicher nicht, um zu guter Letzt in der Falle eines Weibes zu sitzen, das ich im Kampf selbst mit verbundenen Augen besiegen würde. Andocretus blieb die Luft weg, als das Messer sich plötzlich in sein Fleisch grub. Sine biß die Zähne zusammen, dann gingen sie hinein. Das Tor wurde geschlossen. Mitten im Hof blieb Sine stehen.

»Ich habe meinen Plan geändert«, raunte sie Andocretus zu. »Einer ihrer Häuptlinge soll sie holen und ihr sagen, daß Ihr zurückgekehrt seid und den mitgebracht habt, den sie erwartet.«

Andocretus unterdrückte seinen Schmerz und rief einem der Häuptlinge zu. »Sagt Aricia, daß ich zurückgekommen bin. Der, den sie erwartet, ist im Versammlungshaus und fragt, ob sie sich gut genug fühlt, um ihn zu empfangen.«

Die Häuptlinge betrachteten Sine mißtrauisch, die an dem Barden ihrer Herrin hing, als sei sie seine Geliebte. Sie murmelten miteinander, dann löste sich einer aus der Gruppe und ging ins Haus. Sines Herzschlag verlangsamte sich. Wenn Aricia krank war, waren sie gerettet, wenn nicht...

Und dann erschien Aricia auf der Veranda, in eine prächtige rote Tunika gekleidet, stattlich und schön. Manaw tat einen leisen Ausruf, und Sine verspürte Mitleid mit ihrem Arviragus. Aricia war eine Schönheit, trotz der graugesträhnten Haare und des alternden Gesichts. Sie trat ihnen entgegen, Sine hielt den Atem an.

»Ich grüße Euch, Andocretus«, sprach sie mit voller, wohltönender Stimme. »Ihr habt Eure Sache gut gemacht. Aber wer ist diese Kreatur, die sich so leidenschaftlich an Euch preßt? Und wo ist Venutius?«

Andocretus suchte verzweifelt nach einer Antwort, und Sine, die ihm mißtraute, übernahm es, zu antworten.

»Seid gegrüßt, Herrin. Ich gehöre zum Gefolge Eures Gemahls.

Er wartet im Versammlungshaus auf Nachricht von Euch. Ich werde ihn holen.« Sie ließ Andocretus los und ging mutig auf das Tor zu. Manaw und Brennia folgten ihr.

»Das werdet Ihr nicht!« rief Aricia in scharfem Ton. »Andocretus, Ihr geht und bringt ihn hierher. Ihr wißt, was Ihr zu tun habt.« Ihr plötzliches Mißtrauen wurde in derselben Sekunde zur Gewißheit, als Sine und ihre Gefährten zu laufen begannen. Andocretus sank zu Boden und preßte seine Hände auf die blutende Wunde, während Sine wild auf das Tor einhämmerte.

»Nehmt sie gefangen!« rief Aricia ihren Häuptlingen zu, und innerhalb von Sekunden waren die Rebellen entwaffnet. Wütend kam sie heran und riß Sine die Wolfsmaske vom Gesicht. Sine wußte, daß sie ihr Leben verwirkt hatte, trotzdem blickte sie Aricia ruhig an. So zu enden! dachte sie. Welche Verschwendung. Aber der Arviragus war in Sicherheit, und nichts anderes zählte. Aricia betrachtete Manaw neugierig, dann brach sie in höhnisches Gelächter aus. »Sieh an, der kleine Manaw. Du hättest weiterhin Hasen fangen sollen, statt auf Menschen Jagd zu machen«, spöttelte sie, »dafür bist du noch zu jung.« Doch seine Augen zeigten keine Spur von Furcht, sondern blickten sie wissend an. Irritiert wandte sie sich wieder Sine zu. »Wo ist Venutius?« Sie spuckte ihr die Worte fast ins Gesicht, so unbändig war ihr Haß. Andocretus hatte sich aufgerappelt und trat zu ihnen.

»Er wird erst kommen, wenn diese drei zu ihm zurückkehren und schwören, daß Ihr im Sterben liegt«, brachte er stöhnend heraus. Aricia lief wie ein wildes Tier auf und ab.

»Du hast versagt!« schrie sie ihn an. »Ich hätte es wissen müssen. Ich hätte diese Angelegenheit keinem Kind anvertrauen dürfen!«

Hübscher Knabe. Kind. Der Schmerz in seinem Rücken nahm zu, und er ertrug diese Demütigungen nicht länger. »Du beehrst mich mit anderen Namen, wenn ich dein Lager teile, Herrin!« rief er empört. »Ich habe nicht versagt. Er wäre mitgekommen, aber seine Häuptlinge haben es ihm ausgeredet. An deiner Stelle würde ich mir gut überlegen, was ich mit ihnen anfange, denn diese da«, er deutete auf Sine, »ist die Frau eines einflußreichen Rebellen. Und jetzt entschuldige mich, ich muß meine Wunde versorgen lassen.« Er drehte sich um, rief der Torwache etwas zu und verschwand. Aricia sah ihm nach und schien zu überlegen, dann drehte sie sich wieder zu Sine um. Ihre Wangen glühten vor Wut wie im Fieber. Sines schadenfrohes Gesicht provozierte sie über alle Maßen.

»Er wird nicht kommen«, frohlockte die Rebellin. »Er hat endlich eine befriedigendere Liebschaft gefunden!« Aricias beringte Hand klatschte mit solcher Wucht in Sines Gesicht, daß das Blut spritzte.

»Einsperren!« befahl sie mit vor Zorn bebender Stimme. »Legt sie in Hals-, Arm- und Fußketten und fesselt sie an die Wand. Und nehmt ihnen die Torques ab.« Mit diesen Worten verschwand sie wutschnaubend im Haus.

Am darauffolgenden Morgen ließ sie Manaws Frau kommen. »Ihr kehrt unverzüglich in den Westen zurück«, eröffnete sie ihr. »Richtet meinem Gemahl aus, daß ich seinen Neffen und die Wolf-Frau töten werde, wenn er nicht kommt. Ich werde sie Rom nicht ausliefern, hört Ihr? Sie werden vor den Augen Brigantes' durch meine eigene Hand sterben.«

Die Gefangene erblaßte. Was ist sie nur für ein widerliches, verweichlichtes Geschöpf, dachte Aricia verächtlich und machte sich gar nicht erst die Mühe, ihre Gefühle zu verbergen. Doch zu ihrer Überraschung ignorierte die junge Frau sie einfach.

»Hört zu, was ich Euch zu sagen habe, Ri«, entgegnete sie furchtlos. »Wenn Ihr uns töten wollt, könnt Ihr es ebensogut gleich tun. Wir haben gestern darüber gesprochen. Selbst wenn ich in den Westen ginge, würde niemand zurückkommen, weder der Arviragus noch sonst jemand. Ihr bedeutet ihm nichts mehr, Eure letzte Lüge hat ihm die Augen geöffnet. Und zwei oder drei tote Rebellen mehr oder weniger, auch das bedeutet nichts gegen die Freiheit, für die wir kämpfen. Ihr könnt darauf bestehen, daß ich gehe, aber ich würde es vorziehen, mit meinem Gemahl zusammen zu sterben.«

Aricia war einmal mehr verblüfft. Da war sie wieder, diese Wand, die sie schon von Caradoc getrennt hatte, von Venutius, Domnall und den vielen anderen, diese krankhafte Lebensanschauung, die ihr schon immer mörderisch und dumm vorgekommen war. Unwillig drehte sie sich um und erkannte in diesem Augenblick, warum dieses junge Ding sie so ungemein irritierte. Sie hatte eine gewisse Ähnlichkeit mit Eurgain . . . »Oh, beruhigt Euch«, sagte sie sarkastisch. »Ich schenke Euch Euer Leben, und wenn Ihr schlau seid, auch das Eures Gemahls. Bringt mir Venutius!« Als sie keine Antwort erhielt, drehte sie sich nach der jungen Frau um, aber das Zimmer war leer.

Zwei Tage später sah sie sich einem aufgebrachten Nasica gegenüber. Sie hatte ihn noch nie so erlebt und lehnte sich belustigt auf dem Sofa zurück, als er mit seinem Finger beschuldigend auf sie deutete. »Diesmal hast du den Bogen überspannt, Cartimandua!« Seine Stimme polterte. »Ich müßte dich einsperren, weil du Kriminelle vor mir verborgen hältst. Du hättest sie sofort ausliefern müssen. Sie müssen verhört werden und ihre Stellungen preisgeben! Mittlerweile bildest du dir zuviel auf das Wohlwollen Roms ein.«

Sie amüsierte sich glänzend. »Du solltest aber wissen, daß sie nie etwas preisgeben, Nasica.«

Er stieß die Luft hörbar aus und lehnte sich zurück. »Wenigstens hättest du deinen Barden fragen können, ob er uns zu ihrem Lager führen kann.«

»Ich habe ihn gefragt. Sie verbanden ihm die Augen und auf dem Rückweg ritten sie in dichtem Nebel los.« Sie kuschelte sich zufrieden in die weichen Kissen. »Wenigstens habe ich so eine kleine Chance, Venutius doch noch zu erwischen.«

»Er wird nicht kommen.«

»Wir werden sehen. Ich glaube, daß er kommt. Er hat sich einmal geweigert, ja, aber nur ich weiß, was ihn dieses Nein gekostet hat. Ein zweites Mal ist er dazu nicht mehr in der Lage.«

Nasica begann zu essen. »Du überschätzt deinen Charme maßlos«, sagte er kauend, aber sie funkelte ihn fröhlich an.

»Oh, es ist nicht mein Charme, der ihn zurückbringen wird, diesmal wird es der Wunsch sein, mich zu töten.«

Die junge Frau verließ die Stadt bei Sonnenaufgang. Sie führte die Pferde von Sine und ihrem Gemahl am Halfter und galoppierte in westlicher Richtung davon. Nur ein einziges Mal hielt sie an, um sich etwas Proviant zu stehlen. Nachts bettete sie sich in hohes Farnkraut und schlief, zugedeckt mit ihrem Umhang, tief und fest wie ein wildes Tier. Eine ganze Woche lang war sie so unterwegs, ohne an etwas Bestimmtes zu denken, nur ihren sicheren Instinkten folgend. Wie ein Spürhund, der immer wieder die Fährte sichert, bewegte sie sich vorwärts. Erst als die Graslandschaft langsam steiniger wurde und das Gelände anstieg, erlaubte sie sich, an die Vorfälle der vergangenen Wochen zu denken, und sie weinte leise um ihren Gemahl und um Sine. Der Hunger nagte an ihr, und der Schlaf wurde leichter. Dann, zwei Wochen nach ihrem Aufbruch, erreichte sie den alten Lagerplatz, aber sie fand ihn verlassen vor. Die alten Feuerstellen waren sorgfältig verwischt und mit Gras und Erde bedeckt worden, selbst die größeren Steine, mit denen die Zeltbahnen beschwert worden waren, lagen wieder auf ihren Plätzen. Ihren geübten Augen entging nichts, und ohne die geringste Schwierigkeit nahm sie die Verfolgung der Ihren auf. Drei Tage später erreichte sie das neue Lager der Rebellen, nicht mehr weit vom Fort mitten im Wald. Sie wurde angerufen und gab leise ihr Erkennungswort. Dann sprang sie vom Pferd und ging mit zitternden Knien zu einem der Feuer, an dem Venutius, Emrys und Madoc über eine Karte gebeugt saßen. Als sie sich ihnen näherte, sprangen sie auf. Emrys erfaßte die Situation als erster und stählte sich für eine Hiobsbotschaft.

Venutius umarmte sie. »Brennia! Seid gegrüßt! Wollt Ihr Euch stärken, ehe Ihr uns berichtet?« Sie nickte.

»Verzeiht, Herr, aber wenn ich nichts esse, werde ich ohnmächtig. Sie nahmen mir die Waffen ab, und ich konnte unterwegs nicht jagen. Ich stahl mir etwas zu essen, aber es reichte nicht lange.« Dann ließ sie sich dankbar auf die Erde nieder. Emrys brachte ihr Brot, Käse und klares, kühles Wasser. Langsam kehrte die Farbe in ihr Gesicht zurück. Als sie aufgehört hatte, zu zittern, sprach sie.

»Herr, meine Nachricht ist bitter. Aricia erfreut sich bester Gesundheit. Sie nahm Sine und Manaw gefangen und läßt Euch durch mich bestellen, daß sie die beiden töten wird, wenn Ihr nicht zu ihr kommt.« Madoc grunzte gefährlich, dann spukte er angewidert hinter sich ins Gebüsch. Emrys saß aufrecht und reglos auf seinem Platz, schloß die Augen und nur sein gequälter, angespannter Gesichtsausdruck verriet den Aufruhr seiner Gefühle. Venutius hielt den Kopf gesenkt. Er glaubte, ersticken zu müssen. Die junge Frau machte ein paar fahrige Bewegungen. »Verzeiht, Herr. Ich hätte nicht zurückkommen dürfen. Sine und Manaw würden sterben, aber in Eurem Herzen wäre Frieden.«

»Frieden?« Vernutius lachte hart. »Ich werde Frieden erlangen, wenn ich tot bin.« Und doch spürte er irgendwo tief in seinem Innern, daß eine Last von ihm gefallen war. Er hob den Kopf. Brennia hatte schlimme Nachrichten gebracht, ohne Zweifel, doch zugleich hatte ihr Bericht Aricia den Todesstoß versetzt. Es gab nun keine Unklarheiten mehr, keine Zweifel an dem, was seine Freunde und Verwandten über Aricia sagten. Er beugte sich zu Brennia hinüber und wischte ihr die Tränen aus dem Gesicht. »Ich bin dankbar, daß du zurückgekommen bist. Es ist immer besser, die Wahrheit zu wissen, auch wenn sie noch so schmerzlich ist, als in Unwahrheit zu leben, geplagt von quälenden Zweifeln.« Er erhob sich. »Madoc, ruft die Häuptlinge zu mir. Ich habe ihnen etwas mitzuteilen. Brennia, geht und ruht Euch aus. Domnall wird Euch ein neues Schwert besorgen.«

Als sie fort war, nahm Venutius Emrys zur Seite. »Ich verüble es Euch nicht, wenn Ihr mir am liebsten den Schädel spalten würdet«, sagte er. »Emrys, mein Freund, ich habe Euch Euer Liebstes auf Erden entrissen, um meines eigenen Wahns willen! Mir fehlen die Worte.«

»Herr, wäre Sine nicht gegangen, wärt Ihr selbst jetzt an ihrer Stelle und würdet in Ketten gelegt auf das Schiff nach Rom warten«, brachte dieser mit belegter Stimme hervor. »Es gab nur diese zwei Möglichkeiten, ihr Leben oder Eures.«

»Nein, Emrys!« widersprach Venutius entschieden. »Es wird Aricias Leben oder Sines sein. Wegen meiner Schwäche konnte Aricia uns sogar hier in den Bergen erreichen und manipulieren! Aber nun ist es genug. Sie wird sterben!«

»Nein, Herr«, rief Emrys, und noch nie war es ihm so schwer gefallen, dem Arviragus zu widersprechen. »Ihr müßt Sine und Euren Neffen aufgeben. Wenn sie zu Euch sprechen könnten, würden sie mir zustimmen. Wir dürfen ihretwegen nicht die ganze Strategie umwerfen. Wir müssen nach Plan vorgehen. Die Freiheit Albions steht auf dem Spiel!«

Venutius preßte die Lippen zusammen und wischte die Einwände des anderen mit einer gebieterischen Geste fort. »Nichts ist unmöglich, Emrys. Der Tod Aricias würde die Position der Römer im Norden enorm schwächen. Um sie wieder einigermaßen zu festigen, müßten sie zunächst mehr Truppen aus dem Süden abziehen.« Er begann, eifrig Linien in die Erde zu kratzen, um seinen Gedankengang zu verdeutlichen. Emrys sah ihm widerwillig über die Schulter, kam doch zu seiner ersten Sorge um Sine eine zweite, weitaus größere hinzu. Der Arviragus wollte Aricia gegenübertreten, welch neuer Wahnsinn! Die nächste Tragödie war somit bereits abzusehen, aber Venutius dachte anders darüber.

»Anstatt die Zwanzigste in Fort Deva noch einmal zu überfallen«, erklärte er den neuen Schlachtplan, »und dann südlich nach Glevum und weiter nach Camulodunum zu marschieren, können wir ebensogut Aricia überfallen und die Neunte in Lindum auslöschen. Dann ziehen wir geradewegs nach Süden, erledigen die Zweite und nehmen Camulodunum ein. In der Zwischenzeit macht sich die Zwanzigste auf den Weg ins Tiefland. Wir können uns von Camulodunum aus gegen sie wenden.«

»Der Plan ist zu kompliziert«, warf Emrys ein, »und Ihr unterschätzt die Neunte. Wir sind Gebirgskämpfer, wie auch die Legionäre der Zwanzigsten, aber die Neunte sitzt seit Jahren in Brigantes' offenem Heidemoor. Wir werden uns schwertun, eine Schlacht zu gewinnen, die nicht in einem engen Tal stattfindet sondern im offenen Gelände, wo die Römer sich ungehindert formieren können. Der alte Plan ist besser, er ist machbar.«

Venutius zog noch immer imaginäre Kampflinien auf seiner Landkarte. »Die Zwanzigste erwartet uns bereits, das läßt sich nicht vermeiden. Wenn wir sie aber umgehen und statt dessen die Neunte angreifen, haben wir das Überraschungsmoment auf unserer Seite.«

»Aber auch nur dann, wenn wir uns nicht mit Aricia in Brigantes aufhalten!« Emrys verwischte die Karte mit dem Fuß. »Es funktioniert nicht, Arviragus.«

»Es wird funktionieren, weil es funktionieren muß.«

»Venutius, nehmt Vernunft an. Wir können Sine und Manaw nicht retten. Warum wollt Ihr das nicht einsehen?«

Aus ihren Augen schossen Blitze, und schließlich fauchte Venutius. »Seht her, Ordovicenhäuptling! Wir haben Pferde, wir haben Krieger, wir haben einen wichtigen taktischen Vorteil. Wir werden gewinnen. Der Gouverneur ist ein alter Griesgram, der mit sich und der Welt in Unfrieden lebt. In Rom sitzt der junge Nero und zieht den Abzug aller Truppen aus Albion in Erwägung. Die Legionäre wissen es nur zu gut. Warum sollen wir jetzt noch sterben, wenn wir in ein paar Monaten vielleicht schon auf dem Heimweg sind, denken sie.«

»In diesem Fall bleibt uns genügend Zeit, um dann mit Aricia abzurechnen.«

»Nein!« Venutius verzog seinen Mund zu einer häßlichen Grimasse. »Sie muß jetzt sterben!«

»Ihr habt nicht das Recht, persönlich Rache über das Ziel aller zu stellen, Arviragus!«

Venutius warf ihm einen undefinierbaren Blick zu. »Persönlich? Wollt Ihr sie nicht auch sterben sehen?«

Emrys kämpfte um seine Beherrschung. »Nein!« schleuderte er ihm entgegen. »Nicht um den Preis weiterer unnützer blutiger Opfer!« Venutius drehte sich um und stürmte davon.

Emrys blieb der Versammlung fern. Er packte seine Decke und verschwand im Wald, wo er lange ziellos umherwanderte. An einem kleinen Wasserfall trank er aus der hohlen Hand, setzte sich ins hohe Farnkraut und starrte die Bäume an. Sine, meine Sine. Nie waren wir lange getrennt. Und nun liegen auf einmal leere, einsame, endlose Tage vor mir. Ich habe keinen Anhaltspunkt, kein Ziel mehr. Du und ich, wir gehörten zusammen. Jetzt werden wir für immer getrennt sein, und auch die letzte Hoffnung auf Freiheit schwindet dahin. Alles wegen einer einzigen ehrlosen, krankhaft egozentrischen Frau. Ich opfere dich, aber wofür? Die Chance ist bereits vertan. Sine, meine Sine, stirb tapfer, so, wie du auch gelebt hast. Sine . . . Sine . . . Der Schmerz überwältigte ihn. Emrys preßte sein Gesicht auf den kühlen Waldboden und ließ den Tränen freien Lauf.

Als er am nächsten Morgen ins Lager kam, wurden bereits die Zelte abgebaut. Er suchte Madoc auf, der ihn mit Ringen unter den Augen begrüßte.

»Ich werde langsam zu alt für das ewige Hin- und Hergerenne«, beklagte er sich. »Ich sollte mich in mein Schwert stürzen und meinem Sohn die Führung der Siluren übergeben. Am liebsten wäre es mir, ich wäre unter Caradoc in einer Schlacht gefallen.« Er lamentierte noch eine Weile weiter, bis Emrys ihn schließlich doch unterbrach.

»Ist er wirklich zu diesem Wahnsinn entschlossen?«

»Ja. Wir brechen sofort auf. Aber vielleicht geht die ganze Sache ja besser aus, als wir meinen, Emrys. Unsere Chancen stehen zumindest nicht schlecht.«

Emrys lachte spöttisch. »Wie oft hat Caradoc uns vor Feldschlachten gewarnt. Wir wollten nie auf ihn hören. Erst, als er gefangengenommen wurde, erkannten wir unseren Fehler. Wir lernten dazu, und es gelang uns, die Zwanzigste aufzureiben, weil wir gute Strategien entwickelten. Dabei sollten wir auch jetzt bleiben, anstatt querfeldein durch Albion zu marschieren und uns im freien Gelände einer Legion zu stellen, die uns bereits erwartet. Unsere bisherigen Erfolge sind das Ergebnis von Vernunft, nicht von spontanen Aktionen. Jetzt wird alles plötzlich über den Haufen geworfen, und wir sind dabei, dieselben alten Fehler zu wiederholen. Wir werden eine furchtbare Niederlage einstecken müssen. Wofür?«

Madoc musterte ihn kritisch. »Tut mir leid wegen Sine«, brummte er. »Aber sie wird wieder leben, Emrys.«

Die Augen des anderen verdunkelten sich vor Schmerz. »Ich weiß«, flüsterte er, »aber nicht mit mir, Madoc.«

Innerhalb von zwei Wochen war der Westen ein verlassenes Land. Venutius führte seine gesamte Armee durch das Gebiet der Cornovii bis zur Grenze des Coritanilandes und daran entlang bis zu den Hochmooren von Brigantes. Niemand sah sie. Die Bauern arbeiteten auf den Feldern, und die Legionen richteten ihr Augenmerk auf die Berge, ohne zu ahnen, daß der Feind sie verlassen hatte. Dann erreichten die Rebellen das Ende der Waldregion.

Venutius ließ ein Lager errichten und rief Emrys und Madoc zu sich.

»Ich reite mit meinen Häuptlingen zur Stadt«, erklärte er. »Mit zweitausend Kriegern werde ich Aricias Männer wohl bezwingen können. Ihr bleibt hier in der Sicherheit des Waldes. Sobald ich gewiß bin, daß wir gefahrlos gegen die Neunte marschieren können, schicke ich Euch Nachricht. Auf diese Weise werden die Römer gar nicht erst erfahren, daß unsere gesamte Streitmacht hier ist. Sie werden annehmen, daß ich wieder einmal eine persönliche Angelegenheit zu regeln habe.«

Es war ein tragfähiger Kompromiß, der Emrys versöhnlicher stimmte. Unter diesen Umständen würde es ihnen vielleicht doch gelingen, Fort Lindum überraschend einzunehmen. In der Nacht brach Venutius auf und überließ Emrys seiner unerträglichen Unruhe. Sine, Sine, dachte er fortwährend. War sie hier vorbeigekommen auf ihrem Ritt in den Tod? Sein Herz verkrampfte sich.

Venutius ritt in der Nacht. Tagsüber suchte er Deckung zwischen den Hügeln, um so lange wie möglich unbemerkt zu bleiben. Dennoch wurden sie von einem jungen Schafhirten bemerkt, der seine Herde an einem Bach in der Nähe eines Weidenwäldchens tränkte und eben noch die letzten Häuptlinge unter den weit herabhängenden Ästen verschwinden sah. Wie gehetzt rannte er nach Hause, noch im Morgengrauen war ein Bote zur Stadt unterwegs, und mittags wußte Aricia bereits Bescheid.

»Rebellen? Hier? Unmöglich.« Sie überlegte. Wahrscheinlich handelte es sich um die Boten von Venutius. Der Häuptling schüttelte heftig den Kopf.

»Mein Sohn sah Helme und Waffen. Sie hielten sich in einem Weidenwald versteckt. Er sah auch viele Pferde.«

Aricia schürzte die Lippen. Er war also bereits hier. Aber kam er, um zu kämpfen? Oder kam er mit seiner Leibwache, um den Schein zu wahren? »Ich danke Euch«, sie wandte sich wieder dem Bauern zu, der abwartend vor ihr stand, »geht jetzt und stärkt Euch. Mein Barde wird Euch für Eure Dienste bezahlen.« Der Mann entfernte sich mit einer Verbeugung.

»Andocretus, laß die Tore schließen und gut bewachen«, befahl sie. Dann eilte sie zur Mauer, bestieg den Wachturm und blickte zum Horizont. Die meisten ihrer Häuptlinge befanden sich an der Grenze zum Gebiet der rebellischen Deceangli, zu weit weg, um sie schnell zurückzuholen. Was soll ich nur tun? fragte sie sich gehetzt. Venutius ist nur noch einen Tagesritt von hier entfernt, Nasica zwei. Ich habe genügend Häuptlinge hier, um ihn festzunehmen, aber nicht genügend, um die Stellung zu halten. Sie fürchtete sich.

Knapp eine Stunde später war ein Reiter nach Lindum unterwegs. »Richtet dem Legaten aus, daß eine kleine Streitmacht der Rebellen unter Führung von Venutius hierher unterwegs ist. Ich brauche Unterstützung.«

Aricia rannte kopflos in ihr Haus zurück und stand mit klopfendem Herzen vor Brigantia, der Großen Göttin. Aber ihre Hände und ihr Herz waren leer, die alten Beschwörungsformeln vergessen.

Nasica hörte dem Boten mit wachsendem Ärger zu. »Dieses verdammte, eingebildete Frauenzimmer!« polterte er, nachdem Aricias Häuptling wieder gegangen war. »Warum kann sie Venutius nicht einfach in Ruhe lassen? Ein Fehlschlag ist ihr scheinbar nicht genug. Nein, sie muß ihn weiter provozieren! Von mir aus könnte er sie am nächsten Baum aufknüpfen. Wie soll ich meine Aufgabe hier erfüllen, wenn sie aus Langeweile und gekränktem Stolz heraus dauernd Ärger mit ihrem Gemahl anfängt?«

»Sie verhilft uns vielleicht dazu, den Arviragus gefangenzunehmen oder, was noch besser wäre, ihn in einer Schlacht zu töten«, gab der Sekretär zu bedenken.

»Ich weiß, ich weiß. Ich muß ihr ein paar Legionäre schicken, daran führt kein Weg vorbei. Aber ihr Nutzen für Rom schwindet täglich.« Er lehnte sich zurück. »Schickt ihr also zwei Einheiten der Hilfsinfanterie, nein, sagen wir zwei Kohorten unter der Führung eines Zenturio. Der Zenturio soll vorher zu mir kommen.«

Die Hilfstruppen verließen Lindum noch am selben Nachmittag. Doch sie hatten erst die Hälfte der Strecke zurückgelegt, als Venutius sein Ziel erreichte. Er blickte auf die vor ihm liegende

Stadt und zügelte sein Pferd. »Wir werden ihr keine Warnung schicken. Umzingelt die Stadt!« rief er. Sie ritten los, und Andocretus, der auf dem Wachturm stand und die heranstürmenden Rebellen entdeckte, schrie entsetzt auf. Er kletterte hinunter und bahnte sich einen Weg durch die bewaffneten Häuptlinge, die sich unterhalb der Mauer versammelt hatten. Aricia rannte ihm entgegen.

»Sie sind da!«

»Wie viele?«

»Schwer zu sagen. Vielleicht tausend. Sie kommen nicht, um mit dir zu sprechen, Herrin!«

Unschlüssig biß sie sich auf die Unterlippe, dann drehte sie sich zu ihren Häuptlingen um, die bereits ungeduldig auf Befehle warteten. »Öffnet das Tor!« rief sie. »Geht ihnen entgegen!«

»Herrin!« protestierte Andocretus, »aber das ist Selbstmord. Schickt sie lieber mit Schleudern auf die Mauer.«

»Rede kein dummes Zeug«, herrschte sie ihn an. »Sie kämpfen nach Art der Römer und werden beieinander bleiben. Venutius wird nicht einmal bis zur Stadtmauer vordringen.«

»Aber, Herrin . . .«

»Schweig, Andocretus. Sie sind tausend, wir zweitausend. Wovor hast du Angst? Komm mit auf den Turm und schau zu.« Die Tore wurden unter lautem Quietschen geöffnet, und Aricias Häuptlinge stürmten den Rebellen entgegen.

Die freien Krieger wurden nicht in der Luft zerissen, denn das jahrelange Vorbild der Römer war nicht spurlos an den Männern von Brigantes vorübergegangen. Sie hatten sich deren Disziplin und Strategie angeeignet, kämpften Rücken an Rücken oder in Formation. Der Kampf dauerte mehrere Stunden, und der Vormittag verging. Dann paßten sich die Rebellen ihrem Gegner an, änderten einfach ihre Strategie und gewannen so allmählich an Boden. Aricia sah, daß ihre Krieger die Stellung nicht halten konnten.

»Wo bleiben nur die Legionäre?« fragte Andocretus nervös. »Wenn sie sich nicht beeilen, sind wir verloren!«

»Es ist nicht halb so schlimm, wie du meinst«, wies Aricia ihn zurecht, obwohl sie sich bemühen mußte, zuversichtlich zu klingen. »Selbst wenn Venutius gewinnen sollte, wird die Mauer ihn lange genug beschäftigen, und in der Zwischenzeit treffen die Legionäre gewiß ein.« Aufmerksam verfolgte sie das Kampfgeschehen und den Untergang ihrer Häuptlinge. Sie verspürte weder Schuld noch Trauer, ja, eigentlich verspürte sie absolut nichts, und in dieser unwirklichen Stimmung kam ihr eine Idee, wie sie Venutius ein letztes Mal demütigen, ihn vor allen bloßstellen konnte.

»Bring mir das Kriegshorn und die beiden Gefangenen«, befahl sie. Andocretus sagte nichts, fragte nichts, sah nur das unheilvoll flackernde Feuer in ihren Augen und verschwand. Aricia ballte ihre Hände zu Fäusten, ihre Lippen bewegten sich in stillem Selbstgespräch.

Die Sonne hatte den Zenit bereits überschritten, als die Rebellen plötzlich den durchdringenden Ton eines Kriegshorns vernahmen. Venutius hielt inne, und einer nach dem anderen ließen die Kämpfenden voneinander ab und drehten suchend die Köpfe. Dann sah er sie. Aricia stand auf der Mauer, flankiert von zwei in Lumpen gehüllten Gestalten. Ihre Häuptlinge standen mit gezogenen Schwertern hinter ihr, aber er hatte nur Augen für Sine und Manaw, die in Ketten, gebeugt und trotzdem würdevoll auf ihren letzten Augenblick warteten.

Aricia schleuderte das Kriegshorn über die Mauer und rief ihre Botschaft über das Schlachtfeld.

»Venutius! Siehst du, wen ich hier habe? Komm etwas näher!«

Eine atemlose Stille herschte. Aller Augen waren auf die Gestalten auf der Mauer gerichtet. Domnall packte Venutius am Arm und hielt ihn fest. »Bewegt Euch nicht, Herr. Sie hat Euch noch nicht ausgemacht. Sie ...« Aber Venutius befreite sich aus seinem Griff und schritt wie ein Schlafwandler auf die Mauer zu. Domnall seufzte und folgte ihm. Aricia gab einen triumphierenden Schrei von sich und beugte sich weiter über die Mauer hinaus. An ihrem Fuß blieb Venutius stehen und nach einem flüchtigen Blick auf seine Gemahlin suchte er Sines Augen. Sie sah ihn gefaßt an, ihr Gesicht erschien ihm klein und fremd ohne die Wolfsmaske. Manaw strahlte eine friedvolle Gelassenheit aus, die davon zeugte, daß er sein Schicksal angenommen hatte. Die Todesangst war von ihm gewichen. »Meine Frau, Arviragus?« rief er hinunter. Venutius schüttelte das Entsetzen des Augenblicks ab. Er straffte die Schultern. Die Verrückte dort oben war seine Gemahlin, aber ihr Schicksal war besiegelt. In Gedanken legte er jede Demütigung, die sie ihm hatte angedeihen lassen, in ihr Grab. Emrys, wie sehr wart Ihr im Recht! Sie ist es nicht einmal wert, daß man sie tötet. Und ich habe zwei Menschen geopfert, um mir das zu beweisen! Mit fester Stimme antwortete er seinem Neffen. »Sie ist in Sicherheit, Manaw!« Dann schaute er Sine an. »Vergebt mir, Sine.«

»Ihr seid der Herr über meinen Tod, Arviragus. Grüßt Emrys von mir.«

Aricia spürte, daß die drei mehr als Worte austauschten und daß die Gefangenen sich keineswegs in ihrer Gewalt befanden. Eine sinnlose Wut überkam sie.

»Du sollst ein letztes Mal die Gelegenheit erhalten, dich wie ein Ehrenmann zu benehmen, Venutius!« schrie sie ihn an. »Ich bin bereit, die beiden gegen dich einzutauschen. Solltest du es vorziehen, weiterzukämpfen, werde ich sie töten, und noch bevor es dir gelingt, in die Stadt einzudringen, wird die Neunte hier eintreffen!«

»Hört nicht auf sie!« rief Sine. »Der Preis ist zu hoch. Nicht einmal Emrys wäre bereit, ihn zu zahlen!«

Ich weiß, Sine, ich weiß. Er hat es mir selbst gesagt, dachte er gequält. Doch das befreit mich nicht von der Schuld, die ich auf mich geladen habe, denn ich habe dein Leben mutwillig aufs Spiel gesetzt. Caradoc, wie hätte er gehandelt, wenn Eurgain und sein Sohn da oben stünden und sein Leben ihres retten könnte?

»Herr«, ließ Sine sich wieder vernehmen, »wir stehen kurz vor dem Ziel. Ihr werdet mehr gebraucht als ich. Ich falle in einer Schlacht wie andere Frauen vor mir, das ist alles. Laßt die Hexe ein Ende machen und seid frei!«

Sein Blick wanderte zu Aricia, die spöttisch lächelnd auf ihn herabsah. Du weißt auch heute nicht, was du willst, schien dieses Lächeln ihm zu sagen. Seine Nerven waren zum Zerreißen gespannt.

»Lebt wohl, Sine, und du, Manaw! Eine friedliche Reise! Cartimandua, dein Zauber wirkt nicht mehr.«

Aricia nickte ihren Häuptlingen zu. »Haltet die beiden fest. Gebt mir ein Messer.« Ihre Finger fuhren über die Klinge. Sie hatte noch nie in ihrem Leben einen Menschen getötet, aber etwas in ihr sagte ihr, daß es einfach wäre, gar nichts Besonderes.

»Du hast noch eine Chance, ihr Leben zu retten, du Dummkopf!« schrie sie ihm nach, und seine Antwort erreichte sie im selben Augenblick.

»Nein!«

Aricia packte Sines Haar und beugte den Kopf der Rebellin weit zurück.

»Betet«, flüsterte sie.

Sine schluckte. »Das tue ich.«

»Wozu?« Aricia hob den Arm und zog das Messer quer durch Sines Kehle. Sines Körper sackte zusammen. Sie packte ihn, zerrte ihn auf die Mauer und ließ ihn hinabfallen, Venutius vor die Füße. Sine starrte in die Sonne. Die Zeit schien stillzustehen. Venutius kniete sich zu ihr, und ein zweiter Körper kam über die Mauer geflogen. Die ganze Welt schien den Atem anzuhalten. Auf der Mauer beugte Andocretus sich zu Aricia.

»Seht Herrin, eine Staubwolke. Die Römer kommen!«

Die Rebellen hatten sie ebenfalls bemerkt. Der Bann war gebrochen. Domnall zerrte Venutius auf die Füße. »Sie hat die Neunte alarmiert«, zischte er. »Unser Plan ist hinfällig. Wir müssen fliehen, Herr.«

Venutius nickte. »Auf unseren Pferden sind wir schneller. Schickt Emrys eine Nachricht. Er soll uns entgegenkommen.« Domnall verschwand, Befehle rufend. Venutius kniete sich noch einmal und küßte Sine, dann Manaw. Er weinte nicht. Tränen gehörten der Vergangenheit an. Dann sprang er auf und eilte den anderen nach.

Aricia hatte die Mauer verlassen und sich in ihr Haus geflüchtet. Sie hielt Andocretus ihre blutverschmierten Hände entgegen. »Es riecht widerlich«, bemerkte sie in sachlichem Ton, »das Blut der Rebellen riecht faulig.« Sie ging zum Wasserbecken, zog die Tunika aus und begann sich sorgfältig zu waschen. Sie überprüfte auch ihr Gewissen und stellte zufrieden fest, daß sie sich weder Vorwürfe machte, noch plagten sie Schuldgefühle. Sie zog eine saubere Tunika an und setzte sich in einen Korbsessel. »Heb das Ding dort auf«, befahl sie Andocretus und deutete auf die Wolfsmaske, die in der Ecke lag. »Setz es auf. Ich will wissen, was du siehst.« Sie ließ ihn nicht aus den Augen, als er sie naserümpfend vors Gesicht hielt. »Und, was siehst du?« fragte sie ungeduldig.

»Nichts! Es ist stockdunkel hier drinnen. Sie paßt mir nicht«, jammerte er und riß sie sich vom Gesicht. »Außerdem hat sie einen seltsamen Geruch, feucht, verschwitzt, wie welkende Blumen und fauliges Wasser. Wie konnte sie es darin nur aushalten?«

»Nimm sie und laß sie einschmelzen«, ordnete Aricia mißmutig an. »Außerdem soll einer meiner Häuptlinge die Römer begleiten, wenn sie die Verfolgung der Rebellen aufnehmen. Ich will wissen, was weiterhin geschieht. Und, Andocretus«, sie flüsterte fast, »beeil dich und komm zurück. Ich will jetzt nicht allein sein.«

Er verließ sie, aber anstatt die Maske einschmelzen zu lassen, versteckte er sie in seiner Hütte unter dem Bett, denn sie übte eine eigenartige Faszination auf ihn aus.

Die Hilfstruppen Nasicas, etwa tausend Mann, holten Venutius in der Morgendämmerung des nächsten Tages ein. Die Rebellen waren einfach zu müde, um auch noch die ganze Nacht über zu laufen. Sie machten halt, stärkten sich und ruhten sich ein paar Stunden aus. In dieser kurzen Zeit schmolz ihr geringer Vorsprung. Eine Stunde nach Sonnenaufgang kam es zu einer Begegnung mit den Römern. In der Zwischenzeit hatte Emrys sich jedoch bereits auf den Weg gemacht, um Venutius zu Hilfe zu eilen. Es mußte ihnen lediglich gelingen, die Römer lange genug hinzuhalten.

»Die Häuptlinge dürfen nicht stehenbleiben, um zu kämpfen«, ordnete Venutius an. »Nur die Offiziere sind beritten. Nasica hat keine Kavallerie geschickt. Ihr könnt sie also einkreisen«, befahl er Domnall, »wir anderen werden sie von den Seiten her angreifen. Wir haben keine Eile. Emrys wird bald eintreffen.«

Dann prallten die beiden Gegner aufeinander. Die Römer bildeten ihre bewährten Schlachtreihen und wurden von den Häuptlingen eingekreist. Der Zenturio, der seit geraumer Zeit nicht mehr gegen die Rebellen gekämpft hatte, hatte einen schreienden Ansturm erwartet, so aber war er verblüfft. Ohne Kavallerie saß er irgendwie in der Falle. Er befahl also zunächst einmal die Bogenschützen in die vorderste Reihe. Sein Befehl lautete, auf die Pferde zu schießen, nicht auf die Männer. Dann wartete er ab. Bei Einbruch der Dämmerung war der Kampf noch immer unentschieden. Der Verlust der Pferde entmutigte die Rebellen keineswegs. Sie kämpften mit einer ihm ungewohnten Hartnäckigkeit, und die Römer gerieten immer mehr in Bedrängnis. Überrascht mußte er zugeben, daß die Rebellen ein paar Lektionen dazugelernt hatten. Der Legat der Zwanzigsten hatte es ihm zwar erzählt, und er mußte es ja wissen, aber die Neunte hatte noch nie im Westen gekämpft. Mit dem Einbruch der Nacht zogen sich beide Seiten erschöpft zurück. Ein paar Stunden später suchte einer der wachhabenden römischen Soldaten seinen Vorgesetzten auf. »Mit deiner Erlaubnis möchte ich dir etwas zeigen.« Er führte ihn bis zum Rand des Lagers und auf die Kuppe des Hügels, der ihnen bei Tag freien Ausblick bis zu den Bergen im Westen bot. Er deutete zum Horizont. »Wenn du dich konzentrierst, wirst du nach einer Weile etwas sehen.« Der Zenturio starrte angestrengt in die Dunkelheit. Zuerst konnte er nichts Auffälliges entdecken, doch nach und nach sah er hier ein rotes Pünktchen, dort noch eines, in einiger Entfernung davon ein weiteres, kaum sichtbar. Sein Herz begann wild zu pochen. Lagerfeuer, Hunderte von Lagerfeuern.

Er eilte zu seinem Zelt zurück und rief einen Untergebenen zu sich. »Du reitest sofort nach Fort Lindum. Richte dem Legaten aus, daß er den Rest der Legion mobilisieren muß, weil eine größere Streitmacht der Rebellen hier ist, als wir ursprünglich angenommen haben.« Der Mann machte sich auf den Weg, und der Zenturio wappnete sich für einen weiteren blutigen Tag.

Um die Mittagszeit des nächsten Tages beschloß er, zum Rückzug zu blasen. Die Rebellen hatten große Verluste erlitten, etwa die Hälfte ihrer Krieger war gefallen oder verwundet, aber auch er hatte bis auf zweihundert Mann alle Soldaten verloren. Ein Rückzug über das offene Gelände war zwar risikoreich, aber hierzubleiben kam einem Selbstmord gleich, denn in wenigen Stunden mußte die Verstärkung der Rebellen eintreffen.

Nasica sank in ein verhängnisvolles Schweigen, während er dem Boten zuhörte. Erst als dieser schon längst wieder gegangen war, stand er polternd auf. »Ich werde jetzt noch kein Urteil fällen, denn noch kenne ich nicht alle Tatsachen«, überlegte er laut. »Entweder ist der Zenturio ein kompletter Idiot, was ich mir überhaupt nicht vorstellen kann, oder Aricia hat ihren Gemahl diesmal bis zur Weißglut gereizt, und er plant tatsächlich einen Angriff mit seiner gesamten Streitmacht.« Er griff nach seinem Helm und rief nach seinem Diener, der diensteifrig herbeigeeilt kam, um seinem Herrn den Harnisch anzulegen. »Mobilisierte die Truppen!« bellte Nasica seinen Tribun an. »Bereite sie auf einen Gewaltmarsch vor. Schick einen Boten nach Camulodunum. Die Kavallerie bildet die Vorhut.« Er rang die Hände vor Zorn und stürzte hinaus.

Eineinhalb Tage später kam die Kavallerie dem bedrängten Zenturio zur Hilfe, der weitere hundert Männer verloren hatte. Nasica und der Rest der Legion trafen fast zur gleichen Zeit mit Emrys und dem Rest der Rebellenarmee am Kampfort ein. Es blieb keine Zeit, um einen Schlachtplan auszuarbeiten, die Gegner prallten sofort aufeinander. Die Römer hatten den Vorteil, hügelabwärts zu kämpfen. Ohne viel Zeit zu verlieren, nahm Venutius die Römer von drei Seiten in die Zange, seine Krieger wuchsen förmlich über sich selbst hinaus. Der starke Kern der Infanterie brach auseinander, aber nun sahen sich die Rebellen von einer fünfzehnhundert Mann starken Kavallerie umzingelt. Nasica verfolgte die Schlacht von seinem Pferd aus. Was für ein Jammer, dachte er. Innerhalb eines Jahres könnten sie zur besten Streitmacht der Welt werden! Sie haben lange gebraucht, um überhaupt irgend etwas dazuzulernen, aber jetzt haben sie eine solche Meisterschaft erlangt, daß der alte Plautius aus dem Staunen nicht mehr herauskäme. Trotzdem, die Neunte war nicht die Zwanzigste. Die Neunte war unübertroffen, wenn es um Ausdauer und Gehorsam ging.

Einer der Tribunen kam herangaloppiert und salutierte eilig. »Die Zehnte Kohorte ist in Bedrängnis, die Zweite und die Dritte wurden von der Ersten getrennt, halten sich aber noch«, meldete er.

»Gut. Eine Abteilung der Kavallerie soll der Zehnten zu Hilfe kommen. Die Vierte soll weiter hügelabwärts kämpfen.« Der Tribun ritt davon, die Trompete ertönte, die Soldaten formierten sich neu. Es begann zu regnen, und Nasica hüllte sich fester in seinen Umhang. Es würde ein langer Tag werden.

Zwei Tage später stand Aricia vor dem Versammlungshaus und blickte besorgt in das Tal hinab. Der Häuptling, den sie den Römern nachgeschickt hatte, damit er sie über Venutius auf dem laufenden hielt, war noch nicht zurückgekehrt. Andocretus kam ihr nach.

»Ihr solltet hineingehen und etwas essen«, schlug er vor. »Der Bote wird zurückkommen, sobald der Regen aufgehört hat.«

»Er wird mich holen«, murmelte sie dumpf.

»Aricia, es ist unmöglich, daß die Neunte besiegt wird. Ihr seht zu schwarz.«

Sie starrte auf ihre lehmverschmierten Schuhe. »Vermutlich hast du recht. Ich werde nach Hause gehen. Schick die Wachen zu mir, Andocretus.« Sie zog sich die Kapuze ihres tiefblauen Umhangs über den Kopf und machte sich auf den Heimweg. Kurz vor ihrem Haus holte einer ihrer Häuptlinge sie schnaufend ein.

»Der Legat der Neunten ist auf dem Weg zu Euch«, keuchte er. »Er tobte und gebärdete sich wild, bis wir ihm das Tor öffneten.«

»Und warum erzählt Ihr mir das?« herrschte sie ihn an. »Selbstverständlich laßt Ihr ihn ein. Warum habt Ihr ihn warten lassen?«

»Weil Euer Befehl lautet, niemanden einzulassen. Außerdem ist er furchtbar wütend.«

Nichts Gutes ahnend, schickte sie den Häuptling fort und wandte sich wieder dem Haus zu, als Andocretus, der sich die ganze Zeit hinter ihr gehalten hatte, sie am Arm festhielt. »Ich glaube, es ist besser, wenn ich drinnen auf Euch warte, Herrin. Da kommt Nasica«, flüsterte er, und ehe sie etwas erwidern konnte, war ihr Barde durch das Tor verschwunden. Sie schaute Nasica entgegen, der mit nackten Beinen durch den Schlamm gehüpft kam und sie mit einem so feindseligen, gefühllosen Blick bedachte, daß sie erschreckt zurückwich. Sie spürte die Mauer in ihrem Rücken und lehnte sich dagegen.

»Ich habe tausend Mann verloren«, begann er gefährlich ruhig.

»Tausend geschulte Soldaten, meine besten Männer, sind deinetwegen gefallen, Cartimandua. Kannst du mir folgen? Weitere fünfhundert sind schwer verwundet. Ich mußte die ganze verdammte Legion mobilisieren, quer durch dein verruchtes Land hetzen und deinetwegen gegen die Armee des ganzen Westens kämpfen.«

»Ich . . . ich verstehe dich nicht«, flüsterte sie. Die Farbe war aus ihrem Gesicht gewichen. »Du hast die ganze Legion gegen Venutius und seine Krieger . . .?«

Er baute sich drohend vor ihr auf, der Regen rann ihm übers Gesicht. »Ich habe dir die Hilfe geschickt, um die du gebeten hast, weil ich wieder einmal einsehen mußte, daß du unfähig bist, deine persönlichen Streitereien selbst auszutragen. Aber du wußtest wohl nicht, daß du es mit dem ganzen Westen zu tun hattest, was? Hinfort kämpfst du deine internen Kriege ohne mich!« schrie er, und sie zuckte zusammen. Es stimmte also. Sie waren alle hinter ihr her, kamen, um sie zu vernichten.

»Nasica, ich bitte dich«, stotterte sie, »wie hätte ich das wissen können? Alles ist schiefgelaufen.«

»Bei dir geht immer alles schief! Du bist eine gierige, unersättliche Hure!« schrie er weiter. »Es ist höchste Zeit, daß ein Prätor dein Amt übernimmt und beginnt, die Geschäfte zu regeln. Brigantes ist strategisch viel zu wichtig, als daß Rom es noch länger in deinen unfähigen Händen lassen könnte.«

»Mein Volk wird nie einem Prätor gehorchen«, schoß sie heftig zurück, ihren Schock langsam überwindend.

»Albions neue Herren sind die Römer, vergiß das nicht«, schnaubte er warnend. »Jeder Tag als Ri ist ein Geschenk des Gouverneurs. Du solltest dich daran erinnern, Cartimandua, daß du deine Stellung nur noch mit der Einwilligung Roms innehast. Rom kann dich ebensogut stürzen. Du hast einmal zu oft das Blut der Legion wegen deiner persönlichen Rachegelüste vergossen. Von heute ab stehst du wieder allein da.« Er ließ sie stehen und stapfte durch den Regen davon. Aricia fühlte sich einer Ohnmacht nahe, aber sie nahm noch einmal all ihre Kräfte zusammen. Sie mußte es wissen, und ihren Stolz überwindend rief sie ihm nach.

»Nasica! Venutius ... die Rebellen ...«

»Wir konnten sie knapp besiegen«, rief er über die Schulter zurück. »Venutius lebt noch.«

Sie blieb reglos stehen, unfähig, einen anderen Gedanken zu fassen als den einen – der Traum würde wieder zu ihr kommen.

Emrys, Madoc und Venutius flohen in die Wälder. Ihre Verluste waren hoch, aber damit hatten sie gerechnet. Die Chance, einen vernichtenden Schlag gegen die Zwanzigste und die Neunte zu führen, war vertan.

Als sie endlich sicher um ein wärmendes Feuer saßen, faßte Emrys sich ein Herz und sprach Domnall an, der damit beschäftigt war, das Schwert des Arviragus zu schärfen.

»Niemand will mit mir über Sine reden«, begann er sanft. »Man spricht mit mir wie mit einem Kind, dem man eine schlimme Nachricht ersparen will. Erzählt mir, was geschah.«

Domnall legte das Schwert beiseite. »Eure Gemahlin starb, Emrys.«

»Das weiß ich, und ich weiß auch, daß Ihr dabei wart, als es geschah.«

Domnall schaute überrascht auf, dann griff er erneut zum Schwert und fuhr in seiner Arbeit fort. »Aricia stand mit Sine und Manaw auf der Mauer. Sie forderte den Arviragus im Austausch gegen die beiden Gefangenen. Venutius war bereit dazu, aber Sine redete es ihm aus. Sie sagte, daß sie die Verantwortung für solch eine Entscheidung nicht tragen könne. Daraufhin schlitzte Aricia ihr die Kehle auf und warf sie über die Mauer.«

Sie schweigen eine Weile. »Wo ist ihre Wolfsmaske?« fragte Emrys endlich.

»Ich weiß es nicht. Als ich Sine zuletzt sah, trug sie sie nicht.«

Emrys stand auf. »Ich danke Euch, Domnall«, sagte er leise und ging davon. Domnall blickte ihm lange nach, ohne seine Umgebung wahrzunehmen.

Es wurde Herbst, und allmählich ging der Regen in Schnee über. Der Westen verhielt sich ruhig. Madoc pflegte sein Rheuma, trank so viel Bier, wie er vertragen konnte, und erzählte seinen Söhnen

Geschichten aus den alten Tagen. Venutius vergrub sich in seinem Zelt und empfing nur die Kundschafter, die ihm in der Hauptsache unerfreuliche Neuigkeiten überbrachten. Ansonsten versank er in Selbstvorwürfen und Verbitterung über seine Fehlentscheidungen und Niederlagen. Er allein hatte die jetzige Situation verschuldet, hatte wegen billiger Rachegelüste den Erfolg ihres Kampfes gefährdet. Dabei hätten sie längst in Camulodunum sein können. Er war ein schlechter Arviragus, er hatte seine Getreuen verraten, und diese Schuld grub neue, bittere Linien in sein Gesicht. Emrys durchwanderte allein die stillen, schneebedeckten Hügel, die zerklüfteten Schluchten, die grauen Wälder, in der Hoffnung, neuen Frieden zu finden. Aber Sines Bild begleitete ihn überallhin, die höchsten Gipfel sprachen von ihr, wie auch die funkelnden Eiskristalle auf dem Fluß, der seine Tränen und seine Verzweiflung mit sich davontrug. In den endlosen Tagen seiner Trauer erwuchs in ihm schließlich ein neues Verständnis für das Leid des Arviragus, denn er wußte nun, wie sehr auch Venutius litt. Als die Sonne an Kraft gewann, kehrte er ins Lager zurück und nahm seinen Platz an der Seite des Arviragus wieder ein.

Eines Tages kam ein Kundschafter ins Lager geeilt. »Die Pässe sind offen, Herr«, berichtete er, »und es gibt Neuigkeiten.«

»Sprecht«, drängte Venutius.

»Gallus kehrt nach Rom zurück. Der Kaiser wird ihn durch einen jungen Militärstrategen ersetzen. Die Legionen bleiben in Albion. Man will nun endgültig gegen uns vorgehen.«

Venutius schwieg. Er hatte nicht nur eine günstige Gelegenheit verspielt, sondern gleich mehrere hintereinander. Jetzt richtete Rom alle Anstrengungen ausschließlich gegen den Westen und würde erst dann ruhen, wenn auch der letzte Widerstand gebrochen war. Er spürte den stummen Vorwurf in Emrys' Augen. Kein Truppenabzug, keine Hoffnung mehr auf ein freies Albion.

»Was gibt es noch?« fragte er heiser.

»Nasica soll um Versetzung gebeten haben. Er will die Neunte abgeben.«

Neue Strategen, neue Ungewißheit, neue Verluste, neue, unverbrauchte Gegner, die gierig nach ihnen schnappten. Mutlos stand er auf, ging in sein Zelt und weinte hemmungslos.

33

An einem frostig-sonnigen Tag trafen Boudicca, Prasutugas und ihre buntgekleideten Häuptlinge an der Grenze Icenias auf die römische Eskorte aus Camulodunum, die ihnen sicheres Geleit geben sollte. Drei Tagesreisen lagen bis Camulodunum noch vor ihnen, wo der neue Gouverneur sie erwartete. Ein Bote hatte die ausgesprochen höflich formulierte Einladung überbracht, aber natürlich wußte Boudicca, daß Suetonius Paulinus, der erst vor knapp einem Monat in Albion eingetroffen war, sie einer Prüfung unterziehen wollte. Schon kurz nach seiner Ankunft war ein Catuvellauni entlarvt worden, der jahrelang unerkannt als Spion in den Kreisen der Sekretäre des Statthalters gearbeitet hatte. Er war hingerichtet worden, und seither verschärften die Römer allerorts ihre Sicherheitsvorkehrungen.

»Ich frage mich, wie lange er sich halten kann«, hatte Boudicca an jenem Abend gespöttelt. »Aus irgendeinem Grund waren sie Albion bisher alle nicht gewachsen. Nimm Nepos. Der Kaiser wählt ihn mit großer Sorgfalt aus einer Vielzahl von Bewerbern aus. Nepos verspricht Nero, innerhalb von drei Jahren mit den Rebellen aufzuräumen und ihm ganz Albion zu Füßen zu legen. Er ist jung, ein fähiger Kopf und springt in Albion selbstbewußt an Land, um Gallus abzulösen. Ein Jahr später ist er tot. Vielleicht erliegt unser neuer Gouverneur ja einem rätselhaften Fieber.«

Prasutugas lachte amüsiert, trotz seiner Schmerzen. »Aber vorher werden wir das Vergnügen haben, ihn persönlich kennenzulernen.«

»Prasutugas! Das klingt, als wolltest du am liebsten hierbleiben.«

Zu ihrer Überraschung hatte er es nicht abgestritten. »Ja, ich würde tatsächlich lieber zu Hause bleiben.«

»Dein Arm macht dir wieder zu schaffen, nicht wahr?«

»Manchmal glaube ich, ich kann die Schmerzen nicht mehr länger ertragen«, klagte er. »Es pocht und sticht Tag und Nacht, wie ein fauler Zahn. Ich glaube, daß ich an dieser Wunde sterben werde, Boudicca. Wir müssen damit rechnen.«

Ich rechne schon lange damit, dachte Boudicca traurig und

voller Angst, aber sie sagte nichts. »Soll ich allein reisen und dich entschuldigen?«

»Ich danke dir für dein Angebot, Boudicca. Du meinst es gut, aber du kannst dich so schlecht verstellen. Nichts würdest du mehr hassen, und doch würdest du es für mich tun. Nein, ob ich will oder nicht, ich muß mitkommen. Man soll nicht von mir sagen, daß ich meine Verpflichtung Rom gegenüber auf die leichte Schulter nehme.«

Das war erst gestern abend gewesen, und sie hatte sich eines Kommentars enthalten. Doch als sie ihn nun vornübergebeugt und krank auf seinem Pferd sitzen sah, machte sie sich Vorwürfe, weil sie ihn nicht überredet hatte, die Reise wenigstens zu verschieben.

Die Eskorte, bestehend aus einem jungen Offizier und einigen Legionären, kam ihnen entgegen, und der junge Offizier salutierte. »Ich bin Julius Agricola, zweiter Befehlshaber des Gouverneurs«, stellte er sich munter vor. »Der Gouverneur entbietet euch seine Grüße.« Sein Blick verweilte kurz auf ihnen, aber er hütete sich davor, aufdringlich zu erscheinen, obwohl er vor Neugierde brannte. So viel hatte er schon von dem ungleichen icenischen Herrscherpaar gehört. Kein anderer Tuath hatte Jahr für Jahr derart hohe Steuern zu entrichten, und trotzdem konnten sich selbst die Freien und die Bauern der Iceni den Luxus importierter Weine und Töpferwaren leisten. Der Bericht über das Herrscherhaus sprach von dem sanftmütigen, diplomatischen und vorausschauenden Prasutugas, der sein Leben der Erhaltung des Friedens unter römischer Herrschaft gewidmet hatte, und von seiner Gemahlin, einem hitzköpfigen Geschöpf, das allem, was römischen Ursprungs war, ausgesprochen feindselig gegenüberstand. Trotzdem führten die beiden seit sechzehn Jahren eine friedliche Ehe! Es konnte nicht schaden, einen persönlichen Kontakt zu den beiden zu knüpfen, und so lud Paulinus sie nach Colchester ein.

Cartimandua, der Ri von Brigantes, war gerade wieder abgereist, und ihre zweideutigen Anspielungen auf Boudicca klangen noch in Agricolas Ohren. Er war jedenfalls gespannt auf diese Walküre, doch diese erste Begegnung verlief weniger aufsehenerregend, als er es sich vorgestellt hatte. Weder spuckte sie Gemeinheiten aus, noch machte sie den Eindruck eines Mannweibes. Sie war vielmehr eine stattliche Frau mit langen roten Haaren, die ihm anmutig die Hand reichte. Braune Augen, umrahmt von kleinen Fältchen, beobachteten ihn höflich, und ebenso höflich bedankte sie sich für die Begleitung. Ihr Gatte, ein attraktiver Mann, der Ruhe und Gelassenheit ausstrahlte, schien krank zu sein. Sein Gesicht hatte eine ungesunde Farbe, der Mund war leicht verzogen, als bereite ihm irgend etwas Schmerzen. Überrascht stellte Agricola fest, daß er ungleich älter als seine Gemahlin wirkte. Das Leben hatte ihm anscheinend mehr Kummer bereitet als ihr, dachte er verwundert.

Erst nachdem sie bereits mehrere Stunden ununterbrochen geritten waren, machten sie eine kurze Rast, um unter den Bäumen an der Straße eine Kleinigkeit zu essen, dann ritten sie weiter. Obwohl über unverfängliche Themen gesprochen wurde, verblaßte Agricolas anfängliche Enttäuschung im Verlauf seiner Unterhaltung mit Boudicca. Ein Gespräch mit ihr war, als ob man wilde Rosen von einem dornigen Busch pflückte. Auch wenn man sich noch so sehr vorsah, irgendwann stach man sich doch. Sie beantwortete jede Frage rundheraus, offen, ehrlich, sehr direkt. Sie hatte keine Angst davor, unangenehme Dinge beim Namen zu nennen oder danach zu fragen, eine bei Frauen nicht allzu häufig anzutreffende Charaktereigenschaft, die er jedoch nicht als unangenehm empfand. Sie bezauberte nicht durch weiblichen Charme, sie beeindruckte durch ihre Persönlichkeit, und zwar nachhaltig.

Bei Anbruch der Dämmerung ließ Agricola die Zelte aufschlagen. Die Diener bereiteten eine warme Mahlzeit zu und servierten heißen Wein, den Prasutugas dankbar trank, Boudicca jedoch brüsk ablehnte. Sie kaute genüßlich und demonstrativ an einem Stück kalten Fleisch.

Um die Mittagszeit des nächsten Tages passierten sie eine Baustelle, auf der Trinovanten mit nacktem Oberkörper und schweren Eisenketten um den Hals unter der Last schwerer Felsbrocken stöhnten und ächzten. Ein Aufseher stand mit der Peitsche daneben.

»Der alte Pfad führt über den Hügel dort. Unsere Straße ging bis zu seinem Fuß und setzte sich auf der anderen Seite des Hügels fort. Wir haben beschlossen, die beiden Teilstücke zu verbinden, indem wir den Fuß des Hügels umgehen. Deshalb wurden Bäume gefällt, das Straßenbett erhöht. Wir müssen einen kleinen Umweg machen, aber nicht allzu weit.« Ohne sich weiter aufzuhalten, lenkte er sein Pferd unter die Bäume. Prasutugas und die Legionäre folgten ihm, Boudicca und Lovernius saßen jedoch wie versteinert und starrten auf die gebeugten braunen Rücken, von denen der Schweiß in kleinen Rinnsalen herablief. Mitleid und Zorn lähmten sie. Die Sklaven hielten in der Arbeit inne, als sie bemerkten, daß sie beobachtet wurden und starrten die beiden Reiter feindselig an. Schon knallte die Peitsche auf sie hernieder, aber sie rührten sich ebensowenig wie Boudicca, die endlich ihre Sprache wiederfand.

»Sag mir, Zenturio«, rief sie dem Aufseher auf lateinisch zu, »haben diese Männer die Gräben gegraben und die Straßenränder erhöht?«

»Ja«, antwortete er mißmutig.

»Und was tun sie mit den Felsbrocken?«

Er warf ihr einen ungeduldigen Blick zu und antwortete ihr wie jemandem, der leicht zurückgeblieben ist. »Sie verlegen das Straßenbett.«

»Was passiert dann?«

Der Mann seufzte, hielt es jedoch für klüger, zu antworten. »Auf das Bett kommt eine Schicht kleinerer Steine, die vorher geklopft werden müssen. Sie stammen aus den alten Minen der Catuvellauni.«

»Ich verstehe. Werden diese Männer die Steine klopfen und das Bett damit bedecken?«

»Aber ja doch!« rief er ungehalten. »Reitet weiter!«

»Ich verstehe«, wiederholte Boudicca. »Sag mir bitte noch, wer diese Straße benutzen wird!«

Er stöhnte verzweifelt auf. Die Sklaven rissen Augen und Ohren auf, um sich nur ja kein Wort dieser ungewöhnlichen Unterhaltung entgehen zu lassen.

»Die Kundschafter, Kuriere, Soldaten ...«

»Aha«, unterbrach sie ihn. »Ich verstehe. Hab Dank für die aufschlußreichen Ausführungen!«

Der Zenturio winkte ungeduldig ab, und Boudicca verschwand im Wald, den anderen nach. Die Sklaven schmunzelten, trotz der Ketten und Peitschenhiebe, die nun erneut auf sie niedergingen, bis sie sich widerwillig an die Arbeit machten. Der Zenturio fluchte, denn erst jetzt begriff er, daß diese rothaarige Reiterin ihn bloßgestellt hatte. Die Geschichte würde am Abend die Runde machen, und es paßte ihm gar nicht, daß er zum Gespött der Allgemeinheit würde.

Am Abend des dritten Tages lag Camulodunum vor ihnen. »Es hat sich irgendwie verändert«, bemerkte Boudicca mehr zu sich selbst als zu den anderen. »Natürlich ist die Stadt gewachsen, aber das ist es nicht . . .«

»Wahrscheinlich hast du die Wälder in der direkten Umgebung noch in Erinnerung«, ließ Agricola sich vernehmen. »Die Bauern haben seither eine Menge Wald gerodet. Wir brauchen mehr Felder, um die wachsende Bevölkerung zu versorgen.«

»Aber die Felder sind ja riesig«, wunderte sich Boudicca.

»Ja, unsere Pflüge sind größer und schwerer als die der einheimischen Bauern, daher auch die größeren Felder. Sie werden außerdem auch mit dem Lehmboden fertig, den die leichten Pflüge der Bauern nicht bewältigen konnten.«

Sie lächelte ihn boshaft an. »Aber es ist nur natürlich, daß die Felder größer angelegt werden müssen, wenn die Pflüge schon so groß sind, und natürlich muß soviel Land wie möglich kultiviert werden, denn das bedeutet reichere Ernten, höhere Steuern und infolgedessen mehr Geld in den Taschen des Prokurators.«

»Richtig«, pflichtete Agricola ihr fröhlich bei. »Aber was gut für Rom ist, ist auch für die Einheimischen nicht von Übel. Mehr Getreide bedeutet vollere Bäuche für jedermann.«

»Was wiederum garantiert, daß möglichst viele junge, kräftige Männer nach Rom abtransportiert werden oder in Ketten Straßen bauen können«, konterte sie jetzt bissig. Agricolas Lächeln gefror.

»Gehen wir. Der Gouverneur erwartet uns.« Er gab seinem Pferd die Sporen und übernahm die Führung. Prasutugas warf ihr einen halb amüsierten, halb bittenden Blick zu, dann folgten sie Agricola.

Sie wurden in einem geräumigen Privathaus hinter dem Forum

untergebracht, und Agricola mußte hilflos zusehen, wie die Häuptlinge in dem liebevoll angelegten und gepflegten Garten ihre Zelte aufschlugen. Er hatte ihnen eigene Unterkünfte angeboten, aber sie wollten ihren Ri nicht allein lassen. Beim Abschied sah er bekümmert, wie sie sorglos in den Blumenbeeten herumtrampelten. »Ein Diener wird euch in einer Stunde abholen«, sagte er im Gehen. »Bis dahin stehen euch die Bediensteten dieses Hauses zur Verfügung.«

Prasutugas überquerte den mit roten und weißen Fließen gekachelten Hof und suchte Boudicca, die vor einem kleinen, in den Boden eingelassenen Zierteich stand. Sie stemmte die Hände in die Hüften.

»Nun sieh dir das an, Prasutugas!« rief sie entgeistert. »Es ist zu groß, um darin zu kochen, zu klein, um darin zu baden, und man könnte nicht einmal Fische darin halten, die groß genug zum Essen wären. Es ist also völlig unpraktisch!«

»Es ist zum Anschauen, und ich finde es hübsch, Boudicca. Der Schmuck, den du trägst, hat ja auch keinen praktischen Wert. Aber du siehst hübsch darin aus, und die vielen kleinen Einzelheiten erfreuen die Seele des Betrachters. Dieser Teich hat dieselbe Wirkung.«

»Ich sitze aber lieber an einem Fluß im Sonnenschein, Prasutugas. Merkst du, daß unsere Stimmen hier widerhallen, wie in einem römischen Tempel, in den wir nicht gehören? Ich hasse es, hier zu sein! Diese ganze Straße ist völlig neu! Und hast du die Springbrunnen gesehen? Springbrunnen in Camulodunum!«

»Colchester, liebste Boudicca, vergiß es bitte nicht. Die Stadt gefällt mir jetzt übrigens viel besser als früher, und sie wird sich noch weiter entwickeln. Eines Tages wird unsere Stadt vielleicht auch so aussehen.«

»Andrasta!« rief sie in komischer Verzweiflung und wollte soeben die nächste schnippische Bemerkung loslassen, die ihr auf der Zunge lag, da bemerkte sie sein erschöpftes Gesicht. Sie rief einen der Diener herbei, die überall im Haus die Lampen entzündeten.

»Helft ihm beim Ankleiden!« befahl sie. »Prasutugas, ich ziehe mich schnell um und komme gleich wieder.«

Sie zog sich in ihr angenehm erleuchtetes Schlafgemach zurück und hatte sich eben ausgezogen, als unaufgefordert ein Mädchen erschien. »Wünschst du ein Bad zu nehmen, Herrin?« fragte sie freundlich. Aber Boudicca fühlte sich plötzlich alt und müde und bat nur um eine Waschschüssel mit warmem Wasser. Das Wasser war mit einem wohlriechenden Zusatz versehen, und sie schickte das Mädchen hinaus, um sich in Ruhe zu erfrischen. Ihre Beklemmung wuchs, und als sie, in frische Gewänder gekleidet, zu Prasutugas zurückkehrte, fühlte sie sich seltsam unbeholfen. Kurz darauf erschien ein anderer junger Offizier, um die Gäste abzuholen. Unterwegs deutete er auf die Gebäude, an denen sie vorüberkamen.

»Hier ist der Sitz des Bürgermeisters. Er ist ein Catuvellauni, der allerdings die römische Staatsbürgerschaft erlangt hat. Ein kluger, fähiger Kopf und bei allen Bürgern gleichermaßen beliebt. Hier ist der Gerichtshof, daneben die Amtswohnung des Statthalters, wo auch der Prokurator wohnt. Und hier vorne entsteht eine Markthalle für die Händler.«

»Wo wurde Caradoc gefangengehalten?« rief Boudicca, denn sie überquerten einen freien Platz, über den der Wind ungehindert hinwegfegte. Sie mußten schreien, um sich zu verständigen.

»Wie bitte? Ich . . .«

»Der Arviragus, Caradoc.« Sie ließ nicht locker, und Prasutugas seufzte.

»Das Gefängnis wurde abgerissen«, erklärte der junge Offizier mißtrauisch, und Prasutugas warf schnell eine entschärfende Frage ein.

»Wo befinden sich die öffentlichen Bäder?«

»Oh, sie sind noch im Bau und werden außerhalb der Stadt, etwas näher am Fluß errichtet. Als nächstes soll auch noch eine Arena entstehen, aber bislang konnte man sich nicht über einen geeigneten Standort einigen.«

Oder mangelte es gar an einheimischen Sklaven? wollte Boudicca schnippisch einwerfen, doch sie besann sich. Nur ein paar Schritte weiter blieb ihr Führer vor einer massiven Eichentür stehen, die auf sein Klopfen hin von einer Wache geöffnet wurde. Sie traten ein, und eilfertige Diener nahmen ihnen die Umhänge ab. Als Agricola in einer blendendweißen Toga erschien, verabschiedete sich der junge Mann.

»Ein wahrhaft stürmisches Willkommen!« lächelte Agricola zur Begrüßung. »Bitte tretet ein. Der Statthalter erwartet Euch.«

Boudicca stellte sich auf die Zehenspitzen und flüsterte Prasutugas ins Ohr: »Wann soll ich anfangen zu fluchen und unflätige Reden zu führen? Soll ich warten, bis wir alle weinselig sind? Ich will unseren neuen Statthalter keinesfalls enttäuschen.«

Anstelle einer Antwort küßte er sie. »Wer könnte je von dir enttäuscht sein?« flüsterte er zurück. Sie hängte sich bei ihm ein, dann folgten sie Agricola. Boudicca sah sich neugierig um.

Der Architekt hatte das Haus so entworfen, daß mit dem Schließen der Haustür auch das Fremdartige und Bedrohliche dieser neuen Provinz draußen blieb. Die Böden waren mit blauen, grauen und gelben Kacheln ausgelegt und auf Hochglanz poliert. In regelmäßigen Abständen erhoben sich schlanke, hölzerne Säulen, hier und dort standen Klappstühle, in kleinen Nischen thronten fremdartige Skulpturen, und viele bunte Kissen und Wandbehänge schufen eine einladende, anheimelnde Atmosphäre. An den Wänden hingen allerlei exotische Gegenstände, Mitbringsel aus Mauretanien, die den Räumen eine persönliche Note verliehen. Boudicca bewunderte die schmalen, geschwungenen Säbel in goldenen, filigran gearbeiteten Scheiden und eine Vielzahl von Messern, die mit blutrot funkelnden Steinen besetzt waren. In ihrem ganzen Leben hatte sie solche Steine noch nicht gesehen. Im nächsten Raum stand eine gedeckte Tafel, auf der das Silber nur so funkelte. Der Statthalter kam ihnen mit ausgestreckten Armen entgegen. An seinen Armen klimperte kostbarer Goldschmuck, die in Purpur gesäumte schneeweiße Toga fiel bis auf den Boden herab, seine Füße steckten in ledernen Sandalen, und er schlurfte ein wenig beim Gehen. Boudicca spürte bereits jetzt allzu deutlich, daß sie es mit einem karrierebewußten Soldaten zu tun hatte, auch wenn er ein noch so vollkommener Gastgeber zu sein schien.

»Seid mir willkommen«, rief er und bedachte Boudicca mit einem vertraulich anmutenden Lächeln, dem sie entnahm, daß er sich über ihre Person informiert hatte, dann wandte er sich an

Prasutugas. »Ich habe mich auf diese Begegnung gefreut. Ist die Unterbringung zu deiner Zufriedenheit?«

Prasutugas lobte den Komfort des Hauses und erkundigte sich nach seinen ersten Eindrücken von Albion. Agricola reichte Boudicca einen Trinkbecher. »Du zitterst ja, Herrin«, bemerkte er fürsorglich. »Ist dir kalt?«

»Nein, nein«, wehrte sie ab. »Ich bin nur ein wenig müde von der Reise und hungrig.«

»Wir werden bald essen. Es gibt icenischen Hammel. Der Gouverneur ist übrigens ganz stolz darauf, daß es ihm gelungen ist, ein Fäßchen Met für dich aufzutreiben.«

»Wie aufmerksam! Schade, daß er nicht auch meine anderen Wünsche erfüllen kann.«

»Ich bin sicher, er wäre unglücklich, wenn es dir während des Aufenthaltes hier an irgend etwas mangeln sollte, aber ich fürchte, du sprichst von Dingen, die nicht im Machtbereich eines Gouverneurs liegen, meinst du nicht?«

Überrascht und entwaffnet blickte sie ihn an. Er war nicht nur jung und attraktiv, sondern auch noch dazu klug. Die beiden sind ein Team, dachte sie, wie Plautius und Pudens – damals, vor so vielen Jahren. Mit einemmal fürchtete sie sich. Sie hörte, wie Prasutugas lachte, nicht höflich oder zurückhaltend, sondern laut und unbeschwert, während Agricola an seinem Wein nippte und sie fröhlich anlächelte. Sind dies unsere wirklichen Gegner? fragte sie sich. Wird es ihnen gelingen, den Westen zu bezwingen?

»Du weißt, wovon ich spreche«, gab sie mürrisch zurück, »und ich hege keinen Zweifel daran, daß der Gouverneur bestens über mich unterrichtet ist. Wohlan, ich werde den Abend nicht verderben.«

»Aber, aber«, protestierte er, und seine Augen funkelten noch um eine Spur belustigter, »ist die Versuchung nicht groß, dem Ruf, der dir vorauseilt, gerecht zu werden?«

»Eines Tages werde ich ihr möglicherweise erliegen, aber bis dahin bin ich es zufrieden, die Gesellschaft hier ein wenig mit meiner Schrulligkeit aufzuheitern. Erzähl mir lieber, was der Gouverneur seit seiner Ankunft alles unternommen hat. Ich hoffe, seine Gesundheit ist nicht allzusehr angegriffen?«

»Was läßt dich vermuten, daß sie es ist?«

»Bisher ist noch kein Statthalter mit unserem unwirtlichen Klima zurechtgekommen.«

Seine Lippen verzogen sich zu einem breiten Grinsen, dann lachte er schallend. Paulinus schaute fragend herüber, aber Agricola konnte vor lauter Lachen nicht sprechen und mußte sich erst einmal beruhigen. Er führte Boudicca zu ihrem Platz an der Tafel, dann erklärte er. »Die Dame hat sich nach deiner Gesundheit erkundigt, Paulinus.«

Paulinus brauchte keine weiteren Erklärungen. Sparsam lächelnd schnippte er mit den Fingern, und die Diener trugen den ersten Gang auf. »Meine Gesundheit ist ausgezeichnet«, sagte er hinterhältig. »Die letzten fünfzehn Jahre habe ich zwar in einem heißen und trockenen Klima verbracht, aber auch in den Bergen Mauretaniens wird es kalt, naß und ungemütlich. Es ist mir also nicht gänzlich fremd, dieses Klima.«

»Tat es dir nicht leid, als du so plötzlich nach Albion versetzt wurdest?« wollte Prasutugas wissen, für den man einen Stuhl bereitgestellt hatte. Bei Tisch zu liegen wie die anderen wäre ihm mit einem Arm schwergefallen, und Boudicca bemerkte erleichtert, daß die Portion auf seinem Teller bereits zerkleinert worden war. Er brauchte also nicht ungeschickt mit seinem Messer zu hantieren oder sich von ihr helfen zu lassen. Beruhigt wandte sie sich ihrem eigenen Teller zu und traute ihren Augen kaum. Austern! Das darf einfach nicht wahr sein, dachte sie. Was ist nur an diesen Austern so Besonderes, daß die Römer sie bei jeder Gelegenheit gierig verschlingen? Sie schenkte dem Statthalter ihre ganze Aufmerksamkeit und versuchte, beim Schlucken nicht an die schleimigen Austern zu denken.

»Nein, eigentlich nicht. Nur die ersten Jahre in Mauretanien waren aufregend und fordernd. Später nahmen die Verwaltungsarbeiten überhand, und ich gestehe, daß ich mich meistens langweilte.«

»Hier wird es an Abwechslung jedenfalls nicht mangeln«, warf Boudicca ein und spülte die letzte Auster mit einem kräftigen Schluck süßen Mets hinunter. »Der Kaiser muß ziemlich verzweifelt sein, daß er seinen zweitpopulärsten Feldherrn in so ein trübes Loch wie Albion versetzt. Du staunst«, fuhr sie lächelnd fort, als er verwundert die Augen aufriß, »aber auch wir möchten soviel wie möglich über unseren neuen Gouverneur wissen. Und ich danke für den Met. Ich weiß deine Zuvorkommenheit wohl zu schätzen.«

Er überging ihren Dank und ließ sich von ihrem heiteren Ton nicht täuschen. »Informationen aus zweiter Hand können niemals den persönlichen Eindruck ersetzen, obwohl ich in Rom viel über Albion gehört habe, und zwar aus den erstaunlichsten Quellen.«

Sie verschluckte sich fast. »Du hast mit Caradoc gesprochen! Wäre es unstatthaft, nach seinem Befinden zu fragen?«

Paulinus runzelte die Stirn. »Du ziehst voreilige Schlüsse. Glaubst du wirklich, ich würde einen Mann in Verlegenheit bringen, dessen Loyalität und Liebe zu seinem Land ihm verbieten, mir Auskünfte zu geben? Ich habe mit ihm gesprochen, ja, aber er hat mir mehr durch sein Schweigen verraten als durch seine Worte. Das ist alles. Ich verbrachte viel Zeit mit Plautius und dessen Gemahlin.«

»Und was haben sie berichtet?« Boudicca schaute erstaunt zu Prasutugas hinüber. Die Frage kam von ihm.

»Daß Albion seinen Widerstand niemals völlig aufgeben wird. Ich glaube allerdings, daß sie sich irren.«

»Nun, wenn es überhaupt jemandem gelingt, den Widerstand der Rebellen zu brechen, dann bist du es, Paulinus«, ließ Agricola sich gutgelaunt vernehmen. »Aber wir sollten nicht heute abend damit anfangen. Ich bin hungrig wie ein Löwe.«

»Aber nein!« rief Boudicca, »wir fühlen uns keineswegs unwohl. Es ist ja bekannt, daß mein Gemahl der Sache Roms treu ergeben ist, während ich es nicht bin, aber dann ist Rom auch sicher nicht entgangen, daß ich ihn dennoch unterstütze. Wenn wir den Abend über gesellschaftlichem Klatsch verbringen, war unsere Reise umsonst, für die Gastgeber und die Gäste. Auch wir möchten herausfinden, mit wem wir es künftig zu tun und was wir zu erwarten haben. Was sollte daran falsch sein?«

»Nichts«, gab Paulinus zu, »aber man braucht sich deswegen nicht gleich Feindseligkeiten über den Tisch zu werfen. Du hast mir eine Frage gestellt, Boudicca, und ich werde sie beantworten.

Es geht Caradoc gut, wenngleich er älter aussieht, als er an Jahren ist. Er und seine Gemahlin haben sich mit meinem langjährigen Freund Plautius angefreundet. Seine Tochter Gladys hat Rufus Pudens geheiratet, Plautius' ehemaligen Zweiten Offizier, und wurde römische Staatsbürgerin. Eurgain lief davon, und wenn sie nicht umkam, ist sie möglicherweise nach Hibernia gegangen, der Insel, die die Kelten Eriu nennen. Und Llyn . . . soviel ich weiß, hat er nichts für Rom übrig.«

»Du läßt vieles ungesagt, aber ich danke dir dennoch für das, was du uns eben mitgeteilt hast.« Sie begegnete dem Blick ihres Gemahls. Laß ruhen, was vor langer Zeit geschah, schien er ihr zu sagen.

»Hier kommt das Hammelfleisch«, rief der hungrige Agricola. »Hältst du Haustiere oder ziehst du ein Wildschwein, das du selbst erlegt hast, einem Hausschwein vor?« fragte er, an Prasutugas gewendet.

»Leider kann ich selbst nicht mehr auf die Jagd gehen«, erwiderte jener würdevoll, »aber so gefragt, ziehe ich natürlich Wildschwein vor. Meine Häuptlinge jagen, ich trainiere die Hunde.«

»Die Mauren jagen Löwen, vom Pferd aus und nur mit einem Speer bewaffnet«, erzählte Paulinus. »Ein großartiger Sport! Und du, Lady, jagst du auch?«

Boudicca spürte, daß Prasutugas sie gespannt ansah. Ihre Gedanken rasten in den dunklen Wald zurück, der Gestank der Fuchsgalle stieg ihr in die Nase. »Ja, ich jage. In meiner Jugend jagte ich Mensch und Vieh. Als die Römer kamen, begann ich, Wildschweine zu jagen. Jetzt ziehe ich Rotwild vor. Die Rotwildjagd erfordert das meiste Geschick.«

Paulinus schwieg und hing einen Augenblick seinen Gedanken nach. Einzelheiten aus dem Bericht über Icenia, den er vor kurzem erst gelesen hatte, fielen ihm ein, und er wußte, daß sie die Wahrheit sprach. Dort war aber auch von ihrer Störrigkeit die Rede, von den Unruhen, die sie angestiftet hatte und daß sie im Endeffekt harmlos sei, weil sie ihren Gemahl über alles liebte. Er konnte sich darüber kein Urteil bilden; sie war ihm weder unsympathisch noch sympathisch. Seine beiden Gäste heute abend halfen ihm lediglich, sich ein möglichst genaues Bild von dieser Insel zu machen.

»Darin stimme ich dir zu«, sagte er. »Die Rotwildjagd erfordert einen ausgeprägten Instinkt. Aber wir Menschen verlieren uns oft in dem Zwiespalt, den unsere Instinkte und die Vernunft hervorrufen. Einerseits sollten wir mehr Vernunft walten lassen und unsere Triebe meistern, anderseits führt die Vernunft den Menschen oft in die Irre. Ich habe dies in Mauretanien oft genug erlebt.«

»Erzähl uns davon«, bat Prasutugas interessiert.

»Es ist ein Wüstenland. Man kann es karthographisch kaum erfassen, weil die Sanddünen wandern und sich ständig verändern. Die dort ansässigen Wüstenvölker könnten heute noch erfolgreich Widerstand leisten, hätten sie sich instinktiv richtig verhalten und ihre Versorgungswege öfter einmal geändert. Aber sie behielten ihre traditionellen Verbindungspfade bei. Zugegebenermaßen wäre es gar nicht so einfach gewesen, da ihre Versorgung vollständig von den Oasen abhängig ist. Ich mußte also nur herausfinden, wie sie zogen, welcher Oasen sie sich bedienten, die Versorgungsquelle zerstören und abwarten.«

Die Bedeutung der Worte sickerte langsam in Boudiccas Bewußtsein und traf sie mit voller Wucht. Die Versorgungsquelle zerstören ... Die Männer sprachen bereits wieder von anderen Dingen und beachteten sie nicht. Man hatte über eine einmal angewendete Taktik gesprochen, das war alles.

Er wird es schaffen, dachte sie immer wieder, er wird es schaffen. Er brachte alle Voraussetzungen dafür mit, kühlen Sachverstand, Disziplin und Ausdauer, Entschlußkraft, Unbestechlichkeit. Sie zwang sich dazu, einen Schluck zu trinken. Die anderen waren gescheitert, aber er würde siegen. Er würde ... er würde nach Mona gehen. Die Versorgungsquelle des Westens. Das Getreide der Rebellen, die Kraftquelle ihrer Seelen. Mona. Was kann ich nur tun? Was, was? Sie bemerkte die Stille bei Tisch nicht, bis Prasutugas sie besorgt fragte. »Boudicca? Was ist mit dir?«

Mit dem wilden Blick eines verwundeten Tieres sah sie von einem zum anderen. Sie wissen es nicht, dachte sie erleichtert und verwundert zugleich, nicht einmal Paulinus hat es bemerkt. »Ich habe mich verschluckt.« Sie atmete schwer.

»Stimmt etwas mit dem Fleisch nicht?« erkundigte sich Paulinus, und Boudicca nickte heftig.

»Ihr Römer bereitet es nicht richtig zu«, versuchte sie verzweifelt zu scherzen, »es ist noch blutig.«

Paulinus schnippte ungeduldig mit dem Finger. »Bringt unserem Gast ein neues Stück«, befahl er. »Es tut mir leid, Boudicca. Möchtest du einen Schluck Wasser?«

Schweigend schüttelte sie den Kopf und beschäftigte sich gleich darauf mit dem neuen Stück, das ihr gereicht wurde. Mona. Ich halte es hier nicht mehr aus. Venutius, es ist vorbei. Aus. Caradoc, hat er dir diese Geschichte auch erzählt?

Der Nachtisch wurde aufgetragen, mehr Wein, Früchte und stark riechender Ziegenkäse. Prasutugas litt zunehmend unter den Schmerzen, die sein Arm ihm verursachte, doch Boudiccas rätselhaftes Schweigen machte ihm fast noch mehr Sorgen. Seit einer Stunde hatte sie kein Wort mehr gesprochen, und er konnte beim besten Willen nicht begreifen, was in sie gefahren war. Dann wurde die Tafel aufgehoben. Prasutugas dankte dem Gastgeber, und nachdem sie noch einige freundliche Worte gewechselt hatten, verabschiedeten sie sich.

Boudicca und Prasutugas stolperten fast über ihre Häuptlinge, die, in ihre bunten Umhänge gewickelt, auf dem Fußboden in der Eingangshalle lagen. Leise, um sie nicht zu wecken, stiegen sie über die schlafenden Gestalten hinweg und begaben sich in ihr Schlafgemach. Prasutugas warf den Umhang achtlos in die Ecke. Sein Arm pochte, sein Kopf war schwer vom Wein und vor Übermüdung, seine Gedanken unklar. Trotzdem befahl er Boudicca mit ruhiger Stimme. »Also los, heraus damit.«

Sie stand mitten im Zimmer und schaute ihn gequält an. »Er ist es«, sagte sie tonlos, »er hat die Lösung. Man muß die Versorgungsquelle zerstören, hat er gesagt. Weißt du, was das bedeutet, Prasutugas? Wie ist es möglich, daß dir das entgangen ist? Er wird im Frühjahr nach Mona marschieren! Er wird die Getreidefelder abbrennen, Salz streuen, und alles ist vorüber. Es hat in der Wüste gewirkt, er wird es auch hier schaffen. Prasutugas! Dieser Mann riecht nach Erfolg wie der Westwind nach Regen. Ich habe Angst!«

Er dachte über ihre Worte nach, obwohl es ihm schwerfiel, überhaupt einen klaren Gedanken zu fassen. »Du hast recht«, sagte er endlich mühsam. »Unter ihm wird der Westen endlich Frieden erleben. Wenn Claudius ihn gleich zum Gouverneur ernannt hätte, anstelle von Plautius, wäre Albion viel Blutvergießen erspart geblieben.«

Sie riß entsetzt die Augen auf. »Andrasta!« flüsterte sie. »Kannst du immer nur an deinen sogenannten Frieden denken? Verstehst du denn nicht, daß ein Friede, der uns die Menschenwürde kostet, kein Friede ist? Was soll ich nur tun?«

»Du weißt, was du tun wirst. Schicke einen Boten zu Venutius, damit er vorbereitet ist, wenn im Frühling die Legionen losmarschieren. Spätestens dann würde er es von seinen Spionen erfahren.«

Boudicca konnte die Tränen nicht länger zurückhalten. Sie weinte noch, nachdem er schon lange zu Bett gegangen war. Endlich zog auch sie sich aus und schlüpfte unter die Decke. Als er ihr heißes Gesicht streicheln wollte, stieß sie ihn fort. »Selbst mit dir bin ich allein«, schluchzte sie. »Ich kann nicht fort, und ich werde wahnsinnig, wenn ich bleibe.«

»Boudicca, bitte«, flehte er. »Du hast mir einmal gesagt, nichts sei es wert, uns dafür aufzugeben, und ich glaube, du hattest recht. Die Zeit ist ein besserer Schiedsrichter als wir. Denke nur daran, daß ich dich immer lieben werde.« Sie kuschelte sich an ihn, doch diesmal fanden seine Worte kein Echo in ihrem verzweifelten Herzen.

Am nächsten Morgen holte Agricola sie zu einem Rundgang durch Colchester ab. Es war noch immer kalt und windig, aber wenigstens schien die Sonne von einem strahlend blauen Himmel. Prasutugas, Boudicca und die Häuptlinge folgten ihm durch den Bogengang zum Forum, wo bereits reges Treiben herrschte. Er führte sie zu den Ställen, ihre Pferde wurden gebracht, und sie ritten durch Colchester, bis es Zeit für ein Mittagessen war. Die Überreste der alten Stadtmauern lagen nun innerhalb der Stadt, denn diese war weit über den alten Stadtkern hinausgewachsen. In den äußeren Bezirken versuchte allerlei besitzloses Gesindel, sich mit Betrügereien und Diebstahl über Wasser zu halten.

»Wir versuchen, das Schlimmste zu verhindern«, erklärte Agricola, »indem wir dieses Viertel periodisch säubern. Die Schwerverbrecher werden nach Rom und Gallien abtransportiert. Dort kämpfen sie in den Arenen oder werden für die Legion ausgebildet. Die leichteren Fälle werden im ehemaligen Fort der Zwanzigsten eingesperrt, wo sie für etwas Lohn arbeiten. Aber aus dem Hinterland kommen immer wieder Unzählige nach. Die Stadt zieht sie an.«

»Warum gebt ihr ihnen nicht etwas Land, das sie bebauen und von dem sie leben können?« fragte Prasutugas verwundert. »Die meisten von ihnen sind ohnehin Bauern.« Agricola zuckte mit den Schultern.

»Hier im Süden ist Land bereits Mangelware geworden. Den Veteranen steht eine Farm zu, wenn sie aus dem Dienst entlassen werden, und das meiste Land geht an sie. Viele von ihnen ziehen es dann aber doch vor, in der Stadt zu leben und überlassen das Bestellen ihres Landes den einheimischen Bauern, die für sie arbeiten. Hier ist übrigens die Töpferwerkstatt. Sie stellen einfache, aber qualitativ gute Ware her. Bisher sind jedoch die gallischen Töpferarbeiten unübertroffen. Im Moment sind die gefärbten Stoffe, die hier hergestellt werden, das Begehrteste. Es gibt schon ein paar Einheimische, die damit eine Menge Geld verdienen. Tja, und dann wäre wohl noch die Schuhfabrikation erwähnenswert. Die Legionen haben ständig einen großen Bedarf an Sandalen, und auch hier gibt es ein reiches Betätigungsfeld für unternehmungslustige Geschäftsleute.«

»Was mich stört«, warf Boudicca ein, »ist, daß all diese Menschen für ihren Lebensunterhalt vollständig von euch Römern abhängig geworden sind. Was geschieht, wenn ihr eines Tages fortgeht? Die nachfolgenden Generationen werden verlernt haben, wie man überlebt, ohne Geschäfte zu machen.«

»Aber es liegt überhaupt nicht in unserer Absicht, Albion zu verlassen«, antwortete Agricola aalglatt. »Wenn Rom sich heute aus Albion zurückzöge, gäbe es das größte Blutbad, das diese Insel je gesehen hat.«

»Ach ja? Und warum?«

»Die Rebellen würden über die Stämme herfallen, die sich mit uns verbündet haben und Vergeltung an ihnen üben. Es wäre der letzte aller Kriege in Albion, glaub mir.«

»Und du meinst tatsächlich, daß es so weit kommen würde, ja?«

»Aber natürlich.«

»Dafür, daß ihr uns mit hübschen Worten schmeichelt, habt ihr eine reichlich niedrige Meinung von uns Wilden«, erregte sie sich. »Wenn es nach euch Römern geht, ist das Töten unser größtes Vergnügen. Ihr Römer seht euch gern als die alleinigen Träger der Zivilisation, nicht wahr?«

»Das tun wir, und wir sind es auch. Frag deinen Gemahl, wenn du mir nicht glauben willst.«

Sie schwieg. Schweigend ritten sie an einigen Läden vorbei, in denen es alles zu kaufen gab, angefangen von einheimischem Bier bis hin zu feinem römischem Konfekt. Die Häuptlinge stiegen begeistert ab, um für sich und ihre Familien ein paar Mitbringsel einzukaufen. Sie konnten es sich leisten, und ihr Spaß an diesen Dingen schien Agricolas Behauptung zu untermauern. Wenn sie glücklich sind, warum bin ich es dann nicht? grübelte sie. Worum trauere ich? Warum sterben die Rebellen lieber, wo sie doch mit Geld in den Taschen durch Colchester spazieren und sich amüsieren könnten? Der Grund dafür, so wurde ihr plötzlich bewußt, lag viel tiefer. Es ging um die freie Willensentscheidung, die Würde der eigenen Meinung, ohne Furcht ja oder nein sagen zu können. Rom bringt uns eine Menge neuer, faszinierender Güter, aber beraubt uns gleichzeitig des selbstverständlichen Rechts darauf, unser eigenes Schicksal zu bestimmen. Seit Jahren hatte sie versucht, diese Erkenntnis für Prasutugas in verständliche Worte zu fassen, aber er hatte nie wirklich verstanden, wovon sie sprach. Und hier in Colchester flog es ihr zu, leicht verständlich und einfach wie die Wahrheit der Druiden. Das Wesen des Menschen, seine Würde, war untrennbar mit einer freien Willensentscheidung verknüpft. Ich muß es ihm sagen, dachte sie, ich darf es nicht vergessen. Doch als sie zu ihm hinüberschaute, sah sie in seinem Gesicht etwas anderes. Sie sah, daß er sterben würde. Sie brauchte ihm nichts mehr zu erklären, viel wichtiger war es, ihm ihre Unterstützung jetzt nicht zu versagen. Er brauchte sie.

Agricola führte sie zu einem offenen Platz am Ende der Straße. Hier standen auf offenen Feuern große Färbekessel und auf der Erde eine Reihe von hölzernen Rahmengestellen, in die frisch gefärbte Stoffe zum Trocknen eingespannt worden waren. Boudicca sprang vom Pferd.

»Ich möchte Stoffe kaufen, aus denen Hulda etwas für die Mädchen nähen kann«, rief sie, und die kleine Kavalkade blieb stehen. Der Färber kam mit lilaglänzenden Armen auf sie zu und begrüßte sie in der Landessprache. Boudicca nickte mit dem Kopf. »Ich grüße Euch, freier Bürger.«

Er betrachtete sie und lächelte. »Ihr seid die Gemahlin des Herrschers von Icenia, nicht wahr?«

»Wie könnt Ihr das wissen?«

»Oh, meines Wissens gibt es nur einen einarmigen Herrscher mit einer rothaarigen Gemahlin in Albion«, erwiderte er unverbindlich und noch immer lächelnd. »Möchtet Ihr meine Ware sehen?«

Sie nickte und wollte ihm in die Hütte folgen, als Agricola im Befehlston rief. »Bring deine Stoffe heraus und breite sie auf dem Gras aus. Vielleicht möchten die anderen ja auch noch etwas kaufen.«

Boudicca begriff in Sekundenschnelle, daß der Händler zu den Sympathisanten der Rebellen gehören mußte und lächelte herausfordernd. Der Mann verschwand in der Hütte.

»Gehst du nicht ein bißchen zu weit, Agricola?« rief sie ihm zu. »Dein Verhalten könnte mich beleidigen, und ich könnte mich beim Gouverneur beschweren.« Zu ihrer Überraschung lachte Prasutugas lauthals. Der Händler kehrte mit vielen bunten Tuchrollen unter dem Arm zurück, und sie beugte sich darüber. »Werdet Ihr überwacht?« flüstete sie und rief begeistert. »Wie hübsch! Wie färbt Ihr Eure Stoffe?«

»Ja«, flüsterte er seinerseits und verbarg seine Lippen, indem er den Kopf über die Stoffe senkte. »Tag und Nacht.« Und laut erklärte er. »Dieser Stoff wurde in Primeln gefärbt. Sie waren frisch gepflückt, als ich sie verwendete, und Ihr könnt sehen, daß ihre Farbe besonders kräftig herauskommt. Deshalb habe ich auch auf ein Muster verzichtet. Diesen hier habe ich in Holunderbeeren getaucht, ein ausgesprochen kräftiges, dickflüssiges Färbemittel. Man erzielt damit einen tieflila Farbton, der sich zur Zeit großer Beliebtheit erfreut. Ich persönlich finde ihn zu ernst, zu erschlagend, man müßte ihn mit Silberfäden besticken, um ihn etwas aufzulockern.« Sie beugte sich tiefer und befühlte eine neue Rolle. »Welch eigenartiges Grün!« rief sie bewundernd. »Das rote Muster ist so gleichmäßig. Wie stellt Ihr dieses Grün her?«

»Da müßtet Ihr meinen Sohn fragen, der die Färbelaugen herstellt und oft weit wandert, um die richtigen Zutaten zu finden. Meine Frau webt die Stoffe, ich entwerfe die Muster.«

Weit wandert. Boudicca hatte die für die anderen unmerkliche Betonung dieser Worte nicht überhört. »Prasutugas!« rief sie, meinst du, Ethelind würde sich über den gelben Stoff freuen?«

»Der grüne stünde ihr besser zu Gesicht«, antwortete er. »Kaufe den gelben für dich, Boudicca, und den roten dort für Brigid.«

Sie wühlte in den meterlangen Stoffbahnen, tat begeisterte Ausrufe und führte den Händler immer weiter von den Pferden fort. Dann traf sie ihre Auswahl, rief nach einem ihrer Häuptlinge, der die Einkäufe tragen sollte und fragte nach dem Preis.

»Ihr schuldet mir zehn Dinar«, sagte er laut und fügte unauffällig hinzu, »man hört, der Gouverneur sei sehr verschlossen.«

»Lovernius, bringt mir das Geld«, rief sie und flüsterte: »Nicht verschlossen genug. Er sagte nichts Genaues, aber laßt sie wissen, daß die Heilige Insel in Gefahr ist.« Sie warf ihm die Münzen hin, verabschiedete sich und kehrte zu den Pferden zurück. »Wirklich, Agricola«, bemerkte sie beim Aufsteigen, »wenn ich einen Spion hätte treffen wollen, könnte ich genausogut warten, bis ich wieder zu Hause bin. Der arme kleine Mann war ganz durcheinander.«

»Ich habe ihn nur gebeten, seine Ware im Freien auszubreiten«, widersprach dieser. »Wer redet denn von Spionen? Du bist ausgesprochen mißtrauisch.«

»Nun ja, die Färber sind ohnehin ein verrücktes Völkchen. Das kommt davon, daß sie den ganzen Tag heiße Farbdämpfe einatmen. Sie sehen nichts mehr schwarz-weiß.«

Am nächsten Morgen machten sie sich auf die lange Heimreise. Paulinus begleitete sie ein Stück des Weges, bevor er sich endgültig verabschiedete und mit seiner Eskorte nach Colchester zurückkehrte. Sechs anstrengende Tage lagen noch vor ihnen, zu anstrengend für Prasutugas. Drei Tage später brach er zusammen. Seine Häuptlinge fertigten aus den neuen Stoffen eine Tragbahre und trugen ihren kranken Herrn nach Hause.

Herbst, 59 n. Chr.

34

Brigid sprang mit einem Satz auf ihr Pferd, packte die Zügel und grinste Marcus an. »Fertig?«

»Fertig. Einmal um den Baum, dann zum See und weiter zum Waldrand.«

»Das ist zu weit. Letztes Jahr war der See das Ziel.«

»Ja, aber da warst du erst dreizehn. Jetzt bist du vierzehn und kannst weiter reiten«, neckte er sie.

Schmollend gab sie nach. »Von mir aus. Aber du mußt mich gewinnen lassen. Schließlich hast du mir noch nicht einmal ein Geburtstagsgeschenk gegeben.«

»Ich weiß. Ich habe kein Geld dieses Jahr. Schließlich muß ich für meine Reise nach Rom sparen«, erklärte er mit wichtiger Miene. Sie schloß die Augen und streckte ihr Gesicht genießerisch der Sonne entgegen.

»Was für ein wunderschöner Tag, nicht wahr, Marcus? Das Leben ist herrlich!«

Sie gingen in die Startposition, und während Marcus noch mit seinem unruhigen Pferd kämpfte, rief Brigid bereits »Los!« und preschte davon.

»He!« protestierte er, »das ist unfair!« Doch dann grub er seinem Pferd die Fersen in die Flanken, lehnte sich leicht vornüber und setzte ihr mühelos nach. Sie hatte schon fast die Hälfte der Strecke zurückgelegt. Marcus schnalzte mit der Zunge, und das Pferd donnerte über die weiche Erde. Schon lag der See hinter ihm, und er holte immer mehr auf. Als er auf gleicher Höhe mit ihr ritt, grinste er siegessicher zu ihr hinüber. »Ich gewinne wieder!«

»Du bist gemein, es ist doch mein Geburtstag!«

Bei den Weiden machte Marcus eine Kehrtwende, sprang von seinem schwitzenden Pferd und sah befriedigt zu, wie sie herangaloppiert kam. Vor Anstrengung hatte sie rote Wangen.

»Du hättest mir wenigstens einen Vorsprung geben können. Außerdem hast du das bessere Pferd, deshalb gewinnst du immer.«

»Nein, ich gewinne, weil du wie eine Frau reitest.«

»Und wie reitet eine Frau?«

»Kokett.«

»Das ist nicht wahr, und das weißt du auch. Ich reite sogar besser als du.«

»Wärst du jetzt glücklicher, wenn ich dich hätte gewinnen lassen?«

Sie seufzte, noch immer verstimmt. »Wahrscheinlich nicht. Aber ich hoffe, daß Mutter dieser alten Mähre eines Tages das Gnadenbrot auf den Weidegründen gibt. Vielleicht bekomme ich dann endlich ein richtiges Pferd.«

»Immer diese Ausflüchte. Sollen wir Grillen fangen?«

»Ach nein, laß uns lieber einfach in der Sonne sitzen.« Sie schlang die Zügel ihres Pferdes um einen der herabhängenden Äste.

»Brigid«, sagte er plötzlich mit verheißungsvoller Stimme, »ich habe wirklich ein Geschenk für dich. Vorhin, da wollte ich dich doch nur ein bißchen ärgern.«

»Aber das weiß ich doch. Du schenkst mir jedes Jahr etwas Wunderschönes. Was ist es? Bekomme ich es heute abend nach dem Essen?«

»Du kannst es sofort haben. Um genau zu sein, du liebäugelst schon den ganzen Vormittag damit.« Er strahlte sie geheimnisvoll an. »Rate.«

Sie musterte ihn gründlich und schüttelte den Kopf. »Keine Ahnung. Ich sehe nichts. Schnell, sag es mir und spann mich nicht so auf die Folter.«

Er verbeugte sich galant in Richtung des Pferdes, das friedlich am Ufer graste. »Da steht es.«

Brigid riß die Augen weit auf. »Was? Pompey? Du willst mir Pompey schenken? Aber das kann ich nicht annehmen, Marcus, du liebst dieses Pferd! Und bestimmt ist es ein kleines Vermögen wert.«

Marcus schaute verwirrt zu Boden. »Ich wußte nicht, was ich dir sonst schenken sollte. Du hast ja schon alles. Und außerdem will ich, daß es dir gehört.«

Brigid war sprachlos. Verlegen lief sie zu Pompey, streichelte seine zerzauste Mähne und die warmen Nüstern und fand schließlich ihre Fassung wieder. »Danke, Marcus«, sagte sie mit feierlichem Ernst. »Ich verdiene ein solches Geschenk nicht, und ich verdiene auch einen solchen Freund wie dich nicht. Ich werde dich nie wieder ärgern, das schwöre ich.«

»O bitte, schwöre nur das nicht«, flehte er in komischer Verzweiflung, »es ist die einzige Abwechslung zu Mutters dauernden Ermahnungen. Komm, setzen wir uns hierher.«

Sie ließen sich mitten auf der Wiese im hohen Gras nieder. Marcus legte sich auf den Rücken, verschränkte die Arme im Nacken und blinzelte in den blauen Himmel. »Ich werde all das vermissen, weißt du«, meint er sinnend. »Rom ist bestimmt eine aufregende Stadt, aber ich lebe lieber hier.«

Sie stützte sich auf einen Ellbogen und schaute ihn an. »Dann bist du kein richtiger Römer. Sagte nicht schon Aristoteles, daß das Land für die Stadt da wäre?«

»Aber nein. Er sagte, daß der Mensch ein Tier ist, das versucht, in der Stadt zu überleben. Mein Lehrer würde an dir verzweifeln.«

Brigid ließ es dabei bewenden und sammelte die bunten Wiesenblumen in ihrer Reichweite in ihrem Schoß. »Ich werde dich vermissen.«

Er warf ihr einen fragenden Blick zu, aber sie war eifrig damit beschäftigt, die Blumen zu einem bunten Kranz zu winden.

»Ich bin ja noch eine ganze Weile hier, Brigid«, sagte er mit ungewöhnlich weicher Stimme.

»Und wenn schon, es ist eine beschlossene Sache, daß du fortgehst und nie wieder zu uns zurückkommst.« Sie ließ das Gebinde durch ihre Hände gleiten. »Freust du dich sehr auf die Kavallerie?«

»Ich bin dort nichts weiter als der Bursche für alles bei irgendeinem Offizier. Es wird Jahre dauern, bis ich mit der Ausbildung überhaupt beginnen kann.« Marcus war bei dem Gedanken, nach Rom gehen zu müssen, nicht sehr glücklich. Sein Blick ruhte auf ihrem blonden, seidig schimmernden Haar. Ethelind, ihre ältere Schwester, war auch so ein Blondschopf, aber mit einem satten, rötlichen Schimmer, wohingegen Brigids Haare von einem solchen Blond waren, wie er es selbst unter diesem Volk von blonden und blauäugigen Menschen noch nie gesehen hatte. Immer wenn er sie ansah, verspürte er den unwiderstehlichen Drang, ihr Haar einmal zu berühren. Schon als sie noch Kinder waren und im Schutz der Verteidigungswälle miteinander spielten, hatte er diese Faszination verspürt.

Sein bisheriges Leben war eine Folge von unbeschwerten Jahren gewesen, voller Spaß und aufrichtiger Freundschaft. Die Iceni waren ein friedliebendes, wohlhabendes Völkchen, und er fühlte sich hier zu Hause. Vormittags erhielt er Unterricht von seinem Lehrer, der eigens aus Rom angefordert worden war. Nachmittags jedoch ritt er mit Brigid und Ethelind über Felder und Wiesen, oder sie jagten in den Wäldern und paddelten auf dem Fluß. Viermal hatte er seine Mutter in den vergangenen Jahren nach Rom begleitet, aber er konnte absolut keinen Geschmack an dem Gedränge und Geschiebe der Menschenmassen dort finden, oder an dem Gestank und den langweiligen Gesellschaften, die seine Mutter dort zu besuchen pflegte. So sehr seine Mutter sich auch dagegen sträubte, Icenia war sein zu Hause, Brigid und Ethelind seine Schwestern, die Häuptlinge und ihre Familien seine Verwandten. Nun aber hatte sein Vater alles in die Wege geleitet, um ihn in seine Geburtsstadt zurückzuschicken und am untersten

Ende der militärischen Karriereleiter den Grundstein für seine Zukunft zu legen. Die Aussicht auf ein neues, völlig anderes Leben erfüllte ihn sowohl mit Schrecken als auch mit Neugierde.

»Und du willst wirklich Soldat werden, Marcus? Hast du keine Angst davor, in die Schlacht ziehen zu müssen?«

»Ich weiß nicht so recht. Ich habe ja noch nie einen Menschen getötet und habe auch noch nie zugesehen. Vater hat mir einmal erklärt, daß man in der Schlacht gar keine Angst zu haben braucht, wenn man die Befehle ausführt, und daß eine Schlacht sich kaum von den Übungskämpfen unterscheidet. Das glaube ich allerdings nicht. In einer Schlacht fließt Blut, und es gibt Tote.«

»Mutter sagt, daß sie immer Angst hatte, aber daß man lernt, sie zu ignorieren. Ich habe mal eines der großen Zeremonienschwerter in die Hand genommen, die früher an den Wänden im Versammlungshaus hingen. Ich zog es aus der Scheide, aber ich konnte es nicht einmal hochheben, weil es so schwer war. Ich kann mir gar nicht vorstellen, daß früher auch die Mädchen damit umgehen konnten.«

»Deine Mutter ist eine bemerkenswerte Frau.« Er fischte eine zarte Blüte aus ihrem Schoß. »Sieh her, sie hat die Farbe deiner Augen, purpurrot, wie verkrustetes Blut.«

»Wie kannst du nur so etwas Häßliches sagen! Es ist gut, daß du fortgehst, denn dann kann ich mir endlich einen Verehrer suchen, der mir Komplimente macht und mir sagt, daß meine Augen wie zwei Sterne am Himmel seien und daß ich wunderschönes Haar habe, ohne daß du dabeistehst und Grimassen schneidest. Erinnerst du dich an Connor?«

Marcus grinste spitzbübisch, während er Gänseblümchen zusammenflocht. »Natürlich. Ich hab' ihn ins Wasser geworfen. Der Junge war vielleicht eingebildet! Er hatte eine Abkühlung dringend nötig.« Er hockte sich vor sie hin und reichte ihr das Blumengebinde. »Eine Geburtstagskrone für die Prinzessin.«

»Wie hübsch. Setz sie mir auf.«

Er setzte sie auf ihre Zöpfe, lehnte sich zurück und machte ein kritisches Gesicht. »Laß deine Haare herunter, Brigid. Eine Krone paßt nicht auf dicke Zöpfe.«

»Nein, es dauert eine Ewigkeit, sie wieder zu flechten.«

»Ich werde sie dir flechten. Bitte.«

Widerstrebend begann sie, die Zöpfe einen nach dem anderen zu lösen, während Marcus ihr gespannt dabei zusah. Das Herz schlug ihm plötzlich bis zum Hals. Sie schüttelte ihre blonde, wellige Haarpracht, die hinter ihr bis auf das Gras herabfiel. »So. Sehe ich nun schon eher wie eine Prinzessin aus? Ich bin nämlich wirklich eine, wußtest du das?«

Wie gesponnenes Gold, dachte er fasziniert. Sein Herz pochte. »Viel besser«, brachte er verlegen heraus. »Jetzt fehlt dir nur noch der Thron.«

Sie kicherte und begann die Haare wieder zu flechten. »Ich werde sie flechten«, sagte er und rückte näher. Die Haare dufteten frisch wie der Wind, nach Sonne und Gras, warm und lebendig. Er schloß seine Augen und ließ es durch seine Hände gleiten. Brigid saß steif im Gras wie eine Puppe. Er vergrub sein Gesicht in ihre Mähne, und sie drehte sich vorwurfsvoll um. Er beugte sich vor und berührte flüchtig ihre Lippen. Sie wandte sich ab.

»Laß das.«

»Warum?«

»Weil ... es fühlt sich gut an.« Sie wurde rot bis hinter die Ohren und zitterte unmerklich. »Weil Mutter es nicht wollte. Weil du fortgehst. Ach, Marcus, geh nicht fort!«

Er streichelte ihr noch immer übers Haar. Sie schwiegen und sahen sich an. Brigid schwankte leicht, als wäre ihr schwindlig, dann sank sie ins Gras und Marcus mit ihr. »Brigid.« Er sagte es mit Staunen in der Stimme, und noch einmal: »Brigid.« Zaghaft küßte er sie, und diesmal öffneten sich ihre Lippen. Ein angenehmes, unerwartet starkes Gefühl durchrieselte ihn. Er stemmte sich benommen auf die Hände und begegnete ihrem verwirrten Blick. »Wie schön du bist! Ich ... ich ...« Aber sie rollte zur Seite und setzte sich aufrecht hin.

»Sei still, Marcus. Nicht heute an meinem Geburtstag. Nicht, wenn du fortgehst und mich verläßt.«

Ungläubig schüttelte er den Kopf und zog sie in seine Arme. »Ich glaube, ich liebe dich. Es ist wunderbar! Unglaublich! Ich liebe dich!«

»O Marcus, warum mußtest du ausgerechnet heute so etwas sagen?« rief sie kläglich. »Du sagst es ja nur, weil du bald fortgehst und es dir ohnehin egal ist.«

»Sei nicht albern«, unterbrach er sie. »Du kennst mich besser. Ich meine es ernst, Brigid. Ich liebe dich. Bist du einverstanden, wenn ich mit meinem und deinem Vater spreche? Möchtest du dich mit mir verloben?«

»Aber es geht viel zu schnell«, protestierte sie schwach.

»Geht es dir wirklich zu schnell?« fragte er. Sie sahen sich in die Augen. »Nein, eigentlich nicht«, murmelte sie und senkte den Blick.

»Bist du also einverstanden?«

Sie starrte auf ihre Hände. »Ja, Marcus«, sagte sie leise, ohne ihn anzusehen.

»Gut. Dann darf ich dich noch einmal küssen, um unsere Verlobung zu besiegeln!« Sie lächelte schüchtern und schloß ihre Augen. Marcus zog sie in seine Arme, doch ein plötzlicher Windstoß fuhr durch ihre Haare, eine vorwitzige Strähne kam zwischen ihre Lippen und irgendwie war auch seine Nase im Weg. Sie brachen in schallendes Gelächter aus und rollten sich im Gras.

»Wird es eine römische Hochzeit werden?« fragte sie, völlig außer Atem.

»Sicher! Dein Vater wird auf einer Stammeshochzeit bestehen, aber wir müssen auch eine richtige Hochzeit feiern.«

»Beschreibe mir eine römische Hochzeit.«

»So genau weiß ich darüber auch nicht Bescheid.« Er zog seine Stirn in nachdenkliche Falten und streichelte dabei ihr Haar. »Du wirst eine lange, weiße Festtagstunika und einen gelben Schleier tragen. Am Abend kommst du mit deiner Familie zu unserem Haus. Ihr tragt Fackeln. Oh, Brigid, ich sehe dich jetzt schon vor mir. Und alle werden ›Talassio!‹ rufen, wenn ich dich über die Schwelle trage.«

Ein Seufzer entrang sich ihr. »Es klingt wunderbar.« Eng umschlungen saßen sie eine Weile schweigend im Gras, erfüllt von einem neuen Gefühl völliger Zufriedenheit. Plötzlich befreite sie sich jedoch aus seiner Umarmung und drohte ihm schelmisch mit dem Finger. »Marcus Favonius, jetzt weiß ich, warum du mich heiraten willst! Warum bin ich nur nicht gleich darauf gekommen? Du bist ein schamloser Mitgiftjäger!«

Ihm klappte der Unterkiefer herunter und Brigid sprang flink auf die Füße. »Ich werde jetzt auf meinem Geburtstagsgeschenk reiten, und diesmal wirst du mich nicht einholen, du Abenteurer!« Und schon war sie auf und davon, flitzte kreischend über die Wiese zu Pompey, und ihre goldenen Haare wehten im Sommerwind.

Zu Hause angekommen, stellte sie Pompey im Stall unter und gab dem Knecht genaue Anweisungen für seine Pflege. Dann schlenderte sie gemächlich heimwärts, flocht im Gehen ihre Zöpfe und summte leise vor sich. Er liebt mich, sang ihr Herz, er hat es gesagt. O Andrasta, einen weißen Bullen für dich und eine weiße Hochzeit für mich!

Sie betrat das Versammlungshaus und blieb am Eingang stehen. Wie immer, brauchte sie eine Weile, um sich an das Zwielicht zu gewöhnen, bevor sie etwas erkennen konnte. Sie hielt nach Ethelind Ausschau, aber außer einer Gruppe von Häuptlingen war niemand da. Ihr Blick wanderte über die ordentlich aufgeräumten Felle und die funkelnden Schilde an der Wand. Dort, wo früher die Zeremonienschwerter gehangen hatten, waren helle Muster an der Wand. Vor fast zehn Jahren hatte Scapula die Entwaffnung aller Einheimischen angeordnet, und seither waren ihre Plätze leer. Brigid näherte sich der Gruppe von Häuptlingen. Sie erkannte die ärgerliche Stimme von Lovernius, der mit hocherhobener Faust schimpfte.

»Er will Zinsen«, sagte er. »Was ist das, Zinsen? Was gehen mich seine Zinsen an? Er hat meine Rinder beschlagnahmt und die Hälfte meiner Schafherde. Die andere Hälfte seien Zinsen, sagt er. Er kann sich nicht einmal richtig ausdrücken!«

»Herrin!« rief ein anderer dazwischen. »Mir hat er gedroht, er würde meinen Sohn mitnehmen, wenn ich ihm das Geld nicht gebe. Er kommt immer mit fremden Soldaten, keine aus der Garnison, und stellt unerfüllbare Forderungen. Was hat das alles zu bedeuten?«

Brigid kam näher. Ihre Mutter saß auf dem großen Stuhl, den Kopf auf eine Hand gestützt. Die Häuptlinge drängten sich um sie. Es herrschte eine angespannte, angstvolle Atmosphäre.

»Mir brachte er Sklavenketten, und die Freien hat er gleich mitgenommen. Ich konnte nichts dagegen tun!« beschwerte sich ein anderer.

»Als ich mit ihm um meine Schafe spielen wollte, hat er mir nicht einmal geantwortet«, entrüstete sich Lovernius erneut.

Boudicca stand müde auf. »Also gut. Ich gehe zu Favonius. Lovernius, nehmt Eure Harfe und geht zu Prasutugas. Vielleicht gelingt es Euch, ihn ein wenig aufzuheitern. Und kein Wort darüber, daß ich zu Favonius gehe.« Sie schritt an den Männern vorbei und entdeckte ihre Tochter, die sich im Schatten gehalten hatte, um nicht zu stören. »Brigid! Hast du heute gewonnen? Es scheint mir ein aufregendes Rennen gewesen zu sein. Dein Haar ist ganz voller Gras!«

»Nein, ich hab wieder verloren. Mutter, kann ich mit dir sprechen?«

Boudicca sah ihre Tochter genauer an, nahm die verlegene Röte wahr, die schuldig niedergeschlagenen Augen. Eine Ahnung beschlich sie, worum es sich bei dieser Unterhaltung handeln könnte, und ihr Herz verkrampfte sich. Nicht genug, daß sie mit Prasutugas litt und versuchen mußte, die zahlreichen Probleme des Tuath mit Rom zu bewältigen, nun würde ein weiteres persönliches Problem hinzukommen. »Komm heute abend zu mir, Brigid. Im Augenblick habe ich leider gar keine Zeit. Sei nicht böse, ja?«

»Was ist los, Mutter?«

Boudicca lächelte grimmig. »Es geht mit deinem Vater zu Ende.« Mit diesen Worten eilte sie an Brigid vorbei und rannte zu den Ställen.

Die Schlinge um den Hals der Iceni zog sich immer enger. Langsam und schleichend zerfiel der Tuath, aber sie hatte es kommen sehen. Vorgestern und auch gestern war sie bei Favonius gewesen, hatte ihn angefleht, ihr zu erklären, was eigentlich im Gange war, aber er hatte sie mit Ausflüchten abgespeist. Und doch kenne ich den Grund, dachte sie betrübt. Prasutugas liegt im Sterben, und das ist der Anfang vom Ende. Sie galoppierte zum Tor hinaus. Die letzten Jahre waren ein einziger Kampf darum gewesen, das Leben ihres Gemahls zu verlängern. Der römische

Arzt hatte alles nur Erdenkliche an ihm ausprobiert, aber seine Zeit war vorüber und damit auch der letzte Anspruch der Iceni auf Selbstverwaltung. Sie hatte es vorhergesehen, aber Prasutugas hatte es nie wahrhaben wollen. Ihr bangte vor der Zukunft, die nach seinem Tod über sie hereinbrechen würde. Ich darf nicht daran denken, wies sie sich selbst zurecht. Ich muß jeden Tag, jede vor mir liegende Stunde neu betrachten und so nehmen, wie sie nun einmal kommt. Das Lebenswerk ihres Gemahls zerbröckelte, sein Traum von einer freien Zukunft der Iceni unter der gerechten Herrschaft Roms war ausgeträumt. Heute muß ich Favonius um Hilfe und Gerechtigkeit für meine Häuptlinge bitten. Und morgen...

Sie erreichte die Garnison und versuchte, die trüben Gedanken abzuschütteln. Am Tor stieg sie ab, übergab ihr Pferd der Wache und marschierte mit energischen Schritten über die Holzveranda zu Favonius' Arbeitszimmer. Ein Soldat öffnete auf ihr Klopfen und winkte sie herein. Favonius saß an seinem Tisch vor einem unübersichtlichen Berg von Papieren und lauschte stirnrunzelnd dem Inhalt einer Depesche, die sein Sekretär laut vorlas. Boudicca ging auf die beiden zu und blieb direkt vor dem Tisch stehen. Favonius sah verärgert auf, als er die Besucherin jedoch erkannte, erhob er sich.

»Boudicca!«

Ihr Gesicht war kreidebleich, sie starrte ihn mit zusammengepreßten Lippen an.

»Geht es um Prasutugas?« fragte er besorgt.

»Du weißt, warum ich hier bin, Favonius. Ich kam gestern zu dir und vorgestern. Heute gibt es neue Übergriffe, neue Beschwerden. Warum gebietest du diesen Soldaten nicht Einhalt, die wie Diebe in unsere Häuser eindringen? Auf wessen Befehl handeln sie? Wer hat sie hergeschickt?«

Favonius sank auf seinen Stuhl zurück und schickte den Sekretär hinaus. »Ich habe dir die Antwort gestern gegeben«, erwiderte er müde. »Sie kommen teils aus Rom, teils vom Prokurator in Colchester. Sie unterstehen mir nicht, und deshalb kann ich keinen Einfluß nehmen.«

»Das ist nicht die ganze Wahrheit. Die andere Hälfte verschweigst du feige, aber ich weiß, daß sie kommen, weil Prasutugas im Sterben liegt.« Sie lehnte sich über den Schreibtisch. »Der arme, verarmte Seneca fürchtet um sein Geld, wenn unser Herrscher tot ist. Es könnte ja in falsche Hände gelangen. Aber in wessen Hände, Favonius? Warum sind die Handlanger des Prokurators hier?«

Favonius hörte ihr ruhig zu, die Hände auf dem Tisch gefaltet. »Seneca will wissen, wie Prasutugas' Vermächtnis geregelt wird. Wenn er stirbt, wird sein Vermögen zwischen den Töchtern und dem Imperator aufgeteilt. Aber die Schuldzahlungen werden angerechnet, und wir haben in all den Jahren nie eine Zahlung versäumt.«

»O nein«, murmelte sie und richtete sich wieder auf. »Es gibt noch einen anderen Grund, warum der alte Geizkragen plötzlich so in Sorge ist. Es gibt einen Mann, der die Zahlungen an Seneca ungestraft beschlagnahmen dürfte. Und das erklärt die Anwesenheit der Gehilfen von Decianus.« Boudicca senkte die Stimme. »Sag mir die Wahrheit, Favonius. Was wird aus den Iceni, wenn unser Herrscher tot ist?«

»Ich weiß es wirklich nicht. Möglicherweise wird der Gouverneur deinen Töchtern gestatten, die Nachfolge anzutreten, wenn Prasutugas es so festlegt.« Er senkte die Augen, und sie vervollständigte seinen Satz.

»Oder er schickt einen Prätor. Ich bin kein Dummkopf, Favonius, das solltest du eigentlich wissen. Wenn der Herrscher einer römischen Provinz stirbt, fällt die Regierungsmacht in der Regel an Rom. Ah, der gutgläubige Prasutugas! Er glaubte alle Lügen, die ihr Römer ihm erzählt habt. Die Iceni sind unsere Freunde, unsere besten Verbündeten, habt ihr ihm immer wieder versichert. Sie werden ihr Recht auf Selbstverwaltung nie verlieren. Die Römer haben gelogen, Favonius! Die Männer von Decianus gebärden sich bereits jetzt wie die Aasgeier, obwohl Prasutugas noch lebt, und wenn er erst tot ist, werden sie uns mit dem Segen Neros zerreißen!« Empört und verzweifelt zugleich schleuderte sie ihm ihre Anschuldigungen ins Gesicht, und sein anfängliches Mitgefühl erstarb augenblicklich.

»Du übertreibst wieder einmal, Boudicca«, entgegnete er beherrscht. »Die Männer des Prokurators sind hier, weil du nach dem Ableben deines Gatten Totensteuer zu entrichten hast und deine Töchter Erbschaftssteuer zahlen müssen. Was Seneca angeht, so mußt du seine Sorgen auch ein wenig verstehen. Aber es wird alles geregelt werden, Boudicca.«

»Von wem? Prasutugas hat mir in seinem Testament die Hände gebunden. Die Mädchen wurden auf seinen Wunsch nur dazu erzogen, hübsch auszusehen. Sie haben nie gelernt, sich zu behaupten. Die Angestellten Senecas rauben meinen Häuptlingen bereits die Tiere und nehmen freie Bürger fest, um sie als Sklaven zu verkaufen. Menschen werden zu Geld gemacht, Favonius! Ohne deine Unterstützung kann ich sie nicht beschützen!«

»Die Anleihe ist eine Abmachung zwischen deinen Häuptlingen und Seneca, in die ich nicht eingreifen kann. Ich befehlige die Garnison, das ist alles.«

Boudicca funkelte ihn an. »Das ist *nicht* alles! Du bist auch die Mittelsperson zwischen uns und dem Gouverneur. Du mußt mit Paulinus über diese Vorfälle reden, Favonius.«

»Boudicca, warum hörst du mir nicht zu? Hier geht es um den Prokurator, und der untersteht nicht dem Gouverneur, sondern nur dem Kaiser, und zwar direkt! Und selbst wenn ich versuchen würde, irgend etwas zu erreichen, so wird dies auf lange Sicht keine Auswirkung haben, weil Paulinus Colchester verlassen hat. Er marschiert gegen die Deceangli und weiter nach Mona. Er holt zum letzten Schlag gegen den Westen aus.«

Boudicca sank betroffen in den Stuhl. »So bald schon«, murmelte sie mehr zu sich selbst. »Und plötzlich gerät auch alles andere außer Kontrolle. Was soll ich nur tun?«

Er stand auf und kam um den Tisch herum. »Wenn Prasutugas stirbt, wird die Angelegenheit geregelt, und du wirst sehen, wie unberechtigt deine Ängste waren.« Er breitete seine Arme hilflos aus. »Ich wünschte mir nichts sehnlicher, als daß Prasutugas am Leben bliebe und daß wir beide uns so verstehen könnten, wie er und ich es taten.«

Steif erhob sie sich und ging zur Tür. »Und ich wünschte mir, daß Caradoc noch immer Arviragus wäre und Paulinus besiegen würde. Ich wünschte mir, ich hätte nie einen Römer gesehen. Ich werde dich nicht mehr belästigen, Favonius.«

Sie stürmte hinaus, sprang auf ihr Pferd und galoppierte wie gehetzt davon.

»Decianus überspannt den Bogen ganz ohne Zweifel«, bemerkte der Sekretär in sachlichem Ton. »Wenn Prasutugas stirbt, fällt sein Besitz an den Kaiser. Das ist bereits beschlossene Sache. Warum hat er es so eilig?«

»Weil er sich vorher noch schnell seine eigenen Taschen füllt – wie üblich«, seufzte Favonius. »Wenn ich gegen sein Verhalten Einspruch erhebe, verliere ich meinen Posten. Wenn es durch sein Vorgehen allerdings zu Blutvergießen kommt, muß ich Bericht erstatten.« Er spielte nervös mit den Papieren auf seinem Schreibtisch. »Trotz allem mag ich Prasutugas und Boudicca, und es widert mich an, daß die Gier eines einzelnen Mannes unsere Beziehung zu den Barbaren in kürzester Zeit aufs Spiel setzt.« Der Sekretär schwieg höflich, und Favonius räusperte sich. »Also, wo waren wir stehengeblieben?«

Boudicca betrat das Versammlungshaus, wo Lovernius auf sie wartete. Die Spielwürfel klickten ruhelos in seinen Händen, die Harfe hing ihm lose von der Schulter. »Was hat er gesagt, Herrin?« rief er ihr entgegen.

»Nichts!« rief sie wütend. »Nichts als leere Worte, und unternehmen wird er auch nichts. Was Decianus angeht, so kann er uns ungeschoren wie Freiwild behandeln. Wie geht es Prasutugas?«

»Er ist sehr schwach. Ich sang für ihn, dann kam Brigid und erzählte ihm Geschichten, über denen er einschlief.« Aufrichtige Sorge spiegelte sich in seinem Gesicht. »Können wir denn gar nichts tun?«

»Nichts, nichts und immer wieder nichts!« erwiderte sie, grenzenlos verbittert. »Es ist zu spät. Als Prasutugas vor vielen Jahren Rom mit herzlichen Worten willkommen hieß, haben wir ein Schicksal gewählt, daß uns jetzt ereilt, und damit müssen wir uns abfinden.« Sie drehte sich um und lief zu ihrer kleinen Hütte, die sie allein bewohnte, seit der Gesundheitszustand von Prasutugas sich rapide verschlechtert hatte. Sie hatte seine Schmerzen, den

Geruch des verwesenden Fleisches und seine Todesängste nicht mehr ertragen. Manchmal, wenn er sich etwas besser fühlte, trugen seine Häuptlinge ihn vor das Haus und setzten ihn in die Sonne. Dann ging sie zu ihm und saß zu seinen Füßen. Sie hatte befohlen, daß ihm gegenüber niemand auch nur ein Wort über die zunehmend bedrückenden Probleme des Tuath verlieren durfte. Favonius besuchte ihn gelegentlich, und sie sprachen von der Jagd. Die Mädchen versuchten, ihn mit Geschichten aufzuheitern. Lovernius spielte und sang für ihn. Nur Boudicca kam schweigend zu ihm, und er kannte sie gut genug, um zu wissen, was das bedeutete.

Sie schob die Türhäute beiseite, riß sich den Umhang ungeduldig von der Schulter und warf sich auf ihr Lager. Das Feuer war abgebrannt. Solange Prasutugas dahinsiechte, oblag ihr die Aufrechterhaltung der Ordnung im Tuath. Voller Unruhe setzte sie sich auf den Stuhl, stützte den Kopf in die Hände und hing ihren Gedanken nach, trüben, ausweglosen Gedanken, aus denen Brigid sie wenig später aufscheuchte.

»Mutter, schläfst du?« flüsterte sie von der Tür her.

»Nein, ich denke nach. Komm herein, du wolltest doch mit mir sprechen.« Sie setzte sich auf. »Es tut mir leid, daß wir deinen Geburtstag dieses Jahr gar nicht gebührend gefeiert haben, Brigid.«

»Oh, aber das ist ja gar nicht schlimm.« Ihre Stimme stockte. »Es ist wegen ... Marcus.«

Boudicca war sofort hellwach. »Ich höre«, sagte sie, aber Brigid wußte nicht so recht, wo und wie sie anfangen sollte. Sie stammelte, wich den Augen ihrer Mutter aus, lief rot an, spielte mit den Fingern und erzählte ihrer Mutter auf diese Weise so ziemlich alles, was es zu berichten gab. Schließlich fand sie auch die Worte, die ihr passend schienen.

»Er sagte mir, daß er mich liebt, heute, an meinem Geburtstag. Er möchte, daß wir heiraten, ehe er fortgeht. Ich weiß, daß es seine Aufgabe ist, mit Vater darüber zu reden, nicht meine, aber Vater ist so krank und überhaupt ...« Sie führte den Satz nicht zu Ende, aber Boudicca wußte auch so, was sie hatte sagen wollen. Und überhaupt regiert Vater schon lange nicht mehr, hätte sie fast gesagt. Erneut wurde Boudicca von der Hoffnungslosigkeit ihrer Lage geschüttelt. Schweigend betrachtete sie die klaren, unbeschwerten Augen ihrer Tochter, die weißen Hände, die weder einen Speer werfen noch ein Schwert führen konnten, die unschuldigen Lippen. Sie selbst war in diesem Alter bereits eine geschickte Schwert-Frau gewesen, die – wie die jungen Männer auch – ihre Prüfungen ablegen mußte, ehe sie als vollwertiges Mitglied in den Kreis der Erwachsenen aufgenommen wurde. Ich habe dich verraten, Brigid, dachte sie bekümmert. Auch wenn Prasutugas darauf bestand, daß ihr wie die Kinder der Römer heranwachsen solltet, so hätte ich euch doch wenigstens das Wissen eures Volkes vermitteln müssen. Ich hätte dich mit einem jungen Stammeshäuptling vermählen können.

»Brigid, ich möchte dir etwas sagen. Marcus ist noch sehr jung. Er wird in ein paar Wochen eine sehr lange und mühselige Ausbildung beginnen, die ihn durch das ganze römische Imperium führen wird. Eine Ehe hindert ihn aber daran, so frei zu sein, wie er es sein müßte, verstehst du das? Ich bin sicher, Favonius wird ihm dasselbe vor Augen führen. Er ist noch lange nicht reif genug, um zu heiraten. Nur weil ihr zusammen aufgewachsen seid und euch ganz gut kennt, braucht ihr nicht gleich zu heiraten. Marcus ist tatsächlich ein netter Junge, aber nicht der Richtige für dich.«

Die klaren Augen füllten sich mit Tränen. »Heißt das, du bist gegen unsere Heirat? Einfach so? Er liebt mich, Mutter, und ich liebe ihn mehr als irgend jemanden auf der Welt!«

»Brigid, er ist ein Römer.«

Einen Augenblick lang herrschte feindseliges Schweigen zwischen ihnen, dann setzte Brigid sich auf die Bettkante und sagte trotzig. »Römer, Silure, Iceni, was bedeutet das schon? Ich liebe ihn, und nur das zählt.«

»So?« fauchte Boudicca. »In diesem Augenblick stehlen die Römer unsere Herden und legen uns Sklavenketten um. Und während du mit dem Sohn im Wald herumspielst, sitzt sein Vater in der Garnison und rührt aus Feigheit keinen Finger, um uns zu helfen. Rom hat die Macht an sich gerissen und übt sie nun willkürlich aus. All das meine ich, wenn ich sage, daß Marcus ein Römer ist.«

»Nein«, protestierte Brigid schwach, »Marcus ist anders. Unser Tuath ist sein Zuhause, er will ja überhaupt nicht nach Rom gehen.«

»Aber er wird gehen, weil er muß, und uns und dich vergessen. Er wird sich gern an dich erinnern, an seine Gespielin aus Kindheitstagen, eine hübsche kleine Barbarin, mit der er sich gut amüsierte, als er selbst noch zu jung war, um es besser zu wissen.«

»Nein!« Die Tränen ließen sich nicht länger zurückhalten, und Brigid begann hemmungslos zu weinen. »Du verstehst es nicht. Ich habe nie ohne ihn gelebt, und wenn er plötzlich fort ist, werde ich sterben.«

Boudicca ging zu ihrer Tochter hinüber und zog sie auf die Füße. »Brigid, hör mir zu. Wenn du einen Römer heiratest, wird der Tuath dich ausstoßen. Bist du dir darüber im klaren?«

»Aber diese Tage sind doch längst vorbei. Vater hat es immer wieder gesagt.«

»Sie kommen wieder. Jede Herde, die die Römer stehlen, jedes Kind, daß sie einer Mutter rauben, um es in Ketten nach Rom oder Gallien zu verschiffen, bringt diese Tage wieder zurück. Dein Vater liegt im Sterben, Brigid, und wenn er tot ist, werden Favonius und Priscilla fortgehen. Ein Prätor wird über die Iceni herrschen, und hier wird eine römische Stadt erstehen. Die Iceni werden aussterben.«

Brigid sah sie verständnislos an. »Und was macht dir daran so viele Sorgen?« Ihre Frage traf Boudicca wie ein Faustschlag in den Magen, alle Kraft wich plötzlich von ihr, und sie ließ Brigid los.

»Ich möchte dir diese Verbindung nicht erlauben«, sagte sie tonlos, »aber ich habe nicht die Kraft, dir klarzumachen, warum. Favonius soll die letzte Entscheidung treffen. Es ist zu spät, um den Schaden wiedergutzumachen, der angerichtet wurde. Wir haben es selbst verschuldet, und ich habe zu viele andere Sorgen im Kopf, die schwerer wiegen als deine, Brigid. Du kannst ihn heiraten, wenn sein Vater zustimmt.« Sie drehte sich um und verließ fluchtartig die Hütte.

Brigid schaute ihr verwirrt nach, dann sank sie verunsichert auf den Stuhl.

Favonius sah in das rebellische Gesicht seines Sohnes. »Sei nicht unvernünftig, Marcus. Es ist noch viel zu früh für dich, um an eine Heirat zu denken. Und sie ist eine Barbarin.«

Marcus lief vor Zorn rot an. »Was hat denn das nun wieder damit zu tun? In all den Jahren, in denen wir zusammen herangewuchsen, ist mir nie ein Unterschied aufgefallen und eigentlich dachte ich, daß auch du über solchen Vorurteilen stehst. Du weißt sicherlich, daß der große Plautius eine Barbarin geheiratet hat.«

»Er war ein reifer Mann, als er es tat, fast schon am Ende seiner Laufbahn angelangt. Hast du dir überlegt, daß es deine Zukunft ruinieren könnte?«

Marcus schaute weg, und sein Vater spielte nervös mit den Fingern. Wieder sah er seinen Sohn eindringlich an. »Du läßt dich von einem romantischen Erlebnis davontreiben, Marcus. Sie ist jung und sehr hübsch, und ich verstehe deine Begeisterung, aber Rom ist voller junger, hübscher Mädchen, die noch dazu kultivierter sind als Brigid. Du wirst sie schneller vergessen, als du dir jetzt vorstellen kannst.«

Marcus verschränkte widerspenstig seine Arme vor der Brust. »Sie ist nicht nur ein romantisches Erlebnis, und auf Rom pfeife ich. Und wenn du mit kultiviert reich und gebildet meinst, Vater, dann bin ich es auch nicht.«

»Das meine ich nicht!«

Aber dann mußte er sich eingestehen, daß er tatsächlich genau das meinte. Marcus hatte seine Jugend in den Wäldern und Sümpfen Icenias verbracht, und Favonius wurde klar, daß die Vernunftargumente eines Vaters dem Sohn, der mehr über die Lebensweise des Rotwildes wußte als über Rhetorik und Philosophie, nicht viel nutzten, und er erkannte noch etwas anderes. Der junge Mann, der nach Häuptlingsmanier breitbeinig und unerschütterlich vor ihm stand, war nahezu ein Mischling, eine neue Rasse, die in den Provinzen heranwuchs, weder Römer noch Barbar, sondern eine Kreuzung aus beiden. Wie hätte ich es auch verhindern können? Ich hatte kein Geld, um ihn in Rom erziehen zu lassen.

Favonius strich sich gedankenverloren durch das ergraute Haar. »Du mußt noch etwas bedenken, Marcus. Prasutugas lebt nicht mehr lang. Die Iceni werden einem Prätor unterstellt, und ich glaube nicht, daß Boudicca das einfach hinnehmen wird. Es wird Ärger geben.«

»Noch ein Grund mehr, sie zu heiraten und von hier fortzubringen. Aber ich glaube, daß du dich um Boudicca unnötig sorgst. Sie wird sich, wie alle anderen Häuptlinge auch, mit der neuen Situation aussöhnen und zufriedengeben. Und eines Tages können Brigid und ich zurückkommen und wieder in Icenia leben.«

»Du hast den Aufstand vor zehn Jahren vergessen, ja?«

»Ich erinnere mich nicht so genau.«

»Wenn du es tätest, würdest du Boudicca nicht auf die leichte Schulter nehmen. Marcus, hör auf zu träumen! Die Iceni sind ein sterbendes Volk, und wir sind ihre Eroberer. Aus einer solchen Heirat würden euch unüberwindliche Schwierigkeiten erwachsen. Wie willst du sie ernähren? Was willst du tun, wenn sie sich vor Heimweh verzehrt? Bitte, überleg dir alles noch einmal.«

»Nein!« Marcus schob entschieden den Unterkiefer vor. »Sie paßt zu mir wie sonst keine. Und wenn du nein sagst, gehe ich zum Gouverneur.«

Favonius lachte. »Da spricht ein wahrer Sohn seines Vaters. Gut, du hast meine Erlaubnis. Aber nur unter einer Bedingung.«

»Ja?«

»Keine Hochzeit vor deinem ersten Heimaturlaub.«

»Aber das kann Jahre dauern!«

»Wenn sie dich liebt, wird sie warten.«

Marcus umrundete den Tisch mit wenigen Schritten. »Und natürlich hoffst du, daß ich sie bis dahin vergessen habe. Aber du irrst dich, Vater, du irrst dich sogar gewaltig.«

»Mein letztes Wort, Marcus.«

Marcus zuckte mit den Schultern. »Wenigstens hast du nicht nein gesagt.«

Favonius griff nach einer Depesche. »Das brauche ich auch nicht.«

35

Allzu schnell setzten die Herbststürme ein und machten dem Sommer ein Ende. Tagelang trieben graue Wolkenhaufen über den Himmel und ließen die verlassenen Sumpflandschaften noch unwirklicher erscheinen. Paulinus hatte sich mit der Vierzehnten auf dem Weg in den Westen zunächst nordwärts gewandt, die Ordovicen umgangen, das Gebiet der Deceangli durchquert und sich schließlich in Richtung der Heiligen Insel in Bewegung gesetzt. Mit ihm marschierte die wiederhergestellte Zwanzigste, die in Deva an der Küste ihr Winterquartier beziehen und dort auf seine Anordnungen warten würde. Er hatte eine vortreffliche Strategie geplant. Die Hälfte seiner Streitkräfte schwärmte in den Westen aus, die Zweite Augusta verwickelte in Glevum im Südwesten die Siluren in Überraschungsangriffe und hinderte sie daran, den Ordovicen zu Hilfe zu kommen. Er gratulierte sich zu dieser ausgeklügelten Taktik, die es überflüssig machte, sich in aufreibende Gebirgskämpfe zu verwickeln. Mona würde ihm sozusagen in den Schoß fallen, dann mußte er nur abwarten, bis die Rebellen an Hunger starben, und schon war der Westen erobert. Wie lächerlich einfach!

In seinem ersten Jahr hatte er sich durch Depeschen auf dem laufenden halten lassen, während seine Befehlshaber sich über die Pässe quälten und die Truppen sich an den Küsten entlang vorwärtsbewegten. Jetzt, in der zweiten Kampfsaison seit seiner Amtsübernahme, wollte er selbst an Ort und Stelle sein. Alle Vorbereitungen waren getroffen, und er war entschlossen, dem unsinnigen Blutvergießen in diesem Teil des Landes ein Ende zu bereiten. Diese Saison würde der Provinz endlich den Frieden bringen. Während sie sich der nördlichen Paßregion näherten, konzentrierte er sich ausschließlich auf Mona. Das Tiefland war seit zehn Jahren immer ruhig und friedlich gewesen und würde es auch in Zukunft sein. Er aber stand kurz vor dem krönenden Abschluß seiner erfolgreichen Karriere. Paulinus war glücklich.

Mitten in der Nacht erwachte Boudicca. Sie richtete sich in

ihrem Bett auf, zog frierend die Vorhänge beiseite und wickelte sich die Decke um die Schulter. Das Feuer war abgebrannt. In der Hütte herrschte tiefe Dunkelheit, aber durch den Türschlitz nahm sie einen undeutlichen Lichtschein wahr. Der Wind hatte Schnee unter den Türhäuten hindurch in die Hütte geweht, die jetzt beiseite geschoben wurden. Ein Häuptling trat mit einer Lampe ein. »Was gibt es?« fragte sie leise.

»Mein Herr stirbt. Er wird diese Nacht nicht überleben«, antwortete er knapp. Sie schwang die Beine aus dem Bett und griff nach den Stiefeln und dem Umhang.

»Habt Ihr den Arzt gerufen? Weiß Favonius Bescheid?«

»Noch nicht, Herrin. Er hat mir verboten, den römischen Arzt zu rufen. Er will in Ruhe und Frieden sterben.«

»Er ist also bei Bewußtsein.« Sie zog die Stiefel über die Füße. »Holt Brigid und Ethelind. Beeilt Euch.«

Der Häuptling entfernte sich. Boudicca warf sich den Umhang über und trat in die Nacht hinaus. Furcht beschlich sie, sinnlose Gedanken rasten ihr durch den Kopf, aber sie durfte sich jetzt nicht gehenlassen.

Seine Häuptlinge kauerten schweigend im Schutz der Veranda und murmelten einen Gruß, als sie an ihnen vorbeiging und das Zimmer betrat, in dem Prasutugas nun schon seit sechs Monaten lag. Lovernius schloß die Tür hinter ihr.

Prasutugas lag wach auf dem Rücken. Auf seinem vor Schmerz verzerrten Gesicht perlte der Schweiß. Die Augen waren auf einen Punkt an der Decke gerichtet, sein Bewußtsein jedoch bereits nach innen, auf den nahenden Tod und die allmähliche Auflösung der diesseitigen Wirklichkeit. Als sie ihre Hand auf seinen gesunden Arm legte, drehte er ihr langsam das Gesicht zu.

»Boudicca«, keuchte er, »jahrelang habe ich nicht mehr gegen einen Feind gekämpft und dieser hier ist stärker als ich.«

»Sage nichts, mein geliebter Gemahl«, fiel sie ihm ins Wort. »Stirb in Frieden. Du bist nicht allein, denn ich bin hier, und dort erwarten dich mein Vater und die Häuptlinge, die ehrenvoll starben. Fürchte dich nicht, ihnen entgegenzugehen.«

Er fuhr sich mit der Zunge über die ausgedörrten, aufgesprungenen Lippen. »Mein Schwert. Ich brauche es.«

Sie strich ihm die Haare aus der Stirn und sah zu Lovernius hinüber. »Bringt ihm ein Schwert.«

»Aber Herrin«, raunte er mit einem Seitenblick auf Prasutugas, »es ist verboten.«

»Wenn ich es selbst holen muß, wird es Euch noch leid tun«, flüsterte sie gepreßt. »Beeilt Euch. Ihr wißt, wo Ihr suchen müßt.«

Er verneigte sich mit unglücklichem Gesicht und ging hinaus. Boudicca legte ihre Wange auf Prasutugas' schwer atmende Brust. »Ich liebe dich, Prasutugas, ich habe dich immer geliebt.« Aber er war zu schwach, um zu antworten. Die Mädchen kamen schweigend herein, über und über mit Schneematsch bespritzt und stellten sich angsterfüllt hinter sie.

»Es wird ihm doch wieder besser gehen, Mutter, nicht wahr?« flüsterte Ethelind kläglich, aber sie erhielt keine Antwort.

Wie alt bist du doch in diesen Jahren geworden, mein Gemahl, dachte Boudicca und sah ihn unverwandt an. Ab und zu zuckte ein Gesichtsmuskel unkontrolliert. Aber ich fühle mich selbst genauso alt und verbraucht. Wenn du mich nur mitnehmen könntest, Prasutugas. Ich will nicht allein hier in dieser Kälte zurückbleiben.

Lovernius kehrte mit einem Schwert zurück und reichte es Boudicca, die es vorsichtig neben Prasutugas legte. Griff und Klinge waren stumpf und glanzlos, Erdkrumen hingen noch daran, aber Prasutugas streichelte es mit seiner Hand und lächelte.

»Druide, Boudicca«, murmelte er schwach, »Druide.« Boudicca beugte sich über ihn.

»Er wird bald kommen, Prasutugas.« Plötzlich bäumte sich sein Oberkörper auf, seine Augen verdrehten sich, er erstarrte. Was für ein Tod! dachte sie trostlos. So unsanft und ohne den Beistand eines Druiden, der ihm beim Verlassen des Körpers hilft. Statt dessen nur ein altes Schwert. Und mit ihm stirbt der Tuath, so, wie er auch mit ihm zu leiden anfing. Sie setzte sich in seinen Lieblingsstuhl, in dem er ihr immer amüsiert zugeschaut hatte, wenn sie wie ein wildes Tier im Käfig vor ihm hin und her marschiert war und sich dabei Luft gemacht hatte. Die Mädchen standen eng beieinander, zu erschreckt, um zu sprechen. Iain,

Lovernius und die Häuptlinge drängten sich am Fußende des Bettes und schauten zu Boden.

Prasutugas lag still in seinem Bett, doch plötzlich öffnete er noch einmal die Augen und ein lauter, eindringlicher Ruf entrang sich seiner Brust. »Andrasta! Die Dunkle Göttin!« Boudicca sprang auf. Er röchelte und öffnete die Augen, dann wurde sein Atem langsam ruhiger und hörte ganz auf. Seine von Schmerzen verzerrten Gesichtszüge entspannten sich, als sei eine große Erleichterung über ihn gekommen. Die kleine Gruppe schwieg ehrfürchtig.

Boudicca riß sich als erste los. »Iain, geht zu Favonius«, befahl sie mit ausdrucksloser Stimme. »Er wird eine Depesche an den Gouverneur und nach Rom senden wollen. Sagt ihm, wenn er Prasutugas sehen möchte, soll er am Morgen kommen. Sagt ihm...« Die Stimme versagte ihr den Dienst, sie winkte ihn hinaus und setzte sich umständlich wieder in den großen Sessel neben seinem Bett. Er sah sie mit friedlichen Augen an, sein gesunder Arm streifte sie leicht wie die Hand eines schüchternen Kindes. Draußen hatte sich der Tuath versammelt, und die Häuptlinge drängten leise murmelnd herein. Brigid brach in Tränen aus, die sie bis jetzt mühsam zurückgehalten hatte, aber Boudicca sah und hörte nichts von dem, was um sie herum geschah. Sie stützte den Kopf in die Hände und betrachtete ihn stumm.

Drei Tage lag er im Versammlungshaus aufgebahrt. Aus allen Teilen Icenias kamen die Häuptlinge, um ihrem Herrscher die letzte Ehre zu erweisen und seine Tugenden und Verdienste zu rühmen, aber keiner von denen, die aufstanden und eine respektvolle Ansprache hielten, pries seinen Mut und seine Tapferkeit. Boudicca, die mit ihren Töchtern am anderen Ende der Halle saß, nippte an ihrem Honigwein und versank in Erinnerungen. Er war ein Wegbereiter für den Frieden gewesen, ihr sanftmütiger Gemahl, kein tapferer Krieger, und so würde man sich seiner auch erinnern. Würdevoll lag er auf seiner Bahre, mit geflochtenen Zöpfen, in eine grüne Tunika gekleidet, den silberen Helm auf dem Kopf. Neben ihm stand der große, blauemaillierte Zeremonienschild, der Platz für das Schwert blieb leer. Lovernius sang getragene, melancholische Weisen, dann trugen die Häuptlinge die Bahre mit der Leiche ihres Herrschers durch den tiefen Schnee zu seinem Hügelgrab, in dessen Innern es dunkel und kalt war. Aber hier war er sicher vor den Unruhen, die den Tuath heimsuchen würden, und konnte endlich ungestört ruhen. Noch einmal hielten die Häuptlinge kurze Ansprachen. Boudicca sprach auch jetzt nicht, und als die Zeremonie vorbei war, rannte sie sofort in ihre Hütte. Ethelind holte ihr Pferd aus dem Stall und verschwand im verschneiten Winterwald. Brigid entdeckte Marcus, der etwas abseits von den Männern stand und in seinen icenischen Beinkleidern und dem Umhang wie ein junger Häuptling aussah. Nur seine Gesichtszüge und die kurzgeschnittenen schwarzen Haare verrieten seine römische Abstammung. Sie rannte zu ihm.

»Brigid, es tut mir so leid. Obwohl wir alle wußten, daß es ihm schlechtging und er bald sterben würde, ist es doch so schwer zu glauben. Mir ist, als hätte ich einen Onkel verloren. Er hat mich immer wie einen Sohn behandelt.«

»Ich glaube, jetzt ist er glücklicher, Marcus. Weißt du, es war wirklich eigenartig, ihn sterben zu sehen. Als Lovernius mich holte, hatte ich furchtbare Angst. Aber dann, als ich ihn sah, kam es mir so . . . so unbedeutend vor, als wäre es gar nicht wichtig. Verstehst du, was ich meine? Ich dachte, es würde etwas Schreckliches, Außergewöhnliches passieren, aber es war nicht so.«

»Vielleicht ist das Sterben ein Fortgehen, so wie die Geburt eine Art Ankunft ist«, sagte er unbeholfen. »Ein ewiger Kreislauf.« Sie schüttelte den Schnee aus ihren Haaren und zog den Umhang fester um die Schultern.

»Frierst du?«

»Nein.«

»Dann laß uns mit dem Boot flußabwärts fahren. Wir können irgendwo ein Feuer machen. Hast du Lust?« Er lächelte sie an, und ohne Scheu drückte sie ihm einen Kuß auf die Wange.

»Ja, gern.«

Sie stapften zum Fluß und stiegen in eines der Boote, die zur Garnison gehörten. Marcus steuerte es in die Flußmitte, bis die sanfte Strömung sie erfaßte und davontrieb. Sie sprachen nur wenig, statt dessen genossen sie das Gefühl der Zusammengehörigkeit, das sie seit einiger Zeit immer stärker verband. Irgendwann nahm Marcus das Paddel wieder zur Hand und steuerte auf eine Stelle mit kräftiger Rückströmung zu. Dort legten sie an und gingen an Land. Bald hatten sie genügend Zweige und Äste gesammelt, um ein Feuer anzuzünden, an dem sie sich dankbar wärmten. Endlich brach Marcus das Schweigen.

»Brigid«, begann er zögernd. Seine Stimme klang laut und klirrend in der eisigen Stille, die sie umgab. »Wärst du bereit, mit mir nach Rom zu gehen?«

Sie schaute ihn entgeistert an. »Wie meinst du das?«

»Ich meine, daß wir nicht jahrelang aufeinander warten sollten. Laß uns heimlich heiraten und dann zusammen das Schiff nach Rom nehmen.«

»Aber wir können nicht heimlich heiraten, das weißt du doch. Und überhaupt, wie sollte ich unerkannt nach Colchester kommen? Man würde mich vermissen.«

»Wir müßten uns eben etwas einfallen lassen. Ethelind würde uns bestimmt helfen. Und wenn wir erst in Rom sind, können wir bestimmt ohne Schwierigkeiten heiraten.« Er warf neue Zweige ins Feuer und sprach schnell weiter. »Wenn wir warten, werden wir nie heiraten, Brigid, ich fühle es. Irgend etwas sagt mir, daß ich dich nie wiedersehen werde, wenn ich ohne dich von hier fortgehe. Vielleicht bilde ich mir alles ja auch nur ein, aber ich kann dieses Gefühl einfach nicht abschütteln. Ich spüre, daß ein Unheil über uns kommt.« Er hatte noch nie mit solchem Ernst gesprochen und zog Brigid fest an sich.

»Ich vertraue dir, Marcus«, sagte sie mit schwacher Stimme, »aber von meinem Tuath und meiner Familie davonzulaufen, das wäre etwas Unverzeihliches. Meine Mutter dürfte mich nie wieder aufnehmen.«

»Es hat für uns beide dieselben Konsequenzen«, murmelte er in ihr feuchtes Haar. »Ich habe getan, was ich tun konnte. Wenn wir zusammenbleiben wollen, sehe ich keine andere Möglichkeit.«

»Ich fürchte mich.«

»Du brauchst keine Angst zu haben, das schwöre ich«, versprach er, ohne von seinen Worten allzu überzeugt zu sein. »Und wenn Vater den Schock erst überwunden hat, wird er uns helfen.«

Sie zog die Arme aus den Falten ihres Umhangs, streifte einen der Bronzereifen von ihrem Arm und rannte zum Flußufer hinunter. Mit Schwung schleuderte sie ihn von sich, er klatschte auf dem Wasser auf und versank schnell in den trägen Fluten.

»Warum hast du das getan?« rief er vom Feuer her.

Sie drehte sich vor Kälte zitternd um und versuchte zu lächeln, obwohl ihre Augen sich mit Tränen füllten. »Damit Andrasta, die Siegesgöttin, nicht zur Dunklen Göttin wird.«

Zwei Tage nach der Begräbnisfeier von Prasutugas wurde die Versammlung einberufen. Der letzte Wille des Herrschers der Iceni wurde verlesen, und die Iceni waren alles andere als glücklich über sein Vermächtnis, aber sie akzeptierten es notgedrungen. Offiziell traten Ethelind und Brigid seine Nachfolge an, doch jeder war sich darüber im klaren, daß dies nur auf dem Papier stand. Favonius wohnte der Versammlung bei, und obwohl er keinen Ton sagte, machte allein seine Anwesenheit deutlich, daß eine Hälfte ihres Reichtums nun Nero, seinem Herrn, gehörte. Die Beamten des Prokurators und Senecas Eintreiber schienen seit Prasutugas' Tod einigermaßen ratlos zu sein und auf neue Befehle zu warten. Jedenfalls verhielten sie sich ruhig, und in den folgenden Wochen blieben die Beschwerden und Klagen der Häuptlinge aus. Es gab keine Übergriffe, dennoch lebte Boudicca in einem seltsam angespannten Zustand. Sie mied das große Haus, in dem sie mit Prasutugas gelebt hatte, denn dort gab es nur Erinnerungen an die Vergangenheit, sie aber wartete auf eine ungewisse Zukunft. Meistens saß sie im Versammlungshaus oder in ihrer kleinen Hütte, gelähmt von einer Mutlosigkeit und Nervosität, die nichts mit dem Tod ihres Gemahls zu tun hatten. Der Fluß war von einer dünnen Eisdecke überzogen, die Bäume glitzerten in einem Kleid aus Frost. Mensch und Tier rückten zusammen und beugten sich unter der Last der unheilvollen Erwartung.

Priscilla spürte nichts dergleichen. Sie lief aufgeregt in ihrem kleinen Haus herum, packte dies ein, jenes aus und verbreitete eine gewisse Hektik, denn der Tag, an dem Marcus nach Colchester und von dort nach Rom aufbrechen sollte, rückte unaufhaltsam näher. Favonius lebte in ständiger Unruhe und Furcht vor dem, was sich seiner Meinung nach in Boudiccas Stadt zusammenbraute. Er traute ihr alles zu. Seit neuestem fürchtete er den Kult um ihre Kriegsgöttin Andrasta und ihre religiösen Gebräuche, die er bisher immer verlacht hatte, weil sie ihm absurd erschienen.

Marcus und Brigid wanderten durch die schweigenden Wälder und überdachten immer wieder Brigids Fluchtplan.

Dann, am Tag vor Marcus' Abreise, brach das Unheil über sie herein. Boudicca hatte sich eben angekleidet, als Lovernius unangemeldet hereinstürzte. Er war so zornig, wie sie ihn noch nie gesehen hatte. Hinter ihm drängten sich die aufgeschreckten Häuptlinge.

»Herrin, Favonius ist mit einem Fremden hier, der ein paar hundert Männer mitgebracht hat. Die meisten sind Soldaten!« rief er aufgebracht. »Ich glaube, es ist der Prokurator!«

»Decianus?«

»Eben der. Favonius schickt mich, um ...« Aber er konnte den Satz nicht zu Ende führen, denn nun drängten auch die anderen Häuptlinge in die Hütte.

»Als ich heute morgen aufwachte, hatten sie meine ganze Herde davongetrieben«, schrie Iain, »jedes Tier! Mein Hirte ist tot!«

»Sie haben meine Tochter verschleppt, Herrin. Ich kann sie nirgendwo finden!«

»Sie haben mein Vorratslager aufgebrochen und alle Wintervorräte mitgenommen!«

Sie hörte die Klagen mit unbeweglicher Miene, obwohl ihr Herz raste und ihr der Kopf schwirrte. Sie setzte sich ihr Bernsteindiadem auf die Stirn und hob die Hände.

»Friede!« rief sie beherrscht. »Da der Prokurator nun hier ist, wird alles geregelt werden. Geht ins Versammlungshaus und wartet auf mich. Iain, Lovernius, ihr kommt mit mir.«

Schon von weitem sah sie Favonius. An seiner Seite schritt ein wohlbeleibter Mann, und hinter ihnen drängte sich eine Horde johlender Soldaten. Favonius sah besorgt aus, und er hatte auch allen Grund dazu. Sie sind betrunken, dachte Boudicca entsetzt, also sind es keine Legionäre! Favonius blieb vor ihr stehen.

»Boudicca, ich möchte dir den Prokurator vorstellen, Catus Decianus. Er hat einen Erlaß des Kaisers bei sich.«

Ihr Blick wanderte von ihm zu seinem Begleiter, einem Menschen mit dicken, buschigen Augenbrauen, wäßrigen Augen und einem roten Schmollmund, den er, wohl von Berufs wegen, zu einem unaufrichtigen Lächeln verzog. Sie bemühte sich, ihre Abscheu zu verbergen.

»Ich bin froh, daß du hier bist, Herr«, begrüßte sie ihn statt dessen in römischer Art, »denn nun wird meinem Tuath Gerechtigkeit widerfahren. Ich bin sicher, der Kaiser weiß zu würdigen, daß wir stets pünktlich alle Abgaben entrichtet haben.«

»Aber gewiß doch«, erwiderte er und behielt sein Lächeln bei. »Ich habe Anordnung, das Erbe des verstorbenen Herrschers zu beschlagnahmen, das er ihm so großzügig überlassen hat, und es zu katalogisieren. Mit deiner Hilfe werden wir schnell vorankommen. Einige meiner Männer haben bereits begonnen. Niemand soll behaupten können, wir Prokuratoren seien faul.« Er lächelte Favonius zu, der pflichtbewußt zurücklächelte.

»Aber deine Männer nehmen alles, was sie in die Hände bekommen!« rief sie aus, »sogar persönliches Hab und Gut. Sie nehmen Freie und Kinder gefangen. Das hat nichts mit der Erbschaft zu tun, das ist Willkür!«

Decianus' Augen verengten sich bösartig zu kleinen Schlitzen. Ihm war nicht entgangen, daß der Tribut, den Icenia jahrelang an Rom entrichtete, an Wert und Umfang die Zahlungen der anderen Stämme bei weitem übertraf, ohne daß irgend jemand Not litt. Das konnte nicht mit rechten Dingen zugehen. Irgend jemand machte hier ein Geschäft, und nun würde er sich endlich auch ein Stück von diesem großen Kuchen abschneiden. Die Iceni waren ein wohlhabender Tuath, trotz der hohen Abgaben, also waren sie unehrlich. Er haßte die armen Einheimischen, aber die reichen Einheimischen haßte er noch mehr. Es lag zu viel Stolz in ihrem Auftreten, zu viel Selbstbewußtsein, dafür, daß sie lausige Barbaren waren. Aber er kannte ein wirksames Gegenmittel, und so antwortete er dieser rothaarigen Königin mit sorgfältig gewählten, demütigenden Worten.

»Dieser Stamm war unehrlich, und die Zeit der Abrechnung ist gekommen.« Er schnippte mit den Fingern. Der Sekretär eilte herbei und reichte ihm eine Tafel. »Vor fünfzehn Jahren lieh der göttliche Claudius den Iceni eine ansehnliche Summe. Keiner von euch hat auch nur einen Pfennig davon zurückgezahlt, geschweige denn Zinsen entrichtet.«

»Das Geld, von dem du sprichst, war ein Geschenk des Kaisers für unser Entgegenkommen! Nur Senecas Geld war eine Anleihe, und die wurde in regelmäßigen Raten zurückgezahlt.«

»Die Bücher strafen dich Lügen! Das Imperium ist des Wartens müde!« Er fuhr sich mit der Zunge über die Lippen. »Auf Befehl des Kaisers schätze ich das gesamte Königreich. Pferde, Rinder und Herden sind allesamt beschlagnahmt. Alle Edelsteine, persönliche Habe, alles, was einen Wert darstellt, ist mir vorzulegen und wird besteuert. Weiter lautet der Befehl, zweitausend Sklaven einzutreiben. Es waren doch zweitausend, Sulla?«

Der Sekretär nickte. »Richtig, Herr, zweitausend.«

»Gut. Das Reich fällt hiermit unter das Siegel des Imperiums. Man wird damit verfahren, wie der Kaiser und ich es für richtig erachten. Gibt es Bergwerke, Gold oder Silberminen?«

Boudicca zitterte vor Empörung am ganzen Körper. Aus ihrem Gesicht war jede Farbe gewichen. »Weiß der Gouverneur von dieser... dieser ungeheuerlichen Lüge?« brachte sie mühsam heraus.

Er reichte die Tafel seinem Sekretär und fuhr sie schweratmend an.

»Selbstverständlich weiß er von diesem Erlaß. Hast du Einwände?«

»Selbstverständlich habe ich Einwände. Ich protestiere sogar sehr energisch. Wie kannst du es wagen, diesen betrunkenen Mob hierherzubringen, der nichts Besseres zu tun hat, als die Bevölkerung zu terrorisieren?«

»Beruhige dich, Lady, und folge meinen Anweisungen. Dann wird niemand zu Schaden kommen. An die Arbeit, Männer!« rief er und schob sich an ihr vorbei. Die Beschwerde schien für ihn damit erledigt. Die hungrigen Augen seiner Soldaten fielen auf die erste Hütte, die schutzlos dastand. »Wer sich wehrt, wird in Ketten gelegt!« befahl er im Weitergehen.

Boudicca hielt Favonius am Ärmel fest. »Wer sind diese Männer?« verlangte sie zu wissen.

»Ein paar sind Legionäre der Neunten aus Lindum«, antwortete er zögernd, »die meisten hat Decianus selbst mitgebracht. Es sind Veteranen aus Colchester, die er angeworben hat.«

»Favonius, ich bitte dich, tue etwas. Schau sie dir doch nur an. Sie sind auf Raub aus. Gib deinen Soldaten den Befehl, sie zu vertreiben.«

Er löste sich aus ihrem Griff. »Ich habe dir schon mehrmals erklärt, daß ich gar nichts unternehmen kann. Decianus würde mich durch einen anderen Mann ersetzen, und nichts würde sich ändern. Außerdem wußte ich nichts von der Anleihe bei Claudius. Ich muß sagen, daß es sehr unklug von Prasutugas war, diese Schuld einfach zu vernachlässigen.«

»Du bist ein Verräter!« rief sie empört und wußte vor Verzweiflung nicht mehr ein noch aus. »Jahrelang nanntest du dich seinen Freund und willst dennoch solch eine monströse Lüge über ihn glauben!«

»Du tätest besser daran, dich zu beherrschen«, knurrte er und ließ sie einfach stehen.

Boudicca stand wie angewurzelt und kämpfte um ihre Fassung. Iain und Lovernius betrachteten sie still, während Männer, Frauen und Kinder schreiend aus den Hütten rannten. Die Zeichen standen auf Sturm. Mit einer herrischen Kopfbewegung bedeutete sie ihrem Barden und dem Schildträger, ihr zu folgen, und setzte den Männern nach. Vor dem Versammlungshaus entdeckte sie Marcus und Brigid, die vollkommen durcheinander beisammen standen. »Brigid! Komm auf der Stelle zu mir!« rief Boudicca mit bebender Stimme. Ihre Tochter wechselte noch ein paar Worte mit Marcus, dann eilte sie zu ihrer Mutter.

»Was ist nur auf einmal los?« fragte sie verängstigt.

»Ich werde es dir nachher erklären. Wo ist Ethelind?«

»Sie hat in der Halle gegessen. Seither habe ich sie nicht mehr gesehen.«

»Iain, sucht sie und bringt sie her.« Der Schildträger stob davon. Boudicca eilte weiter zu ihrem großen Haus, das sie seit Prasutugas Tod nicht mehr betreten hatte. Die Proteste der Häuptlinge, die Klagen der Freien und das Schreien und Weinen von Frauen und Kindern rissen nicht mehr ab. Boudicca spürte, wie die Spannung gleich einer dunklen Wolke wuchs. Schon begannen die ersten Soldaten dies und das in ihre eigenen Taschen zu stecken, als plötzlich ein empörter Schrei ertönte. Einer der Häuptlinge packte einen besonders eifrigen Soldaten an der Kehle, doch sofort eilten zwei andere ihm zu Hilfe und im nächsten Augenblick wälzte sich der Häuptling in seinem eigenen Blut. Eine Gruppe von Soldaten kam den Pfad herauf und verschwand schnurstracks im Versammlungshaus. Man hörte es krachen und poltern, dann begeistertes Johlen. Sie hatten die Weinfässer entdeckt, rollten sie ins Freie und brachen die Deckel auf. Iain kam mit Ethelind zurück.

»Brigid, Ethelind, ihr beide geht ins Haus und rührt euch nicht vom Fleck«, befahl sie, und an Iain und Lovernius gewandt fuhr sie fort. »Wenn die Soldaten hier eindringen, laßt sie nehmen, was sie haben wollen.«

»Wo willst du hin, Mutter?« fragte Brigid ängstlich.

»Zu Favonius und dem Prokurator, Liebes. Ich muß versuchen, noch einmal mit ihnen zu reden.« Sie rannte hinaus.

»Herrin, Herrin . . .!« Schreie, Aufruhr, Angst und Schrecken, wohin sie auch blickte. Die Auswegslosigkeit ihrer Situation trieb ihr die Tränen in die Augen, während sie lief, lief, lief, bis sie erkannte, daß sie Favonius und Decianus in diesem Tumult niemals finden würde. Sie wischte sich die Tränen von den Wangen und ging in Richtung des Versammlungshauses zurück. Eine Gruppe von Häuptlingen wurde in Ketten an ihr vorbeigeführt, und Boudicca fühlte sich einer Ohnmacht nahe. Als die Häuptlinge sie erkannten, schüttelten sie ihre Ketten.

»Seht Herrin!« riefen sie, »Rächt uns! Freiheit, Herrin! Freiheit!« Der Ruf dröhnte in ihrem Kopf. So viele Jahre mußten vergehen, so viele im Kampf dafür sterben, bis nun auch ihr eigenes Volk endlich aufwachte. Unsicher eilte sie weiter, hatte den Prokurator und Favonius längst vergessen, als sie vor dem Versammlungshaus unverhofft auf sie stieß. Der Prokurator hielt ein Blatt Papier in beiden Händen und starrte unzufrieden darauf. Er hatte keinen Blick für seine betrunkenen Soldaten, die sich immer wieder an den Fässern gütlich taten und deren Flüche und Verwünschungen mit jeder Minute derber, ja bösartiger wurden.

Favonius wippte unruhig mit den Füßen, nur Marcus sah sie kommen und stürzte auf sie zu.

»Herrin, ist Brigid in Sicherheit? Ich habe an die Tür geklopft, aber niemand hat aufgemacht.« Sie stieß ihn zur Seite und steuerte direkt auf den Prokurator zu.

»Decianus, deine Männer morden, sie schlagen Frauen und Kinder. Das muß aufhören. Nehmt, was ihr haben wollt, aber du mußt dieser Gewalt Einhalt gebieten!«

Er warf ihr sein zerstreutes Dauerlächeln zu und erklärte verärgert. »Ich tue nur meine Pflicht. Ich beschlagnahme Güter und nehme Sklaven. Wer sich dagegen wehrt, ist an den Konsequenzen selbst schuld. Ihr seid ein halsstarriges, über alle Maßen stolzes Volk und müßt endlich die längst überfällige Lektion der Unterwerfung lernen!« Seine Stimme klang haßerfüllt. »Ihr seid das Eigentum Roms. Rom hat euch jahrelang viel zu nachsichtig behandelt, wenigstens für meinen Geschmack. Und da ihr nichts weiter als ein Haufen Wilder seid, wurdet ihr arrogant und wolltet selbst die Herren spielen. Ihr werdet auf euren Platz verwiesen, nichts weiter.« Er deutete in den Staub. »Dorthin.«

Zorn und Empörung raubten ihr die Sprache, aber noch ehe sie sich erholen konnte, sah sie, wie die hölzerne Eingangstür ihres Hauses unter dem Ansturm der Soldaten barst. Johlend stürzten sie hinein, eine ihrer Töchter schrie entsetzt auf. Ethelind? Brigid? Eine Gestalt kam rücklings in hohem Bogen durch die gesplitterte Tür geflogen, und sie erkannte Iain. Ein Schwert steckte tief in seiner Brust. Er überschlug sich und blieb mit dem Gesicht zur Erde liegen. Boudicca rannte los. Favonius packte Marcus, der bleich bis zum Haaransatz geworden war, am Arm.

»Wir gehen nach Hause«, erkärte er bestimmt.

»Ich muß Brigid suchen«, protestierte sein Sohn schwach.

»Du kommst mit mir! In diesem Durcheinander würdest du sie doch nicht finden!« Sie ließen Decianaus mit seinen Papieren stehen und eilten durch die Menge und zum Tor hinaus, ohne daß jemand Notiz von ihnen nahm.

»Vater, dies ist ein Alptraum«, keuchte Marcus an seiner

Seite. »Ich liebe diese Menschen wie mein eigen Fleisch und Blut. Wir haben uns doch immer gegenseitig vertrauen können. Kannst du denn gar nichts unternehmen?«

»Beim Jupiter!« polterte Favonius, an dessen Nerven nicht nur Schuldgefühle, sondern auch die Furcht um sein eigenes Leben zerrten. »Soll ich etwa mit den Soldaten der Garnision gegen die Soldaten von Decianus ziehen? Er würde mich hängen lassen! Wann wirst du endlich lernen, deinen Kopf zu gebrauchen und nicht ständig auf dein Herz zu hören!«

Sie ließen die geschändete Stadt langsam hinter sich. Marcus hoffte inständig, daß Brigid sich irgendwo an einem sicheren Ort versteckt hatte, doch er fühlte, daß er sich etwas vormachte, mehr noch, daß er ein Feigling war und feige handelte.

Sobald sie in der Garnision eingetroffen waren, rief Favonius nach Priscilla.

»Sind die Sachen für Marcus gepackt? Ist alles fertig?« wollte er wissen. »Decianus und seine Männer richten ein Blutbad unter den Iceni an, und ich spüre, daß dies erst der Anfang ist. Ich möchte, daß du morgen zusammen mit Marcus nach Colchester reist, Priscilla.«

»Aber ich kann nicht einfach meinen Umhang nehmen und verreisen!« erklärte Priscilla verblüfft, dann fragte sie besorgt. »Was ist los? Bist du in Gefahr?«

Geistesabwesend tätschelte er ihre Schulter. In seinen Ohren klangen noch immer die hilflosen Rufe und Entsetzensschreie der Iceni. »Ich hoffe nicht«, antwortete er schwerfällig, »aber ich kenne diese Barbaren. Sie ertragen alles, nur nicht, daß ihre Ehre angetastet wird. Wenn Decianus nur ein bißchen mehr Geschick an den Tag legen würde ...«

»Wo ist Marcus?«

»In seinem Zimmer. Vielleicht mache ich mir ja wirklich zu viele Sorgen, Liebes, aber es wäre eine große Erleichterung für mich, dich und Marcus in Sicherheit zu wissen. Ihr müßt noch vor Sonnenaufgang aufbrechen.«

»Oh, wie ich dieses Land hasse!« brach es plötzlich aus ihr heraus, »ich hasse es, jawohl, ich hasse es. Manchmal ist mein Abscheu so groß, daß ich glaube, mich übergeben zu müssen!

Wenn wir erst einmal sicher in Rom sind, werde ich niemals wieder hierher zurückkehren!«

Wenn du überhaupt noch nach Rom kommst, dachte er düster, aber er zwang sich zu einem Lachen. »Und was soll dann aus mir werden?« scherzte er mühsam und drückte ihr einen Kuß auf die vor Empörung heiße Wange. »Wir werden sehen, Priscilla. Geh packen.«

Boudicca stolperte durch die aufgebrochene Tür ins Haus und stürzte fast über Lovernius, der wie tot am Boden lag. Entsetzt beugte sie sich über ihn und hörte zu ihrer Erleichterung, daß er leise stöhnte. Also lebte er. Sie blickte sich um. Das Zimmer war ein einziger Trümmerhaufen, es roch nach Schweiß und Alkohol. Einer der Soldaten hatte die Kiste mit ihren Juwelen gefunden und ließ die Steine mit habgierigem Blick durch seine Finger gleiten. Boudicca war es egal, die Steine bedeuteten ihr nichts, aber auf der gegenüberliegenden Seite des Zimmers machte ein Soldat sich an Ethelind zu schaffen. Er hatte ihr die Tunika bis zur Hüfte herabgezogen, so daß sie ihre Arme nicht freibekam. Mit einer Hand preßte er sie gegen die Wand, mit der anderen zerrte er an ihrem Umhang, um die Beine zu entblößen. Ethelind winselte und wimmerte und warf den Kopf wild hin und her, bis der Soldat sie ungeduldig mit einem derben Schlag an den Hals zum Schweigen brachte. Brigid lag ausgestreckt auf den Fellen am Boden und rang verzweifelt mit einem Soldaten, der auf ihr kniete. Er hatte ihr die Kleider vom Leib gerissen, einer ihrer Zöpfe war aufgegangen, und sie blutete aus einer Wunde an der rechten Brust. »Du sollst stillhalten, du hübsches kleines Biest!« fluchte der Soldat, und ein anderer, der bereits wartete, drängte ihn zur Eile. »Na los, mach schon.« Ein dritter hielt sie fest und schlug ihr immer wieder mit der Hand ins Gesicht. Brigid begann zu schreien, und als er nicht aufhörte, ging ihr Schreien in ein langgezogenes Geheul über. Der Soldat stieß ihr brutal sein Knie zwischen die Beine und endlich war Boudicca fähig, zu reagieren. Wie eine Löwin stürzte sie brüllend durchs Zimmer, packte ihn, biß ihn und bohrte ihre Finger wie Krallen in seinen Hals. Sie fielen zu Boden. Seine Hände griffen nach ihren Handgelenken, um den eisernen Griff zu lockern, aber Boudicca war wie von Sinnen. Tiefer und tiefer bohrten sich ihre Nägel in sein Fleisch, Blut spritzte. Sein Kopf hing wie leblos über ihr und gleich einem wildgewordenen Tier biß sie in sein Ohr. Er heulte auf und seine Schmerzensschreie vermischten sich mit denen Brigids. Dann wurde Boudicca von starken Händen zurückgerissen und zur Seite geschleudert. »Mutter, Mutter!« jammerte Ethelind, »Mutter.« Boudicca wurde an den Haaren gepackt und brutal hochgerissen. Der Soldat mit dem abgebissenen Ohrläppchen kam drohend auf sie zu, ballte seine Faust und schleuderte sie ihr entgegen. Blitzschnell drehte sie den Kopf zur Seite, und der Hieb krachte gegen ihren Kiefer. Noch während sie aufschrie, landete bereits der nächste Schlag in ihrer Magengrube. Dann stolperte er zu Brigid zurück, die beiden anderen zerrten Boudicca ins Freie.

Decianus stand noch immer über die Bücher gebeugt, als herrschte um ihn herum tiefer Friede. Ethelinds Schreie klangen wie die einer Wahnsinnigen, Brigid war verstummt. Die Soldaten stießen Boudicca vor den Prokurator, der verärgert über die Störung aufschaute, doch noch ehe er etwas sagen konnte, schleuderte Boudicca ihm ihren ganzen Haß entgegen. »Ihr dreckigen Schweine! Eines Tages werde ich dir ein Schwert in deinen fetten Bauch rammen, Decianus! Ich werde jeden verdammten Römer, der mir über den Weg läuft, töten!«

Er grinste sie mit maßloser Bosheit an, bemerkte das Blut auf ihren Lippen, an den Zähnen, das zerschlagene Gesicht, den Anflug von Wahnsinn in ihren weitaufgerissenen, rehbraunen Augen. »Führt sie vors Tor und gebt ihr zwanzig mit der Katze«, ordnete er in bewußt sachlichem Ton an und beugte sich wieder über die Zahlen.

»Aber das wird sie nicht überleben, Herr«, wagte der Soldat schüchtern einzuwenden. Decianus nickte zerstreut.

»Gut, dann eben ohne die Stacheln. Von mir aus soll sie ruhig krepieren, aber vielleicht fände der Gouverneur es gar nicht so amüsant, wenn wir eine Königin zu Tode prügeln. Lern deine Lektion gut, Barbarin, und nimm sie dir zu Herzen«, fügte er sarkastisch hinzu. Mit einer gelangweilten Handbewegung winkte er sie hinaus.

Die freien Bürger erkannten ihre Herrin und machten ihr und den Soldaten, die sie vor sich herstießen, ungläubig Platz, nur um sich ihnen anzuschließen. Als sie das Tor erreichten, wo die schwerbeladenen Karren sowie die in Ketten gelegten Häuptlinge auf den Abtransport warteten, waren sie von einer unruhigen Menschenmenge umgeben. »Du!« rief einer der Soldaten einem Legionär zu, der untätig herumstand. »Bring mir eine Peitsche!« Das Gemurmel schwoll an. Boudicca wurde mit dem Gesicht gegen einen der Holzpfähle gebunden, an dem früher immer die Pferde festgemacht worden waren. Sie spürte die tastenden Hände des Mannes auf ihrem Rücken und im nächsten Augenblick riß er ihr mit einem Ruck die Tunika vom Leib. Rufe der Empörung wurden laut.

»Das könnt ihr nicht tun!«

»Warum wollt ihr sie auspeitschen?«

»Sie hat nichts getan!«

Die Soldaten ignorierten die Rufe mit ausdruckslosem Gesicht. Der eine nahm seinen Helm ab, legte ihn ins Gras, zog sein Lederwams aus und ergriff die lange Peitsche. Fast zärtlich fuhr er über die Stacheln, dann nahm er sie bedauernd ab und warf sie auf sein Wams. Er durfte sie nicht umbringen – man würde ihn dafür degradieren. Er ließ seine Muskeln spielen, pflanzte sich breitbeinig hinter Boudicca auf und schon sauste die Peitsche auf den entblößten Rücken herab. Sie hinterließ einen tiefen, blutigen Striemen von der Schulter abwärts bis zur Taille. Boudiccas Kopf schnellte zurück. Sie verspürte den Schmerz wie brennendes Feuer, wie eine Explosion in ihrem Gehirn. Schon fiel der nächste Schlag. Diesmal schlang sich das Ende der Peitsche würgend um ihren Hals, sie brüllte vor Schmerz und spürte warmes Blut über den Rücken und die Arme rinnen. Der dritte Schlag fiel tiefer. Boudicca sackte kraftlos gegen den Pfosten, meinte zu verbrennen, biß sich auf die Unterlippe. Ich werde zählen, dachte sie wirr. Ihre Gedanken kamen und gingen. Vier. Ich verbrenne! Andrasta, ich muß um Gnade flehen! Ich halte es nicht aus, ich sterbe. Aus weiter Ferne drangen die Rufe der Iceni in ihr gestörtes Bewußtsein.

»Mut, Boudicca!«

»Gebt nicht auf, Herrin!«

»Denkt an Subidasto!«

Sechs. Zähle gut, Boudicca, dachte etwas in ihr, denn für jeden Schlag werden tausend Römer sterben. Neun. Ihr Kopf rollte kraftlos zur Seite, Boudicca sackte in die Knie. Meine Töchter, meine süßen unschuldigen Töchter. Ich habe euch verraten. Warum ist mir nur so heiß? Es ist doch mitten im Winter. Ihre Ohren klingelten, dann wurde ihr schwarz vor Augen.

Marcus war zu einem Entschluß gekommen. Er warf sich seinen Umhang über und lauschte angestrengt an der Tür. Sein Vater hatte ihm eröffnet, daß Priscilla ihn nach Colchester begleiten würde. Er hatte die Angst in Favonius' Augen gesehen und verstanden. Neues Unheil drohte. Marcus war auf sein Zimmer gegangen und hatte aus dem Fenster in die trügerisch friedliche Winternacht hinausgestarrt, die ein heller Mond sanft erleuchtete. Was wurde nun aus ihrem Fluchtplan? Sie hatten vereinbart, sich im frühen Morgengrauen zu treffen und Brigid in dem Karren zu verstecken, der sein Gepäck nach Colchester bringen würde. Jetzt aber wollte Favonius, daß sie schon früher aufbrachen, Brigid würde also zu spät kommen. Und wie sollten sie es vor Priscilla geheimhalten? Er fühlte sich erbärmlich. Was mochte seit dem Morgen in der Stadt alles geschehen sein? Er hatte Gewissensbisse. Er hätte bei Brigid bleiben und den betrunkenen, gierigen Soldaten von Decianus entgegentreten müssen. Aber damit hätte er unweigerlich seinen Vater in Schwierigkeiten gebracht, und wahrscheinlich, dachte er völlig verzweifelt, hätte mich niemand für voll genommen. Wer nahm schon einen Sechzehnjährigen ernst?

Nein, er mußte sie sofort suchen. Im Haus war alles ruhig. Auf Zehenspitzen schlich er zur Tür, huschte hinaus und schlich sich im Schatten der Mauer bis zum Tor. Draußen verließ er sofort die Straße, die direkt zum Haupttor der Stadt führte und stolperte durch den Wald, um sicherzugehen, daß er niemandem begegnen würde. Er sah drei oder vier unruhige Lichtquellen über der Stadt, die er nicht sofort identifizieren konnte. Doch als er auf der Kuppe des kleinen Hügels ankam, in deren Nähe die niedrige Stadtmauer verlief, sah er, daß es brennende Häuser waren. Von Angst und Sorge beseelt, flogen seine Füße über den Boden. Er erreichte die Mauer und sprang mit einem Satz hinüber. Seine Angst, daß Brigid doch etwas zugestoßen war, wurde zur quälenden Gewißheit.

Im Schatten der Hütten schlich er unerkannt bis zu Boudiccas Haus, wo er Brigid am Morgen zuletzt gesehen hatte. Niemand kümmerte sich um ihn. Die Soldaten hatten sich ausgetobt und wollten sich jetzt nur noch irgendwo zum Schlafen ausstrecken. Die Räume des Hauses lagen leer und kalt vor ihm, Trümmer und Blutspuren zeugten stumm von der Tragödie, die sich hier – wie überall in der Stadt – abgespielt haben mußte. Er ging wieder nach draußen und wanderte eine Weile zwischen ratlos hin- und herrennenden Menschen umher, bis ihm klar wurde, wie hoffnungslos es war, hier nach Brigid zu suchen. Was soll ich nur tun, hämmerte es in seinem Kopf, während er zurück zur Mauer stolperte. Er sprang hinüber und lag einen Augenblick lang atemlos auf der anderen Seite. Was wird sie nur von mir denken? Ist dies das Ende? Muß ich ohne sie von hier fortgehen? Er rappelte sich auf und rannte zum Wald. Automatisch folgte er einem Pfad. Seine Gedanken jagten sich, Sehnsucht und Furcht mischten sich. Er hatte die Kontrolle über sein Leben verloren und spürte überdeutlich, daß etwas Größeres, Mächtigeres auf ihn zukam.

Plötzlich löste sich in einiger Entfernung ein Schatten aus dem Gebüsch und trat ihm in den Weg. »Brigid?« rief er, und noch einmal »Brigid!« Er rannte auf die Gestalt zu. »Ich habe dich überall gesucht!« Verwirrt über ihre Erscheinung blieb er stehen. Sie stand mit wirren Haaren, in einer zerrissenen Tunika und barfüßig vor ihm im Schnee. Ihre Haare schimmerten silbern und umrahmten ihr totenbleiches Gesicht. Ein Zopf hing halb über der nackten Schulter. Sie hielt die Hände auf dem Rücken verschränkt, den Kopf zur Seite geneigt und lächelte ihn mit einem idiotischen Grinsen an. Marcus stockte der Atem. »Brigid?«, stammelte er. Sie schwankte auf ihn zu.

»Marcus«, flüsterte sie. »Ich habe sie gesehen! Sie ist hier! Sie ist rabenschwarz und riesengroß und sitzt auf einem Ast. Ihr dunkles Federkleid schimmert wie Samt im Mondlicht.«

Das Grauen lähmte ihn. Brigid neigte sich zu ihm. »Sie hat mir viele Dinge gesagt.«

Am liebsten wäre er vor dieser unheimlichen Erscheinung davongelaufen. Vater, schrie er innerlich.

»Was hat sie dir gesagt, Brigid?« flüsterte er. Ihm war ganz schlecht vor Angst. Sie fuhr sich mit der Zunge über die Lippen.

»Sie befahl mir, alle umzubringen. Dich soll ich auch töten.«

Ohne Warnung, mit verzerrtem Gesicht, sprang sie auf ihn zu. Die Klinge funkelte kurz, beschrieb einen Bogen und bohrte sich tief in seine Brust. Obwohl Marcus einen rasenden Schmerz spürte, war dieser nicht so groß wie sein Entsetzen über ihren Wahn.

»Wa... wa...«, gurgelte er, dann sackte er zu ihren Füßen zusammen und starb, ohne zu wissen, warum.

36

Sie saß vor dem Feuer im Versammlungshaus und schaute in die züngelnden Flammen. Draußen heulte ein Sturm, der Regen prasselte auf das Dach hernieder wie ein Pfeilhagel. Zu ihrer Linken saß Subidasto auf einem Fell, sein Schwert auf den untergeschlagenen Beinen. Er schüttelte sorgenvoll den Kopf. »Ich habe dich davor gewarnt, diesen Kuhhirten zu heiraten, Töchterchen, aber du wolltest ihn unbedingt haben, trotz der schlechten Vorzeichen und obwohl der Seher davon abriet. Und sieh nur, nichts als Unglück ist daraus entstanden.«

»Wasser«, krächzte Boudicca und öffnete die Augen.

Lovernius warf seine Würfel auf den Tisch, goß Wasser in einen Becher und hielt ihn ihr an die Lippen. Sie hob den Kopf etwas, trank gierig und sank sofort wieder matt auf die kühle Strohmatratze. Dann erst erkannte sie ihre Umgebung. Sie lag bäuchlings auf dem Bett in einer kleinen Hütte. Boudicca schloß die Augen und versuchte, ihren Körper zu spüren. Ein seltsamer, heftiger Kopfschmerz verursachte ihr Übelkeit, Arme und Beine fühlten sich taub an, der Nacken steif. Aber ihr Rücken... ihr Rücken pochte, als würden fortwährend unzählige Nadeln in ihn gestochen, und die Haut spannte unerträglich. »Wie lang?« flüsterte sie.

Er zog den Stuhl heran und neigte sich an ihr Ohr. »Heute ist die vierte Nacht, Herrin. Ich fürchtete, Ihr würdet sterben.« Er hatte eine Verletzung an der Schläfe erlitten, eine weitere, tiefe Wunde klaffte unterhalb der Augen. Sie fragte ihn nicht danach. Am liebsten wäre sie einfach so liegengeblieben, ruhig, passiv, die Augen vor der Realität verschließend.

»Erzählt mir alles«, bat sie ihn schwach.

Lovernius schaute an ihr vorbei. »Als meine Seele zu mir zurückkehrte, wurde ich von den Soldaten gefesselt. Ich weiß nicht, warum sie mich nicht töteten. Ich schäme mich, noch am Leben zu sein, Herrin.«

»Selbstvorwürfe sind nutzlos, Lovernius. Weiter.«

Er richtete sich auf und faltete die Hände. »Eure Töchter haben ihre Unschuld verloren«, wisperte er heiser. »Nach den ersten Soldaten kamen weitere, dann noch mehr, die sie alle schändeten. Dann wurden sie auf die Straße geworfen. Ethelind hat seither kein Wort mehr gesprochen, niemand darf auch nur in ihre Nähe kommen. Sie duldet es nicht. Brigid ...« Er fuhr sich mit zitternden Fingern über die Wunde in seinem Gesicht, »Brigid hat auch ihre Seele verloren, Herrin.«

Boudicca wurde übel. Sie beugte sich über das Kopfende ihres Lagers hinaus und übergab sich. Erschöpft und kreidebleich kroch sie wieder in ihr Bett zurück. »Wo ist sie jetzt?«

»In einer der Hütten. Hulda ist bei ihr. Die Häuptlinge fanden sie außerhalb der Stadt, wie sie durch den Wald irrte. Sie hat sich die Füße erfroren und ihre Wunde an der Brust will nicht heilen.«

Boudicca unterdrückte die Bilder, die mit brutaler Klarheit in ihrer Erinnerung aufstiegen. »Decianus?« forschte sie weiter.

»Er und seine Soldaten haben die Stadt verlassen, um in die Dörfer weiterzuziehen.«

»Was ist uns geblieben, Lovernius?«

Er zog eine Grimasse und mischte seine Spielwürfel. »Das nackte Leben. Unsere Hütten, etwas Getreide, die Kleider, die wir tragen, die Streitwagen und die Ponys.«

»Das ist alles?«

»Alles.«

Sie schwiegen, und Boudicca dachte nach. Für eine kleine Weile vergaß sie die Schmerzen, die ihr geschundener Körper ihr verursachte. Dann seufzte Lovernius, zog seinen Stuhl noch näher heran und sprach im Flüsterton weiter.

»Herrin, das Unheil ist auch über Favonius hereingebrochen. Marcus ist tot.«

Die Nachricht traf sie unerwartet. »Aber wie ist das möglich?«

»Keiner weiß es. Sie fanden ihn mit einem Messer in der Brust im Wald. Favonius und seine Männer nehmen jeden ins Verhör, aber bisher konnten sie nichts in Erfahrung bringen. Ich glaube nicht, daß die Häuptlinge ihm etwas verschweigen, sie wissen es einfach auch nicht.«

»Er war so ein aufrechter junger Mann, Lovernius«, murmelte Boudicca mit äußerster Betroffenheit. »Die arme Priscilla.«

»Favonius hat sie nach Colchester geschickt. Soviel ich weiß, bemüht er sich um seine Versetzung. Er will Euch übrigens sprechen.«

»Das glaube ich gerne. Aber wir haben nichts mehr zu besprechen. Ich will ihn nicht sehen, schon gar nicht in diesem Zustand.«

»Herrin«, versuchte Lovernius sie zu überreden, »laßt ihn kommen. Laßt ihn sehen, was seine Landsleute Euch angetan haben. Ist sein Kummer etwa größer und schlimmer als der Eure? Marcus hat sein Leben verloren, nicht aber seine Seele.«

»Ihr habt recht«, willigte sie ein. »Laßt ihn also kommen. Warum sollte ich mich schämen? Ich bin wie ein Baum, den man einfach umgehauen hat, und die Seelen meiner Töchter sind ins Reich der Schatten geflohen.« Sie stockte und drehte den Kopf zur Seite, um ihre Tränen vor dem Barden zu verbergen. »Mein Volk. Mein tapferes Volk. Ich habe es verraten«, schluchzte sie, und Subidasto flüsterte: »Ich habe dich gewarnt, Töchterchen.« Lange lag sie unbeweglich und lauschte auf das Klappern der Würfel, auf das Anschwellen und Abebben des Sturmes, auf das fiebrige Pochen in ihrem Körper. Schließlich drehte sie den Kopf wieder und sah Lovernius durchdringend an. »Bringt mir einen Druiden.«

Er sprang auf die Füße und ließ die Würfel verschwinden. Ein

Lächeln huschte über sein Gesicht. »Verstehe ich Euch recht, Boudicca?«

»Ihr versteht mich richtig. Vorläufig braucht noch niemand etwas davon wissen. Beauftragt eine Person Eures Vertrauens und beeilt Euch damit. Er soll den Druiden ausrichten, daß der Bann, der die Iceni lähmte, gebrochen ist.«

»Ich bin sicher, daß sie es bereits wissen. Soll ich Favonius rufen lassen?«

»Nur, wenn Ihr dabeibleibt. Und sagt Aillil, daß ich ihn zu meinem neuen Schildträger ernenne.«

Lovernius ging mit fast beschwingten Schritten hinaus, Boudicca aber fiel erschöpft in einen fiebrigen Halbschlaf. Als sie erwachte, stand Favonius an ihrem Bett. Lovernius hielt sich im Hintergrund. Boudicca wartete nicht darauf, daß ihr Besucher das Wort an sie richtete.

»Lovernius«, krächzte sie, »zeigt es ihm.«

Der Barde zögerte. »Das Laken klebt an der Wunde, Herrin.«

»Reißt es herunter.«

Sie schrie auf, als er ihren Befehl ausführte und die Wunden sofort wieder zu bluten begannen. »Sieh genau hin, Favonius«, japste sie. »Gefällt es dir? Bist du zufrieden?« Seine rotumränderten Augen wanderten ungläubig über ihren Rücken, der eine einzige breiige Masse aus rohem Fleisch und blutigem Schorf war. Bei einer besonders tief klaffenden Wunde meinte er, bis auf die Knochen sehen zu können. Boudicca verbarg ihr Gesicht in den Händen und flüsterte. »Deckt mich zu, Lovernius.«

»Bitte glaubt mir, Boudicca, ich wußte nicht, daß er so weit gehen würde.«

»Ach nein? Wirklich nicht?« spöttelte sie. »Bist du mir nicht deswegen so verlegen ausgewichen? Du hast sehr wohl damit gerechnet, aber nun hat das Schicksal dich auch nicht verschont.« Er zuckte zusammen und sank in den Stuhl neben ihrem Lager.

»Ich habe eine Beschwerde an den Gouverneur geschickt«, murmelte er fast unhörbar. Boudicca verzog das Gesicht.

»Ich hatte dich schon vor Wochen darum gebeten. Weißt du, daß die Soldaten meiner unschuldigen Brigid die Seele geraubt haben? Und Ethelind hat ihre Stimme verloren. Kann der Gouverneur jetzt noch etwas daran ändern? Kann ein neues kaiserliches Edikt etwa deinen Sohn wieder zum Leben erwecken? Es hätte gar nicht so weit kommen dürfen.«

Steif lehnte Favonius sich nach vorn. »Ich werde seinen Mörder finden, und wenn ich die ganze Stadt aus den Angeln heben muß. Ich bin sicher, daß einer der Häuptlinge ihn umgebracht hat.«

»Bist du nicht ein wenig vorschnell mit deinen Verdächtigungen?« erwiderte sie sarkastisch. »Marcus trug die Kleider der Einheimischen. Es ist viel wahrscheinlicher, daß einer der betrunkenen Soldaten von Decianus ihn für einen Iceni hielt und getötet hat.«

»Nein. Die Mordwaffe war kein römisches Messer. Es war eines der Fleischmesser aus dem Versammlungshaus.«

»Das beweist gar nichts. Über die Hälfte der Soldaten von Decianus waren Veteranen aus Camulodunum und nicht mit den Waffen der Berufssoldaten ausgerüstet. Nein, du solltest den Prokurator fragen, wer deinen Sohn getötet hat. Ich bin sicher, das unparteiische Rom läßt auch in dieser Angelegenheit Gerechtigkeit walten.«

»Gerechtigkeit ist ein zweischneidiges Schwert. Ich werde Decianus fragen, aber auch weiterhin die Häuptlinge verhören.«

»Du verschwendest deine Zeit. Du solltest dein Versagen zugeben und dich wie ein wahrer Ehrenmann ins Schwert stürzen.«

Favonius stand auf und ging zur Tür. »Noch nicht, Boudicca«, sagte er im Gehen, »noch nicht.«

Einen ganzen Monat lang zogen der Prokurator und seine Helfershelfer wie eine Horde von Plünderern durch das Land der Iceni. Erst, als sie nichts mehr fanden, was ihnen etwas wert erschien, kehrten sie nach Colchester zurück. Die ausgeraubte Bevölkerung strömte in die Stadt, um ihrer Herrin die Klagen vorzutragen. Stunde um Stunde hörte sie den Schreckensberichten von Raub, Mord und Vergewaltigung zu. Die Menschen erschienen ihr wie eine Herde erschreckter Lämmer. Jahre des Friedens hatten ihnen wachsenden Wohlstand beschert und sie verweichlicht, und nun, da sie alles verloren hatten und gedemütigt worden waren, zitterten sie wie Espenlaub im kalten Wind, der urplötzlich aus Rom blies. Boudicca hatte keine Worte des Trostes für sie. Wie gerne hätte sie ihnen das Blut der Römer versprochen, aber sie spürte, daß die Zeit noch nicht reif war. Der Schock mußte abebben, und an seine Stelle mußte unversöhnlicher Haß treten. Auch sie selbst mußte wieder zu Kräften kommen.

Tagsüber umringten die Häuptlinge ihr Bett, nachts jedoch suchte Subidasto sie heim, klagte, drohte, machte seine Witze und schüttelte seine große Faust vor ihrer Nase, wie sie einst ihre Faust gegen Prasutugas geschüttelt hatte. Boudicca aber wartete.

Der Druide traf ein. An einem warmen Morgen, als das Tauwetter bereits eingesetzt hatte, betrat er unangemeldet ihre Hütte, warf den braunen Umhang, mit dem er sich getarnt hatte, Lovernius in die Arme und hob wortlos das Laken hoch. Er klopfte sachte auf ihren Rücken, grunzte und beauftragte Lovernius damit, eine Schüssel herbeizuschaffen. Verwundert wollte sie das Wort an ihn richten, aber er legte nur den Finger an die Lippen. »Zuerst die Wunden des Körpers, dann die der Seele.« Mit diesen Worten holte er vier kleine Lederbeutel aus den Falten seiner Tunika hervor, öffnete sie nacheinander, roch an jedem und förderte schließlich auch noch einen irdenen Topf mit gelblichem Fett zutage. Er kippte den Inhalt der Beutel in die Schüssel und schabte den Topf aus. Dann bearbeitete er die Masse mit einem Holzstößel und sang mit Falsettstimme einen heilenden Zauber darüber. Ein angenehmer Duft erfüllte das Zimmer, den Boudicca tief einatmete. Augenblicklich verspürte sie eine angenehme, benebelnde Wirkung. Die quälenden Gedanken verschwanden, und in ihrem Kopf breitete sich eine wohlige Leere aus. Der Druide begann nun, die Salbe auf ihrem Rücken zu verteilen. Sofort verspürte sie die kühlende, schmerzlindernde Wirkung. Das erste Mal seit Wochen gelang es ihr, sich zu entspannen, und sie seufzte erleichtert. »Ihr habt Glück«, sagte er. »Stellenweise bildet sich bereits eine neue Haut.« Er wischte sich die Hände an der Tunika sauber und nahm Platz. »Nun hätte ich gern etwas Met.« Der Schmerz verebbte, und Boudicca hätte am liebsten laut gelacht.

»Bringt Met für unseren Gast und Brot für uns beide«, befahl sie Lovernius und an den Druiden gewandt fügte sie hinzu: »Ich heiße Euch willkommen. Friede und ein langes Leben.«

Der Druide neigte den Kopf, und im Widerschein des Feuers funkelten die Bronzereifen in seinem blonden Haar. »Stärkung und Friede, die Voraussetzungen für einen gesunden Körper. Aber was ist mit der Seele, eh?« Er schlug die Beine übereinander und sah sie ernst an. »Ihr seid also aufgewacht, Boudicca. Bedauerlich, daß es auf solch furchtbare Weise geschehen mußte. Was wollt Ihr von mir?«

Sie betrachtete ihn, seine klugen Augen, das intelligente Gesicht. »Ich bitte Euch, zu Venutius zu gehen und Waffen und Männer von ihm zu erbitten. Ich will Boten zu den Stämmen im Tiefland schicken. Ich brauche Euren Rat.«

Er blinzelte ihr zu. »Wenn es weiter nichts ist! Boudicca, hört mir gut zu. Ich komme aus dem Westen. Paulinus hat Mona fast erreicht. Meine Brüder bereiten sich auf ihre letzte Schlacht vor. Da sie selbst keine Waffen führen dürfen, hat Venutius einen Großteil seiner Männer zur Verteidigung der Heiligen Insel abkommandiert. Sie können Euch nicht helfen.«

Boudicca wurde blaß. »Andrasta, heißt es, daß die Iceni allein stehen? Gibt es denn überhaupt noch Hoffnung?«

»Mehr als je zuvor! Über die Hälfte der Legionäre ist mit Paulinus im Westen, mehr als vierhundert Kilometer von Colchester entfernt. Das Tiefland ist völlig ohne Verteidigung geblieben. Die Neunte wäre wohl kampfbereit, aber sie ist nördlich von Euch stationiert, nicht südlich. Die Zweite hat sich geteilt. Bis auf Wachstationen hier und da liegen die Garnisonen und die Städte des Südens offen. Versteht Ihr mich?«

Lovernius kehrte mit Hammelfleisch, Brot und einem Krug Honigwein zurück, bediente sie schweigend und setzte sich dann mit untergeschlagenen Beinen in der Nähe des Feuers auf die Erde. Geistesabwesend klapperte er mit den Würfeln. Boudicca beharrte auf ihrem Standpunkt.

»Allein können die Iceni gar nichts ausrichten. Wenn die Rebellen uns nicht helfen können, wer dann?«

»Habt Ihr vergessen, daß der Westen sich einst allein gegen Rom erhob? Aber ich will Euch noch etwas sagen, Boudicca. In den letzten Monaten sind die Stämme des Südens unter der Willkür Roms aus ihrem Schlummer erwacht. Die Nachricht von Eurem Schicksal hat sie wachgerüttelt. Sie leiden mit Euch und sind ihrer eigenen Feigheit überdrüssig. Ihr braucht sie nur zu rufen, sie werden Euch folgen.«

»Warum seid Ihr so sicher? Sie haben sogar Caradoc ihre Hilfe verweigert – wie auch die Iceni.«

»Weil in jenen Tagen die Macht Roms neu und vielversprechend aussah. Weil Geschenke, Versprechungen und Wohlstand verlockender erschienen als die Aussicht auf einen harten, mühsamen Kampf. Sie haben viele Jahre gebraucht, um zu begreifen, was es heißt, unfrei zu sein, beherrscht zu werden. Erst jetzt können sie abwägen, was sie früher hatten und wogegen sie es eingetauscht haben. Jetzt spüren sie die Krallen der Unterdrükkung wie Ihr die Peitsche. Vertraut mir Boudicca. Brecht in den Süden auf. Sie werden zu Euch stoßen.«

Sie schwieg und schloß die Augen. Nach einer Weile trank sie vorsichtig ein paar Schlucke aus ihrem Becher. »Ich wünschte, ich könnte Euch glauben. Aber die Knechtschaft der Römer hat mehr Gesichter als selbst Andrasta!«

Der Druide seufzte ungeduldig. »Ihr irrt Euch. Rom ist nur eine Stadt, die Römer sind Menschen wie wir. Ihr könnt wie eine Feuersbrunst über sie kommen, Boudicca.«

»Wenn Ihr Euch irrt, werden die Iceni allein marschieren und untergehen, aber so oder so, wir werden marschieren. Wir wurden furchtbar geschändet und entehrt, dafür werden wir uns rächen.«

»Ich sehe, Ihr erinnert Euch an die Alte Lehre.« Er wischte sich den Mund, stand auf und gähnte herzhaft. »Aber zuerst müßt Ihr gesund werden, Boudicca. Schlaft jetzt. Ich bleibe hier, bis Ihr wieder aufstehen könnt, dann muß ich jedoch zu meinen Brüdern zurück. Euer Schicksal liegt in Eurer eigenen Hand. Gebt den Freien Anweisungen und laßt die Stämme benachrichtigen, sobald Ihr einen Plan gefaßt habt. Und vor allem, habt keine Angst. Die Zeit der Abrechnung ist gekommen.«

Boudicca zupfte ihn mit einem fast schüchternen Gesicht am Ärmel. »Ich möchte Euch um einen Gefallen bitten. Meine Tochter...«

Er seufzte mitfühlend und setzte sich wieder. »Ja, ich habe davon gehört, aber ich kann ihre Seele nicht zurückholen. Ich kann nur versuchen, ihre Qual etwas zu lindern. Bringt sie her.«

Boudicca nickte Lovernius zu, der aufstand und hinauseilte. Schweigend warteten sie eine Weile. »Vor vielen Jahren kannte ich Euren Vater«, sagte der Druide plötzlich in die Stille hinein.

Sie warf ihm einen erstaunten Blick zu. »Tatsächlich? Seit damals hat sich viel verändert.«

»Ich weiß«, murmelte er. »Auch ich bin ein Iceni.«

»Es tut mir leid«, stammelte sie, aber er zuckte mit den Schultern und lachte.

»Die Zeit der Vorwürfe ist vorüber. Ich glaube, ich werde schon bald wieder ein icenischer Druide sein.«

Lovernius kehrte mit Brigid zurück. Sie trug eine rote, warme Tunika aus glücklicheren Tagen, die jetzt lose an ihrem mager gewordenen Körper hing. Ihr langes blondes Haar fiel offen über die Schultern herab und umrahmte ihr bleiches, schmales Gesicht. Mit einer Hand hielt sie die Huldas fest umschlossen, mit der anderen fuhr sie sich immer wieder über Mund und Kiefer, als müsse sie ihn zurechtrücken. Ihre leeren Augen wanderten ziellos durch das Zimmer und blieben an ihrer Mutter haften, ohne sie zu erkennen.

»Sie hockt auf dem Dach meiner Hütte«, sagte sie. »Der Regen glänzt in ihrem schwarzen Gefieder, und sie ruft andauernd Blut, Blut, Blut. Wo ist Pompey? Ich friere so. Pompey wird mich wärmen und mir sagen, wo ich hingehen muß.« Ihre zittrigen Hände ließen von den geschwollenen Lippen ab und fuhren zum Hals. »Im Mondlicht ist alles Blut schwarz, aber die Augen sind weiß. Meine Mutter erinnert sich vielleicht, aber sie ist die Göttin des Sieges, und ich muß nach Rom.« Bei der Erwähnung der Stadt ließ sie Huldas Hand los. Fahrig zuckten ihre Hände durch die Luft. »Überall ist schwarzes Blut im kalten Mondlicht.«

Der Druide faßte sie an den Händen und hielt sie fest. »Brigid«, sagte er sanft und eindringlich, »das Blut ist rot und warm. In den Bäumen fließt goldenes Blut, in den Flüßen silbernes und in der Sonne warmes, rotes, lebendiges Blut. Sieh mich an.« Ihre Augen suchten seine und sahen ihn an. Er lächelte. »Sag ihr das, wenn sie über dir sitzt und deinen Namen ruft.« Brigid verzog ihr Gesicht, es hatte den Anschein, als wollte sie etwas sagen, aber es kam nichts über ihre Lippen. Ihre Hände lagen schlaff in denen des Druiden, ihre Augen hingen an seinen.

»Bäume«, flüsterte sie und lachte unerwartet, schrill und schrecklich. Sie riß ihre Hände los. »Ich habe ihn getötet, den armen Marcus«, kicherte sie. »Oh, Marcus, mein Liebster. Ich habe ihn erstochen, den hübschen Marcus, und die Bäume haben mit ihren schwarzen Händen Beifall geklatscht, so schwarz wie sein Blut im Mondlicht.«

Boudicca starrte ihre Tochter entsetzt an, Lovernius entschlüpfte ein Schreckensruf, Hulda schwankte. Nur der Druide regte sich nicht. Unverwandt sah er Brigid in die Augen. Mit einemmal trat er auf sie zu und nahm sie in die Arme. »Mein Kind«, murmelte er, und ihr Kichern wurde zu einem trockenen Schluchzen. Sie entwand sich dem Druiden und suchte Huldas Arm.

»Bring sie zurück, Hulda«, befahl Boudicca mit trostloser Stimme. »Und flechte ihr die Zöpfe, ihr Haar sieht so unordentlich aus.«

»Sie läßt es nicht zu, Herrin«, klagte Hulda, dann gingen die beiden in Begleitung von Lovernius hinaus, und der Druide machte ein ernstes Gesicht. »Ihr müßt schnell gesund werden. Es gilt, zu handeln.«

Boudicca fühlte eine bleierne Müdigkeit und ließ den Kopf auf ihr Kissen sinken. »Verzweiflung, nichts als Verzweiflung«, stöhnte sie leise. »Obwohl ich weiß, daß ich jeden Römer in Albion töten müßte, weiß ich doch auch, daß die Zeiten sich geändert haben. Nichts wird mehr so sein, wie es einmal war.«

»Die Zeiten sind immerfort im Wandel begriffen, Boudicca«, erwiderte der Druide. »Es sind die Veränderungen in uns selbst, die Verzweiflung oder Zufriedenheit bringen.« Er warf sich den Umhang über und ging zur Tür. »Morgen abend komme ich wieder, um Euren Rücken zu behandeln.«

Kurz darauf kehrte Lovernius zurück. »Sie ist etwas ruhiger, Herrin«, berichtete der Barde. »Hulda bringt sie zu Bett.«

»Wo ist Ethelind?«

»Sie streift durch die Stadt, ißt und schläft, aber sie spricht nach wie vor mit niemandem.«

»Ich will mich aufsetzen, Lovernius. Helft mir.«

Vorsichtig half er ihr beim Umdrehen, und obwohl ihr plötzlich schwindlig wurde und der Rücken schmerzte, tat es gut, die Welt wieder aus einem normalen Blickwinkel wahrzunehmen. »Bringt mir den Kamm.«

Minutenlang herrschte nachdenkliches Schweigen in der Hütte, während Boudicca mit Nachdruck und Hingabe ihre Haare kämmte. Dann sprach sie.

»Nehmt Aillil und geht in den Wald, Lovernius. Sucht eine gutversteckte Lichtung und baut dort eine Hütte und einen Schmiedeofen. Grabt die Waffen aus. Ihr müßt dafür sorgen, daß sie geputzt und geschärft werden. Schmiedet Speere, Messer und Schwerter. Außerdem brauchen wir Torques. Aillil soll nach den Streitwagen sehen. Dann brauchen wir Schleudern und Äxte für die Bauern. In zwei Monaten muß jeder Iceni, Mann, Frau und Jugendlicher, bewaffnet sein.«

»Auch die Mädchen?«

»Ja. Ihre Mütter waren allesamt Schwert-Frauen. Es ist an der Zeit, daß sie begreifen, was das heißt.« Sie verschränkte entschlossen die Arme. »Aber ist es nicht schon zu spät, Lovernius? Werden sie sich ihrer alten Fähigkeiten nach so vielen Jahren wieder erinnern? Wird der Wunsch nach Rache ausreichen, um auch ihren Kampfgeist wieder zum Leben zu erwecken?«

»Herrin, und wenn sie sich nur daran erinnern, daß ein ehrenvoller Tod besser ist als das Leben eines Sklaven unter der Willkür eines Herrn, wird es schon ausreichen, um Euch zu folgen.«

Sie lächelte schmerzlich. »Ruft meine Häuptlinge. Sie sollen die Iceni im Schwertkampf ausbilden. Ihr müßt versteckte Lichtungen finden, wo Übungskämpfe ausgetragen werden können. Aber kein römischer Soldat darf getötet werden, hört Ihr? Wenn Favonius auch nur den leisesten Verdacht schöpft, ist alles umsonst. Wir brauchen Spione auf den Gehöften und in den Feldern, die euch rechtzeitig warnen, wenn Soldaten in der Nähe sind.«

Dies war der Anfang einer erstaunlichen Veränderung im Volk der Iceni. Nach außen hin nahm der Tuath wieder sein normales

Stammesleben auf, aber unter der Oberfläche schwelte es, der Geist des Widerstandes gewann an Kraft. Der Tuath führte ein Doppelleben. Untertags gingen die Iceni ihren Geschäften nach, in der Nacht aber erwachten die Wälder zu geheimnisvollem Leben. Männer und Frauen kämpften miteinander, der Schmiedeofen glühte. Favonius hatte keine Handhabe, aber er spürte die Veränderungen. Wenn er nachts einsam über den Hof der Garnision marschierte, meinte er, die Gefahr körperlich fühlen zu können, aber dann nannte er sich einen Angsthasen und machte seinen persönlichen Kummer dafür verantwortlich. Noch immer fahndete er erfolglos nach dem Mörder seines Sohnes, aber es gab keine Hinweise, nur Gerüchte, die ihm auch nicht weiterhalfen, weil es stets an Beweismaterial mangelte. Einmal hieß es sogar, die arme, verrückt gewordene Brigid habe ihn umgebracht, aber das hielt er für unwahrscheinlich. Es schien, als müsse der Tod seines Sohnes ungerächt bleiben.

Der Gouverneur hatte seinen Protest wegen des Vorgehens des Prokurators mit einem amtlichen Schreiben beantworten lassen, dessen Ton geradezu unhöflich zu nennen war. Paulinus hätte alle Hände voll zu tun und könne sich erst um die Angelegenheit kümmern, wenn er seinen Feldzug im Westen abgeschlossen habe. Bis dahin aber erwarte er von seinen Garnisionskommandanten, daß sie den Frieden aufrechterhielten, das sei ja immerhin ihre erklärte Aufgabe. An eine Versetzung sei zum gegenwärtigen Zeitpunkt ohnehin nicht zu denken. Und so marschierte Favonius weiter im nassen Schnee auf und ab, unfähig, seiner Ängste Herr zu werden.

Gegen Ende des Frühlings tauchte ein Besucher bei den Iceni auf. Boudicca konnte wieder aufstehen. Noch immer verursachte ihr jede Berührung Schmerzen, aber die klaffenden Wunden hatten sich geschlossen und vernarbten langsam. Der Druide war eines Tages ohne ein Abschiedswort verschwunden. Er hatte sich täglich mit Brigid beschäftigt, aber weder bei ihr noch bei Ethelind gab es irgendwelche Anzeichen einer Besserung. Nachts hörte man sie im Schlaf manchmal leise wimmern.

Boudicca baute eine Wand zwischen sich und ihren Töchtern auf, um nicht an deren Schicksal zu verzweifeln. Sie feilte an einem Kriegsplan. In den Hütten der Iceni lagen neue, glänzende Waffen versteckt, und die Spuren der Verweichlichung verblaßten zusehends.

An einem Frühlingstag saß sie mit Aillil und Lovernius im Versammlungshaus. Über dem Feuer drehte sich ein Lamm am Spieß, und ab und zu wurde sie in einer Sache um Rat gefragt. Ethelind lehnte an der Wand und aß still ihre Mahlzeit, umgeben von der undurchdringlichen Aura der Einsamkeit, die mittlerweile von jedem Angehörigen des Tuath respektiert wurde. Brigid hielt sich in ihrer Hütte auf. Sie wurde nur selten ins Versammlungshaus gebracht, weil sie nie aufhörte, von der Dunklen Göttin zu reden. Doch seit die Iceni sich wieder mit Kriegsplänen trugen, galt sie nicht mehr als Ärgernis. Manche hielten sie jetzt für eine Botin der Göttin, die sie zu lange vernachlässigt hatten.

Plötzlich entstand eine Bewegung an der Tür, Stimmen wurden laut. Lovernius und Aillil eilten, um nach dem Grund für die Unruhe zu schauen, und kehrten kurz darauf mit einem kräftigen, gutaussehenden Mann in ihrer Mitte zurück. Er trug sein schwarzes Haar offen und blickte sie wachsam an. Boudicca erhob sich und streckte ihm den Arm zum Gruß entgegen. »Seid uns willkommen, Fremder. Friede sei mit Euch. Wollt Ihr Euch stärken?«

Er ergriff ihren Arm und erwiderte den Gruß. »Zeigt es mir«, sagte er einfach.

Boudicca sah abwechselnd zu Aillil und Lovernius, dann drehte sie sich um und zog die Tunika hoch. Sie spürte seine Hände auf dem vernarbten Rücken und ließ die Tunika herunterfallen.

»Römer?« fragte er knapp.

Sie schüttelte den Kopf. »Nur in der Garnision, nicht in der Stadt. Heute nacht seid Ihr sicher.«

Sie setzten sich auf die Erde. Die Freien drängten neugierig heran, aber Barde und Schildträger bauten sich zwischen ihnen und ihrer Herrin auf. »Bringt Ihr Nachrichten?« fragte sie. »Wollt Ihr gleich berichten oder erst etwas essen?«

»Ich werde Euch gleich berichten.« Er verschränkte die Beine, nahm den Becher mit Wein entgegen, trank in großen Zügen und goß die Reste auf den Boden. »Ich heiße Domnall und bin ein Häuptling von Brigantes.« Boudicca erstarrte. Wie war es möglich, daß Aricia von ihren Plänen wußte? Domnall schien ihre Gedanken zu lesen, denn er erklärte sich sofort. »Als unser Ri den Arviragus verriet und Venutius sie verließ, um in den Westen zu gehen, schickte er mich in den Süden, um seine Spione dort zu befehligen. Ich habe für Rom Gräben gegraben und Trassen gelegt.« Er erzählte dies in beiläufigem Ton, aber sie ahnte, wieviel Überwindung es ihn gekostet haben mußte, solche Arbeit zu verrichten. »Die Trinovanten und Catuvellauni haben unter der Herrschaft der Römer am meisten zu leiden, wie Ihr sicher wißt. Viele von ihnen werden als Sklaven nach Rom verschifft, um in der Arena zu kämpfen, oder sie werden für die Legionen eingezogen. Der Rest verrichtet Sklavenarbeit, baut Häuser und Straßen und stirbt in Unehre. Colchester wächst beständig. Seit der Ankunft der Veteranen stiehlt man ihnen jedes Fleckchen Land, um es den aus der Legion Entlassenen zuzuteilen, die sie dann wie Sklaven auf ihren eigenen Höfen halten. Die meisten können noch nicht einmal ihre eigenen Kinder ernähren. Ihr Los erschlägt sie. Jetzt haben sie von Eurer Demütigung erfahren. Sie wollen wissen, ob Ihr kämpfen werdet.«

»Und wenn ich es täte?«

»Werden sie sich Euch anschließen. Habt Ihr Waffen?«

Sie schwieg. Möglicherweise sprach er die Wahrheit. Wenn er nun aber ein Verräter war, der für Rom arbeitete? Dann wäre alles verloren, wenn sie sich ihm anvertraute. Andererseits, wenn er nicht log, würde sie eine einzigartige Gelegenheit verspielen. Sie tauschte Blicke mit Lovernius und Aillil. Lovernius nickte unmerklich, aber Aillil seufzte: »Wir bräuchten einen Druiden, um ganz sicher zu sein. Ich glaube jedoch, daß er die Wahrheit spricht.«

»Ich bin derselben Meinung. Gut denn, Domnall. Ja, wir werden kämpfen. Unsere Waffen sind versteckt. Männer und Frauen können wieder damit umgehen. Richtet es den Stämmen aus.«

Domnall betrachtete das sommersprossige Gesicht aufmerksam. Wie verschieden Boudicca und Aricia doch waren, nicht nur äußerlich. Die eine war eine Kriegerin und hatte einen

Friedenshäuptling geheiratet, den sie bis zuletzt liebte, die andere war eine Verräterin, die einen Krieger geheiratet hatte und ihn aus Selbstsucht zerstören wollte, ohne mit der Wimper zu zucken. Boudicca sah ihn mit ihren goldgesprenkelten Augen ungeduldig an. »Wann werdet Ihr aufbrechen?« fragte er.

»Wenn der Mond sich wieder verjüngt hat.« Sie senkte die Stimme zu einem Flüstern. »Südlich von hier, zwischen den beiden Straßen, die unser Gebiet durchschneiden, liegt ein bewaldeter Hügelzug, der sich bis ins Grenzgebiet der Catuvellauni erstreckt. Kennt Ihr die Gegend?«

»Ja.«

»Erwartet mich dort um die genannte Zeit. Bringt alle mit, die Euch folgen wollen, dazu Proviant, Streitwagen und Waffen, aber kommt unauffällig. Ich will Colchester überraschen.«

»Auch ich bin ein Krieger, Lady.«

»Sendet einen Boten in den Westen. Ich will, daß die Rebellen erfahren, was hier vor sich geht.« Ob Caradoc es auch irgendwie erfahren würde? Ob er ihr vergeben würde? Niemand wußte genaues über ihn, nur daß er in diesem Irrgarten von einer Stadt noch immer am Leben war.

»Steht der Tempel des Claudius noch?« forschte sie weiter.

»Aber ja.« Domnall konnte ihrem Gedankengang nicht ganz folgen.

»Wo hält sich der Prokurator auf?«

»In Colchester.«

»Andrasta!« flüsterte sie mit leuchtenden Augen. Noch in diesem Frühling werden wir unsere Freiheit zurückerlangen.

Der darauffolgende Monat brachte einen Wetterumschwung. Es wurde merklich wärmer, regnete häufig, und bald reckte sich das erste zarte Grün der Sonne entgegen. Als alle Vorbereitungen getroffen waren, gab Boudicca den Befehl zum Aufbruch. Niemand hatte gesät, denn seit dem denkwürdigen Besuch von Decianus war Saatgut Mangelware. Es gab jedoch noch einen gewichtigeren Grund. Wenn es Ihnen nicht gelang, den Sieg zu erringen, würden sie untergehen, und keiner würde je hierher zurückkehren.

Der Mond nahm zu, es wurde Vollmond und langsam nahm er

wieder ab. Favonius sah ihn mit unguten Gefühlen von seinem Fenster aus. Obwohl die Nächte mild und voll süßer Frühlingsdüfte waren, fand er keinen Schlaf. Boudicca aber verfolgte seine Himmelsbahn auf ihren zahlreichen Gängen durch die Stadt zu den Hütten der Freien, denen sie immer wieder Mut zusprach. Oft stand sie in den frühen Morgenstunden vor dem dunklen Versammlungshaus und versenkte sich in den Anblick des bläulich nebligen Hofes, der den Mond umgab, und Subidasto murmelte eindringlich: »Du mußt dich beeilen. Paulinus nähert sich Mona. Bald kehrt er um, und dann ist es zu spät.«

»Ich weiß, ich weiß«, antwortete sie laut, aber sie fühlte sich furchtbar einsam. Außerdem hatte sie Angst, Angst davor, den Befehl zu geben, der für ihr Volk Blutvergießen, vielleicht sogar sein Aussterben bedeutete.

Doch dann war der Zeitpunkt unweigerlich gekommen. In einer dunklen, angenehm kühlen Nacht rief sie ihre Häuptlinge zu sich und brach mit ihnen ein letztes Mal zur Garnison auf. Der Mond stand als dünne Elfenbeinsichel am Himmel. Sobald sie die schützenden Bäume hinter sich gelassen hatten, legten sie sich auf die Erde und krochen auf allen vieren weiter. Sie trugen nur Hosen und kurze Tuniken, ihre Messer waren sicher in den Gürteln verborgen. Die Wachen standen wie immer rechts und links des schweren, hölzernen Tores, alles war ruhig. Zufrieden erhob sie sich und gab den Häuptlingen mit den Händen ein Zeichen. Im Schutz der Dunkelheit robbten diese weiter, während Boudicca, Lovernius und Aillil sich mutig dem Tor näherten. Einer der beiden Wachposten kam ihnen entgegen. Als er Boudicca erkannte, wich der mißtrauische Blick aus seinen Augen, und er begrüßte sie zuvorkommend. »Herrin, du bist es! Ohne dein Pferd erkannte ich dich nicht gleich. Ist es nicht zu spät, um den Kommandeur zu besuchen?«

»Ja. Aber eine dringende Angelegenheit zwingt mich dazu, ihn zu so später Stunde noch aufzusuchen. Ich brauche seinen Rat.« Der zweite Soldat gähnte. Ein Schatten näherte sich ihm von hinten. »Ob er noch auf ist?«

»In seinem Zimmer brennt noch Licht. Soll ich eine Begleitung rufen?«

»Danke, das wird nicht nötig sein. Ich kenne den Weg mittlerweile.« Er öffnete das Tor und ließ sie eintreten.

»Gute Nacht, Herrin.«

»Gute Nacht.« Sie nickte mit dem Kopf in Richtung des Schattens, der sich jetzt wie eine Katze auf die zweite Wache stürzte. Lovernius packte den anderen Römer und hinderte ihn am Schreien, während Boudicca das Messer aus ihrem Gürtel zog. Es fühlte sich kalt und ungewohnt an, doch dann fuhr es wie von selbst durch die Kehle des Römers. Sie schleppten die beiden Leichen in den Schatten der Mauer.

»Ein risikoreiches Unterfangen«, murmelte Lovernius, »aber unsere Chancen stehen gut.«

Die Würfel waren gefallen. Einer nach dem anderen tauchten die anderen Häuptlinge aus der Dunkelheit auf, und sie eilten lautlos durch das Tor in den schwach erleuchteten Innenhof. Die einen verteilten sich in Richtung der Unterkünfte, die anderen in Richtung der Getreidespeicher. Boudicca ging jedoch geradewegs auf das Verwaltungsgebäude zu, während Lovernius und Aillil sich ihm im Schatten von den Seiten her näherten. Vor der Veranda patroullierte eine Wache auf und ab, verschwand jedesmal kurz, ging um den Block herum und tauchte dann auf der anderen Seite wieder auf. Boudicca paßte den Augenblick genau ab, sprang auf die Veranda, klopfte kurz und trat ein.

Favonius saß an seinem Tisch, den Kopf in die Hände gestützt. Als sie hereinkam und die Tür hinter sich schloß, schaute er auf. Ihr Kommen schien ihn nicht zu überraschen.

»Boudicca! Ich muß eingeschlafen sein. Was willst du so spät?«

Ihre Augen flogen durch das Zimmer. Sein Harnisch befand sich in der einen Ecke, er trug ein Messer am Gürtel. »Ja, ich weiß, es ist spät, aber ich wollte mit dir reden. Hast du etwas vom Gouverneur gehört?«

»Ja, das habe ich. Und ich wollte dich auch benachrichtigen, aber ich hatte ebenso wenig Lust auf deine Gesellschaft, wie du auf die meine. Er wird sich mit deiner Angelegenheit befassen, wenn er wieder in Colchester ist.«

»Wenn er zurückkommt«, knurrte sie und schürzte die Lippen. »Wie geht es Priscilla?«

Sein verschlafener Blick wurde mißtrauisch. »Was geht dich das an?«

»Nichts. Aber ich weiß, daß sie Icenia immer besonders haßte. Es interessiert mich einfach, ob es ihr in Camulodunum besser gefällt.«

Favonius fühlte sich zunehmend unwohler. Schon lange nicht mehr hatte sie in seiner Gegenwart Colchester bei seinem alten Stammesnamen genannt. In ihren Augen saß beißender Spott, und plötzlich bemerkte er, daß er seit ihrem Eintreten die Schritte seiner Wache nicht mehr gehört hatte. Voll düsterer Vorahnungen ging er zum Fenster, stieß es auf und blickte hinaus. Der Innenhof lag still und friedlich vor ihm.

»Wovor hast du Angst, Favonius?« ließ Boudicca sich vernehmen. »Die Druiden gehören der Vergangenheit an, und Andrasta ist ein Schreckgespenst für unartige Kinder.« Verwirrt und alarmiert drehte er sich um. »Du dachtest, daß du dieses Land langsam verstehst, doch jetzt auf einmal wird dir bewußt, daß dem nicht so ist. Wie sehr sehnst du dich doch nach etwas Vertrautem! Wie sehr ängstigt es dich, daß Vertrautes plötzlich so fremd erscheint.«

»Heute nacht verstehe ich dich tatsächlich nicht, Boudicca. Bist du betrunken? Wo ist mein Wachposten?«

Sie setzte sich hinter seinen Schreibtisch. »Andrasta hat ihn sich geholt«, sagte sie ruhig, dann rief sie laut: »Lovernius, Aillil!« Und plötzlich begriff er. Er riß das Messer aus seinem Gürtel, sprang zum Fenster und schrie: »Wache! Wache!«

Die Tür flog auf, ihre Männer stürzten sich auf ihn, und Boudicca lachte, lachte aus ganzem Herzen.

»Sie sind alle tot, Favonius, alle. Die Garnison ist ein Grab, und ganz Albion wird für euch Römer zu einem Grab werden. Du warst zu feige, um gegen die Ungerechtigkeit deiner Landsleute einzuschreiten, wolltest die Schreie meines Volkes und meiner Kinder nicht hören.« Er bot ihr keinen Widerstand.

»Ich habe deinen Stolz unterschätzt, Boudicca, aber ihr Kelten könnt nicht gewinnen, ihr habt keine Chance.«

»Diesmal schon, Favonius. Der Gouverneur ist zu weit fort, um uns aufhalten zu können, und die Hälfte seiner Truppen ist bei ihm. Die andere Hälfte konzentriert sich ganz auf den Westen, aber wir ziehen nicht nach Westen, wir marschieren in den Süden. Camulodunum wird in Flammen aufgehen.«

Favonius wurde bleich. Er mußte einsehen, daß sie recht hatte. »Werde ich sterben?«

»Ja.«

»Jetzt?«

»Ja. Eigentlich wollte ich dich im Hain der Andrasta opfern und deinen Kopf aufspießen, aber da mein Gemahl dir herzlich zugetan war, werde ich dich nicht unnötig quälen.« Favonius hatte keine Zeit mehr, darauf noch etwas zu erwidern. »Aillil, tötet ihn«, befahl sie knapp und wandte sich zur Tür. Sie hörte, wie sein lebloser Körper zu Boden fiel.

»Feigling!« zischte Subidasto verächtlich, aber sie ignorierte seinen Kommentar.

Die Häuptlinge spannten die Pferde vor die Getreidekarren der Garnison, rissen die brennenden Fackeln von den Wänden und steckten jedes Gebäude in Brand. Als die Flammen hoch in den Himmel schlugen und gierig um sich fraßen, war ihr Werk vollbracht.

Noch in derselben Nacht verließen die Iceni ihr Stammesgebiet. Sie wanderten drei Tage und zwei Nächte in Richtung Süden und begegneten, lange ehe sie den vereinbarten Treffpunkt erreicht hatten, den Spionen der Trinovanten. In den Wäldern wimmelte es von Kriegern, Pferden, versteckten Lagerfeuern und kreischenden Kindern. Die Streitmacht der vereinigten Stämme war nun so gewaltig, daß sie nicht mehr länger unbeachtet blieben. Colchester, das nur noch einen Tagesmarsch entfernt lag, befand sich bereits im Aufruhr, sie durften keine Zeit mehr verlieren. Auf einer kleinen Lichtung an einem Bächlein traf Boudicca auf Domnall.

»Ihr seid also gekommen«, sagte sie lächelnd. »Der Druide hatte recht. Unsere Streitmacht ist enorm, Domnall. Wer sind alle diese Krieger?« Sie ließen sich an einem kleinen Feuer nieder, und Domnall reichte ihr einen Becher mit Bier, bevor er antwortete.

»Es sind Trinovanten, Catuvellauni, Coritani, etliche Cornovii und Dobunni. Die Druiden haben ihnen ins Gewissen geredet, und sie sind gekommen. Caradoc soll einmal gesagt haben, im

Süden sei der Geist der Freiheit für immer gestorben. Nun, er hat sich geirrt. Er war betäubt und schlummerte, doch die Willkür der Römer und Euer Schicksal haben ihn zu neuem Leben erweckt. Werdet Ihr eine Versammlung einberufen?«

»Ja. Noch heute abend. Ich habe Waffen und Getreide, aber nicht für alle. Sind Eure Krieger bewaffnet?«

»Die meisten, und der Rest wird bald mit den Schwertern und Wurfspeeren der Römer kämpfen. Wir haben nur wenig Proviant, aber wenn es uns gelingt, Colchester einzunehmen, können wir die Karren wieder auffüllen.«

Colchester. Camulodunum. Sie schwieg und trank.

Vor der Versammlung wollte sie noch einmal nach ihren Töchtern sehen. Ethelind saß unter einem Baum, stützte ihr Kinn auf die angezogenen Knie und starrte in das kleine Feuer, das ihre Dienerin für sie entfacht hatte. Sie näherte sich ihr vorsichtig. »Geht es dir gut, Ethelind?« fragte sie in barschem Ton, hinter dem sie ihren Schmerz über die traurigen Gesichtszüge ihrer älteren Tochter immer zu verbergen suchte. »Hast du alles, was du brauchst?« Ethelind antwortete nicht, sondern hob nur abwehrend die Hände. Boudicca trat einen Schritt zurück. Andrasta, dachte sie bestürzt, was soll ich nur mit ihnen tun? Sie hatte gehofft, daß ihre Töchter wieder zu sich selbst finden würden, wenn sie die Stätte ihrer grausigen Erinnerungen verließen. Wie soll ich kämpfen und marschieren, wenn ich zwei seelenlose Wesen an meiner Seite weiß?

Brigid lief unruhig am Bach auf und ab, dessen Oberfläche jetzt, in der Dämmerung, wie ein schwarzer Spiegel aussah. »Komm herunter«, rief sie zu den raschelnden Blättern hinauf, »komm herunter, Andrasta.« Hulda und der junge Häuptling, den Boudicca zu ihrer Wache bestellt hatte, saßen in einiger Entfernung beieinander, Pompey graste friedlich am Ufer des Bächleins.

»Hat sie etwas gegessen?« fragte Boudicca unfreundlich. Hulda nickte.

»Fleisch und Wasser aus dem Bach. Herrin, was soll aus ihr werden, wenn der Kampf beginnt?«

»Woher soll ich das wissen?« antwortete sie unwirsch. »Ich kann jetzt einfach noch nicht darüber nachdenken, der Schmerz ist noch zu frisch.« Mit steifen Schritten ging sie zu der Lichtung zurück, auf der die Häuptlinge sich um das Feuer zu versammeln begannen. Sie nahm auf einer Decke neben Domnall Platz und betrachtete die Versammlung mit kritischen Blicken. Ein Gefühl der Wärme und des Glücks durchströmte sie plötzich und schwemmte die Niedergeschlagenheit fort. Boudicca fühlte sich in ihre Kindheit zurückversetzt, zu der die Wärme eines großen Feuers ebenso gehörte wie das Funkeln und Glitzern der goldenen und bronzenen Torques, der Spangen, Broschen und Armreifen. Und natürlich der Honigwein, der in fröhlicher Runde herumgereicht wurde, dazu die Geschichten und die Lieder der Barden. Auch Streitigkeiten wurden ausgetragen und geschlichtet, aber vor allem erinnerte sie sich an das Gefühl der Sicherheit und Geborgenheit. Sie stand auf und breitete die Arme aus. Die Gespräche verstummten. Sie nahm ihr Schwert ab, reichte es Aillil, warf energisch ihre Haare zurück und begann zu sprechen.

»Ihr Häuptlinge aller anwesenden Stämme! Vor euch seht ihr eine Frau, die den größten Teil ihres Lebens als gehorsamer Untertan Roms gelebt hat, eine Frau, die glaubte und glauben wollte, daß Rom gerecht ist und den Stämmen dauerhaften Frieden und Wohlstand bringt. Aber Rom hat mein vollkommenes Vertrauen grausam getäuscht und den Wunsch nach Sicherheit ausgenutzt, um sich zu bereichern. Trotz meiner Bereitschaft, mit Rom zusammenzuarbeiten und enorme Tribute zu zahlen, wurde mein Tuath ausgeraubt, mein Volk in die Sklaverei geführt, meine Töchter geschändet, so daß ihre Seelen ins Reich der Schatten flüchteten. Ich selbst wurde an einen Pfahl gebunden und gnadenlos ausgepeitscht. Ich lag auf Leben und Tod. Kommen euch diese Taten der Gewalt allzu bekannt vor? Leidet ihr an denselben Schmerzen und Wunden, die Rom euch geschlagen hat? Und seid ihr nicht alle gekommen, weil ihr euch vor der Sklaverei Roms fürchtet, die ihr jahrelang erduldet habt? Jahrelang waren die Iceni ein Mustertuath, die Lieblinge der Eroberer. Von allen Stämmen Albions hätten wir am meisten in Sicherheit sein müssen.« Ihre Stimme klang hart und unerbittlich. »Was uns geschah, kann jedem Tuath jederzeit widerfahren, trotz wahrhaft hündischer Unterwerfung. Noch immer sehen sich die Römer als unsere

Herren an und herrschen mit Willkür, als wären wir wilde Tiere. Die Iceni mußten einsehen, daß Rom treulos, gierig und verlogen ist!« Sie ließ die Arme fallen und senkte ihre Stimme wieder. »Ich will Rache nehmen. Ich werde Camulodunum niederbrennen, ich werde Londinium niederbrennen. Und dann werde ich mit Paulinus abrechnen, der schon bald von der Heiligen Insel zurückkehren wird. Ich spreche als Kriegerin und Mutter. Wenn ihr den Wunsch habt, die an euch begangenen Verbrechen zu rächen, und mit mir kommen wollt, dann laßt uns gemeinsam kämpfen. Gibt es jemanden, der nicht mit uns ziehen will?«

Niemand regte sich oder sagte auch nur ein Wort.

»Gut!« rief sie und stemmte die Hände in die Hüften. »Wir brechen morgen auf.« Sie nahm ihr Schwert an sich und setzte sich wieder auf ihren Platz neben Domnall. Die Häuptlinge saßen stumm beieinander. Ihre Gedanken kreisten um die Schande und all die Ungerechtigkeiten, die sie hierhergeführt hatten.

Noch vor Anbruch der Morgendämmerung überfluteten die Stämme die römische Straße nach Camulodunum. Sie wurden bemerkt, die Nachricht eilte ihnen voraus und versetzte die Stadt in Angst und Schrecken. Die ehemalige Hauptstadt der Catuvellauni war eine wohlhabende, unbefestigte Handelsstadt geworden, der Frieden eine Selbstverständlichkeit. Und nun sollten plötzlich blutrünstige Häuptlinge sie bedrohen? Unmöglich, diese Tage gehörten doch der Vergangenheit an. Die Menschen rannten erschreckt ins Freie, da sie aber nichts Bedrohliches sahen, beruhigten sie sich wieder. Wie jeden Tag war die Sonne aufgegangen, Diener eilten durch die Gassen und erledigten Einkäufe, Kinder spielten unter den Bäumen. Nach und nach öffneten die Geschäfte. Soldaten, Händler und Offiziere bevölkerten die Straßen. Nach ein paar Stunden ebbte die Aufregung ab. Es handelte sich eben doch nur um ein Gerücht. Schließlich waren die Iceni der Rebellion überhaupt nicht fähig.

Der Bürgermeister zweifelte noch. Er hatte verschiedene Berichte erhalten, die übereinstimmend von einer Gefahr sprachen. Ob er die Bevölkerung nach Londinium bringen lassen sollte? Eine Evakuierung bedeutete jedoch immer verstopfte Straßen, Panik, Unfälle. Außerdem hielten sich zur Zeit einfach nicht genügend

Soldaten in der Stadt auf, die den Auszug der Stadtbewohner hätten überwachen können. Warum hatte er sich auch für das Amt des Bürgermeisters aufstellen lassen? Er war ein Catuvellauni, dem man für seine treuen Dienste die römische Staatsbürgerschaft zugesprochen hatte, und obwohl er keine Sekunde lang an eine wirkliche Bedrohung dachte, beseelte ihn doch eine tief in seiner Vergangenheit wurzelnde Furcht. »Schickt eine Nachricht nach Londinium«, befahl er seinem Sekretär. »Der Prokurator hält sich dort auf. Er soll uns auf alle Fälle eine Abteilung Legionäre schicken. Wir werden sie wahrscheinlich nicht brauchen, aber es schadet auch nicht, Vorsorge zu treffen.«

Der Kundschafter zügelte sein Pferd und starrte ungläubig auf den Anblick, der sich ihm bot. Die Sonne war noch nicht über den rauchenden Trümmern der Garnison aufgegangen, als er, wie von Furien gejagt, wieder zurückritt. Fünfzehn Kilometer von hier war eine Wachstation, wo er sein Pferd wechseln konnte. Er mußte Lindum und die Neunte so schnell wie möglich erreichen. Die Iceni waren verschwunden, und zwar nicht in den Norden. Das konnte nur bedeuten, daß sie sich gen Süden gewendet hatten. Sein Befehlshaber hatte recht gehabt. Die Aktionen des Prokurators hatten einen Krieg heraufbeschworen.

Petilius Cerealis brauchte sich den Bericht des erschöpften Kundschafters nicht zu Ende anzuhören. Er mobilisierte umgehend die gesamte Legion, die in den letzten Tagen ein allzu bequemes Dasein geführt hatte. Der letzte Einsatz gegen Venutius lag lange zurück. Als dieser dann in den Westen gegangen war, hatte Cartimandua die Sicherung ihrer Grenzen selbst übernommen. Die Neunte war zwar präsent, aber ihre Aktivitäten beschränkten sich auf endloses Patroullieren. Und dieses Jahr hatte Cerealis – wie alle Römer in Albion – sein Augenmerk ausschließlich auf den Feldzug des Gouverneurs gerichtet. Wir sind selbstzufrieden und blind für die Zeichen der Zeit geworden, dachte er ärgerlich. Jetzt werden wir es alle ausbaden müssen. Er diktierte eine Depesche an Paulinus. Er wußte nicht, wie stark das Rebellenheer war, aber er kannte ihr Ziel, den unbewaffneten Süden, das schutzlose Colchester. Mit erschreckender Deutlichkeit wurde ihm klar, daß die ganze Stadt dem Erdboden gleichgemacht werden würde, aber wie sollte er rechtzeitig zu ihrer Verteidigung dort eintreffen? Es war unmöglich. Wahrscheinlich würde sich sogar das ganze Tiefland erheben. Boudicca! Wer hätte das gedacht? Wenn sie klug plante, konnte sie bis zum Herbst die ganze Insel zurückerobern! Ob sie sich darüber im klaren war? Natürlich nicht. Barbaren waren keine Strategen.

»Wir sind da!« rief Domnall triumphierend, und Boudicca zügelte ihren Streitwagen. Sie blickte auf das weite Flußtal hinab, das sich zu ihren Füßen erstreckte. Die Landschaft, durch die sie gekommen waren, hatte keinerlei Erinnerungen an ihre Reise nach Camulodunum mit Subidasto vor nun bald dreißig Jahren geweckt. Das Bild in ihrem Herzen stimmte nicht mehr mit der Realität überein. Prasutugas, dachte sie plötzlich, ich bin dabei, alles zu zerstören, wofür du dich ein Leben lang leidenschaftlich eingesetzt hast. Sie streckte die Hand aus, und Aillil reichte ihr den neuen Bronzehelm mit den Schwingen der Siegesgöttin. Sie setzte ihn sich auf, griff nach dem langen Schwert ihres Vaters an ihrem Gürtel und lächelte Domnall kurz zu.

»Seid Ihr bereit?«

»Bereit. Die Stadt ist umzingelt. Nur die Frauen und Kinder sind mit den Karren noch unterwegs.«

»Wo lagert die römische Abteilung?«

»Die Spione haben berichtet, daß sie geradewegs in die Stadt einmarschiert ist. Es sieht ganz so aus, als wüßten die Römer nicht, wie stark unsere Streitmacht ist.«

Sie lachte bitter. »Es würde ihnen doch nichts nützen. Diesmal ist das Glück mit uns. Südlich von Lindum gibt es keine römische Streitmacht, die uns gewachsen wäre.« Sie ergriff die Zügel. »Und denkt daran, Domnall, keine Gefangenen. Niemand darf am Leben bleiben. Lovernius, wo sind die Mädchen?«

»Unten am Fluß und in Sicherheit.«

»Dann laßt uns aufbrechen. Aillil, gebt das Zeichen zum Angriff. Heute ist der Tag der Vergeltung!«

Der hohe Ton des Kriegshorns ertönte, und das Heer der revoltierenden Stämme ergoß sich ins Tal, angeführt von zehntausend Streitwagen. In der Stadt erstarb jeder Optimismus, die

Straßen leerten sich in Sekundenschnelle, Frauen und Kinder rannten kopflos umher. Boudicca schwang ihr Schwert. »Andrasta für die Iceni!« rief sie, und ihr Wagen donnerte unter den anfeuernden Rufen der Häuptlinge auf das Tor zu. Vor der Mauer kamen die Rebellen zum Stillstand, erklommen sie und hackten mit den Schwertern auf das Tor ein. Was dann folgte, konnte nur als ein wüstes Massaker bezeichnet werden. Bis auf die zweihundert Legionäre, die Decianus zum Schutz der Bevölkerung nach Colchester gesandt hatte, lebten nur Zivilisten in der Stadt, zu denen auch die zahllosen Veteranen gehörten, die sich nach und nach dort angesiedelt hatten. Alles, was Beine hatte, versuchte dem Gemetzel in den äußeren Häuserkreisen zu entkommen und floh in Richtung des Forums, dem einzigen befestigten Gebäude der Stadt. Wie eine Herde hilfloser Schafe standen die verängstigten Bürger der Stadt davor, nur die Veteranen reagierten geistesgegenwärtig. Sie durchsuchten die Administrationsgebäude nach Waffen und stürzten sich mutig in die Schlacht. Andere versuchten, über die Mauer aus der Stadt zu entkommen, nur um dann in die Hände der Krieger zu fallen und zu sterben. Die erlittenen Demütigungen, Ungerechtigkeiten, der angestaute Haß, die unsägliche Not und der glühende Wunsch nach Rache entluden sich nun wie ein Inferno über der Bevölkerung, und niemand entkam der blutrünstigen Orgie. Die äußeren Häuserkreise gingen bereits in Flammen auf, als die Freien noch immer Beute aus den Häusern schafften und über die Mauer in die Arme ihrer wartenden Familien warfen. Die Legionäre zogen sich eilig zurück und taten sich mit den bewaffneten Veteranen zusammen. Meter um Meter mußten sie vor den Rebellen zurückweichen.

Gegen Mittag gaben sie den Widerstand auf und flüchteten sich ins Forum. Eine kurze Kampfpause entstand, in der Rufe nach Gnade laut wurden, die die Rebellen jedoch erneut anstachelten. Bald türmten sich die Leichen in den Straßen.

Boudicca rannte durch das ohrenbetäubende Kampfgetümmel zum Verwaltungsgebäude. Sie riß die erste Tür auf, aber der Raum war leer. Keuchend lehnte sie sich an die Wand, dann stieß sie die zweite Tür auf und sah eine ängstlich zusammengekauerte Gestalt in der Ecke. Als sie sich ihr drohend näherte, fing diese an, in den höchsten Tönen zu jammern. »Boudicca, ich bin es, Priscilla. Erkennt Ihr mich denn nicht? Ihr werdet mich doch nicht töten!« Sie ließ ihr Schwert sinken. Priscillas Gesicht war vor Angst verzerrt. Die Frauen starrten sich lange an, dann schluckte Boudicca und drehte sich um. Ihr Atem flog. »Ich überlasse es jemand anders, dich zu töten«, krächzte sie und rannte hinaus.

Bis zum Abend hatten die Rebellen die Stadt entvölkert. Die letzten Überlebenden, die Veteranen und die Legionäre aus Londinium, waren zum Tempel geflüchtet und hatten sich dort verbarrikadiert. Zur Überraschung aller war es den Häuptlingen bisher nicht gelungen, die Schlachtreihen der Soldaten zu durchbrechen, die sich zwischen den Säulen vor den Treppen wacker schlugen. »Wir dürfen sie nicht am Leben lassen, Herrin!« rief Lovernius ihr zu. »Sie würden zu den Legionen fliehen, und wir sähen uns Paulinus früher gegenüber, als uns lieb sein kann.«

»Ich weiß. Domnall, haben die Häuptlinge schon versucht, von hinten in das Gebäude einzudringen?«

»Die Türen dort sind verschlossen und verbarrikadiert. Aber eine Gruppe von Freien versucht durchzubrechen.«

»Gut.« Sie schüttelte ihre Faust gegen den Tempel, der ihnen so beharrlich trotzte. »Tempel der Unterdrückung«, murmelte sie halblaut, »ich werde dich bezwingen.« Sie befahl den Häuptlingen, ihre Freien einzuteilen und die Soldaten die ganze Nacht über beschäftigt zu halten, dann eilte sie aus der Stadt hinaus und zurück zum Wald, wo eine tiefe, wohltuende Stille sie umfing. Sie fand Brigid neben der Kochstelle schlafend und mit einem unschuldigen, entspannten Gesicht. Ethelind hatte sich schützend in ihren weiten Umhang eingehüllt und schaute, mit dem Rücken an einen Baumstamm gelehnt, dumpf in den Wald. Hulda und der junge Häuptling nickten ihr schlaftrunken zu. Boudicca legte sich in einiger Entfernung vom Feuer ins weiche Gras und schloß die brennenden Augen. Wie herrlich es duftete! Wie angenehm kühl es hier war! Welch erhabene Ruhe, welch belebende, friedliche Stimmung. Andrasta, hast du uns gesehen? Hast du zustimmend mit deinen schwarzen Schwingen geflattert? Hast du deinen Durst mit dem süßen Blut der Rache gestillt? »Mehr Blut, viel, viel mehr!« kicherte Subidasto.

»Laß mich endlich in Ruhe«, zischte sie ihn böse an. »Bleib wo du bist, Alter. Du bist tot. Warum mischt du dich dauernd ein?« Dann fiel sie in einen bleiernen Schlaf und träumte, daß er bei ihr saß und mit seinen knöchernen Fingern über ihre Narben fuhr.

Am nächsten Morgen aß sie wenig Brot und trank aus dem Bach. Als ihre Töchter erwachten, war sie bereits wieder in der Stadt. Ein unerträglich starker Verwesungsgeruch schlug ihr entgegen, der sie an das Viehschlachten nach dem Samhainfest erinnerte. Domnall begrüßte sie krächzend.

»Sie halten sich immer noch, Herrin. Ich weiß nicht, wie sie es schaffen. Ich muß mich eine Weile ausruhen. Die Hälfte der Freien hat geschlafen und kann weiterkämpfen.«

Sie entließ ihn und rief nach Aillil. »Heute müssen wir sie besiegen und weiterziehen! Blast die Kampftrompete.« Sie zog ihr Schwert, der Schlachtruf ertönte. Die Freien lösten sich ab und bestürmten den Tempel frisch und ausgeruht. Die Legionäre bildeten ihre Kampfformation im Schutz des Säulenganges und parierten die Angriffe, ohne Hoffnung, ohne Kampfgeschrei. Trotzdem verging auch dieser Tag, ohne daß das Gebäude eingenommen werden konnte. Boudicca wischte sich fluchend den Schweiß von der Stirn. »Wir müssen sie ausräuchern, eine andere Möglichkeit gibt es nicht. Sie dürfen auf keinen Fall lebend davonkommen. Domnall, laßt Holz sammeln. In der Stadt stehen genügend verlassene Holzhütten. Aillil, wir brauchen weitere Feuer.« Ihre Befehle wurden ausgeführt, und schon bald loderte eine Kette von großen Feuern am Fuß des Tempels. Die gellenden Todesschreie der verbrennenden Römer hallten in ihren Ohren.

Auf der Waldlichtung wurde sie von einem Kundschafter erwartet. Sie setzte sich müde auf die Erde und trank durstig von dem Bier, das Hulda ihr reichte.

»Die Neunte hat Lindum verlassen und ist auf dem Weg hierher«, berichtete er.

»Wann wird sie hier eintreffen?«

»Sie ist noch in Durobrivae, aber Cerealis wird sich nicht lange dort aufhalten.«

»Wenn wir hier auf ihn warten«, überlegte sie laut, »können wir Vorbereitungen treffen. Andererseits ist die Gegend hier zu waldreich, was den Kampf gegen eine Legion erheblich erschweren würde. Wir ziehen also erst ein Stück nach Norden, dann nach Westen hin, wo das Land offener ist«, entschied sie. »Eine Legion sollte nicht allzuschwer aufzufinden sein, und außerdem werden uns die Kundschafter auf dem laufenden halten.«

»In Colchester sind wir kein Risiko eingegangen«, bemerkte Lovernius, der mit ihr zurückgekehrt war. »Im Kampf mit den geschulten Soldaten der Legion werden wir unsere eigentliche Feuerprobe zu bestehen haben.«

Boudicca erhob sich. »Heute nacht werden wir uns jedenfalls ordentlich ausruhen, und ich brauche jetzt ein erfrischendes Bad.« Das Feuer der brennenden Stadt leuchtete am Abendhimmel. Boudicca fand keinen Schlaf, sie hatte Angst.

37

Paulinus nahm den Helm ab und hob die Arme über den Kopf, damit sein Bursche ihm den Harnisch ausziehen konnte. Die Luft im Zelt war stickig, aber immerhin noch etwas besser als draußen, wo der beißende Qualm von brennendem Holz und verkohlten Leichen dunkel gen Himmel stieg. Gestern war Mona noch die Heilige Insel der weißgekleideten Druidenpriester gewesen. Heute sengte die Sonne erbarmungslos auf ihre verstümmelten Leiber herab, auf umgestürzte Altäre und auf die Soldaten, die große Scheiterhaufen errichteten, um darauf die Toten zu verbrennen. Andere waren damit beschäftigt, die alten Eichen zu fällen. Paulinus ließ sich in seinen Sessel fallen, in Gedanken noch immer mit dem Vortag beschäftigt. Von einer Schlacht konnte nicht die Rede sein. Sie hatten die Bewohner der Insel, denen die Ankunft der Römer nicht verborgen geblieben war, in die Berge gejagt und unter den Bäumen hingemetzelt. Die ganze Zeit über lag Mona wie ein Seeungeheuer vor ihnen. Die Offiziere sorgten sich um die Disziplin der Truppe, die behauptete, den Zauber der Insel bereits zu verspüren. Paulinus hatte rein gar nichts von diesem sogenannten Zauber gefühlt. Als sie dann übersetzten und sich den am Ufer versammelten Druiden gegenübersahen, kauerten die Männer wie verschreckte Kinder in den Booten und auf den Flößen. Erst als er allen voran unerschrocken ans Ufer sprang, erwachten sie aus ihrer Starre.

»Dein Erster Offizier ist hier«, meldete sein Bursche respektvoll.

»Er soll hereinkommen. Und besorge mir heißes Wasser. Ich brauche dringend ein Bad.«

Der Zelteingang wurde zurückgeschlagen. Agricola bückte sich, trat ein und salutierte. Paulinus winkte ihn lächelnd auf den kleinen Lederhocker an seiner Seite. »Setz dich. Möchtest du etwas trinken? Wie gehen die Arbeiten vonstatten?«

»Zügig. Trotzdem wird es noch eine Weile dauern, bis alle Eichen gefällt und verbrannt sind. Eine Abteilung verfolgt die Einheimischen, die uns gestern entkommen sind.«

»Wie hoch sind unsere Verluste?«

»Ein, zwei Dutzend Männer, nicht der Rede wert. Keine Offiziere. Ein paar Verwundete. Was machen wir mit den Feldern?«

»Den Feldern?«

»Sie sind bereits bestellt worden. Was machen wir damit?«

Paulinus dachte nach. »Es wird am sinnvollsten sein, sie umzugraben. Im kommenden Jahr können wir sie dann selbst bestellen.«

»Es ist mir noch immer unbegreiflich, daß wir so völlig ohne Widerstand bis hierher vordringen konnten.«

»Ich vermute, daß die Rebellen so ziemlich am Ende sind. Wir werden uns hier ein oder zwei Wochen ausruhen, ehe wir wieder in die Zivilisation zurückkehren.« Er hob seinen Becher und prostete Agricola zu. »Auf den Kaiser und unseren Erfolg!«

Agricola stand auf und verabschiedete sich, als der Bursche aufgeregt ins Zelt stürzte.

»Ein Kundschafter aus Deva ist angekommen, Herr! Er sagt, es sei dringend, und will nur mit dir persönlich sprechen.«

»Führe ihn herein. Julius Agricola, du bleibst besser noch ein Weilchen. Ich will nicht hoffen, daß dieses Frauenzimmer in Brigantes wieder Schwierigkeiten macht.«

Kurz darauf hinkte der Kundschafter herein, von Kopf bis Fuß mit Schlamm bespritzt, mit bleichem, übernächtigtem Gesicht. Paulinus nickte ihm zu. »Welche Nachricht überbringest du, Zenturio?«

»Die Iceni haben sich erhoben. Sie haben die Garnison auf ihrem Stammesgebiet niedergebrannt und sind auf dem Weg nach Colchester. Tausende sind unterwegs. Das ganze Land ist verlassen, jedes Gehöft, jede Siedlung.«

Agricola sprang auf die Füße, Paulinus behielt Platz. Er schien noch nicht aus der Fassung gebracht. »Handelt es sich um ein Gerücht?«

»Nein. Ein Kundschafter aus Lindum hat die Überreste der Garnison mit eigenen Augen gesehen, ebenso die Geistersiedlungen im Gebiet der Iceni. Die Neunte ist mittlerweile auf dem Weg nach Süden. Der Legat läßt dir ausrichten, daß er nicht rechtzeitig dort sein kann, um Colchester zu retten, aber er wird versuchen, die Rebellen so bald wie möglich aufzuhalten. Angeblich haben sich die Trinovanten den Iceni angeschlossen.« Paulinus' Faust donnerte auf den Tisch.

»Die Iceni? Aber das ist unmöglich! Prasutugas und seine Häuptlinge waren immer unsere zuverlässigsten Verbündeten.« Doch im selben Augenblick erinnerte er sich an eine Depesche, die der Befehlshaber der Garnison ihm geschickt hatte, und an eine weitere von Decianus: »Da der Herrscher der Iceni verstorben ist, beabsichtigte ich, sofort mit der Beschlagnahmung des Vermächtnisses zu beginnen ...«, und die andere »Ich bin der Ansicht, daß Raub, Plünderungen und Morde weder Bestandteil der kaiserlichen Politik sind noch zu den Pflichten des Prokurators gehören dürften, und bitte hiermit höflich um meine Versetzung.« Icenia. Boudicca.

Im Zelt herrschte eisiges Schweigen. Dann stand Paulinus auf, schlug den Zelteingang zurück und starrte auf das grün schillernde Meer hinaus. Die Iceni, vielleicht die Trinovanten. Fünfzigtausend? Oder noch mehr? Ein Gefühl der Ohnmacht beschlich ihn. Londinium war ebenfalls unbewaffnet zurückgeblieben, wie auch Verulamium und, so erkannte er resigniert, das gesamte verdammte Tiefland. Wo hatte ich nur meinen Kopf? Wie konnte ich nur so nachlässig sein?

»Was ist mit der Zweiten in Glevum?« warf Agricola ein, aber Paulinus starrte nur düster auf den Tisch.

»Laß mich einen Augenblick nachdenken, Julius. Ich habe die Vierzehnte hier, die Zwanzigste in Deva, nicht ganz hundert Kilometer von hier. Zwei Legionen. Aber selbst wenn wir zwanzig Legionen wären, würde es nichts nützen. Mithras! Wir jonglieren mit zu vielen unsicheren Faktoren. Und ich bin dafür verantwortlich! Geh und stärk dich«, entließ er den Kundschafter. Dann wandte er sich an Agricola. »Schick einen Boten nach Glevum. Die Zweite muß sofort nach Londinium aufbrechen.«

»Die Zweite ist geteilt und ohne Legat. Der Lagerverwalter wird eine ganze Weile brauchen, bis es ihm gelingt, die Legion zu mobiliseren.«

»Du hast sicher recht, aber es hilft alles nichts. Du nimmst die Hälfte der Vierzehnten, marschierst unverzüglich nach Deva und übernimmst dort die Zwanzigste. Dann marschierst du mit beiden nach Londinium. Wie lange wirst du brauchen?«

»Gewaltmarsch? Ungefähr zwei Wochen.«

Paulinus rieb sich die Bartstoppeln am Kinn und seufzte. »Nun, es scheint einfach keine schnellere Lösung zu geben. Mit etwas Glück können sich die Zweite und die Neunte vereinen und die Rebellen aufhalten, bis du zu ihnen stößt. Ist dir schon aufgefallen, Julius, daß ich wegen Mona möglicherweise ganz Albion verspielt habe?«

»Noch nicht einmal Julius Cäsar hätte vorhersehen können, daß ein treuer Verbündeter wie die Iceni sich erheben würde. Was wirst du unternehmen?«

»Ich werde mit der Kavallerie direkt nach Londinium aufbrechen. Wenn wir uns erst einmal bis zur Straße durchgekämpft haben, können wir relativ schnell vorankommen, obwohl sie noch nicht ganz ausgebaut ist. Ich schätze, daß wir kurz nach der Zweiten dort eintreffen und die Ordnung wiederherstellen können.«

»Paulinus, auf diesem Land lastet tatsächlich ein Fluch. Manchmal will es mir scheinen, als ob sogar die Erde zu unseren Füßen uns haßt.«

»Unsinn«, erklärte Paulinus unwirsch. »Wir haben keine Zeit, um uns auch noch um eingebildete Ängste zu kümmern. Die wirklichen sind schon schlimm genug. Ruf die Tribunen und meine Legaten zusammen. Ich bin ziemlich sicher, daß die Stämme in den Jahren des Friedens vergessen haben, wie man kämpft.«

Agricola salutierte und eilte hinaus, Paulinus verschränkte die Arme hinter dem Kopf. Er mußte die Situation ganz schnell wieder in den Griff bekommen, nicht nur seine Karriere hing davon ab, sondern auch sein Leben.

Paulinus verließ das Zelt. Schweren Gedanken nachhängend eilte er durch die gleißende Mittagssonne. Der rangälteste Hauptmann der Vierzehnten hatte Mühe, ihn einzuholen.

»Verzeih, wenn ich dich störe, aber es gibt da ein kleines Problem.«

»Paulinus blieb stehen. »Was für ein Problem?« fauchte er.

»Unter den Bäumen liegt ein Leichnam, den keiner der Soldaten anrühren will«, erklärte der Offizier beinahe entschuldigend.

»Ruf den Legaten und laß mich mit derartigem Unsinn in Ruhe.«

»Wir können ihn nicht finden, und die Männer weigern sich, die Arbeit wieder aufzunehmen, solange die Leiche dieses Mannes dort liegt.«

Aber ich habe keine Zeit für solche Mätzchen, wollte er seinen Offizier anfahren, doch er beherrschte sich.

»Also gut«, knurrte er. »Gehen wir.«

Der Offizier führte ihn auf einem Pfad in den Wald, wo es angenehm kühl war. Sie folgten dem Pfad eine Weile, dann bogen sie ab und trafen auf die Abteilung, die in respektvollem Abstand von einer leblosen Gestalt ratlos herumstand. Ein junger Legionär kauerte auf der Erde und wippte unruhig hin und her. Paulinus ging auf ihn zu.

»Steh auf!« befahl er. »Aufstehen, du kleiner, feiger Bastard!«

Der junge Soldat sah den Gouverneur an. Sein Gesicht war aschfahl und verschwitzt, und zwei seiner Kameraden mußten ihm beim Aufstehen helfen.

»Was ist mit dir los?« fragte Paulinus ungeduldig. Der junge Mann schluckte.

»Ich hab ihn umgebracht«, krächzte er heiser.

»Du hast, mit anderen Worten, nichts weiter als deine Pflicht getan«, schnaubte Paulinus. »Was fehlt dir?«

»Ich habe ihn getötet«, wiederholte der Soldat, und Paulinus wandte sich angewidert an den Hauptmann.

»Was ist hier eigentlich los?«

»Diese Soldaten wurden beauftragt, die Leichen einzusammeln. Sie haben den ganzen Morgen ihre Arbeit getan, bis diese Leiche hier gefunden wurde.«

»Ich habe ihn getötet«, jammerte der Soldat erneut. »Als ich mich über ihn beugte, erkannte ich ihn, und als ich ihn aufheben wollte und in seine Augen sah ...«

»Nun? Was war da? So sprich doch endlich!«

»Ich sah mich selbst.«

Paulinus stöhnte. »Ja, wen denn sonst? Natürlich hast du dein Spiegelbild in seinen Augen gesehen.«

»Nicht so, wie du denkst, Herr. Ich sah mich am Boden liegen, tot. Mein Brustpanzer war fort und in der Brust hatte ich ein riesengroßes Loch.«

Paulinus knurrte verzweifelt. »Du bist ein kleiner Wichtigtuer, der abergläubisches Geschwätz verbreitet. Man wird dich wegen Befehlsverweigerung bestrafen.«

»Ich sah mich ebenfalls, Herr«, warf ein anderer Soldat ein. »Ich rannte kopflos durch einen Wald und hatte meine Waffen verloren.«

Paulinus bedachte ihn mit einem merkwürdig hilflosen Blick, dann beugte er sich selbst über den Leichnam. Der Druide lag mit dem Gesicht zur Seite. An seinem Hals hing eine blutverschmierte Kette, und der Speer, der ihn getötet hatte, steckte noch immer in seiner mächtigen Brust. Ein Mann in den besten Jahren, dachte Paulinus. An einer Hand trug er einen eigenartigen Ring, dem man wahrscheinlich magische Kräfte zuschrieb. Die Männer beobachteten ihn gespannt. Und tatsächlich, als Paulinus in die starren Augen des anderen schaute, konnte er nur mit Mühe einen Ausruf der Verwunderung unterdrücken. Noch nie hatte er solch milchigweiße Augen gesehen, mit einem leichten bläulichen Schimmer. Dieser Druide mußte blind gewesen sein. Er betrachtete sie näher. Zunächst konnte er nichts weiter erkennen als den Schatten, den sein eigenes Gesicht über den Kopf des Druiden warf. Doch schon wurde der Schatten dunkler, dann farbig und schließlich nahm er Form an. Paulinus sah in Boudiccas sommersprossiges Gesicht. Langsam, um Zeit zu gewinnen und seine Erregung zu verbergen, richtete er sich auf. Als er sich zu den Legionären umdrehte, hatte er sich wieder gefaßt. Er schaute zu den Ästen über ihren Köpfen hinauf und sagte. »Ich sehe nichts als einen toten Druiden. Wenn seine Augen euch irgendwelche Visionen vorgaukelten, so lag es wohl an dem Schattenspiel der Blätter. Jetzt hebt ihn auf und tragt ihn zu den anderen!«

Die Gruppe setzte sich zögernd in Bewegung. »Los!« brüllte der Hauptmann, »das war ein Befehl! An die Arbeit, und zwar unverzüglich!«

Paulinus nickte ihm zu und machte sich auf den Rückweg. Natürlich, überlegte er. Die Schatten, was denn sonst. Diese verfluchte Insel war das magische Heiligtum Albions...

Er sah nicht, wie seine Soldaten den toten Körper eilig aufhoben und davonkarrten. Der Hauptmann lief nebenher, und als sie ins Sonnenlicht traten, warf er einen letzten, neugierigen Blick in das Gesicht des Druiden. Die Augen hatten sich erneut verändert. Die milchigweiße Blässe war verschwunden, er blickte in ein endlos tiefes, unheilvoll schwarzes Nichts. Schaudernd streckte er die Hand aus und schloß die Lider.

Paulinus verließ Mona mit zwölfhundert berittenen Soldaten. Jeder führte lediglich eine kleine Notration an Proviant mit sich, denn die Zeit drängte. Es gab keine Zeit, um Kundschafter vorauszuschicken, keine Zeit, um warme Mahlzeiten zu kochen oder nachts ein Lager zu errichten. Sie schliefen nur sporadisch und verbrachten die meiste Zeit im Sattel. Weiter, weiter. Des Nachts unter dem funkelnden Sternenzelt spürten sie ihre Verwundbarkeit am deutlichsten. Doch schließlich erreichten sie unversehrt den kleinen, in einem Tal gelegenen Ort Penocrutium. Hier gab es eine Wachstation und frische Pferde, wenn auch nicht für alle. Gleich hinter dem Ort begann die Straße, die sie auf dem kürzesten Weg nach Londinium bringen würde. Der Befehlshaber der

Wachstation ließ sofort den Boten rufen, der hier auf Paulinus gewartet hatte. Er überbrachte eine Nachricht von Poenius Postumus, dem Lagerverwalter der Zweiten Augusta.

»Der Präfekt läßt ausrichten, daß er nicht kommen kann«, vermeldete der Kurier, der sich sichtlich unwohl dabei fühlte. »Die Zweite ist geteilt und ein Viertel der Legion hält noch immer die Rebellen so weit wie möglich von Mona entfernt, wie du es befohlen hast. Der Präfekt bedauert.«

»Der Präfekt bedauert... Aber es war ein Befehl!«

»Herr, ich überbringe nur die Nachricht«, stotterte der Kurier.

Paulinus lief wütend auf und ab und ballte dabei die Hände zu Fäusten. »Ohne die Zweite kann ich wenig für Londinium tun.«

»Sieh dich auf dem Weg in den Süden vor«, warnte der Befehlshaber. »Meine Spione haben mir berichtet, daß das Land wie leergefegt sei. Und wo die Neunte sich aufhält, weiß auch keiner.«

Paulinus schloß erschöpft die Augen. »Wir haben keine Zeit, Vorsicht walten zu lassen«, gab er lakonisch zur Antwort. »Sind die Vorräte aufgefrischt?«

»Ja.«

»Gut. Wir reiten sofort weiter.« Wenig später hatte auch der letzte Mann die Wachstation verlassen. Warum werden wir nur immer wieder von diesem Zauberkoller gepackt, dachte Paulinus wütend. Der Aberglaube dieses Landes hängt wie eine dunkle Wolke ständig über unseren Köpfen und lähmt auf Dauer die Willenskraft jedes vernünftigen Menschen. Alle haben sich bis jetzt von diesem Zauber einfangen und besiegen lassen, Scapula, Gallus, Veranius und in gewisser Weise auch Plautius, aber ich nicht! Ich weigere mich, daran zu glauben! sagte er sich trotzig immer und immer wieder.

Sie kamen an Verulamium vorbei, erreichten Deva, und nach weiteren sechs Tagen galoppierten der völlig übermüdete Gouverneur und seine erschöpften Truppen durch die Straßen von Londinium. Die Bevölkerung hieß ihn begeistert willkommen. Er eilte geradewegs zum Bürgermeister.

»Wo ist die Neunte?«

Der Mann hätte ihn am liebsten umarmt und stotterte vor

Erleichterung. »Du bist gekommen! Dank den Göttern! Wir glaubten schon ... Sind die Legionen bei dir?«

»Wie hätte ich wohl sämtliche Legionen in so kurzer Zeit sammeln können? Gebrauch deinen Verstand, Mann, und beantworte meine Frage. Wo ist die Neunte?«

Der Bürgermeister schaute ihn entgeistert an. »Du weißt es nicht?«

Paulinus nahm den Helm ab und setzte ihn behutsam auf den Tisch. »Hör mir gut zu. Ich bin verschwitzt und müde. Ich habe über dreihundert Kilometer ohne Pause auf dem Pferderücken zurückgelegt. Wir befinden uns in einer Krisensituation. Wo also ist die Neunte?« brüllte er und hieb mit der Faust auf den Tisch. Der Bürgermeister sank blaß in seinen Sessel zurück.

»Sie wurde besiegt. Petilius Cerealis konnte mit einer Handvoll berittener Soldaten und einigen Hilfstruppen entkommen. Er hat sich nach Fort Lindum zurückgezogen.«

Paulinus starrte ihn an. »Colchester?«

»Wurde völlig zerstört. Keine Überlebenden. Die Rebellen sind auf dem Weg hierher.«

Paulinus spürte, wie er den Boden unter den Füßen verlor. Keine Zweite. Keine Neunte. Die Neunte besiegt. Mithras! Ausgerechnet die fähigste, schlagkräftigste der Legionen! Er zwang sich zur Ruhe, zu klarem Denken. Und plötzlich wich die Panik der klaren Verstandeskraft. Mit zwölfhundert berittenen Soldaten konnte man keine Stadt verteidigen. Ihrer aller Schicksal hing an einem seidenen Faden. So traf er die vernünftigste, logischste Entscheidung, die er in dieser Situation treffen konnte. Er mußte Londinium aufgeben.

»Laß die Vorratsspeicher öffnen. Meine Männer werden so viel Getreide mitnehmen, wie sie nur tragen können. Der Rest wird verbrannt. Boudicca muß hungrig weiterziehen.«

»Wie ... wie meinst du das?« flüsterte der Bürgermeister und wurde noch blasser. »Du willst doch nicht etwa ... fort?«

»Genau das. Bedaure, aber ich kann nicht wegen einer Stadt riskieren, die ganze Provinz zu verlieren. Jeder Bürger der Stadt, der mit der Kavallerie Schritt halten kann, kann mit uns reiten.«

»Aber du überläßt uns dem sicheren Tod! Hier leben mehr als

fünfundzwanzigtausend Bürger, wehrlose, anständige Frauen, Männer und Kinder, deren einzige Hoffnung dein Eingreifen ist!«

Paulinus packte ihn bei den Schultern und schüttelte ihn. »Nimm dich zusammen, Mann. Und hör mir endlich einmal zu! Wir sind so gut wie besiegt. Ich habe zwölfhundert Soldaten hier. Die Rebellen zählen ein Vielfaches. Ich muß fort. Wenn ich die Vierzehnte und die Zwanzigste treffen kann, haben wir eine kleine, eine winzig kleine Chance, aber niemandem ist damit gedient, wenn wir uns hier in der Stadt abschlachten lassen.« Er ließ die Hände fallen, der Bürgermeister zitterte wie Espenlaub.

»Was soll ich der Bevölkerung sagen?«

»Nichts. Wir haben keine Zeit. Wenn du aber unbedingt etwas sagen willst, dann erzähl ihnen, daß zwei Legionen auf dem Weg hierher sind. Wo ist Decianus?«

»Der Prokurator?« Der Bürgermeister versuchte, sich zu sammeln. »Er plünderte die Schatzkammer und floh nach Rutupiae, als er hörte, Boudicca sei unterwegs. Er ist sicherlich in Gallien und in Sicherheit.«

Erneut flammte der Zorn in Paulinus auf, doch er bezwang seine Wut. »Sieh zu, daß meine Männer eine warme Mahlzeit erhalten und beschlagnahme alle verfügbaren Pferde. Bei Anbruch der Dämmerung ziehen wir los.«

Der Bürgermeister nickte schwach. »Herr«, begann er von neuem, »wenn du überlebst, wirst ... wirst du den Kaiser wissen lassen, welches Opfer diese Stadt dem Imperium bringt?«

»Wenn ich überlebe, wird das ganze Imperium dich ehren!«

Irgendwie sickerte die Entscheidung des Gouverneurs, Londinium seinem Schicksal zu überlassen, durch und versetzte die Bevölkerung in noch größere Angst, die schließlich in eine nicht mehr zu kontrollierende Massenhysterie umschlug. Paulinus und seine Männer brachten sich in einem ausgedienten Lagerhaus am Hafen in Sicherheit, aßen heiße Lauchsuppe und Weizenbrot und schlichen sich bald darauf so unauffällig wie möglich aus dem Gebäude. Sie überquerten den Fluß und erreichten endlich ihre wartenden Pferde. Ihr Aufbruch blieb nicht unbemerkt. Ein vielstimmiger Schrei der Empörung stieg in den Himmel und verfolgte Paulinus bis in die Nacht hinein.

Die Menschen in der Stadt packten ihr Hab und Gut in fieberhafter Eile, doch nur drei Stunden nachdem der Gouverneur ihnen jede Hoffnung auf Rettung zunichte gemacht hatte, als die Sonne blutrot versank, bildete sich eine dunkle Linie am Horizont, und eine Frauenstimme rief zum Angriff. Boudicca, die Botin der Dunklen Göttin, war eingetroffen.

38

Sie stand im Zwielicht des Eichenhaines und diesmal kam sie nicht mit leeren Händen zu Andrasta, der Göttin des Sieges. Unzählige Pfähle waren im Hain der Andrasta errichtet worden und auf jedem steckte eine blutige Trophäe. »Blut, viel mehr Blut«, flüsterte Subidasto. Boudicca warf einen langen Blick auf das Zeichen ihres Triumphes und schüttelte den Kopf.

»Nein«, murmelte sie, »kein Blut mehr. Nur noch die Legionen. Ich habe mich gerächt.«

»Wir müssen die Versammlung einberufen, Lovernius«, sagte sie auf dem Weg zurück ins Lager, »ich habe ihnen etwas mitzuteilen.« An Stelle einer Erwiderung ließ ihr Barde die Spielwürfel heftig klappern. Die Häuptlinge hatten sich an einem großen Feuer versammelt und waren guter Dinge.

Als Boudicca zu sprechen begann, mußte sie schreien, damit jeder sie verstehen konnte. »Männer und Frauen! Der Zeitpunkt für den letzten, entscheidenden Schlag gegen Rom ist gekommen. Ich weiß, daß ihr müde und hungrig seid. Ich weiß, daß unser Proviant knapp wird. Aber wenn ihr mir nur noch eine kurze Zeit folgt, werdet ihr alles in Hülle und Fülle haben. Paulinus war nicht in Londinium, wie wir gehofft hatten, deshalb müssen wir sofort die Verfolgung aufnehmen, um zu verhindern, daß er zu den anderen Legionen stößt, die die Küste vor Mona bereits wieder verlassen haben. Wenn wir ihn besiegt haben, werden wir die Vierzehnte und die Zwanzigste überfallen, und die Unterdrükkung durch Rom hat ein Ende. Wir werden ein Lied des Triumphes singen und nicht länger in Trauer um unsere verlorene Freiheit leben.«

Sie machte eine kurze Atempause, die ein untersetzter Häuptling dazu benutzte, um ihr unhöflich ins Wort zu fallen. »Warum die Eile?« rief er aufgebracht. »In Colchester haben wir reiche Beute gemacht, ebenso in Londinium. Jetzt warten die Schätze Verulamiums auf uns.« Er setzte sich, und ein anderer Häuptling ergriff das Wort, noch ehe Boudicca etwas sagen konnte. »Die Legionen können warten! Wir haben einer den Garaus gemacht, wir werden auch die anderen besiegen, wenn wir die Zeit für gekommen halten. Aber vorher wollen wir Verulamium plündern. Auf meinem Beutekarren ist noch eine Menge Platz!« Er erntete lauten Beifall, und Boudicca schoß wütende Blicke in die Menge.

»Wie ist es nur möglich, daß ihr noch immer in einer Traumwelt lebt?« herrschte sie sie an. »Habt ihr nach so kurzer Zeit schon alles vergessen? Ihr solltet wissen, daß Paulinus und seine Legionen nicht unterschätzt werden dürfen. Wir müssen jeden Vorteil nutzen! Deshalb werden wir Verulamium nicht plündern und auch nicht mehr über die Bevölkerung herfallen. Nur noch Paulinus und die Legionen zählen.« Atemlos setzte sie sich, und sofort wurden Proteste laut.

»Ihr seid nicht der Arviragus! Niemand hat Euch gewählt! Wir brauchen Eure Vorschriften nicht!«

»Andrasta!« schrie sie empört und sprang wieder auf die Füße. »Ich führe euch, weil ihr unfähig seid, euch selbst zu führen! Hätten die Iceni sich nicht erhoben, würdet ihr heute noch Gräben und Straßen bauen und mit Sklavenketten um den Hals auf euren eigenen Feldern für römische Herren arbeiten. In Verulamium leben Catuvellauni, keine Römer! Was sagt ihr Catuvellauni dazu? Wollt ihr etwa über Mitglieder eures eigenen Tuath herfallen und sie ausplündern?« Doch die Catuvellauni schwiegen trotzig, und der Tumult schwoll an.

»Laßt sie plündern und ihren Hunger stillen, Herrin«, sagte Domnall, der neben ihr saß. »Dann werden sie Euch wieder zuhören. Sie wurden lange unterdrückt; gebt ihnen noch ein wenig Zeit.«

»Wir haben aber keine Zeit!« rief Boudicca aufgeregt. »Seht sie doch nur an! Alles war umsonst!« Den Tränen nahe drehte sie sich um und stolperte in die Dunkelheit davon.

Boudicca rannte blindlings durch die Bäume und fand Brigid friedlich schlafend auf ihrer Decke. Sie legte sich vorsichtig zu ihr und nahm sie zärtlich in den Arm. Das Mädchen seufzte, wachte aber nicht auf. Boudicca schmiegte sich trostsuchend an den warmen, abgemagerten Körper, und ihre heißen Tränen liefen über das ausdruckslose Gesicht ihrer Tochter.

Paulinus verließ die bequeme Straße, die von Londinium aus westwärts führte. Da er nicht genau wußte, wann Boudicca die Stadt erreichen und wie schnell sie die Verfolgung aufnehmen würde, wollte er kein Risiko eingehen.

Hinter Verulamium kehrte er auf die Straße zurück. Sie kamen an einigen Wachstationen und einer Garnison vorbei, wo sie jedesmal kurz rasteten, das Getreide beschlagnahmten und die Besatzung sich ihnen anschloß. Dann erreichte er Venona und beschloß, erst einmal hier zu bleiben. Er übernahm das Kommando des kleinen Forts, das in eine bewaldete Hügellandschaft eingebettet lag, und schickte Kundschafter in den Norden, um nach den Legionen Ausschau zu halten und nach Süden, um sich über das Vorankommen der Rebellen zu informieren. Dann wartete er und das Warten zermürbte ihn.

Drei Tage später kehrte der erste Kundschafter zurück. Die Rebellen hatten Verulamium überfallen und restlos geplündert, berichtete er. Jetzt brannten sie jedes Gehöft nieder und töteten jedes lebende Wesen, das sich ihnen in den Weg stellte. Paulinus frohlockte. Es war offensichtlich, daß Boudicca ihre Streitmacht nicht mehr so souverän im Griff hatte wie zu Anfang. Das war die Chance, auf die er gehofft hatte. Nun würde es ihm gelingen, das Steuer herumzureißen. O ja, sie würde die Stämme wohl gegen ihn führen, wenn diese ihre Rachegelüste gestillt hatten, daran zweifelte er nicht. Aber sie verlor kostbare Zeit.

In den frühen Stunden des darauffolgenden Tages traf Agricola mit den Legionen ein. Die beiden Männer umarmten sich herzlich.

»Ich habe auf eigene Verantwortung drei Kohorten in Deva zurückgelassen«, berichtete Agricola, »um zu verhindern, daß die Rebellen uns ungehindert in den Rücken fallen. Außerdem habe ich die Legionäre sämtlicher Wachstationen, an denen wir vorbeikamen, mitgebracht.« Paulinus nickte.

»Du hast schnell gehandelt. Sind die Männer erschöpft? Wie viele sind es?«

»Zehntausend Infanterie, dann die Hilfstruppen und die Kavallerie. Die Männer dürften sich ein paar ordentliche Blasen gelaufen haben, aber das ist nicht der Rede wert. Sie brauchen nur ein paar Stunden Ruhe. Und wie stark ist unser Gegner?«

Paulinus senkte die Stimme, als er antwortete. »Der Bürgermeister von Londinium sprach von annähernd hunderttausend Kriegern, Frauen und Halbwüchsige eingeschlossen. Ich denke jedoch, daß er in seiner Panik etwas übertrieben haben dürfte. Andererseits bestätigen die Kundschafter seine Annahme, und natürlich gewinnt Boudicca ständig neue Anhänger. Sagen wir also achtzigtausend. Ich habe vor, noch etwas weiter nach Norden zu ziehen, um einen geeigneten Ort für die Schlacht zu suchen. Dort werden wir dann auf Boudicca warten. Ich werde dafür sorgen, daß sie weiß, wo wir uns aufhalten.«

Agricola seufzte. »Die Moral der Truppe ist reichlich angeschlagen. Die Männer sind ängstlich und nervös.«

»Sie haben nichts weiter zu tun, als Befehle auszuführen und zu kämpfen. Wenn sie das tun, und natürlich werden sie es tun, kann nichts schiefgehen.«

Boudicca schnupperte. Vor ihnen stieg eine bläuliche Rauchsäule in den Himmel und zog langsam über die Straße in Richtung Wald. Sie stieß einen derben Fluch aus. »Wir hätten das Getreide dringend gebraucht! Seht Euch das an! Er hat sein eigenes Fort in Brand gesteckt und mit ihm die Getreidevorräte. Riecht Ihr es nicht auch, Domnall?«

»Nun wissen wir jedenfalls, daß er nicht weit sein kann«, erwiderte er. »Wir müssen nur der Straße folgen. Früher oder später wird er wohl anhalten, und dann haben wir ihn.«

»Wenn wir uns Verulamium für später aufgehoben hätten, wäre schon alles vorüber«, schnaubte sie vorwurfsvoll, stapfte zu ihrem Streitwagen und lenkte ihn auf die Straße zurück. Langsam und widerwillig folgte ihr das Riesenheer der Stämme. Wo ist er denn, der Statthalter? Wir sind müde, wir wollen nach Hause. Haben die Rebellen im Westen die Legionen aufgehalten? Oder gar besiegt? Wir wollen nach Hause, nach Hause.

Andrasta soll euch alle holen, ihr elenden, unverbesserlichen Dummköpfe, dachte sie grimmig. Aber jammert nur. Ich lasse euch so lange nicht gehen, bis der Kopf von Paulinus die Spitze meines Speeres ziert, sonst erlebt keiner von uns das nächste Samhainfest. Noch ein paar Kilometer. Die Zeichen waren unverkennbar. Geschirr, Hufe, Harnische, es sah so aus, als wolle Paulinus sie ganz bewußt auf seine Spur bringen. Er plant etwas, dachte sie immer wieder, aber was? Ich wünschte, ich würde ihn so gut kennen wie Caradoc Scapula. Er hat etwas vor. Wenn ich ihn bis morgen nicht finde, werden die Stämme mich verlassen. Gleichzeitig fürchte ich mich davor, ihn zu finden, denn obwohl es so aussieht, als würde ich ihn verfolgen, ist er doch derjenige, der mich jagt. Wie gut ich deine wirklichen Probleme auf einmal verstehe, Caradoc, dachte sie wehmütig.

Um die Mittagszeit rasteten sie. Dann, als sie den Befehl zum Aufbruch geben wollte, traf einer der Späher aus dem Norden ein.

»Sie sind da!« rief er, »in einem Tal etwa neun oder zehn Kilometer von hier. Es sind ganz wenige.«

Boudiccas Herz begann wild zu pochen. Sie wendete sich an ihre Häuptlinge. »Aillil! Lovernius! Gebt die Nachricht weiter! Wir lagern hier und überfallen sie am frühen Morgen.«

»Eine solche Nacht birgt einige Risiken«, gab Domnall zu bedenken, und Boudicca überlegte kurz. Vielleicht hatte er recht. Es wäre ohne Zweifel eine weitere Nacht voller Streitigkeiten, zu viel Bier und wenig Schlaf.

»Gut. Wir marschieren also weiter und greifen heute noch an. Wenn wir heute nicht siegen, können wir die Nacht über ausruhen und morgen weiterkämpfen.«

Die Vorstellung von dem kurz bevorstehenden Kampf beflügelte die Stämme, aber nur Boudicca und die Iceni erinnerten sich an den Grund für diese Auseinandersetzung. Sie waren sich schmerzlich bewußt, wieviel für sie auf dem Spiel stand. Auf den letzten Kilometern vor ihrem Ziel wanderten Boudiccas Gedanken zu ihren Töchtern, die in Gefängnissen steckten, aus denen nur der Tod sie befreien würde. Ein letztes Mal dachte sie auch voll Sehnsucht und Trauer an Prasutugas, an seine Weisheit, seine Milde. Vorbei.

Plötzlich stieg das Gelände an. Zu ihrer Rechten erstreckte sich der Wald, und links davon entdeckte Boudicca in einem kleinen Tal dichtgedrängt die Soldaten des Statthalters. Aus dem Tal wehte ein feuchtheißer Wind herüber, und ab und zu sah sie ihre Gesichter, seelenlos, ausdruckslos, nichtssagend, unbeweglich.

Aillil stampfte mit dem Fuß auf. »Seht sie Euch an, Herrin! Wie Trockenfisch im Faß hocken sie aufeinander! Wie kann Paulinus nur so töricht sein?«

Sie antwortete nicht. Ihre Augen überflogen das Gelände. Man konnte Paulinus sicher vieles nennen, aber ganz bestimmt nicht töricht. Sie ahnte, daß es nur so aussah, als hätte er bereits verspielt. Die Soldaten hatten sich alle dorthin zurückgezogen, wo das Tal schmäler wurde, während das Talbecken, das sich zur Straße hin verbreiterte, unbesetzt blieb. Es gab keine steilen Wände, die Seiten des Tals stiegen allmählich an und waren dicht mit dornigem Gestrüpp bewachsen. Auf den Hügeln befanden sich kahle Plateaus, und zwischen der Streitmacht der Rebellen und den Römern lag ein etwa drei Kilometer breiter Sand- und Kiesstreifen – eine perfekte Arena für die Streitwagen, zu perfekt. Boudicca fürchtete sich.

Unterdessen ließen sich die Römer von dem Höllenlärm der Rebellen nicht beeindrucken. Systematisch trafen sie die letzten Vorbereitungen; Paulinus rief seine Befehlshaber zu sich. Die Infanterie würde in der Talmitte Aufstellung nehmen und einen Block von sechs Reihen bilden, zu dessen beiden Seiten die Hilfstruppen kämpfen würden. An den Talseiten wurden die Bogenschützen plaziert, Thraker, Iberer und Germanen, Völker also, bei denen die Kunst des Bogenschießens Tradition hatte. Die Kavallerie endlich bildete den Abschluß, und Paulinus betrachtete die Kampffront, die in ihrer ganzen Breite nicht ganz einen Kilometer ausmachte, zufrieden.

»Ihr habt eure Befehle bereits erhalten«, begann er seine letzte Instruktion, »aber wir befinden uns in einem Ausnahmezustand und Befehle sind nicht genug. Ich will, daß ihr den Männern folgendes klar vor Augen führt. Laßt euch auf keinen Fall von ihrem Kampfgeschrei beeindrucken. Sie sind keine Strategen, haben das Kriegshandwerk nie gelernt und sind schlecht bewaffnet. Wenn sie sich einer Armee gegenübersehen, die ihnen an Mut, Disziplin und Kampftechnik überlegen ist und sie noch dazu schon mehrfach besiegt hat, werden sie schnell den Kopf verlieren und aufgeben. Prägt den Soldaten auch ein, daß in einer großen Armee immer nur wenige zu Ruhm und Ehre gelangen. Die Kampfreihen sind unter allen Umständen aufrechtzuerhalten. Setzt die Wurfspeere gezielt ein. Vor allem, laßt euch nicht wegen ein paar Beutestücken aus der Reihe bringen. Erst muß die Schlacht gewonnen werden, die Beute läuft uns nicht davon. Ist soweit alles klar?« Sie murmelten zustimmend, dann eilten sie zu ihren Abteilungen. Paulinus, Agricola und die Tribunen stiegen auf ihre Pferde.

»Wenn wir den ersten Ansturm abwehren können, ist bereits alles zu unseren Gunsten entschieden«, prophezeite Paulinus. »Boudicca kann ihre Überzahl nicht mit einem Schlag gegen uns ausspielen, weil der Taleingang dazu zu schmal ist.«

Im anderen Lager versuchte Boudicca, ihren lärmenden Häuptlingen letzte Anweisungen zu geben. »Diese Schlacht ist meine Schlacht!« rief sie und versuchte, das wüste Getöse der Kriegshörner zu übertönen. »Ich kämpfe für die Gerechtigkeit und weil ich Rache an Rom nehme. Ich werde nicht mehr länger wie ein Sklave leben. Ich will, daß euch eines deutlich vor Augen steht. Heute werden wir entweder siegen oder alle untergehen. Die Iceni übernehmen die Mitte, die Trinovanten kämpfen links, alle anderen rechts.«

»Das ist nicht gerecht!« protestierte jetzt ein wütender Häuptling. »Warum sollten die Iceni den Vorrang vor den Catuvellauni haben?«

»Und warum nicht?« fauchte sie ihn an. »Schließlich haben die Iceni euch alle an den Rand der Freiheit gebracht. Deshalb werden sie den Ehrenplatz einnehmen.« Die Häuptlinge stießen Verwünschungen gegen sie aus, aber Boudicca drehte sich einfach um. Vor dem Taleingang drängten sich bereits unzählige Streitwagen und gerieten unter den Beschuß der römischen Hilfstruppen, die sie mit Pfeilen und Steinen seitlich angriffen und sofort wieder ihre Positionen bezogen. »Sie spielen mit uns wie mit dummen Kindern«, empörte sie sich. »Aillil, sorgt dafür, daß die Streitwagen nicht einfach dastehen, sondern die Angreifer in die Zange nehmen.« Dann spornte sie ihre Ponys an, fuhr eine letzte Runde, gab jedem Stamm genaue Anweisungen. Auf seinem erhöhten Beobachtungsposten erkannte Paulinus sie, ein sich schnell hierhin und dorthin bewegender, grüner Punkt mit wehenden roten Haaren. Sein Präfekt kam herangaloppiert und salutierte.

»Fertig zum Angriff!« meldete er.

»Gut.« Paulinus atmete tief durch. »Laß zum Angriff blasen.«

In den letzten ihr noch verbleibenden Minuten bahnte sie sich ihren Weg zur Spitze ihres Heeres. Sie legte den grünen Umhang auf den Wagenboden, hob den schweren, bronzenen Flügelhelm hoch und setzte ihn sich auf den Kopf. Lovernius stieg hinter ihr in den Wagen. Plötzlich brachen die Häuptlinge in erstaunte Rufe aus, und als Boudicca sich umdrehte, stand, wie aus dem Nichts gewachsen, Ethelind neben ihrem Streitwagen, mit ordentlich geflochten Zöpfen und unbeweglichem Gesicht. Fassungslos sprang sie wieder aus dem Wagen.

Niemand sagte ein Wort. Da öffnete Ethelind den Mund und sprach mit klarer Stimme. »Gib mir ein Schwert.«

Boudicca starrte sie an, war unfähig zu sprechen, und Ethelind schlug ungeduldig mit der Hand gegen den Streitwagen. »Boudicca, ich verlange ein Schwert!«

Ein Dutzend Einwände wirbelten in ihrem Kopf durcheinander. Du hast nie gelernt, damit umzugehen, du kannst es ja nicht einmal richtig halten. Doch nicht Haß las sie in den Augen ihrer Tochter, sondern die Sehnsucht nach dem Tod. Boudicca schluckte. Für beide hatte die Zeit aufgehört zu existieren, seit damals, seit die Soldaten ihnen mehr Gewalt antaten, als ein Mensch verkraften kann, und nur Gewalt würde sie endlich aus diesem Gefängnis befreien. Sie machte einen Schritt auf Ethelind zu, wollte sie in die Arme schließen, aber ihre Tochter hob abwehrend die Hände.

»Nein, nein. Nicht das. Nur ein Schwert.«

Boudicca riß sich endgültig von ihrer Tochter los. Wir können nichts mehr füreinander tun, dachte sie hilflos. Jeder ist auf sich selbst gestellt. Du mußt allein sterben, Ethelind. »Aillil! Besorgt ihr ein Schwert.« Damit stieg sie wieder auf, nickte Lovernius zu und rollte davon. Die Römer bliesen zum Angriff, Hunderte von Kriegshörnern antworteten. Als Boudicca sich noch einmal umdrehte, war Ethelind verschwunden.

Die Wagen rollten wie Donner auf das Tal zu und gewannen an Geschwindigkeit, obwohl das Gelände unmerklich anstieg. Ein Signal ertönte, und die Hilfstruppen stürmten ihnen entgegen. Sie prallten aufeinander, aber auch jetzt verlor der Ansturm nichts von seiner Kraft. Die Hilfstruppen wurden einfach überrannt. Die Infanterie stand bewegungslos in Reih und Glied und sah der Streitmacht entgegen. Ein weiteres Signal ertönte. Die Soldaten hoben ihre Speere, standen wie Marionetten und warteten. Boudicca hatte sie jetzt fast erreicht. Wieder ertönte ein Signal, und schon im nächsten Augenblick wurde sie einfach von ihrem Wagen geschleudert, als eines ihrer Ponys getroffen zusammenbrach und das andere ruckartig stehenblieb. Angstschreie und Todesschreie gellten in ihren Ohren. Der Angriff kam zum Stillstand. Schon ging ein zweiter Speerhagel auf sie nieder und in dem dichten Gedränge der Angreifer fand jeder Speer sein Ziel. Die vordere Linie der Speerwerfer wich zurück, machte der zweiten Reihe Platz, und erneut sausten die Speere über ihre Köpfe. Lovernius half ihr auf die Beine, von irgendwoher tauchte Aillil auf.

»Warum drängen sich alle an einer einzigen Stelle?« schrie Boudicca. »Aillil, sagt ihnen, sie sollen die Kavallerie von beiden Seiten zugleich angreifen. Ich habe es ihnen doch immer wieder gesagt. Hier werden sie uns einfach abschlachten!« Sie riß schützend ihren Schild hoch, als ein neues Signal ertönte. Die Legionäre bildeten eine geschlossene Formation, hoben die Langschilde und zogen ihre Schwerter. Boudiccas Befehle gingen in dem Tumult unter. Die Rebellen hatten die Kavallerie nicht angegriffen und die Chance, die Römer einzukreisen, nicht wahrgenommen. Statt dessen drängten sie von hinten nach und machten es den in der Mitte kämpfenden Häuptlingen unmöglich, sich frei zu bewegen oder gar ein Schwert zu schwingen. Die Kavallerie blieb unbehelligt und wartete ab.

Die römischen Attacken kamen präzise und Schlag auf Schlag. Innerhalb kürzester Zeit hatten sich die Freien zerstreut. Während die Römer immer wieder die Kampfreihen wechselten, begannen die Rebellen schnell zu ermüden, und weil sie sich gegenseitig behinderten, gewannen die Legionäre an Boden, die Häuptlinge jedoch starben zu Hunderten, eng aneinander gedrückt und unfähig, sich gegen die Todesstöße der Römer zu verteidigen.

Boudicca blickte gehetzt um sich. Andrasta, wir stehen am Rande einer Niederlage, dachte sie fassungslos und sprang auf einen umgestürzten Wagen, um neue Befehle zu geben. Doch sie sah, daß die Kraft der Streitmacht erlahmte. Für den Bruchteil einer Sekunde schienen die Gesetze der Zeit aufgehoben zu sein. Ihre Stimme erhob sich wie das Krächzen eines Raben zu einem letzten verzweifelten Aufruf. »Erinnert euch an eure Sklaverei! An die Willkür und die Unterdrückung! An eure endlosen Klagen!« Doch ihre Worte wurden von einem Trompetensignal übertönt. Die Legionäre gerieten in Bewegung, die Stämme wußten nicht, wie ihnen geschah, wußten nur, daß es völlig anders lief, als sie erwartet hatten. Sie flohen. Lovernius zerrte Boudicca vom Wagen herunter.

»Laßt sie in den Wald auf der anderen Straßenseite fliehen«, rief er keuchend. »Morgen werden wir uns neu formieren und weiterkämpfen. Lauft Boudicca!« Aber sie stolperte, wie von einem Pfeil getroffen und ging in die Knie.

»Seht doch nur, Lovernius«, flüsterte sie, »seht!«

Es gab keinen Fluchtweg. Die Talöffnung war von ihren eigenen Karren zugebaut worden, sieben, acht, neun Reihen hintereinander, damit die älteren Frauen und die Kinder ihren Sieg miterleben konnten. Sie hatten sich in völliger Selbstüberschätzung den Rückweg abgeschnitten. Das Tal war ein Grab. Die Häuptlinge starben.

»Nein«, flüsterte Boudicca immer wieder, »nicht so.« Dann fiel ihr Brigid ein. Auf allen vieren kroch sie zum Rand des Tales, Lovernius hielt sich knapp hinter ihr. Wie klug du das Gelände gewählt hast, Paulinus. Du wußtest genau, was du wolltest. Aber mich wirst du weder in Ketten legen noch nach Rom verschiffen oder demütigen. Dann hatte sie den Rand der Talsohle erreicht und drehte sich nach ihrem Barden um. Aber sie war allein.

Hulda und der junge Häuptling standen unter den Bäumen und Brigid lief unruhig auf und ab. Als Hulda ihre Herrin erkannte, lief sie ihr entgegen, doch auf halbem Weg blieb sie entsetzt stehen. Boudiccas blaue Tunika war blutverschmiert, Erdklumpen klebten in den Haaren, die wirr über das von Todesangst gekennzeichnete Gesicht fielen.

»Herrin!« schrie sie.

Boudicca lehnte sich an einen Baum. »Die Schlacht ist verloren.« Sie rang um jedes einzelne Wort. »Die Stämme kommen um. Flieht, beide. Nach Norden oder Westen. Beeilt euch.«

»Aber Lovernius, Aillil, Domnall ... wo sind sie?«

»Tot. Alle tot. Packt eure Sachen und flieht.«

»Aber Herrin, was soll aus Brigid werden?«

»Du brauchst dich nicht mehr um sie zu kümmern, Hulda. Wenn du dein Leben retten willst, dann geh endlich.«

Hulda schwieg. Sie ging zu Brigid hinüber, küßte sie, hob ihre Sachen auf und ging still, mit Tränen in den Augen davon. Der junge Häuptling zog sein Schwert und schaute seine Herrin zögernd an. »Ihr auch, mein Freund. Geht. Ihr könnt uns nicht retten.«

Er meinte, ihn bereits riechen zu können, den süßlichen Geruch des Todes, der unaufhaltsam näherkam. »Eine friedliche Reise, Herrin.«

»Auch Euch«, erwiderte sie, und er verschwand.

Boudicca legte ihr Schwert auf die Erde, zog das Messer aus dem Gürtel und ging zu Brigid hinüber. Das Mädchen sah sie kommen und blieb stehen. Ihre Hände hörten auf, mit den Haaren zu spielen und zeigten auf Boudiccas Tunika. »Blut«, stellte sie fest. Boudicca zog sie zärtlich in ihre Arme und vergrub ihr Gesicht in Brigids blonden Haaren. Du sollst nicht mehr leiden müssen, meine Kleine. Sie fühlte ihre Rippen, sie war so mager geworden, und die Klinge fand ihr Ziel. Brigid seufzte, dann fiel ihr hübsches, blasses Gesicht vornüber auf Boudiccas Schulter. Weinend legte sie den leblosen Körper ins duftende Gras und wendete sich schnell ab. Sie grub mit dem Messer eine Mulde in die weiche, feuchte Erde, packte dann das Schwert und rammte es mit dem Griff nach unten in die Mulde. Mit unsicheren Händen suchte sie nach ein paar großen, schweren Steinen, um es zu stützen. Sie sah ihre Umgebung nur noch undeutlich durch den Schleier ihrer Tränen.

»Wo gehst du hin, Töchterchen?« krächzte Subidasto, der Rabe, in ihr Ohr.

Sie richtete sich auf. »Ich weiß es nicht«, flüsterte sie, »ich weiß es nicht.« Dann breitete sie die Arme aus und ließ sich fallen.

39

Die Nacht war drückend schwül. Durch die geöffneten Fensterläden wehte ab und zu ein kühler Luftzug. Gladys nickte den Dienern zu, die herbeieilten, leise und unauffällig die Reste des Mahls abräumten und silberne Schüsseln mit blauen vollreifen Trauben, Pfirsichen und Pflaumen hereintrugen. Dann schenkten sie den Gästen Wein nach, aber Caradoc hielt lächelnd seine Hand über den Becher, und auch Plautius lehnte dankend ab. Nur Llyn ließ sich nachschenken. Er trank hastig, mit geschlossenen Augen. Caradoc setzte sich auf und brachte seine Füße mit Schwung auf den Boden.

»Wir haben deine Gastfreundschaft wieder einmal überstrapaziert, mein Freund«, sagte er zu Plautius, »und sind viel zu lange geblieben.« In diesem Augenblick trat der Verwalter ein, entschuldigte sich für die Störung und flüsterte geraume Weile mit seinem Herrn. Plautius wurde blaß. Als der Mann wieder gegangen war, saß er stumm auf seinem Platz, als fehlten ihm die Worte. Ein paarmal setzte er zum Sprechen an, aber die Worte wollten ihm nicht über die Lippen.

»Ich habe soeben Neuigkeiten aus Britannien erfahren«, brachte er endlich mit bebender Stimme heraus. »Die Iceni haben sich erhoben, und alle Stämme des Tieflands haben sich ihnen angeschlossen. Sie haben drei Städte dem Erdboden gleichgemacht, eine Legion ausradiert und fast wäre es ihnen geglückt, jeden Römer auf der Insel zu töten.«

»Das *Tiefland?*« fragte Caradoc ungläubig und straffte unwillkürlich die Schultern. Llyn riß die Augen auf. »Große Göttin!« flüstete er, aber Eurgain fragte scharf: »Fast, Aulus?«

Plautius räusperte sich. »Scheinbar haben sie sich auf eine Feldschlacht eingelassen. Die Rebellen wurden vollkommen besiegt. Boudicca hat sich in ihr Schwert gestürzt...«

»Und was noch?« forschte Gladys unerbittlich weiter, während Caradoc sich die Schläfen rieb.

»Ich begreife es nicht. Mein Freund Paulinus richtet ein Massaker unter den Stämmen an. Achtzigtausend Krieger sind ums Leben gekommen, und er verfolgt auch noch die letzten Überlebenden und metzelt sie nieder.«

Keiner regte sich. Der Wind seufzte, durch die Fenster kroch die Dunkelheit herein und erfüllte ihre Herzen mit kaltem Grauen. Caradoc erhob sich schwerfällig. »Entschuldige mich, Plautius«, murmelte er beherrscht, dann verließ er eilig das Zimmer. Er überquerte den Innenhof, wo es nach Rosen und Tau duftete, und lief im hellen Licht des Vollmonds immer weiter durch den Garten, bis er auf den Pfad gelangte, der zu einem schweren Eisentor führte. Atemlos lehnte er sich dagegen. Im Tal funkelten Myriaden von Lichtern, schlug das Herz des Imperiums, das sich von den Leiden der Völker nährte, die es unterdrückte, und dessen Hände den Tod brachten. Die kleine Boudicca mit den roten Haaren. Was haben sie dir angetan, daß du bereit warst, selbst dein Blut zu vergießen? Die Erde Albions ist getränkt von solchen Blutopfern! Warum stehe ich noch hier? Ich bin alt und überflüssig geworden, während derselbe Mond dort über den Eichenhainen aufgeht und das Rotwild durch die taubedeckten Wiesen rennt.

Eine warme Hand legte sich ihm auf die Schulter. Er sah Eurgain an. »Es nützt nichts«, flüsterte er tonlos. »Man verneigt sich auf der Straße vor mir, der Kaiser nennt mich seinen edlen Barbaren, meine Tochter hat einen reichen Römer geheiratet, ich selbst bin in den Häusern der Senatoren willkommen, als wäre ich irgendeine Gottheit, und trotzdem träume ich Nacht für Nacht, daß ich wieder in Camulodunum stehe und Cin nach mir ruft.« Er seufzte. »Seit zehn Jahren vegetiere ich hier vor mich hin und verschließe Augen und Ohren vor dem Leid, das dort noch immer geschieht, wissend, daß ich immer ein Fremder in einem fremden Land sein werde.«

Sie lehnte sich an ihn. »Auch ich sehne mich nach zu Haus«, flüsterte sie, »und Llyn ebenfalls. Ob sie es uns gestatten werden, auf dem Scheiterhaufen aus Hölzern von unseren catuvellaunischen Wäldern verbrannt zu werden, wenn es an der Zeit ist?«

Er legte seinen Arm um sie. »Wir wollten nichts weiter als in Frieden und Freiheit zu leben«, sagte er leise. »Freiheit! Was für ein einfaches Wort, welche Selbstverständlichkeit. Und doch hat der Kampf darum ein ganzes Volk ins Verderben geführt.«

Sie standen stumm beieinander, während der Mond langsam unterging und unten im Tal das Leben der Stadt pulsierte.

Weit, weit weg, in den Herbstnebeln von Albion, flackerte das Licht der Freiheit und erstarb.